浙江大学出版社
ZHEJIANG UNIVERSITY PRESS

赵昌晖（J.Z. 爱门森）编著

欧美传播与
非欧美传播中心的建立

EuroAmerican
Communication
and the Establishment
of Non-EuroAmerican-Centric
Communication

EuroAmerican Communication and the Establishment of
Non-EuroAmerican-Centric Communication

求是书系・传播学

浙江大学董氏文史哲研究奖励基金资助出版

教育部哲学社会科学研究后期资助项目成果

目 录
CONTENTS

站在国际传播理论的前沿

——《欧美传播与非欧美传播中心的建立》前言

J. Z. 爱门森（J. Z. Edmondson）

中国浙江大学

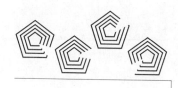

[摘　要] 本文为笔者所编译的《欧美传播与非欧美传播中心的建立》之前言。文中按全书的篇章顺序及内容，分为四大部分：(1)非欧美传播中心理论和有关传播中心主义观念的探讨；(2)欧美传播前沿理论采撷；(3)全球化矛盾背景下的跨文化传播；(4)中国传播理论面向世界的机会与挑战。四个部分中分别包含论文数篇，本前言对它们逐一展开简介，以期便利本书读者，起一个导引作用。

[关键词] 亚洲传播，亚洲中心，欧美中心，非欧美中心，中心主义，全球化矛盾，跨文化传播

《欧美传播与非欧美传播中心的建立》一书，是编译者继《传播理论的亚洲视维》后的另一国际传媒译文集。在这科技发达的史无前例的大接触、大"流动"时代，传播日益扮演不可或缺的角色，研究人类对传播的理解认识和运用之重要、影响之广远也已经到了前所未有的程度。但因为语言限制和时空距离等原因，国内的一些传播学者还缺乏直接与国际前沿传播理论交流的机会，编译者长期在太平洋两岸间奔走，立意在国际传播理论间的桥梁架构

上起一介微力。笔者是在汹涌澎湃、读不胜读的传播理论研究论著中遴选文章、编译成此书的。本书的作者们或为有国际影响力的学人,或为后生可畏的新秀,都活跃于国际学坛。以下就将全书的篇章结构,书中各选译论文的背景、选录动机、或作者的意向建树等,先依次粗略作些说明,以期对全书起一个梳理导引作用。

本书开篇是《关于文化全球化的跨文化讨论》,八位来自世界各地的优秀学者从不同视角出发,对"文化全球化"的概念各陈己见,共同描绘了一幅文化全球化的图景;其中台湾中国文化大学董事长、国际欧亚科学院院士张镜湖(Jen Hu Chang)教授认为我们的世界因为有不同的文化才丰富多彩;美国肯特州立大学传媒学院前院长 D. 雷·黑塞(D. Ray Heisey)教授论述了文化全球化的意义与影响;美国中国传播研究协会的奠基主席、美国罗德岛大学传播学系陈国明(Guo-Ming Chen)教授提出了一个增强跨文化传播能力的模式;执教于夏威夷大学希罗分校,传播理论的亚洲中心学派的中坚学者三池贤孝(Yoshitaka Miike)博士,论证了全球化时代中的"文化亚洲";捷克的纽约大学布拉格分校传播和大众媒体系主任托德·内斯比特(Todd Nesbitt)教授,辨析了全球媒介与文化变革的关系;墨西哥城市自治大学阿斯卡波察尔科区分校教育和传播学系卡门·德·拉·佩扎(Carmen de la Peza)教授指出全球媒介加速了全球化进程;澳大利亚昆士兰大学新闻与传播系主任简·塞维斯(Jan Servaes)教授讨论了构建本土文化身份的问题;浙江大学话语与多元文化研究所所长施旭(Xu Shi)教授探讨了全球化、文化与传播之间的关系。在这一跨文化和国际性的讨论中,每个人提出的都是自己有代表性的观点,文中内容可纳入本书的各个组成部分,却又因其有一定的综合性,论题宏大,故为方便起见置于篇首。书中以下的所有篇章,则大致归纳入非欧美传播中心理论和有关传播中心主义观念的探讨、欧美传播前沿理论的采撷、全球化矛盾背景下的跨文化传播、中国传播理论面向世界的机会与挑战这四大板块中来展开。

一、非欧美传播中心理论和有关传播中心主义观念的探讨

本书是继《传播理论的亚洲视维》后的另一国际传媒论文译集,《传播理论的亚洲视维》一书是对目前已经在国际上出现并在逐渐发展壮大和成熟的

传播理论的亚洲中心学派进行引介析论的一个尝试。正如该书前言中所说，传播理论亚洲中心的议题、概念和模式，丰富并拓展了多元文化和文化策略转移时期的论域，其讨论具体到了传播理论的亚洲中心的多方位理论层面，能使我们深化当代的社会问题意识，进而有可能在全球化问题框架中进一步促成文化自觉、加强民族立场的思考和解决文化身份问题。所有这些都很值得关注(Edmondson，2008)。该书出版后，浙江大学传媒与国际文化学院还以之为博士论坛专题，颇得反响。对传播理论的亚洲中心议题，笔者似乎意犹未尽，所以围绕此主题又集译了 6 篇精彩的文章，收录在本书的第一组织板块中：

一是《传播非洲：为跨文化盟约而倡导中心性》，作者摩勒菲·克梯·阿澈梯(Molefi Kete Asante)是美国坦普尔大学(Temple University)教授，当今美国最著名的非裔学者之一。他著述等身，是国际传播的非洲中心理论的创始人。阿澈梯曾经说过："'人文主义'(humanism)本身往往不过是欧洲中心主义认为什么是对世界有益的概念体现。"而"在我们探求人类传播的本质时，这一问题却仍然首当其冲，有待解决"(Asante，1980，p. 2)。[①] 他还认为："任何有关非洲文化的理解都应从一开始就完全摒弃这样的想法：在任何方面，欧洲总是老师而非洲总是学生"(Asante，1998，p. 71)；[②]当我们将中心式方法运用于所有的文化与传播时，阿澈梯描述道：我们就"站在一种全新的传播体制前；其中，观众会变少，行动者会变多……以前往往保持沉默的本土人民如今成为自己人生舞台上的主要角色"(Asante，2002，p. 78)。[③] 在本书所收的论文中，阿澈梯指出奴隶贸易不仅戕害了数百万非洲人，打破了他们传统的生活状态，还造成了对有关非洲的真实信息的殖民控制。非洲人的信仰和话语环境遭到中断和毁坏，谈论非洲的形式和其他人心目中对非洲的看法也深受影响。他认为欧洲中心观点对非洲文化、非洲宇宙观和非洲历史的歪曲，破坏了跨文化传播的基础。所以他大声疾呼在非洲历史的范畴内重塑非洲人的"媒介"身份和"自我实现者"身份，从而对非洲人作为跨文化/跨国传播者的传播渴望加以定位，并为实现这种转变提出了一些策略。本书编译者在此特别需要指出的是，我们之所以一定要介绍阿澈梯的论文，还出于其关

---

① 译文引自 J. Z. 爱门森编译：《传播理论的亚洲视维》，浙江大学出版社 2008 年版，第 23 页。
② 同上，第 26 页。
③ 同上，第 34 页。

于传播的非洲中心论对传播理论的亚洲中心论所起的功不可没的启发借鉴
作用。

二是陈国明的《亚洲传播研究目前的情况和发展趋向》，该文不仅便于读
者加深对亚洲传播范式研究现状的了解，还可引发对亚洲传播研究未来的思
考，特别值得一提的是在该文中作者已经指出，从亚洲文化的视角寻求知识
存在一种危险，即"以牙还牙、以眼还眼"的恶性循环，或者说是"文化不相容"
的黑洞。这会妨碍东西方以积极的方式进行思想交流和学术对话。指出在
眼下这一因欧洲中心传播范式的一统地位而形成的东西方相对时期，亚洲传
播学者当顺应亚洲文化导向去找到一条发展之路。即：压力带来转变；为了
亚洲传播研究的未来，学者们应该为了新的前景而努力，使全球的传播从对
立走向共荣。

三是日本筑波大学津田幸男（Yukio Tsuda）教授的《英语霸权与英语隔
阂》，津田幸男教授倡导语言多元和"语言生态学"，并以反对语言霸权著名，
他认为："语言是我们人类骄傲和尊严的来源，我们的母语尤是"。因为语言
与传播的重要关系，反对语言的欧美中心理论无疑也是反对欧美中心传播理
论的重要组成部分。

四是三池贤孝博士（Yoshitaka Miike）的《亚洲对传播理论的贡献》。《中
国传媒研究》（*China Media Research*）2007 年第 4 期乃关于传播理论的亚洲
视角的论文专辑。该文原是作者作为特约编辑为专辑所作的引言。该专辑
中的 11 篇文章都是从亚洲中心的优势角度出发，展示未来传播研究的方向
的，那 11 篇文章也已经全部被收入本人所编译的《传播理论的亚洲视维》中。
而引言却因不合全书体例而未曾采用。这始终被编译者视为一憾事。该文
作为专辑的引言，曾介绍了不少背景概况，而且身为传媒理论的亚洲中心的
倡导人之一，三池贤孝博士对此论域很是熟悉，他强调坚持亚洲中心是要使
自己植根于亚洲文化经历之中，今将该文收在本书中，旨在供关心传播理论
的亚洲中心论域的学者们有可参照之便。

五是威廉姆·J. 斯塔柔斯塔（William J. Starosta）和陈国明（Guo-Ming
Chen）的《一个有关"在家想家"的对话》，该文为他们多个关于传播理论的重
要对话之一。笔者近年已经对这两位前驱学者和他们的数个学术对话作过
介绍，陈国明（Guo-Ming Chen）教授奔波于太平洋两岸之间，除学术上辛勤耕
耘，还为国际传播的健康发展做着许多服务性的事情，可敬可佩。威廉姆·J.
斯塔柔斯塔（William J. Starosta）是美国霍华德大学教授和跨文化传播学科

负责人,也是《霍华德传媒学刊》创建人,著名跨文化修辞学研究家。编译者本人认为本书中所收录的这篇对话的特别值得关注之处,是他们对全球化世界中"中心主义"作用的质疑。仔细聆听和回味他们的对话,感受得到他们一方面对文化为历史遮蔽,可能会导致文化与历史间的破坏性互动充满担心,觉得中心主义可以或应该用作"一种策略的必然",从而缓解转变的痛苦和混乱;但另一方面,他们又预见了中心主义的做法——无论是非洲中心主义、亚洲中心主义、欧洲中心主义还是其他种类的中心主义,都有造出一种文化之茧的可能性,所以说他们认为利用文化中心主义来维护自身身份是不恰当的,指出了"应该将文化中心主义视为跨文化传播过程中的一种策略的必然,一种手段,而不能是一种目的"。号召跨文化传播学者要负起责任,想出在接受一种动态文化身份时如何去平衡文化中心主义的方案,以避免让中心主义发展成一种僵化的文化身份的后果。

六是美国夏威夷大学麻诺亚分校维莫尔·迪萨纳亚克(Wimal Dissanayake)教授的《早期佛教的语言传播思想》,他是《传播理论:亚洲视角》这一重要著作的编者。本书编译者也已经在几本书中介绍过他的令人瞩目的学术研究(Edmondson,2007,2008)。佛教在数个世纪中不断发展变化,传播到世界的许多国家,发展出许多不同的宗派和学派。在该文中,作者探讨的是早期佛教对语言传播的观点。佛教在东方传播中扮演的重要角色及其传播方式等,编译者已经在此前的《国际跨文化传播精华文选》和《传播理论的亚洲视维》两书中有所涵括了。本书在篇章结构上之所以如此安排,是因为此前的对话篇高瞻远瞩、超前思维令人信服,但让欧洲的东方主义学者们来撰写亚洲传播理论毕竟有其局限,眼下我们还需要先从传播的欧美中心霸权中超越出来,使人类传播尽可能地反映和体现全人类的精华传播理念,而达到这一目标还需要进行大量的像该篇这样的具体研究。

二、欧美传播前沿理论的采撷

虽然传播理论的亚洲中心——随同其他非欧美中心理论的产生(Asante,2007)——之顺应时势必然。但毋庸讳言,现代的传播学是在美国诞生的。伴随着美国的全盛,其以文字、图形和数学公式等表述的种类繁多的传播模式,以及传播学家们运用不同的模式来解释信息传播的机制、传播的本质,提示传播过程与传播效果,预测未来传播的形势和结构等等,都在世界传播学界中有着至高无上的地位(Edmondson,2008)。尽管欧美传播理论的强势曾造成非欧美国家和地区未能在人类传播研究方面发展本土视角、本土方法——因为从欧美进口理论与方法已成为通行的做法,长久而来所谓的"人类"传播理论贴的是欧美的标签——但欧美传播理论当初乃至今日对整个国际传媒理论的开拓润泽之功仍不可没,何况欧美传播理论本身也在不断地自我批判和更新、滔滔向前。本书中也选译了6篇正统型的欧美传播论作,并在采撷过程中特择能够与中国传播理论引鉴相照的学术论文,以成一组织板块:

本部分的第一篇是美国拉福特大学荣休教授、著名沉默传播专家托马斯·布鲁诺(Thomas J. Bruneau)的《美国人如何运用沉默进行传播》。对沉默加以研究,会开辟许多理解人类传播的新途径,对于此,东西方都无异议。东方人对"韵外之致"、"不着一字、尽得风流"古来即颇为上心。传播术语所谓"高语境"也往往指陈东方,而习惯上认为美国人少有沉默。但据布鲁诺教授的研究,要与美国人交流,了解他们使用沉默的方式非常重要。对"大多数美国人/美国公民通常如何使用沉默(silence)、多重沉默(silences)和使人沉默(silencings)来进行传播"的问题,以前尚未有所涉及。该文首次尝试简要论述该领域。编译者因个人对此学域的关注,曾多番就此与布鲁诺教授信件往来,在个人做研究的过程中颇得启发。东西方研究的不同途径,确实可以相互生发,所以这里又应了传播理论的亚洲中心的中心化过程中,能否借鉴西方模式研究东方传播,什么是多元文化并存相生等问题的思考。

本部分所收录的美国阿拉巴马大学周树华(Shuhua Zhou)和沈玢的《文化理论在实证研究中的蕴涵》、《电视新闻的戏剧元素及蕴涵》两文也在欧美传播和非欧美传播中心的思索中颇具范例性。周树华教授的主要研究方向为媒介信息认知、媒介内容、形式和效应。他在国内时主修英语专业,原为广东电视台新闻部记者、播音员、英语新闻组组长。和许多来自东亚和世界其他地区,涌入美国大学的研究生院,从事传播学科的学习与研究的青年学者们一样,他努力、学有所成,并留在了美国的大学中任教。他熟悉美国传播学科的理论、概念和方法,能灵活地阐释西方新实证主义和标准理论模式,而且在学会了用西方模式研究东方传播的同时,也把东方的一些传播思想和内容带到美国。陈国明的《全球化社会的新媒体与文化认同》和《美国的媒介(素养)教育》两文,更是在不忘本源的同时弄潮于欧美传播主流,阐释与分析全球化、新媒体与文化认同之间的错综复杂的关系,考察研究媒介教育的本质及其在美国的施行状况,探求全球社会可共同遵守的伦理法则和教育,呼吁全球化人格的建立,追索具有共同命运的人类大家庭的共同价值。我想也只有这样去做,才能响应真正的学术是没有国界的智者之言。

至于本部分中董娜·R.米勒(Donna R. Miller),戴维·C.布鲁恩格(David C. Bruenger)的《文明的丧失:科技对文化与传播的压缩效应》一文,其被采集的原因是为了旁证和彰明欧美传播中心学术圈中的学者思想并非一成不变、没有紧迫感。学者们也在不断地思索改进,他们对自己的批评有时候甚至达到严酷的程度。

三、全球化矛盾背景下的跨文化传播

科技发展、经济全球化、多元文化发展,这些都使跨文化传播日呈其必要性,而在全球化的矛盾(global paradox)——包括根文化认同与文化多元、大众性和独特性、世界文化同质化和地方文化异质化、传播的欧美中心的强势渗透和非欧美传播中心的觉醒强化的同步进行等背景下,既有的空间、时间、文化假定和人类社会的结构范畴与功能,已经并将会更加深层次地被突破。在当今和未来的非欧美传播中心发展、建立、超越的全过程中,跨文化传播的意义也只会日益彰显。所以本书专设了跨文化传播部分,共含论文四篇。

一是加利福尼亚大学洛杉矶分校威廉·凯利(William Kelly)的《跨文化关系研究的超理论方式——以美日两国的跨文化传播为例》,凯利是美国人类学家,1987年起即任耶鲁大学人类学系教授。1995年起曾两度任系主任,并曾担任东亚研究理事会主席等职务。该文以作者在日本生活十九年的亲身经历为基础,以案例研究的方式,说明跨文化传播中批判方式的有效性。作为西方人,这种研究也实属难得。

美国罗得岛大学劳拉·郭斯汀(Laura N. Gostin)的《跨文化传播和国际传播学术之旅》一文是对迈克尔·普罗斯(Michael Prosser)博士的采访,也收录在这一部分中。迈克尔·普罗斯教授是著名的跨文化传播学者,也是跨文化传播学术领域的创始人之一。他曾任对美国跨文化传播学有创立之功的最初的三次北美会议的主席,是今天广为人所知的全美传播学会(NCA)国际/跨文化传播分会的首任会长,他也是国际传播学会(ICA)跨文化传播分会的第三任会长。作为跨文化传播学者的他,在该采访中陈述了自己在不同的文化、国家、国际环境中大力拓展领域的一些个人经历;同时既从整体的传播学科的角度,也就特定的跨文化传播领域给出了自己的真知灼见。从欧洲中心文化到非洲中心文化,再到亚洲中心文化——从访谈中,我们可以看出这位先辈学者对拥有了真正的多元文化意识的自豪,也看到他作为跨文化学者的成为世界公民的明确目标。

本部分有幸收录了威廉姆·J.斯塔柔斯塔和陈国明的《一个有关跨文化传播发展方向的对话》。全球化的矛盾刺激了跨文化传播领域的活跃思维和多重探讨的开展,使之面临重要的转折和范式转移。两位学者的对话可引发对本领域研究的多重思考:比如中心性在提炼归纳的过程中可能会出现的对多样性的排斥;比如双主位聆听的可行性等。确实,同一目标可以有多种到达的途径,在跨文化传播中切忌以自己的途径为唯一。正如这两位学者在讨论中所提到的,跨文化传播研究的每一种途径都只代表一种看待现实的具体视角(Starosta & Chen,2003),而我们无法通过单一的视角来获得现实的完整画面。也正因为这样,我们可以在两位学者的对话中,发现他们对跨文化教育和培训作为有效的途径之一的重视。

收录在此部分中的最后一篇文章是浙江大学传播研究所传播学博士、复旦大学新闻学院博士后刘阳(Yang Liu)的《基于本土化之上的跨文化融洽交流——J.Z.爱门森〈国际跨文化传播精华文选〉的传播意图》。作者潜心作评,指出了《国际跨文化传播精华文选》编译者的希望,那就是目前的中国跨文化传播理论当先与国际接轨、继而再建学科的中国本土特色。刘阳还援引了所评书集中语作结:地球就像一叶扁舟,在广袤无垠的太空中运行。坐在这小船上的人们只有学会相互接纳、相互理解、相互宽容,和平共存、同舟共济,这小小的宇宙船才能逍遥遨游于无限之中!

四、中国传播理论面向世界的机会与挑战

本部分原意在立足国际,收集他文化中的一些有关中国传播形象,以及全球化背景、国际传媒瞻瞩视野中中国所处的地位和被寄予的期望等的研究成果,以求中国传播理论对自身的更全面了解和镜鉴勉励效应。本部分原也计划收录有影响的国际论著六篇,但因为出于全书的篇幅等考虑,今尚留存三篇:

第一篇是德国德累斯顿国际大学格雷戈尔·米罗斯拉夫斯基(Gregor Miroslawski)博士的《中国大陆企业在德国的国际扩展及其市场进入模式中所体现的文化语境》,米罗斯拉夫斯基负笈求学美国、埃及、印度尼西亚等多

国,注意到大多数的当代研究在传播的欧美中心语境中,关注的是来自西半球的公司如何进行国际化发展:比如研究考察西方公司到中国大陆时的市场进入模式等,而关注中国大陆企业不断加速的国际化进程的研究却甚为缺乏。该文即以中国大陆企业进入德国的情况为例,来考察中国文化的基本因素及其对中国大陆企业进行国际扩展的影响、指导和提升作用。

第二篇是德国德累斯顿国际大学迈克尔·赫纳(Michael B. Hinner)教授的《一个关于中国人矛盾的感知方式的探讨》,赫纳长期关注中国和西方商业文化的关系。中国的儒释道可以合一,不专执一端总是让西方人困惑,事实上一些中国人自己悠游自如的现象,在大多数西方人看来都是矛盾的。然而,赫纳教授意识到"近距离的观察会让我们发现这种表面的冲突只是西方的看法;对于寻求和谐与平衡的传统中国哲学来说根本不是问题"。其论文字里行间向我们表明,西方人已经不再满足于对中国的泛泛的粗浅印象,而在向着微观或者说更加具体地了解中国的跨文化交流方向努力。说明西方人不仅在意如何被中国这一潜在的商业合作伙伴感知,也希望"更准确地感知中国、恰当地调整传播/交流活动,提高理解水平而避免传播/交流错误",从而能将商业交易活动转化成互利的商业关系。

本部分也是全书的最后一篇论文,是美国波尔州立大学詹姆·W. 契斯卜若(James W. Chesebro)教授等的《策略力量的转变与国际传播理论的本质》。契斯卜若系前美国国家传播协会(National Communication Association,NCA)主席、东方传播协会(Eastern Communication Association)主席。曾担任多种重要传媒学术期刊的主编。他著述丰厚,在西方传媒学界颇具影响力。该文是他对1996年美国全国传播学会(NCA)上所做的主席发言——"在多样中统一:多元文化主义,负罪/受难与一种新的学术导向"的发展延续。作为一位国际传播领域的学者,他当年就已经提出了不少颇具前瞻性的观点。其时,作为主席的他就呼吁美国全国传播学会必须认识到文化多样性的出现,必须将多元文化主义视为一种可以"激励"并"联合""学者群"的体系,并以之作为其任务与计划的"中心"。本文中更是提出:无论是从国内还是国际的角度对传播活动的特性加以归纳,多元文化主义都是基本而必不可少的研究框架。在现收译的这篇论文中,主要探讨的是策略力量正在全球范围内发生大规模转变,以及这种转变对跨文化/国际传播理论的本质与发展方向可能产生的影响。该文指陈了以往的跨文化传播理论对亚洲传播的独特性与重要性的忽视,意识到一直以来西方文化被认定为有关传播标准、惯例和成就的模式及规范的唯一来源。文章中还指出:"如果传播学学科的历史模式继续存在下去的话,将会越来越多地视中国为国际传播活动有效性标准的来源或模式"。毫无疑问,他们自己也觉醒到了:在目前这样的全球环境中,"单一民族国家的视角肯定会带来大问题"。并慎重建议将其视角"从民族国家转向真正的以全球为导向"。他们甚至预见了:"从西方传播视角向亚洲传播视角的策略转变就会强调传播活动的暂时性、发展性及变化性特点"……应该说,该文中颇多精彩论述,但笔者感受最深的是因为中国的经济腾飞,有危机感的西方学者已经开始预见"策略力量正在全球范围内发生大规模的转变",而中国如何在全球化与多元化的辩证大历史背景中,谦虚谨慎、不骄不躁地面对机遇和挑战,在传播中心的建立这一问题上,既能在强化中心中起到中坚作用,又能在超越中心的进程中大国风范、虚怀若谷呢?——整个世界都在观望。

综上,笔者已从四个部分,基本上依照篇章次序,简介了《欧美传播与非欧美传播中心的建立》一书所收录的 20 篇论文。引荐过程中所提到的各篇的传播思想观念和论点,除特别注明的以外,均来自引荐即篇中,无需也未在前言内重复罗列出处。最后还要说明的一点是:作为全书的编译者前言,对国际学者们的荦荦大言、珠玑之语和许多引人深思的卓越高见,多引而未发,留饷读者们自己,即便零星有所评议,也多点到即止,但求梳理导路,即已自足,未敢随意流连。当然,在全书篇章的选择和组织中,必然已经体现了编译者的传播理想和理念。

References

Asante, M. K. (1980). Intercultural communication: An Afrocentric inquiry into encounter. In B. E. William & O. L. Taylor (Eds.), *International Conference on Black Communication: A Bellagio Conference, August 6—9, 1979* (pp. 1—18). New York: The Rockefeller Foundation.

Asante, M. K. (2007). Communicating Africa: Enabling centricity for intercultural engagement. *China Media Research*, 3(3), 70—75.

Bruneau, T. J. (2008). How Americans use silence and silences to communicate. *China Media Research*, 4 (2), 77—85.

Chang, J. H., Chen, G. M., Heisey, D. R., Miike, Y., Nesbitt, T., de la Peza,C. ,Servaes,J. ,& Shi,X. (2006). Intercultural symposium on cultural globalization. *China Media Research* ,2(3),100—105.

Chen. G. M. (2005). A model of global communication competence. *China Media Research* ,1(1),3—11.

Chen,G. -M. (2006). Asian communication studies: What and where to now. *Review of Communication* ,6(4),295—311.

Chen. G. M. (2007). Media (literacy) education in the United States. *China Media Research* ,3 (3),87—103.

Chen,G. M. ,& Starosta,W. J. (in press). Feeling homesick at home: A dialogue. *China Media Report Overseas*.

Chen,G. M. ,& Starosta,W. J. (2003). Asian approaches to human communication: A dialogue. *Intercultural Communication Studies* ,12 (4),1 —15.

Chesebro,J. W. (1996,December). Unity in diversity: Multiculturalism,guilt/victimage,and a new scholarly orientation. *Spectra [Newsletter]*, 30(12),10—14.

Chesebro,J. W. ,Kim,J. K. ,& Lee,D. (2007). Strategic Transformations in Power and the Nature of International Communication Theory. *China Media Research* ,3 (3),1—13.

Chen,G. -M. ,& Miike,Y. (Eds.). (2003). Asian approaches to human communication [Special issue]. *Intercultural Communication Studies*, 12(4),1—218.

Chen. G. M. (2005). A model of global communication competence. *China Media Research* ,1, 3—11.

Chen. G. M. (2007). Media (literacy) education in the United States. *China Media Research* , 3(3),87—103.

Chen,G. M. ,& Starosta,W. J. (2000). Communication and global society: An introduction. In G. M. Chen and W. J. Starosta (Eds.),*Communication and global society* (pp. 1—16). New York: Peter Lang.

Chesebro,J. W. ,Kim,J. K. ,& Lee,D. (2007). Strategic transformations in power and the nature of international communication theory. *China Media Research* ,3(3),1—13.

Dissanayake, W. (2007). Nagarjuna and modern communication theory. *China Media Research*, 3(4), 34—41.

Dissanayake, W. (2006). Postcolonial theory and Asian communication theory: Toward a creative dialogue. *China Media Research*, 2(4), 1—8.

Dissanayake, W. (2006). Postcolonial theory and Asian communication theory: Toward a creative dialogue. *China Media Research*, 2(4), 1—8.

Dissanayake, W. (2008). The idea of verbal communication in early Buddhism. *China Media Research*, 4(2), 69—76.

Edmondson, J. Z. (Ed.). (2007). *Selected international papers in intercultural communication*. Hangzhou, China: Zhejiang University Press.

Edmondson, J. Z. (Ed.). (2008). *Asiacentric theories of communication*. Hangzhou, China: Zhejiang University Press.

Edmondson, J. Z. (2008). A preface: Alternative post-modern, post American, and Fu-Bian perspectives on Asiacentric theories of communication. *Zhejiang Social Sciences*, 2008(8), 82—101.

Gostin, L. N. (2008). The journey of an intercultural/international communication scholar: An Interview with Dr. Michael Prosser. *China Media Research*, 4(1), 88—96.

Kelly, W. (2006). Applying a critical metatheoretical approach to intercultural relations: The case of U. S.-Japanese communication. *China Media Research*, 2(4), 9—21.

Liu, Y. (2008). Harmonious intercultural communication based on localization—Communication intentions of J. Z. Edmondson's Selected International Papers in Intercultural Communication. *China Media Research*, 4(2), 89—93.

Miike, Y. (2007a). Asian contributions to communication theory: an introduction. *China Media Research*, 3(4), 1—6.

Miike, Y. (2007b). Theorizing culture and communication in the Asian context: An assumptive foundation (in Chinese). In J. Z. Edmondson (Ed.), *Selected international papers in intercultural communication* (Vol. 1, pp. 137—157). Hangzhou, China: Zhejiang University Press.

Miller, D. R., & Bruenger, D. C. (2007). Decivilization: The compres-

sive effects of technology on culture and communication. *China Media Research*,3(2),83—95.

Miroslawski,G. (2008). International expansion & market entry of mainland Chinese businesses in Germany within the context of culture. *China Media Research*,4(2),46—59.

Starosta,W. J. (2006). Culture and rhetoric: An integrative view. *China Media Research*,2(4),65—74.

Starosta,W. J. ,& Chen,G. M. . Where to now for intercultural communication: A dialogue. *International and Intercultural Communication Annual*,28,3—13.

Tsuda,Y. (2008). English hegemony and English divide. *China Media Research*,4(1),47—55.

Zhou,S. & Shen,B. (2008). The dramatic elements in television news and their implications to sensationalism.

Zhou,Shuhua,Peiqin Zhou & Fei Xue (2005). Visual differences in US and Chinese commercials. *Journal of Advertising*. 34(1),111—119.

Hinner,M. B. (2006). An attempt to harmonize the conflicting images of China. *China Media Research*,2(3),31—42.

Cutting Edge Theories of International Communication: A Preface to *EuroAmerican Communication and the Establishment of Non-EuroAmerican-Centric Communication*

J. Z. Edmondson

Zhejiang University

Abstract: The present essay is a preface to the book *EuroAmerican Communication and the Establishment of Non-EuroAmerican-Centric Communication*, which book includes papers that have been selected, edited, and translated by the author. In this preface, the author briefly introduces the overall structure of the book, and evaluates the papers as divided into four sections: (1) non-EuroAmerican-centric theories and "centrisms" as concepts of communication; (2) some cutting edge theories of EuroAmerican communication; (3) intercultural communication with global paradox as background; (4) opportunities and challenges: Chinese communication facing the world.

Keywords: Asian communication, Asiacentric, EuroAmerican-centric, non-EuroAmerican-centric, centrisms, global paradox, intercultural communication

关于文化全球化的跨文化讨论

参加讨论者①

张镜湖,台湾中国文化大学(Jen Hu Chang,Chinese Culture University);

陈国明,美国罗德岛大学(Guo-Ming Chen,University of Rhode Island);

D. 雷·黑塞,美国肯特州立大学(D. Ray Heisey,Kent State University);

三池贤孝,美国夏威夷大学希罗分校(Yoshitaka Miike,University of Hawai'i-Hilo);

托德·内斯比特,纽约大学布拉格分校(Todd Nesbitt,University of New York in Prague);

卡门·德·拉·佩扎,墨西哥城市自治大学阿斯卡波察尔科区分校(Carmen de la Peza,Universidad Autonoma Metropolitana in Ascapotzalco);

简·塞维斯,澳大利亚昆士兰大学(Jan Servaes,University of Queensland in Brisbane);

施旭,浙江大学(Xu Shi,Zhejiang University)

Dr. Todd Nesbitt chairs the department of Communication and Mass Media at UNYP

---

① [作者简介] 张镜湖(Jen Hu Chang),台湾中国文化大学董事长,兼任教授,国际欧亚科学院院士;D. 雷·黑塞(D. Ray Heisey),美国肯特州立大学前传媒学院院长,教授;托德·内斯比特(Todd Nesbitt),纽约大学布拉格分校传播和大众媒体系主任,教授;卡门·德·拉·佩扎(Carmen de la Peza),墨西哥城市自治大学阿斯卡波察尔科区分校教育和传播学系教授;简·塞维斯(Jan Servaes),澳大利亚昆士兰大学新闻与传播系主任,教授;施旭(Xu Shi),浙江大学话语与多元研究所所长,教授。关于陈国明(Guo-Ming Chen)教授和三池贤孝(Yoshitaka Miike)博士,请分别见本书其所撰论文之作者简介。

[摘　要]在此跨文化和国际性的讨论中,八位来自澳大利亚、捷克、墨西哥、美国、中国大陆和台湾地区的学者从不同视角出发考察了"文化全球化"的概念。张镜湖(Jen Hu Chang)首先提出我们的世界因为有不同的文化才丰富多彩;D.雷·黑塞,(D. Ray Heisey)探讨了文化全球化的意义与影响;陈国明(Guo-Ming Chen)提出了一个增强跨文化传播能力的模式;三池贤孝(Yoshita-ka Miike)考察了全球化时代中的"文化亚洲";托德·内斯比特(Todd Nesbitt)对全球媒介与文化变革的关系进行了论述;卡门·德·拉·佩扎(Carmen de la Peza)指出全球媒介加速了全球化进程;简·塞维斯(Jan Servaes)讨论了构建本土文化身份的问题;最后,施旭(Xu Shi)探讨了全球化、文化与传播之间的关系。这八段文字一起描绘了一幅文化全球化的图景。

[关键词]文化变革,文化全球化,文化身份/认同,全球媒介,跨文化传播能力

1. 我们的世界因为有不同的文化才丰富多彩(张镜湖 Jen Hu Chang)

我们都看过这样的图片:全身几近赤裸、只缠腰布的非洲男人,身上穿着皮毛外衣的爱斯基摩人,扎着大辫子、穿着衬衣和裙子的瑞士女孩,还有身着丝质和服的日本女人。

不过,如今来自不同社会的人们越来越多地穿西装打领带,或是穿着款式相近的套装和高跟鞋。

这就是文化全球化的结果。随着现代科技的出现——如电视机、飞机、电话和互联网——世界范围内的人们不仅可以及时分享信息,也可以共享文化潮流。

由于文化价值上的差异,现在西方、亚洲、非洲和中东地区占据主导地位的文化都经历过冲突。基督教、伊斯兰教、印度教和佛教等宗教文化也因观念上的不同而各居其地。

如果不能妥善处理,文化的全球化可能会给少数族裔的文化带来灭顶之灾。许多边缘文化——比如澳大利亚的土著居民、印度尼西亚的部落或是巴西雨林中的居民等的文化——正面临消失的危险。每种文化都有其珍贵而独特的信息,比如治疗某种疾病的药来自于巴西雨林中的植物。对于全世界来说,这些文化如果消失将是一大损失。

媒介通过报道国际上的事件与活动,使这个世界联系得越来越紧密。在激发大众对于全球文化对少数族裔造成的影响的普遍关注方面,媒介也扮演了很重要的作用。媒介还能有助于防止主流文化对少数族裔进行不公的侵犯。一家在南非和印尼作业的美国矿业公司破坏了当地的环境,人们原本可能注意不到这件事,而媒介对此进行了报道。美国的许多环境组织做出回应,要帮助这些国家的少数族裔,并对产业巨头采取法律行动。

无论来自何种文化,人都会对食物、保护、家庭、族群、和平与和谐有基本的认识。我们所面临的挑战是要找到一种共享全球文化(包括少数族裔的文化)的方式。

* *

2. 增强跨文化传播能力(陈国明 Guo-Ming Chen)

全球化是一种互相影响的过程;在这个过程中,所有的文化团体都应享有同等的权力,从而共同创造与协调"传播现实"。

因此,建立一种新的"区域"观念、学着成为一个"全球公民",这些是在人类社会中得以生存的关键。新的"区域"观念体现了一种"包容性"(inclusiveness),将不同种族、不同族裔、不同性别的人们合在一起;它反映了对文化多样性的接纳。

要想成为"全球公民",人们得协调好自己所处的地位与本土、本国及全球区域之间的关系;它反映了培育文化身份/认同的重要性。人们得具有我所谓的"跨文化传播能力"(intercultural communication competence,ICC)才能实现这些目标。

"跨文化传播能力"模式如下图所示:

"跨文化传播能力"基于人类能力的三个方面:认知、情感和行为。"跨

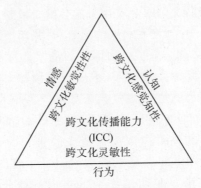

图 1　跨文化传播能力模式

文化传播能力"的认知方面是通过跨文化感知性(intercultural awareness)的能力来体现的,而跨文化感知性是指对影响着我们如何思考、如何行动的文化惯例的理解。换句话说,一个文化团体的主流价值观、态度和信仰决定了其成员的行为,而跨文化感知即是将有关观点进行态度性内化的过程。它是准确描绘"文化图景"、理清"文化主题"、或者说理解"文化语法"的能力。

"跨文化传播能力"的情感方面是通过跨文化敏觉性(intercultural sensi-tivity)的能力来体现的,而跨文化敏觉性是指在跨文化传播中随时准备好理解、尊重和欣赏文化差异的一种素质。换句话说,具有跨文化敏觉性的人能够在交流的过程中发出和接受积极的情感反应。

最后,"跨文化传播能力"的行为方面是通过跨文化灵敏性/有效性(inter-cultural adroitness/effectiveness)的能力来体现的,而跨文化灵敏性/有效性是指对传播技能的培养(包括语言能力、行为灵活性、交流管理、身份维持和关系培养),让人们能够在跨文化交流活动中恰当而有效地实现自己的目标。

惟有跨文化传播能力才能让人们拥有多元文化/全球的思维方式,并且成功地进行跨文化对话而不受政治和经济意识形态的影响。

* *

3. 文化全球化的意义和影响(D. 雷 · 黑塞 D. Ray Heisey)

文化全球化有利有弊。从消极的角度说,随着世界上媒介与交通的快速发展,文化不断地传播和进步,不同文化之间的相互开放、相互分享、相互融合、相互影响,使得各种文化不再是最初的、真正的样子;从这个角度说,文化是易受损害的。

当主流文化压倒和吸收了世界一些地区的边缘文化,无论从哪种文化的角度说,失去文化完整性的危险都十分明显。

为了与他人分享我们的文化优势,我们可能会忽视维持文化完整性对于被影响者的重要性。例如,在一些相对欠发达的国家或地区,人们往往把经济上的优势看成是一种文化上更为高级的体现。为了实现现代化,有些国家或地区未能保护其自身文化的完整性。这是不应该发生的。我们得找到一定的办法,在推进经济发展的同时不失去文化的原真性。

陈国明教授和三池贤孝博士(见下文)提出了一种看待全球化问题的方式,即所谓的"跨文化视角"(transcultural perspective)。我们既不能从"自由"视角也不能从"批判"视角来看待全球化问题。"自由"视角认为文化全球化是"市场经济的胜利",而"批判"视角认为文化全球化是"西方/美国文化的统治"。相反,这两位学者认为文化全球化应被视为"多元现代性在全球范围内的连续发展"。他们认为"跨文化"(transculturation)应该在世界范围内发展出许多种不同的现代性样式,从而使不同的文化可以真实地对待它们自己本有的优势、而不是被纳入同一种转变的模式中。要做到这一点,不同的文化之间必须进行对话;对话的过程可以创造性地使不同文化相互取长补短。不同的文化及文化/政治领导人应参与到对话中来,从而商议出具有创造性的方法,使文化身份/认同得以维持。

* *

4. 全球化时代的文化亚洲(三池贤孝 Yoshitaka Miike)

哈佛大学燕京学社社长杜维明(Weiming Tu)曾就全球化提出两个命题[1]。其一,全球化会是一种霸权式的均一化过程,泯灭了文化的多样性和敏感性。但通过对话,它也可以通往真正意义上的全球共同体。其二,对于身

---

[1] Weiming Tu, Context of Dialogue: Globalization and Diversity. In Giandomenico Picco(ed.), *Crossing the Divide*: *Dialogue among Civilizations*. South Orange, NJ: School of Diplomacy and International Relations, Seton Hall University, 2001, pp. 49-96.

份认同的追求可能会退化成极端的种族中心主义与排外主义。但通过对话，它也可以引向真正的跨文化传播和对多样性的真正尊重。基于杜维明的命题，我想在此对"文化全球化"的意义与影响再次加以深思。

在亚洲语境中，全球化常被视为一种无可避免的调整与适应的过程。这往往暗示着某些特定的全球性趋势的存在；为了生存与发展，我们不得不加以应对。而这些全球性的力量，或者说变革的浪潮，基本上都来自于西方，尤其是美国。结果，许多亚洲人成了西方的学生。而在他们去西方走了一圈又回到亚洲后，他们成为了西方的老师。这就是"学习西方"的思维方式。简言之，这些亚洲人是全球化的积极参与者。

如果我们不想让全球化在亚洲（及其他地方）成为一种支配式的均一化过程，我们就得成为全球化中的积极行动者。对此，我们已经晚了很多时间了。我们得纠正"全球化是对西方的跨文化适应"这样的误解。我们应认识到：全球化（尤其是文化全球化）的重要性不在于统治与支配的权力，而在于创造与交流的可能。那么在亚洲环境中有没有这样的可能：我们在追求亚洲集体身份认同和普遍价值观念的同时，积极倡导亚洲文化的全球化？

"文化中国"（Cultural China）的概念在最近几年越来越盛行①。它是指一种文化空间。在这一文化空间中，中国（人）的身份不断地被打磨，中国（人）的特性不断地被重新定义。它的观念是：全世界的华人及华人团体，无论他们是否因为地理、政治或经济的原因而被分隔开来，都仍然共享其丰富的文化遗产，从而组成中国（人）的文化身份。按照同样的思路，我很疑惑：从世界范围的角度出发，通过亚洲文化的全球化来预想"文化亚洲"（Cultural Asia）的象征性所在，这样做是不是完全不合理呢？在"亚洲的共同性和多样性"的问题上进行持续的对话，可以让我们对亚洲身份的政治性、亚洲特性的复杂性、人性之美产生深入的见解。

对各种迥异的亚洲文化传统重新产生兴趣、以多年积累的亚洲智慧对自己重新加以教育、探寻文化亚洲的普遍价值、阐明地球村中的亚洲观念；对我们来说，这样做的时机已经成熟。这种"亚洲中心的全球化"有三重影响，我略加总结：（1）它可以帮助我们就亚洲的文化连续性及文化变革问题做出明

---

① Weiming Tu, Cultural China: The Periphery as the Center, In Weiming Tu(ed.), *The Living Tree: The Changing Meaning of Being Chinese Today*. Stanford, CA: Stanford University Press, 1994, pp. 1—34.

智而独立的决定;(2)它可以拓宽和加深我们对亚洲近邻们的理解;(3)我们可以为世界的多元文化主义做出亚洲的贡献。

* *

5. 全球媒介与文化变革(托德·内斯比特 Todd Nesbitt)

虽然对国内市场中外国内容与外国所有权的度加以说明不是一件难事,但是要想对文化全球化对国家文化产生的直接影响加以衡量就不那么容易了。

要想提供一定的证据,证明全球化的媒介内容与文化变革之间存在直接的因果关系,这很困难;但是我们可以观察到一些明显的影响,至少可以看到一些社会文化方面的结果。主要的领域之一与商业主义有关,它通常被视为一种过程;在此过程中,重视媒介制作中的市场份额及收益能力成为潜在的主导力量,而与此相应需付出的代价是媒介在政治、社会和文化角色方面的传统功能则被淡化。

对于全球商业文化的扩展,人们通常认为全球媒介公司最终会失败,因为人们更喜欢本土的而非外国的媒介内容。不过,随着制作的全球化,这种想法越来越多地值得我们加以质疑。与"全球媒介公司参与本土文化活动的制作"相联和需要关注的,是其可能产生的均质化的效果:问题源于将需冒不盈利风险的内容搁在一边,而雷同聚集于一种内容——这种内容最容易创造利润——从而形成一种具有普遍性的均质的影响力。确实,当"跨国"与"本土"越来越多地共存时,观众的竞争会使国内的媒介制作人更加汲汲于商业利益,而非通常所应重视的全球媒介事务。

说到国家文化内容,人民大众和国家机构所能做的选择似乎越来越少了,他们除了参与文化全球化过程中的协商活动别无他途。个人通过媒介信息对文化身份/认同加以协商,而其所处的环境中,有关国家文化和国家身份的纯净(最低限度地以市场为基础)媒介内容不断减少,区域性和全球性所有权在此种媒介信息内容的生产过程中的影响力则有所增加,商业氛围得到扩大。对于国家机构来说,协商的成败可能取决于:在不断扩大的全球商业媒介环境中,以灵敏方式发扬特有的文化传统,在国家层面(有时在区域层面)维持或重建文化身份。

* *

6. 全球媒介加速全球化进程(卡门·德·拉·佩扎 Carmen de la Peza)

权力的冲突与不平衡、第一世界与第三世界之间的多重矛盾都表现在了音乐产业中,音乐产业因而成为全球化过程的一个副产品。不过,我们不能忘记,世界上还存在着文化交流的其他维度。过去,与奴隶制度相关的移民活动使得大量人口从非洲来到美洲,持续了三百年;而今天,贫穷与不平又迫使无数第三世界的居民来到第一世界国家寻求生存的机会。这使得拉丁音乐、非洲音乐及加勒比音乐在商业上的潜力不断增加,给西方音乐带来了很大的影响。最近,第一世界与第三世界国家之间的文化交流活动比较集中。一方面,由于移民,来自第三世界国家的人和音乐越来越多地出现在了国际大都市(洛杉矶、纽约、芝加哥、巴黎和伦敦)的中心。另一方面,源自第一世界的图像和声音已经传播到了第三世界。这一现实让我们必须对文化帝国主义的传统看法(将"中心"看成支配式的主体,操纵和利用着处于消极被动地位的"周边")进行反思。虽然扩大了的开放和文化渗透、联合新的文化形式对本土音乐产生了一定影响,不过崭新的创作形式仍然丰富了本土音乐文化。

由于新的信息技术和信息传播的发展、唱片业的扩张,音乐正以极快的速度传遍世界的每个角落。从来没有哪种科会以如此速度充斥社会,其渗透的节奏被极大地加快了。不过,随着唱片业在全球范围的扩张,跨国文化的新形式也因之产生。这与音乐内容/形式的垮塌及随之而来的同一化表现无关,而与音乐在日常生活中的地位有关。Steiner 说:"如今我们随时随地都能听到任何音乐,并以之为家庭的背景音乐。这是从来没有过的。"与其去想西方文化如何统治、修改或者说改变了本土文化,不如考虑一下:现代的、理性的、以文字为中心的文化如何转变成声音文化,而期间文字中心文化的秩序已经不再。

* *

7. 构建本土文化身份(简·塞维斯 Jan Servaes)

大众媒介可以被视为将文化产品商业化和标准化的产业。除了生产、配送和销售与市场相应的产品这样的经营行为外,媒介的另一个同等重要的特征即是"文化"。

与其他产品相比,文化产品反映了生产者的文化价值观和生产活动所处的社会现实。因此,收看电视或者收听广播不能被视为简单的消费行为,这些行为包括非常复杂的解码过程,或者说理解文化意义的过程。因此,媒介的全球化绝不仅仅是被西方媒介或者说美国媒介所控制的过程,最终并非世界文化的西方化或者说美国化过程。因此,"全球传播的不同结构类型"与"媒介产品消费的本土情况"这两方面之间的关系可被极好地理解为"全球化融合"与"本土化理解"的轴心。

"通过相遇和协商的过程达成文化融合"的想法很有意思。"融合"不仅发生在不同的文化之间,也发生在所谓"全球"和"本土"之间、或者说是"文化的全球化"和"文化的本土化"的过程之间。

亚洲的国家(菲律宾、印度、日本和中国)近年来显示出这样的情况:相对于进口的文化产品来说,国内的文化产品享有一种竞争优势。本土的文化产品有着本土居民所熟悉的语言及文化背景,具有"文化接近性"的优势。外国媒介在影响本土文化方面的能力被夸大了。

文化因素和语言因素帮助本土和国内的电视节目发展出了一定的利基市场①。不过,随着国际的本土化和本土的全球化,为了稳定和夸大市场,节目制作中的(文化)混合会越来越多。

许多本土媒介产业因为缺乏资本、人才和先进的设备而前进受阻。支持性的保护主义(Supportive protectionism)意在通过政府的资助和补贴对国家的文化产业加以扶持和推进。有些身居高位的社会精英们认为,西方文化常常促进和滋生了社会的分化和个人主义。他们会把保护主义当作一种工具加以利用。然而在这个时代,保护主义的策略要求操作者有很多微妙的手段。我们再也不可能严厉或笨拙地将外国文化产品完全拒之门外。

* *

8. 全球化、文化和传播(施旭 Xu Shi)

全球化的趋势并不仅仅体现在经济上,还体现在政治、军事、宗教、教育、

---

① 译者注:niche,利基市场,缝隙市场;源于法语,指向那些被市场中的统治者/有绝对优势的企业忽略的某些细分市场。企业会选定一个很小的产品或服务领域,集中力量进入并成为领先者,从当地市场到全国再到全球,同时建立各种壁垒,逐渐形成持久的竞争优势。

科学以及文化生活的各个方面。不过,这种全球化并不能带来普遍的文化自由,或者说并不能让人们共享人类文化的所有好处。它不是一种均等的过程。西方,尤其是美国,很大程度上在全球化中占据着主导的地位;其结果是对非西方文化、非西方群体的压制、边缘化与排斥仍然是十分主要的问题,影响着亚洲、非洲和拉丁美洲亿万人民的生活。美国与欧洲所代表的西方统治着社会科学与人类科学,这一事实无可回避;而在日常生活其他方面,这种文化上的不平衡更是毋庸多言。在我们理解全球化的各种层面时,我们应将这种力量的不平衡视为一个根本问题。

西方(美国)对全球化潮流的支配当然不是全面的、绝对的;没有哪种文化可以做到这一点。人类文化一直是动态的、多元的和自我批评的。随着全球化进程的速度越来越快,抗拒文化统治、文化压制和文化剥削的可能与机会越来越多,改变现有文化形势的可能与机会也越来越多。事实上,呼唤文化的多元性、平等性与和谐性的声音正越来越响亮。

为了挑战权力的不平衡、进行全球化下的竞争,我们需要完成很多重要任务,包括:揭示/说明特定文化通过语言和非语言的手段统治其他文化的方式;重新发起有关文化共存与文化融合的讨论;促进真正的跨文化对话,从而建立共同的文化目标;为此类跨文化传播和交流提供共同的协商规则,从而帮助其顺利进行。

鉴于文化疏远与文化对立的程度有所增加——尤其是"9·11"事件之后——以及欧盟与东亚出现了新的复杂情况,有历史根源的"大中华"对话重新出现,不仅表现为一种巨大的挑战,也是一个令人兴奋的机遇。总的说来,文化全球化的概念,尤其是中国的"和谐"智慧,会成为一种有用的概念与修辞策略,帮助我们实现人类文化的团结与兴盛。

编者注:这些文字原发表于 2005 年 7 月 6 日(星期三)的《台北时报》第五版上。非常感谢《台北时报》和台湾中正大学新闻与传播学院允许我们将之重刊于 China Media Research。

(本译文英文原载 China Media Research,July 2006/Vol. 2/No. 3)

Intercultural Symposium on Cultural Globalization

Jen Hu Chang, Chinese Culture University

Guo-Ming Chen, University of Rhode Island

D. Ray Heisey, Kent State University

Yoshitaka Miike, University of Hawai'i-Hilo

Todd Nesbitt, University of New York in Prague

Carmen de la Peza, Universidad Autonoma Metropolitana in Ascapotzalco

Jan Servaes, University of Queensland in Brisbane

Xu Shi, Zhejiang University

Abstract: Eight scholars from Australia, Czech Republic, Mexico, P. R., USA, mainland China and Taiwan region (China) approach the concept of cultural globalization from different perspectives in this intercultural and international symposium. Chang first argues that our world is enriched by different cultures; Heisey explores the meaning and impact of cultural globalization; Chen proposes a model for the enhancement of intercultural communication competence; Miike examines cultural Asia in the age of globalization; Nesbitt deals with the relationship between global media and cultural change; Peza points out that global media speed up globalization; Servaes discusses the issue of constructing the local cultural identity, and finally, Shi investigates the relationship among globalization, culture and communication. Together, the eight essays draw a picture of cultural globalization.

Keywords: Cultural change, cultural globalization, cultural identity, global media, intercultural communication competence

传播非洲：为跨文化盟约而倡导中心性

摩勒菲·克梯·阿澈梯（Molefi Kete Asante）[①]
美国坦普尔大学

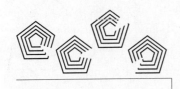

[摘　要] 奴隶贸易戕害了数百万非洲人，打破了他们传统的生活状态，使之经历了一场劫难。事实上，欧洲人对非洲人的奴役还意味着欧洲人对有关非洲的真实信息也进行了殖民控制。非洲人民受到大范围的奴役，不仅中断和毁坏了非洲人的信仰和话语环境，而且还深深地影响了谈论非洲的形式和其他人心目中对非洲的看法。可以说，非洲的真实情况受到歪曲，是现代语境中有关非洲大陆话题的中心；以至于在进行了这么多年的非洲中心矫正后，许多人仍对非洲人和非洲抱有妖魔化的看法。本文通过证明有必要在非洲历史的范畴内重塑非洲人的"媒介"身份和"自我实现者"身份，从而对非洲人作为跨文化/跨国传播者的传播渴望加以定位。本文还为实现这种转变提出了一些策略。

[关键词] 非洲中心，媒介，中心性，欧洲奴隶贸易，定位，叙述，取向

① [作者简介] 摩勒菲·克梯·阿澈梯（Molefi Kete Asante），美国坦普尔大学（Temple University）教授，国际传播的非洲中心理论的创始人，最著名的美籍非裔学者之一。出版有 60 多本书，并已发表 300 多篇学术论文，1987 年在坦普尔大学创建了最早的非洲裔美国人研究博士计划。

Martin Klein(2007)一针见血地指出:"人类的所作所为从未像非洲的奴隶贸易那样带来无可计数的死亡和无可比拟的痛苦。其他惨剧——至为悲惨的莫过于二战期间纳粹屠杀犹太人——虽然也激起极大的恐惧与愤怒,但奴隶贸易持续时间更长,造成的死亡更多。"(p.54)欧洲奴隶贸易的负面影响极为深远,从肉体与经济等方面给非洲人民的心灵蒙上了可怕的阴影。鉴于此,Maafa("大灾难"①)的后遗症在非洲人民与其他地区人民进行跨文化传播的过程中起了很不好的作用(Ani,1994)。

奴隶贸易戕害了数百万非洲人,打破了他们传统的生活状态,使之经历了一场劫难(DuBois,1996)。事实上,欧洲人对非洲人的奴役还意味着欧洲人对有关非洲的真实信息也进行了殖民控制。非洲人民受到大范围的奴役不仅中断和毁坏了非洲人的信仰和话语环境,而且还深深地影响了谈论非洲的形式和其他人心目中对非洲的看法。可以说,非洲的真实情况受到歪曲,是现代语境中有关非洲大陆话题的中心;以至于在进行了这么多年的非洲中心矫正后,许多人仍对非洲人和非洲抱有妖魔化的看法(Asante,1998;Mazama,2003)。另一方面,许多非洲人(包括生活在非洲的非洲人和生活在北美、南美及加勒比海地区的非洲裔人群)接受了这些歪曲的信息,视之为当然。这种情况源于最初欧洲中心观点对非洲文化、非洲宇宙观和非洲历史的歪曲,破坏了跨文化传播的基础。

定位非洲人的媒介身份

本文的目的在于:通过证明有必要在非洲历史的范畴内重塑非洲人的"媒介"身份和"自我实现者"身份,从而对非洲人作为跨文化/跨国传播者的传播渴望加以定位。欧洲人的掠夺毁坏了非洲的形象。如果不对这一问题有所认识,非洲与世界其他地区之间就不可能建立起真正有效的传播。

比如说,既然中国政府对非洲事务显示出了浓厚的兴趣——2006年11月,胡锦涛主席、温家宝总理和48位非洲领导人齐聚中非合作论坛北京峰会;又如2007年2月,胡锦涛主席对非洲进行了为期12天的访问——那么中国的传播者就非常有必要对非洲中心的非洲历史加以认识。而欧洲中心对非洲的描述极大地影响了世界对非洲的看法,这将成为中非传播的障碍。当

---

① 译者注:Maafa源自斯瓦希里语,有"大灾难"之意,指的是对非洲奴隶的大屠杀。

然,学习和认识的这种过程应该是双向的;中国和其他亚洲国家在国际环境中有自己的位置,非洲国家应该对亚洲有直接的认识。这意味着,非洲人对亚洲现实的认识也不能以欧洲人对亚洲人的刻板印象为基础。

确实,自大的欧洲对有关非洲人或亚洲人的大多数看法和观点都进行了描述和分类。我们在文化交流时必须把这些放在一边,抛开欧洲的中介。出于同样的原因,非洲国家和亚洲国家应从平等而不是霸权出发,为与欧洲进行传播建立更为成熟的基础。这种成熟意味着一种甩开等级制度包袱的文化交融,Homi Bhabba(1994)称之为"第三空间"。Yin(2006)提出第三语境的说法,"第三语境既不应该将西方个人主义强加在崇尚集体主义的文化之上,也不应该以一种压迫代替另一种压迫"(p.51)。

有必要指出,在西方对媒介握有支配力的情况下出现的一些全球性社会问题和政治问题,严重地中伤了非洲历史。因此我的目的在于,为有力地反驳欧洲媒介对非洲历史的扭曲提供根据。我所说的"媒介"是指所有以技术形式散播信息的知识体系。事实上,我知道美国媒体和欧洲媒体对非洲的负面认识也已经影响到了中国人和其他亚洲人的视角和观点。

郑 和 与 非 洲

很少有亚洲人知道,与亚洲与欧洲之间的交流相比,亚洲与非洲之间的接触开始得更早,持续时间更长,活动更为积极。比如早在东非历史上的城邦阶段,大多数城邦各自独立,由自己的国王或苏丹统治;他们在印度洋地区的贸易活动非常密集。这些城邦间不断地发生竞争、冲突和敌对;一个城邦会打败另一个城邦,对其土地及其苏丹的中心城镇进行统治。公元14世纪初,一个叫基尔瓦(Kilwa①)的城邦控制了索法拉(Sofala)和桑给巴尔(Zanzibar)之间的所有土地。然而经过数十年的战争和朝代斗争,那些小城又在

---

① 译者注:古老的基尔瓦基斯瓦尼遗址(ruins of Kilwa Kisiwani)位于坦桑尼亚的南部海岸边。它曾经是整个东非海岸的贸易中心,也是继商队和独桅帆船远征活动所组成的复杂社会网络之后,鼓励斯瓦希里人走向繁荣和昌盛的驱动力。13至15世纪的时候,基尔瓦斯瓦尼的社会发展达到了全盛时期。他们与莫桑比克的索法拉(Sofala)、东部的印度、北部的阿拉伯半岛进行贸易活动,进一步推动了基尔瓦的财富发展,并使其达到了一个令人难以置信的高度。考古学家和历史学家都认为:基尔瓦和其周围的松戈马拉遗址(ruins of Songo Mnara)一同构成了坦桑尼亚国内关于斯瓦希里文明的最重要遗址之一。节选自坦桑尼亚旅游局网页 http://www.lvyou168.cn/travel/Tanzania/ttb/Kilwa.htm。

1390 年前后恢复独立。此后不久,中国明朝的探险家郑和就来到了这片海岸。

郑和的穆斯林身份让他成为与东非伊斯兰统治者做生意的合适人选(Mote,1995)。他七下西洋,行程远及南亚和非洲地区。不过对于非洲斯瓦西里海岸和中国之间的贸易来说,郑和的第七次远航最为重要。郑和第一次下西洋是在 1405 年到 1407 年,一共 62 艘船带了 28000 人来到印度。第七次下西洋是在 1431 年到 1433 年,郑和的舰队远航至非洲东海岸(甚至可能到达南非的西部)。他肯定去过北部的摩加迪沙(Mogadishu)和南部的马林迪(Malindi)。当然,是中国造船业的发展和中国人在亚洲海域积累的航海技术使郑和的远航成为可能。据明朝史书记载,来自非洲海岸地区的使团曾四次到达中国。这些探险活动为非洲和中国之间的传播铺了路,就像数百年间非洲与印度之间的交流一样。这些旅行与贸易活动和欧洲殖民者对非洲的掠夺是完全不同的。

伊比利亚半岛上的非洲人

从公元 9 世纪到 1492 年,信仰伊斯兰教的非洲人(称为"摩尔人")统治着伊比利亚半岛。这些人来自非洲大陆的北部地区,接受了伊斯兰教。他们带着自身信仰的狂热跨越了直布罗陀海峡,统治着后来分为西班牙和葡萄牙的伊比利亚半岛。伊比利亚半岛的一半以上地区为高原和山地。西部低地地区于 12 世纪赶走了非洲统治者,而西班牙人直到 1492 年才完全打败入侵的摩尔人。

此前 40 年,葡萄牙人成为自水路到达非洲的第一批欧洲人。1441 年,葡萄牙人在航海家亨利王子(Prince Henry)的支持下沿非洲西海岸一路航行而下。此时正是大航海时代,距郑和第七次下西洋不过几年时间。阿拉伯旅行家曾告诉葡萄牙人,在非洲、在摩尔人的土地上,遍地黄金。于是,葡萄牙人航行至非洲西部,发现了许多相对缺乏保护的海岸小城。他们将非洲人掳到首都里斯本。这时还没到哥伦布远航的 1492 年——从 1492 年开始,欧洲以美洲的土地和非洲的劳力为基础,打开了通往财富与发展的崭新通途。

对非洲人力资本的剥削

接下来的近四百年中,欧洲的奴隶贸易榨干了非洲各王国,使数百万非洲人被迫来到美洲和加勒比海地区(Palmer,1981;Walvin,1993,1999;Thomas,1997)。这一进程,作为一种历史的偶然,是非真实的、让非洲大陆受到奴役和殖民化、使非洲的历史和文化遭受了负面抨击;用现在的话说,这一进程使非洲人民在形象、媒介和政治等各方面都退步落后。许多学者都认为,在强迫数百万非洲人背井离乡前往美洲的背后,是欧洲国家五百年的经济野心与政治野心。其理念是全方位的,并带来了欧洲的工业化,欧洲国家造船业的发展和战争能力的提升,保险公司、金融组织、政治联盟以及报道帝国活动的媒体通讯社(路透社)等新事物的出现。

欧洲的奴隶贸易加速了欧洲和白人美洲的财富积累。如果没有数百年的免费劳力和产业的创造来支持奴隶生意,欧洲的财富绝不可能以一种具有绝对控制力的方式得以积聚。不过仍须指出,欧洲奴隶贸易中还出现了更为不祥的东西,即媒介机构、大学、教堂和其他思想组织的统治性本质。它们成为欧洲霸权的诠释者,往往宣称和支持白人种族优越的理念。

欧洲对非洲形象控制的影响

欧洲建立了有关非洲形象的霸权结构,其过程中有两点需要强调。第一,这不是一种自然结构,而是源于在思想、信息和政治方面对非洲历史和非洲文化的大规模破坏。哪怕是对非洲略有所知的欧洲人都能对这种错误的形象结构加以反驳,但是他们最终还是会被大多数人的种族主义结构所压倒。思想观念的主导者提出这种种族主义结构,是为了给他们对非洲的奴役和殖民统治找理由。第二,欧洲说服世界的其他地区相信,通过语言、宗教和战争的力量,欧洲对待非洲的方式是正确的;如此,欧洲开始了对非洲人民的负面的深远影响。

欧洲观点的基本内容

有关非洲的欧洲中心观点由三部分组成:

(1)非洲不是世界历史的一部分；

(2)非洲人对文明毫无贡献；

(3)所有重要的知识都源于希腊。

自17世纪到19世纪，许多重要的欧洲思想家都在寻求确证自己对非洲的偏见。黑格尔是这一时期欧洲最有影响力的知识分子。1829年，黑格尔写道，非洲不是历史的组成部分，永远不应再在历史的语境中提及非洲。在《历史哲学》中，黑格尔(2001)总结了知识界对非洲的偏见，这些偏见将在西方学界中持续很多年。除了柏拉图之外，没有哪个欧洲学者能像黑格尔一样对西方思想产生如此巨大的影响力。他的观点、判断和评价被欧洲最有智慧的学者们奉为真理。

与这个观点(宣称非洲不是世界历史的一部分)相联的第二个观点是，非洲人对文明毫无贡献。与前者相似，这也是为了给奴役非洲人的合法性提供一种辩解。如果非洲不是世界历史的一部分、非洲人也对文明毫无贡献，那么在欧洲人看来，奴役非洲人、对之进行殖民就是非常自然的事了。这种思想方式在现代英美著作中比比皆是。于是，整个非洲学派都致力于为自己辩白。

第三个观点是，所有有关人类文明的重要知识都源自希腊。如果谁说到修辞，那么就得追溯希腊。如果谁说到戏剧，那么还得认希腊为宗。美术、建筑和哲学被视为希腊人的贡献，"希腊神话"开启了西方文明史、创造了一种不断发展的文明。在学者们看来，希腊是一切西方智慧之源。不用说，这种将希腊视为文明源头的观点意味着亚洲和非洲被推到了欧洲知识霸权体系的边缘。事实上，欧洲的知识霸权并不可靠，因为它仅有的合理性是以自我指证的观点为基础的。

相对的观点

当然，以上三个观点不仅错误，而且损害了所有关于非洲和非洲人的说法。比如说，我们知道最早的希腊哲学家曾求学于非洲(Obenga，1995)。在开始撰写哲学著作之前，他们来到非洲的尼罗河谷求教。最早的希腊哲学家是赛勒斯(Thales①),他曾多年在非洲学习哲学。第二位重要的希腊哲学家是毕达哥拉斯(Pythagoras②),他花了至少 22 年的时间求教于非洲先贤。伊索克拉底(Isocrates③)被视为第三位重要的希腊哲学家,他曾师从非洲克米特(Kemetic)哲学家学习医学和哲学。非洲文明在哲学、医学、天文学、文学、美术、建筑和几何学等方面都扮演了极为重要的角色,我们永远不能无视和误解非洲在人类文明中的角色。认识到这一点非常重要。到公元前 2500 年,古克米特人已经建造起 96 座大金字塔中的大部分。这时距希腊文学的《荷马史诗》出现还有近 1700 年。在柏拉图或苏格拉底诞生前数百年,非洲的杜米特夫(Duauf)和莫里卡尔(Merikare)等古代哲学家就已经撰写了有关传播和言语的文章。

欧洲观点的核心是认为非洲人不能产生理性思想。许多来自欧洲历史和文化的文献都提到了这一点。此外还应指出,反非洲的种族主义进入了西方许多学院和大学的课程中。因此,其思维方式是:既然非洲人不能产生哲学——科学的至高处,那么非洲人就站在科学之外。据说所有的学科都源自哲学;在西方人看来,没有哲学,非洲人便与任何文明或文化都无关。所有这些概念都说明,非洲人在欧洲人看来是劣等的。

事实上,"智慧"概念并非最早出现在希腊,而是公元前 2052 年安特夫一世(Antef I)的墓墙上。古代非洲书吏写下包含多种意义用途的"seba"一词,反映安特夫一世的智慧。"seba"一词在古埃及语中是"英明睿智"之意。希腊用"sophia"来表示"智慧",显示出两词之间的密切联系。理性地说,我们得承认希腊的"sophia"一词不过是非洲"seba"的希腊形式。不过,欧洲作家论及哲学史时很少将非洲哲学家纳入讨论之列,他们宁肯称埃及哲学家为智慧导师;只取"sebayet"的从字面意思,以保留其特殊性,并以示其与希腊理性文化之区别。事实上,最早表示"热爱智慧的人"的词是"sebayet"。希腊的"sophi-

---

① 译者注:赛勒斯(Thales),希腊哲学家,被认为是第一个西方哲学家以及几何学和抽象天文学的奠基人,他认为物质由水组成。

② 译者注:毕达哥拉斯(Pythagoras),古希腊哲学家和数学家,在意大利南部创立学派,强调对音乐和谐及几何的研究。他证明了毕达哥拉斯定理的广泛有效性,并且被认为是世界是第一位真正的数学家。

③ 译者注:伊索克拉底(Isocrates,公元前 436—前 338)是希腊古典时代后期著名的教育家。他出身雅典富裕奴隶主家庭,是智者普罗泰哥拉和高尔吉亚的学生,与苏格拉底亦有师生关系。他虽然猛烈抨击当时日渐颓败的智者教育,但局限于从道德人格上的指责,尚不能像柏拉图那样从理论上进行深刻的批驳;实际上,伊索克拉底在很大程度上还师承了智者派的教育传统,主要教授修辞学和雄辩术,以培养演说家为己任。

a"和阿拉伯的"sufi"源自更古老的非洲词语"seba"。无数著作和"科学"文章想证明非洲人不能进行逻辑思维,因此应被排除在人类社会之外。

在我看来,这些负面的观点成为了西方传统的一部分,也已经散布在世界各地。全球化哲学源于西方,任何与推广此种全球化哲学相关的媒介霸权形式都将带上该种族主义的坏种子。作为传播者,我们的任务之一就是寻求普遍人性的象征,驳斥一切种族霸权形式,让所有话语都有发言的机会,减少种族主义的非理性,从而在共同的尊重的基础上相互对话。

展望未来

我在本文的开头指出,欧洲奴隶贸易给非洲人的精神史带来了极大的损害,使非洲本土居民遭受了混乱、边缘化和种种苦难。欧洲奴隶贸易的历史插入和影响带来了广泛的负面效应。事实上,一些什物、纪念品、服饰、玩笑、诵文、歌曲、绘画、卡通和书刊等家庭作坊的产生都是出于表达欧洲人对所有非洲事物的厌恶。在世界历史上,还没有谁会像非洲人那样受到所有媒介形式的诬蔑和攻击。美国几乎所有的流行娱乐形式,特别是舞台表演,都以嘲弄非洲和非洲事物为乐。白人演员把脸涂黑扮黑人,演的都是小丑的角色。上百年来,这种情况对于美国人和欧洲人来说司空见惯。随之,种种文章、训诫和科学实验向白人们确证,他们对非洲人建立种种带来极大负面影响的媒介是正确的。

1865 年,美国宣布永远解放非洲奴隶;1888 年,巴西的非裔也获得了自由。但在这两个国家,欧洲种族主义观点造成的伤害却一直存在于国家政体之中。在某些情况下,这些观点甚至影响了亚洲人看待非洲和非洲人/事物的方式、影响了非洲人看待自己的方式。自我憎恶是对个人自我或个人所在的群体接受了负面观点的一种表现形式。

走向中心

作为知识界的一种运动,非洲中心是对混乱的一种反拨,尝试以历史真实和符号真实为基础发展出一种视角,从而减少人们对非洲人的困惑与迷茫。同样,非洲中心将自己置于传播话语的中心,提出"中心位置更合适"的观点。意思是说,如果一个人想从事跨文化传播,中心位置将比流动位置更有用。换句话说,认识到自己的文化遗产和文化根源可以使一个传播者在尊重的层面上与其他传播者进行交流。而如果一方被另一方"压制",尊重就无从谈起了。人们无法把自己从文化中剥离开之后再谈论跨文化传播。即使我们没有参与自己的文化,也一定处于别人的文化中,因为我们永远无法脱离文化(Jandt & Tanno,2001)。

因此,非洲中心被视为将非洲人从其历史边缘地位转换到历史中心地位(人成为活动的媒介)的一种范式。不过,从跨文化传播的角度说,这意味着非洲将给传播话语带来一系列特别的假设、价值观、理念、哲学和导向(Chen & Starosta,2005)。这在奴隶制仍然存在时或是种族隔离和种族融合时期是不可能发生的;只有当非洲人将自己视为历史的行动者和参与者、而不是处在欧洲的边缘时,这才能实现。所有的迹象显示,欧洲人还需要一段时间来对此加以消化和理解。欧洲人对非洲中心的攻击模糊了事实,误读了非洲中心的目标,而且仅从个人偏见出发进行攻击。很明显,这些做法的目的是阻碍人们公开质疑压迫者和被压迫者之间、奴隶主和奴隶之间、施害者与受害者之间的历史关系。只要欧洲人的排外性仍然存在于欧洲中心思想的核心中,那么这个世界就不可能为诚实传播和开放传播提供存在的基础。因此,支持非洲中心的学者们和一些支持亚洲中心的学者们(如 Miike,2006)呼吁发展一种人类关系观点,使中心性本身成为支配性范式。

对政治、社会和经济信息而言,"中心"乃一种取向,它将其文化成分推延入所有言论的核心。这意味着所有人都在其历史和社会语境中处于中心地位,永远不应被推挤、驱赶或逼迫到人类历史的边缘。因此,非洲中心或亚洲中心是不同的中心。至于欧洲中心,五百年来一直在尝试破坏其他文化视角的普遍性/全球性,尽管它自身不是如此定位,但事实上欧洲中心也只是多个中心中的一种。不过,我们不能将中心性与种族主义相混淆。种族主义往往视自身的种族身份高于其他民族。

另一方面,中心性作为一种传播思想具有三个明显特征:(1)拥有一套较为完善的文化假设;(2)拥有话语交流的哲学空间;(3)为可能的传播成功而做出奉献。根据这三个特征,我们可以建立一种话语交流的过程,将所有的文化都置于其特定历史的中心,从而获得真正具有普遍性的历史。这不是拥有特定意识形态的文化掠夺者为统治世界而进行的一种全球化过程,而是使人们可以听到、评价一切人类的声音,让他们可以表达自己的真理。让我们聆听所有的音乐,高唱所有的歌曲,跳起所有的舞蹈,在社会话语的最深处探寻每种人类文化的媒介。这要求我们注意语言所隐藏的东西——我们通常认为语言是用来传递信息的。

认清所有语言的隐晦面

在西方，围绕人类文化的政治话语往往以隐晦的语言来表达。人们表面上说的是一件事，实际上指的是另一件事。有时候，人们会写一些东西，但实际上他们是想在写作中隐藏真相。概念是盎格鲁—欧罗巴（Anglo-European）思想之上层构造的基础。长时间以来，在这些概念的形成过程中，我们可以看到上述隐晦语言的使用。比如说，"种族"思想的建立就是一个隐晦的概念形成过程。

在世界文学和社会思想中对"种族"发起讨论的，并非非洲人和亚洲人。种族是欧洲人的现象"发现"。15世纪时，德国哥廷根大学和其他机构中的哲学家和学者们希望对人类进行分类，为不同的种类建立等级。欧洲所谓雅利安人、日耳曼人、阿尔卑斯人和地中海地区人等概念就是应分类的目的而出现的。但是，根据种种特征建立的欧洲"种族"等级，目的是为了表达优越和劣等的区别，其根源是德国的排外思想。正是这个排外的问题占据了人类话语空间，阻碍我们朝着共识与普遍前进。对于非洲人民来说，近五百年利用语言隐晦真相，带来了许多社会和政治顽疾。

比如说，西方学者想通过宣称古代非洲国王图坦卡蒙（Tutankhamen①）具有多重文化身份，从而将这个非洲人置于不确定的种族/社会模糊中。事实上，在最近一次有关图坦卡蒙国王的展览中，博物馆馆长似乎有意不说图坦卡蒙国王的非洲人身份。从国王墓中发掘出的一些东西显示了国王的黑人身份，而当代的展览者们却想推翻人们的亲眼所见。他们请来技术人员，利用CT对图坦卡蒙国王的头骨进行扫描，对国王的面目加以复原。当然，技术人员把图坦卡蒙国王复原成了一个白种人。世界上有没有哪位德高望重的知名学者对这种无知做法加以反对？即使有，他们也没有公开表达自己的意见。也许这种沉默只是缺乏信息的表现，也许包含更为险恶的用心：他们想混淆视听，模糊黑人的文化与历史。埃及不在中东，而在非洲。我们可以

---

① 译者注：图坦卡蒙（Tutankhamen），埃及法老，属于中王国时期的第18王朝（公元前1550—前1295年）。

申明,埃及在非洲的东北部,这一点毋庸置疑。但是我们不能像二战后那样,从政治角度把埃及归入中东。

一些人想抹杀非洲对古代世界的贡献,上述事例正是这种做法的表现,因此我将这个例子提到了最前面。我们知道,非洲不仅是人类的诞生地之一,而且非洲所孕育的早期人类也是初期文明的缔造者。然而,自非洲奴隶贸易开始,西方人念念不忘想要掩盖的也是这些正面信息。这些信息不可能再被隐藏了,人们正在讲述一个真正的非洲。

推进中心性叙述

我认为现在可以谈论中心性叙述的关键要素了——传播者们在中心性叙述中利用一切文化形式积极推进人类交流。这些要素包括:

民族价值观——以对传播的渴望为基础;

行动导向——带来指向交流的活动;

权威声音——来自人民自己;

重点关注——社会和经济公平;

动态表达——反种族主义和反帝国主义。

我们知道,我们在全球经济中获得了媒介信息和媒介力量,其体系本身并不具有转变的特点;它只是对外来的压力和哲学做出反应。鉴于传播者可以在解读文化之间的关系时重新获得领导权,于是我们可以在人类社会中创建全新的和有价值的东西。本文意在抛砖引玉,以非洲为例,倡导"中心性"这一文化共存、相互尊重的形式。

(本译文英文原载 *China Media Research*,September 2007/Vol. 3/No. 3)

References

Ani,M.(1994).*Yurugu*. Trenton,NJ:Africa World Press.

Asante,M. K.(1998). *The Afrocentric idea*(Rev. ed.). Philadelphia, PA:Temple University Press.

Bhabha,H. K.(1994). *The location of culture*. London:Routledge.

Chen,G. -M. ,& Starosta,W. J.(2005). *Foundations of intercultural communication*. New York: University Press of America.

DuBois,W. E. B. (1996). *The souls of black folk*. New York: Penguin Classics.

Hegel,G. W. F. (2001). *The philosophy of history*. Kitchener,Ontario: Batoche Books.

Jandt, F. E. , & Tanno, D. V. (2001). Decoding domination, encoding self-determination: Intercultural communication research processes. *Howard Journal of Communications*,12(3),119—135.

Klein,M. A. (2007). Comment by Martin A. Klein. *African Studies Review*,50(1),54—55.

Mazama,A. (Ed.). (2003). *The Afrocentric paradigm*. Trenton,NJ: Africa World Press.

Miike,Y. (2006). Non-Western theory in Western research? An Asia-centric agenda for Asian communication studies. *Review of Communication*, 6(1/2),4—31.

Obenga,T. (1995). *A lost tradition: African philosophy in world history*. Philadelphia,PA: The Source Traditions.

Palmer,C. (1981). *Human cargos*. Urbana,IL: University of Illinois Press.

Thomas,H. (1997). *The slave trade: The history of the Atlantic slave trade* 1440—1870. New York: Picador.

Walvin,J. (1993). *Black ivory*. London: Fontana.

Walvin,J. (1999). *The slave trade*. Gloustershire,UK: Sutton.

Yin,J. (2006). China's Second Long March: A review of Chinese media discourse on globalization. *Review of Communication*,6(1/2),32—51.

Communicating Africa: Enabling Centricity for Intercultural Engagement

Molefi Kete Asante

Temple University

Abstract: The enslavement of millions of Africans disrupted the mythic realities of Africans and introduced into the African experience a fractured narrative. In fact, the enslavement of Africans meant that Europeans also colonized information about African realities. But the impact of the massive enslavement of African people did not only disrupt and corrupt African beliefs and discourses; it deeply affected the contours of discussion and the private conversations of other people. In fact, one can say that the distortions of African realities are at the core of modern discourses about the African continent to the degree that many individuals retain, after so many years of Afrocentric correctives, grotesque views of Africans and Africa. This article locates African communicative aspirations as intercultural and international communicators by demonstrating the necessity to recast Africans as agents and self-actualizers within the scope of African historical experiences. Several strategies for accomplishing this transformation are presented.

Keywords: Afrocentricity, agency, centricity, European Slave Trade, location, narration, orientation

亚洲传播研究目前的情况和发展趋向

陈国明（Guo-Ming Chen）[①]

美国罗德岛大学

[摘　要] 近年来，在亚洲传播学者的努力下，亚洲传播范式正在逐渐显现。因此，现在是亚洲传播学者的关键时期，应该通过自我检视而继续前进。为了实现这一目标，本文从三个方面重点讨论了亚洲传播研究的现在和未来：第一，在已有研究成果的基础上思考亚洲传播的本质；第二，运用阴阳的概念来解释有关亚洲传播研究内外差异的对立/争议观点；第三，提出亚洲传播研究阴阳两极的统一，或者说亚洲传播研究之"道"。

[关键词] 亚洲传播研究，阴阳，中道，道

绪　言

他山之石，可以为错……他山之石，可以攻玉。

——《诗经·小雅·鹤鸣》

---

①　[作者简介] 陈国明（Guo-Ming Chen），美国罗德岛大学传播学系教授，美国中国传播研究协会的奠基主席。著述丰厚，在传播学坛中颇有声望。现为华南理工大学新闻/传播学院与国际教育学院讲座教授，*China Media Research* 合作主编。

近三十年来,虽然学者们在推进亚洲传播研究方面的成绩激励人心,然而我们仍然需要持续不懈的努力从而建立一种更为坚实的亚洲中心传播范式。在刚刚过去的半个世纪中,欧洲中心范式对传播研究的统治是一个问题,而其他地区(包括亚洲)的教育家和学者们盲目接受欧洲中心范式的普遍适用性则反映了一个更加严重的问题。近年来,亚洲传播教育界和研究界对西方化的批评日盛,越来越多的学者尝试着为亚洲传播研究的未来提出新的方向(如:Chen,2002a;Chen & Miike,2006;Chen & Starosta,2003;Dissanayake,1981,2003;Gunaratne,1991,2005;Horning,1990;Ishii,2004;Khiabany,2003;Lee,2005;Leung,Kenny & Lee,2006;Miike,2003a、b,2004,2006;Starosta & Chaudhary,1993;Wang & Shen,2000;Yin,2003)[1],这实在是个好迹象。

在这些学者中,Miike(2006)不仅尖锐地批评西方的知识帝国主义以及亚洲学者对欧洲中心范式的过分依赖,而且基于亚洲中心主义的原则提出了亚洲传播研究的五项要务:(1)从亚洲文化中汲取理论观点;(2)扩大亚洲传播研究的地理关注范围;(3)对不同的亚洲文化进行比较;(4)使理论视角多重化、历史化;(5)正视超理论(metatheoretical)[2]问题和方法论问题。

此外,Gunaratne(2005)批判性地考察了经典的"报刊的四种理论"[3](Siebert,Peterson,& Schramm,1956)的欧洲中心偏向,认为它们是静态的、一般性的和线性的。然后 Gunaratne 提出了一种更加偏重以全人类为中心的理论框架,尝试将东方的佛教、儒教、道教和印度教哲学整合进去。Gunaratne 的人类中心理论具有动态的和非线性的特点,结合了东方哲学关于"正反统一、宇宙恒动、万物相联"(p.160)的思想,使学者们可以"用泛文化的标准,在世界体系的全部三个层面上对传播途径与自由表达的系统加以分析"(p.164)。

亚洲传播学者的这些贡献说明亚洲传播范式已经初具其形。不过现在仍是一个关键的时期,亚洲传播学者们应该通过自我检视,停下脚步,三思而后行。本文想从三个方面对亚洲传播研究的现在和将来加以考察:(1)亚洲

---

① 有关亚洲传播研究,还可参见以下著述:Kincaid(1987),Dissanayake(1988),Chen(2002b),Kim(2002),Chen & Miike(2003),Gunaratne(2005)和 Leung 等(2006)。更多有关亚洲传播研究的个人贡献,可见 Miike & Chen(2006)。

② 译者注:超理论,用以阐明某一或某类理论而本身又更高超的一种理论。

③ 译者注:根据 1980 年版中文译名。

传播之本质——对建立在前期研究基础上的亚洲传播范式加以思考;(2)亚洲传播研究之"阴"、"阳"——对有关亚洲传播研究的二分概念加以阐释,从而对显示亚洲传播研究内外差异的对立/争议观点进行说明;(3)亚洲传播研究之"道"——对亚洲传播研究阴阳两极的统一加以讨论。

亚洲传播之本质

"在追寻亚洲视角的过程中,我们必须搞清楚,我们到底想用自己的传播理论解释什么。"(Chu,1988,p. 209)

亚洲地域辽阔,文化与宗教种类众多。要想对所谓"亚洲传播"的本质加以概括,是一件非常危险的事。不过,亚洲传播不仅有诸多内部差异,也存在明显的类同。"亚洲中心传播"和"欧洲中心传播"有一些相似的地方(Asante,1980),这为亚洲学者追寻亚洲中心传播范式提供了基础。无论是在某种具体的亚洲文化中,还是就整个亚洲而言,学者们已经对传播的本质进行了大量的研究。不过,只有将这两种视角的研究结合起来,我们才能对亚洲中心传播范式进行全面的描绘,从而认清亚洲传播的本质。

从本体论来说,亚洲诸文化认为:宇宙就像一只车轮,所有轮辐组成的整体是驱动其前进的终极现实;宇宙就像一条河,滚滚而逝,无始无终。比如说,印度教将差异视为人类生活中的必然而不是例外;而这些差异会使人类的交流朝向一种整体性的目标,就像甘地所描绘的生态系统——宇宙万物和谐地相互联系,任何部分的变化都无可避免地会影响到其他部分(Chaudhary & Starosta,1992)。佛教中有关"幻境"($maya$①)的教义指出,所有的差异都服从于相对性原则,人类通过这种相对性对一切现象加以描述。这些描述会因我们不同的视角而不同,是幻象和暂时的表现。"幻境"所显示的多重形式的现象世界,要通过"解脱"($moksha$)才能达到"梵"($Brahman$)的境界,然后再没有相反或二元的存在(Watts,1957)。

印度教和佛教中关于整体、变化和相互联系的观点与儒教、神道教以及道教的学说相合。在儒教和道教学说中,宇宙是一个巨大的整体,其中没有任何部分是静止不动的。正是在这种无穷无尽的变化、循环、转换过程中,我

---

① 译者注:$maya$,源于印度教,意指现象世界一直变化,永不停歇。

们看到了主与宾、一与众、人类与宇宙是相互认识、相互渗透、连为一体的。这就是"道"。换句话说,"道生一,一生二,二生三,三生万物";万物存于同一,特殊识于普遍(Chai & Chai,1969;Cheng,1987;Fang,1981)。因此,我们应该认识到互动双方的相互渗透和相互统一,这是揭开人类传播之谜的关键所在。Chen(2001)将此种本体论思想总结为三条用于人类交流:(1)人类传播是一个不断变化和转换的过程;(2)人类传播的变化符合无穷无尽但有律可循的宇宙循环;(3)人类传播永远不会完结(p.57)。

就 Hara(2003)看来,神道教认为:通过"神能"(kan'no)的过程,传播的终极状态是感知和认识到自我是自然的一个部分,与自然共存,从而使万物都融于"一"。在日本,神道教的"祭祀"(祭り,matsuri)活动常常融合各方的传播方式,使之从社会关系的束缚中解脱出来,得到净化,感受不二①、统一或一元(Sugiyama,1988)。本体论思想为我们从其他方面(包括价值论、目的论、认识论和方法论)描绘亚洲传播范式提供了基础。

从价值论的角度说,亚洲文化强调和谐,认为和谐是人与人之间、人与自然之间、人与超自然之间联系的润滑剂。对于亚洲人来说,人们只有通过和谐才能"在一个相互依存的网络中、在合作的基础上,有尊严地、有影响力地进行传播";和谐是"亚洲传播的终极目标,亚洲人将和谐视为调节不断变化、永不停止的人类传播的指针"(Chen & Starosta,2003,p.6)。这种和谐互补的合作是印度教教义的中心,也是东亚和东南亚人民的中心信念。

Chen(1993)指出:在传播活动中,各方要通过真诚地展示相互间全心全意的关怀从而明确合作中的责任(而不是利用语言或行为策略来征服对方)——对于中国人来说,人类传播的道德即在于此。因此,中国人的传播目的在于达到人类关系的和谐状态,和谐是定义中国人传播能力的关键概念。基于此,陈国明(2001)发掘拓展出一套中国传播的和谐理论,他认为:要想在交流的过程中达到和谐或具有擅长交际之能力,人们必须内化"仁"、"义"、"礼"三种既有原则,协调"时"、"位"、"幾"三种外在因素,并且策略性地运用"关系"、"面子"和"权力"三种行为技巧。

和谐是亚洲人文化生活的中心,这在一系列个人和社会价值中得到了印证。Koh(2000)说,亚洲人极为强调个人价值(比如勤劳工作、尊重知识、诚

---

① 译者注:nonduality,根据佛教英汉词汇,译为"不二","一实之理,如如平等,而无彼此之别,谓之不二"。

实、自立、自律、履行义务等)和社会价值(比如保持社会秩序,尊重权威、共识和正式责任)。这些在韩国的"uye-ri"①行为中得以体现,它从社会互惠、相互依存和社会责任三个层面规范着韩国的人际关系(Yum,1987)。Stowell(2003)发现,韩国对和谐的重视同样见于中国和日本。

此外,菲律宾的"kapwa"②和泰国的"kreng jai"③都强调了和谐在亚洲的重要价值。对于菲律宾人来说,在传播过程中,参与各方只有通过不停的给与和获得才能保证 kapwa(互惠的存在)(Mendoza & Perkinson,2003)。对于泰国人来说,只有通过 kreng jai(极度为别人着想)的互惠过程,人们才能脸上有光、才能获得或重获面子,从而维持和谐的关系(Pornpitakpan,2000)。因此,要想在泰国传播中获得成功,就必须掌握 kreng jai 的能力(Chaidaroon,2003)。最后,不仅儒教、印度教、神道教和道教将和谐视为人类交流的终极目标(Ishii,Cooke,& Klopf,1999),在中亚和东南亚地区盛行的伊斯兰教同样重视和谐传播。比如说,Ayish(2003)、Hasnain(1988)和 Hussain(1986)从《古兰经》中提取了一系列传播原则和传播方法,它们都用于维持和加强人际传播与社会秩序的和平与和谐。

从认识论的角度说,"相互联系"是亚洲人寻求"存在"的意义所在。换句话说,一切事物只有通过与其他事物相联系才能有意义、才能被感知(Dissanayake,1983a;Miike,2002)。因此,认识事物的人和被认识的事物之间存在交流,真知就蕴藏其中;认识事物的人和被认识的事物之间相互融合,远离一切矛盾与限定。从"不二"的状态、或者说从相反相合的角度看,我们发现所有的统一中都含有差异、多样甚至对立;但是通过交流的相互联系,对立得以综合,差异得以同一。

不过,"不二现实"并不是指交流双方之间的一种因果关系。正如佛教"缘起"概念所释(Conze,1967;Dissanayake,1983b,2003),表面上的因果关系只是实际依存关系的一种表现或者说幻象,其本质为"空"(性空)(Chien,1988)。个人只是暂时的灵魂所在,与其他事物之间有依存的关系和经历;因此,对依存性的"缘起"及其与"空"的同一关系加以认识是"觉悟"之门

---

① 译者注:"uye-ri",大概相当于"我们"的意思。见 J. Z. 爱门森编译:《国际跨文化传播精华文选》,浙江大学出版社 2007 年版,第 118 页。

② 可参见 J. Z. 爱门森编译:《国际跨文化传播精华文选》,浙江大学出版社 2007 年版,《全球对话中的菲律宾的 kapwa》一文。

③ 译者注:在泰语里相当于"客气、有礼貌"的意思。

(Wright,1998)。

据道家看来,要想认识"无"之境界,或者说要想通过主与宾之间相互联系的关系来获得绝对现实(absolute reality),必须以"大慈悲心"为基础。这是一种对他者之存在的感知,引导个人达到印度教思索者隐喻中那"现实"之高山的巅峰。正是通过这种一致统一,个人境界上升而达到和谐圆融的状态,互动各方之间伸缩自如。在交流中,大慈悲心可以获得敏感性和创造性,从而将人类和一切事物结合在一起。Chen & Starosta(2004)认为:作为"大慈悲心"的双目,敏感性将多样聚于同一,创造性将同一演为多样。敏感性提供了潜力基础,成为创造性的补充;而创造性则为慈悲之心的表达提供了实现方式(p.13)。

当一个人在传播过程中关心对方的感受、在不同的情况下懂得换位思考、做到互惠互利、积极倾听,那么他/她就体现出了敏感性和创造性,从而在传播中自然地建立起互动和谐。

中国哲学进一步解释说,直觉性的认识是慈悲之心的基础,或者说是揭开不二现实之谜的途径,在相互联系的形式中得以明确。直觉性的认识是对个人内心的私密认识;它是"纯粹的个人意识,通过简单而直接的洞察(而不是利用间接推理的方法)获得","通过宇宙万物的相互融合、相互渗透而得以体现"(Chang,1963,p.41)。儒教学说认为直觉性的认识是一种有意识的过程,而道教更倾向于将之视为一种无意识的行动;佛教和印度教认为"无我"在此过程中扮演了重要角色,因为只有通过"无我",相关各方的相互渗透才可能发生、才能达到和谐的最终目标。

从方法论的角度说,Miike(2003a)在文章中挑战了欧洲中心的方法论假设,然后讨论了有关"亚洲中心传播学术如何发展"的三个主要问题。第一,亚洲学者应该采用他们自己的、为亚洲人所知的主观资料与根据,而不是欧洲中心资料与根据的等级观点或客观观点。第二,亚洲学者应依靠以亚洲世界观为基础的经验知识,来对理论的合理性与适用性进行评价。第三,亚洲学者在进行亚洲传播理论研究时不应遗漏那些不易观察到的问题。对于亚洲传播研究的方法论问题,Miike 的主要观点显示出亚洲思维的非线性循环方式;这种思维更偏向于一种直觉的、感知的和间接的亚洲传播方式,这正如佛教、儒教、印度教、神道教和道教学说所阐明的那样(Chen & Starosta,2003)。

非线性的亚洲思维方式和问题解决方式表明,条条大路通罗马。而且由于所有的途径都处于相互定义和相互补充的关系中,因此可以说所有的途径实际上都是一样的。在非线性的亚洲循环思维中,为获得"不二现实"而寻求直觉性认识的一般方法是"中道"、"中庸"。佛教、儒教和道教都提到了这一点。"中道"不执著于存在或非存在,认识或非认识。这是一种"超越相反相对"的方法,避开了"此"与"彼"的二分(Chang,1963;Thompson,2000)。因此,中道代表了一种恰当性的精神、一种平衡与和谐的状态;这种状态构成了世界的基础,为人们的行为提供了普遍性的指引。它起始于"一个原则"(即统一、普遍),继而展开为万物(即多样、特性),最终回归,将无数之一切再次归于一个原则之下(Chan,1963)。换句话说,这是一种"无念、无执、无碍"的境界,"让思想有如明镜,将信息发出者和接收者之内外合于统一,或者说达到相互理解的状态"(Chuang & Chen,2003,p.76)。这一点在禅宗的箭道中①有很好的体现,其意在达到"合技术与艺术、物质与精神、过程与目标于无间"的状态(Herrigel,1971,p.66)。

Xiao(2003)指出,从人类行为的角度来看,中道的表现归为四种形式:(1)非甲非乙;(2)甲而非甲;(3)甲随乙;(4)甲和乙。就Xiao(2003)看来,"非甲非乙"指向中道,将之作为避免两种极端的恰当方式(比如,既无偏爱也无偏恶);"甲而非甲"代表一种极端特质受到另一极端的改进或缓和,从而保持一定的恰当性(比如,强硬但不暴虐);"甲随乙"的意思是,一种特质必须得到另一种特质的补充才能达到恰当的状态(比如,力量结合诚意);"甲和乙"代表交流中相对的双方必须融合成为完整的一体(比如《易经》中所谓"一阴一阳之谓道",英文翻译见Chan,1963,p.266)。这四种形式从方法论的角度反映了中道的动态、随境、多面的本性。

为了在相互联结的关系网络中达到"不二"或者说绝对现实的状态(即"道"),亚洲传播常常使用多种特别的方法,从而实现"中道"的恰当性。比如说Xiao(2002a)指出,否定、逆论(paradox)和类比/隐喻是以修辞形式对"道"进行传播的三种互为补充的方法。

运用否定,意在以有限表达无限,将现实的意义内涵加以延伸。人们还可以通过使用逆论的方法来对否定进行加强。逆论中包含了对立的概念,运用逆论可以促进辩证的发展和意义的转换。类比/隐喻可以用来对现实进行

---

① 译者注:德国人Eugen Herrigel著有《箭道中的禅宗》(*Zen in the Art of Archery*)一书,通过讲述自己学习日本箭道的体会向西方人介绍禅。台湾有顾法严译本,中国大陆未见译本。

正面的解释,也可以用来调解不同观点间的冲突。

在禅宗六祖惠能的《坛经》中,否定和逆论的方法使用得很出色:"若有人问汝义,问有,将无对;问无,将有对;问凡,以圣对;问圣,以凡对。二道相因,生中道义,汝一问一对,馀问一依此作,即不失理也。"①(英文翻译见 Wong,1998,p.113)。换言之,使用否定和逆论的方法,乃是通过一种常识的产生来避免走向两个极端;而这种常识既非线性也不合逻辑,它是以一种"平和而自然恰当"的方式来呈现的(Grigg,1999,p.271)。禅宗的大师们用"问答"的禅语机锋来使人领悟、进入无境。否定和矛盾在这种交流方式中表现得非常典型。

提及类比/隐喻,Suzuki(1960)指出,佛教哲学将整个世界视为一个象征,其中包括了我们定义"现实"的方式和内容。所以,我们不应该因此象征而障目;相反,我们应该搞清象征真正代表的东西。佛教和道教也利用类比/隐喻来解释"道"或"现实"的意义(Allan,1997;Chen & Holt,2002;Ma,1999)。比如说 Chen 和 Holt(2002)写道,老子将"道"喻为水,其目的是将"道"的意义从形而上学的层面转换到交流的社会层面与行为层面。通过水的比喻,"道"的概念解析为三层:子虚、永柔、处下/不争。

以上论及范式的各个方面,组成了亚洲传播的本质,让我们可以更好地理解"为什么相互性、开放思维、诚实和尊重等因素是亚洲道德传播的主要原则"(Chen & Starosta,2005),"为什么亚洲人的传播行为会受直觉、强调沉默、同情性情感控制和避免冒犯等特征的支配"(Chuang & Chen,2003)。不仅如此,亚洲传播研究范式的这些方面还反映出亚洲传播研究对本土概念的考察,包括 *amae*(依赖②)(Miike,2003c),报(回报、报答)(Chang & Holt,1994),*enryo-sasshi*(克制-推测)(Ishii,1984;Ishii & Bruneau,1994),因缘(注定的关系)(Chang & Holt,1991;Ishii,1998;Kotajima,1990),关系(Hwang,1997 1998;Jacobs,1979;Ma,2004),*kapwa*(互惠的存在)(Mendoza & Perkinson,2003),客气(Feng,2004;Gu,1990),*kreng jai*(极度为别人着想)(Pornpitakpan,2000),面子(Hu,1994;Hwang,1987;Jia,2001),*nunch'i*(目测)(Park,1979;Robinson,2003),*omoiyari*(利他的敏感性)(Hara,2006),*pahiwatig*(策略模糊)(Mendoza,2004),*pakiramdam*(感知他人的能

---

① 译者注:原文为英文,中文见《坛经·付嘱品第十》。
② 见 J.Z.爱门森编译:《国际跨文化传播精华文选》,浙江大学出版社 2007 年版,第 118 页注释③。

力)(Maggay,1993)和 *uye-ri*(补充性和责任性的互惠关系)(Yum,1987)。这些本土概念为从亚洲中心视角出发进行文化与传播的理论研究奠定了超理论基础。

亚洲传播研究之"阴"、"阳"

> "根据中国人的世界概念,所有现象的存在都制约于两极相照,或为明暗,或为正反,或为阴阳。"(Wilhelm,1979,p.135)

中国哲学认为,万物都有其对立面。正是两种相对力量(即阴和阳)的交互作用维持着宇宙的动态变化、使得人类生生不息。阴阳之间相互依赖、相互补充;相生相息,相互转化。将这种思想运用于亚洲传播研究,我们发现有四对相反的力量与上文所述的范式各方面相联,值得讨论:整体与部分、和谐与冲突、互联与独立、理性与直觉。

如前所述,从本体论的角度说,亚洲人将宇宙视为一个巨大的整体,所有的部分都在宇宙的整体中以循环和转变的形式滚滚向前,无始无终。而西方的原子观认为宇宙是由无数单独的成分构成的。在研究亚洲传播时,学者们经常拿欧洲中心的原子观来做对比,突出亚洲的观点。不仅如此,通过强调整体的重要性、强调各个部分的相互依赖性,亚洲学者习惯性地批评或贬低西方原子观。在行为层面上,这种对比性的观点无可避免地带来了东方集体主义和西方个人主义的二分对立(Hofstede,2001)。很不幸的是,在对亚洲文化和西方文化进行比较时,大多数亚洲传播学者视这种二分对立为当然。面对不同的文化价值,人们接受了过于简单、过于概括的分类方式,没有对这些方式的合理性或恰当性进行批判性考察。这往往导致研究结果不可靠。

"和谐"是亚洲传播的价值信念,这在亚洲传播强调以环境为中心、情感受到约束的传播方式中得以体现,而这又使得人们在表达情感或是交流观点时使用间接的方式。因此,亚洲人倾向于避免冲突(Chen,2002c;Hsu,1953;Ma,1992)。

与此相对,西方人被视为惯以直接的传播方式公开传递信息,所以在解决问题时依赖于一种对抗性的方式(Ting-Toomey,1988)。简单地将"和谐"与"对抗"放在一起看,难免有失偏颇;两种情况下都存在真正的交流。比如说,没有哪个人类社会完全没有冲突;无论在哪个社会中,解决冲突都既可以使用和谐的方式也可以使用对抗的方式。因此,我们应将和谐与对抗视为一体的两端;亚洲文化倾向于和谐一端,而西方文化倾向于对抗一端。

此外,亚洲传播学者应该认识到,作为亚洲价值信念,互动中的和谐是动态的、多面的,而非静态的、一维的,它也具有局限性。就像 Chen(2004)所说,中国人的传播有两面,当他们与集体外的成员处于冲突之中,或者当他们在礼貌失败、颜面尽失之时,中国人所表现出的情绪性、直接性与对抗性会远远超出人们的想象(Chen & Xiao,1993;Xiao,2002b)。

在本体论思想的基础上,互联与独立这两种认识论导向在亚洲传播研究中相互作用,此消彼长。任何一个社会都有特定的社会结构,社会组织就像一张棋盘。数千年来(当然也看不到头),亚洲社会一直认为棋盘上各个棋子之间是相互联系和互惠互利的关系,并以此为基础来解释生命的意义。这使得亚洲社会拥有一种强烈的集体感,或者说认识事物的人和被认识的事物之间形成了"不二"的认识共同体。与此相对,西方社会认为每个棋子都有独立的自由意志(free will);只能通过这种自由意志来认识每个个体,而不能将之没入社会结构中,因此每一个实体都有不同的秉性。在亚洲,个人主义受到贬斥,社会等级受到推崇,于是差异被综合为一体。而在西方,社会结构由个人主义和平等意识构成。换句话说,西方人持独立观点,倾向于通过考察较小的独立成分来解释或理解整个社会;而亚洲人倾向于从整体的角度考察各个成分。

从儒教、佛教和道教的学说出发,我们有了一些有趣的发现。儒家将自我视为与天地齐平的共同创造者。自我会通过与他者的相互联系而成为宇宙整体的一个组成成分,就像江河入海;而在此之前,自我要得到"不停的启发、不断的解放和持续的净化"(Chen,2005,p.7)。在佛教中,实现"领悟"或是"无我",意味着自我对万物有了全面的认识。而在道教中,"真知"的获得依赖于通过个人修为而使自我得到完全解放(Dissanayake,1993;Liu,1991;Mei,1964;Suzuki,1964)。换句话说,自我在亚洲所受到的重视并不逊于西方。自我在亚洲被视为维持集体的基础。集体作为一个整体所获得的成就,必然源于自我的修养。亚洲与西方的不同之处在于:对自我的强调在演变为"个人主义"之前,亚洲文化已经发展出"无执"的思想,让个人融入集体的整体之中。

在研究东西方传播时,逻辑客观与直觉主观是方法论层面的另一对肤浅的二分理念。表面上看,我们无法否认,在解决问题时,西方人推崇逻辑思维和线性推理,东方人推崇直觉感知和非线性思路。但是使用"客观"和"主观"作为评价这种推理差异的标准并不合适。

让我们以禅宗为例。禅宗在中国被视为道家观念和佛家教义结合的产物,它在后来的发展过程中还吸纳了儒家的思想(Ge,1986;Wu,1996)。如Chuang & Chen(2003)所言,禅宗对直觉性观察的强调建立在"念"(mindfulness)的基础上。在外人看来,运用公案(koan)来使人领悟或者获得对现实本质的直接感知并不那么合乎逻辑。而这确是一种非常有意识的理性的方法,禅宗大师用之以教化。禅宗以某些简短而微妙的形式,希望使人自然而然地对现实的意义有所认识,这种方法"平和而自然恰当"(Grigg,1994,p.276),它所带来的领悟无法用主观/客观的二分标准来解释。

不仅如此,为了达到上文所说的"不二现实"的状态,禅宗还会运用一些特别方法(比如否定、逆论和类比/隐喻)。这些方法代表了一种与中道相关的高度合理、高度理性的行为过程。这证明,将"逻辑客观"和"直觉主观"用作区分西方思想模式和亚洲思想模式的工具,是不恰当的。因此,将西方学术圈中不同方法论阵营(即功能/社会科学-批评/解释科学)之间的矛盾冲突延伸到亚洲传播研究中是没有道理的。

我想在这里表达的观点有三:第一,阴阳相对的性质不是一种静态关系。阴阳之间总是不停地运动、不停地相互转化。这不仅意味着,当时空变化时,阴阳会互相转变;而且意味着,就在此时此地,阴阳互相包含。阴阳之间的这种辩证的相互渗透关系可以打开学术思路。所以,简单地割裂阴阳(比如对事物进行二分的倾向)对于知识生产是没有意义的,即使这种简化可以在学习过程中发挥一些作用。

第二,当我们研究不同文化中的人类传播时,"亚洲人倾向于……"或者"西方人的行为好像……"这样的表达方式更为恰当,而不是生硬武断地说"亚洲人/西方人就是……"。这样做可以带来一定的弹性空间,让阴阳本性得以发挥,让每种文化内部的变化、差异得以理解和包容。

第三,从实践层面上说,阴阳天生各有优劣。换句话说,单有阴不能生,单有阳不能存。只有阴阳相应,才能实现全面发展或是达到完满状态。因此,我们要解决的问题不是"亚洲传播行为可否用于西方传播行为的研究中",也不是"西方范式可否用于亚洲传播研究",而是在运用过程中通过进行批判性评价,从而实现"他山之石,可以攻玉"。Chu(1990)对调查研究方法在亚洲发展中国家的运用情况进行了考察,认为问题不在于调查方法本身是否适应这些国家的文化、社会和历史背景,而在于研究人员能否理解本地文化的不同需要、能否利用这些需要来指导自己对调查方法的结构与操作进行修改或调整。在这里,阴阳在文化转移(transculturation)的过程中成功地相互融合,其中包含了功能、框架、内容、环境、时间、信息接收者和信息传播渠道等因素(Chan,2001;Mundorf & Chen,2006)。

从这个角度说,亚洲传播研究中的其他二分观念(如理论运用的普遍性与特殊性、亚洲传播研究的亚洲学者与西方学者)很自然地失去了意义。

亚洲传播研究之"道"

"总之,这就是道,万物的更高层次的统一。"(Chang,1963,p.50)

认识到阴阳的相生相合是解开"道"之谜的关键。"道"这个概念不仅代表二元同一、相反调和,而且意味着多元聚于一统、部分组成整体。"道"象征"大同",消弭一切限制和冲突。这是从事亚洲传播研究的终极目的。

作为亚洲传播研究的终极目的,"道"/"大同"并不排除现象世界中的阴阳互动,比如存在于东方/西方差异中的二元冲突。但是,"道"/"大同"要求学者们有求同的态度,这种态度可以以超越的精神调和与融合东西方学者在亚洲传播研究中的差异。正如庄子所说:"自其异者视之,肝胆楚越也;自其同者视之,万物皆一也"①(英文翻译见 Huang,1983),同与异仅是人类的武断评价。因此,研究亚洲传播的学者们非常需要培养自己认识自然、认识异同关系、协调差异的能力,从而实现"道"的目标。

应该注意的是,这里说要调和与融合东西方差异,并不意味着排斥亚洲本土文化特点或是全盘接受欧洲中心范式。相反,学者们应该努力培养自己开放的思路,在发展亚洲中心传播范式的过程中强调本土的特定语境、或者说相关的亚洲传统;在此文化交流、经济发展和学术对话受西方统治、亚洲和其他地区文化处于边缘或失声状态之时,尤其应该如此(Shi,2006)。换句话说,超越差异、达到"道"的状态应以追求多种文化共存为基础,对真理的种族

---

① 译者注:见《庄子·内篇·德充符》,这句话为孔子所说。

中心垄断应该停止,人性应在不同文化的群聚中得到滋养(Chesebro,1996;Starosta,付印中)。只有实现多种文化的平等共存,学者们才能超越学术中的对立矛盾,逐步实现人类传播之"道"。

总 结

在本文中,我从范式的不同方面出发论述了亚洲传播的本质。我认为"阴"和"阳"是相反相成的两种力量,支配着现象世界(包括学术活动)的存在。我提出,亚洲传播研究需超越阴阳,从而达到一种"大同"或"道"的状态。

西方学者占据了学术霸权地位,他们倾向于将建立在西方文化基础上的表达方式进行普遍运用。很明显,这些问题在全球化的过程中还将继续困扰着学术研究者们。如何面对这种挑战、如何立足本土文化提高自己的声音,这是亚洲传播学者为避免进一步被边缘化而必须解决的问题。不过,从亚洲文化的视角寻求知识存在一种危险,即"以牙还牙、以眼还眼"的恶性循环,或者说是"文化不相容"的黑洞。这会妨碍东西方以积极的方式进行思想交流和学术对话。

因此,在这由于欧洲中心传播范式的一统地位而形成的东西方文化对立时期,亚洲传播学者应顺应亚洲文化导向找到一条发展之路。即:压力带来转变;为了亚洲传播研究的未来,学者们应该为了新的前景而努力,从对立走向共荣。

References

Allan,S. (1997). *The way of water and sprouts of virtue*. Albany,NY:State University of New York Press.

Asante,M. K. (1980). Intercultural communication:An inquiry into research directions. In D. Nimmo(Ed.),*Communication Yearbook*,4(pp. 401—410). New Brunswick,NJ:Transaction.

Ayish,M. I. (2003). Beyond Western-oriented communication theories:A normative Arab-Islamic perspective. *Javonost — The Republic*,10(2),79—92.

Chai,C,& Chai,W. (1969). Introduction. In J. Legge(trans.),*I Ching*:

Book of Changes. New York: Bantam.

Chaidaroon, S. S. (2003). Why shyness is *not* incompetence: A case of Thai communication competence. *Intercultural Communication Studies*, 12 (4), 195—208).

Chan, J. M. (2001). Disneyfying and globalizing the Chinese legend Mulan: A study of transculturation. In J. M. Chan & B. McIntyre (Eds.), *In search of boundaries: Communication, nation-states and cultural identities* (pp. 1—27). Westport, CT: Greenwood.

Chan, W. T. (1963). *A source book in Chinese philosophy*. Princeton, NJ: Princeton University Press.

Chang, C-Y. (1963). *Creativity and Taoism: A study of Chinese philosophy, art, and poetry*. New York: Harper & Row.

Chang, H-C, & Holt, G. R. (1991). The concept of *yuan* and Chinese interpersonal relationships. In S. Ting-Toomey & F. Korzenny (Eds.), *Cross-cultural interpersonal communication* (pp. 28 — 57). Newbury Park, CA: Sage.

Chang, H.-C., & Holt, G. R. (1994). Debt-repaying mechanism in Chinese relationships: An exploration of the folk concepts of *pao* and human emotional debt. *Research on Language and Social Interaction*, 27 (4), 351 —387.

Chaudhary, A. G., & Starosta, W. J. (1992). Gandhi's Salt March: A case study of *Satyagraha* with rhetorical implications. *World Communication*, 21, 1—12.

Chen. G. M. (1993, November). *A Chinese perspective of communication competence*. Paper presented at the annual convention of the Speech Communication Association, San Antonio, Texas.

Chen, G. M. (2001). Toward transcultural understanding: A harmony theory of Chinese communication. In V. H. Milhouse, M. K. Asante, and P. O. Nwosu (Eds.), *Transcultural realities: Interdisciplinary perspectives on cross-cultural relations* (pp. 55—70). Thousand Oaks, CA: Sage.

Chen, G. M. (2002a). *Problems and prospect of Chinese communication study*. In W. Jia, X. Lu, & D. R. Heisey (Eds.), *Chinese communication theo-*

ry and research: *Reflections*, *new frontiers*, *and new directions* (pp. 255 —268). Westport, CT: Ablex.

Chen, G. M. (Ed.). (2002b). Culture and communication: An East Asian perspective [Special Issue]. *Intercultural Communication Studies*, 11(1), 1—171.

Chen, G. M. (2002c). The impact of harmony on Chinese conflict management. In G. M. Chen & Ringo Ma(Eds.), *Chinese conflict management and resolution* (pp. 3—19). Westport, CT: Ablex.

Chen, G. M. , (2004). The two faces of Chinese communication. *Human Communication: A Journal of the Pacific and Asian Communication Association*, 7(1), 25—36.

Chen. G. M. (2005). A model of global communication competence. *China Media Research*, 1, 3—11.

Chen, G. M. , & Holt, R. (2002). Persuasion through the water metaphor in *Dao De Jing*. *Intercultural Communication Studies*, 1(1), 153—171.

Chen, G. -M. , & Miike, Y. (Eds.). (2003). Asian approaches to human communication [Special issue]. *Intercultural Communication Studies*, 12 (4), 1—218.

Chen. G. M. , & Miike, Y. (2006). The ferment and future of communication studies in Asia: Chinese and Japanese perspectives. *China Media Research*, 2(1), 1—12.

Chen, G. M. , & Starosta, W. J. (2003). Asian approaches to human communication: A dialogue. *Intercultural Communication Studies*, 12(4), 1—15.

Chen, G. M. , & Starosta, W. J. (2004). Communication among cultural diversities: A dialogue. In G. M Chen & W. J. Starosta (Eds.), Dialogue among diversities [*International and Intercultural Communication Annual*, Vol. 27] (pp. 3—16). Washington, DC: National Communication Association.

Chen, G. M. , & Starosta, W. J. (2005). *Foundations of intercultural communication*. Lanham, MD: University Press of America.

Chen, G. M. & Xiao, X. (1993, November). *The impact of 'harmony' on Chinese negotiations*. Paper presented at the annual convention of the Speech Communication Association, Miami Beach, FL.

Cheng, C-Y. (1987). Chinese philosophy and contemporary human communication theory. In D. L. Kincaid (Ed.), *Communication theory: Eastern and Western perspectives* (pp. 23—43). San Diego, CA: Academic Press.

Chesebro, J. W. (1996, December). Unity in diversity: Multiculturalism, guilt/victimage, and a new scholarly orientation. *Spectra* [Newsletter], 30(12), 10—14.

Chien, E. T. (1988). The New-Confucian confrontation with Buddhism: A structural and historical analysis. *Journal of Chinese Philosophy*, 15, 347—348.

Chu, G. C. (1998). In search of an Asian perspective of communication theory. In W. Dissanayake (Ed.), *Communication theory: The Asian perspective* (pp. 204—210). Singapore: Asian Mass Communication Research and Information Center.

Chu, G. C. (1990). Survey research in developing countries in Asia: Some personal experiences from 25 years of research. In U. Narula & W. B. Pearce (Eds.), *Cultures, politics, and research programs: An international assessment of practical problems in field research* (pp. 151—160). Hillsdale, NJ: Lawrence Erlbaum Associates.

Chuang, R. , & Chen, G. M. (2003). Buddhist perspectives and human communication. *Intercultural Communication Studies*, 12(4), 65—80.

Conze, E. (1967). *Buddhist thought in India*. Ann Arbor, MI: University of Michigan Press.

Dissanayake, W. (1981). Toward Asian theories of communications. *Communicator: A Journal of the Indian Institute for Mass Communication*, 16(4), 13—18.

Dissanayake, W. (1983a). Communication in the cultural tradition of India. *Media Development*, 12(4), 27—30.

Dissanayake, W. (1983b). The communication significance of the Buddhist concept of dependent co-origination, *Communication*, 8(1), 29—45.

Dissanayake, W. (Ed.). (1988). *Communication theory: The Asian per-*

spective. Singapore: Asian Mass Communication Research and Information Center.

Dissanayake,W. (1993). Self and body in Theravada Buddhism: A tropological analysis of the "Dhammapada. " In T. P. Kasulis,R. T. Ames,& W. Dissanayake(Eds.),*Self as body in Asian theory and practice* (pp. 123—145). Albany,NY: State University of New York Press.

Dissanayake,W. (2003). Asian approaches to human communication: Retrospect and prospect. *Intercultural Communication Studies*, 30 (1), 27 —30.

Dissanayake,W. (in press). Postcolonial theory and Asian communication theory: Toward a Creative Dialogue. *China Media Research*.

Fang, T. H. (1981). *Chinese philosophy: Its spirit and its development*. Taipei,Taiwan: Linking.

Feng,H. R. (2004). *Keqi* and Chinese communication behaviors. In G. M. Chen(Ed.),*Theories and principles of Chinese communication*(pp. 435 —450). Taipei,Taiwan: WuNan.

Ge,Z. G. (1986). *Zen Buddhism and Chinese culture*. Shanghai,China: Ren Ming.

Grigg,R. (1994). *The tao of Zen*. Edison,NJ: Alva.

Gu,Y. G. (1990). Politeness phenomena in modern Chinese. *Journal of Pragmatics*,14,237—257.

Gunaratne,S. A. (1991). Asian approaches to communication theory. *Media Development*,38(1),53—55.

Gunaratne,S. A. (2005). *The Dao of the press: A humanocentric theory*. Cresskill,NJ: Hampton Press.

Hara,K. (2003). Aspects of Shinto in Japanese communication. *Intercultural Communication Studies*,12(4),81—103.

Hara,K. (2006). The concept of *omoiyari*(altruistic sensitivity)in Japanese relational communication. *Intercultural Communication Studies*,15(1), 24—32.

Hasnain,I. (1988). Communication: An Islamic approach. In W. Dissanayake (Ed.),*Communication theory: The Asian perspective*(pp. 183—189). Singapore:

Asian Mass Communication Research and Information Center.

Herrigel, E. (1971). *Zen in the art of archery*. New York: Vintage.

Hofstede, G. (2001). *Culture's consequences: Comparing values, behaviors, institutions, and organizations across nations*. Thousand Oaks, CA: Sage.

Hornig, S. (1990). A uniquely Asian theory. *Journal of Communication*, 40(1), 140—143.

Hsu, F. L. K. (1953). *Americans and Chinese: Two ways of life*. New York: Abelard-Schuman.

Hu, H. C. (1994). The Chinese concept of "face". *American Anthropologist*, 46, 237—257.

Huang, J. H. (Trans.) (1983). *The new translation of Chuang Tzu*. Taipei, Taiwan: San Min.

Hussain, Y. (1986). Islamization of communication theory. *Media Asia*, 13(1), 33.

Hwang, K. K. (1987). *Renqin* and face: The Chinese power game. *American Journal of Sociology*, 92, 944—974.

Hwang, K. K. (1997—8). *Guanxi* and *mientze*: Conflict resolution in Chinese society. *Intercultural Communication Studies*, 7(1), 17—40.

Ishii, S. (1984). *Enryo-sasshi* communication: A key to understanding Japanese interpersonal relations. *Cross Currents*, 11(1), 49—58.

Ishii, S. (1998). Developing a Buddhist *en*-based systems paradigm for the study of Japanese human relationships. *Japan Review*, 10, 109—122.

Ishii, S. (2004). Proposing a Buddhist consciousness—only epistemological model for intrapersonal communication research. *Journal of Intercultural Communication Research*, 33(2), 63—76.

Ishii, S., & Bruneau, T. (1994). Silence and silences in cross-cultural perspective: Japan and the United States. In L. A Samovar & R. E. Porter (Eds.), *Intercultural communication: A reader* (7th ed., pp. 246—251). Belmont, CA: Sage.

Ishii, S., Cooke, P., & Klopf, D. W. (1999). Our locus in the universe: Worldview and intercultural misunderstanding/conflicts. *Dokkyo International Review*, 12, 299—317.

Jacobs,B. J. (1979). A preliminary model of particularistic ties in Chinese political alliances: Kan-ching and Kuan-his in a rural Taiwanese township. *China Quarterly*,78,237—274.

Jia,W. (2001). *The remaking of the Chinese character and identity in the 21st century: The Chinese face practices*. Westport,CT: Ablex.

Khiabany,G. (2003). De-Westernizing media theory,or reverse Orientalism: "Islamic communication" as theorized by Hamid Mowlana. *Meida, Culture & Society*,25,415—422.

Kim,M. S. (2002). *Non-Western perspectives on human communication: Implications for theory and practice*. Thousand Oaks,CA: Sage.

Kincaid, D. L. (Ed.). (1987). *Communication theory: Eastern and Western perspectives*. San Diego,CA: Academic Press.

Koh,T. T. B. (2000). Asian values reconsidered. *Asia-Pacific Review*,7(1),131—136.

Kotajima,Y. (1990). *On "Zen": China and Japan*. Tokyo: Shintensha.

Lee,S. N. (2005). The challenges of communication education in Asia. *Australian Journalism Review*,27(2),189—201.

Leung,K. ,J. Kenny. ,& Lee,P. (Eds.)(2006). *Global trends in communication research and education*. Cresskill,NJ: Hampton Press.

Liu,G. Y. (1991). *The Zen's spirit in Chuang Tzui's work*. Taipei,Taiwan: Shang Wu.

Ma,R. (1992). The role of unofficial intermediaries in interpersonal conflicts in the Chinese culture. *Communication Quarterly*,40,269—278.

Ma,R. (1999). Water-related figurative language in the rhetoric of Mencius. In A. Gonzalez & D. V. Tanno(Eds.),*Rhetoric in intercultural contexts* (pp. 119—129). Thousand Oaks,CA: Sage.

Ma,R. (2004). *Guanxi* and Chinese communication behaviors. In G. M. Chen(Ed.), *Theories and principles of Chinese communication* (pp. 363—377). Taipei: WuNan.

Maggay,M. P. (1993). *Pagbabalik-loob: A second look at the moral recovery program*. Quezon City,Philippines: Akademya ng Kultura at Sikolohi-yang Pilipino.

Mei,Y. P. (1964). The status of individual in Chinese social thought and practice. In C. A. Moore (Ed.), *The status of the individual in East and West* (pp. 333—346). Honolulu, HI: University of Hawaii Press.

Mendoza, S. L. (2004). *Pahiwatig*: The role of ambiguity in Filipino American communication patterns. In M. Fong & R. Chuang (Eds.), *Communicating ethnic and cultural identity* (pp. 151—164). Lanham, MD: Rowman & Littlefield.

Mendoza, S. L. , & Perkinson, J. (2003). Filipino "kapwa" in global dialogue: A different politics of being-with the "other". *Intercultural Communication Studies*, 12(4), 177—193.

Miike, Y. (2002). Theorizing culture and communication in the Asian context: An assumptive foundation. *Intercultural Communication Studies*, 11(1), 1—21.

Miike, Y. (2003a). Toward an alternative metatheory of human communication: An Asiacentric vision. *Intercultural Communication Studies*, 12(4), 39—63.

Miike, Y. (2003b). Beyond Eurocentrism in the intercultural field: Searching for an Asiacentric paradigm. In W. J. Starosta & G. M. Chen (Eds.), *Ferment in the intercultural field*: *Axiology/value/praxis* (pp. 243—276). Thousand Oaks, CA: Sage.

Miike, Y. (2003c). Japanese *enryo-sasshi* communication and the psychology of *amae*: Reconsideration and reconceptualization. *Keio Communication Review*, 25, 93—115.

Miike, Y. (2004). *The Asiacentric idea*: *Theoretical legacies and visions of Eastern communication studies*. Unpublished doctoral dissertation, University of New Mexico, Albuquerque, NM.

Miike, Y. (2006). Non-Western theory in Western research? An Asiacentric agenda for Asian communication studies. *The Review of Communication*, 6(1/2), 4—31.

Miike, Y. , & Chen, G. M. (2006). Perspectives on Asian cultures and communication: An updated bibliography. *China Media Research*, 2(1), 98—106.

Mundorf, J. , & Chen, G. M. (2006). Transculturation of visual signs: A case analysis of the Swastika. *Intercultural Communication Studies*, 15(2), 33—47.

Park, M. S. (1979). *Communication styles in two different cultures: Korea and American*. Seoul, R. O. Korea: Han Shin.

Pornpitakpan, C. (2000). Trade in Thailand: A three-way cultural comparison. *Business Horizon*, 43(2), 61—70.

Robinson, J. H. (2003). Communication in Korea: Playing things by eye. In L. A. Samovar & R. E. Porter(Eds.), *Intercultural communication: A reader*(10th ed., pp. 57—64). Belmont, CA: Wadsworth.

Shi, X. (2006). A multiculturalist approach to discourse theory. *Semiotica*, 158, 383—400.

Siebert, F. S., Peterson, T., & Schramm, W. (1956). *Four theories of the press*. Urbana, IL: University of Illinois Press.

Starosta, W. J. (in press). Rhetoric and culture: An integrative view. *China Media Research*.

Starosta, W. J., & Chaudhary, A. G. (1993). "I can wait 40 or 400 years": Gandhian *Satyagraha* East and West. *International Philosophical Quarterly*, 33(2), 163—172.

Stowell, J. A. (2003). The influence of Confucian values on interpersonal communication in South Korea, as compared to China and Japan. *Intercultural Communication Studies*, 12(4), 105—115.

Sugiyama, K. (1988). *Matsuri*(festival). In S. Sturumi & T. Konagawa (Eds.), *Communication jiten (Dictionary of communication)* (pp. 355—361). Tokyo: Heibonsha.

Suzuki, D. T. (1960). Buddhist symbolism. In E. Carpenter & M. McLuhan(Eds.), *Explorations in communication: An anthology* (pp. 24—35). Boston, MA: Beacon.

Suzuki, D. T. (1964). The individual person in Zen. In C. A. Moore (Ed.), *The status of the individual in East and West*(pp. 519—533). Honolulu, HI: University of Hawaii Press.

Suzuki, D. T. (1980). *The awakening of Zen*. London: The Buddhist Society.

Thompson, M. (2000). 101 *key ideas*: *Buddhism*. Lincolnwood, IL: NTC/Contemporary.

Ting-Toomey, S. (1988). Intercultural conflict styles: A face-negotiation theory. In Y. Y. Kim & W. B. Gudykunst(Eds.), *Theories in intercultural communication* [*Intercultural and International Communication Annual*, Vol. 12] (pp. 213—235). Newbury Park, CA: Sage.

Wang, G., & Shen, V. (2000). East, West, communication, and theory: Search for the meaning of searching for Asian communication theories. *Asian Journal of Communication*, 10(2), 14—32.

Watts, A. W. (1957). *The way of Zen*. New York: Pantheon.

Wilhelm, R. (1979). *Lectures on the I Ching*: *Constancy and change*. Princeton, NJ: Princeton University Press.

Wright, D. S. (1998). *Philosophical meditations on Zen Buddhism*. Cambridge, UK: Cambridge University Press.

Wong, M. L. (1998). *The sutra of Hui Neng*. New York: The Buddhist Association of the United States.

Wu, J. C. H. (1996). *The golden age of Zen* . New York: Doubleday.

Xiao, X. (2002a). The rhetorical construction of the discourse on the *dao* in *Daode Jing*. *Intercultural Communication Studies*, 11(1), 137—151.

Xiao, X. (2002b). *Li*: A dynamic cultural mechanism of social interaction and conflict management. In G. M. Chen & Ringo Ma(Eds.), *Chinese conflict management and resolution* (pp. 39—49). Westport, CT: Ablex.

Xiao, X. (2003). *Zhong* (Centrality): An everlasting subject of Chinese discourse. *Intercultural Communication Studies*, 12(4), 127—149.

Yin, J. F. (2003, August). *Press freedom in Asia*: *New paradigm needed in building theories*. Paper presented at the annual convention of the Association for Education in Journalism and Mass Communication. Kansas City, MO.

Yum, J. O. (1987). The practice of *uye-ri* in interpersonal relationships. In D. L. Kincaid(Ed.), *Communication theory*: *Eastern and Western perspectives* (pp. 87—100). San Diego, CA: Academic Press.

Zhong, J. H. (Trans.) (1976). *The Book of Odes*. Taipei, Taiwan: Wen Hua.

Asian Communication Studies:
What and Where to Now

Guo-Ming Chen

Department of Communication Studies, University of Rhode Island,

Kingston, RI 02881, USA

Abstract: A paradigm of Asian communication is emerging due to the efforts of Asian communication scholars over the years, thus, it is a critical moment for Asian communication scholars to move a step forward through the process of self-examination. To achieve this goal, this essay focuses on the discussion of the present and prospect of Asian communication studies from three aspects. First, the essence of Asian communication is stipulated based on previous studies; second, the concepts of yin and yang are employed to explicate the controversial or confrontational views that show the internal and external diversity of Asian communication studies; and third, the union of the polarity of yin and yang, or the Tao, of Asian communication studies is proposed.

Keywords: Asian communication studies, *yin* and *yang*, Middle Way, *Dao*

英语霸权与英语隔阂

津田幸男（Yukio Tsuda）[①]
日本筑波大学

[摘　要] 本文首先根据看待英语统治现象的不同视角，将针对英语全球扩张现象的语言学研究分为三种不同的态度：支持霸权的态度、功能性/思想性的态度和批评性/改革性的态度。然后本文论述了英语霸权和英语隔阂所产生的一些问题，如"语言灭绝"（对小语种的扼杀）、"语言歧视"（对不同语言的不公平对待）和"文化的美国化"（美国媒体文化和物质文化的全球统治地位对世界其他地区本土文化的扰乱）。最后，文章对避免英语霸权和英语隔阂、形成更为公平的国际传播活动的不同方法进行了简单的描述，它们是："单语法"、"多语法"和"全球格局法"。

[关键词] 英语霸权，英语隔阂，语言灭绝，语言歧视，基于英语的等级体系，文化的美国化，语言权利，语言生态，多语主义，英语税

---

①　[作者简介]　津田幸男（Yukio Tsuda），美国南伊利诺伊大学传播学博士，日本筑波大学（University of Tsukuba，JAPAN）现代文化和公共政策研究生院教授，Yukio Tsuda 教授倡导语言多元，"语言生态学"，并以反对语言霸权著名，有《英语霸权与语言平等》（*The Hegemony of English and Linguistic Equality*）等著述多种。

导 言

对于许多人来说——尤其对于那些生活在美国这样的英语国家的人来说——英语是一种给他们带来了诸多好处的语言。很少有人意识到,英语也会带来社会的不平与不公。不过事实的确如此,这就是我所谓的"英语霸权和英语隔阂"。由于英语在今天是一种占统治地位的语言,因此它在说英语的人和不说英语的人之间造成了隔阂与不平等。

英语霸权意指英语在传播中凌驾于其他语言之上,在说英语与不说英语的人之间造成了英语隔阂或者不平等的现象。换句话说,英语霸权对其他语言产生了威胁,对不说英语的人们有所歧视,同时造成英语隔阂——说英语的人们占有更多的权力与资源,而不说英语的人们在很多方面处于劣势。

为了对"英语霸权"和"英语隔阂"加以理解,我将在本文中讨论下列问题:首先,一些语言学家对英语在全球范围内的扩展情况一直有所考察,通过回顾这些语言学家的著作,我想对看待英语霸权和英语隔阂的三种主要态度加以讨论。然后,我将在本文中重点论述英语霸权与英语隔阂所造成的问题,包括"语言灭绝"(Linguicide)、"语言歧视"(Linguicism)和"文化的美国化"(Americanization of Culture)。最后,我还将简单地讨论一下应对英语霸权与英语隔阂的一些办法,使国际传播活动更为公平。

看待英语霸权和英语隔阂有三种态度

有一些语言学家和学者一直在对英语在全球范围内的扩展情况加以关注。我考察了其中一些主要著作,发现可以根据他们看待英语全球化发展情况的态度将之分为三类,分别是:

(1)支持霸权的态度(Pro-Hegemonic)

(2)功能性/思想性的态度(Functional/Ideological)

(3)批评性/转变性的态度(Critical/Transformative)

让我们先来看第一种态度:支持霸权。顾名思义,支持霸权的态度从根本上欢迎和赞颂英语在全球的扩展。持此态度者常将英语的扩展视为历史发展的必然结果,而从不将之看作一种问题。他们绝对支持英语在全球扩展。

持"支持霸权"态度的人中,最有代表性的语言学家莫过于 David Crystal。他是一名英国语言学家,曾在 1997 年出版了《作为全球语言的英语》(English as a Global Language)一书。他在书中展示了典型的支持英语霸权的言论,强调了英语统治全球的"不可避免"。他说:

> 没有其他哪种语言可以在世界上如此大范围地扩展,而……给人以深刻印象的不是总量,而是自 20 世纪 50 年代以来扩展的范围。在 1950 年,英语作为世界语言的地位可能还不那么可信。50 年过去了,这已经成为不容置疑的事实。(Crystal,1997,pp. 61—62)

他甚至说,"看来任何单个团体或者联盟都不可能阻止其发展,也不能影响其未来"。

Crystal 的说法起到了强化英语霸权和英语隔阂的作用,听他的口气,我们除了接受英语的统治外别无选择。我怀疑 Crystal 甚至想巩固和促进英语霸权和英语隔阂,因为他的书是为"美国英语"运动而写——这是一个意在让英语成为美国唯一官方语言的组织。

我将第二种态度称为"功能性/思想性的态度",因为持这一态度的语言学家们关注和强调英语的功能,而英语的功能是中立的。由于他们强调英语作为通用语的中立功能,因此他们创出了一套支持和再生英语霸权与英语隔阂的思想体系。这一态度不对英语霸权加以批评,但它以英语的使用为前提。这一态度的特点是,它想在标准英语和非标准英语(如印度英语、新加坡英语等)之间建立起平等关系。它们将英语的这些非标准的变体称为"世界英语"(World Englishes)。

Braj B. Kachru 是"世界英语"的支持者之一,他是一名社会语言学家,于 1985 年创立了学术期刊《世界英语:英语作为国际与一国内的语言》(*World Englishes: Journal of English as an International and Intranational Language*)。通过使用复数形式"Englishes",Kachru 指出,英语的不同变体在世界各地都有使用。在《世界英语》第一期的评论文章中,Kachru 对这一点进行了强调。他说:

> "Englishes"这个概念在很多方面都有重要意义,它象征着语言内的

功能变体与形式变体,也象征着语言的国际涵化现象(acculturation①),比如在西非、南非、东非、南亚、东南亚、西印度群岛、菲律宾、及在传统使用英语的国家——美国、英国、澳大利亚、加拿大、新西兰。英语如今属于那些将之作为第一语言的人们和那些将之作为附加语言的人们,而无论英语是以其标准形式还是非标准形式出现。对这种功能多样性加以认识是非常重要的。(评论,1985,p.210)

"国际英语"的支持者应该得到高度赞扬,因为他们指出了英语的"功能多样性",并且尝试在英语的标准形式和非标准变体之间建立平等的地位。不过,我将这种态度命名为"思想性态度"是因为它仅认定英语在全球的扩展情况,却不论英语的统治地位所带来的影响。它虽没有明言支持英语在全球范围内的使用,但它积极承认英语的功能多样性,事实上就支持了英语的全球统治地位。而且盛行于社会语言学家中间的描写性的和客观性的研究方法让他们忽视了隐藏在英语全球扩展背后的权力结构。

从这点上讲,功能性/思想性的态度与支持霸权的态度相似,因为二者都接受英语在全球扩展的状况,并认定国际传播以使用英语为前提。

对英语霸权问题的批评性/转变性的态度

关于英语的全球扩展,最后的、也是最重要和最具批评性的态度为"批评性/转变性的态度"。批评性/转变性的态度将英语的全球扩展视为一个造成了不公、不平和歧视的严重问题。持此态度的人以批判的眼光考察了由英语的全球统治地位所带来的问题,打算对造成这些问题的思想体系及权力结构加以阐明,从而改善语言与权力紧密联系的状况,摆脱语言霸权/过度统治。

———————————

① 译者注:"文化涵化"(acculturation)及其相对的"文化濡化"(enculturation)是社会学和人类学中一组比较重要的概念,分别代表文化传递的两种基本模式。"文化濡化"是指一种"主动态",即用文化"化"他人,强调从文化中学习到价值与规划,其重要作用在于保持文化传递的连贯性;"文化涵化"是指一个群体如社会、国家、族群,尤其是一个部落因接触而接受另外一个群体的文化特征和社会模式的过程,强调外来文化的价值与规范,其重要作用在于保持文化传递的变迁性,其涵化深度很大程度上决定于文化的差异性。从英文语义学上看,前缀"en"有"使成为"、"使处于……状态"和"进入……中"等义;而前缀"ac"常常内含有"接受"的意思,故"acculturation"有"被动态"的接受文化的含义。在国内学术界也有学者将 enculturation 译为文化适应,而 acculturation 译为文化触变、文化同化等。参考:http://cnedu.bokee.com/6154834.html。

20世纪80年代末,持批评/转变态度的语言学家开始在世界各国出现。Robert Phillipson是这一态度的主要支持者,他于1992年出版了《语言帝国主义》一书。他这样定义"英语的语言帝国主义":

> 英语的统治地位是通过在英语与其他语言之间建立结构和文化上的不平等地位、并不断对其加以调整而得以确定和维持的。(Phillipson,1992,p.47)

Phillipson认为英语的统治地位将英语置于中心,而将其他语言推到周边的位置,在英语和其他语言之间形成了不平等的力量结构。

不仅如此,批评语言学家、《将英语作为国际语言的文化政治》一书的作者Alastair Pennycook指出了英语霸权与英语隔阂之间的关系。他说:

> 英语的广泛使用对其他语言构成了威胁;英语在许多国家中已经成为代表权力与威望的语言,成了通往社会进步与经济进步的关键看门人。英语在特定领域的使用——尤其是专业领域——会激化不同的力量关系,使这些领域对于很多人来说更加难以接近;英语在世界上的地位也让它成为一个国际看门人,控制着人们的国际流动;它与国家的以及越来越多地主导世界文化与知识的非国家形式紧密联系在一起;同时它还与国际关系的各个方面密切相关,比如资本主义的扩张、发展援助,尤其是北美媒体的统治地位等。(Pennycook,1994,p.13)

Phillipson和Pennycook指出,在我们所生活的这个世界中,英语统治并且威胁着其他语言;英语的功能就像一个国内/国际看门人,制造了说英语的人群和不说英语的人群之间的不平等结构。他们说得对——英语霸权产生了英语隔阂,影响着我们生活的几乎所有领域,包括经济、政治、社会阶层、教育、科学、媒体等等。英语霸权和英语隔阂问题没有停留于语言和传播领域中,而是越过这一界限,在全世界范围内影响着我们生活的所有方面。

自20世纪80年代末开始,持"批评/转变态度"的语言学家们就开始对英语霸权和英语隔阂进行批评。英语霸权和英语隔阂制造了很多问题,但在本文中我将集中关注三个主要问题:语言灭绝、语言歧视和文化的美国化。

语言灭绝(Linguicide)

一些语言学家有一则预言：数百年后，世界上将仅剩一种有声望的全球性语言在流行，这种语言就是英语。但我认为如今其他语言的消失速度会大大快于预言。

为什么我会这样认为？因为英语霸权造成了"语言灭绝"，扼杀其他语言，尤其是那些较弱较小的语种。"语言灭绝"这个词是源于"种族灭绝"——对人的屠杀。英语语言学家 Daniel Nettle 和 Susanne Romaine 在《正在消失的声音》(Nettle & Romaine，2000)一书中对"语言灭绝"进行了详细描述。他们将"语言灭绝"归因于西方现代化浪潮在全球的蔓延：它从 16 世纪开始，逐渐摧毁了非西方国家的社会环境。西方的现代化趋势在世界范围内将传统社会转变成了所谓的现代社会，它鼓励使用西方语言而贬低本土语言。现代社会的产生导致了这样一种社会的建立：西方语言居于社会的中心地位，而本土语言则被边缘化。据 Nettle 和 Romaine 报道，当今世界上仅存六千到七千种语言。在过去的五个世纪中，语言的种类减少了一半；而近年来语言消失的速度不断加快，几乎每两周时间就有一种语言消失。

如今已有无数的声音对生态学危机给予警告，尤其是针对"濒危物种"问题，或者说动植物的灭绝问题。语言生态同样身处危机之中。这个星球上已到处都是"濒危语言"，它们随时有可能消失。在过去五百年中，我们在全球范围内已经失去了六千多种语言。伴随着这些语言的消失，它们的文化、价值、知识、哲学、诗歌、记忆、灵魂也都统统消失了。几百年以后，只有一种语言会留在地球上，那就是英语！

生活在美国的很多人时常感觉到由于西班牙语的崛起而带来的威胁。这引发了 20 世纪 80 年代以来的一场名为"官方英语运动"的语言运动，意在正式地将英语定为美国的国语。在美国，英语并不是法定的正式国语。

然而，这一运动低估了英语——尤其是国际及世界环境中的英语——的巨大影响力。世界上的很多人都感受到英语的威胁，因为它是统治着商业、科学、媒体、旅游、政治、外交、教育等等领域的世界语言。在法国和巴西，由于感受到英语霸权的威胁，政府通过法律限制英语在其国家中的使用。英语统治着世界许多国家人民生活的所有方面。绝大多数国际组织将英语作为其唯一的官方语言或几种官方语言之一。随着世界经济的全球化发展，很多人不得不去学习和使用英语，别无选择。不错，英语如今确是一种通用语言，但也正是因为这样，它威胁着其他的语言。它剥夺了我们使用其他语言的机会。

我怀疑英语霸权是造成"全球语言转变"（Global Language Shift）的多种因素之一，而"全球语言转变"又加强了英语霸权和英语隔阂。语言转变是指人们改变其主要语言的一种现象。大多数移民都会发生语言转变。他们在客居的国家获得一种语言；为了生存，他们往往会放弃自己的语言。因此语言转变是与语言丧失（Language Loss）相伴随的。经济上与政治上强势的语言经常会取代弱势的语言。

一些人认为英语霸权不用对全球语言灭绝现象负责，他们指出，令弱势语言消失的是每个国家各自的主导性语言。这只说对了一部分。问题是我们生活在全球化时代，对我们产生极大影响的并不是每个国家内部的力量，而是跨越国界的全球性力量。对于某种语言来说，想逃避英语的巨大影响力非常困难——英语已经拥有了作为全球标准语的统治地位。比如说，法语、西班牙语和阿拉伯语等主导性语言在面对英语霸权时就逐渐在国际传播活动中失去了力量。1992－1999年，联合国的英语发言比例从45％上升到50％。而以法语、西班牙语和阿拉伯语发言的比例则全部减少：法语从19％降到13.8％，西班牙语从12％降到10％，而阿拉伯语从10％降到9.5％（Calvet，1998）。即使是很强势的语言也败在了英语霸权的影响之下。

英语作为全球化的语言和最具经济和政治力量的语言，使人们为它所吸引、所转变从而失去自己原来的语言。法国语言学家 Louis-Jean Calvet 将英语称为"超级中心语言"（hypercentral language），它让世界上的许多人受它吸引而转向它。Calvet 提出了他所谓的"语言等级制度的引力模式"；在此模式中，大多数人受超级中心语言——英语吸引，而朝英语转向（Calvet，1998）。

确实，现在全世界有很多人生活在以英语为中心的社会环境中。在中国，有超过五亿人在学习英语。在韩国，除非你能在英语考试中获得好成绩，不然你就找不到工作。在日本，每年有数十亿的钞票投入英语学习。而教幼儿学英语正在成为一项巨大的产业。将来这些国家可能会有更多的人转向英语。

不仅是在亚洲，世界的每一处都在兴起"英语热"，或者说对英语的痴狂。为什么会这样？因为整个世界变得让人们只能选择英语，别无他选。许多人相信他们选择英语是出于自己的意愿，但实际上他们是受形势所迫，不能选择其他的语言。我们如今生活在一个"说英语，不然就无法生存"的时代。这迟早会带来"全球语言转变",人们抛弃自己的语言而转向英语。若"全球语言转变"发生,它会引致"全球语言丧失",即"全球语言灭绝"。

语言歧视

"语言歧视"是英语霸权和英语隔阂造成的另一个严重问题。什么是"语言歧视"? 这个词是芬兰语言学家 Tove Skutnabb-Kangas 根据"种族歧视"、"性别歧视"等词造出的,定义如下:

> 语言歧视是指以语言为手段来实现/维持权力与资源的不平等分配的一种思想体系。(Phillipson,1992,p.55)

回顾历史,我们发现了许多语言歧视的例子。说方言的人由于其语言上的变化而遭到歧视。在建立现代国家的过程中,政府创立标准语以作为语言规范,而这同时也成为歧视那些说非标准语的人们的基础。

如今,英语发挥着全球性标准语的作用,这一点得到广泛认同。而正是这一事实作为一股强大的力量成为了歧视的基础,因为它在传播活动中给予说英语的人以巨大的权力和控制力。使用英语被视为当然,这也给了说英语的国家和人们以额外的力量。

因此,在世界的其他地方,不说英语的人们被迫学习和使用英语。然而,原来不说英语的那些人所说的英语常常被称为"蹩脚英语";这真是种不友好的说法,它贬低了那些原来不说英语的人。此外,据德国语言学家 Ulrich Ammon(曾编著《英语作为科学语言的统治地位》一书;Ammon,2001)说,近来还出现了另一种新的说法,叫做 BSE(Ammon,2003),意思是"糟糕的简单的英语"(Bad,Simple English),用来取笑那些不以英语为母语的人所说的英语。因此,不以英语为母语的人们成为了歧视的对象。

在国际科学期刊中,语言歧视的现象似乎很普遍,因为来自非英语国家的学者们很难让自己的文章得以发表。这并不一定是由于文章本身的质量问题,而是由于他们的英语水平。如今的国际学术界已经形成这样的体系:由于英语是科学研究所通用的语言,因而以英语为母语的学者们占了很大的便宜;而不以英语为母语的学者们,除非他们有很高的英语水平,不然,他们的想法和声音就往往会被忽视。

马萨诸塞大学的批评社会语言学家 Donald Macedo 说到过一件有关语言

歧视的趣事,这事若干年前发生在著名的麻省理工学院。他说:

> 一群学生向校方请愿,要求罢免那些说英语时有外国口音的教授,理由是他们听不懂这些教授的课。要是他们真的赶走了这些说英语带外国口音的教授,这些学生就会让爱因斯坦也无法在美国的大学里任教了。(Macedo,2003,p.12)

从这些例子中可以看出,英语隔阂不仅存在于说英语和不说英语的人们之间,还因国籍的不同而存在于说不同的英语的人们之间。在不同种类的英语之间的确存在着一种等级差异。事实上我想说,一旦英语成为全球标准语,一种基于英语熟练程度的全球等级结构就会出现,我将之称为“基于英语的等级体系”(English-based Class System)。

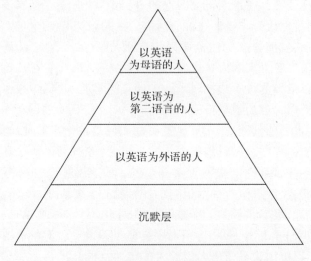

图 1　基于英语的等级体系

图示为一个金字塔,位于其顶端的是以英语为母语的人,意思是这些人在传播中占据了最有声望和最有利的位置。在英语霸权中,他们的控制力和统治力最强。次一层表示以英语为第二语言的人们,他们在以英语为中心的全球社会中占有相对较高的位置和优势。原英国殖民地及大部分西欧国家中使用英语的人属于这一层。世界范围内,这两层的人口最多约 10 亿,仅占世界总人口的 16%。

接下来的一层,我将之称为"基于英语的等级体系"中的工作阶层,因为这一层中的人们以英语为外语——就像我,要花毕生的精力学习英语。对于这些人来说,学英语成了终生的劳动,而他们在等级体系中的地位和声望都相对低下。以英语为外语的人们是把英语作为一项课程来学,而很少在日常交流中加以使用。因此其熟练程度往往较差,所以他们处于等级体系中较低的位置。金字塔的最底层是所谓"沉默层"。处在这层的人们与英语完全没有接触,他们在以英语为中心的传播活动中不得不保持沉默。不过,随着英语霸权在全球的扩张,这些人被英语所吸引,正在越来越多地变成以英语为外语的人。这两个较低的阶层往往被引向较高的阶层,而使等级体系得以加强。处于这两个较低阶层中的人口约为 50 亿,占全球总人口的 84%。请注意,对于世界上绝大多数人来说,英语是外来的,是他们所不熟悉的。

通过"基于英语的等级体系",我想强调的是:等级结构不仅控制着说英语与不说英语的人之间的关系,也控制着不同种类的英语使用者之间的关系。特别是从"如何看待英语霸权"这一角度出发,上两个阶层和下两个阶层之间存在着一道鸿沟。上两个阶层中的人们不会认为英语霸权有什么问题,而处于下两个阶层中的人们看法有所不同:大部分人被英语所吸引转向,只有一部分人将英语霸权看作一种问题。

文化的美国化

英语霸权对文化的影响是另一个严重问题。你可能已经听说过文化的"可口可乐化"、"麦当劳化",它们说的都是美国消费文化对世界上几乎所有其他地区本土文化的巨大影响。美国产品在全球的风行影响着人们的思想观念、价值取向和生活方式。在这种影响中,英语扮演了重要角色。美国产品与英语携起手来在世界范围内扩展。对美国产品的购买和使用促进了英语的传播,而英语的传播又反过来有利于美国产品拓展国际销路。英语霸权与美国物质文化之间形成了相互支持的循环。

有人说,虽然文化的美国化现象正在发生,但它仅仅改变了世界其他地区本土文化的表面。不过,我们怀疑它的实际影响力要比我们想象的大得多。文化美国化的影响力直接渗透至人们思想与生活方式的深处。它已将许多文化的价值体系与信仰体系改变成美国式的。英语与美国文化的入侵不仅改变了语言,还改变了思维结构。

西方文化——尤其是美国的物质与媒介文化的影响并不停留在表面,而是对全世界每一种本土文化的本质都产生了深远的影响。而在这种影响中，英语霸权扮演了非常重要的作用。

英语是全球化和世界经济的语言，这一点毫无疑问。任何国家要想在全球化的收益中分一杯羹，都必须接受英语进入其社会。当然，他们是被迫选择英语的。然而，这样做有可能对其自身文化的独立性与独特性造成损害。如今，一种语言独大的情况影响着全世界的各种文化与生活方式，要将它们同化成西方——尤其是美国的生活样式。世界正在"可口可乐化"、"麦当劳化"、"好莱坞化"。

应对英语霸权和英语隔阂的方法

我们已经看到英语霸权和英语隔阂所产生的一些问题，那么，我们需要想一想如何解决这些问题，从而拥有更为平等的国际传播活动。

我觉得至少有三种方法可以用来应对英语的全球扩展，从而创造平等传播。它们分别是：

(1)单语法(Monolingual Approach)

(2)多语法(Multilingual Approach)

(3)全球格局法(Global Scheme Approach)

我简单地对它们加以论述。

单语法

单语法是指为国际传播选择一种共同语的方法。如果我们决定采用单语法，我们就要决定选择何种语言作为国际共同语。现在的英语其实是在未经任何讨论的情况下，在事实上扮演着国际共同语的角色。对于我们共同的国际媒介来说，英语是不是最合适的语言？我们应该进行一场国际讨论。然而，在决定选择哪种语言作为国际共同语时，我们必须意识到：从原则上说，世界上所有的自然语言都可以加入国际共同语的候选行列。事实上还有人认为应选择某种使用人数极少的、不为人知的小语种作为国际共同语，因为这样的共同语可以在政治上保持中立。国际共同语在政治和文化上的中立是非常重要的，而这也是英语所缺乏的。

除了选择自然语言，我们还可以创造一种新的人工语言作为国际传播的共同语。19世纪末，由波兰医生柴门霍夫创造的世界语就是最有名的人工语

言。我认为世界语比英语更适合成为国际共同语,原因如下:

首先,世界语是一种很特殊的语言,它本身就是为了实现平等传播的目的而被创造出来的。其动机就是创造和平。因此,世界语运动就是和平运动。英语能有这样的思想吗?

第二,由于是人工创造的,所以世界语的语法和词汇非常合逻辑。它没有自然语言中常常出现的不规则现象和例外现象。因此,人工语言是比较容易学的。

第三,世界语的创造者柴门霍夫强调:世界语应作为一种辅助语言加以使用,而不凌驾于民族语言和弱势语言之上。柴门霍夫考虑到了语言间的平等问题,我们应对此加以认识。

人工语言的方法是值得考虑的,因为它为我们提供了有关国际共同语的主体及地位计划的重要提示。当我们一旦拥有某种国际共同语,我们必须倍加小心,让这种语言的语法和词汇易于学习并且充分合乎逻辑;同时要谨慎地决定这种语言的地位,以确保共同语和其他语言之间的平等。

多语法

我要讨论的第二种方法是"多语法"。多语法是指不选择某种特定的语言作为共同语,而是将所有相关的语言都付诸使用。多语法的一个典型例子是欧盟的多语政策,欧盟将几乎所有成员国的语言都列入其官方语言。

多语法与在不同语言间建立平等地位的问题密切相关,因为这种方法相信,不同语言间的平等地位会带来传播中的平等和不同人群间的平等。因此信奉这一方法的人不会给任何一种语言以特权。

多语法将语言视为一个人身份、骄傲和尊严的重要组成部分,而不仅仅是一种工具。多语法将语言问题视为人权问题,认为保障每个人使用自己语言的权利非常重要。

Tove Skutnabb-Kangas 是一名语言人权的倡导者,他尤其重视世界上少数族裔与本土居民的语言权利问题。

自20世纪90年代开始,我就提出以"语言生态范式"(the Ecology of Language Paradigm)替代"语言霸权范式"(Tsuda,1994,1999)。语言生态范式不仅将语言问题视为人权问题,还将之视为一种环境问题;因为就像我们从"语言灭绝"的事例中所看到的,语言的全球生态已经被破坏了。多语法建立在这样的认识之上:语言是人类存在的必需组成部分,无论是在哪种环境中都应得到充分的尊重。认识到这一点很重要。换句话说，多语法与语言多元主义及文化多元主义（尊重文化的多样性与平等性）哲学有很多共同之处。

多语法必然提倡外语教育——这可以让更多的人尊重外国文化和外国人。过于强调英语学习只会让人们对其他语言和文化产生冷漠的感觉，这种现象在美国非常普遍。

此外，多语法要求并鼓励翻译机器的科技研发，这将帮助人们跨越因多语传播而产生的语言障碍。

全球格局法

我要说的第三种方法也是最后一种方法，我将之称为"全球格局法"。全球格局法是指用以应对英语霸权和英语隔阂的任何一种国际努力。

签订有关语言平等的国际法律和国际协定是努力之一。1996 年，非政府组织成员聚集在西班牙巴塞罗那，签订了《世界语言权利宣言》(Universal Declaration of Linguistic Rights)。此宣言意在确立本土居民及少数族裔的语言权利。不过，虽然有这些努力，语言权利问题仍未被联合国教科文组织列入正式议题。

1948 年，联合国大会通过并颁布《世界人权宣言》(Universal Declaration of Human Rights)，其中第二条说得很清楚，人人有资格享受一切权利和自由，而不论包括语言在内的各种差别。

不过，我们在倡导文化多样性方面仍取得了一定的进展。比如说，2001年联合国教科文组织通过了《世界文化多样性宣言》(Universal Declaration on Cultural Diversity)。还有更近一些的，2005 年联合国教科文组织通过了《保护和促进文化表现形式多样性公约》(Convention on the Protection and Promotion of the Diversity of Cultural Expressions)；绝大多数成员国都表示赞同，只有美国和以色列对公约持反对态度。

我们还应该联合更多的国际力量、通过国际法律手段来提倡语言的平等性与多样性。我们尤其需要一部国际公约，来对人们在外国旅游时使用外语的责任和义务加以规定。如果使用外语成为一项国际标准，会对提倡语言的多样性与平等性大有好处。

全球格局法的另一个例子是建立一个全球体系，对权力和资源进行重新分配。联合国开发计划署(United Nations Development Planning)已经提出一套方案，征收各种形式的"全球税"，从而缩小世界上的贫富差距。比如说，他们建议征收"互联网税",从互联网用户那里筹钱。他们相信,通过这一税收和重新分配的体系,也许可以解决"数码隔阂"问题。互联网用户高度集中于北美地区。

不仅如此,美国经济学家、诺贝尔奖获得者詹姆斯·托宾(James Tobin)提出所谓"托宾税",对国际"投机"金融交易征税。"托宾税"是对财富进行重新分配的全球体系的另一个例子。

因此,我认为征收"英语税"也是可以的,对在国际传播活动中使用英语的情况征税。从国际的角度说,英语是一种有钱也有权的语言。所以对英语征税、为穷苦的人们和没有权力的人们收集财富,这是合理的。这将建立一种对英语的滥用加以控制的社会和经济环境。

无论我们采用哪种方法,我们的当务之急是对"如何应对英语霸权和英语隔阂"和"如何建立并维持语言和文化的多样性"等问题进行一场国际性讨论。

结　　论

至此,我想提出一个重要的问题以作为全文的总结:英语应该成为全球标准语吗?

这是一个非常重要的问题,尤其是处于"基于英语的等级体系"中上两层的人应该自己问问自己。可是能反躬自问的人很少,因为他们对使用英语已经习以为常。说英语的人们会觉得,全世界都说英语是很自然的事情。但如果他们这样想,并且在自己国家以外的地方也说英语,他们就可能遭遇很严重的后果。

英语霸权的狂热信奉者们总是反对我的想法,他们说英语霸权是自由选择的结果。他们坚持认为,如今许多人选择使用英语,这不干英语霸权的事。

他们完全错了。我们不是选择使用英语,而是被迫学习和使用英语,完全不存在自由选择。英语是被强加在我们身上的。当我们去参加国际会议时,我们除了使用英语之外别无选择。这样的情况能被称为是自由选择的结果吗?英语被强加在世界大多数人民的身上。对于世界84%以上的人口来说,英语是外语。

此外,如果说我们有选择英语的自由,那我们就应有不选择它的自由。可是我们如今哪有这样的自由呢?

无论我们何时谈及语言,我们都只将它视作一种工具。可是语言绝不仅仅是一种工具,它指引着"我们是谁"和"我们是什么"的答案。我们就是我们所说的语言。语言是我们人类骄傲和尊严的来源,我们的母语尤是。语言是我们的基本人权,也是我们宝贵的生存环境。

因此,我们不能让任何一种语言统治这个世界。

(本译文英文原载 *China Media Research*,Jan 2008/Vol. 4/No. 1)

References

Americanization of China(1997). *Asiaweek*,July 4,pp. 38—44.

Ammon,U. (Ed.)(2001). The Dominance of English as a Language of Science: Effects on other languages and language communities. Berlin: Mouton de Gruyter.

Ammon,U. (2003). Global English and the non-native speaker: Overcoming disadvantage,In H. Tonkin & T. Reagan(Eds.), *Language in the 21ˢᵗ century*. (pp. 23—34). Amsterdam: John Benjamins.

Calvet,Louis-Jean(2004). Language Wars: Language Policies and Globalization. http://www. nd. edu/~nanovic/archives/calvetpaper. pdf-Convention on the Protection and Promotion of the Diversity of Cultural Expressions (2005) UNESCO. http://portal. unesco. org/en/ev. php-URL ID = 31038&URL DO=DO TOPIC&URL SECTION=201. html.

Crystal,D. (1997). *English as a Global Language*. London: Cambridge University Press. Editorial(1985). *World Englishes*, 1(1).

Macedo,D, B. Dendrinos, & P. Gounari. (2003). *The Hegemony of English*. Boulder,CO: Paradigm Publishers.

Nettle,D & S. Romaine(2000). *Vanishing Voices: the Extinction of World's Languages*. London: Oxford University Press.

Norberg-Hodge,H. (2000). *Ancient Futures: Learning from Ladakh*. Rider.

Pennycook,A. (1994). *Cultural Politics of English as an International Language*. London: Longman.

Phillipson, R. (1992). *Linguistic Imperialism*. London: Oxford University Press.

Tsuda, Y. (1994). The Diffusion of English: Its Impact on Culture and Communication. *Keio Communication Review*, 16, pp. 49—61.

Tsuda, Y. (1999). The Hegemony of English and Strategies for Linguistic Pluralism: Proposing the Ecology of Language Paradigm. In M. Teheranian(Ed.), *Worlds Apart : Human Security and Global Governance*. Londoin: I. B. Tauris.

Unesco Universal Declaration on Cultural Diversity (2001). http:// unesdoc. unesco. org/images/ 0012/001271/127160m. pdf.

Universal Declaration of Human Rights(1948). http://www. un. org/ Overview/rights. html.

Universal Declaration of Linguistic Rights(1996). http://www. linguistic-declaration. org/index-gb. htm.

English Hegemony and English Divide

Yukio Tsuda

University of Tsukuba,Japan

Abstract: This paper first categorizes the linguistic studies of the global spread of English into three different positions according to the perspectives taken with regard to the dominance of English. They are :'Pro-hegemonic', 'Functional/Ideological' and 'Critical/Transformative'. The paper then explicates some of the problems caused by English Hegemony and English Divide such as 'Linguicide', or the killing of smaller languages and 'Linguicism',or the discrimination based on languages and 'Americanization of culture',or the global dominance of American media and materialistic culture which disrupts local cultures across the world. Finally,the study provides a brief account of different approaches to building a more equal international communication free from English Hegemony and English Divide. They are 'Monolingual Approach','Multilingual Approach' and 'Global Scheme Approach'.

Keywords: English Hegemony,English Divide,Linguicide,Linguicism,English-based Class System,Americanization of Culture,Language Rights,Ecology of Language,Multilingualism,English Tax

亚洲对传播理论的贡献

——*China Media Research* 亚洲专辑前言

三池贤孝(Yoshitaka Miike)[①]

夏威夷大学希罗分校

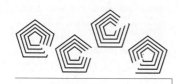

[摘　要]《中国传媒研究》(*China Media Research*)2007 年第 4 期乃关于传播理论的亚洲视角的论文专辑。该专辑中的十一篇文章从亚洲中心的优势角度出发,展示了未来传播研究的方向。这些文章通过发掘亚洲本土理论框架从而推进亚洲传播研究的进程,并通过引入亚洲参数和亚洲典型从而检视传播理论中的欧洲中心主义。本文作为该专辑的引言,为读者们介绍了该专辑的背景及概况;笔者在此重点论述该专辑中的若干重要尝试:(1)非欧洲中心的比较;(2)亚洲经典文献的再解读;(3)对西方理论的批判性反思;(4)东西方融合;(5)对文化概念的探讨。在当前传播理论面临多元文化转向的情况下,这些文章共同开拓了有关人性与多样性理论的新景象。

[关键词]亚洲中心性,经典文献,传播理论,文化概念,东西融合,欧洲中心主义,多元文化转向,非欧洲中心的比较

---

①　[作者简介]　三池贤孝(Yoshitaka Miike),2004 年获美国新墨西哥大学传播学博士学位,现任教于夏威夷大学希罗分校。在众多著名国际杂志上发表论文,并编著出版了《全球跨文化传播读本》(*The Global Intercultural Communication Reader*)一书。2004 年获得全美传播协会最佳论文奖。

东方不是西方。文化互不相同，而思想、感情和意识在不同的社会中以不同的方式相互结合。对话产生于，或者说受制于不同的环境，并且因为不同的原因而具有不同的形式……任何在亚洲寻找西方修辞规则之原型的尝试都将是徒劳。这就像是用尺来衡量水里的盐分。

  ——罗伯特·T.奥立佛(Robert T. Oliver, 1971, p. 3)

欧洲中心主义与多元文化转向

  无可否认，传播理论在传统上以欧洲为中心。在过去的几十年中，理论界出现了关于传播学科的存在价值及研究方法等问题的激烈争论与广泛讨论(如 Dervin, Grossberg, O'Keefe, & Wartella, 1989a, 1989b; Gerbner, 1983; Levy, 1993)。在社会科学范式中，"理论"这个概念被定义和限制得非常狭隘，而解释与批判范式的兴起极大地拓展了"理论"的含义(Craig, 1993; Dissanayake & Belton, 1983)。一些开路先锋们也在努力寻求新的方式方法，从而将零碎的传播理论整合成连贯的研究体系(见 Craig, 1999; Craig & Muller, 2007; Littlejohn & Foss, 2008)。不过，迪萨纳亚克(Dissanayake, 1988, 1989)曾一针见血地指出，这些元理论思考很大程度上局限于欧洲中心的知识世界。

  传播理论如今正面临多元文化转向(Miike, 2007a)。新的思想与不同的视角(如 Asante, 1998, 1999, 2007; Ayish, 2003; Chang, Holt, 及 Luo, 2006; Chen, 2002, 2004, 2006; Chen & Starosta, 2003; Dissanayake, 2003, 2006; Gunaratne, 2005, 2006; Kim, 2002; Ishii, 1997, 2001, 2006; Ishii, Kume, 及 Toyama, 2001; Lee, 2005; Sitaram, 2004)正在传播研究领域对欧洲中心主义发出质疑和挑战。新思想、新视角要求有多元文化的学术，而对于西方世界以外的传播现象，多元文化的学术鼓励着非西方式的思考与理论研究方式(见 Chen & Miike, 2006; Chesebro, 1996; Chesebro, Kim, 及 Lee, 2007; Gordon, 1998/1999, 2007; Kincaid, 1987; McQuail, 2005; Miike, 2007b, 2008a; Miike & Chen, 2006; Nordstrom, 1983; Shi-xu, 2006a, 2006b; Starosta, 2006; Thayer, 1979)。全球化与本土化的浪潮又促使未来的传播理论在文化上更为敏感、更为自觉。

  正是在这样的知识环境下，我们推出了《中国传媒研究》(*China Media*

Research)专辑,主题是亚洲对传播理论的贡献。欧洲中心主义学术有两种偏见。其一,欧洲中心理论常常自称为"人类"理论,却不去认识和结合欧洲中心以外的他者的情况。这里的问题不在于其理论预设本身,而在于其片面地假定自身的普遍性,且具有一概而论的倾向。第二,由于其文化根源与文化导向,欧洲中心理论更偏向于某些现象。结果,对于非西方文化中一些长久以来固有的成分,西方理论会有所忽视或者低估。由于欧洲中心主义具有这两种偏见,所以西方理论得不到非西方世界的共鸣。

因此,亚洲对传播理论的贡献可从两个方面来实现。从本土的角度说,亚洲中心的研究者们可以扩展本土的传播理论,以及亚洲语言中的一些概念、亚洲宗教哲学传统中的一些原则及亚洲历史中的一些经验教训等,以使理论可以充分地与亚洲文化世界产生共鸣(Miike,2008b)。这些植根于本土环境的亚洲中心思想可能与非亚洲中心的理论相同或相异。从全球的角度说,通过提供亚洲参数和亚洲典型,亚洲中心研究者们可以帮助传播学科描绘出一幅有关人性、多样性及传播的更为完整、全面的图景。他们可以为其本土知识提出合理的全球性解释,同时扩大世界范围内传播研究的知识范畴(Miike,2007a)。该专辑即意在将表现出此类亚洲贡献的文章集结在一起。

《中国传媒研究》2007 年第 4 期亚洲传播视角专辑综览

《中国传媒研究》2007 年第 4 期亚洲传播视角专辑由十一篇文章组成。作为该专辑的特约合作主编,我们虽无意于囊括亚洲文化/思想传统的所有种类及传播的各个方面,但仍汇集了有关东亚、南亚、东南亚及西亚等地问题的文章。这些文章从佛教、儒教、印度教及伊斯兰教等角度出发,尽力阐释不同的传播前提和做法。此外,这些文章涉及的领域很宽,包括传播伦理、国际传播、人际传播、内向传播[①]、大众传播、非语言传播及修辞传播。在下文中,笔者将对该辑中的各篇文章作一概观,突出该辑中的五条研究重点:(1)非欧洲中心的比较;(2)亚洲经典文献的再解读;(3)对西方理论的批判性反思;(4)东西方融合;(5)对文化概念的探讨。

[①] 译者注:intrapersonal communication,又称"自我传播"。

非欧洲中心的比较

在亚洲传播专家中存在着这样一种倾向,即使用西方传播模式/方法作为比较的直接起点。无可否认,在传播学科的各个层面已被/仍被欧洲中心的主题/形式控制着的情况下,这种策略性做法可以使他们的东方范式易于被西方受众们所理解和接受。但是,由于比较中的这种欧洲中心观点,受众们的视野与看法可能会受到严重局限(Miike,2006)。该专辑中的头两篇文章尝试着突破这种认识上的局限,从非欧洲中心的比较视角看待亚洲传播哲学。

该专辑中的第一篇文章来自威廉姆·J.斯塔柔斯塔(William J. Starosta)——跨文化修辞学研究的一位先锋人物(见 Starosta,1999)——及 Lili Shi。他们寻求"继承"圣雄甘地的哲学,因为它与传播伦理有关。斯塔柔斯塔和 Shi 简要地阐述了印度教世界观的关键要素——这是甘地哲学的基础——同时勾勒出甘地伦理观念的价值论原则。然后,他们将甘地的伦理原则与道家"无为"概念及海德格尔的"栖居"(dwelling)概念加以比较。第二篇文章来自 June Ock Yum。她作于 1988 年的《儒家思想对东亚人际关系及传播模式的影响》(Yum,1988),大概是亚洲传播研究中被引用得最多的作品了。在这次的专辑中,其所撰之文将儒家概念"仁"与非洲概念"ubuntu"进行了有趣的比较,从而阐述所谓为人在亚洲与非洲中各是什么意思。Yum 观察到,在这两个非西方人文主义概念之间存在一些有意思的异同点;对于这些异同点在传播上的意义,Yum 也进行了思考与推测。她主要的兴趣在于:探讨儒家人文主义及其强调的"仁"与"礼"跨越文化界线的可能性。

亚洲经典文献的再解读

从大体上说,亚洲传播专家们对西方知识的通晓程度要超过亚洲思想传统。因此,鲜有从亚洲经典文献中提取传播思想观点的理论研究也就不足为怪了。正如迪萨纳亚克(Dissanayake,1988,1989,2003,2006)指出的那样,亚洲经典文献中包含着大量传播概念与传播命题,等待着不同的理论探索方法加以挖掘;所以,我们未能从亚洲经典文本出发对传播理论做出贡献是极为遗憾和可惜的。亚洲中心的研究者们不该忘记,"在漫长的历史发展过程中……亚洲国家创造出博大精深的文明","没有一个文明离得开积极有力的传播体系。①"(Dissanayake,2003,p.18)为了弥补上述那种对亚洲知识遗产的忽视,该专辑接着收录的三篇论文的作者是将他们的注意力放在伊斯兰教及佛教经典上的,意在对有关人类传播的先决条件及伦理道德的古代智慧加以重新发掘。

该专辑的第三篇文章来自哈米德·莫拉纳(Hamid Mowlana)——一位跨文化传播理论研究的先驱者。他批判了西方的种族中心主义政策及有关伊斯兰世界的大众传播行为;他归纳出五条伊斯兰基本教义,可巩固穆斯林新闻工作者们传播道德的核心:tawhid、amr bi alma'ruf wa nahy'an al munkar、ummah、taqwa、amanat。

第四篇文章来自维莫尔·迪萨纳亚克(Wimal Dissanayake),他是《传播理论:亚洲视角》(见 Gunaratne,1991)这一重要著作的编者。他分析了龙树《中观论》中的启发性思想,并讨论了这些思想对于人类传播理论的意义。他尤其关注时间与相对性、语言与因果及行动的主体与行动之间的关系。

第五篇文章来自石井敏(Satoshi Ishii),日本传播研究的杰出理论家(Ishii,1997,2001,2006)。他的文章为有关启蒙的两个主要的佛教救世神学学派给出了一种历史性的解释。他还提出了一种有关佛教启蒙途径的图解模式作为终极传播。作为极为少有的兼通佛教与传播理论的学者,石井敏投身于一种极具挑战性的理论研究中,此前还没有哪个传播学者敢于尝试——他对光耀古今却又艰涩难懂的佛教启蒙论著加以解读,将什么是超越时空的传播形象地表达出来。

对西方理论的批判性反思

许多传播学者(包括西方和非西方学者)理所当然地认为欧洲中心的理论与方法具有普遍的适用性。就陈国明(Chen,2006)看来,"在最近半个世纪中,欧洲中心范式在传播研究中的支配地位是一个问题;而其他地区(包括亚洲)的教育者和学者们盲目地接受欧洲中心范式的普遍适用性,这是一个更为严重的问题"(p.295)。在这样的认识环境下,通过向传播学科引入亚洲参数和亚洲典型,亚洲中心的研究者们也许可以准备好对西方传播理论的局限

---

① 译者注:译文引自 J. Z. 爱门森译:《国际跨文化传播精华文选》,浙江大学出版社 2007 年版,第 115 页。

性进行批判性的、深刻的反思。欧洲中心的学者们过分高估了其本土知识的全球意义(Miike,2007a)。而对于亚洲中心的研究者们来说,指出欧洲中心理论之文化偏见的时机已经成熟,亚洲中心的研究者们应记住杜维明(Tu,2002)的观点:

> 一个人越是清醒地认识到自己理论的局限性,就越容易扩展他/她的见识。相反,你越是认为你在价值上持中立态度,你越不容易得到科学的发现。如果一个人认为他/她的研究不以任何理论/价值为前提,此人绝对比其他能认识到承载自身研究之理论基础的人更为傲慢。(p.12)

该专辑再接下去的两篇文章即以此批判思路考察西方传播理论。其第六篇文章来自罗纳德·戈登(Ronald D. Gordon),他勤奋地致力于多元文化学术研究(见 Gordon,1998/1999,2007)。他在文章中劝诫亚洲的传播学者和研究者们不要成为"美国制造"之理论的单纯消费者,或是"科学极权主义"的鼓吹者。他鼓励亚洲传播研究者们从自身文化背景出发,贡献出有创造性的新理论、新视角。他认为,亚洲学者可以深入其本土资源,对"传播及和谐之间重要的相互作用"及"人们在传播中/通过传播学习为人的过程"等问题加以理论研究。

第七篇文章来自冈部朗一(Roichi Okabe),日本顶尖的修辞学家,因其书章节《东西方的文化前提:日本与美国》(Okabe,1983)而受到很高评价。他在文章中从东方视角出发,仔细分析了源于西方的修辞能力和修辞敏感性的概念在不同文化中的有效性。在对美国和日本社会的总体修辞导向进行比较后,冈部阐述了美国人与日本人在建构/组织议论以及在采用论调/策略方面的不同点。冈部指出,西方修辞方法不能够充分地描述出东方人如何使用逻辑及建立起说话人的可信性。

东西方的融合

Craig 和 Muller(2007)说"拘泥于某一种传播理论传统的人是不可能有新发现的","只有跨越传统进行阅读和思考……才能让我们在以专业方式面对特殊问题时从整体上提升传播研究的水平"。(p.501)正是从这种开阔思路的精神出发,亚洲传播理论研究者需认真考虑亚洲与非亚洲传统之间"分"与"合"的问题,从而引向有关人类传播的真正的泛文化理论。亚洲中心并不意味着对欧洲中心的悖反。坚持亚洲中心是要使自己植根于亚洲文化经历之中。因此,对于亚洲中心的研究者们来说,有些亚洲元素可以与非亚洲特征和谐相容也就不是什么问题了。他们可以超越东方—西方的二元极端,而趋向东西方的融合。

该专辑第八篇文章来自斯里兰卡的谢尔顿·A.古纳拉特恩(Shelton A. Gunaratne),一位亚洲大众传播领域的多产作家(见 Gunaratne,2005,2006)。他的文章就展示出这样一种东西方的融合。他认为在西方对"独立"新闻、"自由"媒介及"自由"民主进行宣传和全球推广的过程中,西方宇宙观和东方主义扮演了一种隐蔽的角色。古纳拉特恩从自我、自然、时空、知识、跨个人等角度将东方与西方的宇宙观放在一起考察,然后说明对东方哲学概念(如佛教概念"无常"与"缘起"①及道家的相对性辩证思想)的理解与运用使"建立一种更为全面的新闻及管理理论"及"创立一种'集权—自由'结合体的阴阳动态模式"成为可能。

对文化概念的探讨

概念是理论的核心。因此,如果没有亚洲语言中的亚洲概念,那也就没有所谓的亚洲传播理论。我们在语言中构建、协商、分享我们的社会现实。语言就像一扇明亮的窗户,让我们借之以管窥我们的文化世界。因此,为了构建与亚洲人民之特质和经历相应的传播理论,我们必须在亚洲语言中发展本土概念;只有使用亚洲语言,亚洲人才能真正地表达他们的现象世界。为了实现这一目标,亚洲中心的研究者们应将注意力恰当地分配于精英著作中正式的宗教哲学概念与日常话语中非正式的民间文化概念之间,从而获得有关亚洲文化与亚洲传播的复杂的、相互之间有所冲突的看法(Chen & Miike,2006)。该专辑最后三篇文章即是对一些文化概念加以探讨,从而深化我们对马来西亚华人及泰国社会中人际交流的理解,以及对中国文化中非语言传播的理解。

---

① 译者注:dependent co-arising 缘起,佛教用语,又称 "缘生","因缘生起"的略称。缘,意为关系或条件,所谓缘起即诸法由缘而起;宇宙间一切事物和现象的生起变化,都有相对的互存关系或条件。

该专辑第九篇文章来自李依琳(Ee Lin Lee)。她通过仔细分析关键概念"怕输"(kiasu)[①]，从而对华裔马来西亚人的"中国人特性"加以说明。运用文化特定论的视角，李依琳从经济强势、教育竞争力及对身份的重新认识等角度出发，详述了华裔马来西亚人的"自我"意识与行为。

第十篇文章来自 Michael Pfahl、Pornprom Chomngam 和 Claudia L. Hale，他们评价了"友谊"在泰国文化中的本土意义。基于采访资料，Pfahl、Chomngam 和 Hale 整理出泰语中表示"友谊"的词语，并区分泰国人在工作与非工作的环境中成功的友谊与失败的友谊之意义。

该专辑的压轴文章来自陈国明——《中国传媒研究》的合作主编。多年来，他的著作(e.g.，Chen，2002，2004，2006)为中国及亚洲传播研究做出了突出的贡献。陈国明在本期的文章中先说明了"风水"的一些特征，分析了中国哲学中与"风水"的发展相关的一些方面，然后详述了"风水"行为中包含的中国文化价值。接着，他论述了"风水"在中国社会中对人际传播及组织传播的影响。陈的理论研究在构建亚洲中心非语言传播理论方面是少有的杰出尝试。

人性、多样性和传播理论

马吉德·特赫拉尼安(Majid Tehranian，2007)曾指出：我们生活在一个相互依赖、相互联系的地球村里，但"这个村子……成员之间并不享受那种面对面交流的亲密"(p.126)。他一语中的。我们在全球范围内缺乏人文主义的亲密感，这不仅是因为我们鲜能获得直接的信息而靠想象来揣度他人，还因为我们采用种族中心主义的做法，奥立弗(Oliver，1971)将之喻为"用尺来衡量水里的盐分"(p.3)。正如李·赛亚(Lee Thayer，1982)言简意赅地陈述那样：如果传播是"我们从中获得人性的过程——无论这应是什么/应怎样"(p.27)，那我们理应将跨文化传播的本质加以转变，从而使我们可以在全球社会中分享多样的人性，因为人类的生存与繁荣有赖于此种传播转变。因此，在全球化的时代，传播理论不应在文化上盲目排外。新世纪的传播理论家们应立足于人性与多样性的交叉点。

---

① 译者注：kiasu 源自闽南话，中文的字面意思是"怕输"。简单解释，就是害怕吃亏，该词在南亚地区常被用来形容一种华人的典型性格特征。

特赫拉尼安(1991)为比较传播理论提出了三条基本命题:(1)所有人类传播在本质上都具有强烈的本土性;(2)所有的本土传播体系都与其他本土体系具有一些相同点;(3)通过比较不同的本土传播体系,我们可以发现人类传播中一些跨越了时间、空间、结构与功能的普遍特征。如果这三条命题所言得当,它们就会给未来的传播理论研究者们带来这样的启示:我们应牢记,只有从多样性的角度出发进行理论研究,我们才能对人性加以认识;只有从文化的角度出发进行理论研究,我们才能对普遍性加以认识(Miike,2006)。Jung(2001)在著作中明确指出"缺乏特殊的普遍是空洞的;相反,缺乏普遍的特殊是盲目的"(p.341)。因此,未来的传播理论研究者要对人性与多样性加以认识,必须综合多种本土观点以表述传播的普遍性;同时,还须对传播普遍性在不同文化中的各种表达形式加以认识。

我们希望该专辑可为这样的人性和多样性传播理论做出亚洲的贡献。辑中的十一篇文章从理论上研究了亚洲传播的本土特征,对这些亚洲本土特征进行了跨文化比较,并对亚洲传播在文化上的特殊/普遍特征进行了思考。这些文章解析了亚洲传播的过程,亚洲人正是在这样的传播过程中获得了有关人性的看法;它们还反映了亚洲人对于"理想传播人"(作为本土社会成员和作为世界全球公民)的看法。李·赛亚(1982)认为"一种传播理论与人类的相关性就在于,它会帮助我们理解'传播与人类本性的复杂关系'及'我们针对人类生存状况而进行传播方式的后果'等问题"(p.27)。该专辑从亚洲中心的角度出发,力求为深入理解"多样之人性与传播之间的关系"及"全球化/本土化时代跨文化交流对人类生存状况的持久影响力"等问题尽一份绵薄之力。

(本译文英文原载 *China Media Research*,September 2007/Vol. 3 /No. 4)

References

Asante,M. K. (1998). *The Afrocentric idea* (Rev. ed.). Philadelphia, PA:Temple University Press.

Asante,M. K. (1999). An Afrocentric communication theory. In J. L. Lucaites,C. M. Condit, & S. Caudill(Eds.),*Contemporary rhetorical theory:A reader*(pp.552-562). New York:Guilford Press.

Asante,M. K. (2007). Communicating Africa:Enabling centricity for intercultural engagement. *China Media Research*,3(3),70—75.

Ayish,M. I. (2003). Beyond Western-oriented communication theories: A normative Arab-Islamic perspective. *Javnost— The Public: A Journal of the European Institute for Communication and Culture*,10(2),79—92.

Chang,H. -C. ,Holt,G. R. ,& Luo,L. (2006). Representing East Asians in intercultural communication textbooks: A select review. *Review of Communication*,6(4),312—328.

Chen,G. -M. (2002). Problems and prospects of Chinese communication study. In W. Jia,X. Lu,& D. R. Heisey(Eds.),*Chinese communication theory and research: Reflections,new frontiers,and new directions*(pp. 255—268). Westport,CT: Ablex.

Chen,G. -M. (Ed.). (2004). *Theories and principles of Chinese communication*(in Chinese). Taipei,Taiwan: Wunan.

Chen,G. -M. (2006). Asian communication studies: What and where to now. *Review of Communication*,6(4),295—311.

Chen,G. -M. ,& Miike,Y. (Eds.). (2003). Asian approaches to human communication [Special issue]. *Intercultural Communication Studies*, 12 (4),1—218.

Chen,G. -M. ,& Miike,Y. (2006). The ferment and future of communication studies in Asia: Chinese and Japanese perspectives. *China Media Research*,2(1),1—12.

Chen,G. -M. , & Starosta, W. J. (2003). Asian approaches to human communication: A dialogue. In G. -M. Chen & Y. Miike(Eds.),*Asian approaches to human communication*[Special issue]. *Intercultural Communication Studies*,12(4),1—15.

Chesebro,J. W. (1996,December). Unity in diversity: Multiculturalism,guilt/victimage,and a new scholarly orientation. *Spectra*,32 (12), 10—14.

Chesebro,J. W. ,Kim,J. K. ,& Lee,D. (2007). Strategic transformations in power and the nature of international communication theory. *China Media Research*,3(3),1—13.

Craig,R. T. (1993). Why are there so *many* communication theories? In

M. R. Levy(Ed.), *The future of the field : Between fragmentation and cohesion* [Special issue]. *Journal of Communication*, 43(3), 26—33.

Craig, R. T. (1999). Communication theory as a field. *Communication Theory*, 9(2), 119—161.

Craig, R. T. , & Muller, H. L. (Eds.). (2007). *Theorizing communication : Readings across traditions*. Thousand Oaks, CA: Sage.

Dervin, B. , Grossberg, L. , O'Keefe, B. J. , & Wartella, E. (Eds.). (1989). *Rethinking communication : Vol. 1 Paradigm issues*. Newbury Park, CA: Sage.

Dervin, B. , Grossberg, L. , O'Keefe, B. J. , & Wartella, E. (Eds.). (1989). *Rethinking communication : Vol. 2 Paradigm exemplars*. Newbury Park, CA: Sage.

Dissanayake, W. (Ed.). (1988). *Communication theory : The Asian perspective*. Singapore: Asian Mass Communication Research and Information Center.

Dissanayake, W. (1989). Paradigm dialogues: A Eurocentric universe of discourse. In B. Dervin, L. Grossberg, B. J. O'Keefe, & E. Wartella (Eds.), *Rethinking communication : Vol. 1 Paradigm issues* (pp. 166—168). Newbury Park, CA: Sage.

Dissanayake, W. (2003). Asian approaches to human communication: Retrospect and prospect. In G. -M. Chen & Y. Miike(Eds.), *Asian approaches to human communication* [Special issue]. *Intercultural Communication Studies*, 12(4), 17—37.

Dissanayake, W. (2006). Postcolonial theory and Asian communication theory: Toward a creative dialogue. *China Media Research*, 2(4), 1—8.

Dissanayake, W. , & Belton, B. K. (1983). Reflections on critical theory and communication research. In W. Dissanayake & A. R. b M. Said(Eds.), *Communications research and cultural values* (pp. 127—139). Singapore: Asian Mass Communication Research and Information Center.

Gerbner, G. (Ed.). (1983). Ferment in the field [Special issue]. *Journal of Communication*, 33(3), 4—362.

Gordon, R. D. (1998/1999). A spectrum of scholars: Multicultural diversity and human communication theory. *Human Communication: A Journal of the Pacific and Asian Communication Association*, 2(1), 1—8.

Gordon, R. D. (2007). Beyond the failures of Western communication theory. *Journal of Multicultural Discourses*, 2(2), 89—107.

Gunaratne, S. A. (1991). Asian approaches to communication theory. *Media Development*, 38(1), 53—55.

Gunaratne, S. A. (2005). *The Dao of the press: A humanocentric theory*. Cresskill, NJ: Hampton Press.

Gunaratne, S. A. (2006). Public sphere and communicative rationality: Interrogating Habermas's Eurocentrism. *Journalism and Communication Monographs*, 8(2), 93—156.

Ishii, S. (1997). Tasks for intercultural communication researchers in the Asia-Pacific region in the 21st century. *Dokkyo International Review*, 10, 313—326.

Ishii, S. (2001). An emerging rationale for triworld communication studies from Buddhist perspectives. *Human Communication: A Journal of the Pacific and Asian Communication Association*, 4(1), 1—10.

Ishii, S. (2006). Complementing contemporary intercultural communication research with East Asian sociocultural perspectives and practices. *China Media Research*, 2(1), 13—20.

Ishii, S., Kume, T., & Toyama, J. (Eds.). (2001). *Theories of intercultural communication: In search of a new paradigm* (in Japanese). Tokyo, Japan: Yuhikaku.

Jung, H. Y. (2001). Doing philosophy in the age of globalization. *Human Studies*, 24(4), 337—343.

Kim, M. -S. (2002). *Non-Western perspectives on human communication: Implications for theory and practice*. Thousand Oaks, CA: Sage.

Kincaid, D. L. (Ed.). (1987). *Communication theory: Eastern and Western perspectives*. San Diego, CA: Academic Press.

Lee, P. S. N. (2005). The challenges of communication education in Asia. *Australian Journalism Review*, 27(2), 189—201.

Levy, M. R. (Ed.). (1993). The future of the field: Between fragmentation and cohesion [Special issue]. *Journal of Communication*, 43 (3), 4 —238.

Littlejohn, S. W. , & Foss, K. A. (2008). *Theories of human communication*(9th ed.). Belmont, CA: Thomson Wadsworth.

McQuail, D. (2005). Communication theory and the Western bias. In Shi-xu, M. Kienpointner, & J. Servaes (Eds.), *Read the cultural other: Forms of otherness in the discourses of Hong Kong's decolonization*(pp. 21 —32). Berlin, Germany: Mouton de Gruyter.

Miike, Y. (2006). Non-Western theory in Western research? An Asiacentric agenda for Asian communication studies. *Review of Communication*, 6(1/2), 4—31.

Miike, Y. (2007a). An Asiacentric reflection on Eurocentric bias in communication theory. In R. T. Craig(Ed.), *Cultural bias in communication theory*[Issue forum section]. *Communication Monographs*, 74(2), 272—278.

Miike, Y. (2007b). Theorizing culture and communication in the Asian context: An assumptive foundation(in Chinese). In J. Z. Edmondson(Ed.), *Selected international papers in intercultural communication*(Vol. 1, pp. 137 —157). Zhejiang, China: Zhejiang University Press.

Miike, Y. (2008a). "Harmony without uniformity": An Asiacentric worldview and its communicative implications. In L. A. Samovar, R. E. Porter, & E. R. McDaniel(Eds.), *Intercultural communication: A reader* (12th ed. , pp. 36—48). Boston, MA: Wadsworth Cengage Learning.

Miike, Y. (2008b). Toward an alternative metatheory of human communication: An Asiacentric vision. In M. K. Asante, Y. Miike, & J. Yin(Eds.), *The global intercultural communication reader* (pp. 57 — 72). New York: Routledge.

Miike, Y. , & Chen, G. -M. (2006). Perspectives on Asian cultures and communication: An updated bibliography. *China Media Research*, 2(1), 98—106.

Nordstrom, L. (Ed.). (1983). Communication—East and West [Special issue]. *Communication*, 8(1), 1—132.

Okabe, R. (1983). Cultural assumptions of East and West: Japan and the United States. In W. B. Gudykunst (Ed.), *Intercultural communication theory*： *Current perspectives*(pp. 21—44). Beverly Hills,CA： Sage.

Oliver,R. T. (1971). *Communication and culture in ancient India and China*. Syracuse,NY： Syracuse University Press.

Shi-xu. (2006a). A multiculturalist approach to discourse theory. *Semiotica*,158(1—4),383—400.

Shi-xu. (2006b). Editorial： Researching multicultural discourses. *Journal of Multicultural Discourses*,1(1),1—5.

Sitaram,K. S. (2004). South Asian theories of speech communication： Origins and applications in ancient,modern,and postmodern times. *Human Communication： A Journal of the Pacific and Asian Communication Association*,7(1),83—101.

Starosta,W. J. (1999). On the intersection of rhetoric and intercultural communication： A 25-year personal retrospective. In A. González & D. V. Tanno(Eds.),*Rhetoric in intercultural contexts* (pp. 149—161). Thousand Oaks,CA： Sage.

Starosta,W. J. (2006). Culture and rhetoric： An integrative view. *China Media Research*,2(4),65—74.

Tehranian,M. (1991). Is comparative communication theory possible/ desirable? *Communication Theory*,1(1),44—59.

Tehranian,M. (2007). *Rethinking civilization： Resolving conflict in the human family*. London： Routledge.

Thayer,L. (1979). On the limits of Western communication theory. *Communication*,4(1),9—14.

Thayer,L. (1982). What would a theory of communication be for? In K. N. Cissna (Ed.), *Application of communication theory to communication practice*[Special issue]. *Journal of Applied Communication Research*, 10 (1),21—28.

Tu,W. (2002). Confucianism and liberalism. *Dao： A Journal of Comparative Philosophy*,2(1),1—20.

Yum,J. O. (1988). The impact of Confucianism on interpersonal relationships and communication patterns in East Asia. *Communication Monographs*,55(4),374—388.

Asian Contributions to Communication Theory：
An Introduction

Yoshitaka Miike

University of Hawai'i at Hilo, USA

Abstract：The eleven essays contained in this special issue represent future lines of communication inquiry from Asiacentric vantage points. They advance Asian communication research by propounding indigenous theoretical frameworks and examine Eurocentrism in communication theory by deploying Asian parameters and exemplars. This introductory article provides the reader with a background and overview of the special issue. The article highlights several important attempts that are made in the present volume：(1) non-Eurocentric comparisons；(2) the re-reading of Asian classical treatises；(3) critical reflections on Western theory；(4) an East-West synthesis；and(5) explorations into cultural concepts. Taken together, the essays that follow open up new vistas about humanity and diversity on the threshold of the multicultural turn in communication theory.

Keywords：Asiacentricity, classical treatises, communication theory, cultural concepts, East-West synthesis, Eurocentrism, multicultural turn, non-Eurocentric comparisons

一个有关"在家想家"的对话

威廉姆·J. 斯塔柔斯塔（William J. Starosta）；*
陈国明（Guo-Ming Chen）＊＊①
＊美国霍华德大学
＊＊美国罗德岛大学

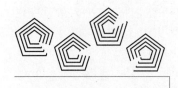

　　[摘　要] 就像我们在 2005 年所提出的，"中心主义"存在于历史空间、修辞空间、物理空间、国家空间、后殖民空间和精神空间之中。具有文化经历的群体正统地（authenitcally②）刻画了"中心主义"，而处于群体之外的人们则对之进行了不正统地刻画。各种中心主义多少反映出真实的历史，或者说，它们可能代表了有关"群体应该/可能是怎样"的理想化概念。中心主义总是处于争论中。宣称一种身份，会伴随着一些争论，会被某些人视为一种二元的过度简化。不过，当被视为想要恢复已被殖民和奴隶历史所破坏的身份时，科特迪瓦总统菲

---

　　① [作者简介]　威廉姆·J. 斯塔柔斯塔（William J. Starosta），美国印第安那大学博士，美国霍华德大学教授和跨文化传播学科负责人，《霍华德传媒学刊》创建人。曾赴巴基斯坦、印度等亚洲国家的大学学习研究，著名跨文化修辞学研究家。陈国明（Guo-Ming Chen），美国罗德岛大学传播学系教授，是美国中国传播研究协会的奠基主席。著述丰厚，在传播学坛中颇有声望。现为华南理工大学新闻/传播学院与国际教育学院讲座教授，*China Media Research* 合作主编。
　　② 译者注：此处的 authentically /unauthentically，此处译为正统地/非正统地，这对词同时还具有真实可靠地/不真实可靠地；正宗地/非正宗地；纯正地/非纯正地多层意义。下面不再另外注明。

利克斯·乌弗埃·博瓦尼(*President Félix Houphouët-Boigny*)的话看来说得不错:"被朋友控制总好过被敌人控制"。我们此处的对话质疑了全球化世界中"中心主义"的作用。

[关键词]确实性,中心主义,克里奥化,离散,本质主义,全球化,身份

威廉姆·J.斯塔柔斯塔:这些年来,我们对文化已经讲得很多了。在某些地方,我们把文化等同于国家,将文化视为共享意义的汇合。在每种此类情况下,文化对理念、信仰和意义都有一种自然而自愿的领属。人们会自愿参与文化继承和文化调节——我们视之为当然。

不过现在我们再把考虑历史因素进去,如果在殖民力量或是外来组织将一种文化体系强加到一个不情不愿的群体之上的情况下,我们先前的想法可能就不对了。被殖民者、被征服者或是被奴役者应该心甘情愿地接受另外强加的意义和信仰吗?通过回复时空遥远的人群的意图和信仰,社会能够得以改善吗?

陈国明:嗯……您真是开门见山。我原来想,我们应该首先互相问候一下,然后再开始我们的讨论。这样可能更轻松一些。毕竟,生活就是一个舞台,不是么?

文化千姿百态。将文化视为共享意义的汇合,我觉得这没有什么问题。问题是,为什么历史要在文化的形成中扮演如此重要的角色?就看看当代人类社会中发生的事吧,旧的文化消退了,可新的文化还没有成形。在这种"文化缺失"的情况下,由于新兴科技发展的持续影响,作为"共享意义之汇合"的文化似乎变成了一种暂时的现象。可以理解,没有自己历史的群体无法成为一个群体;对于群体成员来说,失去历史记忆是难以想象的。不过,人类历史中大多数新文化的诞生很少依赖于历史或历史的怀旧。换句话说,历史常常是新文化产生的障碍(Shanghai Forecast Center,2005)。旧的意义会被更新,不过一种旧的文化永远不会重生。如果旧文化会卷土重来,我们为什么还要把文化和历史紧紧地捆在一起呢?我们为什么更多地向前看而更少地向后看呢?

威廉姆·J.斯塔柔斯塔:嗯,当然,教授。我应该践行亚洲的迂回方式,*enryo-sasshi*①。既然我不会做月饼,那么也许日本的道歉方式比较有用。

---

① 译者注:enryo-sasshi,enryo 相当于"沉默、保留"之意。The Japanese way of encoding messages sparely but understanding messages on many levels is enryo-sasshi communication.

旧的去了,新的还没来。这类似于涂尔干(Émile Durkheim①)的"ano-mie"概念——"失范":个人或阶层由于准则和价值观的缺失而经历的疏远和无目的状态,这是发生于事物急速变化之后的一种不稳定状态。

搜寻老的根源作为"历史怀旧",这是一个有趣的视角。不过,它可能还没有准确说明研究更新后的历史的意义。我认为得找到一种途径,从而认清个人在历史中的位置,对"历史能够继续为今天提供信息"的方式加以定位,作为根本意义的来源:

> 研究人员们可能并非真正想对以前的年代或文化情况追根溯源;他们的动机不仅仅是文化怀旧。也许他们将自己设定为正统文化知识的保持者和维护者;更有可能的是,他们希望对"过去"重建连续性描述,从而使之与现在所变成的样子交织在一起。他们探求文化中心,持有……一种"中心主义"……(Starosta,2006,p.66)

"根本"的意义,或者说"中心主义"的意义是一样的。中心主义提供了定义自我的机会,以及排斥他者定义的机会。

陈国明:自从 2001 年中美两国关系因撞机事件而陷入僵持后,"道歉"、"遗憾"等这些与文化息息相关的词语,已经在东西方的传播中激起了过多的涟漪(Chen,2001;Sun 和 Starosta,2002)。我想,我们不需要在这里为月饼而道歉,省得本次对话的中心落入文化冲突中。此外,月饼也不一定专属于某个特定的文化。我记得我有一次去意大利餐馆,我很喜欢大蒜意大利面。回家以后,我试着按我在盘子里看到的作料来重做这道菜。结果我做出来的大蒜意大利面完全是另一回事,孩子们很喜欢吃,并且给它起了个名字叫"博士面条"。从这以后,这种"意大利面"或者"面条"——既是意大利式的也是中国式的,不过既非意大利式也非中国式——成了我们来自不同文化背景的朋友们聚会时的常规菜色。

这种个人的烹饪经历似乎反映出当代人类社会之暂时、新奇和多样的特点(Toffler,1984)。在当代人类社会中,文化交流变得更为动态、相互渗透性更强、相互联系更紧密、混合特点更明显。一个群体的共享意义可能是跨文化的(或者说就像大蒜意大利面变身为"博士面条"一样),因为其他群体成员

---

① 译者注:Emile Durkheim,法国社会学家涂尔干,也译作迪尔凯姆。

的存在而在一夜之间形成崭新的意义(Mundorf & Chen,2006)。而新意义可能也会被原来的群体所接受,甚至取代原来的意义(Chan,2001)。

从历史或文化传统的视角来看,这种以信息/知识/数字化为基础的当今时代是非常不稳定的。问题是,如果说历史和文化传播相互间紧密联系、相互共生,那么历史和文化竞争性之间的关系与此恰恰相反。我想说的是,当代信息社会中新的生活方式完全不同于以前的农业社会和工业社会。因此,历史和文化传统不能再起到镜子的作用,不能反映出人类应当遵循的未来方向。唯一有用的镜子是我们此时此地的现实,只有理解现在的情势,我们才能更好地计划未来。换句话说,生活在此时此地是在书写历史的过程中认清个人位置的最好方式。

我并不反对你的看法,历史可以继续为今天提供信息。我所担心的是,当一个群体为了解决目前的问题或者为了未来的方向而回归其历史或文化传统,它可能会陷在历史或传统编织出的黑洞中。

我知道从这种论调中有一种可能的延伸,即只有历史和文化传统可以培养身份的意义,比如中国人或日本人的文化身份,或者说诸如非洲中心、亚洲中心和欧洲中心等标签式的中心主义理念。我不肯定,基于历史和传统的个人文化身份是否可以在这个变革的时代带来什么帮助。我在想,为什么文化身份不能像现代建筑那样得以建构,那是基于当代需要和设计而完成的。不仅如此,我弄不清为什么文化身份在研究跨文化传播的目的时如此关键。我在想,如果我们可以摆脱文化身份的萦绕,我们也许可以开始一种更为正统的跨文化传播。是不是要有一个牢固的文化身份对我来说真是个极大的疑惑。

我知道你一定能通过联系根本意义、身份或中心主义,以一种更为特别的方式、也许利用人类社会中更为成功的例子,来帮助我弄清你对历史和文化传统的看法,

威廉姆·J. 斯塔柔斯塔: "生活就是一个舞台",在这个舞台上,我们烹调"博士面条"。于是我们会思考,当舞台上的演员们写下自己的台词(文化)时会发生什么(Pirandello,1998)。我曾经用烹调来隐喻人们理解他种文化(烹调)的过程("涵化",acculturation),不过我从没有想过让人们如何丢开或是放弃他们现有的文化成分("同化",assimilation)(Starosta,1999)。开一家自己的正宗越南汤牛河(面条)店是不是会比供应各种混杂风味的快餐("博士面条")更好呢? 粉丝、烤宽面条、米粉、阿富汗风味葱饺面、奶油口蘑面条。

如果我们决定放弃我们熟悉的面条,我们还需要"面条"(文化)这个概念吗?

"历史和文化传统"对阵"历史和文化竞争性"——如果没有两种以上可识别的文化存在,那么谈论不同文化如何"竞争"就仅仅是个文字游戏了。现代文化"完全不同于"早先的文化,也不是针对我自己的研究者世界观而言的。现代与过去之间、过去与现代之间是交流互动的。法国人说 *plus ce change*,*plus c'est l'meme chose*,"变得越多就越是保持原样"。我想这种看法指向你所说的"正统性"/"纯正性"(authenticity)理念。"正统"/"纯正的跨文化传播",别无它途,应该回指相关的文化"根本性质"。

陈国明:我想,所谓"正宗"越南汤牛河或者面条只是一种自称的东西,或者说是一种文化的理想化观念。一切都在变化之中。现在的正宗面条不同于 10 年或者 20 年之前(更不用说是 50 年或者 100 年之前了),成分和结构都会变,从而适应不同时空中人们的口味。跨文化语境中的情况更是如此。比如说,人家曾经告诉我,要想在美国吃到正宗的中国食品就得去唐人街,因为唐人街以外的中国餐馆都已经美国化了。问题是,等我去了唐人街,我没在那儿看到什么正宗的中国食品。因此,我们不需要刻意地丢开面条,面条的成分也会自然而然地在文化内和跨文化的变化过程中逐渐消失或有所更新。而且越来越多的情况是,无论它怎么变化,还是被叫做中国食品或者面条。也许有人会把它叫做美国化的中国面条,但是这不会影响到它仍是一种中国面条的事实,即使此面条已非彼面条。我不知道这个例子是否与你说的那句法国话(即"变得越多就越是保持原样")相关,不过那句话对我来说太过"哲学",因为它似乎并不鼓励变化。

所以,什么才是文化的"根本性质",我们可以借之以确定所谓"正统的/纯正的跨文化传播"?我恐怕文化之"根本"并不能像以前那样牢固而盘根错节地立于土地中。这可能是一个晃动或是拔起文化之树的时代,为的是在不同的文化中竞争而生存。我的意思是,对于文化的根本性质来说,现在似乎是面临巨大生存挑战的时候。现今快速的变化步伐要求我们以新的方式书写历史,不仅要不同于过去的历史书写方式,而且也不要过于依赖以前的历史以作为书写的参考。

对于历史和文化的关系来说,我可能显得有些愤世嫉俗了。不过,当我观察到现代技术如何改变和塑造了我们、尤其是新一代人的思考方式和行为方式时,我开始思考是否有必要发展有关历史与文化的新观点或新理论。或许是我过于忧虑了,也许追随历史和传统文化的足迹,一切都不会有什么问题的。

威廉姆·J.斯塔柔斯塔：世界上的人们知道他们的"根"。他们记得部落（胡图人和图西人），他们记得接近权力的历史杠杆（尼日利亚的依博人）；他们记得语言（斯里兰卡泰米尔人和锡兰人，印度锡克教徒，魁北克人）；他们记得历史的错误和宗教（信奉新教和天主教的爱尔兰人）；他们记得有争议的土地（印度和巴基斯坦）；他们记得肤色的不同（种族隔离）；他们在人口统计中根据能力衡量差异，从而使一种人群高于另一个人群（苏丹，波斯尼亚）。人们选择性地——常常又是全部——记得宗教的差异、历史的支配和霸权、奴隶制、殖民主义、语言区分。虽然这些记忆有提升文化对话的潜力，但通常反而会引向相互间的破坏性互动。非文化学者（acultural scholars）会快速地忽略世界上许多人不能忘怀的事情。

在我看来，若将研究工作立足于探求共同性和流行文化的相似性，就无法逃避历史和文化的偏见。但我既不用去问先吠陀文明的印度教，也不用去问早期中美洲的印加文明，来启迪今天的我、帮助我选择互联网服务。

有一种非文化观点认为，现代性及其所声称的普遍性，是文化的唯一衡量标准；因此现代主义者可以免于学习文化的多样性或是非西方的语言，就像视利用西方模式研究中国话语为正当一样：

> 将一种文化的专属理论运用于其他文化环境，就像是使用欧洲歌剧概念来分析京剧一样。这样做可能会揭示一些有意思的特点，但同时终不能看到许多其他重要的特征，很可能形成负面的评价。（Shi-xu，p.387）

五个来自印度次大陆不同地方的印度厨师做鱼、做苦瓜、做米饭或做面包，用的香料是整块的或是粉状的——虽然有所差别，但做的仍然是"印度"食品。因此，德里的麦当劳也卖素食，巴黎的麦当劳也卖葡萄酒，慕尼黑的麦当劳也卖啤酒。表面结构中的变化并不否定根本文化：既不否认事实，也不否认记忆。下一年，印度厨师之一可能会在他的配料里使用豆腐，但做出来的东西在文化导向上仍是明显的"印度味"。

陈国明：是的，人们总是知道和记得以前发生过的事情。个人对文化传统和历史有所记忆是人类的本性。就像我之前说到过的，记住或纪念过去的危险在于，可能在此过程中迷醉。文化传统或历史是一种巨大的磁石或者说盛满醇酒的酒池。当人们接近它时,会毫无知觉地被吸住或是醉倒。我不是反对文化传统或历史,相反,我倡导我们应该了解和记住我们的过去。但是,记忆是不够的。我们应该"穿越"过去,面对现实。这种向现在转变的过程需要一种创造性思维,它要求我们不要沉溺在过去的传统中。比如说,莱布尼茨(Gottfried Wilhelm Leibniz)借鉴了《易经》的阴阳概念,依靠"0"(——)和"1"(—)的二进制系统发明了计算机,这是现代计算机的前身。当中国人看到这些时应该感到骄傲,因为是中国的文化传统引导了现代人类社会的前进。但是,中国人应该理解,计算机不是他们的发明,甚至二进制也是他们过去的成就。同样的例子还有中国人在宋朝时发明的火药。中国人应该知道,火药没有给中国带来现代火箭的发明。这种历史或文化传统朝向现实的转变是我要关注的。

有人拒绝使用西方模式来研究中国,我为此感到困扰。问题绝不应该是非此即彼的二元情形。为什么我们只能用中国模式来研究中国问题,或者只能用西方模式来研究西方问题?缺乏开放的心态是自我提升的大敌。所谓"当局者迷",自身文化造成的盲点有时候需要依赖于旁观者的眼睛来纠正。一个外行可能看不到内行所能看到的东西,但是外行也许可以看到内行看不到的东西。一个文化体系要想生存,就必须打开由外向内的输入通道。正如中国《诗经》所言:"他山之石,可以为错……它山之石,可以攻玉"(利用他人的好品质或者好建议,可以修正自身的缺点)。我们得允许外来的模式进入我们的体系,从而和我们自身的解决方式进行比较、对比和竞争,以达到一种面对问题的更好状态。换句话说,我们不能将所有模式加以普遍化;我们得允许不同模式的存在,使之在不同语境中接受批判和检验,从而帮助人们进步。

就文化中心主义所能提供的资源来说,我认为我们应该将文化中心主义视为跨文化传播过程中的一种策略的必然,一种手段,而非一种目的。跨文化能力要求交流互动的双方都具有理解性、敏觉性和有效性(Chen,2005;Chen & Starosta,1996,1997,2000,2003)。中心主义的做法,无论是非洲中心主义、亚洲中心主义、欧洲中心主义还是其他种类的中心主义,都要避免造出一种文化之茧,它会使我们只能困在茧中玩自己的游戏。利用文化中心主义来维护自身身份不是不恰当的,我们承担不起让中心主义发展成一种僵化的文化身份的后果,就像你提到的,它会导致"相互间的破坏性互动"。我认为跨文化传播学者需要负起责任,想出在接受一种动态文化身份时如何平衡文化中心主义的方案。

威廉姆·J. 斯塔柔斯塔：让我喘口气。我们的步伐让我有点晕。

让我们来看看，我们的观点有重合之处。我们说到了身份，谈到身份是否与历史相固定，还是总处于更新和协商之中。我们忽略了考虑背上我们不认为是我们自己的历史负荷者是否可能。我们似乎同意，如果一种文化为历史所遮蔽，可能就会导致文化与历史间的破坏性互动。不过我们达成共识，中心主义可以（或者应该?）用作"一种策略的必然"，从而缓解转变的痛苦和混乱——这种转变会伴随着大范围的跨文化接触而来。我想，在已经讨论过的许多话题上我们达成了一致，我们是具有共同的基点的。

就我看来，带着他人强加的殖民身份或者奴隶身份，可能就已有了想换成另一种身份的理由。以更为积极的方式描述自己的文化——这是一种自我描述，而不是由殖民力量或者其他力量强加的——我没有看到坏处，反而看到一些明显的好处。让欧洲的东方主义学者们来撰写亚洲传播理论，这似乎很危险。

开放地接受变化就普遍地代表一种进步吗？我不同意这样的说法，它取决于变化的本质。有时候，人们接受了充分的建议，抗拒其他文化中常见的行为，支持自己的行为方式。因此，我不能同意"缺乏开放的心态是自我提升的大敌"。因为如果这样的话，我就得将"变化"等同与"提升"——这往往是区别很大的两回事。也许个人应该时常保持"开放"从而看清不学什么？

文化记忆会带来现代的瘫痪吗？也许有这样的情况，但是我得就事论事地看待它们，从而充分地理解你的分析。

对付"文化盲点"的办法就是一定要看到所有的东西吗？即使有可能看到所有的东西，我想，我们也得考虑到其结果可能是乌托邦，或者是反面乌托邦。

在使用一定的文化工具，从而对我们自己的文化产品加以批评方面，我们可能一定程度地异于其他文化源头。讨论到这里就要说到我们在"正统性/纯正性"方面的不同。拉维·香卡(Ravi Shankar①)曾无数次告诉他的国际观众，不要吧印度的拉戈音乐(*ragas*)看作"爵士乐"。不过，让·皮埃尔·

---

① 译者注：拉维·香卡，一代西塔尔琴大师、印度音乐和文化的伟大使者以及不朽的世界音乐家，在弹奏西塔尔琴这种印度最传统、最复杂、拥有最神秘音韵的乐器的功力上，世人更无出其右。西塔尔琴音色柔美、珠圆玉润，对于表现印度音乐中如怨如诉、婉转曲折的旋律更是必不可少，然而其构造相当复杂，能弹奏好的人寥寥。详见 http://baike.baidu.com/view/1448376.htm。

朗帕尔(Jean Pierre Rampal①)曾为由来自不同文化的人组成的合唱团吹奏长笛。我想，他意在"听起来是日本风格"，就像马友友在演奏探戈音乐集时想让自己的演奏听起来是阿根廷风格。中心主义、正统的/纯正的文化知识，是世界上骄傲、灵感、忠告、美学、笃定和快慰的来源，在流行文化的层面上，它们似乎变化得让人眼花缭乱，然而总体上看起来仍然保持了原样。

我曾经看到一种储蓄盒，有人放上一枚硬币，一只"手"就会伸出来，拿住那枚硬币，然后储蓄盒就自动关上了。对于一种文化来说，"伸出来"只是为了把自己"关上"，绝对不可能是一种积极的做法。

陈国明：是的。文化身份不应是历史固定的，而应该在跨文化语境中接受检验，这要求文化身份延伸为跨文化的，甚至是多文化的身份(Kim,1994)。换句话说，在我看来，没有哪个历史固定的文化身份可以在这个全球相联的世界里生存下来。个人的文化身份应该在不同文化的交流互动中得以更新和协商。这种动态的"第三空间"将以一种流动的状态保持个人的文化身份。凭借这种流动的状态，人们可以在学习和变化的过程中显示弹性，文化身份可以足够灵活，以避免形成排外性。

跨文化交流互动的动态"第三空间"还指不断变化的状态。我很相信，变化本身是宇宙唯一永恒的现象。我们可能会无意识地或是策略性地抗拒变化，给我们的体系一个平稳成长的机会，从而让我们的体系可以在面对未知的世界时更为坚强。不过我们得理解，这种休眠状态不等同于体系的平衡——如果休眠过长，体系就会进入一种惰性或者停滞的状态，甚至导致自我解体。

因此，对变化保持开放、进行必要的调整是文化更新的关键。不过，我们不应该将"变化"等同于"提升"。就像我之前所说，由于变化的范围、程度和强度不同，变化的结果可能是"好运"也可能是"不幸"(Chen,2004)。也就是说，变化可以带来成功，也会带来懊悔、耻辱、危险、甚至死亡。未经准备的变化可能会带来自我解体的后果，但这不应该成为一种文化面对变化的阻力。

---

① 译者注：让－皮埃尔·朗帕尔(1922－2000)，法国长笛演奏家，朗帕尔的演奏，优美、高贵、温馨而洗练。除古典曲目外，他的演奏范围也涉及爵士乐、英国民歌、日本音乐和印度音乐等。许多当代作曲家为他创作过作品，如普朗克、让·弗朗赛、让·马蒂农以及皮埃尔·布莱兹等。他是一位著名的巴洛克音乐大师，对巴洛克音乐有深入的研究，著有《古代音乐中的长笛》一书。他发掘出不少失传的作品，编订了许多长笛曲，包括海顿、维瓦尔迪和勒克莱尔等人的作品。此外他还将一些小提琴曲改编为长笛曲，丰富了长笛曲目。详见 http://www.flutefriends.com/flute sound pic/Rampal.htm。

一种拥有自我创生能力的文化永远不会躲在自我编织的茧子里。如果躲在茧子里,就会产生一种围墙心态,永远维持排外性和文化身份/中心主义的表现。如果文化正统性是由这种僵硬的身份/中心主义来定义的话,那么跨文化传播的目标将是个永远追不到的梦。

威廉姆·J. 斯塔柔斯塔:身份不应该是固定的;抗拒变化的危险超过了不同文化间进行交流互动所可能带来的好处。你的立场是一种信仰问题,一种纯粹描述:无论我们喜欢与否,变化都会发生。叶芝(William Butler Yeats①)曾写道:

> 一切都破碎了,中心保持不住。
> 无政府泛滥于世界。②

叶芝对爱尔兰的观察多年之后被阿契贝(Chinua Achebe③)用于描述尼日利亚:变化总要来,带着危险的、不可捉摸的各种可能。来自两个大陆的作家都看到"中心保持不住"。对此,你加入来自第三个大陆的一种声音:"没有哪个历史固定的文化身份可以在这个全球相联的世界里生存下来。"

我们会"无意识或是策略性地"保持一种持久身份的中心特点,"给我们的体系一个平稳成长的机会,从而让我们的体系可以在面对未知的世界时更为坚强。"在面对无可避免的变化时,这种存在论似乎很大程度上低估了其作用。如果变化被写入事物的自然规律中,那么关于过去的知识也许就无足轻重了。

我们仍然无法处理其他人通过殖民或奴隶制所强加的身份。我们的旧身份被比我们拥有更强力量的人所覆盖了,并在一段时间内,被强大的他人所定义、所规划,而自身正统身份的大多数证据被抹去或贬抑,直到别无选

---

① 译者注:威廉·巴特勒·叶芝(William Butler Yeats,1865—1939),亦译"叶慈"、"耶茨",爱尔兰诗人、剧作家,著名的神秘主义者。"爱尔兰文艺复兴运动"的领袖,也是艾比剧院(Abbey Theatre)的创建者之一。

② 译者注:叶芝的诗句中文翻译较多,此从王佐良译本。

③ 译者注:阿契贝(Chinua Achebe),尼日利亚作家,用英语创作。生于奥吉迪。1953年毕业于伊巴丹大学。1954年在广播电台工作,1961年任对外广播部主任。1962年主编《非洲作家丛书》。1966年回到尼日利亚东部的家乡。后任尼日利亚大学研究员,1971年创办《奥基凯》杂志。1972年被派往马萨诸塞大学英语系任访问教授。4年后回尼日利亚大学任英语教授。以尼日利亚伊博族人民独立前后生活为题材的"尼日利亚四部曲"是其代表作品。详见 http://www.bioon.com/popular/a/105907.shtml。

择,只好忘记自己原来的身份。这是一种普遍的文化经历。(作一个粗糙的类比,这就像是一种"重写本",旧的字迹或图画被新的所覆盖。)一些历史学家比较熟悉我们前殖民时代的身份定义,我们应该听天由命地接受强大的外来者所强加的身份,覆盖来自那些历史学家的身份定义吗?

如果这么说太抽象,那么让我再举一个简单些的例子。我们注意到这样的情况,来自同一个民族或种族文化形式的成员散居于各处,但是保持着一些实质特征。他们远隔千里,利用互联网保持联络。他们利用录像机这样的小型媒介工具来保持离散身份的存在与重要。这种真实的离散群体是否反驳了你关于变化不可避免的说法呢?

陈国明:我们说到了您专攻的研究领域。如果您还要说一些关于"外加身份"和"离散经历"的东西,我只有甘拜下风了。不过在您之前,让我先说一说相关的两点。

首先,因殖民或奴隶制而出现"外加身份"是悲哀的过去(可悲的是,这个问题通过各种形式仍然存在于现代世界),是不可抹去的人类历史的一部分。就像我前面强调的,了解这种情形、学着如何重新与自己原来的文化传统相连接,对于一个群体面对外加身份所造成的问题从而得以进步来说是非常重要的。不过,就我看来,与群体的过去重新相连并不一定意味着要完全地恢复(也许需要通过更新的过程而加以扬弃)。我真的不知道,什么样的方式对于解决外加身份问题才是有效的。这使我想起了一个困惑已久的关于语言多样性的问题,我们知道洋泾浜语是一种典型地发展于殖民条件下的现象,它往往混合了压迫者和被压迫者的语言特点。不过,经过数代之后,洋泾浜语就变成了一种克里奥语(Chen & Strosta,2005)。换句话说,当洋泾浜语变成克里奥语,就成为殖民地人民的母语。我不知道基于克里奥语的语言身份是否可被描述为一种外加身份,不过克里奥语往往通过自然的过程被当地人作为母语而习得。

我不知道洋泾浜—克里奥语的例子与外加身份到底有多相似,如何像对待外加身份那样对待已经存在的克里奥语。您这里的看法也许可以给我以启发。

第二,很高兴看到散居各地的同一民族或种族文化成员利用现代科技来维持离散身份。有趣的是,现在由于全球化趋势而出现了"在家想家"的现象。交通科技让人们可以很方便地在各国间来往,在全球各地都有家。我在想,是不是有一天,离散的经历不仅会被用于描述身在千里之外的感觉,还会被用于描述呆在本乡本地的感觉。对于这种特殊的全球化趋势对离散身份的潜在影响,我想听听您的意见。

威廉姆·J. 斯塔柔斯塔:当来自不同文化的奴隶一起在种植园中干活时,洋泾浜语就自然而然地出现了。来自西非各地的人们挤在船上,要经过漫长的航行才能到达新世界,但是他们缺乏一种共同的语言。他们努力想找到通过语言进行交流的方式。然后,幸存者们离船上岸,被分配给工头。工头并不会说他们的任何一种母语。一种简化的言语出现了,在几种或是所有语言中各摘取一些词语和特点(无论何处的洋泾浜语都有一些共同的特点)。

最后,它们带上了主流语言的形制,奴隶的孩子们以这种洋泾浜语作为母语。这就是克里奥语的出现过程,即第三种文化。在好几代人的时间跨度中,克里奥语的社会地位都很低。在获得独立之后,讲克里奥语的人可能会在地位上得以提升,比如在牙买加或海地。如果不是政府的官方语言,它可能会成为音乐和通俗文化的语言。

我们对第三种文化的看法是:正统的第三种文化应该萌发于互惠的需要,成长于选择而非强迫(Starosta & Chen,2000)。克里奥化的过程代表了握有权力者将其主流语言加于非本地人群的过程。如果印刷及读写能力的发展伴随着克里奥化的过程,也许被奴役者就可以写下更多关于自己身份的东西,不过,教奴隶读写是重罪。口头文化以一定的力量抗拒着被主流所定义,可惜这种力量有限:妇女在一起缝棉被的聚会(quilting)、宗教事务和传教为传播抗拒信息提供了机会。

非裔美国人现在应该学习豪萨语、约鲁巴语、特维语、克利沃语和其他西非语言吗?说法语的非洲人应该不学法语吗?在科特迪瓦,乌弗埃·博瓦尼认为他的国家欢迎法语的精神殖民,因为他宁愿被一个朋友而不是一个陌生人所控制(Land,1990)。当一个人的历史被殖民者所覆盖,他应该在殖民环境中或者说是"重写本"(新画作覆盖了旧画作)的情形中继续生活吗?利用一定的手段,旧画作有时可以被恢复。

陈国明:在形成克里奥语之后恢复原来语言,这非常吸引我的注意。您觉得这种期望现实吗?如果这样做是可行的,我不知道在语言身份被(强迫或者自愿)转换之后,群体会受到怎样的影响。克里奥语具有潜在的可逆性,可转为原来的语言。我想,这为跨文化传播研究设定了一个很好的研究课题。

克里奥语的例子还让我想到西班牙语和葡萄牙语在拉丁美洲扮演的角色。在这些地区使用的语言不一定都可视为克里奥语,但是毫无疑问,它们都是殖民的产物。我不能想象,如果拉丁美洲放弃殖民语言、恢复殖民前的母语,情况会怎么样。

人们拥有不同层面的身份(Huntington,1996)。当群体需要对这些不同层面的身份之一进行重新定义时,其动态而相互依赖的特性会在它们之间带来一种复杂的效果。您对此有何看法?如果您不介意,我还想听听您对我之前提出的第二个问题(有关离散经历)的看法。

威廉姆·J.斯塔柔斯塔:如果某些人能够确定其原来的语言是一种来自加纳或塞拉利昂的语言或方言,那么他们就有可能从现在还说这种语言的人们那里学到它。马库斯·加维(Marcus Garvey①)倡导的"非洲人之非洲"运动使得许多美国黑人重回利比里亚定居。他们的后代继续在利比里亚生活,以肯定他们的非洲传统。但是考虑到奴隶制度、家庭破裂、基督教名字的使用以及其他破坏历史身份的方式导致了文化的断裂,非裔美国人很难确定他们确切的家族谱系。

非裔美国人可以选择像主流美国人那样生活,当然,要在主流美国人允许的范围之内。他们可以主动完成以新的篇章覆盖其祖先传统的过程。他们可能永远不会显示出对其文化本质的好奇,而这种文化本质是非洲人之所以是非洲人的所在。或者,他们可以选择抗拒,处在美国文化的一个边缘,像"局内的局外人"那样生活,可以试着将他们的生活和身份放在更以非洲为中心的位置。

如果他们选择追寻新画作下的旧笔迹,或者书卷下的书卷,那么他们将以"过去的确切传统仍未可知"为起点开始出发。他们可能得基于人类学家、历史学家以及口头文学研究者提供的线索和推测,想出一些关于起源的大概的东西。因为新的创造永远无法等同于已失去的历史和身份的真实情况,所以这种追寻可能会变得比确切的结果更为重要。昨天,我的一个学生提出一种说法,"不受约束的本质"(quintessence without constraints,Shi,2006)。对我来说,它概括了这样一种现象:在不拘泥于严格的历史细节和历史渊源的情况下,对一种已失去的文化历史进行重建。

猜想自己是否有塞拉利昂祖先的非裔美国人应该学习克利沃语吗?或

---

① 译者注:马库斯·加维(Marcus Garvey,1887—1940):美国黑人运动的杰出领袖,生于牙买加,1916年到纽约。他相信黑人在白人占多数的国家不可能得到公平待遇,因此主张黑人应该"回到非洲去"。详见 http://www.douban.com/group/topic/1122238。

者,潜心研究西非、对已失去的文化获得一种概观,这样做是不是更好呢? 我说的是对旧文化的大概印象,而不是精确的重新发现;我说的是"对个人文化本源的新理解"和"现在这个既本地化又全球化的时代"的共存。

陈国明:非常感谢您参与这次发人深思的对话。我想,对于这种"不受约束的本质",肯定还有很多可以说的。 找个时间,我们继续讨论这个深无止境的话题。

References

Chan,J. M. (2001). Disneyfying and globalizing the Chinese legend Mulan:A study of transculturation. In J. M. Chan & B. McIntyre (Eds.), In search of boundaries:*Communication, nation-states and cultural identities* (pp. 1—27). Westport,CT:Greenwood.

Chen,G. M. (2001). From sorry to apology:Understanding the Chinese. *Chinese Community Forum*,July 11,No. 2001—27. Retrieved August 26,2006,from http://www. China-Net. org.

Chen,G. M. (2004,November). *Bian(change):A perpetual discourse of I Ching*. Paper presented at the annual convertion of National Communication Association. Chicago,Illinois.

Chen. G. M. (2005). A model of global communication competence. *China Media Research*,1,3—11.

Chen,G. M. , & Starosta,W. J. (1996). Intercultural communication competence:A synthesis. *Communication Yearbook* 19,353—383.

Chen,G. M. ,& Starosta,W. J. (1997). A review of the concept of intercultural sensitivity. *Human Communication*,1,1—16.

Chen,G. M. ,& Starosta,W. J. (2000). The development and validation of the intercultural sensitivity scale. *Human Communication*,3,1—15.

Chen,G. M. ,& Starosta,W. J. (2003). A review of the concept of intercultural awareness. In L. A. Samovar and R. E. Porter(Eds.),*Intercultural communication:A reader*(pp. 344—353). Belmont,CA:Wadsworth.

Chen,G. M. , & Starosta,W. J. (2005). *Foundations of Intercultural Communication*. Lanham,MD:University Press of America.

Huntington, S. (1996). The clash of civilizations? In Foreign Affairs (Ed.), *The clash of civilizations? — The debate* (pp. 1—25). New York: the Council on Foreign Relations.

Kim, Y. K. (1994). Beyond cultural identity. *Intercultural Communication Studies*, 4(1), 1—23.

Land, M. (1992). Ivoirien television, willing vector of cultural imperialism. *The Howard Journal of Communications*, 4(1&2), 10—27.

Mundorf, J. , & Chen, G. M. (2006). Transculturation of visual signs: A case analysis of the swastika. *Intercultural Communication Studies*, 15(2), 33—47.

Pirandello, L. (1998). *Six characters in search of an author*. New York: Penguin.

Shanghai Forecast Center (2005). *Wending 21th shiji xin wen hua* (Creating the new culture in the 21th century). Shanghai: Xuelin.

Shi-xu (2006). A multiculturalist approach to discourse theory. *Semiotica*, 158(1/4), 383—400.

Starosta, W. J. (1999). Dual consciousness@ USAmerica. white. male. In J. Koester and R. Lustig (Eds.), *Among US: Essays on intercultural identity, relationships and competence*. Belmont, CA: Longman.

Starosta, W. J. (2006). Rhetoric and Culture: An integrative View. *China Media Research*, 2(4), 65—74.

Starosta, W. J. , & Chen, G. M. (2000). Listening across diversity in global society: An introduction. In G. M. Chen and W. J. Starosta (Eds.), *Communication and global society* (pp. 279—293). New York: Peter Lang.

Shi, L. (2006, November 8). Personal conversation.

Sun, W. , & Starosta, W. J. (2002). 'As heavy as Mount Taishan': A thematic analysis of the Wang Wei memorial website. *World Communication*, 30, 61—80.

Toffler, A. (1984). *The third wave*. New York: Bantam.

Feeling Homesick at Home: A Dialogue

William J. Starosta, Howard University

Guo-Ming Chen, University of Rhode Island

Abstract: As we suggested in 2005, "centrisms" exist in historical space, rhetorical space, physical space, national space, postcolonial space, and in mental space. They are inscribed authentically, by those groups who have lived a cultural experience, or inauthentically, by those outside of the community. They reflect a more or less actual history, or they may represent idealized conceptions of how a community should or might be. Centrisms are always at some site of contestation. The avowal of an identity is met with charges of contestation, and is regarded by some as a binary oversimplification. When viewed as a willing reinscription of identity that replaces what colonial and slave history may have undercut, though, Cote D'Ivoire Houphouët-Boigny's words seem apt: "Better to be dominated by a friend than by an enemy. Our present dialogue questions the utility of centrisms in a globalizing world. "

Keywords: authenticity, centrism, creolization, diaspora, essentialism, globalization, identity

早期佛教的语言传播思想

维莫尔·迪萨纳亚克（Wimal Dissanayake）[①]
美国夏威夷大学麻诺亚分校

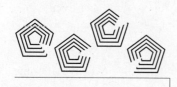

[摘　要] 早期佛教的语言传播观点与佛教的中心原则（比如无色、无常、因果）密切相关。考虑到当时流行的一些有关语言传播的主流观点，佛教明显是在强调另一些问题。佛教坚持中道，既避免了本质主义的一个极端，也避免了完全任意性的另一个极端。早期佛教的语言传播观点关注实用主义和道德准则，源于佛教独特的认识论。语言传播以世俗习惯和社会行为为基础、受道德意识的指导，这种观念处于早期佛教思想的中心。

[关键词] 佛教，习俗，认识论，语言，道德，实用主义，修辞，社会行为

作为传播者的佛陀

佛教是世界上最伟大的宗教之一，对人类产生了深远的影响。佛教显著

---

① [作者简介]　维莫尔·迪萨纳亚克（Wimal Dissanayake），剑桥大学文学博士，夏威夷大学教授，香港大学荣誉教授。有关于亚洲文化、传播和影视研究方面的著述二十多本，同时还是获奖诗人，已经出版了六册诗集。

地影响了宗教、哲学、道德、种族和文化的思维模式。对于一种拥有如此影响力的宗教来说，它必然对人类传播问题有着非常有意思的方法。佛陀是一位非常卓越的传播者，是一位具有非凡影响力的导师，而这种影响力在很大程度上又帮助他成为一名成功的传播者。佛陀以一种浅显易懂的语言向人们说教。他对其潜在听众的心理背景和特点给予了充分的照顾和注意。他组织信息的方式非常容易吸引不熟悉佛教的人。从传播学的角度说，佛陀在其教义中运用的修辞策略是多面性的，极为精彩，值得我们进行仔细研究。他运用譬喻、寓言、风趣、幽默、创新叙述策略和类比的方式值得进行分别的研究。

让我们来看一些例子，体会一下佛陀对譬喻的使用。以前有个妇人的儿子死了，她极为悲痛，于是求佛陀让她的儿子复生。佛陀知道可以教她以存在的真理，于是让她回到所住的城镇，找一个从未死过人的人家，要一点香。这个妇人抱着极大的希望挨家挨户地寻找，可是却找不到从未死过人的人家。很快，她意识到佛陀想教她的道理，每个人都要经历生死。于是她埋葬了自己的儿子[①]。佛典中充满了这种启发式的譬喻，生动地表达了宗教信息。

佛陀作为传播者的另一个突出特点是，他有效地使用了各种修辞策略。比如说，下面的《蛇经》(uraga sutta)选节典型地显示出为了实现传播目的而小心地使用比喻修辞的情况(Saddhatissa,1985)：

> 他抑制冒出的怒气，犹如用药抑制扩散的蛇毒，这样的比丘抛弃轮回的循环，犹如蛇蜕去衰败的皮。[②]
>
> 他摒除一切爱欲，犹如拔掉池塘里的莲花，这样的比丘抛弃轮回的循环，犹如蛇蜕去衰败的皮。
>
> 他摒除一切贪欲，犹如使快速流动的河水枯竭，这样的比丘抛弃轮回的循环，犹如蛇蜕去衰败的皮。
>
> 他摒除一切傲气，犹如洪水冲垮脆弱的芦苇桥，这样的比丘抛弃轮回的循环，犹如蛇蜕去衰败的皮。

①　译者注：见《中阿含例品爱生经第五》。

②　译者注：《蛇经》出自《经集》（共五品，七十二章，1149 颂诗）。已有的中文译本有郭良鋆在 1983 年至 1985 年在斯里兰卡进修巴利语期间翻译的巴利语佛典《经集》，以及台湾香光书乡出版社译本。此处从郭本，并据英文稍作修饰。台湾香光书乡出版社译本可见于 http://www.gaya.org.tw/magazine/2005/66/66sl.htm。

他不在生存中寻找精髓，犹如不在无花果树上寻找花朵，这样的比丘抛弃轮回的循环，犹如蛇蜕去衰败的皮。

他的内心没有忿怒，超越这样那样的变化，这样的比丘抛弃轮回的循环，犹如蛇蜕去衰败的皮。

有趣的是，这些陈述让比喻非常有效地对思想进行了组织和协调。在"蛇蜕去衰败的旧皮"的比喻中，"蜕去的旧皮"在扩展了道德话语的边界的同时，显示了一种有用的认识论优势。认识论和比喻修辞组织这些话语的方式非常耐人寻味。

作为一位具有超凡说服力的传播者，佛陀常常运用不同的叙述策略以表达他的信息。在下面这个例子中我们可以看到，佛陀为了达到传播目的而生动地运用了戏剧性类比。这是发生在佛陀和牧人达尼亚（Dhaniya）之间的一段对话，说的是世俗安全与精神解放之间的冲突。达尼亚是佛陀在舍卫城（Savatthi）时的一个牧人。当时正是雨季，就在大雨来临之前，达尼亚为他自己、他的家庭和家畜在摩诃河（Mahi）的河堤上修建了一座结实的茅棚。不过，佛陀意识到这个家庭面临被洪水吞没的危险。正当牧人欣喜于自己的舒适和安全时，佛陀出现在他的茅棚里：

> 达尼亚：我做了饭，也给牛挤了奶。我把我的家人安顿在摩诃河的河堤上。我的房子是茅棚，火堆点燃了。所以，随便打雷还是下雨吧！
>
> 佛陀：我无嗔无欲，我在摩诃河边忍受黑夜。我之所居（身体）无所遮蔽，欲火熄灭。所以，随便打雷还是下雨吧！
>
> 达尼亚：苍蝇蚊子都不见，沼泽地水草丰足，我的牛可以经受风雨。所以，随便打雷还是下雨吧！
>
> 佛陀：我做了一只牢固的筏子（途径）。我渡过洪水到达涅槃，筏子就没有用了。所以，随便打雷还是下雨吧！
>
> 达尼亚：我妻高婢①生性纯顺，忠实于我。她和我在一起幸福生活很久了。我没有听说她做错了任何事。
>
> 佛陀：我的思想忠诚于我，无欲无求。它接受了长时间的训练，非常驯良。所以我没有做错任何事。

---

① 译者注：Gopi，原意是印度教中神的挤奶女工。

在这种有趣的交流中,中心焦点在于肉体安全和精神解放、幻象和真实。我
们在其中发现,佛陀灵活地运用了戏剧性类比和一语双关的修辞策略。佛陀
主要通过这些传播手段而使预期的效果得以保证。佛典中充满了这种性质
的例子,显示出佛陀充分地掌握了传播策略特点。这确实是一个值得进行仔
细而持续研究的主体,我会在以后继续讨论。在本文中,我的目标是对早期
佛教的语言传播思想加以讨论。当然,这个目标与我目前讨论的修辞与传播
策略问题是紧密相关的。

佛教对语言的态度

早期佛教中对语言的态度是与佛教的中心原则(即无色、无常、因果的思
想)紧密联系的。正是这些概念赋予佛教对待语言和语言传播的态度以深度
和精度。为了理解佛教对待语言和语言传播方式的独特之处,我们必须将之
与印度当时的一些主要观念放在一起看。有一种观点认为,语言是神圣的,
是神的创造,是神祇意愿的工具。佛教批判了这种观点。与此观点紧密相联
的是,语言体现了本质,含有形而上的意义。同样,佛教反对这种观点。就佛
教看待语言和语言传播的方式来说,有意思的地方是它标榜中道,避免极
端——中道向来是佛教思想的特点。佛教对待语言的态度避免了当时统治
着其他多种观点的本质主义;同时又批判以完全的唯物方式看待语言,此方
式提出观点认为语言完全是武断的行为。正如我当下要解释的是,佛教对待
语言的看法强调了另外一种兴趣,是与其认识论和道德准则相一致的。

语言传播以世俗习惯和社会行为为基础的思想居于佛教思想的中心,与
认为语言具有神圣源头的想法完全不同。这在著名的《起世经》(*agganna
sutta*)中得到了鲜明的表现。在其解释中,佛陀告诉两位婆罗门婆悉咋(Va-
settha)与婆罗堕(Bharadavaja),人类社会是通过进化演变的过程才得以形
成。社会制度不是由神力或是创世者创造,而是由社会发展的动因创造。印
度教强调世界是由梵天(Brahma)所创造,种姓制度也是这样。而佛教认为,
它们是社会演变的结果,语言也是其中之一。因此,佛教摒弃了语言神创的
观点。

佛教认为,应将语言理解为一种社会行为,它因世俗习惯和使用者的意
见而变化。这意味着,语言并非神创,并非固定不变,会因习俗的变化而有所
发展。佛典中无数次提到使用者的意见(世俗,*sammuti*)或使用者的行为(言

语，*vohara*）。因此，语言作为社会交流的产物，在佛教的语言传播观念中居于中心地位。在考察佛教的早期著述时，我们可以找出运用于语言讨论的五个中心概念：语源（*nirutti*）、普遍（*samanna*）、语用（*vohara*）、世俗（*sammuti*）和概念（*pannatti*）。其中，"语源"和"普遍"的概念流行于当时。不过，佛陀并不像其他人那样沉迷于此；他也不像其他人那样将之具体化。他对"使用"、"习俗"和"概念"更感兴趣，因为这些概念让他关注语言作为社会制度和社会行为（与变化中的社会力量与文化力量相应）的思想。

作为社会行为的语言

　　佛教在语言和语言传播方面的观点强调，语言作为一种社会行为，是由集体意见所决定的一种现象。这与佛教有关因果的中心原则（缘起共生及其伴随着的多方因果）一道，关注于传播的一个非常重要的方面。直到最近，西方传播理论都是从孤立的说话人/听话人或者说信息发出者/接收者的角度对传播的过程加以总结，关注信息是如何从孤立的一方传递到另一方。这确实是传统的笛卡尔方式。这种方式所欠缺考虑的是语言传播发生于特定语境这一极其重要因素。佛教对待语言的态度所关注的是信息发出者和接收者所共享的世界，以及这个世界如何组织起传播意义与传播事件的一个极为重要的方面。佛教关注的语境和世俗习惯是一系列行为和考虑，它们对进行中的传播行为起到了深化的作用。因此，佛教对语言传播的概念进行了重新总结，开启了非常光明的探索之路。

　　根据佛教看待事物的观点，语言传播是一种社会行为，强调用法、世俗意见和相互关系的共同性。同时，语言传播是在道德的空间中得以理解，这为传播事件注入了严肃的意义。让我们引用《善生经》（*subhasita sutta*）中佛祖对一群修行者所说的话。佛说："具有四种特征的语言为无可责备的善言——同德于智者之言，亦即修行者所说之有益的话而非无益的话；有价值的话而不是无价值的话；令人愉悦的话而不是令人不快的话；真话而不是假话。具有这四种特征的即为无可责备的善言。"接着，作为一名导师，佛说：

　　　　圣人说，
　　　　说有益的话，这是最重要的；
　　　　说有价值的话而不是无价值的话，此为第二；

说令人愉快的话而不是令人不快的话,此为第三;

说真话而不是假话,此为第四。

这些文字明显说明,佛教的语言传播概念立足于道德空间之中,规范准则具有重要作用。人应该言语诚实,这是必须要做到的,这一点反复出现在佛教语录中。比如说,偈颂集《法句经》(*The Dhammapada*)就说,一个人如果说假话、不说道德的真话,就会无恶不作。因此,我们可以在早期佛教对待言语和语言传播的态度中发现这样的思想:言语事件不仅仅是信息的交换,还应对整个传播事件有一定的指示、教育性的推动。换句话说,佛教认为,言语行为、传播互动和语言交流不是没有价值的。此种传播事件或交流行为发生时,必须有明显的定点方向。这一点与著名社会哲学家、传播理论家哈贝马斯(Jurgen Habermas,1984)提出的所谓"理想言语情景"(*ideal speech situation*)有共同之处。

佛陀的语言哲学

佛陀是一位传播高手,他与各种各样的人——受过教育的,未受过教育的;虔诚的,不虔诚的——进行交流。到目前为止,我一直在从总体上讨论佛陀对传播的态度以及佛陀与普通人的传播活动。有时候,他得与理论家、逻辑学家和各种具有说服力的学者们交流。在这种情况下,他的策略有所不同,很大程度上由主题和语境决定。比如说,佛陀强调有意识的和有责任的语言使用。他曾说:"这两个条件造成了真正教义的含混和失位:术语被错用(*dunnikkhatan ca padavyanjanam*)和意义被误解(*attho ca dunnito*)。当术语被错用,意义也就不能得以恰当的表达。"这其中确实包含了有关语言传播的重要意义。

佛陀回应形而上学问题、无法回答的问题和无意义的诘问的方式,反映出他对语言传播和理性的深邃思想。关于现实和真理之本质的问题和挑战,佛陀采用了一种四重方式加以解决。首先,他认为特定的问题值得进行绝对的或者说直接的解释。第二,有些问题需要进行分析性的解释。第三,有些问题只有在提出相对的问题之后才能得以解释。第四,有些问题需要搁在一边。最后一类问题,或是从经验的角度出发无法有意义地加以回答,或是与人类的问题关系不大。这种回应问题的方式反映出佛陀看待语言、真理与现实及其传播意义的另一个方面。

正如 Kalupahana(1999)所说,佛陀采用了许多重要方式确保语言传播的有效性。首先,他极度关注语言中经验与表达的相互关系。这让他考察语言的发展。第二,语言总是存在一定的风险,进入思考与表达的形而上学模式。这意味着需要不断地抗拒本体论和绝对论。为了避开这些危险,佛陀常常运用被动形式、不定过去时和过去分词来替代主动形式。第三,佛陀寻求在密切关注概念用法的变化方式的同时,对概念加以仔细考察。这意味着,佛陀关注概念的易变性与可变性。第四,佛陀对经验和语言的内在局限很敏感,对其相互交叉、相互连接的复杂方式给予了持续的关注。第五,佛陀继而要维持经验与解释之间的平衡,关注理性的盲点。第六,佛陀想建构一种语言哲学,这与其特有的认识论及道德想象一致。佛陀的这些考虑显示了佛教在语言和语言传播方面的独特见解。作为传播学研究者,我们非常有必要对其中的每一条都加以关注。

传播理论的意义

与本次讨论的背景相反,我想列出一系列立足于佛教对待语言之态度的重要主题;作为传播的研究者,我们应该发现这些主题中具有极大的创造性,会为我们的事业带来极大的帮助。这些主题对于我们反思传播理论及其意义具有极高的启发性价值。首先,正如我在前文中所指出的那样,就早期佛教思想看来,作为社会行为的语言形成是以使用和习俗为基础,而不是由神决定的产物。这就集中体现了佛教所提倡的以非本质主义和非绝对主义的方式看待语言。语言被视为一种工具,一种在规范空间内得以最佳运行的目的性工具。

以世俗习惯作为语言传播的指导,这种想法需要给予特别的注意。Tilakaratne(1993)指出,佛陀在对语言的非绝对主义本质加以认识和解释的同时,明确强调,如果更宽泛的社会选择了遵循语言习惯,那么就需要坚持。这在下面的文字中有所体现:

> 有三种语言习惯,或者说词语的用法,在过去曾经非常明显、在现在仍非常明显,在将来还会非常明显,都未被智慧的婆罗门及隐士们遗忘。过去曾经存在、已经停止存在、已经是过去、已经有所变化的物质形式的"色"(rupa)被称为、视为、归为"既有"(ahosi),不被视为"有"(atthi)或

"将有"(*bhavissati*),它因其他四种集合而重复:情感、知觉、禀性和意识。"色"(*rupa*)之既非已兴亦非将有的状态被称为、视为"有"(*atthi*)或"既有"(*ahosi*)……"色"之已兴、已经自显的状态被称为、视为、归为"有"(*atthi*),不被视为、归为"既有"(*ahosi*)或"将有"(*bhavissati*)。

从这段话中可以明显看出,佛告诫他的追随者不要违反上述时间习惯。世俗习惯会随着时间的发展而自我发展。佛教指出,在坚持习惯时,人应该保持谨慎、应该做出明智的判断。这种看待语言习惯的态度包含了语言传播的重要意义。

从传播学来看,第二个在早期佛教著述中非常明显的重要主题是语言内植性的观点,它显示出了传播事件的特点。一个传播事件并不是信息从孤立的发出者传递到孤立的接收者的过程,而是发生在信息的发出者和接收者都内植其中的一个语言环境中,这种语言环境是传播行为之意义的重要组成部分。要记住,传播活动的参与者制作出语言符号,意识就在这种语言符号中得以铸造,这很重要。个人意识从符号中获得营养,意识反映出符号的逻辑性与强制性。意识的逻辑就是既定传播事件之符号交流的逻辑。如果我们从意识中剥去其符号内容,意识中就不剩什么了。

让我们更深入地探讨这个观点。语言由符号组成,而符号只有以个人间交流(inter-individual interaction)或主体间性(intersubjectivity)为基础才能形成。符号以社会性的方式加以组织,依靠主体间的交流得以保持活力。只有在这些条件下,符号才能在语言传播中存在。因此,当我们讨论语言传播的本质和意义时必须记住社会环境的重要性,是社会环境让传播事件有了意义。我们已经讨论过早期佛教的语言态度,它在这方面给了我们众多启示。在语言传播中,交流活动通过语言中介发生于说话人和听话人之间。这种交流活动发生的语言环境和社会环境决定了交流活动的本质和意义。朝向听话人的话语导向具有极为重要的意义。实际上,话语形成了一种双面的行为,由话语的发出者和指向者共同决定。所以,话语是说话人和听话人/信息发出者和信息接收者之间相互关系的产物。在一次传播行为中,每一个词都表达出一方与另一方相互联系。我在给予自己的信息以一定的语言外形时,心里会想着信息的预期接收者的形象。在一次传播行为中,话语可被视为联系我自己和潜在对话者的桥梁。如果说桥的一端由我决定,那么另一端就由我的听话人决定。

根据佛教看待语言和传播的观点,一个词就是由说话人和听话人/信息发出者和接收者所共享的一个域。于是,在传播行为中,我们可以分出三个重要组成部分:一是说话的物理行为,是声音的产生和传递;二是创造语言符号的行为,使说话人获得符号的社会组织方式;三是对语言符号的控制和安排,从而开始一个传播过程,这完全由传播事件参与者之间的社会关系决定。因此,我们很清楚地看出社会环境作为传播创造方的重要性。考察了佛教在此主题上的阐释,我们意识到佛教强调语言是一种符号系统,个人的话语及话语组合在此系统中获得意义。这意味着信息的发出者和接收者双方由于共有一定的背景和环境,所以基于先前的经历,以共同的表达方式和解释方式对话语加以回应。这种共同符号系统中的内植性及其意义,在佛教著述中体现得非常明显。这是由佛教对语言和传播的看法所强调的一种交际途径。

　　出现在早期佛教著述中的第三个主题是自省和内省,这是人类传播的特点。就佛教徒们看来——用传播学者们的术语来说——内向传播与人际传播同等重要(见 Ishii,2004)。佛教认为语言和传播最终应指向精神解放。因此,内省、自省、内向传播极为重要。对于佛教徒们来说,这种自省正建立于语言传播的过程之中。在传播中,佛教徒们强调,人们做的不仅仅是将一些词语组合在一起,还要对这些词语进行思考。传播活动预设了这个反省的行为。对于我们所生活的世界、我们与之交流的社会中的人们,我们对他们的态度和这种自省密切相关。因此,佛教认为传播、使用语言与他人交流,就是采用一种道德姿态。于是,语言所处理的不仅是信息和知识,还有或直接或间接的情感,这就是无可避免的了。因此,佛教认为,用语言传播就是去感知人如何成为人。这是传播非常重要的一个方面。当代的东西方传播学者多少忽略了这一点。

　　此前,我从佛教的角度出发讨论了语言传播中语境的重要性。这就带来了另外一个主题——我想提出的第四个主题是语言传播中公共空间的重要性。有意义的语言传播起于,并且指向一个可识别的公共空间。我说的"公共空间",是指我们讨论、辩论、探讨人类普遍关注问题的圈子。我在此前指出,对于佛教徒们来说,语言传播意味着一种有目的和庄重的社会活动。这是因为语言被视为宝贵的资源,会最终为人类福利铺路。在不同的解释中,语言和公共空间的关系不同。有些人为语言塑造了公共空间,公共空间反过来又塑造了语言。赞成维特根斯坦(1958)看待事物方法的人会认为一定存在这样判断上的共识:语言的先决条件是其作为一种传播的模式,而这就是公共空间所起的作用。由于需要公共意见标准使有意义的语言传播得以成立,于是公共空间就变得非常重要。如果一个语言概念不被共享或不能被共享,那么它就无法参与传播。因此,维特根斯坦反对"私人语言"(private language)。有些人更倾向于采纳以符号为导向的看法,比如一些现代人类学家,他们认为只有以符号的方式建立价值、规范、编码以及行为习惯和判断习惯的体系,具有共同性的团体才能得以形成——语言的公共性方面让这些成为可能。佛教的传播理论家们并不反对这些提法,他们更进一步地提出,思想和语言是相互联系、不可分割的,思想即语言。思想发生于公共环境中,即使是一个人的思考,他也是在与他人交流。因此,思想和公共空间是紧密联系在一起的。佛教的传播思想强调语言交流的这一方面。

　　第五,意义的观念对于早期佛教的语言传播理解非常关键。在佛教著作中,传播被理解为一种追寻意义的过程,其中信息发出者和接收者共同起到了调查意义的作用。甚至在内向传播中,对意义的追寻也是一种联合的过程,因为想象中的一个或一组对话者是存在的。佛教徒们认为,人类处于一个意义的世界中,因此任何有意义的传播事件都包含在对意义的追寻中。信息的发出者和接收者身处语言和社会环境中,也就是说处在意义的环境中。他们共同发现意义。于是,对意义的普遍追寻成为佛教思想者们眼中的重要问题。就佛教的思维方式看来,人类是一种语言动物,也是一种自我表达的动物,人类是意义的分享者。因此,意义的问题不仅对他/她具有不可比拟的重要性,而且在人类交往的过程中是无可避免、无可削减的现实。在哈贝马斯(1984)的所谓"理想言语情景"和佛教思想中,语言传播都含有非常强烈的道德成分。

控 制 模 式 和 交 互 模 式

　　《牛津英语辞典》将"传播"定义为思想、知识等的传递、表达或交换。《哥伦比亚百科全书》将"传播"定义为思想和信息的转移,与货物和人的转移(即运输)相对。与这种思路相一致的是,早期的传播概念与传播的运输和控制观密切相关。从最一般的意义上说,奥斯古德(Osgood,1957)认为一旦一个体系(源体系)通过控制可变的符号影响到另一个体系(目标体系)、而符号可以通过连接两个体系的渠道得以传输,传播就发生了。香农和韦弗(Shannon & Weaver,1949)将传播的概念定义为一种思想影响另一种思想的过程。此后,传播学者们抛弃了这种控制观,逐渐转向交互观。比如说,乔治·葛伯纳(George Gerbner,1956)将传播视为信息交换。金凯德(Kincaid,1979)将传播定义为参与者们分享信息从而达成相互理解的聚合过程。皮尔斯和克洛农(Pearce and Cronen,1980)将传播解释为现实的共同创造和共同处理。20世纪80年代后,传播学者们沿着这条路继续前进,关注于传播的互动性方面和意义形成的相互关系。因此很明显,传播思想在过去25年中经历了重要的变化。

宽泛地说,传播模式有两类:控制模式和交互模式。拉斯维尔(Lasswell,1948)、香农和韦弗(Shannon & Weaver,1949)、奥斯古德(Osgood,1957)、韦斯特利和麦克莱恩(Westley & MacLean,1957)以及贝罗(Berlo,1960)等学者提出的传播模式可归为控制模式;巴伦德(Barnlund,1970)、施拉姆(Schramm,1973)、金凯德(Kincaid,1970)以及皮尔斯和克洛农(Pearce and Cronen,1980)的模式为交互模式。当然,这样的分类并不意味着各类模式中就没有变化与差异。不过,我们有理由把各种模式分到这两大类中。这两类模式之间的差异可以用表格形式显示如下:

控制模式	交互模式
1. 线形、单向	非线性、双向
2. 强调信息发出者	强调信息的发出者和接收者之间的关系
3. 关注说服效果	关注理解效果
4. 注意心理状态	注意心理状态和社会影响
5. 机械性	有机性
6. 非情境化	情境化

我们看出,相对于控制模式来说,交互模式在对传播进行情境化方面有了明显的进步。这也可运用于语言传播。虽然两类模式有明显差异,但它们在基本考虑方面有共识,即都将语言看作一种工具。在这两类模式中,语言或被视为控制的工具,或被视为方便双向交流的工具。语言未以一种更为基础的方式被理解/解释为意义的组合。就语言传播来说,我们可以分出两种看法:一种将语言看作意义的工具,另一种将语言看作意义的组合。只是在最近几年才出现了有关语言传播的此种看法。第二种看法有两个方面:(1)语言不仅仅是一种传播工具,而且是语言传播意义的组合;(2)语言起于语言

使用者生活着的社会母体中。在这种社会交流之外不存在语言传播，没有这种可能。

如上文所述，佛教看待语言和语言传播的方式明显属于第二种，认为语言是意义的组合。不过，需要指出的是，在佛教观点和此类看法的主流之间存在一些重要的差异。第一，佛教思想更为强调"意识"概念。意识对于语言的形成和使用来说至关重要。第二，就语言交流来说，内向传播与人际传播同样重要。佛教强调，如果孤立地看，内向传播不是一种孤独的活动而是一种社会活动，因其发生于隐性的社会规范和社会准则的环境中。第三，佛教看待语言传播的方式是在一个道德空间中，在此空间中，自我净化和教育被作为语言运用的一种重要必需。鉴于佛教毕竟是教给人们精神解放的途径的一种宗教、一种生活方式，因此，这种看法是不足为奇的。第四，随之而来的是，当一个人根据佛教思想而认为语言组成意义，这也意味着语言组成了与过一种美好生活相关的新兴意义。这种对为了生活而创造新意义的关注，是佛教语言传播观点的一个重要方面。

结　论

在本文中，我寻求关注早期佛教的语言传播观点。佛教在数个世纪中不断发展变化，传播到世界的许多国家，发展出许多不同的宗派和学派。在本文中，我关注的是早期佛教，或者说小乘佛教。从语言哲学和语言传播的角度说，大乘佛教以及佛教后来发展出的许多其他形式也非常重要。我在其他文章中(见 Dissanayake,2007)讨论过龙树(Nagarjuna,为大乘佛教的普及做出了巨大贡献)思想与现代传播理论的相关性。后世的佛教学派寻求强调传播的不同方面(见 Chuang & Chen,2003;De Martino,1983;Glassman,1983;Ishii,1992;Nordstrom,1979)。比如说，如果我们考察禅宗对语言传播的态度，比如在道元(Dogen)的著述中我们可以看到他如何重点关注前反省(pre-reflexivity)现象。他深信，通过密切关注人类经验的前反省方面，人们就可以富有成果地理解慈悲、智慧、定和无我。语言传播之动态的这种理解方式，其意义不同于我在本文中讨论的早期佛教看法。

类似地，我们可以关注后世密教(esoteric Buddhism)的一些方面，可见于空海的阐释性著述中。空海深深地着迷于话语的真实性问题，想通过考察语言的仪式结构来对之加以理解。对他来说，真实体现于仪式中。因此，神圣咒语和语言的仪式用法变得极度重要。空海对语言的神秘性显示出极大的兴趣。在他看来,生理层面的手势、反省式的思考以及语言形式的咒语是不可分割地联系在一起的。他的这种兴趣源于他特有的认识论和本体论。因此,他选择持续地关注语言传播的仪式方面和咒语方面就不足为怪了。很明显,这显示出另一种看待语言和语言传播的方式,不同于我在本文中讨论的早期佛教著述。这种对语言神秘性的强调、对仪式的重视,不是早期佛教所认同的。

我们在讨论传统亚洲传播理论时有一种宽泛思考的趋势,粗略地分类为印度教、佛教、道教等等。这当然是可以理解的。但是,为了理解问题真正的复杂性,我认为进行更为细致的分类和评估是非常重要的。在所有的宗教传统中都存在着不同的学派、宗派、教派,有着各自不同的考虑和兴趣。每一种都宣称自己表达了所属宗教的教义核心,不过在使用不同的表达词汇、使用不同的考察方法等方面各自相异。这就是我在本文中想要特别讨论早期佛教,而不是整体佛教之语言传播思想的原因。

References

Barnlund, D. C. (1970). A transactional model of communication. In K. K. Sereno & C. D. Mortensen(Eds.), *Foundations of communication theory* (pp. 83—102). New York: Harper & Row.

Berlo, D. K. (1960). *The process of communication: An introduction to theory and practice.* New York: Holt, Rinehart, & Winston.

Chuang, R., & Chen, G.-M. (2003). Buddhist perspectives and human communication. In G.-M. Chen & Y. Miike(Eds.), *Asian approaches to human communication*[Special issue]. *Intercultural Communication Studies*, 12(4), 65—80.

De Martino, R. (1983). On Zen and communication. In L. Nordstrom (Ed.), *Communication — East and West*[Special issue]. *Communication*, 8(1), 13—28.

Dissanayake, W. (1983). The communication significance of the Buddhist concept of dependent co-origination. In L. Nordstrom(Ed.), *Communication — East and West*[Special issue]. *Communication*, 8(1), 29—45.

Dissanayake,W. (2007). Nagarjuna and modern communication theory. In Y. Miike & G. -M. Chen (Eds.), *Asian contributions to communication theory* [Special issue]. *China Media Research*, 3(4).

Gerbner,G. (1956). Toward a general model of communication. *Audio-Visual Communication Review*, 4, 171—199.

Glassman, B. T. (1983). Zen and communication. In L. Nordstrom (Ed.), *Communication — East and West* [Special issue]. *Communication*, 8 (1), 1—12.

Habermas,J. (1984). *The theory of communicative action*. Boston: Beacon.

Ishii,S. (1992). Buddhist preaching: The persistent main undercurrent of Japanese traditional rhetorical communication. *Communication Quarterly*, 40(4), 391—397.

Ishii,S. (2004). Proposing a Buddhist consciousness-only epistemological model for intrapersonal communication research. *Journal of Intercultural Communication Research*, 33(2), 63—76.

Kalupahna, D. (1999). *The philosophy of language*. Ratmalana, Sri Lanka: Vishva Lekha Publishers.

Kincaid,D. L. (1979). *The convergence model of communication* (Paper No. 18). Honolulu: East-West Communication Institute.

Lasswell. H. D. (1948). The structure and function of communication in society. In L. Bryson(Ed.), *The communication of ideas* (pp. 37—51). New York: Harper.

Nordstrom,L. (1979). Zen and the non-duality of communication: The sound of one hand clapping. *Communication*, 4(1), 15—27.

Osgood,C. E. (1957). *The measurement of meaning*. Urbana, IL: University of Illinois Press.

Pearce,W. S. , & Cronen,W. E. (1980). *Communication, action, and meaning*. New York: Praeger.

Saddhatissa,H. (1985). *The sutta-nipata*. London: Curzon Press.

Schramm W. (1971). The nature of communication between humans. In W. Schramm & D. F. Roberts(Eds.), *The process and effects of mass com-*

munication(3—53). Urbana,IL：University of Illinois Press.

Shannon,C. E. , & Weaver,W. (1949). *The mathematical theory of communication*. Urbana,IL：University of Illinois Press.

Tilakaratne,A. (1993). *Nirvana and ineffability*. Kelaniya：Postgraduate Institute of Pali and Buddhist Studies.

Westley,B. H. , & MacLean,M. S. (1957). A conceptual model of communication research. *Journalism Quarterly*,34(1),31—38.

Wittgenstein,L. (1953). *Philosophical investigations*. New York：Macmillan.

The Idea of Verbal Communication in Early Buddhism

Wimal Dissanayake

University of Hawai'i at Manoa, USA

Abstract: The approach to verbal communication endorsed by early Buddhism is vitally connected to central tenets of Buddhism such as insubstantiality, impermanence, and causality. When placed alongside some of the dominant views on linguistic communication current at the time, it is evident that Buddhism sought to place emphasis on a different set of issues. It adheres to the middle path avoiding essentialism on the one hand and total arbitrariness on the other. The early Buddhist approach to verbal communication focuses on pragmatism and moral imperatives, and grows out of the distinct Buddhist epistemology. The notion that verbal communication is based on convention and social practice, while being guided by a moral consciousness, is central to early Buddhist thought.

Keywords: Buddhism, convention, epistemology, language, morality, pragmatism, rhetoric, social practice

美国人如何运用沉默进行传播

托马斯·布鲁诺(Thomas J. Bruneau)[①]

美国拉福特大学

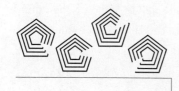

[**摘　要**] 关于"大多数美国人/美国公民通常如何使用沉默(silence)、多重沉默(silences)和使人沉默(silencings)来进行传播"的问题,以前尚未有所涉及。本文将首次尝试简要论述该领域。对于人们来说,要试着与美国人交流的话,了解他们使用沉默的方式非常重要。这里所理解的沉默就像人们的言论一样有影响力,因为沉默的引入会牵涉到许多意义。对沉默、多重沉默以及使人沉默加以研究,会开辟许多理解人类传播的新途径。

[**关键词**] 传播性沉默,美国人,独处,沉默,多重沉默,使人沉默[②]

---

① [**作者简介**] 托马斯·布鲁诺(Thomas J. Bruneau)博士,美国拉福特大学(Radford University)荣休教授,著名沉默传播专家。

② 译者注:在本文中,silence 的意义与汉语中的"沉默"不完全一样,还有"安静、沉静、静谧、静默"等意思。考虑到行文之便,泛指性的 silence 都译作"沉默",其他视具体语境而定。

开场白,作者的歉意和本文的研究范围

数千年来,人们一直在不断地谈论"沉默"的利与弊。早在公元前42年,西贤Syrus就说:"让一个蠢人管住舌头,他就会胜过智者。"关于沉默的"利",东西方古代文化的圣贤书都是从抑制言语的价值角度来说的。确实,世界上的许多宗教行为都是以沉默、多重沉默和使自身与他人沉默为基础。从古到今,东西方的伟大哲人与先师都对"沉默"进行过讨论。古罗马的政治家、修辞学家西塞罗曾说,他觉得沉默也是一种雄辩的艺术。既然沉默有这样的意义,我们就应该想到,沉默、多重沉默和使他人沉默对于传播研究来说非常重要。在美国,传播研究发展迅速,不过对沉默的研究才刚刚开始。

在一个雄心勃勃的题目之下,我需要说明我的歉意和局限性。抱歉之一是,对于美国公民(即本文中的"美国人")如何使用沉默来进行传播,本文未能备述。在这个方向上,我们还需要大量的论述以取得进一步的发展。美国有很多种不同的文化团体和种族团体(都把自己叫做"美国人"),他们对于自己的普遍传播特征各有定论。而且,将美国公民的传播特征与其他国家(尤其是文化团体单一的国家)进行比较,不是一种明智的做法。我们能做的,是在不同的社会文化团体之间进行某些一般性的比较。我们每天都在这样做,不过在运用这些"一般性特征"时必须非常小心。不然,我们就会说出一些蠢话,比如"美国整天说个不停",或者"美国人很吵,而日本人很安静"。不过,当我们开始讨论"美国人(或其他人)是如何典型的安静或者喋喋不休",在某种程度上说,我们就进入了"刻板印象"。"刻板印象"来自于过快的总结概括,而概括又来自于轻率的归类。所以我需要因我的题目而说声抱歉,本文的目标在于讨论"美国人通常、往往是如何使用沉默来进行传播的"。许多外国人对美国人抱有简单想法和刻板印象,本文对此是不赞同的。本文的主要目的之一就是反对"对不同种族团体和文化团体的特征进行简单概括"。

本文中的"美国人"是指:生活在美国大陆、已有数代人浸润在美国文化中、已经基本上失去与原来传统文化的联系、相对而言没有意识到日常的传播行为和特征性习惯、在大多数美国大陆地区的其他人看来是相对正常的美国公民。不过,这样的共同特征在很大程度上依赖于时间、空间、场合、信息、渠道等,有时还依赖于传播活动主要参与者的性别与地位。沉默的长度或者说持续时间会因环境因素而变,就像口语的变化一样。

美国人很复杂,美国的"文化"不停地发展。美国可否构成一种正式的"文化",很成问题。曾有记者问圣雄甘地如何看待"西方文明"。据说甘地的回答是"我想,这将会是个好主意"①(Darrow & Palmquist,1975)。那些表现出普遍的价值核心与行为核心的美国人不断发展,同时,从文化上适应了此种核心的那些美国人又寻求在快速变化的自我与社会文化环境中找到自己的身份。这里,"变化的身份"和"变化的效率"是典型的美国特点。我们必须理解,人类行为与人类传播的不断加速,是与更多的接触、更多的交谈、更多的行动、更多的噪音以及更少的沉默相伴随的。

在这样的环境中寻找平静与和谐(或者说沉默)并不容易。美国的活力不断增强,快速变化已成常态。有时候,进步似乎更像是退步。美国的生活节奏越来越快,以至于抽不出一点点的时间来静静地思考。人与人之间的沉默以及个人深层的静默非常重要,快速本身虽有其价值,却不容沉默。更快的速度带来了更多的错误和更严重的摩擦。越来越多的人觉得自己"落在后面",而不是处在变化的前沿。更严重的摩擦意味着更多的噪音。于是,美国人很少疑惑为什么他们会时时紧张地看手表。甚至"假期"(逃离每天的工作)里也充满了各种个人的机械交通工具,地上、水里、雪上、空中,它们发出刺耳的声音,打破自然的宁静。人们很少能找个一个安静的地方,思考、幻想,远离各种机器的叫嚣。基督教隐修士、神学家托马斯·莫顿(Thomas Merton)②曾这样描述"人们喜欢他们自己的噪音"的情景:"他们用机器在静谧的自然中四处冲撞,因为他们害怕平静的世界会指出他们内心的空虚"(Merton,1955,p.256)。

定义的中心

沉默、多重沉默和使人沉默(silence,silences,silencing)在这里的意思和它的自然意义有很大的不同。这里,"沉默"(silence)是指对话语的综合的抑

---

① 译者注:"我想,这将会是个好主意"("I think it would be a good idea"——注意这里用的是未来时,此处甘地以幽默的方式回答,言外之意西方尚没有值得评价的文化。

② 译者注:托马斯·莫顿(Thomas Merton,1915—1968)出生于法国,曾就读于英国剑桥大学与美国哥伦比亚大学。1941年进入美国肯塔基州的特拉比斯隐修会,1949年被任命为神父,后来成为有名的路易神父。托马斯·莫顿一直过着隐居生活,但仍持续不断为世界和平、种族公义、宗教对话而努力。1968年托马斯·莫顿在泰国曼谷参加由他发起的基督—佛教徒会议时,死于一场意外。牟敦是20世纪知名的诗人、画家、文学家、隐修士,他的文字隽永如诗。

制,趋向于静止、孤立,缺少与他人的交流。它并不仅仅是指一个人呆着,还指在没有个人内在语言思维的情况下一个人呆着。语言思维只是将外在的活动内化,它不是"沉默"。沉默是指思考和冥想、心灵的神游、追怀的喜悦、幻想、做梦、心思的漫游、沉睡和无意识的旅行。所以,沉默是一种非线性的心理活动,需要一个人停止连续的渴望、线性的话语顺序、结构和心理语言的思维。心神的平静对于在自我独处之深处形成沉默必不可少,没有心神的平静,人就会陷入充满噪音的大荒漠中。要让个人的自我离开俗世,就需要对自我的独特现实或日常习惯经历有所洞察。不仅如此,沉默还是一种隐喻的美学、思考的艺术。许多神学活动的形式是有关静止思维、留意外物、试着与一种更高的所在——"唯一"或是"神"——进行交流。不同的文化团体在沉默的程度上有所不同。美国人似乎害怕沉默,它让他们想到死亡,或者说一个人的结局、终了。所以,长时间的沉默使许多美国人紧张……在与许多亚洲国家的跨文化关系中,当有人在交流中长时间沉默时,美国人会在这种环境中不明所以、手足无措。

"多重沉默"(silences)有关语言思维、说话、语言和语言学、线性的话语顺序与思维顺序。由于不同的人说话有前有后,所以"多重沉默"(silences)同样存在于多人的交流中。"沉默"发生于深层心理,它抛开线性,抛开顺序和结构,关注于超验的所在或者意识。而"多重沉默"与此形成对比,它关注的是形成过程与线性过程,具有客观性。每段话语中都有多重沉默,就像每段话语都有可辨别的开头与结尾。所以,所有的话语都以使用多重沉默为特点,强调线性过程(或者说强调过渡),给话语增添更多的意义,赋予语言独特的个性。除了多种"次语言形式"(paralinguistics,比如韵律、节奏、重音等等),作为停顿与过渡的多重沉默与所有的话语都紧密联系在一起。

有些多重沉默是在语言的场合中节制说话,信息会以非语言的形式发送和接收——即便那种场合也可以使用语言。选择是以语言形式还是非语言形式发送信息往往是由传播者决定。不过对于大多数情况来说,许多传播性的多重沉默并不仅仅因为要节制语言而发生,它们也会成为表达无望的暗示、建议、秘密、禁忌等含义的方式。总之,许多传播性的多重沉默看起来含有信息分享之意,或者说它们实际上透露了那些很难或无法用语言表达的信息。当语言可能对参与传播活动的一方或双方造成不快时,这种多重沉默往往就会出现,以说明关系结构的发展状态(Bruneau,1979b)。

"使人沉默"(silencing)是指:有意识或无意识地尝试控制自身和/或他人

的语言表达；通过或明或暗的传播行为规则约束语言表达；尝试约束、控制、或防止个人、被驱逐者、边缘化的人、恐惧者以及所谓的"社会底层"进行语言传播。当说出的话可能会造成伤害或是过于鲁莽，人们可以让自己沉默。人们同样可以让自己身边的人沉默，从而保护朋友、家庭、亲属等。在世界上的很多地方，表达自己的观点可能会给自己带来刑罚、牢狱之灾或者其他严重的后果。在美国人声称热爱"言论自由"的同时，他们明白言论自由并不意味着不会带来什么后果。事实上，很多美国人都非常担心自己会被所属的主要/重要团体排斥或放逐。

关于传播性沉默的主要理论的简略回顾

作为有关人生的普遍性概念，沉默已经有了很多相关论述。西方文学中关于沉默的谚语、名言、警句数不胜数。许多歌曲和诗歌中也提到沉默。不过，美国和西方文学提及沉默时，大多有模糊、隐喻之意，常常视沉默为一种消极的空洞或是一种模棱两可、不明所以的表达。很少有人明确表述沉默如何传播意义、如何作为一种信息在人际传递。在本文之前，有关沉默的评论可见于 Scott(1972)，Bruneau(1973a)，Jensen(1973) 和 Johannesen(1974)。这些是美国当代有关传播性沉默的主要研究成果，尽管另外还确有值得注意的研究存在。

Thaler(1929)是关注传播性沉默的早期学者之一，他研究莎士比亚在其戏剧中如何运用沉默。其他重要的理论著作有 Baker(1955)有关政治的文章和 Blackmur(1957)有关语言理论的文章。Max Picard 有关沉默的宗教性用途的早期大作——当然还有他之前的存在主义学者将沉默的意义推到了研究前沿。其他的早期哲学家如 Wittgenstein(1961)注意到理性思维中的沉默。Ganguly(1968)的思想较早地关注到文化中的传播与沉默哲学。众所周知的神学家、哲学家 Thomas Merton(1949;1955)也对沉默作为沉思和冥想的研究做出了贡献。

从心理学和精神治疗的角度说，Reik(1949)、Brown(1959)和 Meerloo(1970)的作品对于美国人进一步理解沉默在心理行为和精神治疗行为方面的重要性来说，非常重要。从人类学的角度说，Hall(1966)和 Basso(1970)的作品举足轻重。20 世纪六七十年代，Hall 理论的流行使人们对非语言传播产生了很大的兴趣。Steiner(1967)有关语言本质的理论作品为研究沉默的艺术意义和文学意义提供了可靠的资源。从美学的角度说，John Cage(1961)和Susan Sontag(1966)有力地提醒了一些美国学者，沉默和语言同等重要，甚至更为重要。我写了第一篇有关沉默的文章(1973)之后，在应聘第一份工作时，人文与科学学院的院长在面试中问我是否愿意教授有关沉默的课程……开玩笑式的。我用很认真的口气回答说："当然，这会很有趣。"听到我的回答，他显得有点不悦，因为我是在应聘一份有关言语传播的工作。

在实验语言学方面，Frieda Goldman-Eisler 的论著(1968)对于美国语言学家研究言语信息中的停顿非常重要。这后来又为研究人际交流中的停顿与连接(话轮转换，turn-taking)提供了动力。正是在拜读了 Goldman-Eisler 的文章后，我的博士论文才得以成形(Bruneau，1974)。我的论文对有关停顿行文、迟疑现象和口头信息表达中各种变体的研究进行了总结与回顾，然后通过对拉长说话间的停顿对倾听者的理解和记忆的影响效果进行实验，从而进入到对沉默的研究之中。

20 世纪 70 年代早期，美国人对非语言传播和沉默现象的兴趣急剧增加。传播学者们那时开始评价各种学科门类中有关沉默的各种信息。人们忽然对传播性沉默产生了兴趣，且兴趣不断增强，这很大程度上是受到了 Scott(1972)将沉默视为修辞因素的文章、Bruneau(1973)有关传播性沉默、多重沉默和使人沉默的文章、Jensen(1973)和 Johannesen(1974)皆关注于传播性沉默之功能的文章等的推动。20 世纪 70 年代早期之后的重要贡献来自于Crocker(1980)，Brummet(1980)和 Naotsuka(1980)[1]。

大多数美国人如何表达深层沉默

许多美国公民，尤其是老年人，不断地尝试沉默/安静。许多年纪较大的美国人更喜欢自然、农村生活、艺术、祈祷等等。他们想逃离喧嚣的城市和密集的人群，在静谧的乡间购买房屋以作度假之用或是安度晚年。不过年轻些的美国人似乎更加醉心于让自然安静的世界充满他们的各种四轮驱动越野

---

① 笔者应邀将原来的宣读文本发表于此，少有改动。而我感到有必要为那些想研究传播性沉默的人们提供一些最新的参考文献。以下一些参考文献会非常有助于人们对大多数文化/社会文化群体进行现代的、最新的研究：Acheson(2007)；Braithwaite(1999)；Bruneau(1985)；Bruneau(1995)；Bruneau(2007，in editorial review)；Bruneau 和 Ishii(1988)；Dauenhauer(1980)；Crawford(1997)；Enninger(1991)；Jaworski(1992，1997)；Jensen(1987)；Tannen 和 Troike(1985)和 Zerubavel(2006)。

车、卡车或是其他什么装置的高频噪音。令人感到身心愉悦的沉默/安静不存在于许多年轻美国人的生活氛围中。下文概述了美国沉默/安静的一些特点，探讨美国人如何有意识或无意识地理解沉默/安静。

美国人的综合的深层沉默的第一个主要特点是：这种沉默是一种"空洞"，或者说是某种极度消极的所在，不为人知。大多数美国人视沉默为一种消极空洞的神秘之物，潜藏于"所有事物"之后。在美国，沉默所表现的这种消极所在，既可以成为绝对和真实的，也可以只是一种想象——束缚于自相矛盾之中。为什么美国人将深层沉默视为消极的或不好的？原因之一是这样的沉默常常与死亡和静止、永远停止相等同。对于许多美国人来说，沉默不是生命中的活力因素，随时随地美丽地迸射出来。相反，许多美国人惧怕沉默，比如在"死亡之夜"，或者独自迷失在荒野时。他们往往像惧怕深层沉默和安静生活一样地惧怕独处；他们必须持续不断地接触他人、电视、广播、电话、电脑和其他传播通讯工具。对于许多人来说，独处时的深层沉默像一种空洞，让他们想到墓地。美国人的夜晚、独处和自然世界之边界，有待发现。在深层沉默所谓的消极空洞中隐藏着"什么东西"，它往往被视为主要的变因而受到人们无意识的惧怕。于是，语言填满了这种空洞，阻止某些个人思考与变化从这种沉默的思考/冥想中产生。对于许多美国人来说，在无意识的情况下，绝对沉寂中的消极沉默与信仰是人为制造出来的，为人所惧。人们本能地感觉到，这样的沉默会给个人自身和当前个性带来明显的变化。这是一种非理性思想转化而成的内心神圣或是消极空洞，它实际上是令人们惧怕的深层思维和思考体系。这种沉默被视为一种主要的变因，而许多美国人更希望感觉到自己拥有一种不变的恒定一致性。

第二个主要特点是有关"许多美国人如何理解沉默"：从某种程度上说，我们并不知道美国人是否尊敬或者崇拜沉默。人们会以消极或者积极眼光来看待一般性的空洞。崇拜一种不确定的东西，是将一个人有关存在的恐惧转化为既定的、有希望的形式下的一个目标或者体系。比如说，如果一个人以消极的方式尊重或崇拜沉默，那么他会感到某种评判或批评力量的存在，它观察着此人每天的行为（上帝或者某种俯视的力量也许会观察个人的自我）。这样的力量会以无意识的形式自我表现为一种焦虑，从某种程度上会有规律地出现。而以积极的方式崇拜沉默，则可以呈现出宇宙，成为广大而和谐的氛围或者平静而有规律的封闭体系。因此，大多数基督教音乐是"饱满圆润"的，表现了上方的天体宇宙音乐。这里，我们看到天堂会与地狱形成对比。人们往往通过宗教以沉默来接近景象的宏大、宇宙的空间、自然的美丽与壮观,因为它们是上帝的创造。

美国人还会把沉默/安静与美学体验以及知识深度相联系。对于大多数美国人来说(除了那些只接受过低等教育或是背景较差的人),对音乐、美术、诗歌、优秀的文学作品等的欣赏是一种通向静默的做法。深层思考、复杂思维、严肃决定等往往需要安静、不被打扰。思考需要"时间",时间在这里的意思与"沉思"相连,或者可以说是"精神的时间"。这有助于解释为什么存在空间上的静默;为什么在书房、图书馆要保持安静的环境;批评性的思考和非常细致的工作要在什么样的地方进行——比如法庭和医院的外科手术室。美国人似乎本能地感觉到创造与关爱、安静相联系,安静是进入认知不确定世界的途径。不仅如此,许多人在面对社会问题和个人问题时需要独处、需要一个安静的环境。在表达一定的情感时也需要安静,这样别人才会愿意说话。人们经常会遇到难以开口说话的情况。

美国人在说到沉默时常常会想到高深的专业知识和/或对英雄的崇敬,他们往往将沉默/安静与"权威"的概念相联系。"安静点儿,上帝在天上看着呢。"——许多人都有这样无意识的想法。人们常常将那些在组织等级中处于高位者等同为"最高权威"或神的代表。当某个位高权重者或是杰出人士近距离接触一般人/处于较低地位的人,后者就会保持安静(Bruneau,1973b)。老板或是其他组织机构的高级领导者们往往总是呆在非常安静的写字楼顶层或是很大的办公室里,低级职员很少能看到他们。确实,权威人士往往生活和工作在安静的环境中。高层是很安静的。在这点上,有名或是有钱的人也会受到他人静默的敬畏,也拥有自己的特权而呆在各种高级安静的环境中,与外界隔绝。

我常常把安静的地方或是空间叫做"安静地带"。吵闹在这种地方是被禁绝的(Bruneau,1973b)。对于美国大多数高级的组织性空间或者地方来说,这是一种通则。对于许多美国组织所仿效的军事组织来说,这同样也是通例。对于许多美国人来说,纪念碑、基地、教堂、博物馆、精神病院、监狱、图书馆、画廊、医院、法院、教学场所等都是"安静地带"。因此,人们将空间关系学(proxemics,交际者之间的空间问题)和美国人的客体语言(object language^①）与消减噪音或抑制说话相联系。庙宇等宗教空间往往是很安静的，人们视之为神圣之地或者说是接近最高宗教权威之地。此处还要指出的是，动作的减慢也与安静相联系。让自我安静下来、动作趋于缓慢，这些都与场所的安静相联系。在这样的地方，视觉上的纷扰之物往往很少，听觉上的空间受到控制。使用这些地方的人会对其加以安排，或者说建设这些地方的人会对其加以构建（Bruneau,1973b）。

美国人往往无意识地将安静与严肃的时刻以及重要的记忆相联系（Bru-neau,1979a）。这些时刻意义重大，与安静相连；而某些情况下，这种安静又与很大的声响/庆祝相辅相成。人生中的许多仪式庆典（比如一些典礼、特别的日子、受奖、特殊的纪念日或者特殊的时刻），往往是集体性的活动，因为纪念或者回忆（重现）的原因而需要保持安静。葬礼、体育比赛中失败者的更衣室、严重的交通事故现场、灾区等地方往往会长时间地抑制人们的交谈。在这样的安静之地或者说是安静区域有很多标志（符号、物体、方向标志）。这些标志让人们知道此地需要尊重，不能说话。

安静/沉默往往是一种精神的东西或者说是思考的方式。思考越是严肃，地方越是神圣，其权威越是要维持安静、希望其追随者遵守（Bruneau,1973a;1976）。在这一点上，对"个人自我的童年问题"和"遥远的历史事件/非历史（神话性）时间"进行深层思考，会让一个人陷入沉默。幻想、精神逃避、白日梦、追怀的喜悦、幻想等，会因为意识的或无意识的需要、对尊重的期望或是权威人物的要求形成保持安静/沉默的时刻。思考、冥想以及其他形式的关注活动，都充满了安静/沉默。对未来的思考也需要安静。因此，存在一种普遍性的沉默/安静，在这种环境下，社会文化团体中的交谈受到抑制——对于美国人来说，它所维持的沉默/安静过长了。在美国，生气的人和吝啬的人才会长时间地沉默，不说话会带来深深的歉疚与后悔。不过，下文也会讨论多种较短的沉默/安静。

---

① 译者注：客体语言（object language）是非语言交际的一种，是交际中的一种非语言手段，包括皮肤的修饰，身体气味的掩饰，衣着和化妆，个人用品的交际作用，家具和车辆提供的交际信息等。

大多数美国人通常如何表现简短的语言性与互动性多重沉默

　　我们在这里所谈的多重沉默仅是多重沉默中的一种,叫做"互动性沉默"(Bruneau,1973a)或者"人际沉默"。此外,还有心理性沉默,称为"心理语言沉默"(Bruneau,1973a;1979b),关注的是语言思维过程,与传播的编码和解码有关。美国人和其他来自社会文化团体的人们一样,会表现出与其语言形式相关的沉默。这种沉默使用于与他人交谈时,其形成方式与话语在人际/团体/公共讲演语境中的编码/解码方式相同。当人们在进行交际时遇到惊奇、迷惑、好奇或疑问等情况而皱眉时,这种沉默就会出现。我以前将这种沉默称为"问叹号"(?!),或是非语言"符号",或是精神标点;出现这种沉默时,与客观时间或是通常的时间意识相比,个人的时间意识会扩张或紧缩。

　　在不同的社会文化团体中,传播活动主要参与者发出、接收和理解沉默的特点不同。而人际关系或者组织关系的传播形式与这种特点有关。不过,对沉默进行跨文化的比较超出了本文的讨论范围。美国人往往会利用沉默来确证或获得信息。人们对外物施以关注的时候,其关注行为、留心关注程度——尤其是"内向关注"(attention inward)——情况多种,是有所不同、各有其特点的。而缺乏注意(inattention)往往被视为消极的,与"关注"(attention)相反。这是一种存在于美国人思想中的普遍而错误的对比,因为"内向关注"对于实现深层沉默/安静来说非常重要。一些文化团体似乎并不在关注和/或内向关注的程度方面有所不同。说话的同时在倾听,加上倾听自己的话语是非常有趣的现象,会因为文化的不同而在形式上有所差异。

　　美国人常常使用沉默来表示反应的缺失,也用以显示他们的不信任。他们会用一定的沉默来维持或改变人际的距离。换句话说,信任的水平与友谊的等级以及亲密的水平有关。这些水平反过来又成为沉默的特点指征(Bruneau,1976;1979a;1980)。这些沉默与传播参与者是否透彻地了解他人有关。沉默的出现显示了信任或者不信任,这种方式给了传播参与者如何发展相互关系的启示。美国人将互动性沉默作为显示/反映深层情感的一种方式来加以使用。深层情感往往要求更长时间的沉默。如果在沉默的场合人们不使用沉默,则会以重复性的声音、重复性的话语和某些情况下的重复单调的喊叫来代替。

当美国人认为某物非常不同、以前没见过或很少见到，或者认为某人长相/做法很奇怪，他们就会变得沉默。就好像他们不能看到这些东西，直到他们闭上嘴、停下正在做的事情（趋向于静止、减少活动或者停止）。差异和新鲜是美国人沉默背后的东西。这种沉默通常发生在陌生人靠近时、种族背景不同的人出现时、他人身上或是某种环境中出现不同的东西时。不过许多美国人会忽视这些差异，几乎习惯性地躲开或者视之为无物。明显的差异与新鲜的体验（*jamais vu* experiencing）有关，而与常见的、习惯性的体验（*déjà vu* experiencing）相对。

　　美国人常常在对他人做出论断和评价时使用互动性沉默。在人们进行交流的过程中，对社会环境和社会事件的评价会在这样的间断停顿中产生。群体中的美国人常常会在其他人说话时或者在其他人相互交谈时停止倾听，从而对某人或某事做出评论。他们在听的过程中做出这样的停顿，从而使论断和评价得以形成。沉默还会出现在人们做集体决定时或是讨论问题时。集体的沉默会出现在解决问题的关键时刻。它们与之前讨论过的对沉默的思考有关。

　　人们普遍使用沉默/安静来显示他们对各种组织机构中（比如邻里之间、家庭聚会当中）权威人士的尊重和崇敬。这种沉默/安静同样有助于维持上下级关系，有助于维持团体中不同人之间的等级顺序，有助于建立、维持或改变个人组织或团体组织中的支配关系以及力量结构。这种沉默不仅仅出现在地位较低、力量较弱、权力较少的人身上。这种沉默还与那些会对他人形成控制的人（如父母、警察、政府官员、老板、领导人、教练、老师等）对话语的抑制有关。

　　人们使用沉默来表达或显示人际的/组织性的尊重、崇敬或地位；与此相联系的是那些在控制他人行为方面握有确实力量的人，他们在地位上高于被控制者，对之加以控制或者领导。或许是有意识的，或许是无意识的，这些互动性沉默是积极性说服行为的基础，而这些说服行为会改变他人的行为、态度、思维或者活动。微笑或者凝视的眼神、皱眉或者鬼脸以及其他的肢体动作和面部表情往往会伴随这些沉默发生，起到强调和支持这种控制性沉默的作用。

　　美国人使用沉默的另一特点是有关一个社会文化团体中对社会角色和角色期望的维持。在"谁该说话"和"谁该听别人说话"（何时、何地以及何种方式）的问题上，美国人确实有一些规范式的预期。这些预期符合人们的社会、政治以及生活角色(妈妈、爸爸、姐妹、兄弟等)。和许多文化团体的情况不同的是,人们认为女性和男性应在不同的情景下说话或保持沉默。许多年以来,这些预期总是与女性、少数族裔以及边缘化人群相联系。这往往就是未被人们认识到的沉默的功能。由于人们往往习惯了这些沉默的存在,或者说意识不到,因此常常不能对这些沉默加以认识。沉默往往被视为"空的"间歇或是无意义——看起来好像只有词汇能加以解释。不过,它们往往是维持人际顺序和社会顺序的主要媒介物,承载了传播交流和其他非语言符号或信息。

互动性沉默在促进传播方面起到了辅助的作用。沉默的这种辅助性角色为参与交流的各人之间实现话轮转换(turn-taking)创造了合适的环境。沉默的许多目的都与人际交流和团体交流的性质有关。沉默的功能不仅存在于人际影响的范畴中,还为说话人和听话人之间的角色转换创造了可能。我们容易对沉默的这种明显功能视而不见。在话轮转换方面,美国人和其他社会文化团体(尤其是亚洲文化)有很大的不同。在许多地方,某一方在说话时不希望别人取代其角色。比如说在许多国家的课堂上,学生们最好不要插话,而要认真而尊重地听老师说。

美国人使用沉默,某些时候是为了掩藏自我及其精神能力的本质。这一点很明显,但是很少被人提及。通过沉默来掩藏是美国人的一大特点,也可在许多其他文化团体中看到。世界上的很多人(尤其是某些亚洲社会)认为美国人说得太多,不断地解释,想让自己的信息越清楚越好。而美国人这样说话往往是因为他们觉得只有通过语言才能表达自己的意思。不过,这样的说话方式往往也会因为压制了习惯于少说话的一方而对交流形成遮蔽和控制。这样不停地说也会有意无意地给美国人探寻深层自我带来一种障碍。美国人为了不说出什么东西而少说话,就会表现得和保持沉默一样。所以萨特(Jean Paul Sartre)曾说,如果说沉默有什么特别之处,那么它是很好的对话!对于一些来自其他社会文化团体的人们来说,这种作为对话的沉默看起来是有些矛盾的。

美国人还会以另一种方式来使用沉默,其他社会文化团体的人们很少认识到这一点。许多美国人会因为了解/确信他们的思想、现实等而感到骄傲。当他们很清楚自己在说什么,他们会继续垄断住发言的地位。很多时候,当他们被忽略或忽视时、当他们不知道话题或者不太想说话时,他们会对话语加以抑制。当沉默的时间过长,他们又会觉得紧张,然后说上很多;有时会大声地让所有人都听到他们的想法。事情似乎就是这样,因为他们感到什么东西出了问题。有些美国人会误解别人对他的沉默,因为过长的沉默似乎是在反对他所说的话。所以,当他人以长时间的沉默相对时,美国人会觉得别人不同意自己的意见或是还没有明白自己在说什么,于是就不停地说。这种情况往往发生在反馈较少的环境中。

美国人通常如何表达"使人沉默"

"使人沉默"是说服别人约束言语、动作、行为和其他表达形式的一种方法。所有的社会文化团体中都存在"使人沉默"的现象。"使人沉默"是在培养孩子、维持社会秩序和控制他人方面的一种文化适应模式。在本文的其他章节中,有关"美国人如何使用沉默和多重沉默"的论述,事实上说的不仅是"美国人如何表达沉默"、还包括"美国人如何限制他人的言语"。这里,我们不禁想到塞内卡人①的名言:"要让别人安静,先得让你自己安静。"

在美国,"回避"的方式、或者说使用沉默从而让别人沉默的方式有很多种。沉默是一把双刃剑。这与许多人对美国人的看法相反。人们会以吝啬、刻板印象、人际评价、忽视、区域性规定等形式对他人施以沉默,而这些反过来又刺激了沉默的产生。事实上,美国人确实会使他人沉默,其做法不会少于世界上的其他社会文化团体。美国大陆上许多被迫沉默的少数族裔的情况也是这样。美国人传播方式的优点大概和其他的社会文化团体一样多。世界上的许多文化中都会有大量的沉默以及话语仪式意义,人们认为非经常性的交谈对于维持他们的规范关系来说非常重要。不幸的是,在世界上的一些国家,如果谁说出了个人的态度或者信仰,他就会受到严厉的处罚甚至有性命之虞。所以,美国人对于自己崇尚言论自由是倍感自豪的。

总　结

与"美国人如何传播"的刻板印象相反,美国人确实使用沉默、多重沉默和使人沉默来帮助表达现实、社交和非社交的基本特性。美国人使用多重沉

---

①　译者注:塞内加族,早期居住在纽约州西部从塞尼卡湖到伊利湖的地区、现今居住在同一地区和安大略省东南地区的北美印第安族,塞内加族是早期的易洛魁联盟的最西部的成员。

默和使人沉默来进行传播的方式确实与其他地方的社会文化团体有不同之处。美国社会团体中的噪音吵闹并不如同表面可能看起来的那般。美国人确实说很多话,不过其中很多只是用来维持关系,或者用来有特性地、自我说明地定义我们的唯一性和特殊性。美国人似乎过多地使用口头语言,这些使用也可能阻碍了他们到沉默中去追寻更深的意义。如果一个人不断地说话,就可能因话语的浅层削弱其维系的自我中心的身份。在美国,由于这种身份经历了急速的变化,因此大量的口头语言似乎被用来掩饰个人的脆弱身份。当美国人到了国外、面对面地接触世界上那些更为沉默的人群时,往往会遇到很多问题。

作者注:此文乃 1982 年 6 月我参加太平洋传播协会日本东京明治大学会议时的与会论文,现应邀将此文投稿于 *China Media Research*,基本与原文保持一致,仅略作增改(如原文中没有摘要等)。本文是学界中首篇总结美国人使用沉默的方式的论文。

(本译文英文原载 *China Media Research*,September 2008/Vol. 4/No. 2)

References

Acheson,K. (2007). Silence in dispute. In C. S. Beck(Ed.),*Communication yearbook*(Vol. 31,pp. 2—59). Mahwah,NJ:Erlbaum.

Baker,S. J. (1955,July). The theory of silences. *Journal of General Psychology*,53,145—167.

Basso,K. H. (1970). To give up on words:Silence in Western Apache culture. *Southwestern Journal of Anthropology*,26(3),213—230.

Blackmur,R. P. (1957). The language of silence. In R. N. Anshen(Ed.),*Language:An enquiry into its meaning and function*(pp. 134—152). New York:Harper.

Braithwaite, C. H. (1990). Communicative silence: A cross-cultural study of Basso's hypothesis. In D. Carbaugh(Ed.),*Cultural communication and intercultural contact*(pp. 321—328). Hillsdale,NJ:Lawrence Erlbaum Associates.

Braithwaite,C. H. (1999). Cultural uses and interpretations of silence. In L. K. Guerrero,J. A. De Vito,& M. L. Hecht(Eds.),*Nonverbal communication reader* (2nd ed. , pp. 163 — 172). Prospect Heights, IL: Waveland Press.

Brown,N. (1959). *Life against death*. Middletown,CN: Wesleyan University Press.

Brummett,B. (1980,October). Toward a theory of silence as a political strategy. *Quarterly Journal of Speech*,66,289—303.

Bruneau,T. J. (1973a). Communicative silences: Forms and functions. *Journal of communication*, 23 (1), 17 — 46. Condensed and translated as: (1973). Le silence dans la communication. *Communication et language*,No. 20—4,*Trimestre,Le centre D'etude et le promotion*(pp. 1—15). Paris. It was also reprinted: In C. D. Mortensen(Ed.). (1979). *Basic readings in communication theory*(2nd ed. ,pp. 306—334). New York: Harper & Row.

Bruneau,T. J. (1973b, November). *Educational corridors: Nonverbal dimensions of spatio-temporal influence in a university hierarchy*. Paper presented at the annual meeting of the International Communication Association,Atlanta,GA.

Bruneau,T. J. (1974). *Some effects of the expansion of silent pausals on the comprehension and retention of spoken messages*. Unpublished doctoral dissertation,Pennsylvania State University(Dr. Ken Frandsen,Adviser).

Bruneau,T. J. (l976,July). *Silence,mind-time relativity,and interpersonal communication*. Paper presented at the 3rd conference of the International Society for the Study of Time,Alpbach,Austria.

Bruneau,T. J. (1979a,July). *Personal time: Hello-goodbye-in-between*. Paper presented at the 4th conference of the International Society for the Study of Time,Alpbach,Austria.

Bruneau,T. J. (1979b,July). Silencing and stilling process: The creative and temporal bases of signs. In *Proceedings of the second congress of the International Association for Semiotic Studies*,University of Vienna.

Bruneau,T. J. (1980). Chronemics and the verbal-nonverbal interface. In M. R. Key(Ed.),*The relationship of verbal and nonverbal communication* (pp. 101—117). The Hague, the Netherlands: Mouton.

Bruneau, T. J. (1985). Silencing and stilling process: The creative and temporal bases of signs. *Semiotica*, 56(3/4), 279—290.

Bruneau, T. J. (1995). Contemplation: The art of intrapersonal communication. In J. A. Aitken & L. J. Shedletsky(Eds.), *Intrapersonal communication processes*(208—217). Plymouth, MI: Midnight Oil Press.

Bruneau, T. J. (2007, in editorial review). Functions of communicative silences: East and West.

Bruneau, T. J., & Ishii, S. (1988). Communicative silences: East and West. *World Communication*, 17(1), 1—33.

Cage, J. (1961). *Silence: Lectures and writings*. Middletown, CN: Wesleyan University Press.

Crawford, L. (1997). Conflict and Tao. *Howard Journal of Communications*, 8(4), 357—370.

Crocker, J. (1980). Nine instructional exercises to teach silence. *Communication education*. 29(1), 72—77.

Ganguly, S. N. (1968). Culture, communication, and silence. *Philosophy and Phenomenology Research*, 29(2), 182—200.

Darrow, K. & Palmquist, B. (1975). Trans-cultural study guide. (2nd. Ed.), Volunteers in Asia.

Dauenhauer, B. P. (1980). Silence: The phenomenon and its ontological significance. Bloomington: Indiana University Press.

Enninger, W. (1991). Focus on silence across cultures. *Intercultural Communication Studies*, 1, 1—38.

Goldman-Eisler, F. (1968). *Psycholinguistics: Experiments in spontaneous speech*. London: Academic Press.

Hall, E. (1966). *The silent language*. Garden City, NY: Doubleday.

Jaworski, A. (1993). *The power of silence: Social and pragmatic perspectives*. Newbury Park, CA: Sage.

Jaworski, A. (Ed.). (1997). *Silence: Interdisciplinary perspectives*. Berlin: Mouton de Gruyter.

Jensen, J. V. (1973). Communicative functions of silences. *ETC: A Re-*

view of General Semantics,30,249—257.

Jensen,J. V. (1987)Rhetoric of East Asia: A bibliography. *Rhetorical Society Quarterly*,17(2),213—230.

Johannesen,R. L. (1974). The functions of silence: A plea for communication research.*Western Speech*,38,25—35.

Meerloo,J. A. M. (1970). *Along the fourth dimension*. New York:John Day Co.

Merton,T. (1949). *Seeds of contemplation*. Norfolk,CN: New Directions Books.

Merton,T. (1955). *No man is an island*. New York: Harcourt,Brace & Co.

Naotsuka, R. (1980). *Obeijin ga chinmoku suru toki: Ibunda kan komyunikeishon*[*When Europeans and Americans keep silent: Intercultural communication*]. Tokyo: Taishukan Shoten.

Picard,M. (1952). *The world of silence*(S. Godman,Trans). Chicago: Henry Regnery Co.

Reik,T. (1949). *Listening with a third ear*. New York: Farrar,Straus.

Scott,R. L. (1972). Rhetoric and silence.*Western Speech*,36,146—158.

Sontag,S. (1966). The aesthetics of silence. In S.

Sontag(Ed.),*Styles of radical will*(pp. 146—158). New York: Farrar,Straus,Giroux.

Steiner,G. (1967). *Language and silence*. New York: Ateneum.

Tannen,D. ,& Troike, M. S. (Eds.). (1985). *Perspectives on silence*. Norwood,NJ: Ablex.

Thaler, A. (1929). *Shakespeare's silences*. Cambridge, MA: Harvard University Press.

Wittgenstein,L. (1961). *Tractatus logico-philosophicus*(D. F. Pears & B. F. McGuinness,Trans.). London: Routledge & Kegan Paul.

Zerubavel,E. (2006). *The elephant in the room: Silence and denial in everyday life*.New York: Oxford University Press.

How Americans Use Silence and Silences to Communicate

Thomas J. Bruneau
Radford University, USA

Abstract: This article attempts to outline for the first time how most Americans or U. S. citizens regularly use silence, silences, and silencings to communicate. It is important for people attempting to communicate with Americans to know something about their uses of silences. Silences are understood here to be just as important as what people say because, to let silences in, concerns meanings of many kinds. The study of silence, silences, and silencings concern many new avenues to understanding human communication.

Keywords: Communicative silences, Americans, solitude, silence, silences, silencings

文化理论在实证研究中的蕴涵

周树华(Shuhua Zhou),[①]沈玢(Bin Shen)
美国阿拉巴马大学

[摘　要]本文在实证研究的框架下概括并总结了有关文化理论的若干问题。以文化背景为出发点,笔者将对高语境传播与低语境传播,个人主义与集体主义的文化理论进行对比分析。本章介绍了以这些理论为基础所衍生出的几个实证研究,以内容分析和实验研究的方法调查中美两国的广告在画面上的差异,并追踪研究画面差异对受众的情感、感知和购买意图造成的影响。

[关键词]文化理论,电视广告,画面研究,情感,感知,购买意图

　　要深刻理解一个国家的传播,首先要审视该国的文化状况,这是得到国际传播学界广泛认同的观点。传播的模式和实现通常都具有其独特的文化

---

　　① [作者简介]　周树华(Shuhua Zhou)博士,美国阿拉巴马大学传播与信息科学学院副教授。主要研究方向为媒介信息认知、媒介内容、媒介形式和媒介效应。已在《传媒心理学》、《新闻与大众传播季刊》、《传播研究》、《大众传播与社会》、《广告期刊》、《广播与电子媒介》等学术期刊发表多篇论文。原广东电视台新闻部记者、播音员、英语新闻组组长(1988－1993)。

　　沈玢(Bin Shen),美国阿拉巴马大学传播与信息科学学院研究生。

属性,换言之,传播在不同的文化背景下扮演着不同的角色。作为人际交流的一种形式,传播深受创作者和观众所处的历史阶段、所秉持的价值观和信念的影响(Taylor,Hoy,& Haley,1996)。毫无疑问,文化在传播的发展过程中起着举足轻重的作用。

在众多研究文化的理论中,最受学者关注的两个是语境传播理论和有关个人主义和集体主义的理论。学术研究的一项重要理念是研究应该具有理论诱因。因此,笔者试图通过具体案例来说明这些理论是如何被运用到实证研究中的。换句话说,文化差异是使这些研究合理化的理论起点。

高语境和低语境

境域性是一个通常被用来描述全球文化差异的理论建构。在人们传递信息内容,尤其是涉及信息的清晰度时,境域性的显著差异表现为高语境传播和低语境传播两种。在低语境文化背景下,大多数的信息会被赋予清晰的符号含义,所要陈述的内容将以尽可能简洁明了的形式出现(Hall & Hall,1987)。比如说,消息是明确的,但表达方式却很大程度上取决于到底要怎么说和怎么做。与之相对的是,高语境文化背景下的信息传播拥有大量相同或相似的知识和观念,因此,对信息做过多的解释似乎是多此一举。因为在高语境文化背景下,除了信息本身,更为亲密的人际关系、更为严格的社会等级制度和社会规范也同样影响着人际传播。中国的消费者就属于高语境文化的群体,他们往往惯于使用象征手法、非语体或间接的口头表示。而美国及大多数的西欧国家则被认为属于低语境文化的范畴(Hall & Hall,1987; Zandpour et al.,1992)。

传播内容深受所处文化的影响。有些学者甚至以高语境传播与低语境传播的界分为研究对象,证明了语境可以用来推测传播内容(Cho et al. 1999; Lin,2001)。Miracle 和他的同事共同所做的研究就是很好的例子。他们发现高语境文化下的广告通常使用情感元素来建立传播语境,而低语境文化下的广告则更多地使用直接的甚至是对抗性的声明来区分产品(Miracle,Taylor & Chang,1992; Miracle,Chang,& Taylor,1992)。其他的研究者也指出,高语境传播者习惯性地使用间接信息,更为频繁地使用画面线索,更加强调信息的深度而非广度。相反,低语境传播者更倾向于使用明确而非模棱两可的信息,更加强调信息的广度而非深度,从而达到对传播清晰度的要求(Lin,

1993；Roth，1992；Tai & Pae，2002）。

个人主义与集体主义

社会学家也运用个人主义和集体主义的概念来区分文化（Hofstede，1980）。个人主义文化背景下，独特性和自决被重视，具有首创精神和独立工作能力的个体将得到尊重。另一方面，集体主义却象征着更为紧密的个体联系。具有集体主义观念的个体将自己视为一个或多个集体的组成部分，并且在两者发生矛盾时更倾向于牺牲个人利益以维护集体利益。集体主义社会希望个体能在群体中获得自身认同感和协同工作能力，而群体则以提供保护作为个体忠诚和服从群体的回报（Earley & Gibson，1998；Triandis，1995）。已经有研究表明，中国与美国在个人主义与集体主义维度上的不同点代表着两国文化上的主要差异（Chan，1986；Ho，1979）。历史上，中国的集体主义文化强调家庭的重要性、社会利益和集体行动，而忽略个人目标和个体成就（Li，1978；Oh，1976）。而美国则以它粗朴的个人主义而闻名，它坚定地认为任何人都是不同于他人和集体的独立个体（Spence，1985）。

事实上，过去的研究已经证明个人主义和集体主义的理论框架对传播内容具有重要的影响。比如说，通过对杂志广告进行内容分析，韩国的广告表现出更倾向于使用集体主义的元素来吸引观众，而美国的广告则更注重个人主义元素的运用（Han & Shavitt，1994）。在对日美两国的广告进行对比研究后，学者们也发现了几乎相同的结果（Javalgi，Cutler，& Malhotra，1995）。

在上述两个理论的基础上，我们对西方和东方市场上的广告进行了关于电视画面吸引力的研究并将提出两组实验假设（Zhou，Zhou，& Xue，2005）。首先，文化背景的概念被用于审查有关画面特征的变量，包括：画面上的故事情节、画面比较、画面识别、节奏及主观视点镜头，也就是从受众的角度拍摄并显示受众所见到的事物的镜头。这些变量一度被用于研究电视新闻的戏剧性，而电视新闻的戏剧性与在限定的时间内表现一则电视广告具有十分相似的特点（Grabe & Zhou，2003；Grabe，Zhou，& Barnett，2001）。其次，个人主义与集体主义的概念被用于审查与文化表现形式有关的变量——比较诸如历史、传统或群体一致性等因素。

故事的表述

在低语境文化背景下,能鲜明彻底地表达观点是最为理想的传播状态,因为这样的文化背景强调的是客体被呈现的清晰度和准确度;而高语境文化背景下,表述则可以更加的模棱两可。为了测量信息的完整性,我们设计了一个与广告画面有关的变量以检验被测广告是否在画面上完整地呈现出了故事情节的开始、发展和结尾。显然,展现直白的广告内容最为有效的方式就是给予一系列画面上连续相关的镜头,这样,故事的完整性就会不证自明。结合文化背景理论,研究者认为,低语境文化下的广告将更多地运用画面上较为直白的故事内容以确保故事的完整性。因此,我们提出以下研究假设:

假设 1a:美国的广告比中国的广告在画面上拥有更加完整的故事情节。

另一种让信息变得清晰直白的方式是直接对广告产品进行比较。这样可以使产品的优缺点、竞争力和竞争对手变得显而易见。因此,我们提出以下研究假设:

假设 1b:美国的广告比中国的广告对产品进行了更多直观上的、画面上的比较。

因为低语境文化在运用清晰明确的信息表达想法和行动时更具有代表性(Hall & Hall,1987),所以,为了避免混淆,让观众尽快地了解广告中的产品,产品的品牌应该尽可能及早地在广告中得以呈现。过去的研究也曾指出,日本的广告比美国的广告更晚地在其内容中确认商品的品牌(Miracle, Taylor, & Chang,1992)。因此,根据文化背景理论,我们提出以下研究假设:

假设 1c:美国的广告比中国的广告更早地标示出商品的品牌。

为了在一则广告中涵盖尽可能多的信息,广告设计者必须在特定的时间内运用尽可能多的镜头。所以,低语境文化下的广告将比高语境文化下的广告拥有更快的节奏,也就是说,每个镜头的平均耗时更短。过去的实证研究表明,美国电视节目的节奏通常较快,这样做是为了更长时间地吸引观众的注意力(Lang,et al. 1999;Lang,et al. 2000)。另一方面,高语境文化下的消费者更倾向于从一则广告暗含的线索中读出它的弦外之音,因此,广告的节奏则会相对较慢以保证消费者能有足够的时间来思考每个镜头中的所有细节。比如,1987 年,Miracle 在其研究中发现日本的广告花了大量的时间来建立广告的情境,而这一研究结果也被后来的研究者所证实(Miracle,Taylor,

& Chang,1992)。因此：

假设 1d：美国的广告比中国的广告在节奏上更快。

电视摄像领域一个比较有趣的研究点是主观视点镜头，即摄像机模拟观众的视角进行拍摄。通常情况下，摄像机会从客观观察者的角度出发进行拍摄，这样，观众视野里出现的将是被观察的客体和行为。而运用了主观视点镜头后，观众将不再是活动的观察者而是参与者。在电视广告中，主观视点镜头通常被用来"带领"消费者体验广告商品的真正魅力，这样的信息传递方式在崇尚信息清晰度的低语境文化中是相当具有代表性的（Wells,1987）。而在高语境文化背景下，过多地运用主观视点镜头这种探究方法来阐述信息则显得有些画蛇添足，因为信息本身已经包含在了广告的情境当中。因此：

假设 1e：美国的广告比中国的广告在形象刻画上运用了更多的主观视点镜头。

另一项值得一提的镜头技术是直接对话，即广告演员或商品推销人透过镜头直接对观众说话。在 Messaris1994 年的研究中，他将这种镜头的表达方式称为"类空间行为"的一种，即通过巧妙的广告制作方式来模拟真实的生活情境。通过直接对话，观众与演员在真实世界中的空间距离和心理距离将被缩小，荧幕上的演员看起来也会更有亲切感。事实上，这种技术可以用来培养观众的依赖感，而这种依赖感正是强调集体主义的文化所推崇的。因为直接对话有助于在对话双方间建立更加紧密的联系（Grabe,Zhou,& Barnett,2001），使对方双方互相了解、互相信任，从而互相依存（Miracle,1987）。而在美国等强调个人主义的国家，额外地刻画这种依赖关系则显得不那么重要。因此：

假设 1f：美国的广告比中国的广告在形象刻画上更少地运用直接对话。

文化表现

在检验时间取向性（即在水平时间轴上以一个方向为主导）和文化的关系时，Pan 和他的同事（1994）发现：美国人更多地表现出对未来的推崇，以前瞻的态度来对待时间；而崇尚传统文化、追求高语境的中国人则更倾向于以传统为导向，以后顾的态度来对待时间。历史取向的社会强调传统的价值观和方法论，生长在这种环境里的人们在处理问题时有更为保守的态度，当问题涉及传统时也不会轻易改变自己的处世方法。结合这一原理，我们提出以下研究假设：

假设 2a：在尊重历史/传统的方面，美国的广告不如中国的广告彰显得强烈。

以往的研究结果显示：个人主义文化将广告的光环扣在了独立性、独特性、自我实现和个人成就上，而集体主义则更多地注重互相依存的状态、家庭的完整性和集体的利益(Belk & Bryce,1986；Han & Shavitt,1994；Miracle, Taylor,& Chang,1992；Mueller,1987)。因此，我们认为个人主义文化背景下制作的广告将会展现更多的个体形象和相对较少的集体形象。

假设 2b：较之中国的广告，美国的广告更少地展现集体形象。

在提出以上研究假设后，我们收集了有关中美两国广告的样本，并根据研究假设的分类对广告进行编码。研究结果以表格的形式显示如下：

表 1　卡方检验(χ2 检验)

	美国百分比	中国百分比	χ^2	df	p 值
画面故事情节	46.5(n=93)	32.0(n=64)	8.82	1	0.003**
商品比较	7.0(n= 14)	2.0 n= 4)	6.87	1	0.03*
品牌识别 (前段) (中段) (后段)	48.5(n=96) 25.2(n=50) 26.3(n=52)	33.5(n= 67) 15:5(n=31) 51.0(n= 102)	25.84	2	0.006**
主观视点镜头	16.0(n=32)	11.0(n=22)	2.14	1	0.14
直接对话	17.5(n=35)	23.5(n= 47)	2.21	1	0.14
对历史/传统的尊重度	1.0(n=2)	18.5(n=37)	34.62	1	0.00**
集体形象	65.5(n= 131)	46.5(n= 93)	14.67	2	0.001***

备注：* p<0.05，** p<0.01，*** p<0.01(与实验假设相悖)

如表 1 所示，本研究在类别设计上结合了广告中有关画面吸引力的各个变量以及高语境文化和低语境文化、个人主义和集体主义的分类。在故事表述方面，我们提出的假设是：低语境文化背景下，广告应该包含更加完整的信息，并且这些信息将以尽可能清晰明确的状态呈现。表格中的数据在某种程度上肯定了这一假设的有效性。相较中国的广告，美国的广告确实在画面上拥有更加完整的故事情节，更早地标示出商品的品牌，对产品进行了更多直观上的比较。至于有关节奏，主观视点镜头和直接对话的假设，表格中的数据却不能给予充分的支持。在对样本中的两组广告进行统计分析后,我们没有发现有关主观视点镜头和直接对话的显著差异,而且美国的广告在节奏上比中国的广告更慢,而非研究假设中提到的"更快"。另外值得一提的是,美国的广告比中国的广告运用了更多的集体形象;而中国的广告比美国的广告运用了更多的个体形象。研究者认为,这很可能是因为表现个人主义的方法之一是将个体形象置于集体形象中,通过对比来凸显个性。要对上述现象作更深刻的了解,请参见 Zhou et. al. (2005)。

画面差异让人们对广告有不同的感知,也因此使人们产生了对广告及其商品在情感和行为上的不同反应。为了更进一步了解这种差异带来的影响,我们将追踪研究画面上的故事情节、品牌识别和个体/集体形象三个变量。我们认为:与自身文化相和谐的视觉因素比非和谐的视觉因素对观众有更大的吸引力。同理,和谐的视觉因素才能更有效地影响观众的情感、对广告的感知和对商品的购买意图。因此,我们提出以下研究假设:

假设1:较之广告中非和谐的视觉因素,与自身文化相和谐的视觉因素能对观众的情感产生更加积极的影响。因此,画面上完整的故事情节,较早地标示出商品的品牌,集体形象的运用能对美国观众的情感产生更加积极的影响;而画面上不完整的故事情节,较晚地标示出商品的品牌,个体形象的运用能对中国观众的情感产生更加积极的影响。

假设2:较之广告中非和谐的视觉因素,与自身文化相和谐的视觉因素能对观众的感知产生更加积极的影响。因此,画面上完整的故事情节,较早地标示出商品的品牌,集体形象的运用能对美国观众的感知产生更加积极的影响;而画面上不完整的故事情节,较晚地标示出商品的品牌,个体形象的运用能对中国观众的感知产生更加积极的影响。

假设3:较之广告中非和谐的视觉因素,与自身文化相和谐的视觉因素能使观众产生更加强烈的购买意图。因此,画面上完整的故事情节,较早地标示出商品的品牌,集体形象的运用能使美国的观众产生更加强烈的购买意图;而画面上不完整的故事情节,较晚地标示出商品的品牌,个体形象的运用能使中国的观众产生更加强烈的购买意图。

研究方法

实验参与者:美国的实验样本由美国东南部一所规模较大的大学中的

228 位本科生组成。每位参与者在实验完成后都将获得一个实验学分。样本中,女性参与者比例(69％)比男性参与者比例(31％)更高。参与者中最小的16 岁,最大的 25 岁,平均年龄 20 岁。

而中国的实验样本由中国东部一所规模较大的大学中的 178 位本科生组成。每位参与者在实验完成后都将获得一个实验学分。样本中,女性参与者比例(74％)比男性参与者比例(26％)更高。参与者中最小的 17 岁,最大的25 岁,平均年龄 21 岁。由上述关于实验参与者的统计分析可知,两组样本具有相当强的可比性。

实验材料:在美国电视广播网数以千计的广告中,我们选出了八个在以上三组实验操作中极富代表性的电视广告并将它们运用到实验中。这三组实验操作的变量包括:画面上完整/不完整的故事情节,较早/较晚地标示出商品的品牌,个体/集体形象。换句话说,三个变量将形成一个有八种组合方式,即 $2\times2\times2$ 的析因设计。而选出来的八个广告将分别代表这八种类型的组合。因此,本实验采用的是一个 $2\times2\times2\times8$ 的重复测量设计。设计中,所有的实验参与者都将观看这八个广告,即八种组合。所有的电视广告都直接用 DVD 刻录机以 DVD-R 的形式刻录成光盘以保证广告的播放质量。对应于四组实验序列,我们刻录四张光盘以保证序列的随机性。

而三个因变量将以下列方式进行测量。

情感:情感反应将由实验参与者利用 SAM(Self-Assessment Mannequin 自我评估模型)对广告以评估的方式进行测量。SAM(自我评估模型)是一个以图像的正负价以及兴奋度为标尺的测量模型。在这个模型中,有两个以 9分为满分的标尺。量化后的两个标尺分别代表着从非常消极到非常积极的正负价,以及从非常冷静到非常兴奋的兴奋度。

感知:含有三个评估项,每一项有 7 分的语义区分量表被用来测量观众对广告的感知。这三个评估项包括:吸引的/不吸引的、愉快的/不愉快的、有趣的/无趣的。评估项的分数越低,观众对广告的感觉就越差。美国观众样本的量表信度值(Cronbachs' α 系数)处在 $0.70\sim0.93$ 的范围之内,平均值是0.86;而中国观众样本的感知值则处于 $0.65\sim0.86$ 的范围内,平均值是0.81。每个实验参与者对于一则广告的平均反应值将以该参与者对该广告的三个评估项的分数之和除以 3 的方式求得。

购买意图:含有四个评估项,每一项有 7 分的李克特(Likert-type)量表被用来测量观众的购买意图。这四个评估项包括:"我将尝试使用这项产品";

"我将购买这项产品";"我将积极地搜寻这项产品";"我将为自己购买这项产品或将其作为礼物而购买"。美国观众样本的量表信度值(Cronbachs'α系数)处在0.88~0.94的范围之内,平均值是0.92;而中国观众样本的感知值同样处于可信度的范围之内,表现为0.84~0.91,平均值是0.87。每个实验参与者对于一则广告的平均反应值将以该参与者对该广告的四个评估项的分数之和除以4的方式求得。

研究者对于视觉因素和谐与否及观众的情感、感知和购买意图的关系的推测与美国实验的结果相一致。三组研究结果都能有效地证明与美国文化背景相和谐的视觉因素才能更有效地影响美国观众的情感,对广告的感知和对商品的购买意图。正如表2所示,对于视觉因素较和谐的广告,观众给予了更高的正负价、更高的兴奋值和更好的感知值。同时,他们也表现出了更加强烈的购买意图。

表 2　美国观众样本的因变量平均值(及标准偏差)

| 因变量 | 自变量 | | | | | |
| | 画面 | | 品牌 | | 形象 | |
	完整	不完整	较早	较晚	集体	个体
正负价	7.01 $(1.61)_a$	6.68 $(1.63)_b$	7.10 $(1.56)_a$	6.59 $(1.68)_b$	6.98 $(1.63)_a$	6.71 $(1.61)_b$
兴奋度	5.29 $(2.08)_a$	4.52 $(2.13)_b$	5.16 $(2.08)_a$	4.66 $(2.13)_b$	5.44 $(2.05)_a$	4.37 $(2.15)_b$
感知	4.60 $(1.38)_a$	3.98 $(1.61)_b$	4.35 $(1.32)_a$	4.22 $(1.69)_b$	4.43 $(1.63)_a$	4.14 $(1.63)_b$
购买意图	4.62 $(1.62)_a$	3.86 $(1.70)_b$	4.41 $(1.70)_a$	4.07 $(1.62)_b$	4.43 $(1.61)_a$	4.07 $(1.71)_b$

备注:下标符号不同表示平均值在$p<0.05$时有显著差异;括号内的数值为标准偏差。

中国的实验数据与美国的实验数据具有很强的可比性。实验过程中,调查问卷、实验材料和程序都尽可能地保持一致;实验参与者的人口统计特征也尽可能地保持可比性;两边的实验组也尽量维持较高的可信度。值得特别指出的是,尽管实验的研究重心是画面,但考虑到语言上的障碍,中国学生到底能否适当而正确地理解美国的广告确实有可能对实验结果造成一定的影响。

与视觉因素应与文化背景相和谐的实验假设相一致的是,当广告的故事情节在画面上不完整时,它对中国观众的情感和购买意图有更加显著的影响。实验结果表明,与完整的故事情节相比,中国观众对于不完整的故事情节表现出更强烈的情感和购买意图。这与美国观众对完整的故事情节所表现出的愉快感和较高的购买意图刚好形成鲜明的对比。综上所述,当视觉因素与文化背景相和谐时,广告能对观众的情感和购买意图产生如实验假设所预期的结果。

至于感知的变量,实验中有两个因素产生了与假设相一致的结果。较晚地标示出商品的品牌和个体形象的运用能使中国的观众对广告产生更加正面的感知。这一结果使文化背景理论在实验中的运用再一次得到了肯定。

除此之外,中国的实验中也掺杂着非显著的或者说不具有统计意义的研究结果和研究发现,而且它们与实验假设是相悖的。对于这些不具有统计意义的实验结果,研究者认为很可能是因为统计检验力出了问题,因为中国的实验没有像美国的实验那样招募足够多的实验参与者。另一种解释是普遍存在于亚洲人处世态度中的"中庸之道"。持这种观念的实验参与者往往下意识地避免在测量表上做过于极端的评价,从而减弱了测量的差异性。

另一个有意思的发现是大多数能激发美国观众正面情感的画面却不能引起中国观众的共鸣。在中国的文化里,沉默、保守的处世态度才被视为明智的选择(Bond 1991)。因此,中国人冷静平和,变中求稳的价值取向很可能在广告激发情感的水平上会抵消一部分效果。在观看广告的过程中,中国的消费者也就理所当然不像西方的消费者那样表现活跃、畅所欲言,因为他们本身表达和展现兴奋情绪的欲望就不是那么强烈。但对于兴奋程度进行客观测量却是很不错的一种补救方式,比如通过测量获得皮肤导电性和心搏率的生理指标。

至于那些与研究假设相悖的实验结果,一个比较合理的解释是中国学生的价值取向可能与想象中的集体主义取向并不完全吻合。相关研究表明,中国的在校大学生是一个不同于中国传统大众的新兴群体(Zhou et al. 2002)。换句话说,中国大学生的价值取向有待进一步地研究和探讨,毕竟,改革开放30年来,中国社会一直都处在不断变革与急速发展之中。中国的年轻一代,尤其是身处城市的年轻人,很可能已经在日常生活中战略性地接受并运用了个人主义的价值取向(Weber,2000)。上述实验已经为我们更进一步的研究提出了极具开创性的建议——将实验的研究对象由在校大学生转变为普通观众。

从上述实验我们可以看出,文化的理论是产生这些实验的根源。事实上,不管研究的类型如何,研究重心和研究方法都以理论作为诱因是最为理想的研究状态。所有的知识都具有理论依赖性,所有的研究方法都受到理论的驱策,这是被古往今来的哲学家和科学家所不断证实的。所以,当理论与研究的联系能通过实证研究的方式更好地推动传播科学的发展时,询问、探索和理论解析将自然而然地以共存的状态被运用到实践中,并成为传播科学发展过程中不可或缺的组成部分。

表 3　　中国观众样本的因变量平均值(及标准偏差)

因变量	自变量					
	画面		品牌		形象	
	完整	不完整	较早	较晚	集体	个体
正负价	6.10 $(1.52)_a$	6.53 $(1.50)_b$	6.49 $(1.44)_a$	6.15 $(1.58)_b$	6.38 $(1.60)_a$	6.26 $(1.46)_a$
兴奋度	4.03 $(1.87)_a$	4.12 $(1.96)_a$	4.14 $(1.94)_a$	4.00 $(1.89)_a$	4.43 $(1.96)_a$	3.71 $(1.86)_b$
感知	3.56 $(1.36)_a$	3.13 $(1.17)_b$	3.26 $(1.23)_a$	3.42 $(1.31)_b$	3.20 $(1.30)_a$	3.48 $(1.24)_b$
购买意图	3.44 $(1.38)_a$	3.67 $(1.37)_b$	3.67 $(1.40)_a$	3.45 $(1.35)_b$	3.53 $(1.34)_a$	3.57 $(1.38)_a$

备注:下标符号不同表示平均值在 $p < 0.05$ 时有显著差异;括号内的数值为标准偏差。

References

Belk, R. W. & Wendy, J. B. (1986). Materialism and Individual Determinism in U. S. and Japanese Television Advertising. *Advances in Consumer Research*, Vol. 13(1),568—572. Richard J. Lutz(Ed.),Provo,UT:Association for Consumer Research.

Bond, M. H. (1991). *Beyond the Chinese face: Insights from Psychology*. Hong Kong,Oxford University Press(China)Ltd.

Chan, W. (1986). *Chu Hsi and Neo-Confucianism*. Honolulu:University of Hawaii Press.

Cho, B. , Kwon, U. , Gentry, J. W. , Jun, S. & Kropp, F. (1999). Cultural Values Reflected in Theme and Execution: A Comparative Study of U. S.

and Korean Television Commercials. *Journal of Advertising*, 28(4), 59
—73.

Earley, C. P. & Gibson, C. B. (1998). Taking Stock in Our Progress on
Individualism-Collectivism: 100 Years of Solidarity and Community. *Journal
of Management*, 24(3), 265—304. Retrieved from the web April 12, 2008, ht-
tp://web16. epnet. com/-bib12up.

Grabe, M. E. & Zhou, S. (2003). News as Aristotelian Drama: The Case
of 60 Minutes. *Mass Communication & Society*, 6(3), 313—336.

Grabe, M. E. , Zhou, S. & Barnett, B. (2001). Explicating Senstational-
ism in Television News: Content and the Bells and Whistles of Form. *Jour-
nal of Broadcasting & Electronic Media*, 45(4), 635—655.

Hall, E. T. , & Hall, M. R. (1987). *Hidden Differences: Doing Busi-
ness with the Japanese*. New York: Anchor Press.

Han, S. & Shavitt, S. (1994). Persuasion and Culture: Advertising Ap-
peals in Individualistic and Collectivistic Societies. *Journal of Experimental
Social Psychology*, 30(4), 326—350.

Ho, D. (1979). Psychological Implications of Collectivism: With Special
Reference to the Chinese Case and Maoist Dialectics. *Cross-cultural Contri-
butions to Psychology* (pp. 143—150), Eckensberger, L. H. , Lonner, W. J. ,
& Poortinga, Y. H. (Eds.), Amsterdam: Swets and Zeitlinger.

Hofstede, G. H. (1980). *Culture's Consequences, Beverly Hills*. CA:
Sage. Retrieved from the web April 12, 2008, http://web16. epnet.
com/-bib19up.

Javalgi, R. G. , Cutler, B. D. & Malhotra, N. K. (1995). Print Advertising
at the Component Level: A Cross-Cultural Comparison of the United States
and Japan. *Journal of Business Research*, 34(2), 117—124. Retrieved from
the web April 12, 2008, http://web4. epnet. com/-bib20up.

Lang, A. , Bolls, P. , Potter, R. F. & Kawahara, K. (1999). The Effects
of Production Pacing and Arousing Content on the Information Processing of
Television Messages. *Journal of Broadcasting and Electronic Media*, 43
(4), 451—476.

Lang, A. , Zhou, S. , Schwartz, N. , Bolls, P. & Potter, R. F. (2000). The

Effects of Edits on Arousal, Attention, and Memory for Television Messages: When an Edit is an Edit can an Edit be Too Much? *Journal of Broadcasting and Electronic Media*, 44(1), 1—18.

Li, D. J. (1978). *The Ageless Chinese*. New York: Charles Scribners.

Lin, C. A. (1993). Cultural Differences in Message Strategies: A Comparison between American and Japanese TV commercials. *Journal of Advertising Research*, 33(4), 40—48.

Lin, C. A. (2001) Cultural Values Reflected in Chinese and American Television Advertising. *Journal of Advertising*, 30(4), 83—94.

Messaris, P. (1994). *Visual Literacy: Image, Mind and Reality*. Boudler: Westview Press.

Miracle, G. E. (1987). *Feel-Do-Learn: An Alternative Sequence Underlying Japanese Consumer Response to Television Commercials*. The Proceedings of the 1987 Conference of the American Academy of Advertising, Columbia: University of South Carolina.

Miracle, G. E. , Taylor, C. R. & Chang, K. (1992). Culture and Advertising Executions: A comparison of Selected Characteristics of Japanese and U. S. Television Commercials. *Journal of International Consumer Marketing*, 4 (4), 89—113.

Miracle, G. E. , Chang, K. & Taylor, C. R. (1992), Culture and Advertising Executions: A Comparison of Selected Characteristics of Korean and US Television Commercials. *International Marketing Review*, 9(4), 5—17.

Mueller, B. (1987). Reflections of Culture: An Analysis of Japanese and American Advertising Appeals. *Journal of Advertising Research*, 27(3), 51 —59.

Oh, T. K. (1976). Theory Y in the People's Republic of China. *California Management Review*, 19(2), 77—84.

Pan, Z. , Chaffe, S. H. , Chu, G. C. & Ju, Y. (1994). *To See Ourselves: Comparing Traditional Chinese and American Cultural Values*. Boulder, CO: Westview Press.

Roth, M. S. (1992). Depth versus Breadth Strategies for Global Brand Management. *Journal of Advertising*, 21(2), 25—36.

Spence,J. T. (1985). Achievement American Style: The Rewards and Costs of Individualism. *American Psychologist* ,40(12),1285—1295.

Tai,H. C. ,& Pae,J. H. (2002). Effects of TV Advertising on Chinese Consumers: Local versus Foreign-sourced Commercials. *Journal of Marketing Management* ,18(1/2),49—72.

Taylor,R. ,Hoy,M. & Haley,E. (1996). How French Advertising Professionals Develop Creative Strategy. *Journal of Advertising* , 25(1),1—14.

Triandis,H. C. (1995). *Individualism and Collectivism*. Boulder,CO: Westview.

Weber,I. G. (2000). Shanghai Youth's Strategic Mobilization of Individualistic Values: Constructing Cultural Identity in the Age of Spiritual Civilization. *International Communication Studies* ,2,23—47.

Wells,W. (1987). Global Advertisers Should Pay Heed to Contextual Variations. *Marketing News* ,(Feburary 13),18.

Zandpour,F. ,Chang,C. , & Catlano,J. (1992). Stories,Symbols,and Straight Talk: A Comparative Analysis of France,Taiwanese,and U. S. TV Commercials. *Journal of Advertising Research* , 32(1),25—38.

Zhou,S. ,Xue,F. & Zhou,P. (2002). Self-esteem,Life-satisfaction and Materialism: Effects of Advertising Images on Chinese College Students. *Advances in International Marketing* ,12,243—261.

Zhou,S. ,Zhou,P. & Xue,F. (2005). Visual differences in US and Chinese commercials. *Journal of Advertising* , 34(1),111—119.

The Implications of Cultural Theories in Empirical Research

Shuhua Zhou, Bin Shen

College of Communication & Information Sciences

University of Alabama, U. S. A.

Abstract: This article summarizes several studies that utilize cultural theories in empirical research. We will first examine the perspectives of cultural context(high context versus low context)as well as theories of individualism and collectivism culture. Specific examples of empirical research using these as theoretical motivations were introduced. There include a study that investigated the visual differences of Chinese and US commercials and a follow-up study on the effects of visual differences on viewers' affect, perception and purchase intention.

Keywords: Cultural theories, Empirical research, Affect, Perception, Purchase intention

全球化社会的新媒体与文化认同

陈国明(Guo-Ming Chen)[①]

美国罗得岛大学

[摘　要] 近 20 年来,加速全球化社会发展的最大助力,非新媒体莫属。新媒体挟其数字性、融合性、互动性、多维文本性与虚拟性等强大特征,把人类的沟通与社会的互动提升到前所未有的紧密联结与复杂的地步。新媒体与全球化合流给人类行为和社会所带来的变迁,直接冲击到人们文化认同的构建与发展。新媒体的产生,在突破了文化认同的传统时空限制之时,既可能更有效地强化既存的文化认同的机制,也可能消解和改变文化认同的能量与构建。本文的目的乃在于阐释与分析全球化、新媒体与文化认同之间的这种错综复杂的关系。

[关键词] 新媒体,文化认同,全球化,数字性,融合性,互动性,多维文本性,虚拟性

---

①　[作者简介]　陈国明(Guo-Ming Chen),美国罗德岛大学传播学系教授,美国中国传播研究协会的奠基主席。著述丰厚,在传播学坛中颇有声望。现为华南理工大学新闻/传播学院与国际教育学院讲座教授,*China Media Research* 合作主编。

科技的突飞猛进,大大缩小了地球和世界的范畴。人群与人群之间、文化与文化之间所形成的全球依存性,已经成了当今生活的常态。这种把世界各个角落的人们相互联系起来的现象,把人类社会逐渐带领到所谓的"全球村"(global village)、"全球社区"(global community)、"全球社会"(global society)、"计算机化社区"(cyber-communities)、"虚拟社区"(virtual communities)或"网线城"(wired cities)的境地。这种人类社会的巨变,加上冷战的结束,促进了国与国之间权力互动的重组与意识形态的变迁,促使了不同学科领域的学者从各种不同的角度,来研究这个人类社会新发展可能带来的冲击与影响。

诸多研究中,有的学者从新媒体(new media)形成的所谓信息时代(information age)的角度,来观察人类社会在全球层次、政治领域、经济运作以及其他各方面的转型过程(叶启政,2003;Berger & Huntington,2003;O'Meara, Mehlinger, & Krain,2000);也有学者从跨文化沟通、跨国企业的经营与管理、国际间谈判与问题解决等方面,来理解新时代人们的沟通互动与新人类社会未来的可能走向(Adler,2002;Harris,Moran, & Moran,2007)。近年来,逐渐有学者开始注意到,在当今的全球化社会里,认同/身份(identity),特别是文化认同(cultural identity)的构建、协商、维系,甚至解体的问题(戴晓东,2007;Holmes,1997;Morley & Robins,1995;Tan,2005)。不管是形成于国内还是国家之间,文化认同在全球化潮流所引发的文化复杂与多元性的影响之下,是否有些会因此灭绝,是否会因此带来社会的失序,是否会因此引发不同族群、种族或宗教之间的冲突等问题,都属于研究的范畴。不过除了这些研究,学者们很少直接触及在全球化社会里,新媒体与文化认同之间的辩证关系。本文志在弥补这方面研究的空缺,试着探讨新媒体的生成给全球化社会带来的影响,以及这个全球化潮流如何冲击文化认同的过程。本文首先分析全球化这个概念的本质与内涵,接着讨论新媒体与全球化之间的关系,最后探讨新媒体与全球化的合一给文化认同带来的影响。

全 球 化

全球化是一股无法阻挡的潮流。进入了 21 世纪,意味着人类旧社会形态的转变或消失,接着而来的新社会,需要一种新的思考与生活的方式。这个新世纪的全球化社会,代表着多元文化的竞合与共生。人类不同社会或族群的交流互动,虽然已经有了几千年的历史(Lubbers,1998),但当今汹涌的全球化潮流及其对人类社会全面性的冲击,绝非前人所能想象。例如,从经济的角度来说,一个冀求在全球性的商业竞争中取得成功的现代企业公司,必须有能力寻找到各地开放的市场,在全球范围内开展经营活动并通过效率的提高获取足够的利润,了解不同地区的市场环境和与之相关的各种知识,满足不同地区顾客的需求,以及与竞争对手抢占全球性市场(Gupta & Govin-darajan,1997)。

从社会与文化的角度而言,全球化潮流在社区意识、市民身份的建立以及文化多元与认同等方面,都带来了重大的影响(Chen & Starosta,2000)。在全球化潮流的冲击之下,社区的意义已全然改变,传统封闭的社区意识(sense of community),已由新的以包容性与共同感为特征的新定义所取代。传统社区之间的围墙,因受到全球化潮流的席卷而倒塌。这个从地方延伸到全球社区的转变过程,为人们提供了一个学习如何和谐共处与思考如何建立一个理想的未来世界的机会与挑战。显而易见地,新世纪带来了全球化的社会,但并不意谓着一个新的人类社区意识会跟着降临。新的全球社区意识的建立,需要所有成员经由学习的过程,投入全球化社会的建设,才有可能显现出新社区对不同种族、文化、宗教、性别之间差异的包容性,或对全球社区存在着的各种差别、分歧、矛盾、对立、歧视、纷争与冲突的化解能力。换句话说,在这个新的全球社区里,经由沟通对话的过程,市民能自由地陈述各种思想、论点与信仰。新社区的最终目标就是要建立一个自主自觉的认同身份和一个整体性的社会环境。在这个整体性的社会环境里,市民们不仅能够和平共存,并且能够使他们自身和其他人的举止行为合理化。

这种全球社会市民身份(global citizenship)意指社会成员参与社区事务的状态。传统社区的意义既然已经改变,市民身份的意义自然也得重新定义。也就是如何处理同时具有当地社区(local community)、国家社区(national community)与全球社区(global community)市民身份的问题。地方社区的身份、国民的身份和全球社会的市民身份可以等同视之吗? 如果不行,该如何协调彼此之间所产生的摩擦呢? 基于在全球社会里,没有任何一个社区的市民有权力利用因文化的差异所形成的权势,来排拒或剥削各社区之间平等身份的假设,如何经由教育来整合多元的文化认同和利益,建立一个崭新的全球市民文化(global civic culture),发展一种自愿式的多元主义,协助各层市民培养"全球沟通能力"(global communication competency),就成了应对全球化潮流冲击的要务(Chen,2005；Lynch,1992)。

至于文化多元(cultural diversity)与文化认同(cultural identity)，则是一个铜板的两面，它们反映出全球化社会里，文化同构型与异质性(homogeneity/ heterogeneity)，或文化多元性与殊异性(pluralism/particularism)两股矛盾对立势力之间拉锯般的既辩证又对话的关系(Chuang,2000；Zhong,2000)。这种 Naisbitt(2000)把它称为"全球化的悖论"(global paradox)的有趣而令人迷惑的现象，明显地存在于全球化的社会中。全球化的悖论表现了因全球化潮流的推动，整个人类社会在逐渐趋同的同时，当地的各种小族群或团体的势力也随之增强，如何在这种既同化又分化的阴阳对立又相成的全球化社会，开发出一套崭新且适用的思路与行为，也是全球化潮流所带来的挑战。

从以上关于全球化潮流的本质与影响的分析，我们可以归纳出以下几个特征。首先，全球化本身是一个具有高度动态性的辩证过程。它不仅提供了一个整合不同文化而达到大同社会的可能性，而且同时鼓励各族群文化认同的追求。全球化的过程，表面上虽然似乎是西化或美国化的一种文化帝国主义的化身，但其实它也提供了一个让边缘文化发声与重视多元性的潜在机会。因此，如何均衡全球化与本土化，或文化多元与文化认同之间的拉锯，是成就人类未来的寄托。

其次，全球化潮流无孔不入，影响人类社会各个角落，无人能够逃离它的冲击。全球性的经济与商业活动、各种宗教的冲突与对话、移民与游客在各大州的出入、蜂拥而起的族群之间的分分合合、不同文化相互间的交流与对抗等，无一不在显示着全球化的普遍渗透性。这种彼此渗透所可能带来的结果，是人类社会对时间与空间认知的改变，社会结构与功能的调整，以及价值观或宗教信仰的折冲樽俎；它逐渐建立了一个以互动联结性(interactive interconnectedness)为基础的架构，人类社会不再是一个孤岛。Rhinesmith(1996)因此，全球化渗透性所带来的这种不可避免的人类互依互赖的特性，要求人们不需追问全球化是否会继续前进的问题，而是如何在这个联结网络里，经由良性的互动来获取双方最大的利益，体现与维持全球化社区的包容性与共同感。

再次，全球化显现了文化混合的情况。国界的渐趋模糊、族群的多方互动、人口的大量外移、政治意识形态的突破等潮流，给文化传递开出了一条宽广的大道。文化交流产生的涵化与同化作用，可能使混合性的新文化因此而形成。这种文化的混合,看似是西方强势文化单向趋入弱势边缘文化,但有学者认为反向的渗透,其实是同时存在的(Walters,1995),只有双向的交互影响,文化混合的状态才有可能发生。当然,理想的文化混合,不在于一个统一或集权式的权力掌握,而是在杂揉的过程中寻找出秩序,经由不断的协商谈判,彼此交换自己族裔文化的要素和意义。

全球化潮流带来了时空压缩、文化趋同又分化、经济因素无孔不入等现象,除了交通科技的贡献之外,传播媒体的日新月异与无远弗届的功能,是为全球化潮流推波助澜的主要因素。新媒体因操作的便利与跨时空的虚拟环境的容易运作,在加速人类社会全球化的速度之时,更衍生出了前面所讨论的各种问题。以下就来分析新媒体与全球化之间的关系,并进而讨论它们对文化认同所带来的影响。

新媒体与全球化

新媒体之所以"新",不在于它的形式,而在于它的功能。新媒体延续了传统的人际间(interpersonal)媒体与大众(mass)媒体的形式,但它突破了人际间媒体只能一对一地传播讯息,以及大众媒体无法在传播给众多阅听人的同时把讯息个人化的局限,继承了人际间传播互动双方可以同时享有均等操控讯息,与大众传播可以由一个人操控讯息的特色(Crosbie,2002)。

带动全球化潮流的新媒体,主要结合了20世纪来的几项科学技术。其中包括了20世纪40年代出现的数字通信(digital communication)、60年代出现的 Transmission Control Protocol/Internet Protocol(TCP/IP)、70年代出现的 APRANET 与个人计算机、80年代出现的 Hyper Text Transfer Protocol(HTTP),以及90年代开始大众化的因特网(Internet)。换句话说,新媒体整合了信息技术(computing/information technology)、传播网络以及数字媒体与信息等形式(Barr,2000)。也有学者认为,新媒体的产生,给人类社会带来了农业与工业两次巨大革命之后,可称为"信息革命"(information revolution)的第三次大转变。这个促使全球化潮流澎湃汹涌的新媒体,具有五大特征:数字性(digitality)、融合性(convergency)、互动性(interactivity)、多维文本性(hypertextuality)与虚拟性(virtuality)(关世杰,2006;Flew,2005;Lister,Dovery,Giddings,Grant,& Kelly,2003;Manovich,2003)。

新媒体其实就是数字媒体(digital media)的同义词。数字媒体把所有文本、声音、影像等数据转化成简单的 0 与 1 的两位数字(binary code),也就是把传统如报纸的模拟性(analog nature)媒体转化为如计算机之数字性(digital nature)媒体。经由转换为数字之后,在数字媒体内的数据,立刻可以在生产的过程任意行使数学加、减、乘、除的运算功能,一个全然不同的媒体生产与营销系统因之形成。这种从模拟性转变为数字性的结果,意味着媒体文本的去物质化(dematerialized),大量的数据可以压缩到一个很小的空间,并可以被极快且容易地取用与操纵。

与数字化息息相关的新媒体另一个特色是融合性(convergency)。融合性指新媒体成功地整合了电算、电子传播、媒体与信息的形式与功能。根据Barr(2000)的说法,新媒体的融合功能表现在三个方面。一是功能性融合(functional convergence),把信息与媒体内容逐渐地经由计算机信息科技系统和经由宽带传播网络传输到使用人。这可以从 20 世纪 90 年代数字化后的因特网,大大强过 20 世纪 80 年代开始使用的行动电话、传真机、CD、卫星电视与个人计算机等的功能可以看出。二是促使计算机业与信息科技、电子传播与媒体产业之间相互联合、兼并的工业融合(industry convergence)。时代集团与华纳传播公司的合并、AT&T 购买 TCI、微软与美国国家广播播公司(NBC)合成 MSNBC,都是很好的例子。三是产品与服务的融合(products and services convergence),指媒体与信息产业利用宽带设施、数字化功能、与产品服务的互动以迎合顾客品味性之便利的一种合成形式。这可以从电子买卖之资金传送、经由因特网在家上班、在线交易、多功能手机、Playstation、X-Box 或数字化电视等产品与服务得到印证。新媒体的融合功能,明显地在人类社会里把器物、传输、产品与服务连成一体 。

数字性与融合性是新媒体本身就已具有的特质,互动性(interactivity)却是大部分新媒体所追求的目标。互动性专指那些新媒体使用者利用信息资源与系统的选择与控制的程度。例如,因特网就是具有高度互动性的新媒体。在因特网传播的过程中,参与者在在线使用信息与彼此交流的同时,可以制造档案、数据库和新形式的信息,而且参与者可以随时回顾、响应与修正这些已经制造的数据。互动性这种极大化消费者对媒体信息选择的特征,赋予了新媒体无比神奇的威力(Aarseth,1997;Newhagen & Rafaeli,1996)。进一步来说,新媒体的互动性包含了互联(interconnectivity)与交互操作(interoperability)两个元素,只有这两个要素同时到位,互动性的功能才算成立;前者指不同网络之间互动的容易性,后者指经由不同操作系统取得不同种类之信息的容易性。新媒体的互动性,直捣传统人类社会对成规、守序、组织、与智能专权的重视,而推动弹性、选择权、创意、以及个人智力的解放(Barry,2001)。

多维文本性(hypertextuality)指的是新媒体的网络(networking)功能,也就是新媒体载运大量信息在一连串相互联结的网络据点(node)上来去自如的能力。这种有别于传统信息线性传递的网状结构把数据自由地连接起来,形成了一个全球性的中心网,使讯息的传播不再受到传统僵化、集权与层级性的限制,而变得更自由、更开放、更具有弹性、更能适应不同形态。Castells(2000)指出,当今新媒体的网络功能,在本质上把人类的生活经验、生产过程、权力运作与文化形态带入了一个不同的境地。这个新兴的"网络社会"(network society)改变了人们社会互动的逻辑,并促成了一个资金流动与经营管理都在全球网络里进行的新经济体系。"9·11"恐怖袭击事件,也显示了本·拉登利用新媒体的网络功能来整合与指挥 Al-Qaida 的行动,在政治上可能带来的冲击。从另一个角度来看,信息在联结网络上自由奔驰的现象,意味着信息文本的多维化。信息在网络不同据点自由流动时不断受到篡改、修正的结果,使得文本的再现千变万化。受到这种瞬息万变的信息(包括可视化文本)洗礼的人们的意识,很可能产生难以预料的变化(Bolter & Grusin,1999)。

最后,新媒体的虚拟性(virtuality)有两种意义。一是指由仿真与形象科技所制造出来的虚拟空间,浸濡于中的人们经由虚拟互动过程,建立了一个虚拟的经验与实境(virtual reality)。这种把视觉、触觉与听觉等感官结合并与使用者实实在在的肉身分离的现象,在实境与幻境之间形成了一道痕沟。二是指网络互动时,双方所感觉到的那个网络空间(cyberspace)。这个空间不是指如人际间沟通时互动双方所实际占据的地点,而是像打电话时存在于双方之间那个看不见的空间(Mirzoeff,1999)。在网络空间中,互动者可以轻易地自我改变个性、性别、社会地位与外表长相,也可以跨空间、政治或其他界域,建立不同的联系或虚拟社区。可见,新媒体制造的虚拟空间改变了人们日常生活各方面的经验活动,不仅对"实境"的传统认知与意义带来了直接的挑战,也对人们如何建立自我的意识和认同造成了冲击。一个人类社会前所未有的虚拟文化(cyberculture)、网络国度(net nation)或虚拟社会(cybers-ociety)正在形成(Bailey,1997;Baym,1995;Jones,1995;Silver,2000)。

新媒体的这些特性凸显了"病毒性传播"(viral communications)的真实

性(Lippman & Reed,2003)。数字化、融合性与互动性的功能使新媒体信息传递的速度加快、联结面增广、运输量变大、适应力更强,而且短时间内经由网络的四通八达,在虚空间里如星星之火可以燎原,使得文本本身好似变形虫,形式、内容与意义分秒之间换了脸面。新媒体科技的这些功能与全球化合流,成了推动与加速全球化潮流的主要助力,使全球化潮流进入20世纪之后得到了前所未有的发展。全球化潮流的急剧奔驰,也同时给新媒体提供一个更进一步向前发展的空间,两者相辅相成,给人类社会带来前所未有的影响。

Miller和Bruenger(2007)以Foucault(1988)论及科技发展可能对个人到社会全面性带来不同危机的架构为依据,从生产、符号系统、权力与个人等角度分析新媒体对人类社会的冲击时提到,计算机化科技把后现代社会传播、市场与文化的模式,从大众化系统转化为全球病毒性传播的样态。他们认为新媒体科技在生产方面,赋予了消费者生产与营销的能力,结果造成文化的去大众化(demassification)。在符号系统方面,如简缩语(Leetspeak)、图解语(iconography)和情绪表征语(emoticons)等多维式文本取代了传统的语言,造成了超定义(transdefinition)的现象,结果带来了艺术/商品或新闻/娱乐的去物质化(dematerialization)。在权力方面,跨国界、跨文化与跨商业等全球化的潮流解构了传统制度与权威的由上而下形成平行的结构。在个人影响方面,公共与私人领域变得无法区分(dedifferentiation),知识与经验变得商品化(commodification),结果造成了个人身心与行为的蜕变。仔细看来,这种文化全球化的发展,实际上可能是人类"思考与制定系统脱序的现象,且最终可能会带来文化去文明(decivilization)的后果"(p.93)。Miller和Bruenger的论述似有杞人忧天之嫌,但却很清楚地描绘出新媒体与全球化的合流对整个人类社会可能带来的巨大冲击。

新媒体与全球化彼此之间辩证的关系,一直尚未有定论。有些学者指出,人类在制造新科技的同时,也制造了新科技对人类社会翻天覆地之影响的神话。例如,Garnham(见李金铨等,2007)认为,新媒体从理论上来说一点也不新,因为新媒体科技根本改变不了人们对世界的认知方式。数字化的新媒体科技对无中介传播的设想、直接民主的期望或带来新的启蒙与解决人类社会的冲突的说法等,充其量只不过是"一种重温旧梦式的诉求"(p.5)。或者可以说,新媒体顶多只是影响人类社会的因素之一而已。Ferguson(1992)在更早的时候,也提出了新媒体科技所推波助澜而成的所谓的全球化社会存在着诸多似是而非的神话。她指出,全球化在许多方面存在种种问题。

虽然大家同时关注到全球化潮流可能已经带来了从个别国家观念到世界性地缘政治观念的转变,但是全球化到底是一个正在形成的历史过程,还是在经济与文化上已经形成了一个全球的体系,仍然是争论不休,没有形成共识。从 20 世纪 80 年代起,全球化在北美、西欧与日本等国家和地区,开始对政治、科学、经济、科技与自由市场等方面产生重大的冲击,但这并不能证明这些冲击所带来的时空压缩,能够促成一个在政治与文化上相互联系的"合模的全球超文化"(homogenized global metaculture)。

人们似乎更为关心的是在全球化过程中攫取政治与商业利益的那些强势国家与商业集团,而忽略了那些在物质、政治、文化或军事方面受到搜刮与剥削的一方。这种把全球化当作是单向流动,而且似乎是一种经由新媒体的联结力与物质和符号交换所形成的一个超国家之世界的价值中立的过程,把新媒体与全球化结合的影响看得过于单纯。这些问题一再显示,媒体科技决定论者关于全球普遍性文化的到来的论断,仍然言之过早;文化因果论者的"这个文化注定全球化了另外那个文化"的主张,仍然失之偏颇。

有些学者认为,新媒体与全球化潮流的合流,已经给人类社会带来了无法再回头的革命。例如,杜骏飞(见李金铨等,2007)认为,新媒体革命对人类的世界认知已经造成了深远的影响,因为当今社会的事实是:"新媒介即人;虚拟即现实;结构即内容"(p.11)。"新媒介即人"意味着人与信息合一,不再是一个课题,而是新媒体互动的核心。"虚拟即现实"强调在网络世界就如同人们现今使用电话时那种真实的感觉,那种虚拟的实境其实就是真实的本身。"结构即内容"指新媒体的内容乃是依赖具有自组织功能的结构来实现的,这个自组织本身可以生成意义,使用者参与沟通的过程,就是参与结构建立和修正,以及同时生成各种意义之内容的过程,结构与内容已不可分。

陈国明(2007)与 Chen(2007)则强调新媒体科技近 20 年来在发达国家以及一些发展中国家教育系统的引入,也开始改变了新一代人类的思考运作与生活方式。例如,Mammett & Barrell(2002)和 Olson & Pollard(2004)认为,新媒体能跨媒体随时转换内容,提供了讯息设计的新美学观;可以刻意制造的虚拟经验,提供了一个全然投入与多重的感官活动;随时取样生产媒体内容,提供了一个自由发挥创意思考的空间。此外,影像游戏的网络化,提供了影像与文字叙述结合的经验;生产与改变实境的操纵性,提供了一个同时可以表演与制造文本的机会;新媒体非线性思考的特征,提供了转换使用者的认知系统等功能。以上种种因素无疑将会塑造出一个与上一代和当代在认知、情感、态度与行为等方面大大不同的新新人类。

Jones(1997)进一步认为,新媒体科技一方面可以用来改善人类生活,另一方面却会破坏人类生活。仅仅"在网上我们到底是谁?"(p.9)这个短短的问题,就可以嗅出新媒体所散发出来的令人困惑的气息。除了社群与社交关系这方面的影响之外,新媒体对前面提及与全球化潮流合一后,对社区意识的调适、市民社会的建立与社区公民身份的扮演等带来强大的影响,是毋庸置疑的。诚如 Turkle(1995)所言,活在新媒体科技主导的全球化的当代社会,我们所能做的是培养"对新的工作、新的职业方向、新的性别角色和新的科技的适应与改变的能力"(p.255)。

最后,Lister 等人(2003)把新媒体与全球化合一对人类的影响,总结归纳成以下六个项目:

(1)崭新的文本经验——新媒体带来了新的使用形态、文本形式、娱乐种类等多元的文本经验。

(2)崭新的呈现世界的方法——尤其是虚拟环境与屏幕上互动性多媒体的功能,提供了一种经验再现的新方法。

(3)崭新的主体与媒体科技的关系——新媒体改变了人们对传播讯息与形象的使用与接收的方法,以及对媒体科技隐含之意义的诠释。

(4)崭新的具象化(embodiment)、身份认同与社区之间的关系——新媒体在地方与全球的层次,改变了人类在时空的界域内对自己与社会的经验。

(5)崭新的对人的躯体与科技媒体之间的认知——新媒体给人类带来了如何区别人与机器、真实与虚拟之不同的挑战。

(6)崭新的组织与生产形态——新媒体在文化、工业、经济、使用、所有权、控制与制约等方面的重新调整与整合所带来的冲击。(p.12)

新媒体与全球化合一对人类社会影响的两极化论辩对有助于人们对这一现象的深入的理解,但无助于问题的解决。论辩双方的共同点是:新媒体的存在是个事实,全球化潮流加速前进也是事实。而对于新媒体和全球化合一对人类社会带来影响的虚实、强弱、深浅与宽窄,论辩双方则有着不同的认识。关于新媒体和全球化合一的影响的例子,唾手可得。例如,"后舍男生"充分地展现了新媒体在全球化社会纵横驰骋的巨大威力。"后舍男生"以音乐业余玩家的技巧,在中国广州的一间大学宿舍里,以唇音对配的方式,再现了美国著名的"后街男孩"(Backstreet Boys)的歌曲,并以华语流行音乐

(Mandopop)的方式制成影像,于 2005 年在校内的网络上发放,便利其他同学下载。结果竟然因此一传十,十传百,没多久的时间,众多人从 Youtube 网站认识了"后舍男生"这个二重唱组合。他们不仅得到美国主流媒体的赏识,还成了 2006 年度 Motorola 手机与中国新浪网的代言人。

新媒体与全球化潮流的结合,对人类社会的影响是多元与逐渐深远的。以下就从文化认同的角度,来考察这个影响。

新媒体、全球化与文化认同

全球化潮流所引发的大量移民潮,造成许多人身居异乡。为了维护自我族群的文化认同,使用媒体作为彼此互通讯息的沟通手段,在移民社区时而可见。Lum(1996)的研究即显示,Karaoke 作为一种混合式的媒体,是美国唐人街华裔用来表达、维护、构建与再构建社会与文化认同的工具。Long & Chen(2007)也发现,因特网的使用,对 12 到 18 岁青少年在决策、认同形成、自我反思与自我优点等自我认同发展的不同方面,具有显著性的影响。之所以如此,乃是因为新媒体的虚拟环境摆脱了传统式互动的限制,使用者可以无拘无束地表达己见,同时找到了一个可以归属的社交团体,个人的心理需求因此得到了满足(MeKenna & Bargh,1999,2000)。当这些互动者在一个虚拟环境持续作为一个互动群的成员,经过一段时间之后,成员会自然地从自我认同,提升到一个去个人化的集体意识的层次,社会认同(social identity)乃由此而生。文化是一个团体的概念,文化认同的生成也与此类同。Post-mes,Spears,& Lea(1998)更发现,在新媒体的虚拟空间里,参与者随时可以重新调整或移除这种个人或团体认同的边界,由此可以看出认同本身是一个流动性、因环境的不同而变迁的现象。另外,虚拟空间里所形成的社群意识与一般团体类似,都具有活动、社交组织、语言与认同的特征。不过,虚拟社群的联结性较弱,受时空的限制较少,而且异质性较高(Van Dijk,1998)。

文化认同的形成,来自内在自我和个人与所属团体之间的互动与谈判协商,当个人的兴趣与信仰和外在团体经验相符时,团体或文化认同的强度会逐渐加深(Martin & Nakayama,1997)。更准确地说,文化认同是社群沟通系统在一个特殊环境下所产生的一个特殊性的征象;它是在互动者彼此协商、挑战与强化的过程中产生的。Collier(1994,2000)认为文化认同有七个特质:(1)它是一个自我宣称(avowl)的认知作用;(2)它经由符号与规范来表达;

（3）它是建立在个人与社群之间的联结关系形式；（4）它是既持久又具高度动态性的；（5）它经由认知、情感与行为的表现，来反映该社群所思、所感与所说；（6）它浮现在人们互动信息的内容与关系层面；（7）它在不同情境下显现出不同的鲜明与变异的程度。

文化认同的发展，通常经由三个阶段（陈国明，2003；Phinney，1993）。首先，在未审（Unexamined）的时期，个人没有意识到文化认同的存在，在社会化的过程中对亲朋、报章杂志所言照单全收。在这个初级阶段，个人表现出文化刻板印象、文化偏见、文化褊狭（cultural parochialism）或民族中心主义等狭隘与排外的倾向。第二个阶段是搜索期。随着年龄与经验的增长，个人开始对自己与环境加以反思、比较甚至批判，强化、持续接受、怀疑或挑战自己的文化认同的现象由此产生。最后是文化认同的完成期，个人表现出对自我文化认同的信心与肯定。在这个阶段，个人有可能成为 Adler（1998）所谓的"多元文化人"（multicultural man），心理具有弹性，能够适应不同的情况，心胸也变得更开放，随时保持着迎接变化之挑战的状态。这已不仅是单文化认同的素养，而是能够游移在不同文化之间的跨文化认同（Kim 1994，1996）。

文化认同的种类众说纷纭，根据 Belay（1996）的看法，在全球化的范畴中讨论文化认同，其分类必须具有持续与同一性。他认为文化认同可分为社会认同（sociological identities）、职业认同（occupational identities）、地理认同（geobasic identities）、国家认同（national identities）、共文化认同（co-cultural identities）与族群认同（ethnic identities）六种形态。社会认同研究性别、年龄、社会层级、宗教与弱势团体等相关的问题；职业认同则与工作环境方面的问题相关；地理认同其实是指种族认同（racial identities），特别关注于不同种族生活在同一个地理环境的情况；国家认同建立在公民的法定权力与义务上，是当代人类最为强势的文化认同；共文化认同关注一个国家内不同种族文化的认同；族群认同专指在一个国家文化内，因生理特征、语言、宗教信仰或族谱的相近所形成的社群认同。

除了前面 Collier 从文化认同的内涵所提到的七个特质之外，这些属于文化认同范畴的种类，同时具有五大特性（Belay，1996）。首先，文化认同具有时间性，它是经由历史的发展所生成的。其次，文化认同具有空间性，它是一群人在维护或宣称的一个具有意义的特殊地理空间内形成的。第三，文化认同具有对照性（contrastivity），它是经由一种意义构建过程所形成的与其他社群不同的集体意识。第四，文化认同具有互动性，它因社交互动而生，同时存在于个人、团体与两造关系之间。第五,文化认同具有多样性,前面提到的六个文化认同形态说明了这个特性。

把具有上述内涵与特性的文化认同放置在全球化社会脉络里来探讨,我们发现由新媒体科技所铺陈的全球网络给予人类的互动情境,无疑会影响文化认同的构建与重构。其中两项主要的影响,来自新媒体对时空的压缩与新媒体制造的全球互动机会所形成的跨国组织的突起(Ahmed & Potter,2006;Belay,1996;Boulding;1988)。这种影响除了可能有效地组织和强化既存的文化认同,更可能同时扮演消解和改变文化认同的角色。例如,Hampton 和 Wellman(1999)的一项调查研究发现,电子网络的使用同时可以削弱或增强人们与社群之间关系的紧密度。这个发现可以证明新媒体对文化认同可能带来的双向影响。

集体性认同的凝聚力必须靠时间、集体的记忆、分享的生活传统与共同的历史传统来维持;它的延续也须要经由区分“我们”与“他们”的地域空间来支持(Morley & Robins,1995)。新媒体带来了一个有趣的时空之间的新关系,它们在崩解了空间的界域与时间的长度之后,大量降低了沟通互动的费用,人们可以在一个压缩而成的共同的虚拟空间,快速地交换意见与从事各种商业交易。互动的容易性,给人们带来了创造不同虚拟社群的机会,新的文化认同因此产生,旧的文化认同因此受到冲击或挑战。虽然我们无法知道,新媒体对时空的压缩是否会带来全球文化的同一性或产生一个巨大的全球文化村,但是它们加速与便利人类互动的功能,明显地影响到文化认同的互动、对照与多样性的特质。它们对人类最为强势的国家认同,更是当头棒喝,直接剥损它的根基,淡化它的浓度。对其他类型的文化认同的影响,就更不言而喻了。

全球化社会里,因时空的压缩所带来的便利,新社群迅速地形成,但它们是一种与传统不同的新形式的社群。新社群的成员之间不再是面对面的互动,而是以共同兴趣的结合彼此相见。虽然尚无足够的实证研究结果来证明虚拟社群是否直接影响或甚至取代网外实际生活里所架构出的文化认同(Baym,1998),但以几年来新媒体发展的情况来看,不同程度的影响恐怕是无法避免的。

时空的压缩带来了文化认同构建、再构建与谈判协商的更多机会。这种机会来自新媒体助长全球化之后危及了易于辨认、同一与持续的特殊地域认同。当新的认同突破区域认同的界域、提供了对过去历史和未来前途不同的诠释,它会同时带动社会/国家之内与社会/国家和外在环境之间的各种认同和同一感的变动。它不仅会松动国家内在合法性的基础,使职业、共文化、族群等内部性的文化认同在质与量之间相对地增大,而且有可能强到置换国家认同的地步。以职业认同为例,随全球化潮流而来的跨国企业,使同一公司的员工不再局限于来自同一文化认同的族群,工作的地点也不再拘束在一个国家内。Liu & Chen(2002,2006)的研究即说明了跨国企业里,员工文化差异的动态性与员工在认知与行为上可能的改变。Tu(2006)更认为,新媒体鼓动的全球化潮流,在东亚地区造成的经济蓬勃发展后,已给此地区各个文化的价值观带来了重大的变化。这个变化不只发生在东亚整个地区,在各个文化或国家之内,也产生了各国价值观不同的变化。文化价值观的变迁无疑会影响文化认同的维护与重建,因此除了研究东亚共同的文化价值观之外,有必要同时研究诸如中国、日本与韩国之间个别文化价值观的差异。

最后,文化认同的另一个影响来自超越社会/国家的组织,主要是国家政府之间的区域联盟与跨国的非政府组织(Nongovernmental organizations)。根据 Union of International Associations(2006)的统计,到 2004 年,政府之间的跨国组织有 7350 个,而非政府组织则高达 51509 个。前者如 APEC、ASEAN、EU、NAFTA、NATO、OPEC、WHO、WTO 等跨经济、卫生与政治的组织比比皆是。这些组织逐渐地形成经济或卫生共同体,并可能渐渐地模糊了政治的界域,先跨越了地理性认同,然后改变了一个团体的职业与族群认同,然后再进攻人类社会三百年来建立起最坚强的国家认同堡垒。后者对文化认同的冲击,具有同样的威力。非政府组织一般指非营利的机构,近几年来,如 1972 创立的国际绿色和平组织(Greenpeace International)等环境保护的非政府组织,在世界各国,尤其是发展中国家所形成的革命性的影响有目共睹。这些非政府组织,不仅是跨国性的,而且还蔓延成区域性与地方性的组织架构。地方、区域到全球层次的组织联系与相互支持,所发展出的公民社会的影响力,可以反映出新媒体与全球化潮流合一对人类社会所带来的巨大变化。这股潮流与影响力仍将继续存在,人类的前途,包括文化认同的未来走向如何,仍是一个值得关注的过程。

结语:以中国为例

新媒体赋予全球化潮流的辩证动态、普遍渗透、整体联结、文化混合与个体强化等与传统大大不同的特质,对人类而言,不仅是可以目睹,而且是活在这些特质的影响之中。这股潮流对时间与空间的压缩,虽然不意味着抹除了时空在人类社会所扮演的角色,但它把整个世界浓缩成一个小小的互动场所,给人类各种文化认同的维持、构建与重建,提供了一个更广阔、更具有弹性的交涉空间。由于时空意义的重新界定是一个复杂深远的过程,文化认同的变化也不会是一个单向的简单过程。如何应对与解决文化认同可能带来的断裂与延续,将是人类社会面临的一个机会与挑战。

以中国为例,从改革开放到20世纪80年代的文化论辩,到经济的起飞,到加入世界贸易组织,到举行奥林匹克运动会这短短30年间,中国社会发生了巨大的变化。从近几年来新媒体的数量、媒体工业的架构、媒体团体的发展、新信息与科技的采用、跨区跨国媒体传播的增加、开放国外媒体投资与运作,以及国际传媒的合作等方面的显著变化,可以看出新媒体在中国的急剧发展(Zhang,2007),这也同样可以从新闻传播学术界的研究与教育的方向找到例证(浙江大学传播研究所,2007a,2007b;浙江大学广播电视艺术研究所,2007)。作为全球社区的一员,中国必须面对因新媒体冲击所带来的全球化问题,包括市场经济的急速扩张、通讯与信息技术的迅速发展、人口的急剧变化、社会的更加开放等,以及这些问题可能在种族、语言、性别、阶级、地域和信仰方面所带来的影响。更重要的是,在学习西方国家应对这些挑战的方法的同时,应该致力于探求如何从自身内部的差异出发,处理好国内的问题,以及如何从自己文化的角度来参与全球的对话。

西方国家常把中国误解为一个同构型很高的国家,其实中国内部的多样化与异质性之高,实可与整个欧洲比拟。幅员广阔、民族众多、地区文化多样、信仰复杂、地方经济质量与方向殊异、城乡发展不一等,都可反映出中国内在的多元性。经由全球化潮流的洗礼,社会、职业、地理、族群、共文化与国家等文化认同方面的"板块",无疑会有所变化。

全球社会既然是一个具有多样性的共同体,每一个文化皆可以其自身的经验来参与构建人类大家庭的共同价值。例如,以中华文化所具有的正义、同理心、礼义、责任与和谐的传统精神,来调剂西方自由、理性、法律、权力与对抗的价值观,并进一步普世化为全球社会可共同遵守的伦理法则,是中国对全球化社会可以做出的贡献(杜维明,2006;Aboulmagd,et al.,2001)。

References

李金铨，祝建华，杜骏飞，Nicholas Garnham，William H. Dutton，Vicent Mosco，John V. Pavlik. 学术对谈：数码传播与传播研究的范式转移及全球化. 传播与社会学刊，2007(2)，1—22.

杜维明. 传统儒家与文明对话. 石家庄：河北人民出版社 2006 年版.

浙江大学传播研究所. 2006 年中国传播学发展研究报告. 中国传媒报告，2007(1)，4—14.

浙江大学传播研究所. 2005—2006 年中国新闻学发展研究报告. 中国传媒报告，2007(1)，15—31.

浙江大学广播电视艺术研究所. 2006 年中国广播电视艺术学发展研究报告. 中国传媒报告，2007(1)，32—46.

陈国明. 文化间传播学. 台北：五南出版社 2003 年版.

陈国明. 媒体教育. 载鲁曙明，洪浚浩主编. 传播学. 北京：中国人民大学出版社 2007 年版.

叶启政. 传播媒体科技庇荫下人的天命. 中华传播学刊，2003(4)，15—31.

关世杰. 国际传播学. 北京：北京大学出版社 2006 年版.

戴晓东. 加拿大：全球化背景下的文化安全. 上海：上海大学出版社 2007 年版.

Aboulmagd, A. K., et. al. (2001). Crossing the divide：Dialogue among civilizations. South Orange, NJ：Seton Hall University.

Adler, N. J. (2002). *International dimensions of organizational behavior*. Cincinnati, OH：South-Western.

Adler, P. S. (1998). Beyond cultural identity：Reflections on multiculturalism. In M. J. Bennett(Ed.), *Basic concepts of intercultural communication：Selected readings* (pp. 225—245). Yarmouth, ME：Intercultural Press.

Ahmed, S., & Potter, D. (2006). *NGOs in international politics*. Bloomfield, CT：Kumarian Press.

Answers. com(2007). *Backdorm boys*. Retrieve August 20, from http://www. answers. com/backdorm%20boys.

Asrseth, E. (1997). *Cybertext—Experiments in Ergodic literature*. Baltimore, MD：Johns Hopkins University Press.

Bailey,J. (1997). *After thought: The computer challenge to human intelligence*. New York: Basic Books.

Barr,T. (2000). *Newmedia. com. au*. Sydney: Allen & Unwin.

Barry,A. (2001). *Political machines: Governing a technological society*. London: Athlone.

Baym,N. K. (1995). The emergence of community in computer-mediated communication. In S. G. Jones (Ed.), *CyberSociety: Computer-mediated communication and community*(pp. 138—162). Thousand Oaks,CA: Sage.

Baym,N. K. (1998). The emergence of community. In S. G. Jones(Ed.), *CyberSociety 2. 0: Revisiting computer-mediated communication and community*(pp. 35—67). Thousand Oaks,CA: Sage.

Belay,G. (1996). The(Re)construction and negotiation of cultural identities in the age of globalization. In H. B. Mokros(Ed.), *Interaction & identity*(pp. 319—346). New Brunswick,NJ: Transaction.

Berger,P. L. ,& Huntington,S. P. (2003)(Eds.). *Many globalizations: Cultural diversity in the contemporary world*. New York: Oxford University Press.

Bolter, J. , & Grusin, R. (1999). *Remediation: Understanding new media*. Cambridge,MA: MIT Press.

Boulding,E. (1988). *Building a global civic culture: Education for an interdependent world*. Syracuse,NY: Syracuse University Press.

Castells,M. (2000). Materials for an exploratory theory of the network society. *British Journal of Sociology*, 51(1),5—24.

Chang;G. (2003). *Coming collapse of China*. New York: Arrow.

Chen. G. M. (2005). A model of global communication competence. *China Media Research*, 1,3—11.

Chen. G. M. (2007). Media(literacy)education in the United States. . *China Media Research*, 3(3),87—103.

Chen,G. M. ,& Starosta,W. J. (2000). Communication and global society: An introduction. In G. M. Chen and W. J. Starosta(Eds.), *Communication and global society* (pp. 1—16). New York: Peter Lang.

Chuang,R. (2000). Dialectics of globalization and localization. In G. M.

Chen and W. J. Starosta(Eds.),*Communication and global society* (pp. 19—34). New York: Peter Lang.

Chung, J. , & Chen, G. M. (2007). The relationship between cultural context and electronic-mail Usage. In M. Hinner(Ed.), *The role of communication in business transactions and relationships*(pp. 258—276). Germany: Peter Lang.

Collier, M. J. (1994). Cultural identity and intercultural communication. In L. A. Samovar & R. E. Porter(Eds.), *Intercultural communication: A reader*(pp. 36—44). Belmont, CA: Wadsworth.

Collier, M. J. (2000). Reconstructing cultural diversity in global relationships: Negotiating the borderlands. In G. M. Chen & W. J. Starosta (Eds.), *Communication and global society* (pp. 215—236). New York: Peter Lang.

Crosbie, V. (2002). *What is new media*. Retrieved August 10, 2007, from http://www. digitaldeliverance. com/philosophy/definition/definition. html.

Ferguson, M. (1992). The mythology about globalization. *European Journal of Communication*, 7,69—93.

Foucault, M. (1988). Technologies of the self. In L. H. Martin, H. Gutman, & P. H. Hutton(Eds.), *Technologies of the self* (pp. 16—49). Amherst, MA: University of Massachusetts Press.

Flew, T. (2005). *New media*. New York: Oxford University Press.

Gupta, A. K. , & Govindarajan, V. (1997). *Guest for global dominance: Building global presence*. Retrieved August 10, 2007, from http//www. bmgt. umd. edu/cib/wplist. htm/.

Hampton & Wellman(1999). Netville on-line and off-line: Observing and surveying a wired suburb. *American Behavioral Scientist*, 43(3),475—492.

Harris, P. R. ,Moran, R. T. , & Moran, S. V. (2007). *Managing cultural differences: Global leadership strategies for the twenty-first century*. Burlington, MA: Butterworth-Heinemann.

Holmes, D. (1997). *Virtual politics: Identity & community in cyber-*

space. Thousand Oaks,CA: Sage.

Jones,S. G. (1995)(Ed.). *Cybersociety: Computer-mediated communication and community*. Thousand Oaks,CA: Sage.

Kim,Y. Y. (1994). Beyond cultural identity. *Intercultural Communication Studies*, 4(1),1—23.

Kim,Y. Y. (1996). Identity development: From cultural to intercultural. In H. B. Mokros (Ed.), *Interaction & identity* (pp. 347 — 369). New Brunswick,NJ: Transaction.

Lippman,A. , & Reed,A. (2003). *Viral communications*. Cambridge, MA: MIT Media Laboratory.

Lister,N. ,Dovery,J. ,Giddings,S. ,Grant,I. , & Kelly,K. (2003). *New media: A critical introduction*. New York: Routledge.

Liu,S. , & Chen,G. M. (2002). Collaboration over avoidance: Conflict management strategies in state-owned enterprises in China. In G. M. Chen & Ringo Ma(Eds.), *Chinese conflict management and resolution* (pp. 163 — 182). Westport,CT: Ablex.

Liu,S. , & Chen,G. M. (2006). Through the lenses of organizational culture: A comparison of state-owned enterprises and joint ventures in China. *China Media Research*, 2,15—24.

Long,J. H. , & Chen,G. M. (2007). The impact of Internet usage on adolescent self-identity development. *China Media Research*, 3(1),99—109.

Lubbers,R. F. (1998,November). *The dynamic of globalization*. Paper presented at the Tilburg University Seminar.

Lum,C. M. K. (1996). *In search of a voice: Karaoke and the construction of identity in Chinese America*. Mahwah,NJ: Lawrence Erlbaum.

Lynch,J. (1992). *Education for citizenship in a multicultural society*. London: Cassell.

Mammett,R. , & Barrell,B. (2002). *Digital expressions: Media literacy and English language arts*. Calgary,Canada: Detselig.

Manovich,L. (2003). New media from Borges to HTML. In N. Wardrip-Fruin & N. Montfort(Eds.), *The New Media Reader* (pp. 13 — 25). Cambridge,MA: The MIT Press.

Martin,J. , & Nakayama, T. (2006). *Intercultural communication in contexts*. New York: McGraw-Hill.

MeKenna,K. , & Bargh,J. (1999). Causes and consequences of social interaction on the internet: A conceptual framework. *Media Psychology*, 1, 249—270.

MeKenna,K. , & Bargh,J. (2000). Plan 9 from cyberspace: The implications of the internet for personality and social psychology. *Personality & Social Psychology Review*, 4, 57—76.

Miller, D. , & Bruenger, D. (2007). Decivilization: The compressive effects of technology on culture and communication. *China Media Research*, 3(2),83—95.

Mirzoeff,N. (1999). *An introduction to visual culture*. New York: Routledge.

Mlinar,Z. (1992). Introduction. In A. Mlinar(Ed.), *Globalization and territorial ident*ities(pp. 1—14). Hants: Avebury.

Morley,D. , & Robins,K. (1995). *Spaces of Identity: Global media ,electronic landscapes and cultural boundaries*. New York: Routledge.

Naisbitt,J. (2000). *Global paradox*. New York: Aven.

Newhagen,J. , & Rafaeli, S. (1996). Why communication researchers should study the Internet: A dialogue. *Journal of Communication*, 46,4—13.

Olson,S. R. , & Pollard, T. (2004). The muse pixelipe: Digitalization and media literacy education. *American Behavioral Scientist*, 48(2),248—255.

O'Meara,P. ,Mehlinger, H. D. , & Krain,M. (2000). *Globalization and the challenges of a new century: A reader*. Bloomington,IN: Indiana University Press.

Phinney,1993,J. S. (1993). A three-stage model of ethnic identity development in adolescence. In M. E. Bernal & G. P. Knight(Eds.), *Ethnic identity: Formation and transmission among Hispanics and other minorities* (pp. 61—79). Albany,NY: State University of New York Press.

Postmes,T. ,Spears,R. , & Lea,M. (1998). Breaching or building social boundaries: Side-effects of computer-mediated communication. *Communication Research*, 25,687—716.

Rhinesmith,S. H. (1996). *A manager's guide to globalization*. Irwin, IL: Chicago.

Silver,D. (2000). Looking Backwards,Looking Forward: Cyberculture Studies 1990 — 2000. In D. Gauntlett(Ed.),*Web. studies: Rewiring media studies for the digital age*(pp. 19—30). London: Oxford University Press.

Tan,S-H. (2005)(Ed.). *Challenging citizenship: Group membership and cultural identity in a global age*. Burlington,VT: Ashgate.

Tu, W. M. (2006). Megatrends in world cultures and globalization. *Journal of International Management*, 12(2),235—241.

Turkle,S. (1995). *Life on the screen*. New York: Simon & Schuster.

Union of International Associations(2006)(Ed.),*Yearbook of International Organizations*, 2005—2006. Munchen,Germany: K. G. Saur.

Van Dijk,J. (1998). The reality of virtual communities. *Trends in Communication*, 1(1),39—63.

Walters,M. (1995). *Globalization*. New York: Routledge.

Zhang,Y. (2007). Media Landscape in China in the Age of Globalization (2000—2005). *China Media Research*, 3(3),76—86.

Zhong,M. (2000). Dialectics of identity and diversity in the global society. In G. M. Chen and W. J. Starosta(Eds.),*Communication and global society* (pp. 45—48). New York: Peter Lang.

New Media and Cultural Identity in Global Society

Guo-Ming Chen

Department of Communication Studies, University of Rhode Island,

Kingston, RI 02881, USA

Abstract: New media are considered as the main impetus to the development of global society. With its multiple functions of digitality, convergency, interactivity, hypertextuality, and virtuality, new media push human interaction to a new level of connectedness and complexity. One of the most significant impacts new media brings into the new globalizing society is the restructuring of cultural identity. The emergence of new media not only diminish the limit of time and space on the development of cultural identity, but may also reinforce the old mechanism of cultural identity or deconstruct the original form of cultural identity. It is then the purpose of this paper to delineate the interwoven relationship between new media and cultural media in the global society. Application to the Chinese society is also discussed.

Keywords: New media, cultural identity, globalization, digitality, convergency, interactivity, hypertextuality, virtuality

电视新闻的戏剧元素及蕴涵

周树华(Shuhua Zhou),①沈玢(Bin Shen)
美国阿拉巴马大学

[摘　要]本文采用古希腊思想家的经典理论,尤其是哲学家亚里士多德的戏剧元素分析,概括并总结了有关新闻戏剧化的若干问题。针对这一争议甚多的研究课题,笔者对新闻中较为盛行的煽情主义进行了阐述,并详细解析了电视新闻创作过程中戏剧元素的运用。在此基础上,笔者将围绕电视新闻戏剧性创作的各种途径,即所谓的新闻包装,展开第一个研究的论述。至于如何将这些创作途径具体运用到新闻的制作过程中,以及中美两国的新闻从业人员在这一过程中表现出的差异,本文将在第二个研究中给予探讨。

[关键词]电视新闻,戏剧元素,新闻戏剧性,煽情主义,新闻包装

电视作为一种超越了地域限制和意识形态的传播手段,已经毫无疑问地

---

①　[作者简介]　周树华(Shuhua Zhou)博士,美国阿拉巴马大学传播与信息科学学院副教授。主要研究方向为媒介信息认知、媒介内容、媒介形式和媒介效应。已在《传媒心理学》、《新闻与大众传播季刊》、《传播研究》、《大众传播与社会》、《广告期刊》、《广播与电子媒介》等学术期刊发表多篇论文。原广东电视台新闻部记者、播音员、英语新闻组组长(1988—1993)。
沈玢(Bin Shen),美国阿拉巴马大学传播与信息科学学院研究生。

成为了现代社会不可获缺的组成部分,并在信息传播和娱乐大众的过程中起着举足轻重的作用。可以说,电视新闻在信息时代的社会变革与经济发展中已逐渐成为一种中坚力量。电视荧幕上层出不穷的各种特大新闻,比如:"9·11"事件、抗击 SARS、美国入侵伊拉克、四川汶川大地震等等,都在具有即时性特点的全球化传播过程中产生更大的影响力。这种影响力也使全球的新闻从业者都把赢得观众的支持作为工作的首要目标之一,而实现这一目标的一个重要途径就是将新闻戏剧化,也就是以故事的形式报道新闻。中西方的新闻工作者都为自己能肩负崇高的使命而自豪,在西方,能为热心民主事业的观众提供准确可靠的信息正是这种使命感的精髓所在;而在绝大多数发展中国家,在以政府控制为主导的媒介环境下,许多新闻工作者都认为集体利益应当高于个人利益(Hachten,1999)。然而,不管是美国的各大商业电视台及其附属电视台还是亚洲各国的公共电视台都已逐渐意识到要在高度竞争的国际传播市场中占有一席之地,或者说要赢得观众的注意力和较高的收视率,节目的制作就必须要能让观众欣赏。如果说西方媒体目前的发展趋势具有一定的指示意义,那么赢得这场眼球大战的其中一种方式就是将新闻以故事的形式表现出来,从而使观众、听众和读者既能得到启迪又能得到娱乐。

戏剧新闻

许多学者和实务工作者都将新闻视为客观世界真实事件的戏剧表现形式(Campbell,1991;Carey,1975;Grabe & Zhou,2003)。美国《六十分钟时事》节目的制片人 Don Hewitt 极力要求他的制作人用好莱坞的包装手法处理新闻(Campbell,1991),并将节目能一如既往地获得观众支持的原因归结于这种传统的表现手法。针对这一观点,福克斯的节目副执行总监 David Nevins 也表示了较为一致的看法。他表示,福克斯公司的节目制作人在将新闻故事及其角色市场化的过程中借鉴了高品质戏剧的包装手法(Snierson,2000)。福克斯广播公司现任节目主持人 Geraldo Rivera 也将新闻戏剧成功的原因归结于观众对信息与娱乐两者相结合这一做法的欣赏。他认为,记者以身处"新闻奥林匹斯山"的姿态所做的演说式报道是不受欢迎的(Barkin,2003)。而被美国 NBC 电视台的员工援引甚广的一则备忘录则以从业者的角度概念性地阐述了戏剧新闻的含义。作为 NBC 电视台的节目主任,也是该备忘录的作者，Reuven Frank 明确表示，每一则新闻故事"都应当表现出小说和戏剧的特征。它应该有特定的起事结构、矛盾冲突、结束方式和特定的起、承、转、合。所有这些不仅是戏剧的基本构成元素也是叙事体的基本构成元素"（Epstein，1974，pp. 4—5）。

Carey（1975）也曾指出新闻反映的并非完全都是事实，它呈现出的是一种戏剧力量和戏剧故事。制作人在新闻故事中设计矛盾，安放谜团，其手法与小说的叙事方式其实有着异曲同工之妙（Butler，2001）。即使是现场直播，观众看到的也不是镜头应当记录下的事实，而是故事被戏剧化了的状态，是制作人和摄像师在摒弃了无聊或无趣部分之后的作品。可以说，发达的媒介技术已经取代了新闻制作过程中的某些常规和惯例，并使新闻的戏剧元素更为突出（Lang & Lang，1984）。从这个意义上说，非现场直播的或者说事先剪辑好的新闻故事是根据电视戏剧化的要求进行重新制作和播放的，这样做的目的是使新闻故事的效果得以最大化。事实上，电视新闻确实是通过故事情节的陈述方式、故事角色的发展变化、戏剧元素的综合运用来吸引和娱乐大众的，这些因素的汇合使观众在获取信息的同时也能得到感官上的刺激（Barkin，2003）。

电视的固有属性，即其有限的荧幕空间和播放时间，决定了电视节目内容必须具有选择性。这种特性要求新闻工作者能从被报道的事件中选择出最易戏剧化的部分并将其浓缩成短小精悍的新闻故事。因此，电视关注的是处于相互矛盾和斗争中的人们（Gans，1979）。正因为这样，新闻强调危机胜过连贯，强调现在胜过曾经，强调丑闻对政治人物生活的影响胜过对政治集团的影响（Bennett，1988）。而新闻的各种采编技术，如：可随意移动的镜头和随意操控的剪辑方式，使得打乱故事的时间发展顺序、延伸或强调某一个时间段、改变故事陈述的角度成为了可能（Pfister，1988）。从这个角度出发，为了获得更加强烈或者更加戏剧化的效果而对事件的时间发展顺序进行重新编排是完全可行的。也就是说，身负采写任务的记者不仅要找到有吸引力的新闻素材还要将其以独特的形式表现出来。

如果说媒介技术水平对于电视新闻戏剧化的发展起着推波助澜的作用，那么电视台运作过程中暗含的经济规律对于新闻的戏剧化则显得更为关键。这一点在西方商业媒体的运作中体现得尤为明显：全美电视网以及各地电视台的收视率都受到严格的监测，因为它决定着广告价格的高低；新闻主播总向外界宣称他们播报的是最受关注的新闻；新闻杂志总是在黄金时段播出，而记者总是被置于聚光灯下并以娱乐业的标准被评判,比如,是否具备明星气质和口若悬河的本领(Hess,1996)。

本文中,我们将运用古希腊时期的经典理论来解释当代社会戏剧新闻的线性和逻辑。亚里士多德认为戏剧的成功与否取决于三个因素:逻辑推理、个人信誉和感情诉求。逻辑推理是指针对特定情况,运用特殊手段向观众阐述所要表述的对象。在逻辑推理的过程中,修辞的运用往往能使具有偏向性的描述变得生动和清晰,而运用的水准,或者说其质量高低则决定了观众的反应。个人信誉则是基于陈述者为建立信赖感而付出的努力,通过这一努力,陈述者将赢得观众的尊重和支持,并能在重要的问题上给人以极强的道德感和权威感。最后,感情诉求是通过激发观众的强烈情感而使观众更加心甘情愿地接受陈述者的观点(Aristotle,1954)。

亚里士多德的三元素分析对于理解电视新闻的戏剧化是很有帮助的。可以想象,要在短短一两分钟内呈现一则新闻故事,记者不仅要掌握好报道的篇幅,做到简洁明了,还要注意选取适当的画面和声效,以增强报道的空间感和现场感。所以说,要想通过一则新闻故事来凝聚观众的注意力,而不论其背景和兴趣如何,记者必须要具备清晰生动的叙事方法和较为严密的逻辑思维。而优质的新闻包装可提高记者的个人信誉,他们在故事中扮演的角色已经越来越重要(Grabe,Zhou,& Barnett,1999;Steele & Barnhurst,1996)。当然,获得个人信誉、赢得和维持公众信任的关键是记者自身的业务能力和表现出的可信赖程度。最后,当今的许多新闻报道都有意无意地运用了激发观众情感的因素,或者引发观众共鸣的感情诉求。

换言之,戏剧新闻的创作不仅仅只取决于事件本身。当然,一则值得高度关注的新闻事件本身就可能包含很高的戏剧性成分和感性成分,但是戏剧成分也有可能来自于对新闻的编排和包装。新闻制作人会通过对特定的信息进行编排来印证和支持某个情节、叙事方式、情绪和视角以增加新闻故事的戏剧性(Berner,1988;Grabe,Zhou,& Barnett,2001;Grabe,Zhou,Lang,& Bolls,2000)。正如 Rosenthal(1999)所说的那样,这些技术使得围绕一个事件所展开的故事线索和人物变得特定化。戏剧元素的运用能使镜头聚焦于故事人物特定的生活体验从而让一则新闻故事更为饱满,故事角色更为鲜活。可想而知,这样的信息整合方式更能激发观众的共鸣;观众不只是纯粹地接受信息,也在欣赏一部具有高度想象力的戏剧。

为了能更好地观察和检验亚里士多德围绕戏剧提出的要求和三大元素

在电视新闻中的运用(包括画面内容、叙事内容、结构特征以及角色刻画),我们整合了上述三大元素并将这些戏剧元素置于新闻制作的四个部分中。这种整合模式试图通过对新闻故事不同维度的划分来研究亚里士多德提出的戏剧论述在新闻故事中的表现。在详细阐释这个模式的各组成部分后,我们将分别介绍第一项研究的各个问题和假设:

1. 画面内容是指一则新闻故事所呈现的录像,它不包括记者或被采访者出现在镜头中的画面,它常常与记者的旁白或口述相伴随出现。电视的这种制作方式具有营造较好的逻辑推理和感情诉求的潜力。比如,偷拍的镜头在荧幕上所展现的貌似客观的画面为故事情节逻辑结构的合理化提供了有利的画面证据。而那些极富视觉冲击力的画面素材,比如暴力镜头,无疑会吸引许多观众的眼球并激发他们较为强烈的情感反应,以满足新闻对于感情诉求的要求。以有关龙卷风的电视新闻为例,此类报道的录像资料往往表现出高度一致的戏剧特色。另外,新闻中的摆拍和情景再现镜头也是为了推动画面的视觉效果,引发观众的感情诉求。最后,重复播放同样的画面内容也能凸显一则新闻故事的场面,强化其戏剧化程度,提高观众的兴奋度,以达到满足感情诉求的目的。因此,第一个研究关心的问题是:《六十分钟时事》节目在画面内容中是否包含了亚里士多德提出的戏剧要素,即是否大量运用了偷拍镜头、暴力镜头、情景再现、重复镜头,等等。

2. 叙事内容,即亚里士多德所宣称的情节,是任何一部戏剧的灵魂。在电视新闻中,叙事内容是指故事的主题和结构的实质部分。一则新闻消息的叙事内容包括记者直面镜头所做的陈述、旁白中所讲述的信息、被访者所表达的信息。叙事内容的逻辑合理性彰显了戏剧中的逻辑推理,而文字透出的感性彰显了戏剧中的感情诉求。新闻故事的六要素,即"5W"(何人、何事、何时、何地、何故)和"1H"(如何),为检验情节的逻辑提供了很好的标准。另外,当叙事内容具有展现某种场面的潜力时,它几乎也同时具备了展现感情诉求的能力。通过文字游戏将新闻故事冠以引人遐想的标题,使观众将注意力放在矛盾和冲突的部分,是另一种将新闻场面戏剧化并引发感情诉求的方式。因此,第一个研究关心的第二个问题是:《六十分钟时事》节目在叙事内容中是否包含了亚里士多德提出的戏剧要素,即是否具有新闻的六要素、是否玩弄文字游戏,等等。

3. 结构特征,包括拍摄技术、编辑技术和记者的表现力,都具有将感情诉求注入新闻报道的潜在能力。因为真正有震撼力的场景并不是每天都能被捕捉到,所以新闻的戏剧性有时只能通过对那些非戏剧性的新闻事件进行包装而产生。比如,对信息进行编排以支持某一剧情;以一种特定的或突兀的口吻来叙述信息;用具有特殊气氛的音乐来衬托新闻故事;在故事阐述中提供独到的见解;以及使用引人注目的拍摄和编辑手法都能使新闻制作人为新闻注入戏剧的元素(Berner,1988;Grabe,Zhou,& Barnett,2001)。电视的"电影能力"使得一则优秀的新闻故事包含的不仅仅是纯粹的事实(Nelson,1997)。新闻的制作风格,或者说一则消息的各种包装手法,有时和故事内容同样重要。由此,第一个研究关心的第三个问题将围绕《六十分钟时事》节目的各种包装手法展开。

4. 新闻中的角色,包括记者和被采访对象,对戏剧的三大元素都能产生一定的影响。亚里士多德认为一个故事的逻辑和可信度与讲述者有极为密切的联系。大家可能注意到记者积极地向被采访对象提出问题并不断打断被访者以期获得事情真相的过程其实就是其追求逻辑推理的过程。也许正因为如此,Stein(2001)也将《六十分钟时事》节目的记者描述成一群揭露事实真相的理性探求者。而记者的可信赖程度也为其个人信誉奠定了基础。记者突出的口头表达能力和采访能力,对采访报道执著认真的态度和明确的目标都见证着个人信誉的塑造。Stein(2001)还指出《六十分钟时事》节目记者的工作就是"说服观众,使其相信节目是真实可靠的"(p.256)。同样,新闻中的各个角色对于推动节目的感情诉求也有一定的影响。情感较为强烈的记者和被采访对象往往更能激发观众的认同和热情。因此,第一个研究的最后一个问题是:《六十分钟时事》节目中出现的各种角色是否能代表或彰显亚里士多德提出的戏剧要素,即是否具备上文中提到的"揭露真相"的各种技能。

这一研究的统计数据由传统的每周一次的《六十分钟时事》节目组成,收集过程耗时六个月。这种采样法一共产生了27个新闻节目和107个故事单元,每个单元都被定义为一个独立、完整的新闻报导。这些故事单元构成了研究的分析单位。为了能对亚里士多德提出的一系列戏剧要素进行编码,我们以《六十分钟时事》节目的戏剧构成要素为对象绘制了相应的图表。这种研究方法实际上是借鉴了列维·斯特劳斯(Levi-Strauss)将音乐作品解剖为各个部分进行分析的结构主义原理。这种注重细节的分析方法可以区分出不同的乐器相互组合时所演奏出的音乐的和谐程度。同理,对新闻的内容、形式和角色进行仔细分析可以更好地揭示出戏剧新闻的驱策力所在。研究结果表明,《六十分钟时事》节目确实采用了十分丰富的戏剧要素及其他手段,而这也与亚里士多德的论述不谋而合。例如,编码员普遍认为《六十分钟时事》节目的新闻记者具有高度的节目参与感。有意思的是,Campbell(1991)在大约17年前就通过观察发现该节目的记者更像是节目的参与者、表演者而非信息的记录者、传播者。记者的中心地位透过出镜的频繁程度得以清晰的体现——作为戏剧动能的催化剂,记者在节目中运用急促的语调、鲜明的情感介入、频繁的肢体语言反应来完成自己的角色使命。尽管研究数据表明《六十分钟时事》节目的记者在新闻报导中运用了戏剧的构成要素,但根据编码员的记录,他们并没有以牺牲新闻的可信度为代价。积极询问的风格和不停地打断与追问被采访对象的谈话确实有助于记者权威形象的建立。事实证明,这种让人精疲力尽的采访方式确实为《六十分钟时事》节目树立了权威和信誉,也使其成为了为民众发掘事实真相的代言人(Stein,2001)。这种对信息真实度和清晰度的明确追求,对新闻写作的"5W"和"1H"的完全履行,以及客观画面镜头的连续使用推动了亚里士多德提出的逻辑推理的运用。除此之外,该节目记者戏剧化但仍然值得信赖的报道风格证实了亚里士多德对个人信誉的论述。

研究结果显示感情诉求,或者说情感,在新闻杂志中只会凸显而不会缺失或不足。记者和被采访对象,或者说戏剧新闻中的人物,在新闻故事呈现的过程中扮演着极为重要的角色。我们发现在《六十分钟时事》节目中,整个故事几乎有四分之一的时间都是由这些面对观众的记者和被采访对象的镜头所组成,富足的时间使这些角色的特点在故事中得到了充分的体现。荧幕上的被采访对象不仅仅讲述新闻事件的经过,也向观众表达自身的哀伤和无助,正如戏剧主人公哈姆雷特、安娜·卡列尼娜和希斯克里夫与读者分享他们的感受一样。研究结果显示,《六十分钟时事》节目和所有成功的戏剧一样,将观众置身于一种情感反应浓烈的环境中(Styan,1960)。从这个意义上说,《六十分钟时事》节目证实了新闻中的感情诉求。

节目的叙事内容和画面内容则揭示了一种预先设计好的能吸引观众注意力并提升观众兴奋度的制作模式。而诸如特写镜头和变焦镜头等结构特征的适时使用,极富吸引力的录像资料、慢镜头和偷拍镜头等的重复使用更进一步地强化了戏剧新闻呈现出的场面。另外,Don Hewitt 所希望看到的用好莱坞包装电影的手法来包装新闻的目标确实是得到了本研究的支持。可见,《六十分钟时事》节目的成功意味着公众不仅仅希望获取信息,也希望能欣赏到信息中戏剧性的一面。

西方商业媒体利用戏剧的包装手段制作新闻的方法的确有其值得借鉴的一面。这种方式能凸显矛盾,吸引观众的注意力,并引发观众的共鸣(Grabe & Zhou,2003)。为清楚了解我国在新闻包装和新闻故事化制作上的差距,我们介绍另一项比较研究。研究数据取自广东卫视的《社会纵横》节目。这一样本的收集时间同样是六个月。创始于 1994 年的《社会纵横》是国内第一批以深度报道为主的新闻评论性节目,它师承于美国的《六十分钟时事》节目。广东省的观众拥有多种获取信息和娱乐的渠道,观众也因此可以收看到来自国内外众多电视台的优秀节目。同时,广东卫视作为广东省的卫星综合频道,也面临着争夺观众群的竞争与压力。因此,新闻的可观性是其重要的一环。

研究的第一组变量是有关记者和被采访对象对新闻戏剧化的潜在影响力。尤其是新闻故事中被采访对象的情感状态,它对于戏剧新闻的创作起着重要的作用。在《六十分钟时事》节目中,几乎所有(99.5%)的被采访对象都出现在镜头前(见表 1)。而在《社会纵横》节目中,这个数值(61.7%)则相对较小($x^2=34.83, df=1, p<0.00$)。具体说来,每个被采访对象在《六十分钟时事》节目中每个故事单元里平均出现 5.1 次,而在《社会纵横》节目中为 4.7 次。被访者的情感状态也以数据形式被记录了下来。编码员用了一个以三分为满分的标尺来测量被采访对象的快乐程度、冷静程度和活跃程度。结果显示:在《六十分钟时事》节目中($m=1.99$),被采访对象更倾向于用表情和动作来展现忧伤而非快乐(1=快乐,3=悲伤);而在《社会纵横》节目中($m=1.48$),被采访对象的情感则更趋向于中立($t=7.11, df=530, p<0.00$)。而两个节目的被采访对象都表现得较为冷静($t=1.01, df=530, p<0.19$,在《六十分钟时事》节目中 $m=1.68$;而在《社会纵横》节目中 $m=1.70$;1=生气,3=冷静)。然而,美国的新闻节目的被采访对象($m=2.29$;1=漠然,3=热心)比中国的评论性节目的被采访对象($m=1.74; t=15.60, df=530, p<0.00$)表现得更加活跃。

表 1　电视新闻中的角色

变　量	频率/平均数		被访者/记者所占百分比		
	《六十分钟》	《社会纵横》	《六十分钟》	《社会纵横》	测量值
被采访对象					
出现在镜头中的次数	5.1	4.7	99.50	61.70	$x^2=34.83$ **
被采访对象的情感状态（标尺测量项）					
快乐—悲伤	1.99	1.48			$t=7.11$ **
生气—冷静	1.68	1.70			$t=1.01$
漠然—热心	2.29	1.74			$t=15.60$ **
记者					
表现力					
现场报道	1.74	0.30	70.10	21.70	$x^2=25.70$ **
问题	15.71	1.27	78.50	73.30	$x^2=4.91$ *
反应镜头	7.55	1.93	73.80	6.70	$x^2=107.28$ **
打断被采访对象谈话	1.86	1.68	50.50	31.70	$x^2=15.21$ **
激发情感反应的问题	1.60	1.82	49.50	18.30	$x^2=19.86$ **
记者的情感状态（标尺测量项）					
客观性	1.80	1.72			$t=0.38$
参与度	2.45	1.50			$t=6.08$ **
声音的抑扬顿挫	1.73	1.52			$t=1.27$ *

备注：* 表示 $p=0.05$ 时，有统计意义上的显著差异；而 ** 表示 $p=0.01$ 时，有统计意义上的显著差异。

如果说《六十分钟时事》节目记者在镜头前的不断出现意味着其在戏剧新闻中的重要性，那么本文的研究为这一做法提供了理论上的有力支持，即记者在新闻故事中充当着重要的戏剧角色。同时，两个节目的记者在镜头前都承担着某种特殊的责任，或者说在新闻故事的讲述中都肩负着一定的使命。在《六十分钟时事》节目中，70.1％的新闻是由记者以直面镜头或者说正视观众兼以独白的方式所做的现场报道，而且每个节目单元中平均有 1.7 个现场报道。与之形成鲜明对比的是，《社会纵横》节目中只有 21.7％的部分是以上述形式来完成的（$x^2=25.70$，$df=1$，$p<0.00$），而且每个节目单元中平

均仅有 0.3 个现场报道。《六十分钟时事》节目中超过 78％ 的记者有向被访者提问的镜头，而《社会纵横》节目的数值为 73％（$x^2=4.91, df=1, p<0.03$）；另外，《六十分钟时事》节目中约 73.8％ 的记者对被访者的话语在镜头前有表情或肢体上的回应，也就是业界所说的反应镜头，而《社会纵横》节目中仅有 7％ 的记者对被访者的话语在镜头前有表情或肢体上的回应，或者说，只有不到十次的节目含有反应镜头（$x^2=107.28, df=1, p<0.00$）。同样值得一提的是，《六十分钟时事》节目中约占一半左右的记者（49.5％）向被访者提出了感情较为强烈的问题，而在《社会纵横》节目中仅有 18.3％ 的记者提出了这种类型的问题（$x^2=19.86, df=1, p<0.00$）。另一方面，较之美国的新闻记者（50.5％），《社会纵横》的记者（31.70％）会更少地打断被访者的谈话，从而减弱了节目的对抗性，相应地，节目的戏剧效果也就不那么强烈。

编码员用一个以 3 分为满分的标尺来衡量记者在报道新闻时的客观性、情感参与度和声音的抑扬顿挫。两个节目的记者在客观性的表现上并不具备显著差异（$t=0.38, df=220, p<0.70$）。然而在情感参与度方面，《六十分钟时事》节目的记者（$m=2.45$）却表现得比《社会纵横》节目的记者（$m=1.50$），更加积极和投入（1＝非常不投入，3＝非常投入；$t=6.08, df=220, p<0.00$）。如果说声音的抑扬顿挫是戏剧性报道的重要标志，那么《六十分钟时事》节目的记者（$m=1.73$）比《社会纵横》节目的记者（$m=1.52$）更懂得通过凸显自己的声音来放大节目的戏剧效果（1＝非常不凸显，3＝非常凸显；$t=1.27, df=220, p<0.01$）。

第二组研究发现侧重于戏剧性的叙事内容。结果（见表 2）表明《六十分钟时事》比《社会纵横》在节目中设置了更多令人痛苦的两难境地（$x^2=6.17, df=1, p<0.00$）。而且前者在叙事内容上也安排了更多的矛盾（58.9％），而后者只有不到一半的节目单元（40％）中作了这样的设置（$x^2=9.52, df=1, p<0.00$）。在"对比"的使用上，两者表现的差异则显得更大（《六十分钟时事》：62.6％，《社会纵横》：31.69％；$x^2=17.62, df=1, p<0.00$）。《六十分钟时事》节目中约占 46％ 的新闻故事都将敌意或仇视作为叙事的主要基调，而《社会纵横》节目的这一数值为 27％（$x^2=11.76, df=1, p<0.00$）。另一方面，以友好和同情为叙事主要基调的新闻故事占《六十分钟时事》节目的 13.10％，占《社会纵横》节目的 13.30％（$x^2=1.06, df=1, p<0.80$）。另外，两组节目在体现人性关怀上几乎有着同样的表现（《六十分钟时事》：19.6％，《社会纵横》：17.2％；$x^2=2.43, df=1, p<0.87$）。

第三组研究数据把重心放在了彰显戏剧新闻的画面内容上。煽情主义的三大标志——暴力、血腥和色情,在两个节目中都有所表现(见表3)。《六十分钟时事》节目中超过13％的故事单元涉及暴力,而在《社会纵横》节目中为8.3％;涉及血腥的画面内容占《六十分钟时事》节目的16.8％,占《社会纵横》节目的6.7％;而以色情为特征的画面内容占《六十分钟时事》节目的0.90％,占《社会纵横》节目的1.7％。

表 2　叙事内容

变量	《六十分钟》(％)	《社会纵横》(％)	x^2
两难困境	23.40	13.3	6.17**
矛盾	58.90	40.00	9.52**
对比	62.60	31.69	17.62**
敌意	45.80	26.59	11.76**
友好	13.10	13.30	1.01
同情或共鸣	19.60	17.20	2.43

　　备注:* 表示 $p=0.05$ 时,有统计意义上的显著差异;而 ** 表示 $p=0.01$ 时,有统计意义上的显著差异。

表 3　画面内容

变量	《六十分钟》(％)	《社会纵横》(％)	x^2
暴力	13.10	8.30	7.23*
血腥	16.80	6.70	8.91**
性	0.90	1.70	2.71*
其他	35.50	11.70	20.56**
正面的情感	0.90	1.70	0.96
负面的情感	34.60	10.00	21.52**
偷拍	24.30	3.60	23.74**
情景再现	1.90	0.40	1.95
娱乐内容	32.50	1.60	27.92**
重复	20.80	10.50	9.71**

　　备注:* 表示 $p=0.05$ 时,有统计意义上的显著差异;而 ** 表示 $p=0.01$ 时,有统计意义上的显著差异。

根据表 3 中的数据,我们还可以发现:《六十分钟时事》节目比《社会纵横》节目运用了更多的具有吸引力并能引发观众情感反应的场面,而且这些场面多以负面情感为特征。而且,《六十分钟时事》节目中占 24.3% 的故事单元运用了偷拍,而在《社会纵横》节目中仅有 3.6% 的故事单元运用了这种类型的画面。除此之外,两个节目都很少用到重复拍摄和重复采编。不过,《六十分钟时事》节目比《社会纵横》节目含有更多的娱乐成分,并更加明显地重复运用了上面提到的拍摄手法。

结　论

　　通过横向比较研究发现,《六十分钟时事》节目在新闻故事的报道中确实比《社会纵横》节目运用了更多的戏剧性手段,尤其是在记者和被采访对象的表现力上,或者说戏剧新闻的角色设计上。《六十分钟时事》节目的被采访对象相对更热情、更活跃,节目也很好地保留了被采访对象的表现,使观众能看到人性真实的一面,而这一点也恰好符合一部成功的戏剧的要求(Styan,1960)。与其把被访者的话生硬地记录下来,不如将其作为人最富情感的一面充分地表现出来,这也是《六十分钟时事》节目能引起观众的强烈反响并深受喜爱的原因之一。

　　另外,《六十分钟时事》节目的记者在整个报道过程中表现出了较强的参与感。正如上文所提到的,记者似乎更像是在表演而不是做单纯的报道。除了扮演着戏剧新闻的陈述者以外,记者也行使着直面观众做现场播报的权力。对于这一权力,《六十分钟时事》节目的记者表现出了很强的兴奋感和自豪感,而《社会纵横》的故事单元中却仅有 21% 的部分表露出记者拥有这种特殊的权力,这就从一个侧面反映出中国记者的戏剧参与感较弱。

　　另外一个值得思考的现象是,在叙事内容的类目中,除了以友好作为故事基调这一变量之外,《六十分钟时事》的确比《社会纵横》在节目中设置了更多的困境、矛盾、戏剧性的对比和敌意。一个比较合理的解释是多元化的创作手段使节目更有生气和活力,节目的逻辑结构也更加清晰,这也从另一个角度揭示出了《六十分钟时事》节目广受欢迎的又一原因。

　　最后,研究结果还表明了这样一个事实:感情诉求在《六十分钟时事》节目中表现得相当显著。情感上极富张力的场面占据了整个故事的三分之一时长,是《社会纵横》节目相应变量的三倍以上。尤其值得注意的是,《六十分钟时事》节目的感情诉求多以负面特征为主,包括暴力和血腥,因而从本质上抓住了观众的注意力。

从纯粹专业的角度出发,上述研究结果对中国的新闻记者是个有力的提醒;学习和效仿相关的叙事方式,打磨和锤炼相应的报道技巧是完善中国的新闻报道、扩充收视群的必经之路。当然,这一点是否适用于亚洲其他国家的新闻行业还有待进一步探讨。可以肯定的是,作为新闻行业首屈一指的名牌节目,《六十分钟时事》成功的原因是多样的,绝不仅仅是戏剧元素的运用这么简单。但以本文的研究为出发点,该节目的新闻创作确实值得亚洲各国的新闻记者参考与借鉴。

可以说,Don Hewitt 开创的不仅仅是一个新闻节目,也是一种和情景喜剧一样有诸多看点且颇具特色的新闻报道形态。坚持用好莱坞的包装手法处理《六十分钟时事》的新闻不仅为他赢得了名誉和尊重,也为他的节目带来了大量的广告客户从而创造了巨大的财富。然而,Hewitt 并没有完全坦然地接受这一切。他也曾内疚地表示他的这种做法与新闻行业的鼻祖 CBS 电视台的 Bill Paley、NBC 电视台的 David Sarnoff、ABC 电视台的 Leonard Goldenson 是不一样的,因为他们都坚定不移地秉持着新闻是新闻,娱乐是娱乐的观念。但不得不承认,那种"追求品味和重要性的新闻"模式已经逝去,取而代之的是"新闻和娱乐相交错"的风格。

不可否认,新闻应该以客观的态度将重要的信息传递给大众,但如果能在新闻节目中像好莱坞的制作方式那样用戏剧的表现手法修饰要传递的信息,节目本身的吸引力也会有所提高。但应当指出的是,当真实的信息与虚构的信息相融合,或者说当新闻事件经过戏剧元素的包装和再加工之后,新闻媒体在观众心目中不偏不倚的形象很可能会受到侵蚀。对于感情诉求以及其他引发观众情绪变化的戏剧化手法的探索也有可能让主流的新闻记者感到惊恐和不知所措。从这个角度出发,戏剧元素在新闻报道中的运用并不是吸引观众的万灵药,它也有可能造成不利的影响。

新闻故事中固有的戏剧元素和通过创作技巧进行再包装所添加的戏剧元素是应该予以区分的。也就是说,不管是否存在引发观众强烈反应的内容,新闻故事都可以戏剧化(Grabe,Lang,& Zhao,2003)。当新闻中存在这样的内容时,记者需要敏感地捕捉到内容中富有戏剧性的一面、感性的一面;当新闻中不存在这样的内容时,记者就应该肩负起使新闻看起来更戏剧性、更感性的使命,也就是要恰到好处地运用戏剧化的表现手法又不失新闻的客观性和可信度。但是如何能够平衡好戏剧化的表现手法和负责任地进行新闻报道而不危及伦理道德和职业道德，确实有待业内人士做更一步的研究和思考。笔者也在此呼吁同行能一起为这一领域的完善增砖添瓦，相信辛勤耕耘过后必将硕果累累。

References

Altheide, D. L. (1976). *Creating Reality How TV News Distorts E-vents*. New York: Sage.

Aristotle. (1954). *Rhetoric*. Translated by W. R. Roberts. New York: Modern Library.

Barkin, S. (2003). *American television news: The marketplace and the public interest*. Armonk, NY: M. E. Sharpe.

Bennett, W. L. (1988). *The Politics of Illusion*. New York and London: Sage.

Berner, R. T. (1988). *Writing Literary Features*. Hillsdale, NJ: Lawrence Erlbaum Associates.

Butler, J. G. (2001). *Television: Critical methods and applications*. Mahweh, NJ: Lawrence Erlbaum Associates.

Campbell, R. (1991). 60 *Minute and the News*. Urbana and Chicago: University of Illinois Press.

Carey, J. W. (1975). A cultural approach to communication. *Communication*, 2(1), 1—22.

Epstein, E. J. (1974). *News from Nowhere*. New York: Vintage Books.

Gans, H. (1979). *Deciding what is news*. New York: Vintage.

Grabe, M., Lang, A. & Zhou, X. (2000). *Tabloid packaging of boring television news: Effects on memory and viewer evaluations*. Presented at the ICA meeting, Acapulco, Mexico.

Grabe, M. E., & Zhou, S. (2003). News as Aristotelian drama: The case of 60 Minutes. *Mass Communication & Society*, 6(3), 313—336.

Grabe, M. E., Zhou, S., & Barnett, B. (1999). Sourcing and reporting in news magazine programs. *Journalism & Mass Communication Quarterly*, 76 (2),293—311.

Grabe,M. E. ,Zhou,S. , & Barnett,B. (2001). Explicating sensationalism in television news: Content and the bells and whistles of form. *Journal of Broadcasting & Electronic Media*,45(4).

Grabe,M. E. ,Zhou,S. ,Lang,A. , & Bolls,P. D. (2000). Packaging television news: The effects of tabloid on information processing and evaluative responses. *Journal of Broadcasting & Electronic Media*, 44(4),581—598.

Grossman,L. (1997). Why local TV news is awful. *Columbia Journalism Review*, 36(4),21—22.

Hachten,W. (1999). *The world news prism : Changing media of international communication*(5th ed.). Ames,Iowa: Iowa University Press.

Hawes,W. (1991). *Television performing news and information*. Boston: Focus Press.

Hess, S. (1996). *News & Newsmaking*, Washington, D. C. : The Brookings Institution.

Hewitt,D. (1998). 60 lashes. *Columbia Journalism Review*,36(5),32.

Lang,G. E. , & Lang,K. (1984). *Politics and television*. Beverly Hills, CA: Sage Publication.

Nelson,R. (1997). *TV Drama in Transition*. Great Britain: Anthony Row Ltd.

Newhagen, J. E. , & Reeves, B. (1992). This evening's bad news: Effects of compelling negative television news images on memory. *Journal of Communication*, 42(2),25—41.

Pfister,M. (1988). *The Theory and Analysis of Drama*. New York: Cambridge University Press.

Rosenthal,A. (1999). *Why Docudrama? Fact-Fiction on Film and TV*. Edwardsville: Southern Illinois University Press.

Snierson, D. (2000). Taking the High Road. *Entertainment Weekly*, 553,43.

Steele,C. A. , & Barnhurst, K. G. (1996). The journalism of opinion: Network news coverage of U. S. presidential campaigns,1968 — 1988. *Criti-*

cal Studies in Mass Communication, 13(3), 198—209.

Stein, R. S. (2001). Legitimating TV journalism in 60 *Minutes*: The ramifications of subordinating the visual to the primacy of the word, *Critical Studies in Media Communication*, 28(3), 249—269.

Styan, J. L. (1960). *The Elements of Drama*. London: The Cambridge University Press.

Tulloch, J. (1990). *Television drama agency, audience and myth*. London & New York: Routledge.

The Dramatic Elements in Television News and Their Implications to Sensationalism

Shuhua Zhou, Bin Shen

College of Communication & Information Sciences

University of Alabama, U. S. A.

Abstract: This article summarizes several studies that investigated the provocative notion of news as drama. The insights of Greek thinkers, expecially Aristotle's dramatic elements are being considered. The article first looks at the prevalence of sensationalism in the news. It further explicates the dramatic elements that may underline production of TV news in that regards. We will then introduce the first study, looking at the so-called bells and whistles, or various means of producing dramatic television news. The second study introduces comparative Chinese and American data to look at how TV professionals perform in those areas.

Keywords: Television news, Dramatic elements, Sensationalism, News packaging

文明的丧失：科技对文化与传播的压缩效应

董娜·R.米勒(Donna R. Miller)*，
戴维·C.布鲁恩格(David C. Bruenger)①**
杰佛逊社区科技学院*
德克萨斯大学圣安东尼奥分校**

　　[摘　要]20世纪晚期，西方产品和西方娱乐随着消费主义社会在全球范围内的扩展而蓬勃，表明文化的商业化与同质化将在21世纪成为不可避免的结果。而通信技术的革新不仅仅只是为商业产品的消费提供了新的平台；由于新的通信传播网络具有多信道和多向性的特点，人们可以在类似于商业信息和娱乐产业的广大范围内进行传播交流。新出现的科学技术具有对话性的效果，它借用商业文化改变经济影响与关注重点，建立起以互联网为基础的社会网络，并且模糊了公共领域与私人领域之间的界限。这些体系的发展速度、适应性与可调整扩展性(scalability)结合在一起发挥作用，使得地理与时间的局限作用减少、联系体系全球化、反应循环周期受到极大压缩。因此，在20世纪末，文

　　①　[作者简介]　董娜·R.米勒(Donna R. Miller)，杰佛逊社区科技学院(Jefferson Community & Technical College)应用理论分部主任；戴维·C.布鲁恩格(David C. Bruenger)，德克萨斯大学圣安东尼奥分校(University of Texas，San Antonio)音乐系副教授。

化产品的大众生产模式与分配模式处在了历史转折①(crisis)之中。

[关键词]文化,全球化,后现代,以计算机为媒介的传播活动,病毒式②

绪　言

在 20 世纪的最后几十年中,经济体系越来越多地在全球范围内发挥作用,这一点已经非常明显。经济全球化的影响包括不断扩张的跨国市场所造成的文化产品的日益改变。随着消费社会在全球的蔓延,西方产品和西方娱乐蓬勃发展,似乎指明了文化的商业化和同质化将成为全球化在 21 世纪所不可避免的结果。

而全新的通信技术(在 20 世纪的最后 20 年中,通信技术的应用形式激增:包括个人电脑、移动通信和互联网等)给各种商品带来的绝不仅仅只是一个新的消费平台。由于这些通信网络具有多渠道和多方位的性能,人们就有可能利用与传输商业信息和娱乐产品的规模层次类似的信息渠道来传送思想、图像和信息。

后现代解读

科技、经济和社会力量之间的协同作用带来了革新的发生;当这种革新被视为对社会既有利又有益的时候,却不是每一位理论研究者都觉得科技进步是好事。在《未来冲击》(*Future Shock*,1970)这本书中,阿尔文·托夫勒(Alvin Toffler)预言科技将越来越快地缩短变革发生的周期;他论述了科技的这种"加速冲击"会给人类心智带来潜在的危害。尽管后现代时期的不同理论研究者们对待"进步"的看法有天壤之别,但他们都认识到,稳定的状态与稳定状态的瓦解之间存在着一种根本性的、对话性的关系。托马斯·库恩(Thomas Kuhn,1962)的有关"科学革命"的分析,对这种关系具有重大影响。他将"常规科学"看作一种稳定的、被广泛接受的"范式"。当已有的范式无法

---

① 译者注:本文频繁使用 crisis,crisis 翻译成中文可有转折点、转换期、剧变、转变、危机、决定性时刻等多种意思,为了保持作者原词翻译的一致性,在本文中基本上译为"转折",而不随文上下语境更换。特此注明。

② 译者注:病毒式也可译为传染式。

对自然的例外现象做出解释时，新的范式就开始形成，并继之以一段意见不统一的时期。最终，包含了常规科学新定义的新范式取代旧范式，"范式转换"完成。

与托马斯·库恩类似，福柯（Foucault,1970）认识到传统结构的断裂，他将之称为"认识的断裂"，这出现在新的文化范式形成之前。福柯描述道，发生在18世纪初的这样一次断裂"……带来了'对经典知识的确信性的消退'和'另一种确信的形成——这种确信，我们至今无疑仍未完全从中超脱出来'（p.220）"。如此可知，一次"范式转换"所需的完整周期是需要几代人甚至几个世纪才能够完成的。虽然托马斯·库恩确实识别出了有相对小的"周转圈"（epicycles）——或者说是在一个周期中有数个小周期（cycles within a cycle），但是他感觉到，主要的转换过程需要相当长的时间来完成。

托夫勒预言新技术会带来循环加速。当然，快速变革是通讯传播革新的结果之一。当代科技将周转圈压缩进入"纳周期"（nanocycles），而多向性体系之间的协同作用为多重范式转换、周转圈和纳周期的产生与共存提供了空间与便利。

对于循环变化和科技的压缩效应来说，音乐形式的发展演进可作为实际例证之一。从18世纪末到19世纪末，音乐品味和音乐消费形式都在逐渐地发生变化。已经确立的欧洲艺术音乐的美学价值（它对音乐加以定义，并使贝多芬这样的音乐家不仅在维也纳本地成为名人，并且蜚声欧洲影响所及的所有地区），开始受到更为迎合流行口味的音乐形式的挑战。由斯蒂芬·福斯特（Stephen Foster[①]）等创立的通俗流行的、商业上成功的音乐，越来越多地吸引了民众的视线、占据了音乐的资源，在美国尤其如此。

人们开始看重这种直接针对美国人独特的社会与地理环境的当代音乐。这种新的流行音乐开始体现一个民族的价值体系，他们不再将自己视为欧洲人，他们不愿接受欧洲经典音乐美学的权威地位。流行音乐的形式和演出、演奏方式得到了突飞猛进的发展，专业化的商业音乐作品也随之而来；音乐学著作已经对这些进行过非常透彻的讨论，也不在本文论列范围，然而，有一点很重要，这些变化表示：在音乐的创作与接受方面，相对单向的华丽说服型的表述，在朝着更为双向的大众型对话的状态转移。这种音乐上的转变是与中产阶级的崛起及商业音乐发行产业的建立相伴随的。其结果就是，有关音

---

① 译者注：斯蒂芬·福斯特（Stephen Foster），美国著名流行音乐作曲家。

乐生产、分配和消费的经济和社会机制都发生了渐进式的革新。这一过程可见图1。

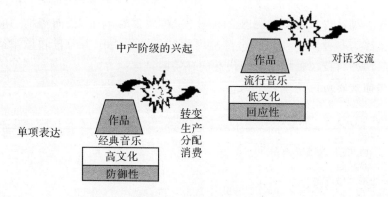

图1 文化转变：从单向表达到双向对话

在其他艺术与文化构架中，我们也可以看到类似的过程。这样的变化过程中存在着一根共线：参与者对新变化的接受/抵触程度可作为对其加以认识的依据，分"早期接受"、"抵触减少"及"摩擦"三种。早期接受者欣然接纳新的范式，很少考虑经济/社会成本。而有些人面对新范式会决定先等一等，要先看到经济机会成本和社会结果才会接受；这样的人属于"抵触减少"一类。而对于新范式，反对者造成的"摩擦"是托马斯·库恩提出的，这也是需要经历几代人才可能完成接受过程的主要原因①。

除去参与者的作用，新文化形式和旧文化形式的关系、内容及效用都不可避免地随着时间的推移而发生变化。而当时间由于科技革新而被压缩，抵触者和接受者之间的压力就被扩大了。从而在后现代的文化位置动摇化之际，他们越来越频繁地造成物质特征与符号特征的转折。与进步相关的转折在物质产品、符号意义、权力关系及个人身份等方面造成影响，制度、社会及个人成本随之产生。

---

① 为了强调时间的作用和新范式受到的阻力，库恩援引物理学家马克斯·普朗克（Max Planck）的话说："新的科学真理并不是通过说服其对手、使他们能够领会其意义而获得胜利的，而是因为其对手最终都死了，新的一代成长起来，他们对新东西更为熟悉。"(Planck,1949,33-34)

后现代转折

托夫勒认为转折源于科技的加速发展，主要影响个人；而福柯（1988）则将科技视为一种从个人到社会范围内的转折。个人作为力量和控制结构所相关的四种科技被破坏是后现代性的环境的结果。

福柯式转折可见于表1。

表1　福柯式转折

生产转折：
阻碍生产、改革或操作
符号体系转折：
曲解或破坏符号
权力转折：
限制行为、统治或抗议
自我转折：
激发个体思想、身体和行为的转变

这些转折在20世纪的大众传播活动中都很明显，而在21世纪，它们更是被以计算机为媒介的网络体系设施所急剧放大。这种放大不仅实现了后现代理论的前提，还破坏了后现代性以之为基础的大众文化结构。不仅如此，由于大众文化堕入危机、不断衰退，新的时代已经出现，其主要特征是对文化进行解构与重建。

分众化，非物质化，无区别化

在20世纪的大部分时间里，大众娱乐产业处于这样的发展和操作模式中：一个源头，多方受众。这种产业的文化产品被视为是通俗流行的，而它却是源于一种针对创作、生产和分配的狭隘且受到高度控制的等级体系。在这一体系中，各种角色和功能都有清晰的定义，且以经济利益为指向被固定在制度的框架中。艺术与娱乐成为一种全球性产业，为大量的观众生产出产品，仅音乐产业一项，每年就创收几十亿美元。

在这种文化的"大众化"形势中，由于广播和物质产品分配方式遵循传统的社会经济学的控制模式，因此，在一些西方娱乐产业中心，有关艺术、娱乐和文化的各种决定越来越多地被地方化。除非得到这一产业的接受，否则，演员就就难以得到肯定。不仅如此,如果艺术不能适应流行艺术模式和娱乐产业模式——或说得更确切些,如果无法让大量普通观众接受,那艺术就不再是艺术了。

流行文化的提供者们通过商业化加固了自己的单向性的说服表达地位,所以观众们在本质上转变成消费者,就像艺术和演员变成了"产品"一样。①

然而在 20 世纪末和 21 世纪初,以计算机为媒介的传播体系具有革命意义,它支持了新的、更为广阔的传播方式的出现,让消费者们可以对那些市场控制者们做出"回应"。②娱乐产业的单向表达地位开始向对话的环境转变。在对话环境中,观众变成演员,消费者变成生产者。这挑战了之前的社会经济模式。这些作用建立在 20 世纪通信传播体系发生巨大革新的基础上。新的通信传播体系强调水平传输,鼓励制度、权威和体系的去物质化,反对将大众与私人领域之间的界限加以区别。③

虽然麻省理工大学的媒体实验室主要关注于发展科技,但其研究人员戴维·里德(David Reed)和安德鲁·里坡曼(Andrew Lippman,2003)观察到:"当社会环境和经济环境围绕一个以科技为主导的时机而同步时,革新往往会一浪接一浪地发生"(p.2)。他们引述了 21 世纪的通信"革命"以及全新的通信传播体系——其运转时不受中心控制,通过一种水平传输结构而不是垂直组合的分配模式(比如旧时的广播)来将"信息"传递给终端用户。就戴维·里德和安德鲁·里坡曼(2003)看来,这样的体系所赖以建立的基础科技称为"病毒式结构",这种科技平台的终级结果是"病毒式传播"。随着病毒式传

---

① 在 Theodor Adorno 的作品中,一种文化产业的确立是一件大事。在 Adorno 和其他法兰克福学派的学者(或受其学派影响的人)看来,20 世纪末全球市场对流行音乐的狂热接受是对"产业化"音乐的权力的肯定,让听众们变得"有节奏地服从"并且"规范而循例地做出反应"。见 Longhurst (1995),p.8;或见 Bruenger(2006)。

② 讨论市场问题的谈话,见 Levine(2000)。

③ 就 Anderson(2006)看来,从图形的角度说,商业产品的需求曲线像一条长长的、不断延伸的尾巴。他写过一本书《长尾:为什么商业的未来是多卖非畅销品》(*The Long Tail: Why the Future of Business is About Selling More of Less*),Gunther(2006)在书评中写道:"……大众文化不再如此大众化。文化已经面向'特定环境中的大众'。"这些特定环境是由社会科技网络的成员所组成和控制的,他们无论是在选择信息来源/娱乐内容,还是在制作、生产及分配自身产品方面都拥有充分的个人自由。源于病毒式水平网络的充分自由选择,为文化的分众化及机构的非物质化贡献了力量。更多有关"长尾巴"现象的信息,请见 http://www.thelongtail.com/。

译者注:*The Long Tail: Why the Future of Business is About Selling More of Less* 一书中指出商业和文化的未来不在热门产品,不在传统需求曲线的头部,而在于过去被视为"失败者"的那些产品——也就是需求曲线中那条无穷长的尾巴。互联网以及与其相关的无穷选择正在改变我们的世界。谁能利用这一点,明天的市场就属于谁。

播驱动着新的社会发展与经济发展,"转变"扩大和强化了现有体系面貌中的破裂,如表 2 所示。

表 2　病毒式传播的效果:福柯式的考察

生产转折
- 个人电脑和互联网给消费者传输生产及分配的能力。
- 消费者们通过指定分配方式和生产篡位而使文化分众化。
- 传统的社会经济学概念在当代变得不敷使用。

符号体系转折
- 已确定的语言被超文本所取代:Leetspeak①、插图、由字符组成的图释。
- 跨定义效果:对新闻/娱乐、功用/休闲、艺术/商品的去物质化。

权力转折
- 全球化:跨商业、跨国、跨文化。
- 制度和权威体系的去物质化。

自我转折
- 公共和私人领域的去区别化。
- 知识和经验的商品化。
- 展示和对展示的期待组成了阅历。

　　随着现有框架的倾颓,新的病毒式传播结构和用户容易掌握的图形用户界面(GUI)操作系统及软件,支持了多种对话性质的/由团体组成的结构。这些结构是新通信体系的设施,目前包括门户网站和搜索引擎(比如雅虎和谷歌)、服务商(比如美国在线)、内容供应网站(比如 IFILM 和 YouTube)——这不仅使视频文件的交流更为便利,还同时为消费者和生产者在社会及商业中可能的联络提供了平台。

―――――――――

　　①　"Leet"是指一种正在出现中的语言,主要与互联网文化相关。这是一种对符号的"速记",它将字母和数字放在一起,以达到在文本信息、即时信息、游戏和电子邮件中加速对话及常常伪装对话的目的。在科技革命的早期,熟练的使用者形成一群"elite speak"/"Leet",以逃避网络管理员的检查。比如说,将"porn"写成"p0rn"甚至"pr0n",从而规避由网管制定的规则和限制。

　　Leet("l33t"或"1337")还包括对替代成分和修饰成分的使用,比如说字母"k"表示极大的数量。因此,当这群使用 Leet 的人想逃避审查制度,他们就用符号"＄"来代替字母"s",用"ck"来代替"x"。于是"shit"就变成了"＄hit","suck"就变成了"sux"。另一种常见的做法是用字母"z"来代替"s",于是"rules"就变成了"rulez"。

　　l3375p34k(Leetspeak)的另一个重要方面是传播速度。比如说,玩游戏的人对抗正酣,没有时间打出完整的信息。于是在评论对方玩家时,"Oh my God! It sucks to be you!"就变成了 Leet 信息"OMGIS2BU"。

　　我们还要指出的是,在互联网活动中使用 Leet 和不使用 Leet 的人群之间存在非常激烈的冲突。社会科技网络常常由这两拨人组成,一方用"4"来代替"for",用"U"来代替"you",用"UR"来代替"your,you are,you're",或在聊天时使用字符表情,而另外一方则鄙视这样的用法,拒绝在传播中使用这样的语言。更多相关信息,请参见 http://en.wikipedia.org/wiki/Leet。

因此,以计算机为媒介的通信传播体系不仅是高度对话性的(消费者与消费者之间可以交流),而且为观众对艺术和娱乐产业及其产品做出反应提供了便利。新科技使观众们也变成了演员,让他们的作品得以在全球范围内广泛且相当迅速——病毒般快速传染性地传播。从专业作品所获得的公众关注角度考虑,这种由消费者生产的产品在很多情况下已经获得了平等的地位;甚至在某些情况下,在文化的重要性方面超越了专业作品。

最近的报道显示,内容供应网站有超越传统广播媒体而成为主要的娱乐形式的潜力。2006年7月,英国广播公司(BBC)报道说,YouTube网站上每天有超过1亿个视频在播放。YouTube网站报道说,其每月的独立访问者人数已经超过两千万。据Hitwise公司的流量统计,YouTube控制着美国网络市场的29%。虽然这个网站上有部分内容盗版自主流媒体,但大部分是由媒体和广播的业余爱好者所制作和发布的视频短片①。

随着并不昂贵的录制设备及高速连接技术(如宽带、互联网主站)的蓬勃发展,消费者们不再是娱乐的被动接受者。观众从被动接受变为主动导演,轻而易举地制作、编辑和传播娱乐作品——只要发发电子邮件就行了;科技让娱乐作品的所有权变得混乱。为了回应权力的去物质化趋势并对作品加以控制,作为对手的主流广播媒体虎视眈眈地监视着YouTube这类网站,阻止其传播主流广播媒体拥有知识产权的作品。禁止令和终止令确实减少了一些传播,但是,尽管有传统广播媒体的不懈努力,盗版内容仍然不断被数以百万计的"由消费者转化而来的生产者"所传播。

最近,国家广播公司(NBC)的一部曾经失败的电视前导节目在YouTube以一系列九分钟视频短片而走红。虽然这些节目出于YouTube的标准而做得一般,但是在不到一个月内就有超过40万的浏览量。尽管此前YouTube发布了一些属于NBC的节目,NBC对此毫不妥协地行使了法律权利,但这次NBC却和YouTube合作制作一系列网络短片(可以直接在网上收看的广播电视短片)来推动电视前导节目②。

NBC最初的和重新考虑之后的反应都显示出,由YouTube数百万观众所带来的显而易见的广告机会和保护知识产权在经济上的必要性,这两者之

---

① 参见 http://news.bbc.co.uk/2/hi/technology/5186618.stm。

② 参见 http://www.zap2it.com/tv/news/zap-nbc-nobodyswatching,0,5673139.story?coll=zap-news-headlines。

间是存在冲突的。所有的知识产权法律原都是建立在原创作品、衍生作品及复制作品之间存在的明显区别这样的基础之上的。随着这种区别日渐模糊，这样的反应已经成为一种将法律和经济上的影响最小化的戏剧性的尝试。尽管权利人不懈努力，试图掌控，但他们所支持的快速变化的技术与社会网络使"消费者转化成生产者"，同时，也使现存的法律权威的结构受到削弱。

从观众到演员、从消费者到生产者的角色转换，标志着从文化的分众化（demassification①）和机构的非物质化（dematerialization），向私人与公共领域区别的消失以及公开展示（spectacle）爆发的发展变化过程。在科技使消费者/观众能够参与文化娱乐生产之前，Baudrillard（1994）和 Debord（1995）从消费者和生产者两方面出发，在广阔的范围内讨论了超现实和公开展示的概念。以计算机为媒介的传播通信及其社会科技网络使每个人都有可能去创造和公开展示。

比如说，2005 年两个中国学生黄艺馨和韦炜以对口型的方式假唱世界知名的美国流行音乐组合"后街男孩"的歌，并录制成视频。虽然他们把视频上传到互联网上之后吸引到了一些学生的注意，但是直到进入 Google Video、YouTube 和 IFILM 等网站之后，这段简单的自制视频才算真正显示出惊人的潜力。拥有多项白金销量的后街男孩 CD《千禧年》被黄韦二人拍成对口型假唱版本后，轰动互联网，黄韦二人被称作"后舍男生"。对于二人的新兴名声，《经济人》杂志（2006）评论道："几乎每个处了一定年龄的中国网民都看了'后舍男生'……"②

"后舍男生"的视频"I Want It That Way"显出一些文化帝国主义的迹象（音乐本身、NBA、阿迪达斯、休斯顿火箭队的标志），以及文化上的借用（对口型假唱及程式化的动作编排）。无论如何，对口型假唱版本为我们提供了更为显明的证据：那就是以计算机为媒介的传播体系与引人注目的公开展示社群是有所关联的。黄韦二人对"后街男孩"的模仿作品不仅在全球范围内被无数次地观看，而且还被全世界"由消费者转化而来的生产者"所仿效。仅在YouTube 上，"I Want It That Way"现在就有约 500 种版本。

---

① 译者注：分众化（demassification）这个词由美国未来学家阿尔温・托夫勒在他 1970 年出版的《未来的冲击》一书中首创，分众媒体（Demassification Media）是相对于大众媒体（Mass Media）而言的，是指传播者根据受众需求的差异性，面向特定的受众群体或大众的某种特定需求，提供特定的信息与服务。阿尔温・托夫勒还预测美国社会在未来的 10 年之内，将面临社会结构解构的问题。

② 参见 http://economist.com/world/asia/displaystory.cfm? story id=6776404。

虽然原版的"后街男孩"视频也被计算在这个数字中,但是更多的视频是由来自韩国、意大利、越南、以色列、英国、巴西、克罗地亚及美国的"由消费者转化而来的生产者"将"后舍男生"的模仿版(事实上已经变成"新原版")再次翻制而成①。从翻制的视频中我们可以很清楚地看出,虽然制作者和表演者可能对"后街男孩"的原版唱片有注意并且已经熟悉,但翻制版本的视觉内容与形式都对应于"新原版"。在某些情况下,这些翻制版本之间还存在竞争关系,而在其他一些情况中,翻制版本明显意在模仿中国学生的版本,甚至是为了向它致意。

从"后舍男生"视频所受到的广泛回应来看,病毒式传播网络创作出了衍生作品,其力量使人们想起福柯(1970)对"原创的问题"、"复制"的概念以及二者之间的变化关系所进行的讨论(p. 333)。像"后舍男生"这样利用对口型假唱而录制的视频,从表面上看是业余爱好者对商业原创版本的复制。然而由于病毒式传播的缘故,它们不仅获得了与原版相同的关注程度②,而且还进一步篡夺了"原版"的地位。这不仅是对"原版"和"翻版"的去区别化过程,而且是一种产生"新原版"的后现代过程。"新原版"对现实与名声进行了重新定义,而更进一步的翻制作品又在"新原版"的基础上得以创造出来并水平传播。

不仅是通信传播活动,连经验也越来越多地媒介化。随之,早先被认为是私人生活的东西也开始变得越来越公开。公共与私人之间去区别化的一个重要因素是 20 世纪下半叶期间传统社会习俗的衰亡(Putnam,2000)。此外,信息和计算机技术的影响力极大地作用于社会网络,不仅消除和扩展了传统网络,还创造了新的网络(Resnick,2002)。

因此,当代媒体将越来越多的信息与娱乐带进了人们的私人领域——人们明显越来越多地从传统的、面对面的社会交往中疏离出来。不过,这种表面上的疏离会被通过"以计算机为媒介的网络"而获得的社会交往所淡化。不仅如此,文本、图片、音频或视频文件都可被制作出来,并通过互联网得以

---

① 对"后舍男生"视频的国际反应,可见 http://www.youtube.com/,可用以下关键字搜索:*Asian Backstreet Boys*,*Back Dorm Boys*,*I Want It That Way*。

② 韦炜和黄艺馨二人自制视频的迅速走红使他们获得了摩托罗拉公司的邀请(见 http://www.iradiowaves.com/archives/backdorm-boys-help-motorola-with-viral-campaign.html),参与制作了一则获奖广告(见 http://www.youtube.com/watch? v＝xU6GIt0de6o)。接着他们又被百事可乐公司看中,与姚明和珍妮·杰克逊共同成为其公司软饮料产品在中国的代言人(见 http://economist.com/world/asia/displaystory.cfm? story id＝6776404)。

即时与无数"朋友"一起分享,无论在什么地方,使用便携式无线设备就可以做到这一点。以前的私人传播与娱乐消遣现在越来越多地被带入咖啡店或地铁这样的公共场所。

从分众化、非物质化到文化的去区别化的进程是相互关联的,它们对生产、消费和社会网络具有多方面的影响。这些过程不仅显示了 20 世纪文化的加速衰退,还共同形成了一股巨大的推动力,促进着"去文明化"的过程。见表 3。

表 3　去文明化:文化的转变

大众化	分众化	非物质化	去差异化(同化)
原版作品通过已经确立的娱乐和传播渠道得以制作和发布。	观众被动地接受原版。随着他们将自己的作品通过以计算机为媒介的多向性渠道进行制作与发布,观众变成了演员。	由于发布渠道具有多向性的效果,复制品成为"新的原版"。	受众利用制作技术向复制品做出回应。由于"文化借用"的关系,原版和新原版的意义继续发生变化。当复制品成为一种典型后,文化转变就此发生。
一开始的"后街男孩"视频	"后舍男生"的视频	向"后舍男生"做出回应的视频	向"后舍男生"的翻制作品做出回应的视频

在去文明化的一些从属相联系的过程中产生了一种根本性的转变:原来从根本上抗拒变化的结构和意义(垂直性),现在变得倾向于进行对话和做出回应(水平性)。因此,以支配性关系为特征的社会经济体制,从垂直性的结构(文化帝国主义)变得开始具有倾斜度(文化借用)。与此相对,在结构和功能上具有水平性质的"以计算机为媒介的传播体系"制造着更为民主的过程(包括分众化、去物质化和去差异化)和作品。这些作品——比如"后舍男生"所录制的视频短片——不仅源于流行文化,而且还产生另外的反应波。

分众化、去物质化和去差异化的过程被 21 世纪的通信传播技术所压缩和加速,从总体上趋向"去文明化"。"去文明化"——一种文化模式衰退、另一种文化模式兴起——已经在过去的两个世纪中上演了好多回。图 2 即说明去文明化的过程,它回顾了音乐领域自 20 世纪以来,特别是在 21 世纪经历病毒式传播的压缩效应的这样一个过程。

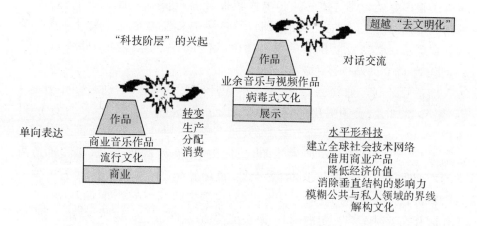

图2　病毒式的兴起：文化的"去文明化"

病毒式传播的压缩效应

已经确立的文化创造出很多经典作品，从某些方面来说，它们是一种单向表达；已经确立的文化还创造出垂直性的结构，拒绝变化。当社会或经济情况发生变化，或者有革新性的科技出现，新的、更为进步的文化形式就发展出来，它与旧文化及其作品的关系是矛盾的。历史转折源于这种矛盾的形势，反过来又造就这种形势，直到新的文化单向表达形式得以确立。在转变中，对变化做出回应的水平性结构会促进生产与分配，从而增加成功确立新形式的可能性。经济和社会因素都会对此过程有所贡献，而对于确立新的文化形式所需要的时间，科技则创造出了最明显的和具有压缩性的效应。

作为一种深植于文化价值和实用惯例中的发展已久的艺术形式，音乐能够很好地反映出历史转折对文化结构所造成的影响。如前所述（见图1），最主要的转折是中产阶级——有足够的闲情逸致与收入来进行自由消费的一群人——的兴起；对于从已经确立的，且在文化上具有重要意义的欧洲经典音乐向粗俗的流行音乐发展的变化过程，这一转折起到了推动作用。此外，伴随着这一社会变化而出现的经济结构鼓励了新的音乐形式的发展，刺激了新转折的产生，而新的转折又受到新技术的支持与扩展，比如音频录制技术。

Reed and Lippman（2003）指出，社会经济与科学技术的革新同时发生，这带来了很多好处。但这样的同步也使转折发生的频率增加。当代科技使一系列变革同时发生，纳周期套纳周期，周转期中又包含的周转期的方式已经成为惯例。在受到极度压缩的时间段中，这些东西制造出一波接一波的转变，使已经确立的结构体系解体覆灭。

以音乐录制产业为例。自 1999 年 6 月（P2P 资源共享网站 Napster 出现）到当年 12 月（美国唱片工业协会代表世界几大唱片公司以 Napster 侵犯著作权和剽窃知识产权为由提起诉讼，此案意义重大），音乐录制产业改变了之前对"转折危机"漠不关心的态度①。从 1999 年到 2006 年，法律和科技两方面的变化改变了音乐产业贯穿整个 20 世纪的产业结构和生产/消费类型。

在出现这些转折的同时，"技术阶层"也随之兴起。"技术阶层"不仅是在工作时和在家时都有一定的闲时，而且他们的工作有利于科技——源于 20 世纪末 21 世纪初通信系统的转折——的发展。"技术阶层"的工作和生活环境都离不开高科技，以满足他们工作、生产和休闲的目的。Peretti(2006)说这一人群因为"厌倦工作网络"（Bored at Work Network，BWN），形成病毒式文化。他们利用互联网、手机、电子邮件、电子文本和即时通信系统来表达自己的价值规范、创作传播自己的作品②。

Jones(1997)在观察了以计算机为媒体的传播活动对社会认同与社会结构产生的影响后，对"虚拟文化"这一概念进行了探讨。他正确地认识到，就像电报遵循铁路的线性结构一样，早期互联网是以已有的无线通讯的线性结构为基础。然而，由 21 世纪病毒式传播方式所催生的多信道、多向性发展趋势并没有沿着已有的通讯形式走下去，而是在传播形态上有了革命性的变化。这种形态具有横向联系的特点，而不是线性的。它允许信息向多个方向传播，不仅一对一，而且一对多、多对多，都很便捷。具有对话性质的病毒式传播活动以信息滋养着技术阶层——"厌倦工作网络"（BWN）者们，同时又被"厌倦工作网络"（BWN）群体所滋养，而他们存在于超现实和展示的病毒式文化框架内的社会科技网络间。

---

① 完整讨论见 J. Alderman and E. Schwartz(2002)。
② 更多有关"厌倦工作网络"及病毒式文化的讨论，请见 Miller 和 Bruenger(2006)。此外，有关"工作中浪费的时间"在经济上所造成的影响，最近的研究表明：一些工作者们说他们每天要花 2.9 个小时在与工作无关的事情上，相当于有 7590 亿美元的工资没有相应的工作量；约有 44.7％的工作时间被浪费在上网上。更多信息请见 http://aol. salary. com/careersandwork/salary/articles/atclcareeradvice. asp? atc＝529。

有证据显示,在 21 世纪的头几年,技术阶层的病毒式文化与建立在旧媒介基础上的文化形式处于共存的状态,比如 NBC 和 YouTube 之间的合作关系,然而它们之间更多地显示出竞争和斗争的态势。以病毒式传播活动为基础的娱乐形式和社会网络越来越多地控制了时间和资源的份额①。结果,病毒文化将最终代替现在的后现代文化形式。当这一拨"去文明化"浪潮达到顶峰之时,以病毒式文化为基础的文明浪潮也将初见端倪。

如果我们从文化的角度来考虑文明,可以这样说,文明是以社会的形式所建设与维持的意义与产品的总和。从这个角度说,文明取决于如何看待它和表达它的共同意见和垂直整合结构。这样的稳定状态中包括语言、行为、生产方式及消费类型;这即使没有得到人们的一致认同,也是被大部分人所理解的。

当社会、经济或科技革命/转折开始影响垂直结构的稳定性——这依赖于人们在此结构中的角色与投入——这样的变革就开始显现出建设性或是破坏性的力量。进一步说,由于对话与交流对于社会现实的建设与维持来说非常关键,因此,通信科技与网络的变革极有可能会带来社会转折,并在文明的文化框架中形成一股破坏力量。

因此,如果我们认为文明是由机制、政府行政机构和一个共享的社会建构文化的过程所组成,那么"去文明化"就是原本以垂直形态维持的结构发生分裂、解体,并在许多情况下重新组成新结构的过程。在 20 世纪末 21 世纪初,垂直结构的分解受到病毒式传播体系的刺激;病毒式传播体系本身具有水平性的体系,其强大的引力最终导致了垂直结构的解体。因而在 20 世纪,大众文化逐渐"去文明化",随着支配式的单向表达方式让位于辩证性的对话性的方式,消费者们可以自由指定生产和分配形式,垂直结构慢慢分裂、解体,最终消亡。

虽然新的结构与作品可能与原来的结构与作品有所相像(比如说,流行音乐通过 CD 传播和以 MP3 的形式进行下载有所相像),但消费者可以控制生产和传播的方式,这一点是完全而明显不同的。从观众变为演员和从消费

---

① 两年之内,MySpace 网站的流量就增加了 4300%。2006 年 7 月 11 日,Hitwise 公司报道说 MySpace 的访问量已经超过 Yahoo!更多信息请见 http://weblogs. hitwise. com/bill-tancer/2006/ 07/myspace moves into 1 position. html。这一消息由于在网络领域及广告收入上带来了严重的后果,所以受到了 Yahoo 和其他一些公司广泛而详细的调查。更多讨论见 http://www. clickz. com/show-Page. html? page=3619306。

者变为制作者的转变过程显示出病毒式传播体系带来的巨大力量,在全球范围内对文化结构与文化认同进行建设、破坏与重建。

全球化,本土化,病毒式

20世纪末,信息与传播科技(ICT①)的变革极大地增强了一些国家的经济实力;而强大的经济实力推动了资本主义及随之而来的西方帝国主义的扩张。因此,经济实力被视作对本土经济、本土身份和本土文化的威胁。因为这些理论反映出前病毒式传播的过程和产物,所以它们把地理身份和地理位置作为基本特征。因此,尽管无论从经济还是文化的视角对全球化进行理论批评几乎都不可避免地要考虑到"以计算机为媒介的传播方式"所造成的影响,可他们却并未预见到水平结构和病毒式传播活动所具有的超越地区、地域和国际地理范畴的影响力。

例如,通过对前病毒式信息时代的调查,Manuel Castells(1996)说:"……在信息时代占统治地位的功能和过程越来越多地围绕网络而形成。"(p.469)。他进一步说,"……网络逻辑的扩散极大地改变了产品加工、经验、权力和文化的操作方式与结果。"(p.469)。因此,Castells的深刻分析预见到了以计算机为媒介的传播活动会对经济、社会、政治和文化所造成的影响。不过,虽然Castells敏锐地观察到20世纪末社会因素与经济因素之间的联系,但是他未能对出现在21世纪早期、创造并维持了病毒形式传播过程的种种关键因素加以讨论。

例如,Castells正确地认识到,在以计算机为媒介的网络世界中,速度和可调整扩展性(scalability)非常重要;Lippman和Reed(2003)将之引为病毒式传播的重要因素。不过Castells(1996)也说到网络有一种"……内在能力,可以避开、忽视或清除与预定目标相悖的指令……"。这说明Castells与MIT媒体实验室研究不同,他并不重视网络在多种不同环境中的可塑性与适应性。

此外,Castells(1996)引述了在"用户间的社会分层现象日益增加"的同时,网络"在自身领域内对大多数文化表达方式加以控制"的能力(pp.371—

---

① 随着以计算机为媒介的传播活动在20世纪的最后几十年中具有越来越强的说服力,在ICT这样的缩写中,"computer"越来越多地代替了"communication",或者作为"communication"的补充。比如,Resnick(2002)说:"想一想社会关系与科技(准确地说是计算机体系与通信资源)之间的互动效应,这是一件非常有趣的事情。"(p.2)

372)。正如 Lippman 和 Reed(2003)所引,在现实中,将功能和信息水平传输到个人网络用户手中可以使消费者们突破他们自身在获取信息和科技能力方面的很多局限,并使他们得到制造和传播信息的方法。

最后,Castells(1999)观察到网络的一个基本特征是使用"……二元逻辑:包含/不包含"来描述用户是否在网上,这很像他认为的"网络编程"只允许编程使用。这种对网络和用户关系的二元观点,没有反映出巨大的水平性力量和病毒式结构多向性、多信道的影响范围,也没有反映出病毒式传播活动在网络内创造网络的团体组合力量①。Castells 的这些观点出现于病毒式传播活动蓬勃发展之前,虽然观察敏锐且具有决定意义,但由于发表时全球化趋势与信息传播科技(ICT)的互相联系的影响作用刚刚显现出来,因此具有一定的局限性。

Held 和 McGrew(1998)曾说:"简言之,全球化趋势可以看作相互联系的网络在世界范围内不断扩大、强化、加速及成长的一种作用。"因此,全球化趋势对于 20 世纪八九十年代的贸易、产业和金融理论来说都是一股重要的影响力。随着全球化在经济与文化方面的效果日益明显——尤其是按照西方商业标准从文化的商业化作用与一体化作用的角度来考虑——全球化趋势不仅对本土与地域经济,也对文化与个人身份认同造成了一系列威胁。

结果,已有的垂直结构不得不通过利用全球科技、加强本土特征来对以上现象做出回应。这一过程通常被视为"本土化",从而用来解释城市、国家和政府对全球化效应所做出的初始反应。比如说,我们可以看一看世界范围内美国快餐店的菜谱,将其作为"本土化"在行动方面的例子。仅看麦当劳一家,结果就很明显——西方国家的公司为了达到经济目的而趋向于服从本土的习俗与喜好,从民族特性中吸收有利于自己的东西②。然而,虽然有这样的"本土化"趋势,外国公司也努力迎合本土文化,但矛盾仍然存在。一些抗议和破坏西方快餐店的事件就是明证。为了报复西方力量的侵入,暴力事件不断发生,连工作在这些店的本地人都有被袭击的危险③。

---

① 更多有关团体组合网络以及 Reed 网络价值规律的透彻讨论,请见 Reed(2001)。

② 关于麦当劳如何在美国以外的地区调整其菜单的更多信息,请见麦当劳公司网站 http://www.mcdonalds.com/;至于麦当劳菜单汇编,请见 http://www.tikifish.com/mcdonalds.html。

③ 法国农民 José Bové 是反对/攻击西方快餐店的例子之一,他曾破坏了一个正在建设中的麦当劳餐厅,详见 http://news.bbc.co.uk/2/hi/europe/812995.stm。有关巴基斯坦拉合尔市内肯德基、麦当劳和必胜客餐厅的火灾事件,请见 http://www.cbsnews.com/stories/2006/02/13/world/main1308960.shtml。

当前一些理论考察了全球化趋势对文化造成的影响,将全球化与本土化的动机、效果与结果同作为考察重点。然而,即使跨国与跨区域被视为全球化的重要因素,但地理因素对于经济和文化的重要性仍在不断减少。以沃尔玛为例,信息与通信/计算机技术(从最新的意义说,即 ICT)的使用让它获得了巨大的成功,并由此成为沃尔玛库存管理系统的一项产业规范;信息与通信/计算机技术的作用得到了承认。此外,随着 Amazon.com 这样的网络商店开始将书店从商场中移出,规模更大一些的 Barnes & Noble 公司也不得不创建一个靠得住的网站来与自己的实体店相配合。虽然传统的经营者做出种种努力,比如在世界范围内拓展业务、遵循本土习俗以及开展网络销售,但就像消费者越来越多地参与到生产与分配中一样,传统的经营者也不得不变。病毒式传播与社会科技网络对传统中心式等级结构造成的威胁要超过信息通信技术(ICT)管理工具或基于网络的零售业,是它们使垂直的组织结构逐渐趋于水平化,并且,就文化意识而言,使得全球化与本土化的影响都成了次要的了。

网络之国

1995 年后,病毒式传播体系的力量引发了一系列反应。病毒式传播的速度、可调整/扩展性以及水平力量(horizontal force)表明,地理位置对社会身份的影响已经远不如其他因素的影响大了。现在,在确立团体的价值、标准和信念时,更多地依靠博客站点、IP 地址或服务提供商,而不是以前的位置、地域或国家特征。

由于地理方位不被病毒式传播所重视,而且"我们在哪里"的答案越来越多地变成"在网上",因此人们对时间的感知也不可避免地受到影响。正如在19 世纪,横贯大陆的铁路使人们可以快速旅行,而不像以前那样旅行不便,这就使得人们对当地时区产生了多样和模糊的感觉;现在病毒式传播将遍布于全球 24 个时区的人们连接在了一起。铁路推动产生了当今的时区体系,并且与电报传输时间编码一起,建立了一个协调的体系,从而使人们可以在不同时区之间进行精确的安排。

21 世纪的传播活动规模大、速度快,且日益深入。相比之下,铁路运输的跨地域影响力就显得一般了。因此,以前建立的时区体系对于那些把绝大部分精力都花在互联网上的人来说已经显得越来越不合适了。对于"互联网时间"这个问题,已经有了很多提议。其中,Swatch公司的"互联网时间"和"新地球时间"这两种提法表明了对建立新的时间体系的需要和抵制。

瑞士手表制造商Swatch公司在1998年提出一种时间体系,将一天的时间划分为1000"拍"(beat),每"拍"是1分26秒。由于"拍"时间抹去了原来的时区概念,因此有人批评它把长久以来确立的格林尼治标准时间(GMT)改成了比尔标准时间(BMT)——比尔(Biehl/Biel)是Swatch公司总部所在地。"拍"时间已主要用于Swatch公司名下的产品,因此很多人主要把它看成一种市场营销策略。"新地球时间"(NET)使用格林尼治标准时间,把一天分成360个4分钟的小格,每小时15格。"新地球时间"创设于1999年,计划使"在当地使用你的时间,环球则使用新地球时间"成为可能。"新地球时间"属于NET公司(2006),他们的网站上写着:"……如果你想将'新地球时间'整合进一个产品来销售或传播,或者将'新地球时间'商业化,你必须得到我们的允许。"

对于同一地区的人们来说,相互间共享的本土经验构成了社会身份的基础,而时间对于这种本土经验来说非常重要。病毒式传播活动消除了地理限制,使互联网成为一个独立的全球性区域,并且使共同的互联网时间必须以某种形式存在。此外,通过基于互联网的差异来认同自我的过程,不仅消除了文化在国别和时间上的区别,而且还对之加以拆用调拨。

特别是随着观众变成演员、消费者变成生产者,由病毒式传播体系制作的或引进到病毒式传播体系的作品会很快地成为新作品(对模仿作品的再模仿,mash-ups①及混合文化)的原料素材。这些新作品本质上不是地域性的,也不打算维持现存的地域习惯。它们被制作出来也并不一定是为了和最初的作品或其作者进行沟通。

制作病毒式作品的目的是为了和其他社会技术网络的成员交流,而不论

---

① 译者注:此处的mash-ups,可理解为共享、重组、再造。在音乐中,mash-ups这个词的意思就是把两种或几种音乐流派和风格不同的歌曲混合成具有喜剧效果或者惊人艺术性效果的新的曲子,Mash-ups在网路上broadly为流行,许多电脑玩家喜欢把风格迥异的歌拼接在一起在网络上传播,供大家消遣,比如说把Christina Aguilera的 *Genie in a Bottle* 与Strokes的 *Last Night* 混合而成的 *Stroke of Genius*,或者把Missy Elliot的rap配以George Michael、Joy Division、the Cure等等的音乐。而从科技上说,目前业界对Mash-up有个比较统一的定义:Mash-up模式指的是网站采用混合技术搭建,不同的功能模块与不同的外界API接口对接实现。Mash-up的产品形式有很多种,既可以是一家服务商把自己的多个产品或多个功能模块,通过各自的API接口,在其自己的平台实现统一的服务整合;也可以是服务商搭建一个通用的平台,将其他服务商的服务转化成统一的服务接口,供用户在平台上自由组合调用。

他们的地域、种族、性别、民族和/或年龄,使这些人在互联网协议、习俗和语言的基础上共享其相同的爱好和广泛多样的思想与意识形态①。正如 Rosenberg(1996)所说,"在思想的层面上,网络是空前高效的人际连接器;在共同利益的基础上,它建立了超越时空世俗局限的社会。"(p. 6)Rosenberg 引用 Mandel 和 Van der Leun 的话,进一步深化了这个不以地理为基础的社会概念。Mandel 和 Van der Leun 二人将互联网定义为"一个信息的国度,一个并非建立在土地上而是建立在头脑中的国家"(p. 5)。自 20 世纪 90 年代末以来,这种社会就被称为"网络之国"(Net nation)。如 Bailey 所言(1996),"网络之国使用共享的知识和语言,从而联合起来对抗外来者……"Bailey 进一步说,"和其他任何社会一样,它使用语言在成员外竖起屏障。"(p. 38)

一直以来,语言就被视为文化的一个至关重要的组成部分。用以在网络之国的病毒式文化中对"成员"加以定义的语言,是以病毒式传播体系的惯例和效用为基础的,而不是看地区或国家来源。地区或国家语言是如何被病毒式传播活动的水平影响力所消亡的?第一,对西方商业产品的广泛熟悉程度产生了跨越国界的共同认识。第二,也是更重要的,以计算机为媒介的传播体系是由一种超越国家、地理和种族差别的语言所建立的。

尽管 Reed 和 Lippman(2003)引述了个人电脑革命的重要意义,但他们并没注意到图形用户界面(GUI)的增长,这在此系统的广泛应用中是一个非常重要的因素。微软公司制作了 Windows 操作系统,它在经济上的非凡成就和在市场上的统治地位,可部分归因于图形用户界面(GUI)的开创和应用。因为图形用户界面(GUI)使用图像和符号创造了一种符号环境,在这样的环境中,符号取代了计算机指令和学习这种指令的需要,所以他们创造了一种民主的科技语言以促进交流沟通。通过经济上的统治地位,Windows 系统已经成为操作系统的行业标准,并且成为绝大多数软件的操作平台。因此,实质上世界各地所有的在使用的终端用户的软件都采用了 Windows 格式的协议。

---

① 虽然很多人认为互联网是年轻人的天下,但有证据显示,年龄不再是网络之国的一道壁垒。证据如下:有一位来自英国的 Peter 已有 79 岁高龄,他在 YouTube 的网名是"geriatric1927"。2006 年 8 月 5 日,他在 YouTube 上传了自己的第一段视频。十天之内,浏览量就达 962346 次,被评为"受欢迎"的次数达 2482 次,有 7987 条留言和 225 条视频回应。更详细的信息请见 BBC 新闻广播 http://www.youtube.com/watch? v=5A 9Ox-T2cs,观看 geriatric1927 的视频请见 http://www.youtube.com/watch? v=pYmigZmUuk。

因此,学习一种软件(例如语言处理软件)成了学习其他软件(例如 spreadsheet,一种电子制表软件)的跳板。图形用户界面(GUI)还鼓励用户改变原来使用的印刷语言(print language)——对于印刷语言来说,国别非常重要;转而使用在软件经验上(而不是在地域上)具有更多共同点的语言。此外,由于软件会塑造其使用者的行为,因此,使用这些共享软件平台已成为一种社会化进程,并有据可证地成为了一种社会印记。病毒式传播已植根于日常生活,而深受 Windows 系统影响的产品广泛流行,衍生出大众共享的符号和社会印记;通过这些,"新千年的一代"已经从科技及其产品的消费者和使用者变成了一种文化的成员。

《未来骗局》

与印刷机、抗生素、电话、电、电灯及汽车等创新技术相比,以计算机为媒介的传播结构与传播活动彰显出互联网与计算机技术的重要性。在《未来骗局》(*Future Hype*)一书中,Seidensticker(2006)将人们现在对信息时代的热情比作早年出现过(却很快消失)的迷狂。他说:

> 20 世纪 60 年代,空间计划取得了成功,于是人们对原子能失去了兴趣。我们进入了空间时代!我们听说我们很快就能探索火星并在月球上度假。可是这种热情很快就消失了。太空实验室的空间站计划告终,说明这一变化的突然。首次登月成功之后还不到五年,太空实验室三名宇航员返回地球的消息就变得无人关心,连电视报道都没有。(p. 125)

由于经济上的动机或由于早期接受者表现出的热情——或者是两种原因兼而有之,对于技术革新所能带来的潜力,早期的叙述可能/往往是夸张的、理想化的。任何一种革新的真实情况以及它在社会经济上的成本—收益关系,只能在过一段时间后才显现出来。人类的基本需要的改变即便有也是缓慢的,而机制、政府行政机构和那些迎合需要甚至如何使之概念化的过程,却能够改变得快得多,尤其是在社会、经济和科技环境协调一致的时候。

结　论

　　全球化带来了不知满足的消费主义社会的兴起,权威体系的破碎与消亡,以及知识、效用与休闲的商品化。全球化刚开始产生效应时,后现代主义思想是其基础。以计算机为媒介的科学技术使传播、市场和文化的后现代模式发生了转变,从一种大众化的体系转变为一种病毒式传播体系。

　　麻省理工大学的研究者们最近将病毒式传播认定为水平式科技平台的产物。对于这种进步中的科技,其结构与对话性本质都对影响变化循环周期产生了作用,同时维持了一种多重循环并存的环境。随着周转圆变为纳周期,普通大众可以越来越容易地接受科学技术与各种产品。因此,以往的文化消费者如今控制了生产与发布文化产品的方式,拥有了制作与复制原版、新原版及衍生作品的能力。

　　观众与演员之间、消费者与生产者之间的对话表明,随着社会科技转变对现有的制度与经济目标形成挑战,人们如今放弃了原先的理论想法。社会经济学原理(生产与交换的实际应用)在垂直结构中通过病毒式文化的巨大水平引力而繁荣发展,而有人想重新建立垂直结构——转折过程中的矛盾就此产生。在病毒式文化的框架中,有一群具有对话性的"厌倦工作网络者"。他们的身份、所在位置等信息统统都在网上,他们既制作又传播病毒式作品。这种作用有利于文化的分众化、制度的去物质化、私人与公共领域的去区别化。那究竟什么才表现为文化的全球化? 根据更为切近的考察,其实就是原有思想与制度的解体迹象,最终,是文化的去文明化的劫掠作用。

References

Alderman, J. and Schwartz, E. (2002), *Sonic Boom：Napster, MP3, and the New Pioneers of Music*, Cambridge, MA：Perseus Publishing.

Anderson, C. (2006). *The Long Tail：Why the Future of Business is Selling Less of More*. Hyperion.

Baudrillard, J. (1994). *Simulacra and Simulation*. S. F. Glaser (Trans.). Ann Arbor, MI：University of Michigan Press.

Bruenger, D. (2006). *Valuing Music：Economics, Elitism, and Rock &*

Roll. Manuscript in progress.

Castells, M. (1996). *The Rise of the Network Society*. Boston: Blackwell Publishers.

_____. (1999). "Materials for an Exploratory Theory of the Network Society. " Article for the Special Millennium Issue of the *British Journal of Sociology*. Retrieved August 14, 2006 from http://www. chet. org. za/networksoc. html.

Debord, G. (1995). *The Society of the Spectacle*. (D. Nicholson-Smith, Trans.). New York, NY: Zone Books.

Foucault, M. (1970). *The Order of Things*. New York: Random House. Originally published in 1966 as *Let Mots et Les Choses* by Editions Gallimard.

_____. (1972). *The Archaeology of Knowledge*. A. Sheridan Smith(Trans.). New York: Tavistock Publications. Originally published in 1969 as *L'Archeologie du Savoir* by Editions Gallimard.

_____. (1988). "Technologies of the Self," in *Technologies of the Self*. (L. Martin, H. Gutman, and P. Hutton, Eds.). Amherst, MA: University of Massachusetts Press.

Gerhard, P. et al. (2006). *New Earth Time (NET)*. Retrieved October 29, 2006 from http://newearthtime. net.

Gunther, M. (2006). "The Extinction of Mass Culture. " Retrieved July 12, 2006 from http://money. cnn. com/2006/07/11/news/economy/pluggedin gunther. fortune/index. htm.

Held, D. and McGrew, A. (1998)Globalization: Entry to Oxford Companion to Politics. Retrieved August 15, 2006 from http://www. polity. co. uk/global/globalization-oxford. asp.

Jones, S. (1997). "The Internet and Its Social Landscape" in *Virtual Culture: Identity and Communication in Cybersociety*. S. Jones(Ed.). London: Sage Publications.

Kuhn, T. (1962). *The Structure of Scientific Revolutions*. Chicago: University of Chicago Press.

Levine, F. (2000). *Cluetrain Manifesto*, Harper Collins Publishers, New

York,NY.

Lippman, A. and Reed, D. (2003) "Viral Communications." Retrieved June 15,2005,from http://dl. media. mit. edu/viral/viral. pdf.

Longhurst,B. (1995). *Popular Music and Society*, Cambridge: Polity Press.

Miller,D. and Bruenger, D. (2006). "Live from New York: It's Viral Culture!: Mechanisms, Agents, and Processes of a Postmodern Pandemic." Manuscript in progress.

Peretti,J. (2006). "Contagious Media Experiments." Retrieved August 12,2006 from http://www. contagiousmedia. org/.

Planck, M. (1949). *Scientific Autobiography and Other Papers*. F. Gaynor(Trans.). New York: Philosophical Library.

Reed,D. (2001). "The Law of the Pack," pp. 23—24, *Harvard Business Review, February*,2001.

Resnick,P. (2002). " Beyond bowling Together: SocioTechnical Capital."In J. Carroll(Ed.)*Human-Computer Interaction in the New Millennium*. New York: NY: Addison-Wesley.

Rosenberg,S. (1996). "Independence Daze." *Salon*, 8, *February* 24, 1996. Retrieved August 12,2006 from http://www. salon. com/08/features/ netnation. html.

Toffler,A. (1970). *Future Shock*. New York,NY:Random House.

Whitmore,B. (1997). Retrieved July 25, 2006 from: http://mh. cla. umn. edu/txtimbw1.

Decivilization: The Compressive Effects of Technologyon Culture and Communication

Donna R. Miller* ,David C. Bruenger* *

Jefferson Community & Technical College* ,

University of Texas,San Antonio* *

Abstract: As consumerist societies spread across the globe during the late 20th century, the proliferation of Western products and entertainment appeared to indicate that cultural commercialization and homogenization would be inevitable consequences in the 21st century. However,innovative communications technologies did more than provide new platforms for the consumption of commercial products. Due to the multi-channel and directional capacities of these communications networks,individuals could communicate on a scale similar to commercial information and entertainment industries. The dialogic effects of these emerging technologies appropriated commercial culture,shifted economic influence and focus,established web-based social networks,and blurred the boundaries between public and private spheres. The speed,adaptability,and scalability of these systems work together to diminish the significance of geographic and temporal constraints,globalizing connectivity and dramatically compressing response cycles. As a result,by the end of the 20th century,mass production and distribution of cultural goods were in crisis.

Keywords: Culture,Globalization,Postmodern,Computer-Mediated Communications,Viral

美国的媒介(素养)教育

陈国明(Guo-Ming Chen)[①]
美国罗德岛大学

[摘　要] 本文意在考察研究媒介教育的本质及其在美国的施行状况。全文分为五个部分:第一部分论述了美国在媒介教育方面远远落后于其他英语国家的原因;第二部分从三个阶段(预防阶段、面对阶段、转变阶段)对美国媒介教育的历史进行了简单的回顾;第三和第四部分从概念与应用的层面对媒介教育加以分析;最后的第五部分探讨了美国的媒介教育即将面临的挑战,包括媒介教育的集中与扩展、从运动变为教育干预及新技术带来的影响等。本文的结论是,美国的媒介教育需要不断地进步革新从而达到一个更加令人满意的水平。

[关键词] 媒介教育,媒介素养,文化研究方法,预防方式,媒介教育的发展历史,媒介教育理论,数字化,在线教育

---

① [作者简介] 陈国明(Guo-Ming Chen),美国罗德岛大学传播学系教授,美国中国传播研究协会的奠基主席。著述丰厚,在传播学坛中颇有声望。现为华南理工大学新闻/传播学院与国际教育学院讲座教授,*China Media Research* 合作主编。

引　子

在全球媒介日益趋同的 21 世纪,媒介教育新范式对民主发展的重要性已得到了广泛的认同。而美国媒介教育停滞不前的状况却令人感到意外(Gregorian,2006;Thoman & Jolls,2004)。这有些讽刺意味,因为美国是世界上媒介产品的主要出口国,却在正规媒介教育的各个方面远远落后于其他英语国家——如澳大利亚、加拿大、英国(Kubey,2004)。Galician(2004)甚至遗憾地感叹道,美国在媒介教育"这一重要领域里属于第三世界国家"(p. 8)。

Kubey(1998,2003)从文化、经济、历史和政治等角度对美国媒介教育落后的原因进行了探讨。他指出美国媒介教育发展的四大障碍:地域广阔、文化多样、缺乏推动力和理论范式不同。

首先,美国地域广阔,包括 50 个州,而且每个州都有各自的教育主管部门,这就使得媒介教育不可避免地处于一种很分割孤立的境地。不同的州之间,从事媒介教育的教师缺乏接触与沟通,这催生了一些非营利性的媒介教育促进机构,比如媒介素养中心(Center for Media Literacy①)和媒介教育中心(Center for Media Education)等,它们都建立在教育体系之外(Considine,1990)。

第二,美国社会是一个多元文化的社会。因此,相对于其他英语国家来说,美国民众要在媒介教育方面达成共识更为困难。换句话说,若是社会成分单一些,父母就会比较容易授权教育主管部门制定教育政策。举例来说,与美国的情况不同,加拿大就在 1966 年创立了第一届电影电视研究夏季学院。这是由加拿大国家电影局(National Film Board of Canada)发起的,面向全国的媒介教师。其持续发展不仅促成了耶稣会士交流机构(Jesuit Communication Project,在加拿大媒介教育的发展过程中扮演了非常重要的角色)的建立,也使代表了全国所有媒介组织的加拿大媒介组织协会(Canada Associ-

---

①　译者注:加州的媒介素养中心是非营利性的教育团体,也是美国媒介素养教育的先驱者,提供媒介教育领导管理、公共教育、专业人才发展和全国性的教育资源;致力于提升和支持媒介教育在使用(accessing)、分析(analyzing)、评鉴(evaluating)与创造媒介内容(creating media content)的四个架构下,帮助年轻一代公民发展 21 世纪民主社会和媒介文化生活所需的技能——批判思考和媒介制作,最终目标希望能使公众对媒介讯息做出明智的抉择;贯彻透过教育赋予权力的哲学理念(empowerment through education),其任务在转化媒介素养理论研究为实用的信息、训练和教育的工具给教师、青年领导人、家长和儿童照顾者使用。

ation of Media Organizations，CAMEO）于 1992 年诞生（Media Awareness Network，2006a，2006b）。

第三，作为媒介作品的一大生产国与出口国，美国失去了以媒介推动媒介教育发展的机会。那些进口电影、音乐或电视作品的国家往往对其中外来元素的影响力保持高度的敏感性，担心它们会威胁到本国的文化身份认同。因此，为了保持本国的文化完整性，一些国家会针对媒介教育制定出一定的方针或政策。不幸的是，进入美国的外国媒介作品较少，没有让美国产生紧迫感、或是像其他国家那样意识到"发展媒介教育"的必要性（Kubey，1998，p.59）。

最后，美国在媒介研究方面缺少恰当的理论范式，因而在媒介教育的教学法发展方面缺乏动力和指导方针。就 Buckingham（1998）看来，Leavis 和 Thompson1933 年的著作①为 20 世纪初期的学校系统性地提供了媒介教育模式。而一些学者（如 Buckingham，1990，1996；Hall & Whannel，1964；Halloran & Jones，1968；Masterman，1980，1985；Williams，1961）在文化研究领域的进展成为英国几十年来媒介教育的指导力量，其影响波及澳大利亚、加拿大和其他英语国家。结果，当其他国家的文化范式已经形成一种更以学生为中心的教学法（强调对媒介内容进行解构，强调媒介观众的理解和释义过程）时，美国还沉浸在自己的预防—保护性目标中。而"流行形式引入课堂中，仅仅是为了将其摒视为商业性的、操作性的与衍生性的……"（Masterman，1997，p.20）。

这些丛聚的障碍，使得美国难以在政策、教学和研究方面发展出一套连贯的媒介教育体系。虽然非营利性的媒介教育机构（参见尾注 1）与学者们（参见尾注 2）继续团结地致力于媒介教育的发展，但支离破碎的研究形成了阻碍，使我们仍然面临着巨大挑战。为了更好地理解这一问题，接下去本文将通过媒介教育发展历史的简短回顾、概念问题、应用问题和未来挑战四个层面，来进一步探讨媒介教育的本质特性以及美国在该领域中的现状。

美国媒介教育发展历史：简短回顾

1933 年，Leavis 和 Thompson 就在英国出版了《文化和环境：培养批判意

---

① 译者注：指《文化和环境：培养批判意识》一书。

识》（*Culture and Environment：The Training of Critical Awareness*）一书。美国的媒介教育则起始于 20 世纪 60 年代末，距该书的出版几近 40 年。自 20 世纪 60 年代开始，美国的媒介教育发展史可大致分为三个阶段：预防阶段、面对阶段和转变阶段。

预防阶段

20 世纪 60 年代末，教育机构里的教师和管理者们开始意识到大众媒介不会自行消失；他们知道了必须为媒介教育做点儿什么。此前，虽然沃尔特·迪斯尼已经狂热地创造出美国式的传奇与神话，但媒介的影响力仍处于被忽视的状态。只有书籍被视为学生们准备的可信媒介。老师们教授古典文学与古代历史，音乐课的重点是古典音乐。

在接触到大众媒介影响力的第一阶段中，教育者们试着通过使用"预防"的策略来保护学生。"预防"模式认为受众就像一张白纸，媒介可以在上面随意地画出自己的形象。这种模式所注重的是：媒介会制造出消极影响，因此我们必须保护受众和文化价值观不受污染（Halloran & Jones，1992；Tyner，1998）。挑剔出"坏"媒介并培养起"好"媒介的审美趣味，从而区别性地看待媒介作品，这一点很重要（Thoman，1990）。就 Walsh（2006a）看来，为了保护学生们不被媒介文化的消极作用所影响，老师们往往在课堂中运用大众媒介以向学生们展示媒介信息中的无趣与无价值。

面对阶段

由于对大众媒介的嘲笑和轻视没有给学生和受众带来任何帮助，所以从 20 世纪 70 年代末起，教育者们开始利用大众媒介来吸引学生们进入媒介研究的领域。Walsh（2006a）指出，在这一阶段中，教师们利用"吸引"法——比如使用流行歌曲或是电影短片——来集中学生们的注意力，再将他们引入经典研究中。

在这一阶段中，大众媒介被视为完成教学目的的一种工具。此外，"好媒介"的审美趣味被有关媒介的思想性问题所取代（Thoman，1990）。教育者们通过一些问题，逐渐训练学生培养起对大众媒介的批判态度。这些问题包括：大众媒介如何反映"现实"？大众媒介反映的是谁的"现实"？大众媒介代表何种利益？媒介如何制作节目？媒介节目的意义何在？这些意义是怎样表现出来的？在这一阶段还出现了针对大众媒介的社会政治分析，但是这些研究仍不在学校的教育课程之列（Brown，1991；Hobbs，1994）。"面对阶段"持续了约 20 年，到 20 世纪 80 年代末结束——此时美国的媒介教育进入了一个关键的转变阶段。

在"面对阶段"中，美国的教师们开始将媒介引入课堂，他们向学生们提出了一些有关媒介内容的影响力及意义形成的批判性问题。与此同时，20 世纪 70 年代，英国已经在向另一种媒介教育范式过渡。"屏幕理论"（screen theory）源起于学术界，以 Masterman 的著作为代表。这一理论的发展显示出要将"符号学、结构主义、精神分析理论、后结构主义及马克思主义理论"应用于课堂的强劲趋势（Buckingham，2003，p. 8）。

转变阶段

从 20 世纪 80 年代末起，美国的媒介教育开始进入一个关键的转变阶段。教师们理解到媒介和媒介的受众都是意义的制造者。从受众的角度说，媒介的信息与受众的信仰、经验、个性及背景之间的交流互动就是不断生成意义的过程。因此，让学生和受众能够批判性地处理媒介信息就变得尤为重要。

在这一阶段中，美国有越来越多的从事媒介教育的教师和学者参与到世界范围内的媒介素养教育运动中。他们参加各种国际、国内和地区性的会议，分享他们在媒介教育方面的知识、策略、研究和课程。这些活动的影响力是巨大的。其中两个较为突出的国际会议是联合国教科文组织的"媒介与数码时代的教育"（由澳大利亚政府发起）和 2000 年 5 月举办于加拿大多伦多的"2000 年峰会——孩子、年轻人与媒介：跨越千禧年"，有六十多个国家的代表出席了会议。

美国的国内会议以及媒介教育的范围也在这一阶段中得到了快速的发展。除了各州的不同组织之外，阿斯本研究所（Aspen Institute）于 1992 年组织了第一届"全国媒介素养引导人会议"。这次会议将教育者们聚集在一起，为美国发展媒介教育建立指导方针（Aufderheide，2004）。

20 世纪 90 年初，各种组织也在（美国）各地建立起来，积极地推动媒介教育。比如说，建立于 1953 年的非营利性教育机构"国家电视媒体委员会"（National Telemedia Council）在 90 年代面向各州的老师、研究人员、图书馆馆员、家长及媒介专业人士举办了各种有关媒介素养教育的研讨会。总部设在休斯顿的"西南媒介替代计划"（SWAMP）不仅在德克萨斯州组织了各种有关媒介教育的宣传活动、讨论会和在职培训计划，还把这些推广到马萨诸塞州、新墨西哥州、俄勒冈州等其他一些地区。"公民媒介素养"（Citizens for Media Literacy）是一个面向平民的教育与推介的组织,1991 年建立于北卡罗莱纳州的艾西维尔市（Asheville）。西北媒介素养研究所（Northwest Media Literacy Institute）1993 年建立于西雅图,是全国性会议"媒介素养的教育:回顾与掌控"决定建立的。媒介与价值中心（Center for Media and Values）1989 年建立于洛杉矶,随后发展成著名的"媒介素养中心"。其他的一些组织,包括大学中传播系的课程项目（如旧金山的"媒介素养策略",奥克兰的"国家媒介教育联盟","国家媒介素养计划"以及纽约的"媒介教育中心"）都出现于 90 年代,并一直积极从事推动媒介教育（Pungente,1994）。

对于学校中的媒介教育课程,Kubey 和 Baker（1999）的调查显示:20 世纪 90 年代以后,媒介教育课程进步非常明显,截至 1999 年,全美国 50 个州中至少有 48 个州的课程中包含了一种以上的媒介教育内容。这些包含媒介教育内容的课程分为四种:（1）英语,语言和传播技术;（2）社会研究,历史和公民学;（3）健康,营养和消费主义;（4）媒介分类。在这四种类型中,有 50 个州有第一种课程,34 个州有第二种课程,46 个州有第三种课程,而不幸的是,只有 7 个州有第四种课程（媒介研究中心,2000）。虽然在"转变阶段"中,媒介教育很明显地在朝着更有希望的方向发展,但是媒介教育的目标还远远未能被达到。这一领域还将在概念和应用方面面对很多问题。

附录 A 引自"美国媒介素养发展史——以十年为一阶段"（媒介素养中心,2002－2005）列出了美国媒介教育（素养）发展过程中的主要事件,可作为以上简要说明的一个补充。

概念问题

媒介教育的概念问题主要与以下问题相关:媒介教育是由哪些方面组成的? 如何回答有关媒介教育的定义、性质、范围和方法等问题? 虽然在经过了 40 年的努力之后,学者们已经越来越趋向于在概念上达成统一,但有关媒介教育的概念方面的不同意见与争端仍然存在。

媒介教育的定义与性质

Hobbs（1994）说美国的媒介教育是"一个有着许多名字的小孩"（p.453）。常见的名称有"媒介素养"、"媒介研究"、"视觉素养"、"技术教育"及"批判视角"——其中又以"媒介素养"一词用得最多——这些都可以与"媒介教育"这一概念互换。

那么,什么是"媒介素养"?从传统意义上说,"媒介素养"被定义为能够分析和欣赏文学作品并通过良好的写作能力进行有效传播的能力(Brown,1998)。在 20 世纪 70 年代,这一概念的外延得到扩展,将读懂电影、电视及其他视觉媒体的能力也包括了进来;这是由于媒介教育研究开始随着这些媒介的发展而发展(Ferrington,2006)。然而在最近 30 年中,虽然通讯传播技术不断进步,但媒介教育的内容范围却变得越加模糊。"媒介"一词可以指艺术、广告牌、计算机、电视、移动影像、多媒体、音乐、口头语言、书面语言和电视(如 Christ,1998;Gardiner,1997;Metallinos,1994;Meyrowitz,1998;Sinatra,1986;Zettl,1990)。因此,就 Cope 和 Kalantzis(2000)、Walsh(2006b)看来,我们应该使用"媒介素养"的复数形式"media literacies"或"multiliteracies"。

以下例子可以显示出"媒介教育(素养)"概念的多样:

因此,"媒介教育"是与媒介的教育和学习相关的。(Buckingham,2003,p. 4)

媒介素养不仅包括社会中有关大众媒介体系的结构、经济和功能的知识,还包括"读懂"大众媒介信息中的美学内容与思想内容的分析能力。(Thoman,1990,http://www. medialit. org/reading room/ article126. html)

媒介素养想要赋予大众一定的能力,让他们与媒体之间的被动关系转化为一种主动的、有判断性的参与——能够挑战私人化商业媒体文化的传统与结构、寻找到大众进行表达与叙说的新途径。(Bowen,1996,http://www. Media-awareness. ca/english/teachers/media literacy/what is media literacy. cfm)

媒介素养是获取媒介信息、对之进行批判性分析并利用媒介工具制造信息的过程。(Hobbs,1996,p. iii)

媒介素养与理解以下因素有关:传播的源头与技术、所使用的编码、所制造出的信息、对这些信息进行的选择、解说及这些信息所产生的影响。(Rubin,1998,p. 3)

媒介素养是指在多种形式下对传播活动加以接触、分析、评价和制造的能力。（阿斯本研究所，引自 Bowen，2006：http://interact. uoregon. edu/mediaLit/mlr/readings/articles/defharvard. html）

从这些定义中我们可以看出，虽然"媒介教育"这一概念可与"媒介素养"交换使用，但是"媒介教育"可被理解为有关媒介的"教"与"学"的过程，而"媒介素养"则是媒介教育的结果。在媒介素养的定义中，最为常见的两种成分是：意识到媒介信息的数量巨大；我们要有对所见、所读、所观的东西进行分析与质疑的批判能力（Hobbs，2001；Silverblatt，1995；Singer & Singer，1998）。

基于媒介素养的定义，媒介素养中心（2005；参见 Kellner & Share，2005）提出了媒介素养的五条核心概念。

（1）所有的媒介信息都是"构筑成的"。

（2）媒介信息是利用一定的创造性语言、按照它自己的规则构筑而成。

（3）对于同样的媒介信息，不同的人会获得不同的感受。

（4）媒介持有一定的价值判断与观点看法。

（5）大部分媒介信息是用来获取经济利益和/或权力的。

媒介素养中心还提出了有关媒介素养的五条关键问题：

（1）谁制造了这一信息？

（2）他们使用了什么样的创造性技术来吸引我的注意力？

（3）不同的人在理解这一信息时如何会与我的理解不同？

（4）这一信息体现了什么样的价值观、生活方式及观点看法？这一信息又遗漏了什么样的价值观、生活方式及观点看法？

（5）他们为什么要发出这一信息？

至于"为什么媒介教育的确立迫在眉睫"，媒介素养中心（2002－2003）提出五条原因：

（1）媒介消费比例以及媒介浸濡社会的比例非常高。

（2）媒介在形成大众的理解、信仰及态度方面的影响力非常大。

（3）在我们的社会中，媒介产业发展非常快，信息非常重要。

（4）在我们的中枢民主进程中，媒介非常重要。

（5）视觉传播与视觉信息越来越重要。

这些观点得到了 Duncan 的回应，他在加拿大媒介素养协会提出六条原因（引自 Bowen，2006）：

（1）媒介支配着我们的政治生命与文化生命。

（2）几乎所有非直接经验的信息都是"经过媒介的"。

（3）媒介为我们提供了有关价值与行为的强有力的模式。

（4）媒介潜移默化地影响着我们。

（5）媒介素养可以提升我们享受媒介的能力。

（6）媒介素养可以让被动关系变为主动。

此外，Hobbs（引自 Bowen，2006）从另一个角度出发提出了七种好处，从而说明"为什么在后现代世界中教授媒介素养非常重要"。媒介素养可以帮助人们（1）获得欣赏与容忍复杂事物的能力；（2）在媒介无所不在的环境中更好地做出选择；（3）对多种不同的观点保持敏感与尊重；（4）熟练地制作与发布信息；（5）成为受重视、受尊敬、运转正常的团队的一员；（6）充分利用家庭、社区和文化网络；（7）为个人制定有意义的未来目标。全美传播学会（1998）提出"成为一个有媒介素养的人"的五条标准，而这些标准与以上好处是统一的：（1）在个人生活与公共生活中，能够对人们使用媒介的方式所有认识和理解；（2）能够对观众与媒介内容之间的复杂关系有所认识和理解；（3）能够认识到媒介内容是在社会与文化的语境下制造出来的；（4）能够对媒介的商业性质有所认识和理解；（5）能够利用媒介对特定的观众进行传播活动（参见Christ，2002；Chou，2005）。

媒介教育的范围

有关媒介教育的范围问题，Tyner（1991）提出的分类方法仍然适用于美国今天的情况。Tyner 认为美国的媒介教育就像盲人摸象，老师们教授的仅是媒介教育许多方面中的很小一块，这反映出"媒介教育"这一概念在形成过程中的一种支离破碎性。在仔细考察了媒介教育的本质与特点后，Tyner 总结说，美国的媒介教育可以分为四个较为宽泛且互相间有重叠的类型：保护主义教育、技术教育、媒介艺术教育及民主教育。

如前文所述，保护主义思想源于媒介教育发展的"预防阶段"，意在培养孩子们抵御电视的不良内容所带来的消极影响，教师和家长在其中扮演了课程看门人的角色。虽然保护主义的潮流在 20 世纪 80 年代迅速退去，但是一些保护主义组织仍不断尝试在有关儿童的计划中保留一些规定。保护主义还存在于医疗卫生领域。比如说，（美国）全国精神健康研究所（National Institute of Mental Health）和美国儿科学会（American Academy of Pediatrics）从儿童身心健康的角度考虑，提出了有关儿童观看电视的指导意见。不仅如此,只要大众媒介中还存在消费主义或商业主义的味道,保护主义就不会退出舞台。

"技术教育"以前被称为"职业教育"。基于教育的技术——表明教育的主要目的是教会学生必要的技术从而能在毕业后找到工作——反映出美国长久以来对教育的主流观点。从教育的角度看待"对工作的准备"强调了要在实践的过程中学习,而技术课程能够很好地满足这一需要。因此,大多数大型的技术公司都通过提供各种免费的设备、软件、训练等形式的支持,与学校建立了教育合作关系。不幸的是,技术教育往往忽视机器及其相关的操作所具有的潜在意识形态影响力。

媒介艺术教育追求的是创新性和对自我的表现。在这种教育类型中,媒介作品课程尤为常见。通过媒介作品,学生们获得了进行创造性表达的渠道,这反过来又增强了他们的自信。不过,这种类型的教育未能培养起学生们批判性地看待问题的能力,让学生们只沉浸于自己感兴趣的活动中,并没有获得过硬的媒体技术从而能在毕业后回报社会。不仅如此,由于媒介作品课程往往由外来的艺术从业人员或机构来操作,他们很难切合校园文化。因此,这些课程在学校中不受欢迎。

民主教育是最后一种类型。在民主社会中,教育学生成为良好公民是美国大多数媒介教育者重要的工作目标。这种努力并不局限于学校体系内,还延伸到社区群体中。培养学生形成批判性的思考能力,使他们能够分辨大众媒介中可能存在的意义曲解现象;同时促进在大众媒介中对不同内容进行表达和展示的自由。在民主社会中,面向公民义务权利的媒介教育的难题之一是它总是和便利就业、技术教育相竞争或是相冲突。

这四种类型很好地回应了 Hobbs 提出的问题:为什么美国的媒介教育是"一个有着许多名字的小孩"。它们使 Hobbs(1998a)提出下列有关媒介教育的论题:

(1)媒介素养教育应不应该以保护儿童和青年不受媒介消极影响为目标?

(2)媒介作品应不应该成为媒介素养教育的一个基本面?

(3)媒介素养教育应不应该关注流行文化?

(4)媒介素养教育应不应该有一个更为清晰的政治和思想计划?

(5)媒介素养教育应不应该重点关注中小学教育环境?

(6)媒介素养是应该作为独立的课程来教,还是放在已有的课程中来教?

(7)媒介素养计划是否应该由媒介组织提供经济支持?

媒介教育的方法

指导美国媒介教育发展的是两种互不相容的理论视角：从文化研究的角度出发和从预防的角度出发（Scharrer，2002/2003）。从不同的角度出发，对媒介教育的理论、研究与讨论的思考就完全不同。

从文化研究的角度出发进行媒介教育的方法看重学生们对媒介的体验（Buckingham，1998；Collins，1992；Hart，1997；Masterman，1985）。其教学法不仅包括以学生为中心的意义理解过程，而且尝试着提高学生在体验媒介时的愉悦程度。此外，这种方法主要关注媒介的表达，并且意在使媒介非自然化。对此方法持反对意见者不同意教师在媒介教育中干涉学生的学习过程。如前所述，这种方法普遍应用于其他英语国家；从 20 世纪 90 年代初起才开始影响美国的媒介教育。

第二种理论视角是从预防的角度出发进行媒介教育。该方法自美国媒介教育发展的早期阶段就开始居于支配地位，其影响力一直持续到今天。预防的方法（也称为"干预效应"[Anderson，1983]或"干涉主义"）倾向于强调媒介的消极方面，比如性、暴力或广告中的人为操纵，将媒介教育视为保护年轻人或受众不受媒介侵害的工具（Hobbs，1998，2004）。持这一观点者认为，通过接受媒介素养教育，人们可以在面对媒介时少受影响（Husemann 等，1983；Piette & Giroux，1997）。英国早在四十年前就舍弃了这种预防的方法，但是它在美国仍然流行——这尤其是因为这种想法更易得到政府机构与社会组织的经济支持，并且更易得到家长和管理者的赞同（Kubey，1998）。

应 用 问 题

媒介教育的应用问题主要与以下问题相关：如何设计和实施媒介教育课程，如何评估和评价媒介教育课程。（Christ & Potter，1998）

媒介教育的设计与实施

媒介教育如何才能适应中小学以及更高水平的教育课程，这是一个争论已久的问题（如 Buckingham，2003；Hart，1997；Hobbs，2004；Quin & McMahon，1997；Sholle 和 Denski，1994；Tyner，1998）。美国媒介教育的设计常常苦于碰到这样的矛盾：是以帮助学生们更好地就业为目标，还是训练他们成为更具批判思维能力的公民、以适应民主社会的需要。这种压力在更高等级的教育阶段表现得尤为明显——要不要以就业为指向、教授学生一定的媒介制作能力与创作能力？由于在现代社会中，媒介已经与人类生活的方方面面都密不可分，因此，在帮助学生们成为熟练的操作人员的同时，如何教他们成为具有一定媒介素养的公民和消费者就成为一个亟待解决的问题。换句话说，对于媒介教育来说，我们不仅需要进行媒介的教学，还要教育学生去懂得媒介（Hobbs，1994）。

"媒介的教学"体现在"实践操作"这样的教学方法中，提供"可以亲自动手的各种活动，让学生们可以在设计、创作和制作媒介信息的过程中体验到这些概念是如何在具体的实践中得以表达的"。而"懂得媒介的教学"所指向的是这样的方法："从文本的角度阅读""媒介作品，运用'表现'、'观众'、'制度'、'风格'等关键概念，从而解构和提供针对媒介文本的商议性的和冲突性的理解"（Hobbs，1994，p. 460）。就 Hobbs 看来，在美国，文本阅读法通常运用于语言艺术、英语和社会研究等课程；而实践操作法则运用于新闻学和媒介制作课程。基于实践操作法的课程是为那些不准备上高校，或者说是为大多数美国中学里那些在学业方面缺乏竞争性的学生们设计的。

Thoman（1993）指出，"文本阅读"法要求从事媒介教育的教师帮助学生提出有关媒介信息的五个问题（见 http://www. medialit. org/ reading room/ article1. html）：

（1）谁制造出这一信息，他为什么要发布这一信息？

（2）发布信息者运用了什么样的技术来吸引我的注意力？

（3）这一信息中体现了什么样的生活方式、价值取向与观点看法？

（4）不同的人看到这一信息时会产生什么样的不同于我的理解？

（5）这一信息中还遗漏了什么东西？

换句话说，媒介教育必须进行"质疑教学"，关注"对媒介文本进行提问的表现"（Hobbs，1998a，p. 27）。

更具体地说，"文本阅读"教学法可进一步被置于十种课堂方法（由安大略省教育主管部门提出，1989）当中。这十种课堂方法包括：提问模式、批判思维策略、价值观教育、从学科的角度看待媒介、跨媒介研究/跨学科策略、创造性经验、符号学、对媒介环境的解读、观点的转换、媒介素养教育的全学分课程。附录 B 对这十种方法进行了简要描述。此外，Scheibe 和 Rogow（2004）提出了将文本阅读法放入课程设置中的 12 条基本原则，这 12 条基本原则的摘要请见附录 C。

媒介教育的评价

媒介教育的评价问题还需要教育者和学者们进一步廓清概念、制定衡量的标准(Christ,2004)。现在正有越来越多的学者持续地致力于为中小学及更高的教育阶段制定媒介教育的标准(Christ,1994,1997,2006a;Christ & Hynes,1997;Hobbs 和 Frost,2003;Rosenbaum,1994;Scharrer,2002/2003),其中还包括了新闻与传播教育认证委员会(ACEJMC,2004)和国家传播学会(NCA,1998)等组织。

对媒介教育进行评价不是一件容易的事情。Christ(2004)认为,目前的评价需注重"学生学到了什么",而不是教了学生什么。不过,虽然美国的媒介教育现在还没有一个全国性的评价标准,但正如前文所言,分析媒介信息时所需的批判思维能力越来越受重视,因此有关媒介教育效果的一些模糊的想法正逐渐形成清晰的概念规定与衡量标准。"批判性思维"能力可以从知识、技能、行为、态度和价值观等方面进行衡量。

比如说,美国国家传播学会(1998)在提出"成为一个有媒介素养的人"的五条标准的基础上,又从知识、行为和态度三个角度为每一条标准制定了不同的衡量细则。可见附录 D。此外,Christ(2006b)和 Grady(2006)指出,接受媒介教育的学生遵循以下核心职业价值(1—5)和能力(6—11)——这些价值与能力是由新闻与传播教育认证委员会列出的。

(1)第一修正案的原则与条例[①]。

(2)历史和专业人士、机构在形成传播中所起的作用。

(3)与传播相关的全球社会中的多样化群体。

(4)使用与展示影像和信息的理论。

(5)专业的道德原则,追求真实、准确、公平与多样。

(6)批判性、创造性、独立性地进行思考。

(7)进行研究,评价信息。

(8)以与传播的专业性相称的形式进行正确而清晰的表达。

---

① 译者注:美国宪法的第一修正案:"联邦议会不得立法建立宗教,不得立法禁止宗教活动自由;不得立法剥夺言论自由和出版自由;不得剥夺人民以和平方式集会或者向政府请愿要求申冤的权利。"这是美国新闻自由的法律根源。

(9)以准确、公平、清晰、形式恰当、文法正确等标准对自己和别人的作品加以评价。

(10)使用基本的计算与统计概念。

(11)在传播的专业性工作中恰当地使用工具与技术。(pp.11－12)。

所有这些价值与能力反映出 21 世纪的三种学习技能:信息与传播技能、思考与问题解决技能、人际与自我方向性技能(新世纪技能联盟,2003)。他们还借鉴了 Thomans(1995)的观点,认为媒介素养是一个全面性的概念,将指向媒介能力的三个阶段整合在一起:(1)意识到在使用媒介时进行选择的重要性;(2)获得批判性思考的特殊能力;(3)探寻深入研究有关媒介的社会、政治和经济问题的框架。

在对学生的学习进行评价方面,Christ(2006b)列出了 K. Hansen 所建议的九条原则,其目的是为了获得一种更有效的结果。即,评价方案:

(1)应包括所在团体的任务陈述。

(2)应包括"职业价值与能力"。

(3)应说明通过何种方式可使学生意识到"职业价值与能力"。

(4)应反映出学生之间不同学习水平的概念,以及用以评价学生学习水平的方法;应指明教师认为学生可以处于什么样的水平上。

(5)应明确指出对于评价学生的学习,哪种方法是直接的,哪种方法是间接的。

(6)应将评价学生学习的方法与适当的"职业价值与能力"明确地联系起来。

(7)应指明评价学生学习的"指标"。

(8)应说明评价工作的人员配置与维持方法。

(9)应详细说明将如何使用采取得来的数据,从而对课程与教学加以改进。

最后,要对媒介教育的成果进行评价就无法避免具体的衡量过程,分间接和直接两种比较常见的方法。间接评价法包括机构组织数据、调查、访谈、咨询委员会、职业和竞争(Grady,2006;Parson,2006)。直接评价法包括考察(Tucker,2006)、深入的"可靠"评估(Irwin)、相关材料(Donald,2006)及高峰课程(Moore,2006)。

未来的挑战

美国媒介教育在未来将要遇到的挑战可分为三个方面：媒介教育的集中与扩展、从运动变为教育干预、新技术带来的影响。

集中与扩展

从上文有关概念问题与应用问题的描述中我们可以看出，媒介教育的多种定义——无视其名目如何——都在向着同一个方向靠拢，即接受"媒介教育是以培养媒介素养为目的的一个过程"。它意在通过获得接触、分析和评价媒介作品的能力，并且同时获得离开学校后的就业能力，从而培养起批判性思维。然而，由于媒介教育的执行与评价受国家性政策的指导，因此，这对于美国来说仍是一个巨大的挑战。

在澳大利亚、加拿大、英国和几乎所有的欧洲国家，媒介教育都在国家层面拥有坚实的支撑力量。然而与这些国家不同，对于美国来说，制定全国性的媒介教育课程和政策似乎有些不太现实。由于美国的教育体系分由五十个独立的州来进行操作和管理，并且明显受到家长和社会团体的影响，因此要想建立起一个足以代表各种利益与各州目标的中心式计划几乎是不可能的。所以，美国是否应该寻求某种替代性的方式——比如由 Thoman(1990)提出的以家长或家庭为中心的方法——来解决这种地方分权的问题？这要留待媒介教育者们来回答了。

对媒介教育的内在成分和外部联系加以扩展是美国的媒介教育者们需要面对的另一个问题。一直以来，媒介教育关注英文的书面文本；而在信息爆炸的今天，我们还需要通过广告、电影、电脑、报纸、电视等对其他信息形式（比如语言形式、听觉形式、视觉形式）加以关注——不仅包括书面文字，还包括药物滥用、暴力、色情、消费主义、社会不公等主题。此外，这种扩展还涉及社会研究、科学、行为艺术等学科(Allen,1992)。换句话说，对媒介教育的内在成分加以扩展，对跨学科的媒介教育加以设计，这是需要媒介教育者们集中智慧加以解决的另一个问题。

媒介教育的外部联系是指学校内的媒介教育体系与外界团体（包括家长、社会团体、非营利性组织、商业公司等）之间的关系(Christ & Hynes, 2006;Masterman,1997)。如果学校里的媒介教育要与外界团体进行协作，课

堂自主性、教学法、教育目标和行政管理政策将会如何受到外部团体的影响
（比如说由于不同的地区信仰、家长的过度参与、来自于商业机构的捐款及人
力物力支持[Brown,1998;Hobbs,1998b;Kellner 和 Share,2005]），这是美国
的媒介教育将在未来遇到的另一个挑战。

从社会运动到教育干预

　　作为一种社会运动，要求建立媒介教育计划的活动已经结束了强烈要求
社会承认的第一阶段，而开始在地区/国家的层面上接受官方的正式批准（Ba-
zalgette,1997）。媒介素养的进步成为大家所向往的教育目标，这实在鼓舞人
心。但是这一社会运动是否已转变成一场有效的教育干预，仍然是一个问
题。Tyner(2000)指出，社会运动中常见的喊口号式的做法仍然存在于媒介
教育的发展过程中，具有不确定、紧迫和夸张等特点；这种表达方式让教育者
们很难在媒介教育中制定明确而连贯的理论原则。换句话说，参与教育工作
的人们很难对这种语言加以理解和接受，这就影响了他们为媒介教育的学校
改革做出贡献。因此就 Tyner 看来，"如何阐明媒介教育的目标（这与学校文
化是协调一致的）"是教育者们需要继续努力的一个问题。

　　Bazalgette(1997)指出，为了制定出一套合理有效的媒介教育计划，我们
需要突破媒介教育运动发展第一阶段中的五条局限：(1)媒介教育是激进人
士的天下；(2)学习进步收效甚微；(3)媒介素养有多种概念；(4)媒介教师与
媒介从业人员之间存在很大的差别；(5)缺乏研究和充分掌握信息情况下的
辩论。如今，虽然情况已经大大改善，但是这些局限还是或多或少地存在。
Aufderheide(2004)也有过类似的担心。他指出，当前的美国媒介教育需要解
决四个明确而急迫的需要：(1)数据问题——研究者们需要获得更多的基础
信息来支持媒介教育的发展；(2)公共性问题——需要制定连贯一致的概念
和定义，从而可以建立起面向多种媒介教育计划的公共平台；(3)基础建设问
题——需要建立起一个全国性的机构来制定媒介教育发展的计划与步骤，从
而将各方面的努力统一协调起来；(4)有效益的、良性的关系问题——需要在
政策制定者、社会团体和外界组织之间建立起互动的桥梁。对以上这些局限
与急迫的需要加以了解，可以帮助教育者们更好地面对媒介教育在未来将要
遇到的挑战。

新技术的影响

新技术不仅改变了我们的生活方式,还给 21 世纪的媒介教育带来了巨大的挑战(CML Reflection Resource,2002－2003;Kubey,1997)。新技术的影响主要来源于媒介的数字化(Abernathy & Allen,2003;Buckingham & Sefton-Green,1997;Fischetti,2000;Mammett & Barrell,2002;Olson & Pollard,2004;Tyner,1998;Warnick,2001)。在 Olson 和 Pollard(2004)看来,数字化的巨大力量,尤其是将传统媒介(如报纸)和数字媒介(如计算机)加以整合的能力还没有被美国媒介教育所重视。媒介的数字化趋势要求我们以新的方式从三个方面看待媒介教育:新数字美学、认知效应、社会效应。

数字化趋势是指以二进制码对印刷与电子媒介加以整合,将传统媒介转变为数字媒介,并由此产生一整套完全不同的生产与分配模式。我们应在媒介教育的范畴内对数字化趋势在美学和在观众认知方面产生的效应加以研究,不仅仅关注"数字环境中的计算机和网络媒介,还要关注数字化媒介如何影响了传统媒介环境"(Olson & Pollard,2004,p.249)。对媒介教育产生影响的数字美学特征可能包括交互性、操纵性,它们对所有媒介的内容进行目标的预设与再设,有意识地创造虚拟经验,并尝试以之为基础而产生新内容等。

数字化趋势在认知方面产生的效应源于它的非线性特征和对数字媒体内容要求方面的期望的创建,这直接影响着学生们使用媒介的方式。最后,数字化媒介所产生的最重要的社会效应是"去大众化"(Olason & Pollard,2004),以前那种数量很大且成分单一的观众群体将逐渐消失;数字化媒介通过让观众们根据自己的意愿选择媒介信息,从而形成具有针对性的诉求,而不是大众化的诉求。对于这种从大众化向个人化的转变,媒介教育应该思考一下它对于美国文化和美国民主生活方式的意义。

结　论

本文从四个方面对美国媒介教育的发展状况进行了回顾:第一,论述了美国媒介教育落后于大多数英语国家的原因。第二,分三个阶段对美国的媒介教育发展历史进行了简单的描述——预防阶段、面对阶段和转变阶段。第三,对有关美国媒介教育的定义与性质等概念问题进行了分析。第四,对"如何设计与发布媒介教育课程"及"如何评价媒介教育计划"等应用问题进行了讨论。最后,笔者指出未来美国媒介教育将会遇到的三种挑战:"媒介教育的集中与扩展"、"从运动变为教育干预"及"新技术带来的影响"。

总之,本文力图反映和描绘的是美国媒介教育的过去、现在与将来。尽管笔者不曾冀望能详尽展现其全貌,但在该领域继续进行改革的必要性已经昭显:我们需要不断地进步,从而改善概念上模糊、极端和分裂的状况,改善课程设计和评价的矛盾与不一致现象,同时正视由新的媒介技术所带来的未来挑战。如此,美国才能建立起合理完善的媒介教育体系,与其他国家分享经验,并最终为世界的媒介教育做出自己的贡献。

（本译文英文原载 *China Media Research*,September 2007/Vol. 3 /No. 3）

Notes.

1. A sample list of active non-profit media education associations in the United States:

Action Coalition for Media Education(http://www. acmecoalition. org/)

Alliance for a Media Literate America(http://www. amlainfo. org/)

Assessment in Media Education (http://www. readingonline. org/newliteracies/worsnop/)

Association for Media Literacy(http://www. aml. ca/home/)

Center for Media Literacy(http://www. medialit. org/)

Center of Media Studies(http://www. mediastudies. rutgers. edu/cmsyme. html)

Citizens for Media Literacy(http://www. main. nc. us/cml/)

Commercial Alert(http://www. commercialalert. org/)

Media Education Foundation(http://www. mediaed. org/)

Media Matters: A National Media Education Campaign(http://www. aap. org/advocacy/mediamatters. htm)

Media Watch(http://www. mediawatch. com/)

National Telemedia Council(http://www. nationaltelemediacouncil. org/)

Pauline Center for Media Studies(http://www. daughtersofstpaul. com/mediastudies/)

2. For example, a special issue of *Journal of Communication* (1998, Vol. 48, No. 1) was devoted to a symposium on media literacy. The issue covers nine articles from communication scholars exploring different aspects of media literacy. In addition, *American Behavioral Scientist* as well contributed two special issues (2004, Vol. 48. No. 1—2) on media education (Theme: "High Time for 'Dis-Illusioning' Ourselves and Our Media: Media Literacy in the 21st Century"). Media specialists, including practitioners, scholars, and educations in diverse fields, were invited to express their views on two parts of the theme: (1) Strategies for Schools (K-12 and Higher Education), and (2) Strategies for General Public.

References

Abernaty, K., & Allen, T. (2003). *Exploring the digital domain: An introduction to digital information fluency.* New York: PWS.

Accrediting Council for Education in Journalism and Mass Communication (2004). *Accrediting standards.* Retrieved March 10, 2006 from http://www.ukans.edu/ ~acejmc/BREAKING/ New standards 9-03. pdf.

Allen, D. (1992). Media, arts, and curriculum. In M. Alvarado & O. Boyd-Barrett (Eds.), *Media education: An introduction* (pp. 426 — 430). London: BFI.

Aufderheide, P. (2004). Media literacy: From a report of the National Leadership Conference on Media Literacy. In R. Kubey (Ed.), *Media literacy in the information age: Current perspectives* (pp. 79—86). New Brunswick, NJ: Transaction.

Anderson, J. A. (1983). Television literacy and the critical viewer. In J. Bryant & D. R. Anderson (Eds.), *Children's understanding of television: Research on children's attention and comprehension* (pp. 297 — 330). New York: Academic Press.

Bazalgette, C. (1997). An agenda for the second phase of media literacy development. In R. Kubey (Ed.), *Media literacy in the information age: Current perspectives* (pp. 69—78). New Brunswick, NJ: Transaction.

Bowen,W. (1996). *Citizens for media literacy*. Retrieved from March 4,2006,from http://www. media-awareness. ca/english/teachers/media literacy/ what is media literacy. cfm.

Bowen,W. (2006). *Defining media literacy: Summary of Harvard Institute on media education*. Retrieved from March 4,2006,from http://interact. uoregon. edu/ mediaLit/ mlr/readings/articles/ defharvard. html)

Brown,J. A. (1991). *Television "critical viewing skills" education*. Hillsdale,NJ: Lawrence Erlbaum.

Brown,J. A. (1998). Media literacy perspectives. *Journal of Communication*,48(1),44—57.

Buckingham,D. (1990). *Children talking television: The making of television literacy*. London: Falmer.

Buckingham,D. (1996). Critical pedagogy and media education: A theory in search of a practice. *Journal of curriculum Studies*,28(6),627—650.

Buckingham,D. (1998). Media education in the UK: Moving beyond protectionism. *Journal of Communication*,48(1),35—43.

Buckingham,D. (2003). *Media Education: Literacy,learning and contemporary culture*. Cambridge,UK: Polity.

Buckingham, D. , & Sefton-Green, J. (1997). Multimedia education: Media literacy in the age of digital culture. In R. Kubey(Ed.),*Media literacy in the information age: Current perspectives*(pp. 285—305). New Brunswick,NJ: Transaction.

Center for Media Studies(2000). *Media education now in all 50 states*. Retrieved March 3,2006,from http://medialit. med. sc. edu/statelit. htm.

Center for Media Studies(2002—2003). *Media literacy: Education for a technological age*. Retrieved March 6,2006,from http://www. medialit. org/reading room/ article337. html.

Center for Media Studies(2002—2005). *History of Media Literacy in the USA-Decade by Decade*. Retrieved March 2,2006,from http://www. medialit. org/ reading room/rr2. php.

Center for Media Studies (2005). *Medialit Kit*. Retrieved March 6, 2006,from http://www. medialit. org/pdf/mlk/14A CCKQposter. pdf.

Chou, D. F. (2005). The current development of media education in the world. In D. F. Chou & G. M. Chen (Eds.), *An introduction to media literacy* (pp. 23—54). Taipei, Taiwan: WuNan.

Christ, W. G. (Ed.) (1994). *Assessing communication education: A handbook for media, speech & theatre educators*. Hillsdale, NJ: Lawrence Erlbaum.

Christ, W. G. (Ed.) (1997). *Media education assessment handbook*. Mahwah, NJ: Lawrence Erlbaum.

Christ, W. G. (1998). Multimedia: Replacing the broadcast curriculum. *Feedback*, 39(1), 1—6.

Christ, W. G. (2002). Media literacy: Moving from the margins? *Journal of Broadcasting & Electronic Media*, 46, 321—327.

Christ, W. G. (2004). Assessment, media literacy, standards, and higher education. *American Behavioral Scientist*, 48(1), 92—96.

Christ, W. G. (Ed.) (2006a). *Assessing media education: A resource handbook for educators and administrators*. Mahwah, NJ: Lawrence Erlbaum.

Christ, W. G. (2006b). Introduction: Why assessment matters. In W. G. Christ (Ed.), *Assessing media education: A resource handbook for educators and administrators* (pp. 3—16). Mahwah, NJ: Lawrence Erlbaum.

Christ, W. G., & Hynes, T. (1997). Missions and purposes of journalism and mass communication education: An ACEJMC-ASJMC joint committee report. *Journalism and Mass Communication Educator*, 52(2), 73—100.

Christ, W. G., & Hynes, T. (2006). Mission statements. In W. G. Christ (Ed.), *Assessing media education: A resource handbook for educators and administrators* (pp. 31—50). Mahwah, NJ: Lawrence Erlbaum.

Christ, W. G., & Potter, W. J. (1998). Media literacy, media education, and the academy. *Journal of Communication*, 48(1), 5—15.

CML Reflection Resource (2002—2003). *Literacy for the 21st century*. Retrieved March 10, 2006, from http://www. medialit. org/reading room/article336. html.

Collins, R. (1992). Media studies: Alternative or oppositional practice?

In M. Alvarado & O. Boyd-Barrett(Eds.), *Media education*: *An introduction*(*pp.* 57—62). London: British Film Institute.

Considine,D. M. (1990,December). Media literacy: Can we get there from here? *Educational Technology*,19,7—19.

Cope,B. , & Lalantzis, M. (Eds.) (2000). *Multiliteracies*: *Literacy learning and the design of social futures*. London: Routledge.

Donald,R. (2006). Direct measures: Portfolios. In W. G. Christ(Ed.), *Assessing media education*: *A resource handbook for educators and administrators*(pp. 421—438). Mahwah,NJ: Lawrence Erlbaum.

Ferrington,G. (2006). *What is media literacy*? Retrieved March 3, 2006, from http://interact. uoregon. edu/mediaLit/mlr/readings/articles/whatisml. html.

Fischetti,N. (2000). The future of digital entertainment. *Scientific American*,283(5),47—49.

Galician,M-L. (2004). Introduction: High time for "dis-illusioning" ourselves and our media. *American Behavioral Scientist*,48(1),7—17.

Gardiner,W. L. (1997). Can computers turn teaching inside-out,transform education,and redefine literacy? In R. Kubey(Ed.),*Media literacy in the information age*(pp. 359—376). New Brunswick,NJ: Transaction.

Gregorian,N. (2006). Media literacy & core curriculum: Initial results from the evaluation of a new media-literacy program funded by the U. S. Department of Education. *Threshold*: *Exploring the Future of Education*, winter,5—7.

Grady,D. A. (2006). Indirect measures: Interships,careers,and competitions. In W. G. Christ(Ed.),*Assessing media education*: *A resource handbook for educators and administrators*(pp. 349—371). Mahwah,NJ: Lawrence Erlbaum.

Hall,S. , & Whannel,P. (1964). *The popular arts*. Longdon: Hutchinson.

Halloran,J. , & Jones,M. (1968). *Learning about the media*: *communication and society*. Paris: UNESCO.

Halloran,J. , & Jones,M. (1992). The inoculation approach. In M. Alvarado & O. Boyd-Barrett(Eds.),*Media education: An introduction*(pp. 10 —13). London: BFI.

Hart, A. (1997). Textual pleasures and moral dilemmas: Teaching media literacy in England. In R. Kubey(Ed.),*Media literacy in the information age*(pp. 199—211). New Brunswick,NJ: Transaction.

Hobbs,R. (1994). Pedagogical issues in U. S. media education. *Communication Yearbook*,17,453—366.

Hobbs, R. (1996). Media literacy, media activism. *Telemedium*, *The Journal of Media Literacy*,42(3).

Hobbs,R(1998a). The seven great debates in the media literacy movement. *Journal of Communication*,48(1),16—32.

Hobbs,R. (1998b). Literacy for the information age. In J. Floor, D. Lapp,& S. B. Heath(Eds.),*Handbook of research on teaching literacy through the communicative and visual arts*(pp. 7—14). New York: Macmillan.

Hobbs, R. (2001, Spring). The great debates circa 2001: The promise and the potential of media literacy. *Community Media Review*,25—27.

Hobbs,R. (2004). A review of school-based initiatives in media literacy education. *American Behavioral Scientist*,48(1),42—59.

Hobbs,R. ,& Frost,R. (2003). Measuring the acquisition of media literacy skills. *Reading Research Quarterly*,38(3),330—355.

Huesmann, L. R. , Eron, L. D. , Klein, R. , Brice, P. , & Fischer, P. (1983). Mitigating the imitation of aggressive behavior by changing children's attitudes about media violence. *Journal of Personality and Social Psychology*,44,899—910.

Irwin,S. O. (2006). Direct measures: Embedded "authentic" assessment. In W. G. Christ(Ed.),*Assessing media education: A resource handbook for educators and administrators*(pp. 397—420). Mahwah,NJ: Lawrence Erlbaum.

Kellner,D. , & Share, J. (2005). Toward critical media literacy: Core concepts,debates,organizations,and policy. *Discourse: Studies in the Cultural Politics of Education*,26(3),369—386.

Kubey,R. (Ed.)(1997). *Media literacy in the information age*. New Brunswick,NJ: Transaction.

Kubey,R. (1998). Obstacles to the development of media education in the U. S. *Journal of Communication*,48(1),58—69.

Kubey,R. (2003). Why U. S. media education lags behind the rest of the English-speaking world. *Television & New Media*,4(4),351—370.

Kubey,R. (2004). Media literacy and the teaching of civics and social studies at the dawn of the 21st century. *American Behavioral Scientist*,48 (1),69—77.

Kubey,R. ,& Baker,F. (1999,October 27). *Has media literacy found a curricular foothold*? Retrieved March 3,2006,from http://www. medial-it. med. sc. edu/ edweek. htm.

Leavis,F. ,& Thompson(1933). *Culture and environment: The training of critical awareness*. London: Chatto & Windus.

Mammett,R. ,& Barrell,B. (2002). *Digital expressions: Media literacy and English language arts*. Calgary,Canada: Detselig.

Masterman,L. (1980). *Teaching about television*. London: Macmillan.

Masterman,L. (1985). *Teaching the media*. London: Comedia.

Masterman,L. (1997). A rationale for media education. In R. Kubey (Ed.),*Media literacy in the information age: Current perspectives*(pp. 15 —68). New Brunswick,NJ: Transaction.

Media Awareness Network. (2006a). Media education in Canada: An overview. Retrieved February 20,2006,from http://www. media-awareness. ca/english/teachers/media education/media education overview. cfm.

Media Awareness Network. (2006b). Chronology of media education in Canada. Retrieved February 20,2006,from http://www. media-awareness. ca/english/ teachers/ media education/ media education chronology. cfm.

Metallinos,N. (Ed.)(1994). *Verbo-visual literacy: Understanding and applying new educational communication media technologies*. Montreal, Canada: 3Dmt Research & Information Center.

Meyrowitz,J. (1998). Multiple media literacy. *Journal of communication*,48(1),96—108.

Moore, R. C. (2006). Direct measures: The capstone course. In W. G. Christ(Ed.), *Assessing media education: A resource handbook for educators and administrators*(pp. 439—459). Mahwah, NJ: Lawrence Erlbaum.

National Communication Association(1998). *The speaking, listening, and media literacy standards and competency statements for k-12 education.* Annandale, VA: NCA. Retrieved March 7, 2006, from http://www. natcom. org/nca/files/ ccLibraryFiles/FILENAME/000000000119/K12% 20Standards. pdf.

Olson, S. R., & Pollard, T. (2004). The muse pixelipe: Digitalization and media literacy education. *American Behavioral Scientist*, 48(2), 248—255.

Ontario Ministry of Education(1989). *Media literacy resource guide.* Retrieved March 10, 2006, from http://www. medialit. org/reading room/article338. html.

Parsons, P. (2006). Indirect measures: Institutional data, surveys, interviews, and advisory boards. In W. G. Christ(Ed.), *Assessing media education: A resource handbook for educators and administrators*(pp. 329—347). Mahwah, NJ: Lawrence Erlbaum.

Partnership for 21ˢᵗ Century Skills(2003). *Learning for the 21ˢᵗ century: A report and mile guide for 21ˢᵗ century skills*. Washington D. C. : Author.

Piette, J. , & Giroux, L. (1997). The theoretical foundations of media education programs. In R. Kubey(Ed.), *Media literacy in the information age: Current perspectives*(Vol. 6, pp. 89—134). New Brunswick, NJ: Transaction.

Pungente, J. (1997). Live long and proper: Media literacy in the USA, *Clipboard*, 8(2), Summer. Retrieved March 3, 2006, from http://interact. uoregon. edu/mediaLit/mlr /readings/articles/medialit. html.

Rosenbaum, J. (1994). Assessment: An overview. In W. G. Christ (Ed.), *Assessing communication education: A handbook for media, speech & theatre educators*(pp. 3—29). Hillsdale, NJ: Lawrence Erlbaum.

Quin, R. , & McMahon, B. (1997). Living with the tiger: Media curriculum issues for the future. In R. Kubey(Ed.), *Media literacy in the informa-*

tion age(pp. 307—321). New Brunswick, NJ: Transaction.

Rubin, A. (1998). Media literacy: Editor's note. *Journal of Communication*, 48(1), 3—4.

Scharrer, E. (2002/2003, December/January). Making a case for media literacy in the curriculum: Outcomes and assessment. *Journal of Adolescent & Adult Literacy*, 46(4). Retrieved March 8, 2006, from http://www. readingonline. org/ newliteracies/lit index. asp? HREF =/newliteracies/ja-al/12—02 column/index. html.

Scheibe, C. , & Rogow, F. (2004). 12 *basic principles for incorporating media literacy and critical thinking into any curriculum*. Ithaca, NY: Ithaca College.

Sholle, D. , & Denski, S. (1994). *Media education and the (re) production of culture*. Westport, CT: Bergin & Garvey.

Silverblatt, A. (1995). *Media literacy: Keys to interpreting media messages*. Westport, CT: Praeger.

Sinartra, R. (1986). *Visual literacy connections to thinking , reading and writing*. Springfield, IL: Charles C. Thomas.

Singer, D. G. , & Singer, J. L. (1998). Developing critical viewing skills and media literacy in children. *The Annals of the American Academy of Political and Social Science*, 557, 164—180.

Thoman, E. (1990, July). *New directions in media education*. Paper presented at the international Conference of the University of Toulouse, France. Retrieved February 26, 2006, from http://www. medialit. org /reading room/article126. html.

Thoman, E. (1993). *Skills and strategies for media education*. Retrieved March 10, 2006, from http://www. medialit. org/reading room/article1. html.

Thoman, E. (1995). *The three stages of media literacy*. Retrieved March 12, 2006, from. http://www. media-awareness. ca/english/teachers/media literacy/ what is media literacy. cfm.

Thoman, E. , & Jolls, T. (2004). Media literacy—A national priority for a changing world. *American Behavioral Scientist*, 48(1), 18—29.

Tucker, D. E. (2006). Direct measures: Examinations. In W. G. Christ (Ed.), *Assessing media education: A resource handbook for educators and administrators* (pp. 373—395). Mahwah, NJ: Lawrence Erlbaum.

Tyner, K. (1991). *The media education elephant*. Retrieved March 6, 2006, from http://www. medialit. org/reading room/ article429. html.

Tyner, K. (1998). *Literacy in a digital world: Teaching and learning in the age of information*. Mahwah, NJ: Lawrence Erlbaum.

Tyner, K. (2000, May). *Media education in the year* 2000: *Directions and challenges*. Paper presented at the international conference on "Children, Youth and the Media". Toronto, Ontario: Canada.

Walsh, B. (2006a). *A brief history of media education*. Retrieved February 26, 2006, from http://interact. uoregon. edu/mediaLit/mlr/readings/articles/briefhistml. html.

Walsh, B. (2006b). *Expanding the definition of media literacy*. Retrieved March 3, 2006, from http://interact. uoregon. edu/mediaLit/mlr/readings/articles/ Expanding Media lit. html.

Warnick, B. (2001). *Critical Literacy in a Digital Era: Technology, Rhetoric, and the Public Interest*. Hillsdale, NJ: Lawrence Erlbaum.

Williams, R. (1961). *The long revolution*. London: Chatto & Windus.

Zettl, H. (1990). *Sight sound motion: applied media aesthetics*. Belmont, CA: Wadsworth.

Appendix A. Major Events in the History of Media Literacy in the United States.

Ⅰ. Pre—1960: Early visionaries prepare the way

1. Marshall Mcluhan's revolutional work on media.
2. John Culkin first invented the term "media literacy."

Ⅱ. 1960—1970: First experiments with media in schools

1. Early experiments in school television production started in the

early 1960s.

2. The first TV studio in Murray Avenue Elementary in Larchmont, New York was established in 1965.

3. Iowa educators pioneered "Media Now Curriculum" in mid—1960s. Its Southwest Iowa Learning Resources Center(LRC) became a precursor of today's area education agencies and served as a community locus for an innovative film study program.

4. Ford Foundation funds experimental high school TV program started in the late 1960s.

5. A report announced that the "Screen Education" movement failed to survive the war in the late 1960s.

Ⅲ. 1970—1980: Early programs paved the way

1. Church groups introduced "Television Awareness Training"(TAT) for parents and adults in 1977. The Viewer's Guide for Family and Community was developed.

2. *Media & Values* magazine began to chronicle growing influence of media culture and publish early activities for media literacy classroom in 1977.

3. The School of Public communication at Boston University, under a contract with the Department of Health, Education and Welfare, and US Office of Education, developed the "Television Literacy: Critical Television Viewing Skills" curriculum in 1979.

Ⅳ. 1980—1990: Connection with outside media literacy movement

1. The "Grunwald Document" was unanimously declared by the representatives of 19 nations at UNESCO's 1982 International Symposium on Media Education at Grunwald, Federal Republic of Germany.

2. Ministry of Education of Ontario, Canada published the "*Media Literacy Resource Guide*" in 1987.

3. The 1988 Annual Report of the L. J. Skaggs and Mary C. Skaggs Foundation on what are other countries doing in media education.

4. Len Masterman published *"Media education*: 18 *basic principles"* in 1989.

5. An international conference at the University of Toulouse, France in 1990, sponsored by UNESCO, proposed the new directions in media education, including the establishment of the "four criteria for success" in implementing media education in any county.

Ⅴ. 1990－present: Collective efforts, pioneering projects, curriculum connections, and the rapid growth of media education

1. The *Media Development* published Thoman's "An overview of the challenges to implementing media literacy in the USA" in 1990.

2. The Media Commission of the National Council of Teachers of English(NCTE)met at the NCTE conference in Seattle in 1991 to explore and evaluate a number of issues central to the future of media education in the United States.

3. Aspen Institute hosted historic gathering in 1992 to set agenda of media education for the decade.

4. The Harvard University hosted the first US media literacy teaching institute in 1992.

5. The "Catholic Media Literacy Curriculum" was released in 1993.

6. The Association for Supervision and Curriculum Development(ASCD)published the "Skills and Strategies for Media Education" in 1993.

7. The "Safeguarding our Youth Conference," sponsored by the Department of Justice, the Department of Education, and the Department of Health and Human Services, was held in 1993.

8. U. S. Senate invited testimony for media literacy as strategy for violence prevention in 1995.

9. The first national media literacy conference on "Sows the Seeds" for future growth was held in Boone, North Carolina in 1995(The second conference was held in Los Angeles in 1996).

10. Carnegie Foundation endorsed media literacy for young adolescents in 1996(through the report of "In Great Transitions: Preparing Adolescents

for a New Century").

11. The whole issue of *Journal of Communication* was devoted to a symposium on media literacy(1998,Volume 48,No. 1).

12. Partnership for Media Education was formed in 1997,and had first national media education conference in Colorado Springs in 1998, St. Paul, Minnesota in 1999,and Toronto,Canada in 2000.

13. Alliance for a Media Literate America(AMLA)was founded in 2000.

14. Mid-continent Research for Education and Learning (McREL) expanded its language arts matrix to define standards for both "viewing" and "media" in 2001.

15. "CMLls MediaLit Kit^{tm}," a framework for leaning and living in media age was published in 2002.

16. The "Learning for the 21st Century" report situated media literacy as 21st century skill in 2003.

17. The *American Behavioral Scientist* devoted two special issues (2004,Volume 48,No. 1 & 2)to the theme of "High Time for 'Dis-illusion' Ourselves and Our Media: Media literacy in the 21st Century".

Source: Center for Media Studies(2002—2005). *History of Media Literacy in the USA—Decade by Decade*. Retrieved March 2,2006,from http://www. medialit. org/ reading room/rr2. php

Appendix B. A Summary of the 10 Classroom Approaches to Media Literacy

1. The Inquiry Model—A structured framework that will help students recognize basic issues and provide strategies for developing subject content. This model helps to stimulate open questioning and encourages students to be intellectually curious about the world; it also demands that they have the proper tools for meaningful research and discussion.

2. Critical-thinking Strategies—It refers to a body of intellectual skills and abilities that enable one to decide rationally what to believe or do. It also

includes a set of values: the pursuit of truth, fairness or open-mindedness, empathy, autonomy, and self-criticism.

3. Values Education—Assumes that the mass media are an ideal resource for the discussion of moral dilemmas, the development of moral reasoning, and the use of techniques such as values clarification.

4. Media from the Perspective of Subject Disciplines—In relation to media-literacy analysis in a subject context, it is important to stress that teachers will need to move beyond conceiving of media simply as audio-visual aids. Ideas that teachers can use to incorporate media literacy into their classes include English, social sciences, family studies, science and technology, visual arts, music, physical and health education, mathematics, and resource center teachers.

5. Cross-media Studies and Interdisciplinary Strategies—The issues, trends, and special events of our time are simultaneously reflected in all or several of the mass media. Hence, whether the topic is the arms race, the promotion of a rock star, an advertising campaign, or sexuality and violence in the media, a cross-media analysis is required. The effective application of the key concepts of media depends on the integration of several media.

6. Creative Experiences—Assumes that we should integrate formal media analysis with media production. Those creative activities can range from something as short and simple as sequencing a series of photographs to a project as complex as the production of a rock video.

7. Semiotics—It is the science of signs and is concerned primarily with how meaning is generated in film, television, and other works of art. It is concerned with what signs are and the ways that information is encoded in them.

8. Reading the Media Environment—Assumes that each medium of communication has its own biases and ideology. When we interact with a medium of communication, we are influenced as much by the form of the medium as by its message. Thus, we should ask the following question about each communication medium: What would life be like without this medium?

9. Alternative Points of View—As a counter to the mass media, which

are generally, conservative and constitute a major industry in which the profit motive is paramount, teachers, depending on the level of the class, can show films and videos that present an alternative vision or a different kind of perception and experience to that of the mainstream media. However, these should be a supplement to, and not take the place of, the study of popular models.

10. Full-credit Courses in Media Literacy—These courses, offered at the secondary school level, will probably be presented as one of the optional courses in English or the visual arts and will reflect a great diversity of approaches. Examples of areas covered by such courses including pop culture, the world of images, the information society, the study of specific media or genre within a medium, and television production,

Source: Ontario Ministry of Education(1989). *Media literacy resource guide*. Retrieved March 10, 2006, from http://www. medialit. org/reading room/article338. html.

Appendix C. A Summary of the 12 Basic Principles for Incorporating Media Literacy and Critical Thinking into Any Curriculum

1. Use media to practice general observation, critical thinking, analysis, perspective-taking, and production skills by encouraging students to think critically about information presented in any media message.

2. Use media to stimulate interest in a new topic by showing an exciting or familiar video clip or reading a short book or story.

3. Identify ways in which students may be already familiar with a topic through media by giving examples from popular media content to illustrate what students might already know about a topic.

4. Use media as a standard pedagogical tool by providing information about the topic through a variety of different media sources.

5. Identify erroneous beliefs about a topic fostered by media content by analyzing media content that misrepresents a topic or presents false or mis-

leading information about a topic.

6. Develop an awareness of issues of credibility and bias in the media by teaching how to recognize the source(speaker)of a media message and the purpose of producing the message, and how that might influence the objective nature of information.

7. Compare the ways different media present information about a topic by contrasting ways in which information about a topic might be presented in a documentary, a TV news report, a newspaper article, an advertisement, or an educational children's program about a specific topic.

8. Analyze the effect that specific media have had on a particular issue or topic historically and/or across different cultures by discussing the role that the media have played(if any)in the history of this topic.

9. Use media to build and practice specific curricular skills by using print media(books, newspapers, magazines)to practice reading and comprehension skills.

10. Use media to express students' opinions and illustrate their understanding of the world by encouraging students to analyze media messages for distortions and bias issues of particular interest to them.

11. Use media as an assessment tool by having students summarize their knowledge about a topic in a final report that employs other forms of media beyond the standard written report.

12. Use media to connect students to the community and work toward positive change by finding collaborative possibilities for projects with community institutions.

Source：Scheibe, C. , & Rogow, F. (2004). 12 *basic principles for incorporating media literacy and critical thinking into any curriculum*. Ithaca, NY：Ithaca College.

Appendix D. NCA Media Literacy Standards and Competencies.

I. Media literate communicators demonstrate knowledge and understanding of the ways people use media in their personal and public lives.

Knowledge	Behaviors	Attitudes
1. Recognize the centrality of communication in human endeavors. 2. Recognize the importance of communication for educational practices. 3. Recognize the roles of culture and language in media practices. 4. Identity personal and public media practices. 5. Identify personal and public media content, forms, and products. 6. Analyze the historical and current ways in which media affect people's personal and public lives. 7. Analyze media ethical issues.	8. Access information in a variety of media forms. 9. Illustrate how people use media in their personal and public lives.	10. Are motivated to evaluate media and communication practices in terms of basic social values such as freedom, responsibility, privacy and public standards of decency.

Ⅱ. Media literate communicators demonstrate knowledge and understanding of the complex relationships among audiences and media content.

Knowledge	Behaviors	Attitudes
1. Identify media forms, content, and products. 2. Recognize that media are open to multiple interpretations. 3. Explain how audience members interpret meanings. 4. Describe how media practitioners determine the nature of audiences. 5. Explain how media socialize people. 6. Evaluate ideas and images in media with possible individual, social and cultural consequences.	7. Create standards to evaluate media content, forms, and products. 8. Illustrate how media content, forms, and audience interpretations are linked to viewing practices.	1. Are motivated to recognize the complex relationships among media content, forms, and audience practices.

Ⅲ. Media literate communicators demonstrate knowledge and understanding that media content is produced within social and cultural contexts.

Knowledge	Behaviors	Attitudes
1. Identify the production contexts of media content and products. 2. Identify the social and cultural constraints on the production of media. 3. Identify the social and cultural agencies that regulate media content and products. 4. Evaluate the ideas and aesthetics in media content and products.	5. Demonstrate how media content and products are produced within social and cultural contexts. 6. Demonstrate how social and cultural regulations affect media content and products.	7. Are motivated to examine the relationships among media content and products and the larger social and cultural contexts of their production.

Ⅳ. Media literate communicators demonstrate knowledge and understanding of the commercial nature of media.

Knowledge	Behaviors	Attitudes
1. Explain how media organizations operate. 2. Identify the social and cultural agencies that regulate media organizations. 3. Compare media organizations to other social and cultural organizations	4. Demonstrate the relationships between media organizations and media distribution practices.	5. Are motivated to analyze the historical and current ways in which media organizations operate in relationship to democratic processes.

Ⅴ. Media literate communicators demonstrate ability to use media to communicate to specific audiences.

Knowledge	Behaviors	Attitudes
1. Identify suitable media to communicate for specific purposes and outcomes. 2. Identify the roles and responsibilities of media production teams. 3. Analyze their media work for technical and aesthetic strengths and weaknesses. 4. Recognize that their media work has individual, social, and ethical consequences. 5. Reflect upon how their media literacy work relates to events outside of school learning.	6. Practice multiple approaches to developing and presenting ideas. 7. Structure media messages to be presented in various media forms. 8. Assume accountability for the individual, social, and ethical outcomes of their work.	9. Are motivated to appreciate how their media literacy work enhances self-expression, education, and career opportunities.

Source：National Communication Association(1998). *The speaking，listening，and media literacy standards and competency statements for k-12 education.* Annandale，VA：NCA.

Media(Literacy)Education in the United States

Guo-Ming Chen
University of Rhode Island

Abstract: This paper attempts to examine what media education is and how it functions in the United States from five perspectives: introduction, a brief history, conceptual issues, application issues, and future challenges. The introduction lays down the reasons why the United States is far behind other English speaking nations in media education. The second section examines the history of media education in the United States from three stages: inoculation phase, facing-it phase, and transitional phase. The third and fourth sections analyze the media education from conceptual and application levels. Finally in the fifth section, future challenges facing the centralization and expansion of media education, from movement to educational intervention, and the impact of new technology are discussed. It concludes that a continuous reform is needed for the media education in the United States to reach a more satisfactory level.

Keywords: media education, media literacy, cultural studies approach, inoculation approach, history of media education, media education theories, digitalization, online education

跨文化关系研究的超理论方式

——以美日两国的跨文化传播为例

威廉·凯利（William Kelly）[①]

加利福尼亚大学洛杉矶分校

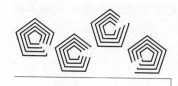

[摘　要]虽然美日两国之间的跨文化传播受到跨文化传播学者们的广泛关注，但是鲜有从批判的超理论角度研究两国之间的人际传播著述。本论文试图填补这一空白。首先，本论文讨论了着眼于文化差异的研究方式和侧重于批判的超理论方式之间的不同之处。然后，本论文以作者在日本生活 19 年的亲身经历为基础，以案例研究的方式说明，批判的超理论方式能够解决美日两国人际传播过程中一些至关重要但又常常被忽视的问题。

[关键词]批判的超理论方式，历史，经济实力不平衡，后殖民主义，个人经历

---

①　[作者简介]　威廉·凯利（William Kelly），美国人类学家，1987 年起即任耶鲁大学人类学系教授，1995 年起曾两度任系主任，并曾担任东亚研究理事会主席等职务。论著丰富，在日本生活 19 年，学有专攻。现任教于加州大学洛杉矶分校。

本文为浙江大学传播所研究生李丽所译。

美国学者最早于 20 世纪 70 年代研究美日两国的跨文化传播(Condon &
Saito,1974,1976；Barnlund,1975)。他们强调自我表露和两种文化成员价值
观的不同点。从那时起,美日两国跨文化传播的研究方式就几乎没有改变。
跨文化传播的学者们仍侧重于研究两个国家之间的文化差异,如个人主义、
集体主义等方面(Yamaguchi,1994)。

遗憾的是,跨文化传播的学者在很大程度上忽视了政治和经济的宏观环
境,而且这些环境影响了美日两国人际传播的方式。他们同样未能系统地提
出有关历史和经济实力方面的因素。

跨文化传播研究迫切需要一种以批判的超理论角度为基础的新的研究
方式。这种批判的方式表明了美国人和日本人受权利动力学影响的情况,这
同日本在二战中战败有关。批判的方式强调,由于世界政治、经济中存在的
社会结构因素,美国和日本之间的关系一直都是不平等的。除非认知美日两
国跨文化传播过程中的结构因素,否则在将跨文化传播理论应用于两国人民
之间的实际交流时,就会留有诸多不足和弊端。

批判的方式强调社会结构因素、经济关系和历史背景的重要性,但是他
们趋向于只关注大众传媒的传播,而忽视了跨文化的人际传播(Martin &
Nakayama,1999)。本论文的价值在于,通过关注美日两国之间的人际传播来
弥补这一缺憾。通过使用批判的方式,本论文将人际层面的传播和宏观的国
际环境相结合。

首先,我比较了跨文化传播中差异化的方式和批判的超理论方式。其
次,我将介绍我的个人经历,作为美日跨文化传播的个案研究。第三,我将分
析这些个人经历,以此论证批判的超理论方式能够处理跨文化人际传播中的
问题。最后,我将总结跨文化传播中批判的超理论方式的优势,并为美日两
国跨文化传播的理论发展提出一些新的方向。

比较跨文化传播中的"文化差异"方式和批判方式

我将用缩写字母"CD"表示基于分析文化差异的这一传统的人文社科研
究方式。自 20 世纪 80 年代早期起,这一方式就构成了跨文化传播领域的主
流。跨文化传播中差异化方式的一个经典概念是由本拉德(Barnlund,1998)
提出的。他指出,来自不同文化背景中的人们生活在地球村需要具备以下条
件:"最关键的似乎就是找到进入另一种文化语境的方法,确定支配着人际关

系的准则,并且训练人们在一个外交的而不再是不可理解的社会制度中行使职责"(p.37)。因而,跨文化传播学者的任务是找到通过学习文化内涵中的不同来区别文化的方法。许多关于美日两国跨文化传播的研究都是仅仅关注于文化差异的研究(e. g.,Condon & Saito,1974,1976;Barnlund,1975,1989;Okabe,1983;Ishii,1985;Hall & Hall,1987;Gudykunst,1993)。

将"文化差异"的方式同批判的超理论方式相比较,我对"批判方式"所下的定义同马汀(Martin)和中山(Nakayama,1999)所称的批判的人文视角相似,其延续和整合了法兰克福学派、文化研究和后殖民主义观点。这种批判方式的重要原则是重视不同文化群体间的经济关系。文化差异方式的根本前提是:不同文化间的差异是跨文化传播的关键,这一前提也有其消极影响。

最近,批判的超理论方式开始影响跨文化传播领域,并且这一新趋势在该领域中发展、繁荣(Martin & Nakayama,2000;Martin, Nakayama, & Flores,1998;Nakayama & Martin,1999;Gonzalez, Houston, & Chen,2000;Orbe,1998;Gonzalez & Tanno,1997;Tanno & Gonzalez,1998;Gonzalez & Tanno,2000)。在跨文化传播领域之外,澳大利亚社会学家杨(Young,1996)发表了令人印象深刻的哲学评论文章,其理论观点同哈贝马斯(Habermasian)的跨文化关系有关。此外,瑞典的人类学家戴伦(Dahlen,1997)所取得的成就也值得关注,他批评跨文化传播领域内的人员培训依赖过时的人类学模式。然而,关于美日两国之间的人际传播这一领域的批判研究却甚少。

在本论文中,我将完整而详尽地向大家介绍"文化差异"方式和批判的方式,并通过使用一些专业术语,使大家更容易关注两者在处理跨文化传播中各种方面问题时的方式,从而突出两者的不同点。我将从以下五个方面区分跨文化传播中的"文化差异"方式和批判方式:(1)文化观念,(2)相似/差异,(3)经济关系,(4)历史的重要性,(5)传播能力。

文 化 观 念

在传播学方面,E.霍尔(E. Hall,1959)和霍夫斯塔德(Hofstede,1991)是两位研究文化影响的著名学者。E.霍尔(1959)提出这样一个假设:在人们的意识支配下,文化无意识影响人们以特定的方式沟通。霍夫斯塔德(1991)提出,文化同计算机程序一样,都是人设计出来的。这些学者一致认为,社会结构和经济因素会对文化产生影响,但是这一思想还很少被跨文化传播学的理论和实践所应用。

然而,S.霍尔(S. Hall,1986)在重新阐释马克思主义时提出,文化是各种思想斗争的战场。在社会组织中,这些思想被它们的持有者所支配,思想的持有者影响着思想本身。因此,我们不能撇开思想形成的场所——社会环境——来理解文化。这些重要的因素是:人们所处的社会等级、种族和性别,这些虽然不能决定人们思想的内容,但却会对人的思想产生相当大的影响。

文化霸权主义容易遭受那些弱势文化群体的质疑,代表强势群体利益的文化可能会受到弱势群体直接或间接的抵制。

相似/差异

班尼特(Bennett,1998)指出:"对待差异的要旨——理解、赞赏、尊重——这在跨文化传播的实践中至关重要。"(P. 2)按照他的文化差异观点,所有的普遍主义观点都是使差异最小化。班尼特认为,有些人声称认知人类的相似性是有效地促进跨文化传播的积极因素,实际上却把他们自己的文化信仰强加于他人,这种做法是可耻的。他们拒绝承认差异的目的是维护依附于其文化信仰和文化价值的生活方式,从而拒绝和否定其他的生活方式。

杨(1996)的论文阐述了有关相似和差异的批判的超理论观点。他的目的是提供一个理论研究的方法,能够处理帝国主义和殖民主义的残余。这种方式必须能够让我们肯定差异,但这不是以否认我们共同的人性为代价。普遍主义被用来证明欧洲文化对其他弱势民族文化的征服和统治是合理的,而相对主义却常常导致分裂主义和种族冲突,杨的抗辩则是这两者的折衷。

批判主义人类学家和后殖民主义理论家都不赞成在研究中强调文化差异的倾向。他们认为强调差异会"制造异己",对差异的过度强调源于现实存在的西方和非西方的绝对分离。赛德(Said,1987)指出,在历史上,这种分离被用来证明西方国家对其他国家运用权利是合理的。由于视文化为处于隔离状态之中的单独和有界限的实体,东方人就被视为冒进的异己人。西方文化被认为是男子气概的、民主的、先进的、发展的、理性的和道德的,而东方文化则是女性的、享乐的、落后的和矛盾的。

经济关系

在经济实力方面,班尼特(1998)阐述了"文化差异"方式的重要前提和其排斥批判方式的原因。他并不否认对传播产生影响的经济实力的差别,然而,他认为对经济实力的强调会导致被政治所控制的研究,而且这是在跨文化传播领域之外的。意识形态话语的讨论虽然激烈但是前景暗淡,因此应尽量避免。"当传播行为被贴上'帝国主义者'、'种族主义者'或'男权主义者'的标签时,人类的传播行为就蒙上了教条主义的阴影。传播的深入研究淹没在喧嚣的政治斗争中,只有分化,而无包容。"(pp. 10—11)

从"文化差异"观点来看,研究的重点应是来自不同文化的成员之间的传播障碍,即"善意的冲突"(Ting-Toomey,1999)。当所有的参与者在跨文化交流的背景中,按照他们自己的文化标准、规则和价值行动时,善意的冲突就产生了。

批判的观点认为,传播中的经济关系体现了意识形态的消极作用,在权利的运用过程中,意识形态的意义得以生成和传播(Thompson,1990)。经济实力的不对称结构是系统的且具有统治性的,在这种结构中,拥有较少权利的群体中的成员被要求按照特定的规章和社会角色行动。杨(1996)指出,这种行为结构对居于从属地位群体的尊严和自尊是有害的,使其成员不能在一个不受阻碍的环境中追求他们自己的兴趣和需要,这就维持了社会的不平等和他们的次要地位。在这种情况下,居于统治地位的群体趋向于将能巩固他们统治地位和权利的社会期望强加给那些处于从属地位的群体,但这可能招致这些群体中成员的对抗。

因此,批判的跨文化传播学者认为,传播中的失误不仅仅是文化差异导致的,还有其他重要原因导致了传播中的失误,如人们由于职责、任务和环境这些因素不允许从属群体的成员获得某些基本需要。另外,意义的生成经常被歪曲的传播结构和意识形态的具体化所限制。至于统治地位和从属地位群体的关系,前者趋向于将他们自己的意志强加于后者。因此,当处于统治地位的成员违背社会和政治发展所需的互相合作原则时,受压迫群体中的成员会对这一现实存在的情形提出质疑和进行对抗。

历史背景

在主张"文化差异"观点的学者中，班尼特(1998)明确否定了对历史的认识应在跨文化传播中起主要作用。他认为，历史的作用无足轻重，因为它同现在的行为联系甚少。对历史的理解也许可以帮助我们明白现在的行为是过去受到其他群体压迫的反应。然而，他总体的观点都强调：对历史背景的研究分散了文化分析对当今人际交往影响的注意力。

主张后殖民主义观点的学者法农(Fanon)和梅米(Memmi)早就提出，为了揭示对现在具有持续影响的殖民者和被殖民者的矛盾和共生关系，对历史的重新认识是必然的。被殖民者也许会支持殖民者，而殖民者为了镇压被殖民者则可能会施用武力(Gandhi,1998)。巴巴(Bhabha,1994)认为学者的任务是，唤起人们对那些殖民地人民的思想不被接纳的重大历史事件的注意。这样，既唤醒了尘封的记忆，其对现在行为的影响也得到了公平对待。

同一性的建立经历了两个阶段，它们都是被殖民者试图摆脱受殖民者同化的阶段(S. Hall,1996)。第一阶段是殖民地人民通过努力奋斗恢复在殖民入侵前的纯文化，从而试图使他们的思想非殖民化。第二阶段可以追溯到重新赢得文化的完整之后。在这个阶段，殖民地人民承认了殖民者对文化的影响，而且一种新型的混合文化将在未来产生，而不是在过去。

传播能力

持"文化差异"观点的学者认为，传播能力有三个主要维度：情感的、认知的和行为的(Chen & Starosta,1996)。情感的维度以跨文化间的敏感度为重点；认知的维度包括自我意识、文化意识和对其他文化的了解；而行为的维度则强调技能的发展。跨文化间的敏感度被定义为对其他文化的认可，但是并没有提出处于主导文化的成员是否有足够的诱因能使他们放弃权利和特权这一问题。持"文化差异"观点的学者认为，认知差异是就思考方式和社会价值、标准、惯例和制度而言的，但是其并没有从历史关系的角度提及国家间及他们之间的经济关系。

杨(1996)指出，从批判的超理论观点而言，传统的跨文化传播学者未能为历史背景和经济环境提供充分的理论，因为他们的研究并没有提及现实存在的政治经济因素和人类的情感,如骄傲。他认为理想化的传播是建立在哈贝马斯(Habermas)的公共领域和言论自由观点之上的。他表示,无论来自何种文化背景,所有的传播学者都应该秉持传播不受到外部干涉,以事实、公正和真实为导向的观点。在传播过程中,人们能够选择是否支持这种观点,因为一方面是理性,而另一方面则是权力/认识或是意识,因此会存在这些不同的选择。从这种观点来看,传播能力的意思是:以社会关系、主导地位、同从属地位群体的合作意愿为前提,诚实地、正确地和适当地进行对话。

以亲身经历为据

在这篇论文中,我将以自己的亲身经历为依据,说明跨文化传播中批判方式的有效性。这种经历指在日本生活的 19 年及对日本生活方式的熟知,包括同日本人结婚并育有两个孩子。我运用了一些已经公布的数据来增加我论文的可信性,但是我的亲身经历为美日两国跨文化传播中批判方式的价值提供了主要的证据。

我发现,虽然居住在日本的美国人来自不同的背景和环境,但是他们对待日本人的态度和他们的行为却是相同的。一般来说,对待日本人,美国人总是有着一种优越感,并且以师长自居,因为美国人无论有意还是无意都觉得自己是世界上占领导地位国家的人民,同时希望其他国家的人民按照美国的方式交流。我并不是说所有的美国人都持有这样的态度,但是据我观察,我所遇到的相当多的在日本的美国人都表现出这种态度。

依靠个人经历具有以下优点:首先,个人的主动介入能提供一个美国男性白人在和日本人生活交往过程中的亲身感受。其次,我们有机会听到一个与众不同的声音——一个美国男性白人试图忘却特权。另外,正如近藤荣藏(Kondo,1990)所指出的,经历同理论有着紧密的联系。这是我们对事件的参与和深度理解,能使我们建构秩序和意义。在日本的居住和生活使我发现经济是跨文化传播中的一个重点问题,这个问题受到了批判方式的关注。

我将以亲身经历为论据,说明批判的超理论方式能够被运用于跨文化传播中的人际传播。我将仔细分析我的亲身经历并阐述这些经历能够用批判方式中的文化、相似/差异、权利关系、历史背景和传播能力这些概念加以解释。我的论点是,批判观点的实际应用能够使我们理解一个美国男性白人在日本同日本人进行有效交流的方式,而这是"文化差异"方式所不能达到的。

我将以批判方式分析的亲身经历包括我在日本第一次获益于美国白人的特权，我在日本生活过程中的变化，以及我放弃对日本人殖民主义态度的原因。

承担白人的责任

作为一名支持西方逆向文化潮流的英语教师，我加入了一个有着共同目标的团体。团体中的成员似乎对赚钱很感兴趣，他们赚钱后去旅行，或作为储蓄，或者用这些钱出国享受。同投机者和不称职的人这些欧洲殖民社会的部分构成者不同，我们团体中的多数人在自己的国家中不觉得舒适和成功。但在日本，由于我们是白人，所以能获得让人满足的地位、金钱和荣誉。正如耶尔（Iyer, 1991）所指出的，有一些常规使在日本的美国人满意："被看做是一个引人注目或受人崇拜的人，这是最难以改变的情形之一。"（p. 190）

对于西方男人而言，他们对于现实的日本女人具有很大的吸引力。特别是对我这样一个初到日本的人来说，她们对我这个西方男性充满了罗曼蒂克的幻想。我在东京的迪斯科、聚会、英语课上，或者通过朋友认识很多日本女性。许多日本女性都认为，同日本的男性相比，西方的男性不是很大男子主义，而且更加和蔼和浪漫。包括我在内的西方男性，经常温柔地对待她们，并且享受着我们能带给她们的心理学上所谓的安全感。譬如，同日本女性在一起的时候，我觉得更加自信和具有安全感，因为她们的要求似乎很低。在美国经历了一段时间性别角色的快速转变后，日本女性还是遵照她们传统的性别角色而且乐于嫁给白人。这种享有地位和特权的情形要追溯到美国和日本之间殖民主义类型的关系。马（Ma, 1996）曾写道："如果美国人是日本人的征服者和救世主角色使日本人对西方人更加敬畏和尊重，那么，这同样也使西方人产生了殖民主义态度……使西方人认为他们能随意地对日本人'作威作福'。"（pp. 107—108）

我到东京后不久，曾参加过一个有许多海外观众的电视节目，在节目中编造了一些我在日本不同寻常的性经历的故事。第二个星期我又在那个节目中解说了一部有关加利福尼亚裸奔的电影。从第一次表演以后，我就穿五颜六色的巴厘岛裤子和印花衬衫，而且感觉有点飘飘然了。在东京的第一年，我曾是临时电影演员，一次国际性卫生会议的秘书，在日本一些著名的公司讲授有关美国式观点和价值观的课程，并且在日本一些享有盛誉的公司中教授英语时赚了很多钱。

我的这种自由而且令人兴奋的生活方式似乎要比我所教的那些日本工薪阶层人士的生活方式好得多。我看不起他们并经常告诉他们我不想定居下来过规律的生活。以这种屈尊的表达方式，我暗示他们被平凡的生活禁锢，而我没有。我不愿意承认作为白人所享有的优待使我在外国能被接受并且找到工作。以日本人为例，他们在外国就不太可能找到这种待遇丰厚的教授日语或做一些日语的改写和编辑的工作。

　　在 20 世纪 70 年代至 80 年代，作为我幸福生活的一部分，我免费搭便车周游了整个日本。白人很容易可以搭到日本人的便车，而日本人则基本不能，有时我们会被送去我们想去的地方，即使这个地方离车主的实际目的地很远。克尔（Kerr，1996）指出，20 世纪 70 年代在日本乡村搭便车是一段美好的经历，那时他受到了极高的礼遇。日本人都表现得对他十分好奇和友善，这对他这样一个外国人来说是一段美好的时光。

　　一些美国人谈论日本人时总是对他们充满了抱怨，或者最多的就是预言由于日本固执地拒绝国际化，这会使日本陷入很大的麻烦中。一位在哥伦比亚大学学习哲学的美国朋友说，日本人没有道德，金钱至上之风盛行，而且弱势群体被残酷地剥削。他拒绝承认在 20 世纪 80 年代，美国的收入不平衡要比日本严重得多。

　　在 20 世纪 70 年代至 80 年代早期，日本人大都希望会说英语，表现得对美国很感兴趣，称赞和恭维美国人，尽可能使美国人感到满意。当美国人发表观点时，不希望日本人反驳。然而，这时我们又批评日本人过于保守，不敢于表达他们自己的观点。

　　美国人的傲慢自大在那个时期得到了淋漓尽致的体现，这是"文化差异"观点所无法解释的现象。当我在日本三井公司（Mitsui & Co.，1974 年日本贸易行业的龙头公司）教课时，一位学生邀请我和他一起去镰仓。我回答说我已经去过那里了，所以想去一些新的地方。我随便地拒绝这次邀请说明我没有意识到在日本"面子"的重要性，即文化无知。但是，我的这种行为也可以说明在殖民主义类型的关系中，占主导地位者的傲慢与自大。这可以说明我是在享受这种经济实力和特权，而不是没有意识到文化差异。因为我认为我只是许多在日本的美国人之中的一员，而日本人对于我来说是可有可无的，所以拥有强大经济实力的傲慢可以更准确地解释我的行为。

　　在同日本人一起的大多数情况下，美国白人都拥有着能决定现实的经济实力。正如批判学者所指出的，当今世界越来越盛行的统治形式是经济决定现实。就在日本的美国人而言,我们总是利用文化的统治,试图将我们的思考方式强加给日本人。直到 20 世纪 80 年代早期,在西方突然盛行日本式交往方式,向日本学习的思想首次出现。在那以前,我们都约定俗成地认为,在日本,当美国人和日本人在一起时,总是美国人在教日本人。直到跨文化传播学者指出了这些相关因素,我们才能解释传播中的错误方式对美日两国的跨文化传播产生了重要影响。

传播能力问题也同经济实力有关。"文化差异"观点在解释传播能力时,既没有认识到参与传播活动者的权利差异,也没有认识到主动放弃特权是传播能力的前提。同时,没有考虑到政治权利可能妨碍有效传播的问题。由于"文化差异"方式忽视了政治方面的因素,所以其认为知识、情感和技巧是拥有传播能力的充分条件。

我的亲身经历表明,直到我发现我在利用我的肤色、国籍和文化,我才深刻意识到要更多地了解日本文化和语言的知识。对日本人的态度和传播技巧能使我与日本人相处融洽这一观点还停留在肤浅和表面的层次上。在我主动离开英语的文化语境和放弃外国人的身份之前,我必须自我完善并作出深刻反思。批判的超理论方式强调传播中的政治因素,就我而言,我必须选择是否继续接受美日两国的传播等级制度。这种选择决定了我能否拥有传播能力。

"英语会话"的陈旧模式

作为"英语会话"体系中的一名英语教师,我亲身经历了拉米斯(Lummis,1977)描述的他对那个体系的批判。若干年后,这一情况有所好转,但我认为拉米斯准确地描述了日本经济飞速发展之前那段被掩盖的历史。在那期间,教日本人英语的美国教师不必考取语言教师资格证,不需要会说日语,也不需要对日本的文化和社会有任何了解。使日本人有机会结识外国人并且受到他们的教育已经足够了。所以,在上课的时候我们可以谈论任何事情并且不需要备课。我们的收入却要比那些有资质和经验的日本籍的英语老师要高得多。

1974 年我在日本著名的贸易公司三菱公司(Mitsubishi Corporation)教课,我记得当时我教一个小时,还有一个小时是和学生互动交流。有一次,我甚至和班上十位男同学扭打在一起。通常,人们都认为英语老师就应该是白人，即使英语并不是他们的母语。在"正常"情况下，以英语为母语的其他肤色人不会被雇佣。

在那段时间里，每每我行走在东京街头，总有一些年轻的日本人把我叫住，以奉承的口吻询问我是否可以帮他们练习英语口语。拉米斯（1977）指出，日本人是如何以一种几乎相同的态度向白人学习英语会话，而且他们对白人说的话千篇一律。"典型的'英语会话'的特点是阿谀奉承，平凡陈腐，异常直白或单调，几乎无法表现说话者的身份和性格。"（p. 21）我看不起这些英语会话中的人，因为他们具有一种奴役性，所以我试图回避他们。

在 20 世纪 80 年代晚期，我从事培训和研究日本文化（SIETAR）的工作。在社会跨文化教育的第一次会议上，我注意到那些刚到日本的美国人会同日本人谈论有关日本文化和交流的问题，而这时日本人保持着沉默。那时，会议用语是英语，说母语的人在这些会议中享有绝对的语言优势，这使他们在讨论中居于主导地位。这个组织的目的是促进跨文化传播，但其似乎却促进了美国的民族优越感。

英语语言同样也影响着以英语为母语的美国人在公开会议中对待日本人的方式。津田（Tsuda, 1999）认为，以英语为母语的人经常利用他们对英语的熟练性使不以英语为母语的人不能充分参与讨论过程，如他们加快语速、使用许多术语和成语的表达，或使用语法结构复杂的句子。然而，日本人和其他非英语母语国家的人在讲英语的时候感到拘谨。"我经常看到非英语母语国家的人为不能正确使用英语而道歉，为他们蹩脚的英语寻找借口，并且请求以英语为母语者的原谅和宽恕。"（Trifonovitch, 1981, p. 213）

我的美日两国跨文化传播的亲身经历表明，英语会话正沿着一些陈旧的模式发展。"英语会话"语境早就有了一套根深蒂固的陈规，对美国老师和日本学生而言都是难以避免的。这些陈规造成了这两类人之间的不平等经济关系，不管是不是做英语老师，在日本的美国人总是担任着师者的角色，而日本人则是学生，尽管事实上这是在日本文化的背景之下。我告诉我的学生不顾社会责任和社会关系过自由和冒险生活的好处就是这一现象的实例。我努力使我的学生明白，我的生活方式比他那种作为一个日本工薪阶层的受压迫和受限制的生活方式要好得多。

在这个人化的世界中，不但对话是无聊、肤浅和毫无意义的，而且美国人从来不向日本人学习或者加强他们的一致性。他们不必通过努力适应日本文化的多元方面，因为日本人被要求要适应美国人。欧洲化的美国人只需要

"做他们自己"，当他们遭遇不能适应的新情况时，只要让日本人帮助他们就可以了。

作为英语会话的一部分，我希望日本人适应我的文化，并且我觉得我优于他们。因为他们的文化，我认为日本人永远都不能达到个人自由，日常生活的理性思维和像美国人一样讲英语的目标。所以，我觉得日本人应该永远追随美国人，不能获得平等权。在我第一次访问日本期间，我放弃了任何学习日语的机会，我把所有的精力都放在赚钱和存钱上。

同在日本的其他西方英语教师一样，我严厉地批判日本的教育制度使日本人不会说英语；批判其只强调英语的读和写，迫使学生参加有关英语语法的严格的入学考试，允许不会说英语的日籍英语老师教课；批判日本教育部规定的不允许日本人在学校学习英语。赖肖尔（Reischauer,1988）曾暗示，日本教育部制定这项政策的重要原因是，日本政府为日本人学习西方人、丧失日本性而担忧。直到很久之后，我才意识到日本政府的这种担忧并不是毫无根据的。

对我来说，融入日本社会最容易的方式就是进入英语会话的领域。虽然我认为我不是一个文化帝国主义者，但是在那个我可以赚钱、受尊敬而且不必适应新语言和新文化的环境中，我感觉舒适和安全。这个环境是建立在传播的社会结构扭曲基础之上的，其处于一个殖民关系之中，并且认为英语、美国文化和美国白人都是至高无上的。这个例子说明了物质和文化象征的重要性。正是由于美国白人经济和特权的物质条件使我在同日本人交往时具有优越感。当我开始在日本生活时，我未曾考虑的传播中的陈规造成了美日两国之间的殖民关系。

榜样和催化剂角色

我所认识的一个美国人真正让我开阔了眼界，他的行为在许多方面都同其他美国白人形成了鲜明的对比。他不教英语而且钱也不多，他的朋友几乎都是日本的学者和艺术家，他讲着一口流利的日语，而且他的行为举止几乎同大多数日本人没有任何区别。

自从我从他那里听说日本人有自尊，并且以他们自己的方式同外国人交流后，我认识到日本人生活方式的另一个侧面。日本人并不是因为赶时髦而有意模仿美国人和学习英语。他对日本社会和文化的认识简直让人妒忌，通过他,我开始明白,需要更多平等的和有意义的同日本人的交流,这是对我的要求,而且我也能从中受益。

以批判的超理论方式分析我这位美国朋友同日本人的交往行为,将强调他们通过拒绝进入英语会话语境来抵制不平等。他们还争夺美国在占领日本期间和之后,由美国和日本共同创造的第三种文化。通过使用日语和日本式的交流方式,日本人拒绝当学生的角色,并且建立了美国白人和日本人之间关系的新规则。

这个例子也反应了美日两国关系的竞争性。在创造第三种文化时,美国和日本可以选择以美国方式为主,或者与主流趋势相反,以日本方式为主,或者糅合美、日两种文化来建立第三种文化。反对美国文化统治的日本人可能会抵制英语语言的统治和西方的交流方式。他们的目的是战胜日本的殖民主义思想残余。另外,反对殖民主义的西方人在同日本人交往时也会抵制这一方式。

我第一次离开日本是从冲绳出关。在那里我遇到了一个来自日本西部的人,我和他在岛上游览了几天。虽然我只会说一点日语,而他根本不会说英语,但是我们的交流在某种程度上是自然和热情的。因为我不再被看做是一个说英语者,而且我从所有的刻板印象中解放出来了,因此我很高兴。不知为什么,他的人格给我留下了深刻的印象。虽然我没有与他保持联络,但是我决定如果我再回日本,我要学习日语并且尽力结识一些像他一样的日本人。通过结识这个人,我开始深深明白日本人也渴望自我表达,同他人保持平等的关系并且为人诚实。最后,我能够理解并且接受美国人和日本人之间的共性及不同文化之间的差异。

我开始意识到我是在承担白人的责任,努力去教日本人,但却使自己陷入了矛盾之中。我看不起日本人是因为他们模仿美国人,然而我却教他们变得和美国人更加相像,而且我很有满足感,因为他们承认了英语话语语境中美国文化的优越性,因为看到了他们同我们的差异,我对日本人持否定态度,然而又对他们谎称通过学习英语就能够消除这些差异。

直到我认识了种族/文化的等级制度,我才接受日本人的处事风格。由于接受了他们的风格,我也接受了他们的独特性,并且允许他们选择自己的生活方式。所以,必须同时认识到相似和差异(Hirai,1987),正如批判学者所指出的,只对差异的强调导致他人更多的对抗(Dahlen,1997)。

成为日本的少数名族：从历史中学习

种族歧视方面的经历，深深地影响了我对日本和日本人的认识。在 20 世纪 70 年代早期，我居住在东京某个街区的一套公寓中，在那个街区居住的都是外国人。在我同日本人结婚之后，我本以为我可以居住在任何地方，但事实上却并非如此。我妻子很想租一套房子，但是女房东却不愿意把房子租给外国人。我妻子请房产经纪人进行调解，最后女房东答应只有亲眼看到我不是黑人才能把房子租给我们。

后来，在 20 世纪 90 年代，我试图帮助一个不会说日语的美国朋友在东京租房子。在一家小的房产中介，我的到来引起了他们的一阵骚乱。房产经纪说，在那个区没有日本人会租房子给外国人。大型的房产中介很乐于帮助我，他们表示，无论何时外国人有租房需要他们就会打电话给房东。我所去过的东京的那个区域，房主拒绝白人租住的比例将近百分之五十，男女房东从不询问有关租客的工作，是否会说日语，有无保证人，或是否已在日本居住了很长时间且了解日本风俗等方面的问题，只是一味拒绝。

对白人而言，同日本人的婚姻可能导致严重的家庭问题。而且，外国人不能获得贷款，进入某些机构，或获得同日本人一样的工作。在这种情况下，上诉也无济于事，因为很少有法律可以制止种族歧视，而且对这种歧视的存在人们已习以为常。

对许多美国白人来说，种族歧视是一种全新的且令人不悦的经历，这使他们对日本和日本人怨声载道。在美国，深色"人种"在大多数情况下被认为是下等的，然而，日本的种族歧视和这种情况不一样。在日本，人们认为白人优于日本人，只要白人在一定区域内活动，他们仍旧是贵宾。这种区别对待的方式使白人不能忘记他的差异。我曾经历过许多类似的情况，我用熟练的日语同日本人交谈，而他却用蹩脚的英语回答我。从这些实例中我发现，无论我在日本生活多久，我仍被看做是一个外国人。

如何解释这种现象？我的经历是否说明日本人像世界上其他国家的人一样（包括美国）是激进的种族主义者？伊凡霍尔（Ivan Hall，1998）在日本居住了逾 30 年，他见证了日本的国际化观念是指向外国事物开放而不是向外国人。"日本的'国际化'观念是指有限度地吸取外国文明，但是将外国人排除在外，基于民族和文化对等的观念，因为这虽很具创造性但也很容易受破坏"

(p.175)。他还说道,"日本人不希望非日本人在任何一段时期在肉体上控制他们,在日本社会的工作制度中,这种观念深入人心。作为短期的受尊敬的客人或者是引起好奇心的人是没有问题的,但融入他们的社会成为他们永久性的成员却不可能"(p.178)。

在日本的最初一段时间,我对日本的种族歧视的解释同霍尔相似。日本人的封闭让我感到同样的愤怒,许多日本人对我保持的距离使我沮丧。但是对日本历史的学习帮助我以全新的视角看待他们对美国人的种族歧视。我不再简单地同意克赖顿(Crichton,1992)在"升起的太阳"中提出的:日本人是世界上最激进的种族主义者。

战后美日关系的发展使我清楚地认识到,日本对白人的种族歧视是一种防御手段,是为了让强权国家的人生活在一个规定的区域。其目的是为了维持日本人生活空间的私密性,没有了西方人的傲慢举止和窥视,日本人就能做回"他们自己"。对许多日本人来说,在经济不平等的条件下,用西方的方式同西方人相处是一种令人厌倦和累人的经历,并且他们希望划定一些禁止西方人居住的日本人生活区。虽然这也牵涉到种族主义,但却不是一种简单或明确的类型。这是一种复杂的类型,因为它包括了那些经历了长达一个世纪的一系列痛苦的身份认同危机的人们,而且,同西方人交往的日本人中有一半是种族主义者。

我在研究黑人的独立思想时,领会了"钩子"(1995)的含义,这进一步证明了我早期的观点:受压迫的民族需要有一个属于他们自己的空间。日本人在同美国白人交流时的感受类似于美国黑人同白人交流时的感受。美国黑人希望能像美国白人一样交流,因为他们必须忍受部分美国白人对他们缺乏尊重和同情。同样地,西方人对日本人有"小日本"的刻板印象,认为日本是毫无影响力和无足轻重的,或者认为日本是只专注于世界经济侵略的穿制服的武士(Littlewood,1996)。同美国黑人一样,频繁地同西方人周旋的日本人同样也需要休息和属于他们自己的空间,这就是白人有时会受到排斥的原因。

19世纪末期,日本第一次成为美国经济上的竞争者,那时美国对待日本的方式给我留下了深刻印象。1904年,日本经济超越俄国后,我曾读到有关"黄祸"蔓延危机的内容,1906年,在旧金山的东亚学生被隔离;第一次世界大战后,日本在凡尔赛会议上提出的种族平等议案未被采纳;1924年,美国拒绝日本和中国移民入境,日本最著名的国际主义者新渡户(Nitobe)被看作一个突然翻脸不认人的朋友(Iriye,1972;Schodt,1994)。

我对日本历史的研究让我理解为什么日本人对待美国人会有明显的矛盾态度,并且采取如此生硬的行为。范德波斯特(Van der Post,1977)认为,西方人对日本和亚洲其他国家的侵略,具有优越感的西方人的骄傲自大和他们强制要求亚洲生活方式的改变,导致了亚洲人无法忍受的挫败感。而亚洲人所经受的这种挫败又导致了不能保持"他们的自我特性"。在同西方人交流时,许多亚洲人必须放弃自我而成为另外一个人。范德波斯特(1977)写道:"这就好像亚洲人被施了催眠术而脱离他们自身,成为了一个欧洲人,并且被迫过着不属于他们自己的被催眠的生活。"(p.36)

后来,我认识到在日本经济高速发展时美国对之不满,及日本对美国的怨恨是继第二次世界大战后悲剧的再次上演。我认为在20世纪80年代晚期,许多美国人对日本的批判是专横而又霸道的。由于同日本的不平等贸易关系和日本拒绝接受自由主义经济政策,美国对之严厉批判,我觉得这是形势逆转。由于西方侵略而遭受严重的身份认同危机的日本人,现在却因为试图维持他们现在的生活方式和政府机构而受非难。

我没有抱怨日本的种族主义,而是开始集中研究美国白人对日本人种族歧视的长期历史,及由于20世纪80年代日本经济的飞速发展,种族主义的各个方面以非常激进的方式再次表现出来。我同样必须认识到自19世纪中期以来,美日两国关系的殖民化背景。在佩里枪炮外交政策恫吓下的日本的"开放"让"日本人感到无助,并且在日本人的心灵上留下了心理阴影和创伤"(Tsuda,1993,73)。通过对日本困难处境的这种认识,我能够承受20世纪80年代晚期和90年代早期来自美国人民的巨大压力,并抵制媒体对日本的消极报道。

批判地对待历史的价值,在于它使我认识到日本不愿意西方人在国内站稳脚跟是一种防御手段,目的是保护日本的文化空间。其历史可以追溯到西方人以白人的责任、道义和文明为名义,试图将他们的价值观强加给日本人。有了这些经历,日本人趋向于采用一种特有的身份,这是为了摆脱被殖民者的身份,为了恢复西方殖民入侵前文化遗产的历史进程中的一部分。因此,我不能同意"文化差异"学者所认为的,对历史的关注加大了与现在问题的距离且在一定程度上,历史意识会使目前易于认识的问题陷于复杂的境地。

美日关系中经济实力的转变

随着美日两国不平等经济关系的逐渐消除,我努力以一种礼貌的方式同日本人交流。我发现到 20 世纪 90 年代为止,越来越多的与西方人有交往经历的日本人不再对西方人,特别是美国人持肯定态度。他们希望西方人学习日语并以更加日本化的方式交流。在跨文化传播领域也是如此,在 20 世纪 90 年代,一位日本的跨文化传播学先驱者曾说过,学习英语和学习跨文化传播没有联系。另一位著名的跨文化传播学者录制了以日语学习跨文化传播的录像,这表示在日本只有日语才是连接的纽带,而非英语。

在那段时间,在日本的特别是在东京的美国人不再像以前那样引人注目,而且他们更容易与日本人和谐共处。那些年中,有许多美国白人居住在东京,许多日本人去海外工作或学习,而且在面对美国白人时,日本人的自卑和矛盾心理也逐渐消除了。于是,西方人在逐渐丧失他们以前所拥有的特权和优越感。这一过程的有益作用是,西方人更容易进入到日本人的世界中。

在理解日本人对美国人的交流行为的逐渐改变过程中,批判的方式很有价值,因为它表明了等级化的经济关系对传播的影响。经济不是传播类型的唯一决定因素,但是,在跨文化传播中,经济对传播的发展方向具有重要影响。美日两国的跨文化传播受到许多方面因素的影响,如美国占领日本留下的后遗症,日本人为本国经济实力的增强感到骄傲,从而减少了他们在面对西方人时的自卑感。他们不再愿意主动地服从于西方人。

1994 年,日本前首相细川(Hosokawa)和美国前总统克林顿(Clinton)未能就开放日本市场问题达成协议,这是双边关系的一个标志性事件。这标志着日本为经济的发展而骄傲和日本在独立的外交政策上所跨出的一大步,这也标志着美日两国关系正朝着平等的方向发展。这也是一种反抗行为,这种方式和日本的跨文化传播学者否认在日本的跨文化传播中英语优于日语是一样的。

结语:后殖民时代的跨文化传播

我在日本的亲身经历从不同角度表明,批判的方式能阐明跨文化人际传播的重要方面。通过这种批判的超理论方式,我们开始明白美日两国的跨文化传播受到物质因素的影响,及两国所争夺的"第三种文化"的传播。我们不能以抽象的方式看待居于两种文化之中或之间的"第三种文化",因为美国占有优势地位的军事力量和文化统治对美日两国的跨文化传播产生影响。

美国人和日本人之间的相似和差异都需要得到重视,因为只注重差异可能会掩盖其他文化群体成员的共性。以我为例,在我向平等地对待日本人的方向前进时,我必须承认他们同我们的共性。"文化差异"方式可能会导致对差异的过分强调,而这会加强一种不良趋势,即主导文化中的成员认为他们自己优于弱势文化中的成员,且双方关系是敌对的。

英语会话语境导致了错误、曲解的传播,而批判的超理论方式为改变这一情况带来了一点希望,因为它强调经济关系和社会结构因素。英语老师堂而皇之地对他们的日本学生灌输白人是优等民族的思想,这是在让日本人承认美国的文化和交流方式比日本的优胜。

批评方式的另一个价值在于,它使我们明白了历史对现实的影响方式和伴随着时间流逝的身份的发展方式。对美日两国关系历史的研究使我对日本人放弃了殖民态度。

另外,我还阐述了批判的超理论方式在传播能力方面的优势。在我开始放弃白人的特权,努力学习日语、日本文化和日本式的交流方式,开始同时使用新的交流方式之后,"文化差异"方式对我的传播能力的界定几乎是不可信的。

我以批判的超理论方式对美日两国跨文化传播的分析和我对特定批判方式的研究(如后殖民主义理论和女权运动)之间有着许多联系。由于我的个人经历是指美国白人和日本人之间的交往,这似乎同殖民主义政策毫无关系。然而,对我亲身经历的分析体现了两者之间的联系,至少这是在一种殖民主义形式背景下。虽然日本只在1945年至1951年这七年间丧失了政治自主权,但是在战后的很长时期,日本仍经受着美国的文化统治,而且其政治在很大程度上依附于美国,这种情况直到近年来日本开始推行独立外交政策后才有所改变。国际经济关系中的不平等性已经体现在西方和日本的人际传播中。

美日两国的关系是一种特殊的后殖民主义关系。日本经济的发展使这种关系比美国同其他任何非白人国家之间的关系要平等得多。国家之间的关系越平等,两国人民之间发生曲解、有误传播的几率就越小。然而,这种情况也是不稳定的,因为美国人的统治地位受到了威胁,因此更加平等的传播前景使他们不满,他们会采取行动保护他们的特权。

如果现实存在的经济关系没有对传播产生影响,美国白人和日本人之间是一种理想化的完全平等关系,那么"文化差异"方式就是更好的研究方式。但是,现在美国同日本的经济关系仍然是不平等的,在这种情况下,"文化差异"研究方法的缺点就暴露无遗。同"文化差异"方法不同,批判的超理论研究方法使我们在不平等的关系中看清占统治地位文化中成员的立场。对居于主导地位的美国白人立场的关注使我们找到美日两国跨文化传播出现问题的主要原因:经济实力的不平衡,美国白人的交流方式造成了现在这种局面。日本人也应对现在的不平等关系的形成承担一定责任,但是为了消除社会结构和个人层面的这种不平等关系,优势国家的人民应该首先迈出第一步。

在将我们的研究重点从文化差异转向美国白人的态度和行为时,我们正向着研究白人的方向发展。迄今为止,该研究的重点是在美国国内占优势地位的白人所享有的财富和特权(Nakayama & Krizek,1995;Fine et al.,1997;Lipsitz,1998)。修恩(Shome,1999)是该研究方向中的一个例外,他研究白人同印度人的经济关系和白人享有的特权。我认为有关白人和日本人的经济关系和所享有的特权这一问题也具有很大研究价值。这种研究是跨文化传播研究中"文化差异"方式的有益补充,而且还为跨文化传播领域提供了一个目前为止还缺乏的宏观背景意识。

我所阐述的亲身经历还可以从女权主义的角度进行分析,并且在传播学中已经出现了后殖民主义时期女权主义理论研究(Hedge,1998)。就美日关系来说,马(1996)分析的"蝴蝶夫人"形象开拓了女权主义研究的视野。近藤荣藏(1997)揭示了这一形象产生和发展过程中性别、东方主义和本质主义之间的关系。后现代主义方法(Mumby,1997;Chen,1996;Spivak,1999)仍然保持着批判的态度,且关注经济、宏观的历史和政治背景等问题,它能补充我所提出的批判的超理论研究方法中的不足。

在21世纪早期,没有西方人努力使自己在思想上摆脱殖民化。随着非西方国家,特别是东亚国家经济实力的不断增强,最重要的问题是美国人和其他的西方人是否愿意以一种促进平等关系的方式交流。对跨文化传播学者来说,创造一种帮助我们认识当今的国际环境的方法是必要的。关于美日两国的跨文化传播,目前普遍流行的是关注于文化差异的方式,但是这使研究者无法处理有关历史、经济实力和特权方面的问题。这篇基于我的亲身经历,并使用批判的超理论方式研究美日两国跨文化传播的论文为突破这一局

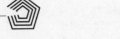
限性作出了贡献。同时,也用实例证明了环境是如何影响人际传播的,这对于研究经济实力不平等的国家间的关系具有重要价值。

(本译文英文原载 *China Media Research*,October 2006/Vol. 2/No. 4)

References

Barnlund,D. C. (1975). *The public and private self in Japan and the United States*. Tokyo:Simul Press.

Barnlund,D. C. (1989). *Communication styles of Japanese and Americans:Images and realities*. Belmont,CA:Wadsworth.

Barnlund,D. C. (1998). Communication in a global village. In M. J. Bennett(Ed.),*Basic concepts of intercultural communication:Selected readings* (pp. 35—51). Yarmouth,ME:Intercultural Press.

Bennett,M. J. (1998). Intercultural communication:A current perspective. In M. J. Bennett(Ed.),*Basic concepts of intercultural communication:Selected readings*(pp. 1—34). Yarmouth,ME:Intercultural Press.

Bhabha,H. (1994). *The location of culture*. London:Routledge.

Chen,G. M. , & Starosta, W. J. (1996). Intercultural communication competence:A synthesis. *Communication Yearbook*,19,353—384.

Chen,K. H. (1996). Post-marxism:Between/beyond critical postmodernism and cultural studies. In D. Morley, & K. H. Chen(Eds.),*Stuart Hall:Critical dialogues in cultural studies*(pp. 309—325). London:Routledge.

Condon,J. C. , & Saito,M. (Eds.). (1974). *Intercultural encounters with Japan*. Tokyo:Simul Press.

Condon,J. C. , & Saito,M. (Eds.). (1976). *Communication across cultures for what?* Tokyo:Simul Press.

Crichton,M. (1992). *Rising sun*. New York:Knopf.

Dahlen,T. (1997). *Among the interculturalists:An emergent profession and its packaging of knowledge*. Stockholm,Sweden:Stockholm University,Department of Social Anthropology.

Fine,M. ,Weis,L. ,Powell,L. C. , & Wong,L. M. (Eds.). (1997). *Off white*:*Readings on race,power,and society*. New York,Routledge.

Gandhi, L. (1998). *Postcolonial theory*:*A critical introduction*. New York:Columbia University Press.

Gonzalez,A. ,Houston,M. , & Chen,V. (Eds.). (2000). *Our voices*:*Essays in culture,ethnicity,and communication* (3rd ed.). Los Angeles, CA: Roxbury.

Gonzalez,A. , & Tanno,D. V. (Eds.). (1997). *Politics,communication, and culture*. Thousand Oaks,CA:Sage.

Gonzalez,A. , & Tanno,D. V. (Eds.). (2000). *Rhetoric in intercultural contexts*. Thousand Oaks,CA:Sage.

Gudykunst,W. (Ed.). (1993). *Communication in Japan and the United States*. Albany,NY:State University of New York Press.

Hall,E. T. (1959). *The silent language*. New York:Doubleday.

Hall,E. T. , & Hall,M. R. (1987). Hidden differences:Doing business with the Japanese. New York:Doubleday.

Hall,I. (1998). *Cartels of the mind*:*Japan's intellectual closed shop*. New York:Norton.

Hall,S. (1986). The problem of ideology:Marxism without guarantees. In D. Morley, & K. H. Chen(Eds.),*Stuart Hall*:*Critical dialogues in cultural studies*(pp. 25—46). London:Routledge.

Hedge,R. (1998). A view from elsewhere:Locating difference and the politics of representation from a transnational feminist perspective. *Communication Theory*,8,271—297.

Hirai,K. (1987). Conceptualizing a similarity-oriented framework for intercultural communication study. *Journal of the College of Arts and Sciences*,*Showa University*,18,1—19.

Hofstede, G. (1991). *Cultures and organizations*. London: McGraw-Hill.

Hooks,B(1995). *Killing rage*:*Ending racism*. New York:Henry Holt.

Iriye,A. (1972). *Pacific estrangement*:*Japanese and American expansion*,1897—1911. Cambridge,MA:Harvard University Press.

Ishii,S. (1985). Thought patterns as models of rhetoric: The United States and Japan. In L. A. Samovar, & R. E. Porter (Eds.), *Intercultural communication: A reader* (4th ed. ,pp. 97—102). Belmont,CA: Wadsworth.

Iyer,P. (1991). *The lady and the monk*. New York: Knopf.

Kondo,D. (1990). *Crafting selves: Power, gender, and discourses in a Japanese workplace*. Chicago,IL: University of Chicago Press.

Kondo,D. (1997). *About face: Performing race in fashion and theater*. New York: Routledge.

Lipsitz,G. (1998). *The possessive investment in whiteness: How white people profit from identity politics*. Philadelphia, PA: Temple University Press.

Littlewood,I. (1996). *The idea of Japan: Western images, Western myths*. London: Secker & Warburg.

Lummis,C. D. (1977). English conversation as ideology. In Y. Kurokawa (Ed.), *Essays on language* (pp. 1—26). Tokyo: Kirihara Shoten.

Ma,K. (1996). *The modern Madame Butterfly: Fantasy and reality in Japanese cross-cultural relationships*. Tokyo: Tuttle.

Martin,J. N. , & Nakayama, T. K. (1999). Thinking dialectically about culture and communication. *Communication Theory*,9,1—25.

Martin,J. N. , & Nakayama, T. K. (Eds.). (2000). *Intercultural communication in contexts* (2nd ed.). Mountain View,CA: Mayfield.

Martin,J. N. ,Nakayama,T. K. , & Flores,L. A. (Eds.). (1998). *Readings in cultural contexts*. Mountain View,CA: Mayfield.

Moon,D. (1997). Concepts of "culture": Implications for intercultural communication research. *Communication Quarterly*,44,70—84.

Mumby, D. (1997). Modernism, postmodernism, and communication studies. *Communication Theory*,7,1—28.

Nakayama,T. K. , & Martin,J. N. (Eds.). (1999). *Whiteness: The communication of social identity*. Thousand Oaks,CA: Sage.

Nakayama,T. K. , & Krizek,R. L. (1995). Whiteness: A strategic rhetoric. *Quarterly Journal of Speech*,81,291—309.

Ono,K. (1998). Problematizing "nation" in intercultural communication research. In D. V. Tanno, & A. Gonzalez(Eds.), *Communication and identity across cultures*(pp. 193—202). Thousand Oaks,CA:Sage.

Okabe,R. (1983). Cultural assumptions of East and West:Japan and the United States. In W. B. Gudykunst(Ed.), *Intercultural communication theory:Current perspectives*(pp. 21—44). Thousand Oaks,CA:Sage.

Orbe,M. (1998). *Constructing co-cultural theory: An explication of culture,power,and communication.* Thousand Oaks,CA:Sage.

Reischauer,E. O. (1988). *The Japanese today:Change and continuity.* Cambridge,MA:Harvard University Press.

Said,E. (1978). *Orientalism.* New York:Pantheon.

Schodt,F. (1994). *American and the four Japans.* Berkeley,CA:Stone Bridge Press.

Shome,R. (1999). Whiteness and the politics of location:Postcolonial reflections. In T. K. Nakayama, & J. N. Martin(Eds.),*Whiteness:The communication of social identity*(pp. 107—128). Thousand Oaks,CA:Sage.

Spivak,G. (1990). *The post-colonial critic:Interviews,strategies,dialogues.* New York:Routledge.

Spivak,G. (1999). *The critique of postcolonial reason.* Cambridge,MA: Harvard University Press.

Tanno,D. V. , & Gonzalez, A. (Eds.). (1998). *Communication and identity across cultures.* Thousand Oaks,CA:Sage.

Thompson,J. (1990). *Ideology and modern culture.* Stanford,CA:Stanford University Press.

Ting-Toomey, S. (1999). *Communicating across cultures.* New York: Guilford Press.

Trifonovitch,G. (1981). English as an international language:An attitudinal approach. In L. E. Smith(Ed.),*English for cross-cultural communication*(pp. 211—215). London:Macmillan.

Tsuda,Y. (1993). Communication in English:Is it anti-cultural? *Journal of Development Communication*,14(1),69—78. (Selangor,Malaysia:Asian Institute for Development Communication.)

Tsuda,Y. (1999). The hegemony of English and strategies for linguistic pluralism：Proposing the Ecology of Language Paradigm. In M. Tehranian (Ed.)，*Worlds apart：Human security and global governance*（pp. 153 — 167）. London：I. B. Tauris.

Van der Post，L. (1977). *The night of the new moon*. Harmondsworth, UK：Penguin.

Yamaguchi，S. (1994). Collectivism among the Japanese：A perspective from the self. In U. Kim et al. (Eds.)，*Individualism and collectivism：Theory，method，and applications*（pp. 175—188）. Thousand Oaks，CA：Sage.

Young，R. E. (1996). *Intercultural communication：Pragmatics，genealogy，deconstruction*. Clevedon，UK：Multilingual Matters.

Applying a Critical Metatheoretical Approach to Intercultural Relations: The Case of U. S. -Japanese Communication

William Kelly

University of California Los Angeles

Abstract: Although U. S. -Japanese communication has been the frequent focus of intercultural communication scholars, there have been few studies of interpersonal U. S. -Japan communication from a critical metatheoretical perspective. This paper attempts to fill in this large gap. First, the differences between an approach focusing on cultural differences and a critical metatheoretical approach are discussed. Then a case study based on the author's personal experience of having lived 19 years in Japan is presented in order to illustrate the ways in which a critical metatheoretical approach is able to account for many crucial aspects of interpersonal communication between U. S. Americans and Japanese that would otherwise be neglected and ignored.

Keywords: critical metatheoretical perspective, history, asymmetrical power, postcolonial, personal experience

跨文化传播和国际传播学术之旅：

——迈克尔·普罗斯(Michael Prosser)博士采访

劳拉·郭斯汀(Laura N. Gostin)[①]
美国罗德岛大学传播学系

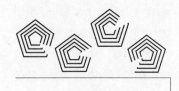

[**摘　要**] 2007年夏天，采访人通过电子邮件，用几个星期的时间完成了这次采访。迈克尔·普罗斯(Michael Prosser)博士是著名的跨文化传播学者，也是跨文化传播学术领域的创始人之一。在这次采访中，迈克尔·普罗斯博士与我们分享了他作为跨文化学者的一些个人经历；同时既从整体的传播学科的角度，也就特定的跨文化传播领域给出了自己的真知灼见。

[**关键词**] 学者访谈，跨文化传播，创始人，中国

1. 您可否简单地介绍一下自己，并且描述一下您的一个典型的工作日是怎样的？

我成长于一个基本上单一的文化环境中。不过我中学念的是寄宿制学校，在此期间的一些事物激发了我对跨文化问题和国际问题的兴趣。如今这已成为贯穿我一生的指导信念。我属于白羊座，带有冲锋者或者说战士的特

---

　　① [采访人简介] 劳拉·郭斯汀(Laura N. Gostin)系美国罗得岛大学传播学系博士研究生，优秀学生研究奖获得者。

质。我的同名圣·迈克尔（St. Michael）来自于神话中天空里的战斗天使长。我又是属老鼠的，是十二生肖之首。在我的生命中，我已经习惯了这种领头的位置。大学毕业之后，我到欧洲旅游了两个月。在接下来的那个夏天里，我又是首批访问前苏联的 15000 名美国人中的一个。

在我的职业生涯中，我是跨文化传播学术领域的创始人之一；是对美国跨文化传播学有创立之功的最初的三次北美会议的主席；是今天广为人知的全美传播学会（NCA）国际/跨文化传播分会的首任会长；是国际传播学会（ICA）跨文化传播分会的第三任会长；是跨文化教育培训研究国际协会（ISI-ETR）的筹办管理委员会成员、后又担任该协会会长（1984—1986）；在斯威士兰大学做富布莱特教授时（1990—1991）是教授传播专业的第一人；是六届罗切斯特跨文化大会的组织者（1995—2001）；在 20 世纪 90 年代末的一段时间里，我曾在纽约州的罗切斯特被称为"南苏丹社区的寄宿爸爸"。现在，我已经是三个孩子的父亲，九个孩子的祖父。看样子，我会留下一大群后代，就像我"老鼠"的属相后面跟着一大群动物一样。

我的博士论文写的是美国大使德莱·史蒂文森（Adlai Stevenson）在联合国的演讲。这不仅让我于 1969 年编纂了一本收录了阿德莱·史蒂文森一生各种国际演讲的集子，还让我于 1970 年编纂了各国首脑在联合国的演讲集（两卷）。我编著的书《不同国家与人民间的相互传播》（*Intercommunication among Nations and Peoples*，1973）和《文化对话》（*The Cultural Dialogue*，1978）在跨文化传播领域具有举足轻重的地位。稍晚些时候，我与他人共同创作了《外交言论：联合国里的国际冲突》（*Diplomatic Discourse：International Conflict at the United Nations*，1997）一书，说明我们应如何有效地运用修辞分析与言论分析，从而更好地理解联合国里的国际信息。近来，我参与编著了《公民对话：多元文化主义、文化多样性和全球传播》（*Civic Discourse：Multiculturalism，Cultural Diversity，and Global Communication*、1998）、《公民对话：跨文化、国际和全球媒介》（*Civic Discourse：Intercultural，International，and Global Media*，1999）、《中美两国的共同话题》（*Sino-American Compositions of Shared Topics*，2003）和《跨文化视角下的中国人：交际与传播》（*Intercultural Perspectives on Chinese Communication*，2007）等书。从 1998 年到 2004 年，有十八本书被收入了我所编的《第三个千年的公民话语》（*Civic Discourse for the Third Millennium*，Ablex/Praeger）丛书当中。

2001年,我从弗吉尼亚大学(1972－2001)和罗切斯特理工学院(1994－2001)同时退休。从那时起,我已在中国的三所大学中教了2000名中国学生。现在,我是上海外国语大学新闻传播学院的杰出教授。上海外国语大学跨文化研究中心执行主任顾力行(Steve Kulich)和我联合编著了"跨文化研究"系列丛书。第一辑《跨文化视角下的中国人:交际与传播》已经出版,还有关于跨文化价值观研究的两辑正在编著之中。

　　在过去的两年中,每周一我都要给上海外国语大学基础部的五个本科班上课。在上个学年的秋季学期中,我给英语专业五个班的大二学生上英语口语;在春季学期中,我给五个班的大一学生上英语口语。在2007－2008学年的秋季学期中,我从上海外国语大学的英语学院转到了新闻传播学院。现在我最典型的工作日是在星期二,要给英语学院和新闻传播学院的研一学生上"全球媒介与文化",再给新闻传播学院的大三学生上同样的课;我要和顾力行教授一起给新闻传播学院的研一学生开研修班,还要和他一起给研一学生上"跨文化传播研究基础"这门课。这其中包括了八小时与学生在一起的时间,以及每星期二的两小时坐校车往来于不同校区(一个位于上海市中心,一个在上海市郊)的时间。在刚刚过去的这个秋季学期,一周内的其他五天时间,我往往用于硕士论文的审阅、修改和给予修改意见,(总共有21篇硕士论文,我已经评阅了17篇)——有的论文要改两三稿。我还要积极地从事上外跨文化研究中心"跨文化研究"系列丛书第二、三辑的编著工作,撰写一篇有关中东的长篇书评,完成上外新期刊《中东与伊斯兰研究(亚洲)》(*Journal of Middle Eastern and Islamic Studies*[in Asia])中(中国作者)英语文章的润色工作,为我们"跨文化研究"系列丛书中有关价值观的一辑撰写一篇文章《世界人权的普遍价值》(*Universal Human Rights as Universal Values*),为两届中国传播学会议及自己的课程准备PPT文件,同时每周有十到十二小时用来回复学生和同事的电子邮件。

2. 您在教学与研究的过程中,遇到的最具挑战性的问题是什么?

　　我的长期教职包括:1960－1963年,在一所初中教授拉丁语;1963－2001年,在数所美国大学教授传播学;2001至今,在中国的三所大学教授英语;现正在上海外国语大学教授新闻学与传播学。到目前为止的47年的全职教书生涯中,我已教授了一万多名学生,其中包括2000名中国学生。在引入一些新的传播课程——比如在纽约州立大学布法罗分校(SUNY-Buffalo)引入经典/现代修辞理论课,以及后来的跨文化传播课时,我发现自己总是无法跟上宽泛的传播研究领域的发展速度。我不得不限定我在教学与研究方面的主要着眼点:经典—当代修辞学;公共演说与论述;政治传播、跨文化及国际传播。在印第安纳大学时,我曾开设了一个有关传播修辞的研修班,很快发现有一个本科生知道得比我多得多。随后,我第一次发现自己作为北美跨文化传播领域的创始人,却没有修过人类学、社会学、政治学或心理学方面的课程。虽然我在美国的各个大学教授跨文化传播课程时进行了跨文化领域的研究,但我没有统计方面的背景,也没有在当代社会科学项目中进行经验分析的背景。

跨文化传播领域从 20 世纪 80 年代以后逐渐成熟。许多教师和研究者已发展出比较成熟的理论与框架,有时我却目力未逮。比如说,虽然我对吉尔特·霍夫斯泰德(Geert Hofstede)①的文化模式、多重社会调查有所耳闻,但直到十多年之后我才将他的发现引入我的教学中。同样,在来到上海外国语大学之前,我对罗伯特·恩格哈特(Robert Inglehart)②、迈克尔·哈里斯·邦德(Michael Harris Bond)③及夏洛姆·施瓦兹(Shalom Schwartz)④等人的重要研究一无所知。不过幸运的是,顾力行教授、我们的研究生 Zhang Rui 和其他的一些人让我充分认识到这些学者的重要贡献。

可以这么说,我不仅自己写书,更多的还是兼有编著之功。在我编著或是参与编著的书中,只有两本署了我的名字,一本是《文化对话》(*The Cultural Dialogue*,1978),还有一本是和雷·T. 多纳赫(Ray T. Donahue)联合署名的《外交言论:联合国里的国际冲突》(*Diplomatic Discourse: International*

---

① 译者注:吉尔特·霍夫斯泰德(Geert Hofstede)是荷兰 Maastricht 大学的名誉教授,从事组织机构人类学和国际管理研究。随着其学术专著《文化的重要地位》(*Culture's Consequences*)的出版,霍夫斯泰德成为了不同文化比较研究的创始人;其理论在世界范围内得到应用。其名著 *Cultures and Organizations: Software of the Mind*(1991 年,2005 年新版,与 Gert Jan Hofstede 合著),迄今为止被翻译成 17 种语言。自 1980 年起,霍夫斯泰德就成为 SSCI 中最常被引用的荷兰作者。他还是美国管理学院院士,荷兰 Nyenrode、希腊雅典、保加利亚的索非亚和瑞典 Gothenburg 等大学的名誉博士。

② 译者注:罗伯特·恩格哈特(Robert Inglehart),美国政治学家和社会学家,著有《现代化和后现代化》(*Modernization and Postmodernization*)等多种著述,被译成多种文字。

③ 译者注:迈克尔·哈里斯·邦德(Michael Harris Bond),香港中文大学心理系教授,跨文化心理学、人格心理学和社会心理学的专家,长期以来一直致力于这些领域的研究,并取得了引人注目的成就。

④ 译者注:夏洛姆·施瓦兹(Shalom Schwartz)博士是以色列人,主要研究方向是人类基本价值观和文化价值取向。因为有着心理学和社会学的双重背景,施瓦兹认为"价值观"在个人层面上主宰着人们的行动取向,在社会层面上则是"文化"的体现。

Conflict at the United Nations,1997)。我所编著和写作的书都是经过挑选的:有两本有关经典和中世纪修辞学;两本有关国际公共话语;两本有关联合国的传播;六本有关我最感兴趣的话题:跨文化和国际传播与媒介。这些书证明了我广泛的文化与跨文化兴趣;其中最近两本联合编著的书专门关注中国的传播问题,并且在中国出版。

我很高兴与 K. S. 西塔拉姆(K. S. Sitaram)合作,进行了跨文化、跨学科的编著工作。由于我更喜欢直接写长篇幅的书,因此我发表的文章就显得比较少了。而且不幸的是,我很容易把注意力转移到新的研究项目上去,所以不少写书的想法或是正在写作过程中的书就半途而废了,有些书中还包括了其他作者写的文章或者章节,也未能得以发表。我缺乏正式的个人统计或者经验背景,未能从事跨文化领域所要求的前沿研究。在欣喜于自身著述之数量时,我也在为那些未能出版的书和未能发表文章感到惋惜,尤其是对那些做出贡献却未见收获的作者们感到抱歉。现在,应上海外国语大学跨文化研究中心之约,我与顾力行、张红玲正在与上海外语教育出版社合作,筹划出一批书。

3. 考虑到全球化的影响,您如何看待跨文化传播这一学科在未来的发展?

"全球主义"这个词就像传播一样,是"一个宽泛的概念";而"全球化"像传播活动一样,是"一个过程",既有积极的一面,也有消极的一面。我们并不是陡然地面对一个处于全球化过程中的社会。在基督教文明兴起之前,古希腊人和古罗马人为西方开始了全球化的过程,亚里士多德逻辑为现代的演绎归纳推理构建了框架。而在东亚的文化(如中国、日本和韩国)中,儒家学说仍是一种主要的生活动力。乔答摩·悉达多创立了佛教,印度教圣典发展了东方多神传统,也是同样的道理。

罗马天主教(最早的"非政府组织",NGO)与东正教、新教,深深地影响了世界上三分之一的人口。创立于公元 6 世纪的伊斯兰教是现今发展最快的宗教,信众占世界人口的六分之一。马可·波罗对亚洲与中国的探访(如果这件事真的发生过的话),第一次为我们呈现出世界的历史——虽然其文字有极度夸大之嫌。中国人和朝鲜人在一千年前就完善了印刷术,但直到 1400 年至 1650 年,文艺复兴和宗教改革才让西方世界重新向古希腊、古罗马的智慧、艺术和全球化影响力打开大门。同时,约翰尼斯·古腾堡(Johannes Gutenberg,被誉为"第二个千年的人")用印刷术让西方彻底开放,鼓励欧洲走向自由,发展出新的中产阶级,并使之在文学、美术、音乐以及科学方法论等方面取得了极高的成就,催生出重要的地理发现。

18世纪发生了美国与法国的大革命。英国、法国、葡萄牙和西班牙进入殖民时期,在给非洲、亚洲和拉丁美洲留下极坏影响的同时,也极大地扩展了全球化的范围,19世纪给我们带来了早期的现代交通传播发明,如电报、火车、照相机、电话、电灯、电影、自行车和汽车等。马克思的社会主义思想成为与西方资本主义相对的意识形态。

进入20世纪后,伟大的传播发明不断出现,广播、电视、电脑以及无线通讯技术给世界带来了诸多便利。而两次世界大战以及大屠杀的发生给人类的心灵带来极大的阴影,促进了现代传播领域——大众传播和跨文化/国际传播的发展。联合国与后来的世界贸易组织(WTO)进一步推进了世界的全球化进程。"冷战"结束后,卢旺达和波斯尼亚发生了种族清洗事件,其他地区也发生了一些反人类的罪行。1972年,正当美国与苏联两国剑拔弩张地处于核对峙中时,中国首次向世界敞开了大门;随后在1978年,中国领导人邓小平开始推行改革开放的政策;以后的领导人江泽民和胡锦涛也不断深化中国的经济改革。

也许可以这样说,我们正处于一个"后冷战时期",美俄两国之间仍有新的口舌之争。就像普京曾指出的那样,美国设置在波兰和捷克的新型导弹系统可能会重新点燃"冷战"的烽火。其他的传播失败还包括:伊拉克战争结束五年后,伊拉克仍处于一片混乱之中;中东地区不断产生新的冲突;艾滋病与疟疾等传染病在全球范围内有蔓延之势;恐怖主义仍是威胁世界安全与阻碍传播成功的主要因素。

在重大研究、批评和实践中,传播所起的积极和消极作用形成了对比,这意味着今天的学者与媒介、组织、跨文化传播和国际传播等问题是属于全球性质的,具有着前所未有的重要性。

传播学的学者和实践者们负有最关键的责任,要让社会各个阶层的人们都意识到积极的全球传播和消极的传播失败的存在。对我们来说,这是一个特别的机会。我们应该认识到,全球化趋势是不可逆转的,我们应持续地致力于推进正面的传播进展(如和平、稳定的人类发展)、分析反面的失败传播(如战争、贫困)。对于西方传播的革命性人物——如约翰尼斯·古腾堡(Johannes Gutenberg)①、蒂姆·伯纳斯—李（Tim Berners-Lee）②等——以及那些打开国门、让自己的国家与世界建立起交流桥梁的东方领导人们，我们是负有一种特殊的义务与责任的。

4. 许多学者认为他们的责任只在于创造知识；还有一些学者认为他们有义务为社会带来变化。在您看来，一个研究者主要应该是个什么样的人？

在我看来，学者应该兼有两种身份，既要创造知识，也要倡导社会变化。虽然这不一定是同时的，但是这很重要。也许那些只创造知识却游离于真实世界之外的学者们就像是隐居的修行者。他们的作用虽然重要，但是有很大的局限性。我们需要思想家、哲学家，也需要"公共思想家"——他的知识能够引领他人从事某种实践活动。著名的特拉斯比隐修会修士托马斯·默顿（Thomas Merton），他的书使世界范围内数百万人的心都朝向一个崇高的精神。他与其他修士一起每天祈祷数次，他教授年轻的修士们神学，而他明显是一名精神力量的提倡者。罗马教皇约翰·保罗二世有神学博士学位，他写了很多书以及教宗通谕。他或笔述或口陈，面对近 90 个国家的六千万听众雄辩地讲授宗教问题和社会问题，倡导社会变化。在他任教皇的 25 年间，他因成为世界上最重要的精神领袖之一而拥有了巨大的力量。一些学者认为，他不仅对宗教复兴产生了重大影响，而且他的言论在中欧/东欧社会剧变的过程中起到了的推波助澜作用。

当我们在指导研究生论文时，我们鼓励学生们在文献综述、方法论和结果讨论之外呼吁社会变化。不过，我们也会鼓励他们在文章的明确位置（比如结论中的"建议"部分）来呼吁社会变化。比如说，关于教育改革的论文或书首先会对问题的本质加以认识，然后提供若干种解决此问题的方法，最后提出作者所认为的应该推行的具体教育改革措施。有时候，我们会在某一时刻创造知识，再在另一阶段推行社会变化。这样，我们就会对社会带来明显的双重影响。

我们在学术活动中总是提倡客观性，而非个人主观意愿。但是总体说来，是我们对某个问题的个人主观兴趣引领我们对之加以研究。传播领域中

---

① 译者注：约翰尼斯·古腾堡（Johannes Gutenberg）（1397－1468）德国印刷工人，他发明了金属活字印刷术，制造了西方第一台活字印刷机，并用这台机器首次印刷了《圣经》。

② 译者注：蒂姆·伯纳斯—李（Berners-Lee），美籍英国人，曾获英女王的封爵。万维网之父，目前他领导着一个非营利组织"万维网协会"（W3C）的工作，继续为提高网络的功能默默地做着贡献。

有许多问题特别要求我们有所行动,比如公共演讲、跨文化传播、组织传播、大众传播。我们为读者们提供信息及细节,让他们知道如何使用信息从而成为更好的演讲者(或作者)、更好的跨文化传播者、更好的组织成员/领导者、或更好的大众媒介使用者/制作人。毕竟,我们首先是因为个人的主观情绪才会对某个问题感兴趣。无论我们如何努力,无论经验主义的研究显得多么客观,我们自身的偏见与目的总会明显地留在研究中。在我看来,我们既要成为知识的创造者,也要成为社会变化的推进者。这种双重视角让我们不再隔绝于"象牙塔"中;通过推进社会变化,我们成为了重要的社会领导者与公共思想家。二者互为补充。

5. 从 2001 年起,您生活在了中国,而在此之前您已经有了非常丰富的跨文化经验。这些经历与体验如何影响了您的人生观与职业观?

自 20 世纪 60 年代末到 20 世纪 70 年代,我一直积极地致力于创建北美的跨文化传播领域。我领导了头三届北美跨文化传播学创立大会,并且积极地参加德国—美国传播学会议以及 1974 年举办于日本的双文化研究会议。我的职业生涯中包含了或长或短的教职(包括在加拿大的两次)。在此期间,我开设了美国与加拿大最早的部分跨文化传播课程。我积极地在全美传播学会(NCA)、国际传播学会(ICA)及跨文化教育培训研究国际协会(我曾担任此协会 1980 年国际大会的主席,并于 1984−1986 年担任此协会会长)中发展跨文化传播和国际传播专业的分支与组织。1977 年,我还为中级管理层人士授课,我与杰出的跨文化传播人 L. 罗伯特·科尔斯(L. Robert Kohls)一道主持了美国新闻署(United States Information Agency)的学术—外交研修班。我所编辑和写作的大部分书都是有关跨文化传播、国际传播与媒介及联合国的。

20 世纪 80 年代,我接待了许多来自瑞典、比利时、法国、巴西、西班牙、南非与瑞士的学生,每一个都要在我家里住上好几个月。这让我成为了一名跨文化的父亲,也让我的孩子进入了一种混合的跨文化环境中。我给 8500 名大学生开设过"跨文化传播"、"传播与社会变革"、"国际媒介"和"模拟联合国安理会"等课程。从 1983−1990 年,我在弗吉尼亚大学开展了十次面向中学的"全球意识日"活动。1990−1991 年,作为斯威士兰大学的富布莱特教授,我为他们新设立的传播专业开设了第一批课程。此外,1990 年 11 月 14 日,我所在的校园中发生暴力袭击事件案,有 2 到 4 名学生丧生,300 余人受伤。当时，我积极帮助 11 名学生转移到校外的安全地带。那天，我真的以为自己会死。我曾在《公民对话：跨文化、国际和全球媒介》（*Civic Discourse：Intercultural, International and Global Media*，1999）中谈及该次经历。

1994 年，我谢绝了保加利亚的富布莱特教授职位，接受了罗切斯特理工学院的传播学杰出教授的职务。在那里，我有资金来做一些创造性的工作，比如设计了针对跨文化问题和国际问题的三十三节公共课，主讲了其中的十一课。我为四所中学组织了"模拟联合国安理会"的活动，有八百名罗切斯特地区的中学生参加。罗切斯特理工学院的学生五次参加举办于多伦多和蒙特利尔的"模拟联合国"活动，我都是他们的辅导员（faculty advisor）。

我与 K.S. 西塔拉姆合作，共同主办了六届罗切斯特跨文化大会，共同写作/编辑了三本有关跨文化传播和国际传播的书。从 20 世纪 90 年代到 21 世纪初，我一直在编辑我的丛书《第三个千年的公民话语》（*Civic Discourse for the Third Millennium*）；这十八本书中有两本写的是中国的传播。最后，我还成了纽约州罗切斯特市南苏丹社区的"寄宿父亲"，因为我长年接纳年轻的苏丹人住在我家里。我还加入了一个越来越受欢迎的社团，78 个"苏丹弃儿"中有一半通过这个社团在罗切斯特重新安了家。2001 年我来中国之前，我一直在做这方面的工作。

从某种意义上说，我在发展跨文化传播领域的职业兴趣中掺进了其他的因素，我也让自己最大限度地生活在一个跨文化的环境中。我给许多国际中学生做寄宿父亲，我让斯威士兰大学中的许多斯威士学生住在家里，我在暴力分子闯入校园时极力保护自己的学生，我最终成为罗切斯特市南苏丹社区的模范。这些个人的跨文化活动极大地丰富了我的生活，让我将一直停留在教学和写作中的理论真正运用到了实践当中。跨文化的生活经历给我带来了很多快乐。

6. 您是跨文化传播学术领域的创始人之一，也是全美传播学会（NCA）国际传播/跨文化传播分会的首任会长。您是否认为这个领域自开创至今已经发生了一定的变化？如果是的话，它是如何变化的？

就像我前面已经说过的那样，我是北美跨文化传播领域的创始人之一，领导了最初的三届北美跨文化传播学创立大会（1971、1973、1974）。1974 年夏，全美传播学会、国际传播学会及跨文化教育培训研究国际协会三个组织在芝加哥举行国际会议，有 200 名参与者研究了爱德华斯·图尔特（Edward C. Stewart）的"跨文化传播大纲"（*Outline of Intercultural Communication*）。

全美传播学会方面的议程由尼米·简(Nemi Jain)、米尔芬·米勒(Melvin Miller)和我共同编订。2007年2月,我在美国乔治梅森大学发表关于中国的演讲时,一位资深教员告诉我,他当年参加了那次会议。正是这次会议激发了他终身讲授跨文化传播学的兴趣。1970年,K. S.西塔拉姆等人创立了国际传播学会跨文化/国际传播分会,我是该分会的第三任会长。在1977年国际传播学会的柏林会议上,我负责了13个跨文化/国际传播项目。作为跨文化教育培训研究国际协会的筹办管理委员会成员,我于1984-1986年担任会长。

顾力行教授和我共同编辑的"跨文化研究"系列丛书第一辑《跨文化视角下的中国人:交际与传播》中,收录了我的一篇文章《同一个世界,同一个梦想:通过跨文化传播实现和谐社会——中国跨文化传播研究之序》(*One world,one dream:Harmonizing society through intercultural communication:A prelude to China intercultural communication studies*,见上海外语出版社,pp. 22-91)。我的文章主要分为下面几个部分:"价值观在跨文化传播研究中的重要性"、"美国跨文化传播的早期发展:1959-1979"、"跨文化传播领域的成熟期:1980-2006"、"实践运用:跨文化训练——从20世纪50年代到2005年"、"中国对'同一个世界,同一个梦想'的贡献——从跨文化的角度实现社会和谐"以及12页的"参考文献"。

从1980年开始,跨文化领域进入了一个比较成熟的阶段。我的文章在论及这一时期时,推荐吉尔特·霍夫斯泰德(Geert Hofstede)、迈克尔·哈里斯·邦德(Michael Harris Bond)、威廉·B.古迪昆斯特(William B. Gudykunst)、斯特拉·廷图米(Stella Ting-Toomey)、Young Yum Kim等人的论著,以及我的《第三个千年的公民话语》丛书,D.雷·海西(Ray Heisey)有关中国传播的丛书、选集以及我们在上海外国语大学的跨文化课程项目等。在讨论跨文化训练的实践运用(自20世纪50年代到2005年)时,我着重谈了美国国际开发署的传播研修班和波特兰跨文化传播夏季学院(Portland SIIC Summer Institute,今年已经是第31年了)。在这篇文章中,我没有提到欧洲、拉美、中东、非洲或中国以外的亚洲国家的跨文化传播发展情况,也没有提到跨文化商业传播、跨文化的解释和翻译、比较文学、社会语言学、跨文化心理学或跨文化的大众媒介研究。我的参考文献中也未能将一些最近的跨文化传播研究方面的重要著作收入,还有很多著述需要更细致的考虑。

因此,虽然在我们编著的书中,有些学者的文章高度强调社会语言学(比如说顾力行、贾玉新、贾雪睿），或强调跨文化心理学（比如说迈克尔·哈里斯·邦德、本土跨文化心理学家黄光国），但是在我对跨文化传播领域发展情况进行回顾的过程中，我略去了部分重要历史。古迪昆斯特（Gudykunst）编著的《跨文化传播的理论化》（*Theorizing about intercultural communication*，2005）一书明确认定跨文化传播已经是一个成熟的领域。拉里·A.萨默瓦（Samovar）和理查德·E.波特（Porter）的《文化模式与传播方式：跨文化交流文集》（*Intercultural communication：A reader*，1972—2005，Wadsworth）一书如今已经成为过去 36 年的一本重要的学生文选。文化能力和文化认同现在是跨文化传播研究的主要话题。

关键问题在于，自 1980 年步入成熟发展期后，"跨文化传播"已不仅是北美的一个重要概念，在世界其他地区也是一样。跨文化传播研究已在中国得到了长足的发展，尤其是 1994 年以后。最近一年里，我参加了举办于俄罗斯、秘鲁、德国的学术会议，还有八次举办于中国的传播学会议；包括 2007 年 6 月举办于哈尔滨的跨文化传播会议和 2007 年 10 月举办于北京的中国传播学会大会。所有会议都至少包括一个跨文化传播议题，不少会议还把跨文化传播作为会议的主要议题。从一开始到现在，理论、实践和案例研究方面都出现了很大的转变。这说明会有越来越多的理论（包括越来越多的本土理论）进一步推动这个领域朝着更为成熟的方向发展。在中国，跨文化传播方面的领军人物已经开始考虑提请国家教育部将跨文化传播确定为大学中的一个主要研究领域。他们在上海外国语大学召开全国性的圆桌会议，要制定计划，逐步地建设跨文化传播学科。上海外国语大学跨文化研究中心执行主任顾力行（Steve Kulich）就此话题组织了一次全国性对话（2007 年 6 月）。我们打算将收集到的文章提交到教育部，希望能在 2009 年之前确立跨文化传播的正式学科地位。

7. 在 2006 年 6 月/7 月的《光谱》（Spectra）期刊上，全美传播学会（NCA）会长丹·欧海尔（Dan O'Hair）在会长专栏中呼吁大家注意 NCA 未能"为国际同仁提供交流与合作的机会"。这在您的文章《传播领域对国际学者的触及》（*The Communication Field Reaching Out to International Scholars*）当中也有类似的反映。在您看来，不同国家的同仁之间进行理念与学术的交流会从整体上给跨文化传播领域带来什么样的影响，又会给各种特定的文化带来什么样的影响呢？

威廉·豪威尔（William Howell，1971 年时是言语传播学会［Speech

Communication Association,SCA]——即后来的全美传播学会[NCA]——的会长①)早先曾建议言语传播学会将 1970 年的会议放在香港举行,从而显示学会对国际化的支持。言语传播学会中负责与外国大学合作事宜的委员会(我是当时的委员)非常支持这一提议,但是英国议会上院对此的反应却较为惊诧。他们觉得言语传播学会可能不只是个美国组织那么简单,而且,由于交通费用的问题,大多数美国会员可能不会参加这样的会议。当时,我们的委员会已经成功地与其他机构联合主办过第一届德国—美国传播大会(1968 年,德国海德尔堡),并即将与其他机构联合主办第一届日本—美国传播大会(1969 年,日本东京)。不过这些只是这个组织之历史的注脚罢了。当英国议会上院否定了香港会议的提议后,我们选择了在新奥尔良来举办 1970 年的会议。威廉·豪威尔和委员会推举当时的联合国大会主席——利比里亚的安吉·布鲁克斯(Angie Brooks)作为会议的主要发言人。可惜由于言语传播学会领导层和新奥尔良本地主办者中存在种族主义看法,因此这个想法也被否定了。

不过,在 K.S.西塔拉姆的领导下,国际传播学会(ICA)于 1970 年创立了第五分会——跨文化传播与国际传播分会。1973 年,国际传播学会(ICA)得以在美国之外的蒙特利尔召开第一届跨文化传播与国际传播会议。言语传播学会(SCA)和加拿大传播学会于 1971 年召开了第一次成立大会,为我后来在印第安纳大学成立国际传播与跨文化传播分会做准备。1995 年,西塔拉姆和我共同主持了第一届罗切斯特跨文化大会。为了庆祝跨文化传播领域在西塔拉姆(1970,ICA)和我(1971,SCA)的领导下建立 25 周年,大会将主题定为"二十五岁的跨文化传播:现在与将来"。

如今,富布莱特法案基金项目、全美传播学会、国际传播学会、美国传播学会、世界传播学会、新闻与大众传播教育学会、美国广播学会、跨文化传播研究国际学会、(北美)中国传播学会、韩国传播学会、日本—美国传播学会、非洲传播教育学会、各地的跨文化教育培训研究国际协会、亚太经济传播学会、亚洲国际大众传播学会、国际跨文化研究学会、跨文化传播学会中国分会,以及分布于拉美、亚洲、欧洲、非洲、中东与北美的许多传播组织都认识到了在传播领域进行学术交流与实践交流的重要性。

---

① 译者注:1997 年时,经会员投票同意,Speech Communication Association(SCA)改名为 National Communication Association(NCA)。

2007 年 5 月 31 日至 6 月 2 日,"全球化与中国西部"大会于成都召开。我很高兴与前全美传播学会(NCA)会长丹·欧海尔(Dan O'Hair)一起成为了会议的主要发言人。会上,我们交换了对"传播领域全球化之重要性"的看法。2007 年 6 月 22 日至 24 日,第七届跨文化传播国际学术研讨会在哈尔滨召开,这次会议由国际跨文化传播研究学会(International Association for Intercultural Communication Studies)协办。有 500 多人参加了这次会议(其中 30 人来自俄罗斯),共同讨论"和谐、多样性与跨文化传播"这个主题。我是六名主要发言人之一。

我的职业生涯与文化生活让我很自然地相信"传播学科的国际化"与"传播学者、实践者及学生之间的信息交流"非常重要。比如说,中东的学者建议我们应该放弃塞缪尔·亨廷顿(Samuel Huntington)的"文明冲突论",坚持"文明对话论",从而使世界上各种不同的文化团体之间能够更好地相互理解。互联网以前曾被称为"信息高速公路"。而对于我个人来说,互联网如今让我可以与不同国家的同仁、专业人士、学生方便快捷地进行交流。有数千人浏览了我的网页 www.michaelprosser.com,这也提醒我不断更新网上的文章。

我接受了 CCTV 国际频道的 12 次采访,最近又经常参加中国国际广播电台的节目。去年,我参加了 10 次国际传播学术会议。自从我开始在中国任教以来,每年我都要给几百名中国学生上课。这一切都充实着我的传播世界。我通过这些活动接触到了很多人,我希望他们的世界也能借此得以充实。我们得始终把目标设定为:将失败传播扭转为国际传播能力,将误解扭转为理解——就像许多年前理查德·韦弗(I. A. Richards)在他的书《观念有其后果》(*Ideas Have Consequences*)中说的那样。

8. 在您刚刚进入跨文化传播领域进行学习和研究时,有没有什么事情对您的事业发展起到了重要的作用?

在拿到了英语专业的学士与硕士学位后(辅修传播与拉丁语),我先是进入伊利诺伊大学攻读英语专业的博士学位。不过我后来转而攻读传播学博士学位,把英语作为辅修。我毕业后,硕士与博士教育发生了很大的变革,这样很好。以英语专业为例,虽然我在攻读硕士学位期间已经修了英语史这门课,可是学校要求我在读博期间再修一遍。作为英语专业的学生,我们得花一个学期的时间来学习早期英语文学作品《贝奥武夫》。可是我原来打算是以美国文学作为自己的主要研究方向的。我们还得记住成百上千的英语作家、作品和开头,从而应付低年级时的系考。开始读博士以后,我要求将拉丁语作为我的两门外语之一,可是未获批准,因为学校认为拉丁语与我的研究没什么关系。后来,我认真地研修经典修辞学,这时候希腊语与拉丁语都成了非常重要的工具。我读研时,修了整年的法语和德语课,可结果是我得在词典的帮助下花三个小时才能翻译三页纸。这意味着,我只学了这些语言的皮毛,对于学术研究来说毫无用处。第一次传播学综合考试,考的不是我们读研后应该学到的东西,而是戏剧、语音学、演讲学、还有辩论——这些我们早在大二、大三时就学过了。

幸运的是,我的导师哈尔波特·E.古里(Halbert E. Gulley)让我旁听传播理论课,以加强修辞学以外的学术背景。他睿智地对我早先一篇文章的论题提出质疑,鼓励我将研究修辞的注意力集中在阿德莱·史蒂文森(Adlai Stevenson)在联合国的发言与演说上。他给了我1000美元的经费用于收集材料。这项极有价值的研究助我完成了三本书的编著:《经典修辞学读本》(*Readings in Classical Rhetoric*)、《阿德莱·史蒂文森国际演讲集》、《各国首脑在联合国的演讲集》(两卷本)。伊利诺伊大学有非常好的文化人类学家,比如奥斯卡·刘易斯(Oscar Lewis),可惜我没有用足够的时间来研究人类学,否则这将会为我后来投入的跨文化传播带来很大的帮助。

幸好,北美的硕士与博士课程如今已经非常关注“什么对于学者的发展才是真正重要的”。我们需谨记,教育的最终目的能否实现得看学生的论文,而学生必须用自己的激情来完成它。我们得将所有的力气都花在刀刃上,尽可能地排除不必要的东西。选一个思想开明的好导师就像为论文选一个好题目那样关键。研究生们得记住,未来的研究课题很可能源于早期的研究。这很重要。此外,研究生们还得记住,他们以后所有的研究可能都会与他们的论文有关。因此,选择一个合适的题目非常重要。汤姆·布鲁诺(Tom Bruneau)①在读硕士时就深深地浸入科学研究中。他阅读了所有与他的课题相关的材料。他现在作为学者,其声望的很大部分都与他的课题(关于静寂、沉默和噪声抑制的研究)有关。后来,他又对大脑的问题产生了兴趣。于是他研究了有关大脑问题的各个方面,成为了这个领域的专家。类似地,我现

----

① 译者注:汤姆·布鲁诺(Tom Bruneau),美日传播协会的创建人之一。研究范围包括非语言传播、自我传播(intrapersonal communication)、跨文化传播等。“沉默”是其感兴趣的课题。

在教学与研究的主要课题之一仍是联合国,这就源于我的博士学位论文。

9. 您来中国之后,有哪些经历是让您难忘的?

我是 2001 年到中国的,不过我想来中国看一看的想法大致可以追溯到 1989 年的夏末。那时候,一位来自北京大学,刚刚开始在弗吉尼亚大学攻读物理学博士的中国学生寄宿在我家里。后来,广东一所大学的英语系主任邀请我于 1992－1993 年去教英语。当时我去不了。2000 年 11 月西雅图的全美传播学会(NCA)大会上,科拉弗(Kluver)和鹿乌斯(Powers)出版于 1999 年的书《公民对话:多元文化主义、文化多样性和全球传播》(*Civic Discourse*, *Civil Society*, *and Chinese Communities*,该书是我所编辑的丛书《第三个千年的公民话语》[*Civic Discourse for the Third Millennium*]中的一本)获得了杰出著作奖。中国同仁们问我 2001 年从弗吉尼亚大学及罗切斯特理工学院退休后能否到中国任教。我的回答是:"为什么不呢?"于是,Shuming Lu 安排我于 2001 年进入扬州大学英语系。贾文山邀请我担任 2001 中国跨文化传播学会论坛(2001 年,西安)的主要发言人。北京语言文化大学副校长请我前去任教。2005 年,上海外国语大学的顾力行教授希望我加入他们的跨文化研究中心。我在这三所大学的英语系/学院教书。在扬州,我的课包括:大三学生的大众媒介课,大四学生的英语精读课,研究生的跨文化传播、修辞与公共话语及美国文学课;同时,我还为一些英文不好的各科年轻教员补习英语口语。北京语言文化大学有 7000 名国际学生和 4000 名中国学生。在那里,我主要为所有英语专业的大四学生教授西方文明课程,为大三学生上辩论与高级写作课。在上海外国语大学,我给大一和大二学生上口语课,为英语系的大三学生和研一学生组织"模拟联合国安理会"活动,同时为国际关系专业的研究生上公共演讲、跨文化传播以及全球媒介与文化等课。学校还计划让我在 2008 年春季给本科生开设美国媒介课程。

从数量上说,我已经教了 2000 名中国大学生,还在周末与寒假给许多中小学英语补习班上辅导课。算起来,我给中国、印度和俄罗斯的六千余名中学生和大学生上过课;先后 12 次接受中央电视台国际频道"对话"节目的采访。生活在中国的这段时间里,我去了中国的很多城市,还去了柬埔寨、萨尔瓦多、希腊、印度、秘鲁、韩国、俄罗斯、越南和欧洲的九个国家。我 16 次参加中国的传播学术会议,其中 8 次为主要发言人。我为网络期刊《传播学评论》(*Review of Communication*)评论了 32 本有关中国的书。我还以在传播研究和理论网(CRTNET)上发表大量有关中国的帖子而著名。我与他人联合编著了两本关于中国的书。CCTV 国际频道"对话"节目和中国国际广播电台在对我进行采访时,是将我作为中东问题的专家加以邀请的。这种认同因我参与《中东与伊斯兰研究(亚洲)》期刊(*Journal of Middle Eastern and Islamic Studies* [*in Asia*])的编写而得到进一步强化。在上海外国语大学,我评阅了 40 篇有关跨文化传播的硕士论文。我退休后在中国的教学与研究工作,使得我的学术生命与学术声望得到很大的延伸与提升。

从学术的角度说,我极大地充实了自己在英语(它帮助了我的传播研究)、跨文化传播、尤其是价值观与中国传播研究(我的研究生有时候拥有比我更丰厚的背景)等方面的知识基础。现在,我密切关注跨文化传播的最新研究动态。我很愿意继续为中国传播会议和学术编著做出自己的贡献。比如,我与顾力行教授共同编著了"跨文化研究"系列丛书第一辑《跨文化视角下的中国人:交际与传播》(2007),我们还与张红玲一道应上海外国语大学跨文化研究中心之约,与上海外语教育出版社合作,共同编著两本关于价值观研究的书。

10. 非常感谢您接受我们的采访! 在此即将结束之际,可否请您做一个总结,与我们分享一下您的智慧?

22 岁时,我独自去欧洲旅游了两个月;23 岁时,我再次去欧洲旅行。这些经历极大地激发起我对跨文化/国际问题的兴趣。我早年参加过加拿大、德国、日本、墨西哥和英国的学术会议,后来又在加拿大教书,这些又加强了我的这种兴趣。我的导师哈尔波特·E. 古里(Hal Gulley)引导我以联合国的演说为论文题目,我用了六周的时间来收集材料。这让我受益匪浅。弗雷德·卡斯米尔(Fred Casmir)、约翰·坎登(John Condon)、爱德华·霍尔(Edward Hall)、雷·海西(Ray Heisey)、戴维·胡伯斯(David Hoopes)、罗伯特·奥利弗(Robert Oliver)、伯尤勒·柔尔利克(Beulah Rohrlich)、K. S. 西塔拉姆(K. S. Sitaram)、爱德华·斯图尔特(Edward Stewart)、林恩·泰勒(Lynn Tyler)和威廉·豪威尔(William Howell)等师友给了我很大的指导与帮助,我所带的研究生也在学识上非常出色;这些进一步激发了我的学术热情。我曾是最初三次北美跨文化传播学创立会议的主席,出版了一些著述,也曾在全美传播学会、国际传播学会和跨文化教育培训研究国际协会中的跨文化分支从事领导工作,这些都强化了我的跨文化/国际背景。

20 世纪 80 年代,跨文化传播领域逐渐在理论上走向成熟。我每年都非常积极地参与接待国际中学生的活动,并为 2200 名中学生(包括 500 名国际中学生)组织一年一度的"全球意识日"活动。这样,我开始了一种跨文化的生活,并为跨文化传播做出贡献。1990－1991 年时,我在斯威士兰大学作富布莱特教授,我的跨文化生活变得更为充实和全面。在那里,我们面对了激烈的文化与跨文化冲突——1990 年 11 月 14 日,校园里发生了暴力事件,致使 2－4 名学生丧生,300 余人受伤。就在那一天,我和其他一些外籍人士都以为自己肯定会死;而我们还是保护了 5 名女生,还帮助加拿大朋友将 11 名受到惊吓的学生转移到校外的安全地带。后来,大学关闭了两个月,接着我们又受到国家司法调查——其结果却从未公开。我们和学生们熬了过来。这件事成了我这一辈子最糟糕的回忆,不过也是最让我受益的一段经历。我从中既看到善也看到恶,阴阳相生,福祸相倚。

20 世纪 90 年代,我在罗切斯特理工学院任教,有机会在跨文化方面进行一些创造性的活动:我指导罗切斯特与加拿大的大学生和中学生开展了"模拟联合国安理会"的活动;设计了关于跨文化问题和国际问题的 33 课,主讲了其中的 11 课;出版了 3 本书;为《第三个千年的公民对话》(*Civic Discourse for the Third Millennium*)丛书中的 18 本担任联合编委;与 K. S. 西塔拉姆一起主持了六届罗切斯特跨文化传播学术会议——我们始终在为跨文化传播事业贡献力量。

从 2001 年到现在,我一直在中国教书。这种生活大概还会持续两三年。在中国教书的经历使我的跨文化传播研究在理论与实践两方面都形成一种圆满的循环。除了给代表着中国之未来的年轻人们上课之外,我过着最为全面的跨文化生活。我和年轻的中国朋友们一起旅游、一起生活。从欧洲中心文化,到非洲中心文化,再到亚洲中心文化,我拥有了真正的多元文化意识。作为跨文化传播领域的教师与学者,我们有机会在不同的文化、国家、国际环境中大力拓展跨文化传播领域。当然,从理想的角度说,我们不仅要从理论上发展已经成熟的领域,还要通过案例研究与案例运用以及我们自己的生活经历、从实践上推进我们的研究事业。我最喜欢苏格拉底的一句名言:"我不是雅典人,也不是希腊人,而是世界人。"作为跨文化者,我们的目标是成为世界公民。

(本译文英文原载 *China Media Research*,September 2008/Vol. 4 /No. 1)

The Journey of an Intercultural/International Communication Scholar:
An Interview with Dr. Michael Prosser

Laura N. Gostin
University of Rhode Island

Abstract: This interview was conducted via email over a period of several weeks during the summer of 2007. Dr. Michael Prosser is a renowned Intercultural Communication scholar and one of the co-founders of the academic field of Intercultural Communication. During the interview, Dr. Prosser shared some of his personal experiences as an Intercultural scholar and offered his valuable insights regarding the discipline of communication in general and the field of Intercultural Communication in particular.

Keywords: Scholar interview, Intercultural Communication, founder, China

一个有关跨文化传播发展方向的对话

威廉姆·J. 斯塔柔斯塔(William J. Starosta)*

陈国明(Guo-Ming Chen)＊＊①

＊霍华德大学(Howard University,USA)

＊＊罗德岛大学(University of Rhode Island,USA)

[摘　要]跨文化传播领域已面临一个重要的转折和范式转移,近些年来,跨文化研究在改善不同文化间的误解方面,已经出现了多种声音,因此,对该领域来说,反映和研究跨文化传播之方向迫在眉睫。基于该领域的迫切需求,本文的两位对话者,回顾了过去的历史,评判目前的情况,并提出跨文化传播研究未来的发展方向。最后,两位对话者强调了在跨文化教育和跨文化传播过程中拓展视野、消除刻板印象/理解培训的重要性。

[关键词]批评范式,发现范式,双主位倾听,跨文化传播调查,诠释范式,范式转移

---

①　[作者简介]　威廉姆·J. 斯塔柔斯塔(William J. Starosta),美国印第安那大学博士,美国霍华德大学教授和跨文化传播学科负责人,《霍华德传媒学刊》创建人。曾赴巴基斯坦、印度等亚洲国家的大学学习研究,著名跨文化修辞学研究家。陈国明,美国罗德岛大学传播学系教授,是美国中国传播研究协会的奠基主席。著述丰厚,在传播学坛中颇有声望。现为华南理工大学新闻/传播学院与国际教育学院讲座教授,*China Media Research* 合作主编。

陈国明:跨文化传播领域面临着关键的转折和范式的转变。我们可以看到,这个领域的研究已经在过去的几年中,从修辞学研究开始,经过实证主义和解释主义,发展到如今对价值论和实践问题的探讨。此外,跨文化研究领域出现了多种声音,试图改变近年来浮现出的,关于跨文化或共文化的误解或摩擦。在这关键时刻,我认为我们有必要反省和审视跨文化传播研究的方向。您赞同我吗?

威廉姆·J.斯塔柔斯塔:您说得对,过去的三十年是为跨文化传播提供了活跃思维的一程。在20世纪60年代后期,我进入这个领域时,我们曾讨论过定义,讨论过传播学者何时才能对跨文化传播有所贡献,讨论过文化影响个人修辞风格的途径。而在过去的十年里,除了现在的共文化(co-cultures)研究之外,我很少听到这些方面的讨论。讲述走过的路总是会比明确指出正往何处去要简单得多。我常常想,这一领域的研究是一以贯之地沿着一条道路走下去好,还是同时走多条道路好?若同时走多条道路,那么会不会出现新的机会,从而对多方向的行动有所补偿?

陈国明:那么,经过四十年的辛勤探索,您是否依然在思考跨文化传播领域的研究将要走向,或者说应该走向何处这个问题呢?

威廉姆·J.斯塔柔斯塔:对于"跨文化传播研究将往何处去"这一问题,我确实常常思考,至于"该往何处去"嘛,谈不上——我还不具备这样的智慧,不能说我希望这个领域走往的方向,就是"它应该走往的方向"。从这个研究领域发展的最早期开始,我见过的人太多了,这些人觉得他们所持有的是最好的——或许是唯一的——进行研究的途径。修辞学家们曾经就是那样,直到早期社会心理学家和认知心理学家介入进来,接着是人际关系的研究者,再接着有人或认为有必要将本领域开放以吸纳更多声音,或阐明某些危害,或认为跨文化传播可能潜在地对民族发展产生作用,或谈论性别、种族关系……一个季节开一个季节的花,而如果这个领域进入冬天就没有什么花好开了。唉,对一个人来说是鲜花的东西对另一个人来说却可能是杂草。

陈国明:对学者们来说,提高他们的声音,努力将研究团体引领到某个方向,从而使该学科能朝一个百花齐放的花园前行,这不重要吗?一个学者的蜂蜜可能是另一个的毒药,但是如果不经历这个竞争过程——我的意思是说,在有益的知识碰撞基础上——何来范式的转变呢?我很能理解在一个学术领域发展的过程中,常常会出现意识形态差异背后的角力,而且,由于跨文化传播研究中涉及到文化差异和霸权问题,这一点就更普遍了。但是我想,这只会为这个领域带来负面影响。我知道您是一个非常有造诣的跨文化修辞学家,当您看到跨文化传播研究越来越朝社会科学方向发展时,您可能百感交集。您是否愿意与我们分享一下您的感受,如果可能的话,能否仔细地回顾一下跨文化传播研究在过去几十年中发展趋势的转变?

　　威廉姆·J.斯塔柔斯塔:一个实证主义学家的观点可能是接近线型的,也就是说知识是积累性的,而且朝那个方向的努力是有终点的。一个人文主义学家可能会集中研究个案,通过这些探寻更深层次、更丰富的洞见和未曾预料的美。批判性的学者通过研究既定规矩制度,试图识别和纠正其弱点。正如 Carlos Casteneda 曾经指出的那样,在多条途径中的每一条都能"对其他途径发慈悲"(have a heart)①。

　　问题在于,就像您所提示的那样,这些途径会出现互相对立、彼此排斥的情况。我认同印度教中的单一神教②的概念,我认为可以有多种途径到达同一个目标,一个人可以任意投身于某一种途径,并在这途径上追索到底。只有当一个人认为他或她的途径是唯一的时候,才会出现问题。

　　这些途径中有几条我已经走过了,而与其他途径比起来我仍旧比较喜欢修辞学。在最近几年中,这条路径没有得到很好的保存,我想这对于更大范围内的研究领域来说是有害的。有时候,人们为了追逐最终发现不过是幻觉的东西,而丢弃了有价值的事物,这会使我感到悲哀。

　　陈国明:我记得我们在上一次对话中曾经提到过,我们应当理解,跨文化传播研究的每一种途径都只代表一种看待现实的具体视角(Starosta & Chen,2003)。而我们无法通过单一的视角来获得现实的完整画面。换句话说,海洋是由来自不同高原和地域的河流汇聚而成的。一条河流可能在其河道的某一个特定点上奔流得激越有力,在下一个点上平静地潺潺流淌,而在另一点上可能汇入大海,在地面上消失了。河流的命运可能由政治、地理或者文化上的不同因素决定,但是让我们面对这样一个现实——世界是永无止境地辩证地变化着的,就如同潮涨潮落一般,学术界也是如此。让过去的过去吧,想想那些正在衰落的潮流,其精华可能会在其他地方,或是将来的某个时候再次出现。

　　因此,我得同意您关于单一神教的看法,其观念与同等结果论(equifinali-

---

　　① 译者注:have a heart,"发慈悲",意指各种研究途径间的有某些互相认同。
　　② 译者注:henotheism,单一神教,信奉一个主神,但同时也不否论他神存在的信仰。

ty)①很相似——通过这一观点，我们能在平等的立场上对不同的声音加以保护与鼓励。然而，我没有你对修辞学方法途径所感到的那种伤感（虽然我理解您的感受）——它正在尽自己的能力灌溉跨文化传播研究的学坛。如果学坛中的植物无法吸收修辞学传统提供的养料，或者来自其他研究途径的阳光比眼下的更为明媚、对现在的学坛中的土壤更加有益，那么该领域——比如说是传统修辞学领域——的学者们所需要的是花力气改进其产品的质量，以期达到神奇成长（Miracle Grow）。因此，从这个角度上说，我所关注的是修辞学的传统如何能够重振雄风，或者说也应该重振雄风，继续为跨文化传播研究作出重要贡献。

威廉姆·J. 斯塔柔斯塔：看起来我们将迎来隐喻的大丰收啦！（Michael Prosser 在《播种风儿收获旋风》[*Sow the Wind and Reap the Whirlwind*]一文中也观察了国家首脑们在联合国大会发言时使用的隐喻，认为原型隐喻有文化普遍性。）隐喻语言的研究历来是跨文化传播修辞学研究的主流：我所说的"发展"（development）可能是你所说的"增长"（growth），别人所说的"国家建设"（nation building）。我所说的"打造"（forging）可能是你所说的"增长"（growth），别人所说的关系"修补"（repair）。我所说的机构被称为"工作场所"（workplace），与之相对，你所说的组织则被称为"家"（family）。我对领导（leadership）的关注，可能与你对"追随"（fellowship）的关注相等同。（我记得 Chung 在 1999 年曾写过关于儒家机构组织的文章。在儒家机构组织中，领导地位是由他人授予的，而非要求的。）如果所有的传播都是一种将自身（观点）附加到别人立场上，从而促进意义阐明的（文化）过程，那么我们的对话本身就显示出了跨文化传播的修辞学维度。

我认为修辞学始于所谓的以大写字母书写的（capitalized）②文化的精英历史：公共信息的表达、推理、雄辩都有最完美的模式。任何在风格或模式上有差异的信息都被认为是不完整信息（lesser message）。跨文化修辞学者将这种精英主义变成一种跨文化本质主义，认为：总有一种更纯正的加纳式说话方法，总有一种更地道的瑞典式口才，总有一种更典型的日本式表达。修辞学家应当能说出公共演讲中的哪些是带有文化印记的。这种方式和与之

---

① 译者注：equifinality 是相对 multifinality 所说的。multifinality 是同途异归性。equi-：相等，finality：最后、定局、终结，因此从字面上理解，equifinality 应该为相同的结局，也就是殊途同归性。换言之，这里指的是要达到同一个结果，可以有许多方法。

② 译者注：capitalized，以大写字母书写的，此处意谓上层的、精英的。

相当的人际、认知心理学方式一样,在提炼归纳的过程中,排斥了多样性。

我已将自己的思考转向这样的角度:一次特定的跨文化修辞活动会如何在交流双方及两种文化之间的某处展开。在交流活动中,原本身处不同传统中的交流双方会将各自的文化预期带入交流过程中,他们会对交流对象持有一定的形象看法和预期,他们的交流可能很和谐或者很困难,他们把不同的预期带入了交流活动。我曾在全美传播协会的主题演讲中提出,跨文化修辞的地位是处于交流各方中间的,它作为一种解释者,使每一次跨文化修辞活动有意义。我将这种想法称为双主位批判。

面对百家争鸣的修辞学信息,我发现跨文化评判的任务更像是聆听而非表达。我们在 2000 年版的书(Starosta & Chen,2000)中提及了双主位聆听,其中就有许多与我加在双主位评判主义上所类似的微妙之处。

修辞学研究绝非易事,它们(基本上)不依靠模板、管理工具或数据处理来找到答案。他们得通过"理解"的途径来获得足够的成果;其发现并非显而易见,而他们必须有敏锐的洞察力(必须"感觉"正确),必须有说服力。而且,必须以一种吸引读者的方式表达。我并不认为所有领域的学者们(包括传播学领域)都已经准备好适应这种情况了。此外,缺乏相应规范,也使赏析修辞话语深度分析的机会更少了。

我知道我好像是在给跨文化修辞学家们划定标准。不过,也许您可以给我这个老头子一点幻想的权利吧。

陈国明:庄子的蝴蝶梦①极具幻想力,它是想象力和创造力的源泉。只要跨文化修辞学的源泉继续喷涌出甘甜的泉水,就能形成一条如同腾龙般的大河,奔腾入海。您的双主位聆听理论就代表着这样一种梦想,它或许会为那条巨龙般的大河提供奔流而过的理想河床。

不幸的是,跨文化修辞学研究的历史表明,20 世纪的跨文化修辞学家似乎醉心于精英主义。比方说,学者们倾向于将修辞学研究看作一种蕴含于亚里士多德传统中的,完完全全西方的现象(Murphy & Katula,1995)。包括 Jensen(1992)和 Oliver(1971)在内的西方学者用他们自己的语言分析亚洲修辞,声称亚洲人不重视争论和说服。这种盲目的观点忽视了植根于文化情境,从而达到分析目的的重要性。

---

① 译者注:庄子蝴蝶梦原文:昔者庄周梦为蝴蝶,栩栩然蝴蝶也,自喻适志与,不知周也。俄然觉,则蘧蘧然周也。不知周之梦为蝴蝶与? 蝴蝶之梦为周与? 周与蝴蝶,则必有分矣。此之谓物化。

Lu(2002)关于中国经典修辞的分析中,强调了统治者崇拜、道德/伦理诉求、仪式性行为以及隐喻的使用;Xiao(2002)归纳出老子的三种补充方式,包括否定、似非而是的论点和类比/隐喻,这些方式形成道德经话语的修辞构建;Combs(2002)运用道家思想似非而是的推理方式分析当代电影;Chen、Holt(2003)和Ma(2000)分别解释了老子和孟子著作中使用的水的隐喻。只要我们看看这些研究成果,我们就会发现,中国的历史满载着修辞传统,且其发展未受西方影响,代表着一种理解人类传播的重要途径。此外,佛教的说教为日本修辞传统提供了区别于西方修辞学的基础(Ishii,1992)。Sekiyama(1978)也发现说教的五阶段构架——其中包括颂法、释义、明喻、证因果,以及由日本Agui学派提出的辩经——与西方修辞学有区别。

这些例子说明,为了迈入21世纪的广阔天地,跨文化修辞学家必须学会拓宽视野,培养一种开放的、更善于接纳的思维,包容文化上的差异。您怎么看这个问题呢?

威廉姆·J.斯塔柔斯塔:您说得很对。在西方修辞传统中有这样两个例子:批判家们常常求助于亚里士多德的演说五大要素(Aristotle's five canons),然后是肯尼斯·博克(Kenneth Burke)的戏剧五因分析法。他们认为,可以通过一系列分析工具的应用,表达修辞学方面应该了解的内容。他们还研究了风格问题,试图将一个人的演讲过程置于历史情境中。除了您所观察到的精英主义,以及使用从文化角度上来说不恰当的工具、按照自己的意愿理解修辞学,这些年来,批评家们很强调效果。虽然中国(法律学家)和印度(《摩奴法典》制订者)的参谋家们都在给执政者们提供战略,帮助他们找到合理方式(就如欧洲的马基雅弗利那样),但是您自己最近的研究中还不怎么重视效果(Chen & Starosta,2003)。

传播文献中充满着文化错置的(culturally-misplaced)批判例子。将一类文化工具套用到其他文化的修辞情境中,会使隐喻的意义变得不确定。我怀疑这既无法启迪源文化中的人们,也无法给目标文化中的人们带来启示。

我曾经问过墨菲·阿桑特(Molefi Asante)"主位"缘何成为"主位"?人们可以(概括广义地)使用佛家修辞吗,还是必须用本土、具体的,比如斯里兰卡修辞,或是缅甸修辞?20年前,我曾与鲍勃·舒特(Bob Shuter)讨论过修辞学的网究竟应该撒多宽:如果人们追求概括化,是不是会冒牺牲本土观点的风险?或者人们能试造出很狭窄的、设法以其自身价值来令人信服的本土范例吗?

是的,我能明白您所说的更开阔的视野。但是,如果我们用只有当地人才能明白的语言来描述具体事例,这样的视野是更广阔了呢,还是更狭隘了?还有,我们是否应该倾听并宽容地对待在文化上与自己不同的人呢?——答案是肯定的、绝对的,而这也正是聆听的精髓所在。或许宽容的要求还太低了点,我认为一种好的修辞接近方式将不仅仅是宽容而是赢得欣赏。而欣赏是一项既要求情感,又要求认知的任务。

　　跨文化修辞研究分析对批评家的要求很高,我越来越相信我们会需要一个批评家团队,来捕捉修辞学在两种文化取向之间的细微差别,并解释意义阐明过程中的力度变化。合作可能是未来跨文化修辞分析的重要方面。

　　陈国明:是的,这种超越聆听和宽容的对文化差异的"欣赏",才是面对文化多样性问题的关键所在。对于跨文化传播研究中的"主位"研究方法与"客位"研究方法,这种"欣赏"也能直击其中心。只有通过欣赏——培养跨文化敏感性的基础——两种方法之间的敌对冲突才能得到调和(Chen & Starosta,1996,1997,2000)。

　　代表着客位(实证主义传统)和主位(人文主义或者解释/批判传统)两种方式的两大学术阵营之间,存在着不必要的摩擦。坦率地说,多年来这一点一直困扰着我。学者们似乎无法解开"非此即彼"这种两分法思维模式的结,任其发展为一个压迫我们神经的肿瘤。这种现象不仅存在于跨文化传播领域或传播学科中,同样也存在于许多其他学术学科中。如同我在前面所说的那样,每种方法都仅仅代表研究图景中的一条河流,或者整个身体中的一条血管。可能从一个视角来看,用这种方法理解人类传播更合适、更有力,但是从其他视角来看,就不一定如此了。主位与客位两种研究方法就像一枚硬币或一个巴掌的的两面,谁也离不开谁;只有联合在一起才能更好地发挥作用。任何声称某种方法优越于另一种方法的做法,都只能反映出它的幼稚和顽固不化。

　　当您问到一位学者挖掘的本土洞见应当多深刻时,我很担心当我们爬上象牙塔顶的那一刻,会过多地享受着在本土情境下透析"个人",而全然把塔外的天地和其他群体抛到九霄云外。在这种情况下存在着这样的危险,我们有可能失去认知、包容和欣赏文化差异的能力。换句话说,主位的方法倾向于过分强调个人或文化差异。

　　然而,当我们挥舞实证主义的利剑时,我又非常担心我们会仅仅考虑"我们",把所有的个人因素都滑入"群体"这个大桶中,从而失去了自己的身份。

我想如果要把谁的思想精髓连根拔起,这无疑是最好的方法了。从实证视角来看,对过分概化的渴望可能就像是一个没有网眼的大网。换个说法,客位的方法倾向于过分强调群体或文化共性。

我并不是说我们应当抹杀主位和客位的方法;但我确实认为,我们有必要防止在两种方式上各走极端,例如陷在网眼中出不来,或者将大桶抱得太紧。主位的方法的优势在于,它将个人因素从令人窒息的群体中释放出来,保持了作为人的尊严;而客位的方法的优势在于,它为我们提供了整个花园的全景,在那里我们可以同时饱览群花。当我们对玫瑰的美丽赞叹不已时,我们也应当观察到"红"是整个花园的主色调。"主位"与"客位"二者确实存在,而且应该在跨文化传播领域中和平共处。

因此,跨文化传播研究未来的健康发展将依赖于如何编织联结两种方法的思路。我相信必须使阴阳融合,才能达到"太极"中所说的合一状态。

威廉姆·J. 斯塔柔斯塔:测量长宽充其量是表达重量的间接方式。讨论美丑(如果要讨论的话)是对长宽的间接评论。而称某物体的重量并不足以评论该物体的美丑或形态。我觉得有三个维度都需要研究,而不仅仅是两个:实证的、解释的和批判的。我坚信,每一种维度的研究都含有对其他维度的启示,但是,这些研究的切入点有着根本性的区别。每一个对事实的"观念取舍"都有其独特重要性,一般来说,一种研究和别的研究没多大关系,直到这种研究被整合到更大规模的研究中去,用以理解单个研究手段无法理解的、更加全球化的问题,这时候这种研究才会和其他研究产生联系。或许我们可以称之为超元研究,或者双主位思考,或者整合思考,或者干脆就称之为好感觉。

我不确定个体研究者是否具备足够的视野来把控全局。只有一个研究团队、研究项目、独立于不同研究传统的批评家们,或许还有培训人员、教师或者辅助人员,才能时而透过染上不同颜色的线索,观察研究产生的究竟是墨西哥斗篷、日本和服,还是穆斯林长袍,并判断其价值、美丑,或者判断其危险程度、社会影响和历史。

我同意您所说的,在一种研究模式中固步自封,会使我们无法具备掌握全局、洞悉所有的视野。这是否意味着一些学者失去了"认知、包容和欣赏文化差异的能力"? 从综合超越的层面(meta-level)来讲,您可能是正确的;但是要将某个文化中的个体研究者提升到综合超越的水平,实属不易。在西方,亚里士多德的传统是将事物分割后逐步地分析,这也导致后世忽视全局,以及在看待事物时脱离文化背景的做法。

陈国明:是的,传播研究有三种主要范式,共同反映了20世纪90年代之后的多元范式时代(Chen,2003)。让我们来回顾一下这三种主要范式,看看他们是否与您的想法相吻合。

我们可以将实证主义的研究范式称为"发现范式",它建立在理性主义、实证主义、逻辑实证主义、行为主义、现代主义等认识论基础之上。这种范式的目的在于,通过更系统的和可重复的研究步骤,精确地发现事实。为了达到这一目标,分类和识别普遍规则(rules)或规律(laws)就成了研究过程中的必要手段。我们可以看到,在传播学科内,调查研究(survey research)、网路分析(network analysis)、内容分析(content analysis)、互动分析(interaction analysis)以及新亚里士多德修辞批评(neo-Aristotelian rhetorical criticism)都属于这种范式。正如您在前面所提到的那样,这一范式统治了跨文化传播研究的前半个世纪——自20世纪50年代早期开始,以爱德华·霍尔(E. T. Hall)为主要代表人物(Starosta & Chen,2003)。从20世纪80年代开始,这一范式遭到解释主义和批判主义范式的挑战。不过虽然如此,时至今日它仍对跨文化传播研究有着强大影响力。

解释主义范式认为,我们可以通过社交建构(social construction)建立多重真实性。这个范式建构在诠释学(hermeneutics)、现象学(phenomenology)、符号互动理论(symbolic interaction)、建构主义(constructivism)、结构主义(structuralism)的哲学思想基础上。其研究的目的在于拨去迷雾,探寻意义(meaning)是如何被创造的。为了达到这一目的,从当地情境的视角出发,强调解释过程的创造性和价值,就成了必要手段。传播研究学科内的很多研究方法都属于这个范式,例如,民族志学(ethnography)、交谈分析(conversational analysis)、评论分析(discourse analysis)、隐喻修辞批评(metaphoric rhetorical criticism)、幻想主题分析(fantasy theme analysis)、叙述修辞批评(narrative rhetorical criticism)等。当应用到跨文化传播领域中时,民族志学似乎比其他研究方法站得更高。然而不幸的是,您好像并不看好这种范式的未来。

和解释范式一样,批判范式也是通过社会建构过程来认识多重真实性的存在。这个范式的哲学思想,建立在批判理论(critical thoery)、后现代主义(postmodernism)、符号学(semiotics)、解构主义(deconstructivism)、后结构主义(post-structuralism)的基础上。其研究的目的在于显现事件的隐藏结构

(hidden structure)，尤其是被压迫的和历史/文化背景下的隐藏结构，并促进社会变化(social change)。批判范式常用的研究方法，包括了批判民族志学(critical ethnography)、马克思批判主义(Marxist criticism)、文化研究(cultural studies)、后现代批判主义(postmodern criticism)、后结构批判主义(post-structural criticism)、与后殖民批判主义(postcolonial criticism)等。跨文化传播研究领域中已经呈现出这种范式的强大的发展势头。然而，与欧洲的实践情况相比，这种范式在美国仍然处于萌芽阶段。

我希望我的阐述不会太过琐细或显得不合拍。我是想补充您的观点，并且再一次强调，虽然这些范式在其核心价值或信仰上水火不容，但是他们就好比人类的两只手。只有一只手的人也是人，但是拥有两只手的人能使整个身体更好地发挥功能。我真心希望跨文化传播领域——作为一个研究领域——能够同等有效地运用两只手，从而自然而然地建立起一个健康的多重范式体系。就像您所指出的那样，可能只有到达综合超越层面，这才会实现，而且一个学者无法独立完成这些。但是无论如何，我们必须先培养起一种宽容和欣赏差异的思维模式。

威廉姆·J. 斯塔柔斯塔：我想您可能会比较关注第三方在解决和(或)帮助跨文化传播研究以及在教育、培训、批评和释义中所发挥的作用。这些人处在多种传统和文化之间，利用自身本土的的知识和他们获取的经验专长，在我们所讨论的那种多重传统中间架起一座桥梁，联结疏离的文化世界。我认为，关于这些人，我们还有很多问题需要探讨、很多理论需要归纳。

总而言之，我们中没有多少人是了解多学科或多文化的"多面手"。用您所打的比方来说，这使我们中的大多数在发挥作用时都有某种缺陷，可不是吗？

陈国明：确实如此。我们中的大多数人作为个体，都只是奔跑在山脚下的一匹马，无法看到全景。为了能屹立山巅鸟瞰整个平原，我们必须依靠跨文化教育和培训。正如我在我们之前的谈话中所指出的那样(Chen & Starosta，即将发表)：

> 只有通过跨文化教育和培训，才能摘掉对其他文化的有色眼镜，拓宽封闭的思想。跨文化教育和培训能使个人具备这样一种智力能力——用更宽广的视野审视周围，时刻准备好面对文化影响，从而和谐地实现个人目标。

全球化趋势以不同文化的辩证的推动作用和牵引为特征。具备以上探讨的智力能力，可能是推动人们拓宽视野、尊重多元、调和冲突、有效而恰当地管理全球化趋势所带来的变化的一个好办法，可能也是唯一的办法。

再次感谢您带来的富有启迪的谈话。我们应当将这样的对话继续下去。

（本译文英文原载 *International and Intercultural Communication Annual*, 28, 3—13.）

References

Chen, G. M. (2003). Chinese communication research: 2000—2003. *China Media Reports*, 3, 37—51.

Chen, G. M., & Holt, G. R. (2002). Persuasion through the sater metaphor in *Dao De Jing*. *Intercultural communication Studies*, 11, 153—171.

Chen, G. M., & Starosta, W. J. (1996). Intercultural communication competence: A synthesis. *Communication Yearbook* 19, 353—383.

Chen, G. M., & Starosta, W. J. (1997). A review of the concept of intercultural sensitivity. *Human Communication*, 1, 1—16.

Chen, G. M., & Starosta, W. J. (2000). The development and validation of the intercultural sensitivity scale. *Human Communication*, 3, 1—15.

Chen, G. M., & W. J. Starosta(2003). Asian approaches to human communication: A dialogue. *Intercultural communication Studies*, 12, 1—15.

Chen, G. M., & W. J. Starosta (forthcoming). Communication among Cultural Diversities: A Dialogue. *International and Intercultural Communication Annual*, 27.

Chung, J. (1998, November). *Traditional Chinese intellectual stratum and superior-subordinate conflict management*. Paper presented at the National Communication Association annual conference in New York.

Combs, S. (2002). The Dao of rhetoric: Revelations from *the Tao of Steve*. *Intercultural communication Studies*, 11, 117—136.

Ishii, S. (1992). Buddhist preaching: The persistent main undercurrent of Japanese traditional rhetorical communication. *Communication Quarterly*,

40,391—397.

Jensen,J. V. (1992). Values and practices in Asian argumentation. *Argumentation and Advocacy*,153—166.

Lu,X. (2002). Chinese political communication: Roots in Asian rhetoric and impacts on contemporary Chinese thought and culture. *Intercultural communication Studies*,11,97—116.

Ma,R. (2000). Water-related figurative language in the rhetoric of Mencius. In A. González & D. V. Tanno(Eds.),*Rhetoric in intercultural contexts* [Volume 22 of the *International and Intercultural Communication Annual*]. Thousand Oaks,CA: Sage.

Murphy,J. J. ,& Katula,R. A. (1995). *A synoptic history of classical rhetoric*. Davis,CA: Hermangoras.

Oliver(1971). *Communication and culture in ancient India and China*. New York: Syracuse University Press.

Sekiyama,K. (1978). *History of preaching*. Tokyo: Iwanami Shoten.

Starosta,W. J. ,& Chen,G. M. (2003). "Ferment," an ethic of caring, and the corrective power of dialogue. *International and Intercultural Communication Annual*,26,3—23.

Starosta,W. J. ,& Chen,G. M. (2000). Listening across diversity in global society. In G. M. Chen & W. J. Starosta(Eds.),*Communication and global society*(pp. 279—293). New York: Peter Lang.

Xiao,X. (2002). The rhetorical construction of the discourse on the Dao in *Daode Jing*. *Intercultural communication Studies*,11,137—152.

Where to Now for Intercultural Communication:
A Dialogue

William J. Starosta* , * * Guo-Ming Chen
* Howard University, USA, * * University of Rhode Island, USA;

Abstract: The field of intercultural communication has faced a critical turn and a shift of paradigms, and multiple voices in intercultural research aiming to ameliorate intercultural misunderstandings have emerged in recent years, thus, it is urgent for the field to reflect and examine the direction of intercultural communication inquiry. Based on this strong demand of the field, the two dialogists in this paper review the past history, critique the present situation, and propose the direction for the future development of the study of intercultural communication. At the end, the dialogists emphasize the importance of intercultural education and training in broadening one's perspective and eliminating stereotypical perceptions in the process of intercultural communication.

Keywords: Critical paradigm, discovery paradigm, double-emic listening, intercultural communication inquiry, interpretive paradigm, shift of paradigms

基于本土化之上的跨文化融洽交流

——J.Z.爱门森《国际跨文化传播精华文选》的传播意图

刘　阳[①]

浙江工业大学

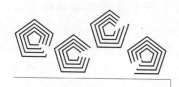

随着科技的进步和通讯工具的发展,信息技术以前所未有的速度突破时空、国界的藩篱,促成了人类文明各个区域的相互交流、沟通与传播。全球化使世界正变成一个地球村,其中各种文化之间的冲突和交融现象日益频繁。诚如萨姆瓦(Samovar)所言:"生产的流动性、不断增多的文化交流、全球化市场以及具有多元文化的组织和劳动力的出现——这些都要求我们掌握适应多元文化社会和全球村生活的技能。"[②]正是在这样的背景下,跨文化传播成

---

① ［作者简介］ 刘阳(Yang Liu),浙江大学传播研究所传播学博士,复旦大学新闻学院博士后,浙江工业大学广电系副教授。

② 请参见美国拉里·萨姆瓦等主编:《文化模式与传播方式》,麻争旗等译,北京广播学院出版社2003年版,第1页。

为学界研究的重点关注对象。从其发展来看,1959 年霍尔在《无声的语言》中首次使用"跨文化传播"一词,20 世纪 70 年代末,跨文化传播作为传播学中的一门独立学科正式形成,且自 20 世纪 80 年代初传入中国,受到了外语界、传播学界等多学科的关注。

在讲究软实力较量的国际传播竞争中,研究跨文化传播的重要性不言而喻。但遗憾的是,目前国内的相关研究尚处于起步阶段,在研究方法、研究范围、研究深度等诸方面还存在着一些明显的不足,如:(1)运用思辨式研究方法的多,基于定量研究方法和定性分析的实证性的论述少;(2)一般性介绍多,有分量的著作少;(3)我国跨文化传播研究者跨学科研究不够,限制了研究的深入;(4)研究中美之间跨文化传播的多,研究中国与其他国家之间的跨文化传播的少;(5)研究国际间跨文化传播问题的多,研究国内跨文化传播问题的少。①且至今国内尚无关于跨文化传播学的专门学术刊物,本土学者的论述专著也为数甚少。《国际跨文化传播精华文选》一书的面世可谓是改善此局面的强有力举措。

本书编译者 J. Z. 爱门森教授是美籍华人,为复旦大学、美国密西根州立大学博士,在周游世界、长期考察研究中积累了大量的第一手资料,并引进国外教学模式,集中精力在浙江大学等国内名校开设用双语教学的《跨文化传播》、《世界文化的比较研究与交流》等课程。同时,编译者还是国际发行的英文学术季刊《中国传媒研究》的创办人兼主编(该刊系国际上第一家全英文版的专注于中国传媒研究的刊物,汇集了国内外众多该领域的学术精英的作品)。在教学和创编工作中,爱门森教授深感国内跨文化传播学科研究资料的匮乏与研究现状的薄弱,是以精心遴选编译本书。书中选取了美国跨文化传播领域权威学者、东亚教育者和实践者、华人学者及非裔美国传播学教授的著述与采访实录,新见迭出,视野宏阔。书中所选文章各成体系而又具内在的逻辑连贯性,在东西方学术对话中建构起跨文化传播学科的批评理念,丰富了跨文化传播学的理论内涵,打破了欧美跨文化传播独霸学坛的局面,展现了自由、开放、多元的学术气象。这对于中国跨文化传播学科的理论建构及研究方法的探索具有莫大的借鉴作用,且在与国际接轨和如何保持本土化风格上显得尤为重要。

---

① 请参见关世杰:《中国跨文化传播研究十年回顾与反思》,《对外大传播》2006 年第 12 期。

致力于构建全球化的和谐传播技巧

该文选的前两篇论文着重阐述了在飞速发展的全球化时代,面对不可预见的未来,不同种族、不同肤色的人们应该学会互相尊重、互相理解并互相帮助。以此为基点,陈国明在《全球传播能力模式》一文中提出身处全球化浪潮中的人们必须培养并进而依靠全球传播能力模式,有效并创造性地进行现代传播与交流。他将全球传播能力模式定义为四个维度:即发展全球思维方式、展现自我、文化描绘和交际校准。怀抱着同样的期许,J. Z. 爱门森和 N. P. 爱门森教授从另一个更为宏观的角度出发,在他们的论文《世界文化和文化纷呈中的传播策略》里通过多层次的推理论证强调:从全球或泛人类立场而言,人类现有的知识与理解能力尚具有不完备和不确定之特性,具体的文化信仰领域亦是如此。因而,意识到这一局限的人们,尤其是一些举足轻重的政界领导人,亟需摈弃极端的文化分离思想,以人类现阶段认知的局限和世事万物的不可确知性来铸就文化兼容态度并付诸行动,避免不同民族及国家之间的武力冲突和互相伤害,达到世界文化纷呈交错间的融洽交流,并充实、完善跨文化传播学科。这些前瞻性的学术观点已在国际学术界绽放异彩,随着全球化进程的深化与推进,在不久的未来,文中的思想精华必将日益显现出其恒久强劲的生命力!

研究视角纠偏

在这个全球"范式"发生更替的时期,与社会科学与人文科学中的大多数研究领域一样,当代跨文化传播研究的有效性与等同性越来越多地在学术上受到敏感的非西方,尤其是东亚学者、教育者和实践者的质疑与批评。

在过去的几十年中,由于欧美等国在经济上的霸主地位,笼罩在后殖民语境阴影下的东方文化一直被动地接受着西方世界单向度的文化输出,北美中心的跨文化传播研究也一直被视为是泛文化的、具普适性的特征而被单向地、不经批判地加以推广。但时至今日,美国的本土学者也对此进行了反思:"作为一门研究领域,在美国和其他文化中建构和检验理论是跨文化传播发展过程中必不可少的环节。自始至终,我都坚信我们需要从不同的视角,包括从不同的文化视角,来建立各种跨文化传播的理论。"①在《美国跨文化传播理论综述》(一)、(二)两篇中,古迪孔斯特阐述了美国跨文化传播理论的历史演变,考察了跨文化传播理论发展过程中出现的问题,并梳理回顾了跨文化传播的各种理论,如传播中的文化变异性理论、侧重跨群体/跨文化有效传播的理论以及侧重身份协商或身份管理的理论等,提出未来跨文化传播理论发展过程中的问题,并着重强调中国"传播学研究的本土化方法应植根于具体的文化中"②,"理论一旦建立,就应该将之置于其本土文化中检验,采用与本土文化相应的方法"。③

其实,国内也已有学者敏锐地意识到这一研究局限,姜飞在其所著的《跨文化传播的后殖民语境》一文中就曾提出"跨文化传播学发展的合适方向就是首先要对由殖民主义时期以来的奠基于西方人类学基础上的思维方式进行批判,在全面检索跨文化传播学到目前为止的西方中心主义和殖民主义机制的前提下把跨文化传播引导到良性的、客观的发展轨道上来,使人类文化的发展重新回归到自我积淀机制和跨文化传播双重作用、协调互动的轨道上来"④,但缺乏进一步提炼模式和创造新说的能力。

与此相对,在《用东亚社会文化的视角与实践完善当代跨文化传播研究》、《人类传播研究的亚洲方法:回顾与展望》和《建立亚洲背景的文化与传播理论:一个假设性基础》三文中,东亚学者批判性地回顾了欧美中心传播学研究的不足(如过于强调以实践经验为依据的研究、缺乏历时的或者说历史的视角和方法),并对亚洲传播学研究方法进行了整理和重新描述,较之以欧美为中心的传播学术研究,阐明了亚洲中心传播学术研究的涵义,形成亚洲中心传播理论范式的三套哲学假设,用东亚社会文化的视角与实践来完善当代以欧美为中心的跨文化传播研究。

中国有着五千年璀璨光辉的历史文化,华夏文明是炎黄子孙取之不竭、用之不尽的智慧源泉。伴随着中国综合国力的强盛和国际地位的提升,寻求富有中国特色的跨文化传播理论、概念、视角和预设是至关重要的。编译者的专论《中华民族的文化精华:"工而自然"的人文境界和人文理想》突破欧美中心共时研究的局限,以历时的角度、历史的方法挖掘跨文化传播的价值与

---

① 请参见 J. Z. 爱门森编译:《国际跨文化传播精华文选》,浙江大学出版社 2007 年版,第 36 页。
② 请参见 J. Z. 爱门森编译:《国际跨文化传播精华文选》,浙江大学出版社 2007 年版,第 85 页。
③ 请参见 J. Z. 爱门森编译:《国际跨文化传播精华文选》,浙江大学出版社 2007 年版,第 86 页。
④ 请参见姜飞:《跨文化传播的后殖民语境》,《新闻与传播研究》2004 年第 1 期。

重要性,从广袤的中华传统文化中追本溯源,廓定"工而自然"的概念范畴和历史生成,并结合实际,强调"工而自然"的人文理想在跨文化交流中的现代意义。这一本土化的新颖创见在当下迷茫无序的业界研究中实为振聋发聩之音,具有不可低估的学术价值和奠基作用。

互文对话

在关于宏观理论建树的文章之外,《国际跨文化传播精华文选》一书中也有中观剖析与微观实践,做到理论联系实际,形成互文对话的和谐语境,有助于拓宽学术视野和研究视阈的作品。举凡高语境中的菲律宾文化到欧美等低语境中的媒介产业以及国际社会关注的艾滋、烟草等领域,均有涉猎,勾画出一幅世界范围内跨文化交流的宏阔版图,印证了跨文化传播的崎岖沟壑与艰难险阻。

《全球对话中的菲律宾的 Kapwa:一种不同的与"他者"共处的政见》是中观剖析的范例,在研究方法上提供了跨文化交流中的一种非简化的知识建构。该文在演示有关 Kapwa(意即一种自我和他者"互惠"的存在)的历史演变之时,强调它在菲律宾文化政治和传播互动中的意义,呼吁国际学界批判地审视这种知识建构的道德规范和政治见解。尽管菲律宾文化在世界上并不引人注目,在全球文化选择与文化互动的过程中,尚且存在着严重的交流媒介编码失误和交流媒介解码误读的问题,但从文化阐释学的角度来讲,跨文化交流就是采用己方文化视角去审视异域文化,并且在理解他国文化的基础上反观自身的文化。换言之,"与异域文化的接触过程是以面向世界的胸怀陶冶自我的过程,是认识己方文化和异域文化的相互依赖性以及了解异域文化在文化发展中的作用"[①]的过程。众所周知,"每个人的自身认同都具有文化性,不同的文化有着各自不同的视野,文化的不同性应该得到尊重。"[②]从这个意义上说,作为另一种本土化的研究方法,或许该文能提醒我们注意他者传播的权益。

《网络广告之现状》、《美国电视网争取受众和广告主的策略》、《抗争艾滋以备抗争烟草杀手:媒体讯息、宣导及更多》这三篇可说是微观实例的体现。

---

① 请参见梁镛、刘德章:《跨文化的外语教学与研究》,上海外语教育出版社 1999 年版,第 25 页。
② 请参见梁镛、刘德章:《跨文化的外语教学与研究》,上海外语教育出版社 1999 年版,第 33 页。

其研究方法是典型北美式的,注重量化分析和实证研究。《网络广告之现状》、《美国电视网争取受众和广告主的策略》等文中的大量数据均来自美国广电行业第一线,作者也是资深的业界人士,这些文章观点鲜明、针对性强,其中的建议具备较强的现实可行性;《抗争艾滋以备抗争烟草杀手:媒体讯息、宣导及更多》属于健康传播的范畴,该文抓住国际社会普遍关注的热点问题,结合中国的具体状况写就,强调媒体宣导在预防艾滋病传染上的影响力,并极力主张亚洲的相关媒体宣导运动需要超越美国式的个体型研究范式。

　　反观国内的跨文化传播研究,据学者调查,20世纪90年代以来,主要集中于十大议题:翻译中的跨文化、商业中的跨文化、跨文化交际、文学作品中的跨文化、旅游与体育中的跨文化、教育中的跨文化、跨文化心理、不同文化间的比较、跨文化传播、艺术中的跨文化传播。①近年来,又增添了一些新议题,如城乡跨文化传播问题、信息主权研究、东西方媒体跨文化传播障碍分析、跨文化传播的文化伦理等。相对来说,国内的研究大多集中在以文化、教育、交际为主的范畴内,大致以揭示表层现象、提出对策性建议为主要论述模式,理论建树方面乏善可陈,缺乏鲜明的针对性和前瞻性,鲜少有新见。事实上,跨文化传播研究的前沿进展一直敏锐地捕捉着时代变迁的敏感问题,观照现实正是其学术生命得以延续并不断向纵深发展的推进力。在这方面,《国际跨文化传播精华文选》或许可以给我们一些有用的启示。

强调本土化的跨文化传播教学

　　跨文化传播现今已然成为国际学术界的显学,而在中国则处于始温阶段。体察各国研究现状,可以发现基本都以欧美的理论模型与范式研究为主。这一方面是因为鲜有东方理论和东方模式可供教育者使用,另外也是因为大部分东方学者接受的是西方式传播学教育,研读的是西方学术体系中衍生的论著,因而不可避免地会在教学、科研中引进、应用和模仿西方第二语言习得的理论、方式和方法。为了更好地推进跨文化传播本土化,在人才培养模式和传播知识体系上进行积极探索,应当说是最直接也是最根本的方式之一。

　　该文选有针对性地采访了美国两位教育专家——密西根州立大学传播

①　请参见单波:《跨文化传播国际学术会议综述》,《武汉大学学报》(人文科学版)2004年第5期。

科学与艺术学院院长和霍华德大学约翰逊传播学院院长,两所院校在跨文化传播专业的教育形式上各有侧重:密西根州立大学传播科学与艺术学院以学术研究为长,尤其在健康传播、信息技术和大众传播等前沿领域内领先;约翰逊传播学院致力于教育和培训合格的非裔美国人及其他有色人种从事传播事业,其颇具特色的教学方式令人印象深刻。学院舍弃美国主流教材,根据自己的教育目的和教学计划自编教材,着力培养非裔美国人的民族自豪感。这一教改举措成效显著,教材汇编所成《分裂的形象:大众传媒中的非洲裔美国人》一书于 1995 年被美国新闻与大众传播教育学会评为 20 世纪 35 本最有影响力的大众传播书之一。同时,访谈还涉及办学理念、学生就业、课程设置、师资配比等多方面问题,集中聚焦于特色化、本土化的教学思路及产、学、研相结合的办学方针。反观国内,当下新闻学、传播学的学科建设突飞猛进、日新月异,学科点越建越多、从业教师队伍日渐膨胀、学生人数急速扩张。然而掩藏在这虚假繁荣表象下的真实情景却是专业教育同质化现象严重、教材西化、本土特色模糊甚至缺失,这不能不说是一种警醒。

体例编排特色

《国际跨文化传播精华文选》虽由各自独立的 15 篇文章组成,相互之间看似毫无关联,实则钩联繁复,具有内在的逻辑连贯性。整部文选的编排思路恰如开篇《世界文化和文化纷呈中的传播策略——一个致力于跨文化融洽交流的计划》所倡导的世界文化课程内容的具体设置一样,在局部精巧细致而整体兼容并蓄的基础上,构建起一套立体、交叉、开放的理论话语,并由此形成一个互文参照、前后应和、学养丰厚的思想场域。

在《世界文化和文化纷呈中的传播策略——一个致力于跨文化融洽交流的计划》中,编译者 J. Z. 爱门森教授首先指出以人类现阶段认知的局限和世事万物之不可确知性来铸就文化兼容态度,避免不同民族及不同国家间的不断冲突和互相伤害,以达到纷呈文化间的融洽交流。接着爱门森教授又从宗教哲学、自然科学等范畴中的概念出发来阐明人类理解能力的局限,提议建立一个包容自然科学、人文科学的专业知识并强调人类理解能力局限性的跨文化交流计划,最后特别说明艺术在世界文化课程组合中的地位。综观整部文选,第二篇专论《全球传播能力模式》尝试对全球传播能力加以定义,从发展全球思维方式、展现自我、文化描绘和交际校准这四个方面出发,在全球化社会中进行有效成功的传播活动;古迪孔斯特的《美国跨文化传播理论综述》（一）、（二）和《用东亚社会文化的视角与实践完善当代跨文化传播研究》、《人类传播研究的亚洲方法：回顾与展望》和《建立亚洲背景的文化与传播理论：一个假设性基础》等五篇文章就跨文化传播的研究视角展开学术争鸣，各抒己见而自成一体，互文参照。以编译者 J. Z. 爱门森教授倡导的跨文化交流计划来看，这不啻是人类认知在跨文化传播研究视角上的局限；《中华民族的文化精华："工而自然"的人文境界和人文理想》则是对这一学术争鸣的本土化总结与提炼，对国内跨文化传播理论的构建而言意义重大；《全球对话中的菲律宾的 Kapwa：一种不同的与"他者"共处的政见》、《网络广告之现状》、《美国电视网争取受众和广告主的策略》、《抗争艾滋以备抗争烟草杀手：媒体讯息、宣导及更多》等四文涉及跨文化传播研究的多个领域，是文化纷呈的具体体现；《与著名新闻传播学院院长面对面——美国密西根州立大学传播科学与艺术学院院长查尔斯·萨门访谈录》、《聚焦非裔美国人的经历——访霍华德大学约翰逊传播学院院长詹尼特·黛丝博士》是编译者提倡的世界文化课程的局部地区实践；《杰克逊·波洛克的滴色画与伊斯兰宗教艺术》则是绘画这一艺术门类在跨文化传播领域中超越语言障碍的具体尝试。

不得不提的是，编译者在精选优秀论文，架构体例的同时，始终以本土化理念统领全局。无论是理论话语抑或访谈实录，皆或隐或显本土化这一意旨，编译者意欲为中国跨文化传播学科贡献一己之力的拳拳之心可见一斑。跨文化传播涵盖领域深广，涉及众多学科，且极易滑入话语霸权、媒介帝国主义、后殖民等先在理论的误区，导致偏狭种族主义的论战。编译者在筛选过程中跨越意识形态和文化语境的鸿沟，以公正、客观、包容的姿态使"西学"东渐，以"对话"的形式应对西方显学的强势，以便最大程度地还原跨文化传播学科的内在文化视景。编译过程繁杂艰苦，定有不少不足为外人道的艰辛。研读本文选，从背景介绍、书目注解直至某个细小概念的译法，编译者都力求还原真实并遍访名家，从中不难体会编译者的良苦用心和求真务实的科研态度。在国内众多的传播学译著中，该文选或许没有系统地介绍理论言说和名家流派，但它却涵盖了大量原创性的学术见解，理论思辨色彩浓厚，而且在具体的教学实践与办学理念上也颇多新颖创见，实为其中难得之佳作。

掩卷深思，不由沉浸在作者构建的浩瀚宏阔、蔚为可观的跨文化传播世界中。的确，由于文化理念、宗教信仰的差异，同处地球村的人们有过争议、械斗甚至战争，但解决矛盾、隔阂的方法已经由极端转向对话、协商和合作。

联系发生在我们身边的例子,比如说,北京 2008 年奥运会展现了求同存异、和谐共存的跨文化传播意旨。正如荷兰著名的文化人类学家皮尔森的预言,21世纪"将是一个有许多个经济中心、科学中心,以及更为重要的文化中心的多元性世界"①,进入这个文化中心的前提条件是要看我们能否在传统文化中窥见一些与全球化趋势共融的质素,并通过现代化手段使之发扬光大。同时,坚持"和而不同"的传播策略,凸显本土化特色,因为本土化就是最好的国际化! 要达至跨文化融洽交流的理想状态,应如编译者在封面上的题语:地球就象一叶扁舟,在广袤无垠的太空中运行。坐在这小船上的人们只有学会相互接纳、相互理解、相互宽容,和平共存、同舟共济,这小小的宇宙船才能逍遥遨游于无限之中!

BOOK REVIEW

* *

Harmonious Intercultural Communication
Based on Localization
——Communication Intentions of J. Z. Edmondson's
Selected International Papers in Intercultural Communication

(Zhejiang University Press, Hangzhou, 2007), 279 pp.
Liu Yang, Zhejiang University of Technology

---

① 请参见 C. A. 冯·皮尔森:《文化战略》,中国社会科学出版社 1992 年版,第 263 页。

中国大陆企业在德国的国际扩展及其市场进入模式中所体现的文化语境

格雷戈尔·米罗斯拉夫斯基（Gregor Miroslawski）[①]
德国德累斯顿国际大学

[摘 要] 在文化与商业的国际化问题方面，大多数当代研究关注的是来自西半球的公司如何进行国际化发展。当中国大陆出现在全球市场上时，这种情况尤为明显。大多数研究考察了西方公司进入中国大陆时的市场进入模式，却很少有人关注中国大陆企业不断加速的国际化进程。本文以中国大陆企业进入德国的情况为例，考察了中国文化的基本因素及其对中国大陆企业进行国际扩展的影响。本文作者的定性研究显示出，中国核心文化因素对中国大陆企业进行国际扩展的方式有明显影响，中国大陆企业已经意识到文化对其进入外国市场的重要性。

[关键词] 中国大陆企业，中国，国际化，市场进入，德国，中国文化，文化的角色

① [作者简介] 格雷戈尔·米罗斯拉夫斯基（Gregor Miroslawski），德国德累斯顿国际大学国际传播商业传播博士，曾在美国、埃及、印度尼西亚等多国学习工作，任 Wühlmaus 学生报主编等。本文系作者由弗里德里克—诺曼奖学金支持的博士论文章节。

各国公司通过进行跨国并购、合资和设立子公司来实现业务扩展，是全球化的巨大推动力之一。你可能已经想到了，这些联系会给全球性工作者们带来一种标准化的集体文化、一种全面的混合语言。不过，文化的冲突仍在继续，甚至更为复杂多样了。(Altman，2006)

在过去若干年中，中国成为了世界上经济发展最快、最受跨国公司青睐和最具市场潜力的国家，全球都为之瞩目。当代管理学试着与中国经济的快速发展保持同步，针对中国的发展进行了一系列研究。不过到目前为止，大多数人还只是将注意力放在制造产业上，很少有人从国际发展、生产和销售新优产品及服务的角度关注中国的发展和中国的企业。这是因为，中国大陆企业当前还未能以足够的力量掌控这些变化，也未能在国际商业舞台上成为举足轻重的角色。不过近期的发展显示，中国大陆的公司正努力奋进，在技术、营销和管理技能等方面赶超西方公司。

到 2006 年 7 月底，中国大陆的公司已经参与了价值 620 亿美元的并购项目，其中有 93 亿美元用于进行海外收购——而 2005 年只有 23 亿美元("Playing at Home"，2006)，其国际化进程正在加速。毫无疑问，中国的经济实力将在未来进一步增强。很少有人注意到：在进军外国市场时，中国的公司是否认识到了文化差异问题以及文化差异带来的挑战，他们又是如何应对的。

中国文化与传播

儒家、道家和佛家学说处于中国文化基本信仰和价值观的中心。而这些基础信仰与价值观又影响着中国社会的社会结构，即家庭、社会网络与族裔，因此，它们为中国大陆企业的国际扩展提供了一种解释。要想理解中国的文化，人们需要懂得这几种不同的哲学之间相互依存的关系和这几种哲学对中国人的行为与传播所造成的影响。

霍夫斯泰德(Hofstede，1994)在其文章中定义了权力距离指数(PDI)、不确定性规避指数(UAI)和个人主义与集体主义(IDV)。本文选择这三种文化维度展开进一步探讨，因为它们与下文所论析的中国文化的独特地位以及对市场进入模式的选择有很大的关联。

综合中德两国在权力距离指数(PDI)^①、不确定性规避指数(UAI)^②这两种文化维度中的位置,以及 Mintzberg^③ 的"组织构型理论"(configurations of organizations),我们可以发现中德两国在组织模式(organizational models)方面的差异(见图一)。虽然两国在不确定性规避指数(UAI)方面得分相对接近,但是两国在组织模式方面的差异还是比较明显的。中国的组织模式侧重于追求以一名领导者处于等级制度之巅的简单结构。领导者设定了组织的秩序与规则,希望地位较低的下属加以遵守。通过对组织的各个阶层和各种活动进行直接的管理,这种组织的战略顶点(strategic apex)成为组织中最重要的部分。这种组织模式直接源于中国文化特性:权力距离较大;在模糊的环境中需要清晰而具决定性的领导权,并由处于组织巅峰的领导行使该权力。

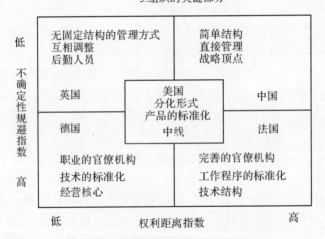

图 1 "首选的组织构型与协调机制"

备注:修改自 Hoecklin,Lisa. *Managing Cultural Differences: Strategies for Comparative Advantages*. Harlow,England: Pearson Education Limited,1995.67.

---

① 权力距离指数(PDI):中国—80;德国—39。
② 不确定性规避指数(UAI):中国—60;德国—65。
③ 译者注:亨利·明茨伯格(Henry Mintzberg)是经理角色管理学派的主要代表人物,是当今世界上最杰出的管理思想家之一,是美国战略管理协会的创始人和前任主席。他的研究主要集中于一般管理与组织理论,特别是有关管理工作的性质、组织的形式与策略组织的过程。

相比而言,德国文化偏重于职业官僚机构式的组织结构。德国文化认为,不同的文化成员之间是平等的。这种文化倾向在组织成员之间通过技术的标准化得到了反映。与中国文化相反,德国文化并不向往一人独占领导地位,而强调技术的标准,于是一个公司的经营核心(operating core)就成为了组织的关键部分。德国组织模式并不像中国那样关心个人层面的东西,而是将重点放在组织任务的非个人表现和一个受过高级训练的职业官僚机构的处理方式上。这样的官僚机构在组织中受到清晰而明确的处理规则和指导方针的支持。而其他国家,如法国、美国、英国,由于"权力距离"和"不确定性规避"等文化指数的不同而拥有不同的组织形式(Hoecklin,1995)。

如果对霍夫斯泰德的其他文化维度加以关注,我们就会发现,中德两国在个人主义与集体主义(IDV)①方面的差异有可能阻断中德两国的交流。集体主义社会将集体的利益放在个人利益之上,集体中的成员之间相互照顾,不能容忍个人分裂性的信仰。德国人会在讨论中公开他们的观点,然后达成集体意见的共识。而中国人则较少地在集体中、在领导面前说出自己的意见,这是因为他们要在集体中维持和谐、维护集体领导的权威。在一个权力距离较大的文化中,对集体领导人权威的尊重与自身所处的权力地位有关。

霍夫斯泰德指出,个人主义与集体主义(IDV)与权力距离指数(PDI)之间有一种负面的联系。即在个人主义与集体主义(IDV)得分高的国家在权力距离指数(PDI)方面得分低,反之亦然。Redding 补充道:"权力距离较大的国家还表现出较高的集体主义,权力距离较小的国家则通常表现出个人主义。"(1990,p.62)霍夫斯泰德和 Redding 的说法适用于中国(权力距离大,集体主义)和德国(权力距离小,个人主义),我们可以从两国在个人主义与集体主义(IDV)与权力距离指数(PDI)上的得分看出来。霍夫斯泰德写道:"在一个成员依赖于'内部人'(ingroup)身份的文化中,其成员通常也会依赖于有权力的人物。大多数大家庭(extended families)都具有家长结构,由家庭的领导人担任强有力的道德权威。"(1994,p.55)

霍夫斯泰德的"权力距离"文化维度和儒家所说的"孝道"之间还存在着另一种关系。"孝"有"上下级关系的合法性在个人层面的确立"的意思(Redding,1990,p.62),必须永远服从上级,对权威的任何公开挑战都是不被允许的。这一定义几乎与霍夫斯泰德对"权力距离"文化维度的定义相同(Red-

---

① IDV:中国-20;德国-67。

ding，1990）。因此，可以把这些文化维度看成一回事。

对于"内部人"和"外部人"，中国人会采取不同的传播方式。中国人往往很清楚不该对外部人说什么，而对内部人保持相对诚实。无论是谁，只要他有"内部人"的身份，他就可以接触到集体的资源与信息；其他集体成员会以真诚的传播方式对待他，并给与一定的信任。"外部人"不能得到同样的待遇。这种对待"内部人"与"外部人"的差异类似于霍夫斯泰德所说的"集体主义社会中一个组织的成员给予其他成员的忠诚、尊重和信任"。

"关系"的概念与"集体主义"以及"内部人—外部人的传播方式"息息相关。在集体主义文化中，人们属于集体，被灌输以集体的价值观和目标；这些在集体成员之间建立起一种联系。通过分享秘密信息（内部人—外部人的不同传播方式），封闭的集体内部建立起"关系"（集体主义）。"关系"在中国社会中的普遍性植根于这样的情况：中国人不信任外来人，只信任他们认识的或是已经经过介绍的人。这同样适用于在中国国外的社会网络的建立，以中国的族裔、友情关系/血缘关系的网络为基础（Luo，2000）。

对于中国的传播概念以及源于集体的社会地位来说，"面子"处于中心地位。一个人越有面子，他在集体中的地位和身份就越高。因此，一个人的地位依赖于集体，依赖于他与其他集体成员所分享的关系及传播活动。如果说集体的判断/观点对于个人及其社会地位来说至关重要，那么面子必然扮演重要角色；于是，面子成了集体主义社会中的重要部分。中国的情况就是这样（Gao & Ting-Toomey，1998）。

中国属于高语境文化，而德国属于低语境文化[①]。就 Victor 看来，"一种文化的高语境特征越是明显，其成员越是重视保住面子"（1992，p. 160）。给面子或是保住面子的需要带来了对集体中地位高者或是领导者的服从，这也是权力距离较大的社会和集体主义社会的特征之一。将"面子"和文化语境结合起来看，我们会发现，中国处在语境的高端而德国处于语境的底端（Victor，1992）。因为中国文化属于高语境文化，因此中国社会更强调建立、维护和增长"面子"。对比而言，德国文化属于低语境文化，因此很少考虑面子的

---

① 译者注：美国学者爱德华·T.霍尔（Edward T. Hall）根据信息传播对于环境的依赖程度，提出了在宏观文化中高语境与低语境文化的问题。他将文化划分为高语境文化（high-context culture）和低语境文化（low-context culture）。高语境文化中，信息的意义寓于传播环境和传播参与者之间的关系中，亚洲国家的文化多属于高语境文化；低语境文化中信息的意义通过语言可以表达得很清楚，不需要以来环境去揣摩推测，欧美国家大部分属于低语境文化。

维护。因此,中国人非常强调个人在集体中的地位,强调在面对内部人和外部人时通过有区别性地组织传播行为,利用共有的语码来适当地传递信息。认识到这一点很重要。

因此,如果在某种传播环境中,人们既来自于高语境文化又拥有共同的背景,那么信息就会顺畅而有效地传递,有助于在各方之间建立起"关系"。不仅如此,他们还更易于相互信任,使用一种内部人的传播方式来进行相互传播。由于在高语境文化中,集体中的个人必须通过交流,花费大量的时间才能组织起必要的语境水平,从而与其他成员进行信息与意义的交换;所以,高语境文化一般来说也是集体主义文化。

图 2 展示了中国传播和文化的三个不同维度层面。中国文化的基础信仰是儒家、道家和佛家学说。这些基础信仰影响着中国社会的社会结构,即:家庭、社会网络与族裔。这三种社会结构相互交叠的部分,组成了中国人的核心文化行为特点和传播行为特点。各个传播和文化因素/维度(关系、高语境、内部人—外部人的传播方式、集体主义、面子、孝/权力距离)之间相互影响。

内部人—外部人的传播意味着中国人在传播活动中对待认识的人和不认识的人有不同的方式。对外部人的区别对待同样是集体/集体主义社会的突出特点。集体主义要求其成员有共同的语言和行为。因此可见,高语境传播是中国社会的特点。通过高语境传播得以表达的集体主义与"关系"(guanxi)——即一种互惠—连接的建立和保持——互为因果。通过尽可能地良好表现,可以使别人更有面子。

由于面子的概念涉及个人的价值,因此它在高语境文化和集体主义社会中尤为重要。面子可以通过关系获得,不过它也要通过严格服从地位较高者和家族领导者(即"孝"和相关的权力距离文化维度)来加以维持。上面列出的中国人传播文化行为各个特点都是相互依赖、相互联系的。这些因素对中国人的行为做出了说明和解释。中国的社会结构(家庭、网络和以族裔为基础的组织结构[比如中国的商会])为这一行为提供了基础和证明。中国社会结构与行为的潜在力量是儒家、道家和佛家的信仰和价值观。

本节关注的是对中国的文化行为和传播行为起着控制作用的潜在原则和价值观。这些原则与价值观指导着华人的商业行为:从管理风格,到组织特点,再到华人企业在国际化过程中对社会网络的利用。

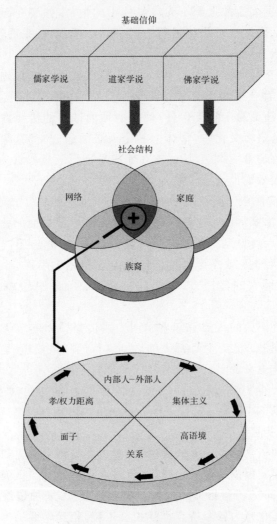

图 2　中国文化特点和传播特点的维度分析

华裔/海外华人企业的扩展

目前的情况

现在,中国的中小型私有企业(SMEs)正准备进军海外。"目前,中国在海外的企业大多数是国有大型企业(SOEs)。有迹象表明,虽然大部分非国有企业是中小型公司,但他们现在正雄心勃勃,要跟随国有大型企业闯入国际市场。"(Wong & Chan,2003,p. 297)

可以预见,中国大陆中小型企业的扩展与海外华人的企业的扩展会有类似的形式,这是由文化的类同以及华人中小型企业所处的地位决定的。由于海外华人和生活在中国大陆的中国人拥有共同的文化因素,比如面子、集体主义和儒家学说,因此我们有理由认为大陆人与海外的华人华侨拥有类似的思维与行为方式。这种类似同样可见于大陆企业与华人企业的结构与行为中。

M. J. Chen 说,中国大陆这些私有的、家族经营的企业"与典型的海外华人的企业相似,他们决策迅速,注重成本,债务股本比(Debt to Equity Ratios)低,通过人际网络与国内的其他类似组织相联系"(2001,p. 164)。对家族的重视是这种华人企业的一个显著特点,这在中国大陆也是一样。同样的情况还见于大多数中国大陆企业中个人主义和独断的管理风格。只要有可能,会在不同于起家行业的新商业领域进行机会主义的多角化经营的情况也差不多。最后但并非最不重要的一点是,经营多角化使得中国公司可以让华裔的企业融入自己公司的网络,并建立起一种互负恩惠和互相回报的关系。

不过,中国的计划生育政策极大地减少了普通家庭的成员数量。因此家庭成员参与家族生意的数量也相应减少。于是,家族生意不得不求助于亲戚朋友来对家族企业进行管理和维护。这就是为什么虽然中国家庭传统仍然强大,但 M. J. Chen 却说"中国的企业会有别于海外华人的家族模式,并制定出自己的发展与改革之路"(2001,p. 42)。

海外华人的生意网络与中国大陆紧密联系,因此大陆的生意融入这种网络指日可待。出于互信互惠的关系、网络的类同和对网络成员的保护,中国大陆的中小型企业可以利用海外华人生意网络的同样优势,来获得组织资源、能力、资本与信息并且减少交易事务成本。中国大陆的中小型企业基于族裔、关系、友情等因素融入海外华人生意网络，将为中国大陆企业的扩展提供便捷与动力。因此，我们可以预见到全资子公司将在关系和网络的帮助下建立。

与海外华人的企业一样，中国大陆的私有企业在刚刚开始做生意时缺乏营销技术。因此，中国大陆的私有企业需要进行技术、专业知识和管理的并购(M&A)。若想从跨国公司获取技术、在海外市场取得最初的立足点并学着在国外工作，合资公司和公司联盟是比较好的方式。这种说法得到了Wong和Chan的支持，他们发现"中国公司由于缺乏金融资源、缺乏对当地情况的了解、想要将各种风险最小化、或是想利用当地合作者覆盖广阔的分销网络等等原因而与外国公司进行合资"(2003,p.294)。在并购方面，中国的私有企业(Wong & Chan,2003,p.294)：

- 对国外的公司加以并购从而获得先进技术、提高中国产品的质量；
- 利用并购作为集资渠道；
- 在发达国家凭借成熟的法制体系进行并购。

总之，中国大陆的中小型企业似有赶超海外中国企业的势头。中国大陆的中小型企业由家族经营，家族成员占据重要职位。这种公司容易去尝试进入新的经济领域开展多样化经营。在国际扩展的过程中，这种公司植根于正式和非正式的华人(中国大陆和海外)人际商业网络，并对之加以利用。也就是说，他们利用这种网络来建立全资子公司。此外，在全球化的驱动下，中国大陆的中小型企业将合资或并购作为获得市场、技术、专业知识和管理技术的首选方式。所以，中国大陆企业与海外华人企业相似，在向国外扩展时采取相似的策略、遵循类似的步骤。

中国大陆企业国际扩展的理论框架

投资发展途径理论(IDP)

Dunning和Narula提出的"投资发展途径理论"(IDP)是与宏观经济层面上对企业国际化的分析，并以一国企业的国际化来分析这个国家的国际化有关的。Dunning和Narula认为一个国家会经历投资发展途径的五个阶段；在第五阶段，各国几乎生产同样的产品，提供同样的服务，进行同样的投资，仅仅是为了效率增益(efficiency gains)的目的，最终所有的国家会达到一种平衡。在一开始,对外直接投资(ODI)并不存在;到了第四阶段,对外直接投资比吸收的外国直接投资(foreign direct investment,FDI)增长更快,使得净对外直接投资额(net outward investment,NOI)为正值。到了第五阶段,净对外直接投资额在零附近波动,这取决于外国的跨国企业(MNEs)是否认为国内的效率增益切实可行,或取决于投资发展途径上处于较低阶段的国家所采取的寻求投资的战略;其结果导致净对外直接投资额(NOI)为负值;或者说,效率增益可在海外实现,同时净对外直接投资额(NOI)增加。此外,一个国家的投资发展路径越接近第五阶段,则国内的跨国公司之间发生的交易就越多;我们可以得出这样的假定:公司从所有制特定优势——区域性优势高过知识性优势,转向了交易性优势,这种优势是内在化特定有利条件下产生的(Dunning & Narula,2002)。

在过去的 30 年中,人们认识到有三个因素对于一个国家的发展和经济重建至关重要(Dunning 和 Narula,2002,p.13):

(1)外国直接投资(FDI)的类型;

(2)本土资源的结构和特定国家的能力;

(3)政府所追求的宏观经济和组织政策。

Dunning 和 Narula 对五阶段模式的概念进行了进一步的论述,他们认识到,经济与商业的环境、情况与因素都在过去若干年中发生了变化。过去,外国直接投资(FDI)中的跨国企业(MNEs)力求更好地利用或组织现有的竞争优势;而如今,跨国企业越来越多地希望获得新的竞争优势或是保护已有的竞争优势。是否并购(M&A),取决于(Dunning & Narula,2002,p.15):

- 改革成本增加,进入不熟悉市场的成本增加;
- 竞争压力迫使成本更具竞争力;
- 对互补型技术和规模经济、范围经济的需求增加;
- 保护或推进全球市场;
- 需要压缩改革时间或市场进入过程。

因此,"这种获取外国直接投资(FDI)的战略资产意味着,公司将从一个弱势的地位进入对外的 FDI;由于一个国家的资源和能力给外国跨国公司提供了竞争优势,于是可以吸引 FDI 到国内来"(Dunning & Narula,2002,p.15)。寻求投资的战略资产将带来对外直接投资(ODI)的增加,尤其是正在快速发展的半工业化国家。对外直接投资(ODI)的目的是建立一个市场。来自发展中国家的公司往往缺乏足够的资源和能力来扩展自己的市场,于是选择参与 FDI、小规模的合资及其他合作形式。总之,由于来自发展中国家的跨国企业想要加快自己进入全球市场的步伐,因此,寻求投资的战略资产的存在会给工业化国家带来对内投资的增加,会给正在发展的半工业化国家带来对外直接投资(ODI)的增加(Dunning & Narula,2002)。

　　2005 年,中国的对内投资额再创新高,为 724 亿美元;而对外直接投资额为 69.2 亿美元。总的来说,地区优势在于巨大的劳动力市场(或有技术或无技术的劳动力)和较低的制造成本。此外,政府正在推动中国企业在海外的投资。中国的企业也正越来越多地渴望获得寻求投资的战略资产(见表 1)。

表 1　过去几年中中国大陆企业的并购案及其他 FDI 情况纵览

企业	国家	投资时间	投资额(百万美元)	项目/资产/投资
中石油	哈萨克斯坦	2003	426	购买油田
	阿尔及利亚	2003	245	投资 Adrar 的油田项目
	利比里亚	2002	175	购买油气田
	印尼	2002	430	购买油气田
	印尼	2002	216	购买油田资产
	苏丹	90 年代至今	2730	投资不同的油田发展项目
TCL	法国	2003	66	与阿尔卡特合资手机业务
		2004	278	与汤姆森合作 TV 业务
	德国	2002	8	收购施耐德电气
	印度	2000	＞20	与 Baron 合资组建彩电厂
中海油	印尼	2003	585	向 Repsol YPE 公司购买油田
			275	向英国石油公司购买 Tangguh 油田 12.5% 的股份
	澳大利亚	2002—2003	248	投资两个液化天然气发展项目
中航油	新加坡	2004	27.4	投资新加坡石油 20.6% 的股份
海尔	美国	1999	30	在南科罗拉多州建立生产设施
	巴基斯坦	2001	9	建立海尔工业园
	意大利	2001	7	收购冰箱制造商 Menghetti

　　备注:见 McKinsey."China's Businesses Go Global." Launch Event Presentation Asia House Opening. Frankfurt:McKinsey,2004.9—10.

　　中国缺乏重要资源(比如品牌、技术、专业知识),而中国的公司就从这样的不利位置走向世界。中国的公司通过并购寻求投资的战略资产,以确保进入全球市场。

我们已经可以从 TCL 和联想身上看到以科技为主导的制造业新趋向。进一步说,我们可以看到中国在其他发展中国家(处于第一、第二阶段的国家,比如印度尼西亚)的投资。中国已经处于第三阶段,这使得拥有特殊所有权特定优势(specific ownership-specific advantages)的外国公司和本国公司在中国的本土市场上展开了激烈的竞争。比如说,联想和 TCL 在消费电子产品方面与西门子、索尼等国际品牌在中国国内市场展开了直接的竞争。

总之,Dunning 和 Narula 的"投资发展路径理论"(IDP)指向所有权特定优势(Ownership Specific Advantages)、内部化特定优势(Internalization Specific Advantages)和区位特定优势(Location Specific Advantages)等的重要性和相互作用,指向对内 FDI 对于对外 ODI 的发展以及中国企业国际化进程的重要性,为解释中国企业的扩展提供了一种理论框架。

网络与中国的对外 FDI

Yang 提出了一种网络理论来解释中国大陆企业的国际扩展。Yang 质疑 Dunning 和 Narula 提出的"投资发展路径理论"(IDP)是否适用于中国。Yang(2003)认为"与 IDP 相对,对外直接投资的出现和发展相互一致"(p.5)。Yang 进一步提到 2001 年底中国的 FDI 总额达 295 亿美元(2005 年底为 517 亿美元),他总结道:"这些特点说明中国的对外 FDI 跳过了投资发展路径的整个第一阶段和第二阶段的一部分,现在已经进入第三阶段的早期。因此,中国对外 FDI 的发展过程很难用投资发展路径模式来解释"(2003,p.5)。所以,完全用"投资发展路径理论"(IDP)来解释中国对外直接投资(ODI)的发展和中国企业的扩展动力是不恰当的。

Yang 进一步详述了他对 Dunning 和 Narula "投资发展路径理论"(IDP)的批评。Yang 解释说,投资发展路径模式是基于享有充分的所有权优势;这在本章的前面已经论述过了。而 Yang 认为(2003,pp.36—41):

(1)中国的公司比较小;

(2)中国公司在研发方面比较薄弱;

(3)中国公司急需技术革新;

(4)中国产品的质量还不尽如人意;

(5)中国的公司从整体上说管理较差;

(6)中国的公司缺乏管理效率、生产效率和团队合作能力。

来自中国的对外直接投资(ODI)势头强劲,这与 IDP 模式所叙述的情况相反,令人感到十分意外。不仅如此,中国的主要投资对象是美国、加拿大和澳大利亚,这与一般的 FDI 理论相对。一般的 FDI 理论认为,在国际扩展的第一阶段,一个国家会将资金投向在地理和文化上比较接近的国家。总之,中国似乎跳过了 Dunning 和 Narula 所说的头两个阶段(Yang,2003)。Yang 总结道(2003,p.47):

中国的对外 FDI 表现出两种明显特征:在相对短的时间内迅速扩张,地理上高度集中于美国、加拿大和澳大利亚。对中国的对外 FDI 进行深入考察就会发现,中国的公司并不拥有明显的竞争优势,尤其是考虑到中国的海外直接投资以发达国家作为主要对象。因此,中国的对外 FDI 很难用已有的、源自发展中国家的 FDI 理论来解释。对于中国的对外 FDI 模式,利用主流理论很难给出一种很有说服力的解释,这要求我们以不同的方法来看待问题。

Yang 提出用 Johanson 和 Mattsson 的"网络理论"来解释中国的 FDI,从而为中国的对外投资提供理论框架。网络理论对公司的国际化问题进行了探讨,可概述如下:

经济行为包括两种组织方法(价格和等级)和三种机构(市场、网络和公司)。母公司及其子公司,无论是全资的还是合资的,都可以组成一种网络。网络是一种节点模式,每个节点之间都相互联系。每个节点代表一个商业实体,比如说,一个公司。每个公司都处于一种消费者、供货商、分销商等组成的关系网络中,又与供货商的消费者、供货商、分销商等产生间接的联系。一个公司可以通过在自身所在的正式和非正式的网络进行交换,从而获得网络中其他成员的资源。网络的不同成员对于网络中的商业活动、资源和其他成员有不同的看法。资源可以是物质性的,比如生产设备;也可以是非物质性的,比如国别知识和信息。网络可以通过减少不同公司间的沟通障碍来降低管理成本,节约交易成本。传播信息、确保质量和减少信息成本可以直接节约交易成本,促进公司更为积极地参与到网络中来。商业网络的特点包括:分工细化、网络中的各公司资源互补以及网络本身的相对稳定。在国际化的过程中,公司可以利用网络资源来接近和进入外国市场,加速公司的国际化过程。

一个公司的国际化过程可以分为三个建立和巩固国际关系的阶段(Yang, 2003,p. 55):

- 在新的国家中建立与公司的关系(国际扩展);
- 对既有外国网络的承诺保证增加了(纵深);
- 在不同国家的网络中对位置加以整合(国际整合)。

参与网络可以从两方面带来成本的降低。首先,网络节约了交易成本;第二,网络降低了管理成本。成本的节约源于网络中经济边界和管理边界的重合。这种存续于网络中的关系降低了传播信息和确保质量所需的成本。不仅如此,网络还可以带来联合研究、营销或生产等方面的规模经济和范围经济(Yang,2003)。现在的问题是,如何在网络中利用 FDI;从网络的角度说,参与 FDI 的动机是什么?

> FDI 可以定义为:资源被承诺用来在外国创造、建设或获取利润的一个进程。这个进程是为了使投资公司能在其国外网络内的同行关系中确立和发展有利地位。在投资公司的全球商业网络中,一个 FDI 项目就是一个网点(初期投资)或是对已有网点的提高(随后的增量投资)。这种网点不仅连接公司内部的不同商业活动,而且将这个公司的商业网络连接到投资对象国家的市场网络中。

因此,FDI 的目的是在外国创建(子公司)、建设(扩展或接管合资)或获得资产(并购),并且将节点接入公司的本地和全球网络。就 Yang 看来,对于商业网络来说,FDI 的以下三种动机至关重要(2003,p. 77):

- 在资源交换和资源共享方面,充分利用网络优势;
- 通过市场增进交易;
- 在网络中提升公司的地位。

以上的连续过程说明,利用 FDI 的目的是对网络进行延伸、扩大或整合。一个公司在外国进行 FDI,基本上就是对这个公司的网络进行投资。通过 FDI 进行网络扩展,意在扩大已有的节点/项目,开始新的 FDI 项目,比如说在不同的地点改变所有权结构或在已有节点的基础上设立新的投资项目。对网络进行整合的 FDI 意在组建和提升一个公司的全球商业网络(Yang,

2003)。不过,网络模式依赖于市场和自主公司的存在,它们是网络应用的先决条件。

通过 FDI 建立外国的子公司,就是在子公司和母公司之间建立网络。Yang 说道:"通过这些网络,信息、技术和自然资源可以更为顺畅地在相关公司中流动……这些投资带来的直接好处是交易成本的节约和效益的提高。间接的好处包括投资公司市场力量的加强。"(2003,pp. 158－159)

就像 Yang 在上文中观察到的一样,中国公司在研发方面比较薄弱,急需技术革新。因此,中国公司进行国际扩展的动机之一就是获得寻求投资的技术。从网络理论的角度说,"中国投资者有这种动机是很自然的"(Yang,2003,p. 153)。新的海外投资项目就像一个节点,让公司拥有信息的内部流动,使公司可以在一个较短的时间内收集和处理本地信息。Yang 说:"FDI 是一种在本质上无法系统化、编定下来的知识,我们需要密切的接触以获得信息。因此除了 FDI 之外,别无他选。"(Yang,2003,p. 154)从整体上说,中国公司在管理和管理效率方面的地位不高。不过,通过进行海外投资、在西方的管理风格和管理原则中得到锻炼和体验,中国的公司就可以跨越这些障碍。生产技术也是这样。不仅如此,在外国环境中建立节点和进行活动也会给公司带来网络地位的提高,并由此促进公司的生意(Yang,2003)。

中国的公司还通过对外投资获得自然资源的开发和利用(Yang,2003)。从网络理论来看,如果一个子公司在一个国家开发利用了自然资源并且遭遇到生产中断的问题,那么母公司和各地子公司之间建立的网络可以将问题的负面效应最小化。此外,自然资源的开发与利用往往带来投资公司内部的垂直整合。于是,母公司网络中的不同子公司会进行协调合作,带来成本的降低(Yang,2003)。因此,在公司的网络内部可以充分地获取信息、技术和自然资源,并进行有效的交换。

到目前为止,在获取资源和获取交换方面,中国的对外投资都是面向那些拥有丰富自然资源的国家和在技术方面具有领先地位的国家。中国对拥有丰富自然资源的国家进行投资,并由此建立了网络节点,其目的在于将相关的自然资源纳入自己的控制之中。与外国公司进行合资、在拥有先进技术的发达国家建立子公司,使中国可以更好地收集信息、获得并改良技术、拥有并提高人力资源。在技术领先的国家进行海外投资,让中国建立了无数节点,便于重要信息和重要资源的内部流动。考虑到改善交易就能加强和提升FDI,于是投资的目的就在于缩短交易各方的距离,并由此改良交易环境。中国公司的 FDI 是以寻求市场为导向,有利于其他类型的交易(比如进口、信息收集、技术的获取和改良),带来了制造业的全球化。冒一定风险去建立制造产业,能使公司融入本地环境中,从而改进和加强公司与本地节点的联系,并减低交易成本(Yang,2003)。

中国大陆的企业可以利用海外华人已有的商业网络,将之作为接触本地市场和商业团体的平台,促进中国大陆公司的国际化。因此,海外华人的网络可以帮助大陆的公司降低交易成本,更有效地加快其国际化进程(Yang,2003)。对于东南亚等华人聚居并且拥有广泛有利的商业网络的地区,情况更是如此。在东南亚国家,"大陆华人和海外华人之间共同的文化遗产让中国的投资者们可以很快地进入当地的商业领域……这些因素对于中国在这些国家的对外 FDI 的增长帮助甚著。"(Yang,2003,p.181)

中国大陆的 ODI 主要面向美国、加拿大和澳大利亚,这些国家都是亚洲以外的华人聚居地区(Yang,2003)。我们可以从三个方面解释中国大陆的投资为什么集中在这三个国家。首先,发达国家拥有先进的科技和管理技术,这些是中国公司所缺乏和亟需的。第二,巨大的华人群体使得这三个国家成为了中国大陆公司寻求海外华人网络以加速扩展的有效平台。第三,澳大利亚和加拿大拥有极其丰富的自然资源,这对于缺乏能源的中国来说,诱惑力尤为明显。中国大陆商业渴求自然资源,这已在上文表 1 中有所展示。

总之,我们不宜用 IDP 模式来解释中国大陆企业。中国大陆 ODI 的发展在很大程度上依赖于意在向中国引入市场概念和自主经营的改革。自主经营的公司和市场是网络模式的先决条件。中国实行改革开放之后,对内 FDI 和 ODI 开始增长,网络环境得以形成(Yang,2003)。这种发展显示出,在解释来自中国的 ODI 发展问题上,网络模式更为合适。

中国的改革使得中国大陆的公司可以在全球范围内进行投资,加快了中国大陆的公司的国际化进程。因此,中国大陆的公司现在可以接触到(完全或部分由)海外华人在全世界范围内建立的商业网络,并且使这种网络为其国际扩展所用。就网络模式看来,节点中的 ODI 意在建立子公司,支持已有的运作或接受合资,获得生意。这些活动的目的在于克服技术、管理和营销技术方面的差距/不足,获取市场和(自然)资源。

小　结

由于有共同的文化因素(比如孝、集体主义),中国大陆企业的结构与行为和海外华人企业相似。中国大陆的家族性中小型企业利用合资和并购来获得技术、专业知识、品牌和其他资源，其做法也与海外华人的家族生意相似。此外，中国大陆的中小型企业利用网络来建立节点，即全资子公司，使他们对投资有全面的控制。中国大陆家族型企业的运行一般是依靠手握大权的公司领导人，其管理风格具有独断性。公司和子公司里的关键职位都由家族成员担任。这样的公司还追求与初始业不相关的多样化产业经营。此外，基于互惠互利的关系、商业网络的接近和对网络成员的保护，中国大陆的中小型企业可以利用海外华人商业网络（依靠族裔、"关系"、友谊或亲戚关系等发展而来）的一些优势，从而获得组织资源、能力、资金、信息以及更低的交易费用和成本。中国人（包括海外华人和生活在大陆的中国人）巨大的（正式/非正式）网络加速了中国大陆中小型企业的国际化进程。

我们已经证明，将网络理论作为解释华人中小型企业之扩张的理论框架是比较合适的。Dunning 和 Narula 提出的 IDP 理论不能很好地解释近年来中国 ODI 的发展现象。而中国 ODI 的网络模式可以更准确地解释中国的 ODI。在网络模式的语境中，FDI 在公司网络中被用来支持已有的节点或者建立新的节点，扩大中国公司从网络中获得的竞争优势。可以通过建立子公司来创造网络中的新节点，也可以通过进行合资或接管其他公司来加强网络中已有的节点。就像海外华人企业一样，中国大陆的企业参与到正式和非正式的网络中，使非物质和物质的商品交换更为便利，使网络成员和网络本身的竞争力更强。近年来，中国中小型企业参与 FDI，从而加速他们国际化的进程，在海外追求新的机遇。

Wong 和 Chan 预言："随着国内市场的深化重组，中国本土企业的实力将更强、更具竞争力；他们将在中国海外投资领域占据领军位置，并且在全球市场中取得惊人业绩。"（2003，p. 297）因此，我们有理由相信，中国大陆企业将在未来若干年中加快国际化进程，不过他们是否能在（发达）西方国家（比如德国）取得成功，前景仍需观望。

对中国大陆私营公司的研究

为了在"中国大陆企业对市场的选择"和"中国文化因素"之间建立一定

的联系,我们以英语制定了一份详细的问卷进行调查研究①。由于返回的问卷数量较少,不足以进行统计分析,所以我们对问卷的结果进行了定性分析。

作者的研究结果

进入方式

调查结果显示,中国大陆的企业倾向于采用某些具有高度控制权的进入方式(比如成立称为"全资子公司"[wholly-owned subsidiary,WOS]的贸易公司,并购)。所以,我们可以从已有的案例研究中得出这样的结论:由于文化的原因,中国大陆的企业偏好具有高度控制权的市场进入方式,他们确会选择以并购、建立全资子公司的方式进入德国市场。

网络与国际化

大多数参与调查者认为,对于中国大陆中小型企业的国际化进程来说,网络非常有用。当然,我们有足够的证据显示,海外华人的网络已经存在,中国大陆企业利用这些网络进行国际化扩展。不过,至于这些网络对中国大陆企业进入德国市场到底有多重要,我们不能根据模糊的答案就简单地做出判断,其他的最多只是推测罢了。

对文化差异的认识和处理

中国大陆的企业在进入德国市场时确实认识到了文化差异问题,也有能力解决这些问题。几乎所有的公司都为员工开设了跨文化的训练课程,并针对德国市场调整自己的产品和营销策略。在参与调查的中国大陆公司中,在德业务有一半的中方管理人员会说德语。此外,大多数公司有自己的德语网页;所有参与调查的公司在与外国人处理生意问题时,都将文化视为一个重要的因素。因此可以这样说,中国大陆企业已经认识到社会差异和文化差异可能带来的问题,并且在进入德国市场时尽力解决这些问题。

---

① 我们与德国工商总会上海代表处(German Delegation of Industry and Commerce Shanghai)合作,于 2005 年 11 月至 2006 年 2 月对进入德国市场的中国大陆企业进行了调查。

回应率和"关系"

本次调查的回应率不高。我们可以看一看最近一些研究如何描述和讨论中国人和中国企业的特点，从而对回应率做出解释。中国人会针对不同的人（认识的人和不认识的人，即内部人和外部人）采用不同的传播和行为方式（Gao & Ting-Toomey, 1998）。本调查的操作者与被调查者没有什么"关系"，因此从一开始就很难获得调查的完全成功。此外，中国人偏好权威（中国属于权力距离较大的文化），而本文作者缺乏此种权威（只是青年研究人员，没有正式的头衔），这些因素都影响了研究的成果。所以，大多数中国公司拒绝参加此次调查也就不足为怪了。

参加调查的那些公司是德国工商总会上海代表处（German Delegation of Industry and Commerce Shanghai）和其他一些本地商业发展机构帮忙联系的。这些机构已经与那些公司建立了联系，也就是说他们之间有一定的"关系"。因此，那些公司不把这些机构视为"外部人"，愿意与之合作。总之，华人或华人组织建立的"关系"网络非常重要，其成员可以利用这些网络获得好处。

称为"全资子公司"的贸易公司

可以这样说，参与调查的公司都选择了以"贸易公司"的方式进入德国市场。而事实上，从科学的角度说，贸易公司更为合适的称呼是"全资子公司"。参与案例研究的公司在德国注册了"股份有限公司"（GmbH），其初期投资额要达到 25000 欧元以上。不仅如此，根据"全资子公司"这种市场进入模式（这种说法来自于 Newbury 和 Zeira[1997]，Economist.com[2004] 和 Hollensen [2001]），可以这样说，这些贸易公司事实上从属于中国大陆的公司，为他们扮演销售部门的角色。中国大陆的公司选择了以贸易公司的方式进入德国市场，其结构和管理与"全资子公司"类似，也有作为"全资子公司"所掌控的同样的编制好处。贸易公司的法定模式和组织模式对于中国大陆的公司来说意味着在进入德国市场时风险小、资金需求少，今后可谋求进一步的扩展。

分销网络

几乎所有参与调查的公司都认为分销网络的建立是使得商业朝国际化扩展的一个或者说是主要的原因。它的效果甚至比多种经营或成为一个生意的全球玩家更好。这说明中国大陆企业将产品的销售和生产/服务网络的确立视为其国际化扩展应对的主要问题。还可以这样说,分销网络的建立是在相关产业、地区或国家建立正式和非正式网络的第一步,这以后会变成竞争优势。中国文化本身就包含建立、培植和扩展网络,以及建立"关系"的期望,从这个角度看,至少可以从一定程度上解释中国的企业为什么急切地要建立分销网络。

管理风格

中国大陆的企业倾向于由公司领导人进行决策。在参与调查的公司中,有一半说其运作和策略决定出自公司领导人。我们还进一步调查了管理人员和一般雇员在公司里的地位问题,其结果显示:大家都坚决赞同每个人都应该清楚自己在公司里的地位、自己对别人的责任;每个管理人员都应该对自己的团队及其成员负责。有一半的公司还说,管理人员是一般雇员的努力方向。不过,对于"公司领导人是否最清楚公司应该如何运作、其他人是否可以反对公司领导人的看法"等问题,参与调查的公司意见各有不同。令人意外的是,大多数人认为一般员工对管理人员的权威和人品加以质疑没有什么不妥当,或者只是有一点点不妥当。因此,调查结果显示,只有一部分人认为中国大陆的企业是在权力距离较大的文化背景下进行管理和运作的——虽然人们原来这样认为。调查结果还显示出,在员工授权(employee empowerment)方面,中国大陆的企业已经根据全球或本地的管理行为做出了一定的调整。由于缺乏进一步的经验证据,这些结论仍然只是推测。

调查结果的综合分析

通过将本文调查的关键结果和其他有关中国大陆企业国际化扩展的研究合在一起,我们可以试着将中国大陆企业的国际化进程描绘成一幅连续的图景。第一,中国大陆企业正在进行国际化扩展,寻求新的成长市场、发挥企业潜力。这已经得到了 APFC 和 CCPIT(《中国走向世界:有关中国公司对外直接投资目的的研究》(China Goes Global:A Survey of Chinese Companies'

Outward Direct Investment Intentions,2005)①、Beebe 等和 IBM(2006)、Bat-tat 和外国投资咨询服务公司(Foreign Investment Advisory Services,FIAS,2006)和本文作者的证实。首先,由于国内市场竞争已经非常激烈,国际扩展将给中国大陆的企业带来新的利益空间,因此我们可以看到他们对国际扩展的渴望。最后,中国大陆企业所获得的国际经验让他们更具竞争力,这是他们生存在全球经济中所必需的。

第二,中国大陆的企业在海外进行扩展,获得战略资产(即品牌、技术、研发能力、管理知识和分销渠道),从而弥补资源上的不足。因此,本地公司利用并购以快速方便地达到这一目标。于是 FIAS 的调查指出,在实施全球竞争战略的环境下,中国企业要通过获取技术和资产来克服竞争上的劣势。

第三,根据 APFC/CCPIT 的调查,中国大陆公司在海外的项目中,有90%以上主要为中方所有。也就是说,即使中国企业在海外扩展业务,以合资或者其他形式与其他企业合作,他们仍然努力掌握公司大部分的所有权。如前所述,从业务控制的角度说,贸易公司、销售办公室和代表办公室,实际上都是全资子公司。所以,APFC/CCPIT 的调查结果印证了本文的结论,即由于文化的原因,中国大陆公司选择了可以占有公司高度控制权的模式进入海外市场。

第四,中国大陆的公司基本上将设立贸易公司、销售办公室和代表办公室(只要求少量投资)作为进入外国本土环境和(华人)网络的第一步。上文中描述和分析的外部研究能够取得一定成功,是因为不同的机构已经能从他们自己的"关系"中获益。

第五,在推进国际扩展的过程中,中国大陆企业注意到了由于文化的不同而带来的挑战。作者发现,在德的中国大陆企业认识到文化差异带来的问题和挑战,并通过针对德国市场调整营销策略等方式来克服这些困难。文化差异有时候会造成一些冲突,中国大陆的企业认识到其中的问题、挑战和困难。这一点也为 FIAS 的研究所证实。研究指出,在国际化的驱动下,中国大陆的公司将文化视为最急迫的挑战之一。

---

① 译者注:此处的 APFC 即加拿大亚洲及太平洋地区基金会(the Asia Pacific Foundation of Canada),CCPIT,即中国国际贸易促进委员会(the China Council for the Promotion of International Trade)。在 2005 年 5 月到 6 月之间,加拿大亚洲及太平洋地区基金会(APFC)与中国国际贸易促进委员会(CCPIT)合作,进行了一项中国企业对外投资的意向调查。统计调查了贸促会所涵盖的 296 会员公司,包括对现有的投资,未来投资动机和有针对性的部门、目的地等。下同。

展 望

　　虽然本文研究的样本数量受到限制,但是从案例研究中得到的结论仍与现在的许多研究(比如 Child 和 Rodrigues① 的研究)相呼应。中国大陆企业的国际扩展受到中国文化的影响和指导。不仅如此,中国大陆企业追求资产和资源、追求对投资的控制权,这两种追求又进一步驱动着国际化进程;设立全资子公司和进行并购被视为达到这些目标的合适方式。此外,我们还需要对"中国文化对中国大陆商业网络及其扩张的重要性和影响力"、"商业管理理论的结果"等问题进行深入研究。中国大陆企业才刚刚出现在国际舞台上,虽然中国大陆企业的国际化模式已经开始显现,但是影响力还很弱。中国大陆企业大多不具备足够的竞争力从而在某个产业中占据国际市场的主导地位。不过,既然中国大陆企业的国际扩展才刚刚起步,我们应该密切关注其未来的发展和国际化进程。

　　(本译文英文原载 *China Media Research*,September 2008/Vol. 4 /No. 2)

References

Altman, D. (2006, 27. June). *Managing Globalization: Crossing Borders? Then Expect Culture Clashes*. Retrieved 29. June, 2006, from http://www.iht.com/articles/2006/06/27/ business/glob28. php.

Battat, J. (2006, 4. —6. April). *China's Outward Foreign Direct Investment*. Paper presented at the 2006 Private Sector Development Forum, Washington.

Beebe, A., Hew, C., Yueqi, F., & Dailun, S. (2006). *Going Global: Prospects and Challenges for Chinese Companies on the World Stage*. New York: IBM Institute for Business Value-School of Management at Fudan University.

---

　　① 译者注:Child and Rodrigues,指 John Child 和 Suzana B. Rodrigues,两人均为英国伯明翰大学商学院教授。

Chen,M. -J. (2001). *Inside Chinese Business：A Guide for Managers Worldwide*. Boston,Massachusetts：Harvard Business School Press.

China Goes Global：A Survey of Chinese Companies' Outward Direct Investment Intentions. (2005). Vancouver and Beijing：Asia Pacific Foundation of Canada and China Council for the Promotion of International Trade.

Dunning,J. H. ,& Narula,R. (2002). The investment Development Path Revisited：Some Emerging Issues. In J. H. Dunning(Ed.),*Theories and Paradigms of International Business Activity*(pp. 1—41). Cheltenham：Elgar.

Economist. com,B. E. D. (2004). Retrieved 11 July,2004,from http://www. economist. com/encyclopedia/Dictionary. cfm? id = ID8A47E904-2F3F-11D5-8496-00508B2CCA66.

Gao,G. ,& Ting-Toomey,S. (1998). *Communicating Effectively with the Chinese*(Vol. 5). Thousand Oaks：SAGE Publications.

Hoecklin,L. (1995). *Managing Cultural Differences：Strategies for Comparative Advantages*. Harlow,England：Pearson Education Limited.

Hofstede,G. (1998). Attitudes,values and organizational culture：Disentangling the concepts. *Organization Studies*(Walter de Gruyter GmbH & Co. KG.),19(3),477—493.

Hollensen,S. (2001). *Global Marketing：A Market-Responsive Approach*(2nd ed.). Harlow,England：Pearson Education Limited.

Johanson,J. and L. -G. Mattsson(1988). *Internationalization in Industrial Systems：A Network Approach. Strategies in Global Competition*. N. Hood and J. -E. Vahlne. London,Croom Helm.

Luo,Y. (2000). *Guanxi and Business*(Vol. 1). Singapore：World Scientific.

McKinsey. (2004). *China's Businesses Go Global，Launch Event Presentation Asia House Opening*(pp. 26). Frankfurt：McKinsey.

Newburry,W. ,& Zeira,Y. (1997). Generic differences between equity international joint ventures(EIJVs),international···*Journal of World Business*,32(2),87—102.

"Playing at Home"(2006,5. August). The Economist,61—62.

Redding,S. G. (1990). *The Spirit of Chinese Capitalism*(Vol. 22). Berlin; New York: Walter de Gruyter.

Victor, D. A. (1992). *International Business Communication*. New York: Harper Collins Publishers.

Wong, J., & Chan, S. (2003). China's Outward Direct Investment: Expanding Worldwide. *China: An International Journal*, 1(2), 273—301.

Yang, D. (2003). *Foreign Direct Investment from Developing Countries: A Case Study of China's Outward Investment*. Unpublished PhD-Thesis, Victoria University, Melbourne.

International Expansion & Market Entry of Mainland Chinese Businesses in Germany with in the Context of Culture

Gregor Miroslawski

TU Bergakademie Freiberg, Germany

Abstract: Current literature relating to culture and the internationalization of businesses is mostly concerned with the internationalization of companies from the Western hemisphere. This has especially proven to be true in the case of the emergence of Mainland China on the global market. Most, if not all, literature examines the market entrance of Western companies in Mainland China while little attention has been paid to the accelerating internationalization of Mainland Chinese businesses. This paper examines the fundamental variables of Chinese culture and their influence on the international expansion of Mainland Chinese businesses as demonstrated by the example of Mainland Chinese businesses entering the German market. The qualitative study conducted by the author shows that Chinese core cultural variables significantly influence the way Mainland Chinese businesses expand internationally and that Mainland Chinese businesses have come to realize the importance of culture for their entrance in foreign markets.

Keywords: Mainland Chinese businesses, China, internationalization, market entrance, Germany, Chinese culture, role of culture

一个关于中国人矛盾的感知方式的探讨

迈克尔·赫纳(Michael B. Hinner)①
德国德累斯顿国际大学

[摘　要]长久以来,中国一直让西方人着迷。而今日一如往昔,中国人矛盾的感知方式让西方人感到困惑。不过,近距离的观察会让我们发现这种表面的冲突只是西方的看法;对于寻求和谐与平衡的中国传统哲学来说根本不是问题。本文考察的是"感知(perception)或者说世界观如何既影响了人们看待世界的方式,又影响了作为感知结果的、人们相互传播/交流的方式"。在如今的全球商业语境中,理解"人们如何被自己潜在的商业合作伙伴和顾客感知"非常重要。因为只有掌握了这样的知识,商业交易活动才能转化成互利的商业关系。

[关键词]商业交易,跨文化商业传播/交流,感知,和谐

数千年来,中国一直让西方人着迷。古罗马帝国就与中国保持着联系,

---

①　[作者简介]　迈克尔·赫纳(Michael B. Hinner)博士,德国德累斯顿国际大学教授,著有《中国和西方商业文化》等多种著述。

从那个遥远的①帝国进口丝绸和其他高级奢侈品。一千多年后,意大利的旅行家、商人马可·波罗在中国生活了许多年。他回到欧洲之后,以游记的方式记录了他的旅行故事和他在遥远中国的见闻,激起了欧洲人的强烈向往。这些游记最终激发起了欧洲人的兴趣,再次探寻神秘的东方;欧洲的地理大发现时代就在这种背景下开始(Zentner,1980)。而中国的产品反过来刺激了西方人进行仿造,最终进行复制。因此,欧洲人非常想仿制中式建筑、陶瓷、丝绸等中国创造的东西(*Enzyklopädie der Weltkunst*,n. d. ,*Kulturgeschichte Europas*,n. d.)。而今天许多西方人视中国为西方产品的廉价复制工厂,真是讽刺。不过有一些人已经注意到,中国不仅是世界第三大出口国,还是世界上成功将人类送入太空又使其安全返回的第三个国家(《世界年鉴》,2005)。

很明显,由于缺乏共同的认识框架,用某人自身的标准来评价另一种完全不同的文化会带来误解。我们只能通过掌握有关他种文化的看法与知识,将不同的观点融合在一起,从而对其加以认识。因此,如果某人的商务合作伙伴或者顾客来自不同的文化,而他/她想在交流中避免潜在的问题和现实中的误解,那么他/她就必须积极地理解和认识对方文化的运行方式及其原因。也就是说,他/她应该尽量像了解自己的文化一样了解对方文化,因为这种了解很大程度上能够帮助他/她在自己的文化环境中取得商业成功。如今,商场中的人们必须全面了解地其合作伙伴与客户;没有这种了解,他们的企业/公司就很难在高度竞争的市场中生存下来(Sandhusen,1997)。在Hiebing 和 Cooper(1997)看来,只有具备"强大的消费者洞察力(consumer insight)——基于对目标市场、商业环境、竞争情况拥有深刻认识"(p. 5),才能取得商业成功。由于文化影响着商业管理者与消费者的行为,所以对于那些想在中国市场取得成功的西方企业来说,认识和理解中国文化变得极为重要。

中国很大,仅这一条就让中国成为商家感兴趣的市场。这么大的一个国家,市场情况自然非常复杂。中国约 15% 的劳动力在农村;国内生产总值(GDP)中,超过 50% 源于第二产业(即制造业),约三分之一来自第三产业(即服务业)(*McK Wissen*,2004)。中国约有五十万名百万富翁(以美元计),也有一亿五千万人日均收入不足一美元(*McK Wissen*,2004,Windle,2005 年 9 月

① 当然,"遥远"是一个相对的说法,因为这取决于观察者的视角。对于欧洲人来说,中国既遥远又不同,而对于中国人来说,欧洲也是遥远而不同的。

27 日)①。中国的一些城市似乎在一夜之间就改头换面,而有些城市又似乎千年以来都是一个模样。西方人接受的教育常常是非正即反,而中国人的经典哲学则寻求将相反的东西融合在一起,达到平衡。所以,西方人眼中的一些冲突矛盾到了中国人这里就不再是问题。"西方对真理的看法遵循西方逻辑中的这样一条公理——相反的东西不能同时成立:如果'A'是真的,那么作为非 A 的'B'就是假的。东方逻辑没有这样的公理。如果'A'是真的,那么作为非 A 的'B'也可能是真的。A 和 B 在一起创造出既高于 A 也高于 B 的智慧"(Hofstede,1994,p. 11)。在某些方面,表面上的矛盾对于中国哲学(围绕"阴"和"阳"这两个相生相克的概念发展而来)来说并不是矛盾,而是一种相对于西方哲学(围绕绝对的相对理念发展而来)的矛盾(*Wikipedia*,2005,Yin Yang)。因此,这种思维上的对比是理解传统西方文化与传统中国文化之间差异的关键。而且,就像所有钥匙一样,如果我们知道如何使用它、在什么地方使用它,我们就能打开那个你不理解的世界的大门。

传播/交流的基本原则——也是跨文化商务传播/交流的基本原则——是"感知",或者说是世界观(*Weltanschauung*)。长久以来,不同的文化发展出不同的方式来面对这个世界及其挑战,这让不同的文化团体可以在它们得以发展的独特的地理与社会环境中生存下去(Gudykunst & Kim,1997;Chen & Starosta,1998;Klopf,1998;Samovar 等,1998)。比如说,一种文化看待问题和处理问题的方式不仅可以显示不同的世界观如何影响了人们对问题的理解,还能说明人们会如何管理和解决这些问题。因此,比如说,人们可能将一个问题分解成小块,然后试着一次解决一个小问题,或者一下子把所有小问题都解决;人们也可能把某个问题看成一个整体,也许甚至还是更大的普遍性问题的一个部分。人们可能会寻求快速而简单的解决方法,只处理表面症状;也可能追根究底,永久地解决问题。结果,同一种文化的成员可能会从同一个特定的视角来看待世界及其挑战——以及在这个世界上得以生存的方式,而此种特定的视角往往又以处理这些挑战的方式为基础。该社会的成员于是获取了这种特殊的看待世界和面对挑战的方式,而同时反过来又成为了这种文化不可分割的一部分(Gudykunst & Kim,1997;Chen & Starosta,1998;Klopf,1998;Samovar 等,1998)。

---

① 有关中国经济的更多和更具体的信息,读者可参见许多不同的统计资料。如《中国统计年鉴》、《各国基本国情:中国》或多种不同的年鉴等。

由于"感知"或者说世界观在文化中扮演了如此决定性的角色,所以文化总是包含一定的主观性。就如前文所说,感知中总是包含着一定数量的选择,这解释了为什么不同的世界观会强调不同的方面。于是,这样一种决断性的选择和/或排斥总是含有一定程度的主观性。"文化总是包含一定的主观性",这一事实可以以音乐为证,音乐真切又表现性地拨动着人们心中的情感之弦。事实上,音乐可能是最具情感性的传播/交流方式之一。而音乐和其他文化形式一样,是文化内涵的外在表现,即精神文化(mentifact)①。这就是为什么中国戏曲与德国歌剧听起来和看起来完全不同的原因。"如果用贝多芬的音乐思想来分析/评价某段中国音乐,其结果将是一团糟。不过,如果用中国的……音乐理论来看待贝多芬,他的作品大概也是同样的不可理喻"(新版《大英百科全书》,1998,p.693)。如果我们不能对不同的文化有不同的理解与看法,我们就很难感知与欣赏不同的世界观。不错,人们往往用自己的文化标准来分析和评价其他文化,这就不可避免地让这种评价出现问题,因为不同的文化之间总是存在差异(Lustig & Koester,1999)。自己的文化很容易成为比较其他文化的框架。结果,只有那些与自己的文化有类似特点和性质的文化才会受到好评——这也是由于那些共同点的存在。

与世界观直接联系在一起的还有对个人身份的理解,即一个人如何看待自己在世界中的位置以及他与世界及其他居民之间的关系。当一个人在一个特定的区域环境中成长时,这种身份也就随之逐渐发展起来(Martin & Nakayama,1997)。"身份发展的过程包括对个人能力、兴趣、观点和价值加以探索。这些探索往往与个人的群体成员身份相联系"(Martin & Nakayama,1997,p.66)。一个人正是在与群体其他成员进行交流的过程中表达自己的身份,因为所有的群体的互动首先必须得通过交流来使这互动产生。Martin和Nakayama(1997)指出,在与他人进行交流的过程中,他人会赋予你一定的

①　译者注:据英国生物学家赫胥黎对文化内涵的阐释,文化可分成三个层面,即物质层面(工艺事物 Artifact)、社会层面(社会事物 Socifact)及精神层面(精神事物 Mentifact)。见台湾三民书局(2002)《世界文化》(地理篇上)。中国大陆出版物的类似说法如王恩涌《文化地理学》(江苏教育出版社1995年第一版),"认为文化有三个层次:第一,物质方面的层次,即物质文化,指的是人类的一切物质产品;第二,心理方面的层次,即精神文化,指的是人的思想,意识形态和传统;第三,上述两层次的统一,即物化了的心理和意识化了的物质,称之为制度文化或行为文化,指的是理论、制度和行为,在制度方面有政治制度、经济制度、法律制度以及教育制度等。这三个层次并不是孤立的、彼此毫无关系的。精神文化是行为文化的内化产物,它反过来又指导、支配、发展和制约人类行为。物质文化是行为文化的外化产物,它反过来又要求行为文化与其相适应。这三种文化的相互影响与制约形成文化发展的内在机制。"

身份,而个人的身份从某种程度上说也是在此过程中得以确定。这种身份的赋予往往由社会因素和政治因素决定(Martin & Nakayama,1997)。换句话说,如果社会认为你不属于这个群体(赋予你"群体外"[outgroup]的身份)——比如纳粹看待犹太人,那么这种分类的看法会影响到个人的身份和感知,这将与"群体内"(ingroup)的人——比如纳粹党人——有很大的不同。很明显,一个人的身份会影响"他如何与社会其他成员进行交易活动和传播/交流活动"及"别人如何与他进行传播/交流活动"。

在一个特定的社会里,所有善于交际互动且效率较高的成员都必须将社会的价值观念与准则成功地内化到自己心中。这种内化是必需的,否则人们将很难以规范而预设的方式与社会其他成员进行交流互动(Gudykunst & Kim,1997;Chen & Starosta,1998;Klopf,1998;De Vito,2002)。如果一个人不这么做,有形无形地,他要么主动从这个社会中退出,要么面对社会的驱逐。因此,在一个特定的文化团体中,所有成功的成员无论是有意识的还是无意识的、都不可避免地要将既定的行为准则规范内化到自己心中;他们得遵守这些准则,而这种遵守反过来又成为他们成功而高效地与团体内其他成员进行互动的原因之一。

对于个人来说,社会准则和行为的成功内化带来了与同一文化内成员的成功交际互动,这同时也显示了此人是以符合该文化的价值观、信仰和规范的方式进行思考和行动——虽然这常常是无意识的。由于这些价值观、信仰和规范自个人出生时起就已经内化,并且通过与团体其他成员的交流互动不断地得以加强,所以这些价值观、信仰和规范往往进入了潜意识,成为一种自动的行为。结果,个人在对某种现象做出反应或是与他人进行交际互动时,往往意识不到自己这样做的真正原因。比如说,当被问及为什么喜欢某部电影时,许多人说不出理由——他们只是从情感上对电影的刺激做出反应,即使这种情感是通过潜意识得以激发。这种反应同样解释了为什么许多人在面对跨文化的遭遇时会从情感上做出反应;这不应该感到惊讶,因为如上文所说,文化包含了一定程度的主观性。正是这种主观性让我们常常很难确定我们的一些行为与反应的原因和出处。

只有当一个人遇到不同的行为时(比如因为不同的文化情境),他才会意识到文化上的差异(Seeyle,1996)。在这一点上,大多数人都会有意识地评价和判断这些差异,因为就 Gudykunst & Kim(1984)看来,对感知到的信息进行解码(decode)包括描述、理解和评价这样的分析过程。这种分析经常通过将感知到的东西与一种普遍的框架（即熟知的自身文化）进行比较而完成。这就是所谓的"种族中心主义"（ethnocentricsm，Gudykunst ＆ Kim，1997；Chen ＆ Starosta，1998；Klopf，1998；Samovar 等，1998；De Vito，2002），这当然是一种主观的反应。如果不熟悉的文化与熟悉的文化有所不同，人们往往会对不熟悉的文化给予负面的评价（Chen ＆ Starosta，1998；Klopf，1998；Samovar 等，1998）；除非此人对于自身文化的某个方面不满意。因此，只熟悉西方音乐的人会认为中国戏曲很奇怪，如上所言，这就会带来负面评价。所以，将一种体系的规则用于评价其他体系的做法，将不可避免地带来不和谐的声音。

同时，一个人在对自己所感知到的现象加以理解时，可能会出现问题。因为不同的人会对同一件事情，或者说是究竟发生了什么事情有不同的感知。比如说，不同的目击者对同一场车祸会有不同的看法，从而根据各自的感知得出不同的结论。他们对同一场车祸的描述会各不相同。这种差别可能源于他们看到车祸时位置的不同：有人是在附近楼房的阳台上，有人是在旁边的车子里，而另外一些人可能只是听到了刹车的声音以及随之而来的碰撞声。警方对车祸现场的调查也许又与勘查（测量地上的行车痕迹、确定车辆的位置、采集司机的血液样本做酒精测试）的结果不同。结果，客观分析会揭示一些与目击者的主观感知有所不同的东西。不仅如此，人们在对所感知到的现象进行理解时，很大程度上会以自己的文化为基础，这就把事情弄得更复杂了。比如，如果某个目击者不赞同别人开快车，那么那个可能速度较快的司机也许就会被判有罪。"当我们进行理解时，我们会主观地以我们过去的经验、我们的需要和价值观，以及我们的信仰为基础，对所感知到的事物加以评价"（Klopf，1998，pp.79—80）。

如上所述，为了处理特定的情景，他文化发展出了一套自己的行为方式，可能与我们的文化不一样。所有的人都需要为了生存而吃东西，但是人们吃什么、什么时候吃、怎么吃，会因文化而异。面对同样的问题，不同的文化会有不同的解决方式。而这些差异的存在并不意味着不同于自己的文化方式就是错误的，因为所有的文化都相互联系。不同的文化很可能是异曲同工的，怎么能说某一种高于另一种呢？事实上，不同的环境会使人们在面对不同的挑战时想出不同的解决办法。所以，我们最好针对不同的方式方法寻找到一种认识，从而能够理解他文化的行为，而不是对差异加以批评或不屑一顾。这就是跨文化传播/交流所要做的事。通过探索"不同文化如何看待同一事件或商务活动"的问题,我们可以逐渐认识到"在一个特定情景中,别人为什么要这样做、这样反应、和/或这样交流"。因为我们要学习文化、共享文化,所以这样的认识和理解对于跨文化传播/交流来说是非常重要的(Gudykunst & Kim,1997;Martin & Nakayama,1997;Chen & Starosta,1998;Klopf,1998;Samovar 等,1998)。

就 Ehrlich(2000)看来,通过将资源汇集在社会团体中(即"共享"),文化使个人的生存成为可能。"在团体中,能够最好地发挥作用的那些东西会被选出来"(Ehrlich,2000,p.310)。结果,由于文化满足了一个实用目的(即个人和团体的生存),因此文化主要起到了一个功利性的作用。这种功利目的是通过在团体的不同成员间进行交易活动(即交换)而完成的,这些交易活动包括和别人一起做事。而如果两个或更多的人想共同把事情做好,他们就得把各自的行动协调好。所以,正是不同人之间的关系决定了他们交际互动的方式(Adler & Rodman,2003)。为什么文化需要学习和共享?就是因为人们之间的关系也要通过文化的共享与学习而得以建立和加强。总之,文化实现了一个实用目的,而这个目的只能通过团体成员间的特定互动才能实现,因此文化是功利性、交易性、关系性的。这一点反过来又保证了团体的生存(Ehrlich,2000)。同理,这也是为什么我们需要对他文化有更好的认识和理解,因为只有那样我们才能建立一种可改进与他人进行交流的关系——而这种关系也将改进功利性交易活动的进行,只有那样情况下的交易关系才可以是充满意义与理解的,我们想要的结果(即功利目的)也会通过相关的文化学习与文化共享——交易活动得以实现;而交易活动反过来又会刺激关系的进一步发展。

当然,在没有真正理解他人的情况下实现功利性交易活动也是可能的。不一定要先把自己和别人的世界观联系一起才能实现交易活动。比如说人们可以去银行把美元换成欧元。换钱这件事并不说明换钱的顾客和银行柜员之间得有亲密的人际关系才能实现这一交易活动,双方可以在没有任何个人关系的情况下实现各自的功利性目的。不过,如果这样的交易活动持续了更长的时间,这些活动就有可能产生一种职业关系。这种关系可能只围绕功利互动本身,并不存在于其他环境中。不过就像所有的关系一样,它仍会带来理解。比如说,银行柜员可能会在换钱的活动中认识换钱的顾客。随着双方越来越熟悉,他们会发现交流变得更容易了,至少在交易关系的环境中是这样。比如顾客如果总是在星期一兑换 50 美元,那么在一段时间之后,银行柜员就会形成这样的固定概念。当顾客再次在星期一走进银行时，即使他一句话都没说，柜员也可能会自动把对应数额的欧元准备好。一段时间后，双方都会认识到一定的价值，甚至可能会将他们自己与特定的价值联系起来；这种特定价值与交易关系有关，它反过来又向他们的职业关系增添了价值和意义——许多身处纯粹的交易活动中的人可能不会寻求这一点。比如说，由于在以往所有的交易活动中柜员从不欺骗顾客，于是顾客会信任这个柜员。由于功利性交易活动会发展成职业关系，并且在交际互动中增进理解，所以Hayhurst(2005)呼吁商务人士发展这种关系，因为这种关系会带来相互理解，可以促进商务交往。由于理解的存在，商务交往会带来（更多）收益。这与Hiebing和Cooper(1997)给商务人士的建议是一致的。

这一发展过程可展示如下：

交易是互动

互动需要交流

交流有助于建立关系

环境　　　　关系为交流增加了意义　　　　环境

一段时间后，互动能发展成一文化

文化规范了关系

并且向关系性互动增加了意义

如上所述，当理解了"文化是什么"、"文化如何运作"、"关系如何发展"以及"文化如何影响关系"之后，人们还想知道"文化如何影响了传播/交流"。就萨莫瓦(Samovar,1998)等看，"文化和传播/交流虽然是不同的概念，但相互之间有直接的联系"(p.22)。爱德华·T.霍尔(Edward T. Hall)进一步指出，文化就是传播/交流(1959)。既然人们之间的交际互动①需要传播/交流的某种形式，那么没有哪种交易②/关系③可以离开传播/交流而存在。结果，

---

① 交际互动(interaction)在这里是指两个或更多的人参与信息的交换，与这些信息的性质无关。

② 交易(transaction)在这里是指纯商业性质的信息交换，并不要求操作交易活动的个人参与其中。

③ 关系(relationship)在这里是指不同的人以某种形式（或个人或职业）满足他人需要而形成的联结。

传播/交流使功利性目的的实现成为可能①。这在商界的意思是,功利性商业交易活动也需要传播/交流;不然,就不可能有商业了。因此,所有的商业交易活动与商业关系都受到传播/交流规则的影响,这就是为什么对传播/交流原则加以理解会有助于对商业理解和商业成功。

Samovar 等(1998)指出,人类传播/交流有三条基本假设。第一,"传播/交流受到规则的限制"(Samovar 等,1998,p. 175)。换句话说,人们希望"他们的传播/交流会受到由文化所决定的行为方式或者说规则的限制"(Samovar 等,1998,p. 175)。因此,特定的情境(包括商业情境)需要得到恰当的回应,而这种回应受到文化限制。比如说,当一个人在商务场合中和他人打招呼时,他可能握手也可能鞠躬。第二,"环境指定了适当的规则"(Samovar 等,1998,p. 176)。换句话说,特定的环境需要特定的回应方式。对婚礼和葬礼的回应方式就是不一样的。事实上,环境将决定对同一信息的理解。比如说,在婚礼上哭和在葬礼上哭,所表达的信息是不一样的。第三,"规则因文化而异"(Samovar 等,1998,p. 176)。因此,所有的文化都会进行商谈,但进行商谈的方式各不相同。与商谈有关的意义也会因文化的不同而不同。比如说在一些文化中,商谈仅仅是交易性的(就像美国人习惯说的那样"公事公办,与个人无关");而在其他文化中,商谈可能是关系性的(比如在拉丁美洲,如果不建立一定的个人关系,事情就办不成;因为人们在没有个人/工作关系的情况下是不会信任别人的)(Gibson,2000;Harris & Moran,1996)。

所以,商务传播/交流参与者的文化决定和影响了商务传播/交流,这是很自然的事。如果传播/交流参与者相互间的文化迥异,就会使信息的编码和解码过程有所不同,传播/交流各方赋予信息内容及其语境的意义也会有所不同,从而对传播/交流产生很大的影响。如果某方对他方抱有错误的假设,那么就会导致误解。如果某方没有注意到自己已经对信息进行了错误的编码和/或解码,并因此而对信息赋予了不同的意义,那么问题就会更加复杂。参与传播/交流的各方可能会觉得/假设自己对信息的编码/解码是恰当的、对等的,可事实并非如此。我们可以想象如此错误假设的结果会是如何。

---

① 传播/交流(communication)主要完成三个目的:功利性、美学性和治疗性。功利性传播/交流是指想要完成"通常可以为我们带来好处的实用目的"。美学性传播/交流是指"信息发出者可以传递给信息接收者的享受、愉悦和娱乐"。治疗性传播/交流是指对精神压抑的处理、对肉体疾病及心理问题的诊断与建议(Klopf,1998,p. 21)。由于本文的重点是商业传播/交流,所以此处只讨论传播/交流的功利目的。

如果传播/交流双方的母语都非英语，或只有一方的母语为英语，而他们却在用英语进行传播/交流，这种误解的危险就更大了。人们总是习惯于从自己的母语（即自己的文化）出发，将语言和行为的意义传递给其他的语言。比如说中国和德国的谈判人在使用"contract"这个英语单词时，中国人会从中国的法律和社会视角出发解释它的意义，而德国人会从德国的法律和社会视角出发进行解释（而这两种定义都有别于出自英美法律和社会视角的看法）。于是，不同的人会在毫无意识的情况下对同一个词赋予完全不同的意义。对于"contract"这个英语单词，如果我们要求中国人和德国人在法律语境中对其各自的理解加以比较、解释和评价，那么双方都会对结果感到非常惊讶。

由于距离的问题，那些遥远的文化看起来都很相似，所以人们倾向于将那些文化归在一起（Klopf,1998）。结果许多西方人认为所有的东亚人都差不多，或者觉得所有的中国人都差不多。事情当然不是这样。如上所述，不同的文化发展出了不同的文化价值观、信仰和行为规范。因为邻近的文化会相互接触、相互交流，所以如果在特定区域内存在一些信息和观念的交换，那么就会出现一些相似性，或者说那个区域就会有一些共同的历史、宗教、种族渊源。因此，欧洲的一些信仰和价值观建立在共同而经典的古希腊－罗马、犹太－基督教传统的基础上，这一传统让欧洲文化之间显得相像，并有别于发展自完全不同的历史/宗教传统的远东文化。最后，邻近的地区又有着相似的环境条件，这就可以解释为什么这些地区出产同样的某种谷物而非其他（比如都产水稻而不是黑麦），或者是因为相似的气候情况而建造类似的房屋。

所以，在某一特定地区的几个相邻文化间存在一些超文化的（supracultural）特征①，我们可以对之加以认识。这些特征说明相邻文化的世界观之间存在一些特定的文化共性——无论不同的文化如何看待这些共性。我们可以在东方和西方的文化中分别发现以下超文化特征（supracultures）②：

超文化差异与归类的认知概念，会使不同的东方文化在西方人看来比较相似和相像；反之亦然。当然，这样做会带来形成"刻板印象"（stereotype）的危险。Lippman 于 1922 年首次使用"刻板印象"这个概念，他说刻板印象"就像人脑中的一张图片，通过简化社会世界（social world）来帮助人们处理环境

---

① "超文化特征"是指许多宏观文化（macroculture）所共有的文化特征。
② 译者注：以下的比较来自 Gilgen 和 Cho（见 Klopf,1998, p. 120），他们的分类是"东方和西方的思想"，我改成"东方和西方的超文化特征"以配合本文所用的术语。

的复杂"(Klopf,1998,p.133)。就De Vito(2002)看来,"刻板印象是对一群人的固定印象,我们通过这种印象来感知特定的个人"(p.429)。换句话说,人们容易"有意识或无意识地抛弃那些会让他/她与具有刻板印象的团体相分离的差异或不同"(Klopf,1998,p.133)。或者说在这种情况下,西方人会觉得不同的东方宏观文化(macrocultures)很相像,反之亦然。这种错误的假定可能会使东方人与西方人之间的传播/交流更为复杂。

许多东西乍一看非常相似,不过仔细观察就会发现很多不同。由于位置的关系,相邻的文化之间接触频繁,比较容易相互观察;人们可以迅速地指出与邻近文化的众多差异,尤其是细微的差别。所以德国人可以举出自己与瑞典人的许多不同。在遥远的、相互邻近的文化之间也存在很多差别,浅尝辄止无法获知,如果有时间有机会,人们也可以对之加以认识。因此,一个德国人一开始可能会觉得中国文化和日本文化非常接近。但是近距离的研究会让他看到中国文化和日本文化的不同,就像德国文化与瑞典文化的不同一样。

Hofstede(1980,1991)创造了一种量化模式,将世界上的不同文化进行比较。他列出五种①文化维度:权利距离指数(PDI)、个人主义与集体主义(IDV)、男性气质与女性气质(MAS)、不确定性规避指数(UAI)和长期取向(LTO)。权利距离指数(PDI)表示"权力较弱的组织和结构(如家庭)成员对权力分配不公的接受与期望程度"(Hofstede,2005)。个人主义与集体主义(IDV)是指"个人融入团体的程度。从个人主义看,我们发现联系不同个人的社会关系很松……从集体主义看,我们发现人们从出生起就被纳入了一种牢固的、有凝聚力的'集体内'社会关系中"(Hofstede,2005)。男性气质与女性气质(MAS)是说一种文化是"重视物质成功,通过斗争来解决冲突"还是"将关爱他人放在重要地位,通过妥协来解决冲突"(Hofstede,2005)。不确定性规避指数(UAI)讨论的是"一种文化在一种非结构性环境中让其成员感受到不舒服或舒服的程度"(Hofstede,2005)。长期取向(LTO)决定了文化是希望在短时间内看到结果,还是会为缓慢出现的结果而坚持(Hofstede,2005)。

---

① Hofstede(1980)一开始在他的IBM调查中只列出了四种维度,即权利距离指数(PDI)、个人主义与集体主义(IDV)、男性气质与女性气质(MAS)、不确定性规避指数(UAI)。Bond在香港重复这个调查时,他注意到中国人有"第五种维度,与IBM研究中的那些维度不同"。Hofstede将这个维度称为长期与短期取向(Hofstede,1994,pp.10—11)。

东方的"超文化特征"	西方的"超文化特征"
1. 人是自然的一部分	1. 人具有有别于自然的特征
2. 人的灵与肉俱为一体	2. 人由思想、身体和精神组成
3. 人的身与心俱为一体	3. 人之上存在有形的神
4. 人应该接受"天人一体",而不是对世上的事物加以分门别类、操纵、控制、分析或消费。	4. 人应该为了生存而操纵和控制自然。
5. 人应该物我一体,融于"他者"	5. 人应该进行理性和分析性的思考
6. 科学和技术只是带来了更多的迷思	6. 美好生活及其延续以科学技术为基础
7. 消弭一切差异的"醒悟"意味着通过冥思而实现天人合一	7. 人应该具有行动力和竞争精神。

Hofstede(2005)的文化维度理论对中国、日本、德国和瑞典打了分:

	PDI	IDV	MAS	UAI	LTO
中国	80	20	50	60	118
日本	54	46	95	92	80
德国	35	67	66	65	31
瑞典	31	71	5	29	33

这些分数说明,中国文化和日本文化之间的差异就如同德国文化与瑞典文化之间的差异,或是德国文化与日本/中国文化之间的差异一样明显。事实上,德国和中国在某些维度上的评分更为接近,比如不确定性规避指数(UAI)维度的数值,中国为60,德国为65,而日本为92,瑞典为29;而男性气质与女性气质(MAS)维度的数值,中国为50,德国为66,而日本为95(很高),瑞典为5(很低)。而在其他维度中,与欧洲国家相比,中国和日本更为相近。比如长期取向(LTO)维度的数值,中国为118,日本为80,而德国和瑞典分别是较低的31和33。德国和瑞典在权利距离指数(PDI)和个人主义与集体主义(IDV)维度的数值比较接近(分别是35—31、67—71),而在男性气质与女性气质(MAS)维度的数值和不确定性规避指数(UAI)方面相差较大(分别是66—5、65—29)。中国和日本两国也在不确定性规避指数(UAI)和男性气质与女性气质(MAS)维度的数值方面相差较大(分别是60—92、50—95)。这就充分证明了,虽然有些文化乍一看比较接近,但事实上相互之间的差异就如

同与遥远文化之间的差异一样明显。

以下的柱状图很清楚地显示出了这些异同：

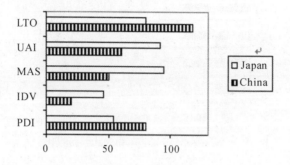

图 1　日本与中国之间的相关比较与对比

备注：数据来自 Hofstede(2005)。

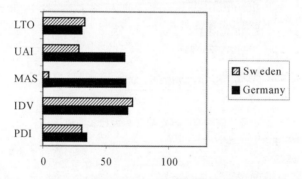

图 2　瑞典与德国之间的相关比较与对比

备注：数据来自 Hofstede(2005)。

可见,我们不应该认为中国和日本的商业文化是一样的,或者认为德国和瑞典的商业文化是一样的。我们也不能在不同的市场中运用同样的产品/营销策略以及传播/交流方法,不能在这四种文化中使用同样的管理手段。在这些文化之间存在着很多差异,需要我们有不同的商业和传播/交流手段。De Mooij(2003)指出,即便不同的国家在一般的经济数据统计(比如每个家庭拥有电视机或汽车的数量)方面有共同点,我们也不能自动理解成这些国家有共同的消费行为。"在一些耐用品和新技术方面,即使有些国家在宏观层面(每千人的产品拥有量)具有共同点,这些国家也会在'人民如何使用这些产品'方面存在差异……文化可以解释这些差异"(De Mooij,2003,p. 198)。

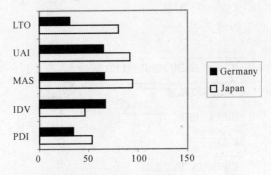

图 3　德国与日本之间的相关比较与对比

备注:数据来自 Hofstede(2005)。

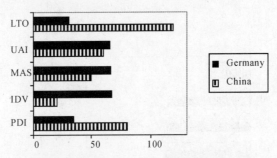

图 4　德国与中国之间的相关比较与对比

备注:数据来自 Hofstede(2005)。

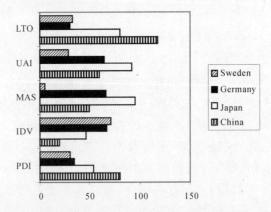

图 5　瑞典、德国、日本和中国之间的相关比较与对比

备注:数据来自 Hofstede(2005)。

所以,商界人士应考虑文化差异,并根据特定市场的文化特点调整自己的商业行为与传播/交流方法。正如上文 Hofstede 模式所说明的那样,中国文化与日本文化之间的差异比德国文化与瑞典文化之间的差异还要明显。所以德国商人们在与中国和日本的合作伙伴和/或消费者进行交流时,要区别对待。

那么,哪些特征是中国所特有的,因而又是中国商业关系所特有的? 就 Samovar 等(1998)看来,古语说"知古察今"最能体现中国文化,因为"中国人赋予历史以近乎神秘的特质"(p. 116)。Hofstede 提出的各维度中,中国在长期取向(LTO)方面的分数最高(118),这也正说明了中国人对历史的重视。中国文化中的集体主义特征也是很明显的,在个人主义与集体主义(IDV)维度方面只有 20 分。就 Wenzhong 和 Grove 看来,"中国价值观中的集体主义性质(以团体为导向)很大程度上是因为中国人几千年来都共同生活和工作在同一块土地上"(Samovar 等,1998,p. 117)。由于中国社会在如此悠久的历史中一直处于高度集中化和集体化的状态,所以中国文化崇尚孔夫子在两千五百多年前提出的等级制度。结果,中国在权利距离指数(PDI)维度的分数很高(80)。"儒家思想在构建中国社会心理方面的精髓在于:(1)人通过自己与他人的联系而存在、而获得自己的意义;(2)这些联系的结构呈等级状;(3)社会各方尊重这种角色联系的要求,从而保证了社会秩序。"(Bond & Hwang 引 Amber & Witzel,2000,p. 63)

Chen(2001,2002)认为,就儒家学说看来,人类行为的终极目的是实现"和谐",这引领着中国人追寻一种没有冲突的、以集体为导向的人类关系系统。追求"和谐"(即"同")而不是冲突,会让所有人都能保住面子——这是中国文化的另一个重要方面(保住面子,即维持他人的名声或声望),因为保住面子就能维持和谐(Shi,2001)。在中国,牢固的个人关系很重要,因为这些关系能够使人们的意见达成一致。通观中国历史,人们总是会依靠他们的关系来做事。结果,个人之间的联系与忠诚变得比组织关系或法律标准更加重要。这些人际联系就叫做"关系"(Luo,1998)。所有的关系都随时间而发展,商业谈判永远都不会结束,因为对于中国人来说,签合同只是万里长征第一步。真正能确定下来的东西很少,因为总有什么东西是可以改进的,所以永远需要进一步的商谈(Seligman,1997)。

将中国和西方的谈判方式加以比较是很有趣的,因为通过比较可以显示出跨文化商业环境中有关交易性传播/交流和关系型传播/交流的很多东西。

如果我们知道有关谈判的一些重要原则,我们就可以知道在商业环境中与中国商人交流时应该"使用"什么样的传播/交流方式。谈判方式的区别可见下表(Sieren,2003,p.26):

西方	中国
直接	间接
对抗式	融合式
基于事实	基于信任
通过合同而获得保证	通过联系而获得保证
确定而全面的规则	弹性而复杂的规则
谈判过程会完结	谈判会一直继续

很明显,这些差别会导致误解。因为从某种程度上说,这些特征相互间是直接对立的。

西方人与中国人之间的一些文化差异也许可以在中西流行的棋盘游戏中找到答案。西方的国际象棋求的是削去对手的实力,从而制服对方;而中国的围棋则通过围住对方的棋子而尽可能多地获得地盘。所以,玩国际象棋的人会使用直接进攻的策略,直捣黄龙——即对方的"王";而下围棋的人则采用迂回的战术围堵对手。在某种程度上说,围棋强调融合而国际象棋强调对抗(Sieren,2003)。这符合前文所说的中西哲学的基本差异。

"宏观文化"往往需要深入的阐释与分类,因为大的文化团体内部并不像他们表现的那样统一。因此,将宏观文化中的"微观文化"(microculture)也纳入考虑范围才可以更为严谨。宏观文化(较大的、可辨识的文化单位)可以分成较小的可辨识的文化单位,即成为"微观文化"。"这些微观文化的成员在宏观文化中拥有共同的政治和社会体系,但他们又有着自己独特的文化特征。大多数微观文化的成员拥有特定的共性或价值观,这有助于他们团结在一起;同时他们又遵守宏观文化的规定"(Klopf,1998,pp.53—54)。Gollnick和Chinn认为,有八种明显的微观文化分类:年龄、性别、种族/民族、宗教、阶级/职业、地理区域、城市/郊区/乡村及其他(Klopf,1998)。因此,十几岁的女孩子对音乐的品味不同于年老的女性,这一部分是因为年龄的关系。而由于性别相同,十几岁的女孩子与年老的女性可能有其他共同的微观文化特征,她们在那种微观文化特征的语境中可能会表现出相似的品味或者行为。比如说,她们可能都使用化妆品。为什么十几岁的女孩子与十几岁的男孩子会喜欢同样的音乐,但并不都喜欢化妆? 因为音乐品味明显受到年龄的影响,而是否化妆则与性别有关。

中国有 13 亿人口。中国文化和其他宏观文化一样,含有很多微观文化,这很正常。所以,中国的各种微观文化在行为、喜好和传播/交流方面明显存在差异。比如说,中国境内有多种气候带,从北方的亚寒带到南方的热带,中间还有不同的过渡带;中国还拥有沙漠、平原、河流三角洲及高原等各种地形(《世界年鉴》,2005)。中国 92% 的人口为汉族,其他 55 个民族包括壮族、维吾尔族、回族、彝族、藏族、苗族、满族、蒙古族、布依族和朝鲜族等(*Wikipedia*,2005,民族)。除了汉民族共同语之外还有很多其他语言和方言,比如说赣方言、客家方言、闽方言①、湘方言、吴方言和粤方言。"这些语言跨越六个语系,大多数在形态和发音上各不相同"(*Wikipedia*,2005,语言)。事实上,这些语言中的很多种都不使用汉字来书写,比如蒙古字母、藏文和彝族的音节文字(*Wikipedia*,2005,语言)。中国约有 70% 的人口为农村人口,还有约30% 的人口生活在城市或城市附近②(*McK Wissen*,2004)。

同样的多样性还存在于中国其他的微观文化团体中。于是,一些公司对他们的产品、营销策略和传播/交流方式进行了调整,以反映这些多样性。比如,宝洁公司和达能公司采用了特别的产品和营销策略为中国内陆地区的消费者服务,因为他们的需求与生活在沿海城市的居民不同(*McK Wissen*,2004)。这明确表明微观文化的因素可以,也确实在中国有一席之地,商务人士要想成功地与中国的特定微观文化群体进行交流,要想实现自己的目标,就应对中国的微观文化因素加以留意。

如拙作所言,中国的"宏观文化"与其他所有文化一样,确由各种微观文化组成。这说明,虽然在外国人看来,中国文化是统一的整体,但事实并不是这样。要想解决这些差异造成的问题,第一步就是要对这些差异加以认识。在各种关系的基础上,对他人的动机和行为方式进行更好的理解可以让我们更好地参与某个特定的活动和/或更好地对外界加以回应,从而有望恰当地调整自己的传播/交流活动。这样,我们就可以通过提高理解水平而避免传

---

① 译者注:作者在原文中列出了闽北方言和闽南方言。根据中国方言研究比较通行的说法,闽北方言和闽南方言是属于闽方言的次方言,不与吴、粤、湘、赣等大方言区并列。

② 译者注:有关城市人口与农村人口,现在的中国国情已经发生了一定的变化。

播/交流错误,从而发展出双赢的商业关系。在这里,西方商业文化可以从中国文化中学到一些东西:成功的商业活动来自和谐的个人关系——这是为现代营销(Hiebing 和 Cooper,1997)和现代管理(Hayhurst,2005)所承认的思想。所以,西方的商业人士也应关注中国和中国的商业做法,看看哪些中国方法在西方商业环境中需要调整和改进。毕竟,西方人和中国人已经打过交道了。

(本译文英文原载 *China Media Research*,July 2006/Vol. 2/No. 3)

References

Adler,R. B. ,& Rodman,G. (2003). *Understanding human communication*(8th ed.). New York:Oxford University Press.

Ambler,T. , & Witzel, M. (2000). *Doing business in China*. London: Routledge.

Der Brockhaus in einem Band(8th ed.). (1998). Leipzig & Mannheim: F. A. Brockhaus GmbH.

Chen,G. M. , & Starosta, W. J. (1998). *Foundations of intercultural communication*. Boston:Allyn and Bacon.

Chen,G. M. (2001). Towards transcultural understanding:A harmony theory of Chinese Communication. In V. H. Milhouse,M. K. Asante,and P. O. Nwosu(Eds.), *Transculture:Interdisciplinary perspectives on cross-cultural relations* (pp. 55—70). Thousand Oaks,CA:Sage.

Chen,G. M. (2002). The impact of harmony on Chinese conflict management. In G. M. Chen and Ringo Ma(eds.), *Chinese conflict management and resolution* (pp. 3—19). Westport,CT:Ablex Publishing.

Chu,C. N. (1994). *China-Knigge für Manager*(2nd ed.). Frankfurt/Main:Campus.

De Mooij,M. (2003). Convergence and divergence in consumer behaviour:Implications for global advertising. *International Journal of Advertising 22*,183—202.

De Vito,J. A. (2002). *Essentials of human communication*. Boston:Allyn and Bacon.

Ehrlich, P. (2000). *Human natures: Genes, cultures, and the human prospect*. New York: Penguin Group. *Enzykolpädie der Weltkunst. Volume* 6. (n. d.). Weinheim: Zweiburgen Verlag.

Gibson, R. (2000). *Intercultural business communication*. Berlin: Cornelsen & Oxford University Press GmbH & Co.

Gudykunst, W. B., & Kim, Y. Y. (1984). *Communicating with strangers: An approach to intercultural communication*. Reading and Menlo Park, CA: Addison-Wesley Publishing Company.

Gudykunst, W. B., & Kim, Y. Y. (1997). *Communicating with strangers: An approach to intercultural communication* (3rd ed.). Boston: McGraw-Hill.

Hall, E. T. (1959). *The silent language*. Garden City, NY: Doubleday.

Harris, P. R., & Moran, R. T. (1996). *Managing cultural differences* (4th ed.). Houston, TX: Gulf Publishing Company.

Hiebing, R. G., & Cooper, S. W. (1997). *The successful marketing plan: A disciplined and comprehensive approach* (2nd ed.). Lincolnwood, IL: NTC Business Books.

Hayhurst, C. (2005). *Management masterclass Feb*. 9. Retrieved April, 27, 2005, from the World Wide Web: http://cnn. worldnews. printthis. clickability. com.

Hofstede, G. (1980). *Culture's consequences: International differences in work-related values*. Beverly Hills, CA: Sage Publication.

Hofstede, G. (1991). *Cultures and organizations: Software of the mind*. New York: McGraw-Hill.

Hofstede, G. (1994). Management scientists are human. *Management Science* 40, 4—13.

Hofstede, G. (2005). Geert Hofstede cultural dimensions. Retrieved April 27, 2005, from the World Wide Web: http://www. geert-hostede. com

Klopf, D. W. (1998). *Intercultural encounters: The fundamentals of intercultural communication* (4th ed.). Englewood, CO: Morton Publishing Company.

Kulturgeschichte Europas：Von der Antike bis zur Gegenwart. (n. d.). Fritz Winzer(Ed.). Cologne：Naumann & Göbel Verlagsgesellschaft.

Luo，Y. (1998). Joint venture success in China：How should we select a good partner. *Journal of World Business* 33，145—165.

Lustig，M. W. ，& Koester，J. (1999). *Intercultural competence：Interpersonal communicaTion across cultures*(3rd ed.). New York：Longman.

Martin，J. N. ，& Nakayama，T. K. (1997). *Intercultural communication in contexts.* Mountain View，CA：May-yfield Publishing Company.

McK Wissen 10. (2004). September.

National Geographic Society. (2005). Retrieved May 28，2005 from the World Wide Web：http：//plasma. national geogrpahic. com/mapmachine/profile.

The New Encyclopedia Britannica. (1998). Vol. 17. Macropedia(15th ed.). Chicago：Encyclopedia Britannica，Inc.

Samovar，L. A. ，Porter，R. E. ，& Stefani，L. A. (1998). *Communication between cultures* (3rd ed.). Belmont，CA：Wadsworth Publishing Company.

Sandhusen，R. L. (1997). *International marketing.* Hauppauge，NY：Barron's Educational Series.

Seeyle，H. N. (Ed.). (1996). *Experimental activities for intercultural learning.* Vol. 1. Yarmouth，ME：Intercultural Press，Inc.

Seligman，S. D. (1997). *Dealing with the Chinese：A practical guide to business etiquette.* Chalford：Management Books 2000Ltd.

Shi，Ha. (2001). Interkulturelle Zusammenarbeit. *Markt China： Grundwissen zur erfolgreichen Marktöffnung.* Munich：R. Oldenbourg Verlag.

Sieren，F. (2003). What should a China manager know about China's economy，politics and society? In *The China management handbook*(1—63). New York：Palgrave Macmillan.

Wikipedia. (2005). Demographics of China. Retrieved April 11，2005，from the World Wide Web：http：//en. wikipedia. org/wiki/Demographics of China.

Wikipedia. (2005). Languages of China. Retrieved April 11，2005，from the World Wide Web：http：//en. wiki-pedia. org/wiki/Languages of China.

Wikipedia. (2005). Nationalities of China. Retrieved April 11，2005， from the World Wide Web: http://en. wikipedia. org/wiki/Nationalities of China.

Wikipedia. (2005). Yin Yang. Retrieved April 11,2005,from the World Wide Web:http://en. wikipedia. org/wiki/Ying and yang.

Windle, C. (27 September, 2005). China luxury industry prepares for boom. *BBC News.* Retrieved May 31,2006,from the World Wide Web: http://news. bbc. co. uk/2/hi/business /4271970. stm.

The world almanac and book of facts. (2005). New York: World Almanac Books.

Zentner, C. (1980). *Geschichtsführer in Farbe: Weltgeschichte in Bildern, Daten, Fakten.* Munich: Delphin Verlag GmbH.

A Study of Conflicting Percepections
of the Chinese People

Michael B. Hinner

TU Bergakademie Freiberg

Abstract: Westerners have been fascinated with China for a very long time. Today as in the past, many Westerners are puzzled by the conflicting percepections of Chinese people. Commerce and communism coexist as do ultramodern technology and traditional farming; a paradox to most Westerners. Yet closer inspection reveals that this apparent contradiction is only one to Western thinking, not traditional Chinese philosophy which seeks to harmonize and balance opposites. This paper looks at how perception influences not only the way people see the world, but also how they communicate with one another as a consequence of that perception. In today's global business context, it is important to understand how one is perceived by one's potential business partners and customers. For it is only with such knowledge that business transactions can be turned into mutually beneficial business relationships.

Keywords: Business transactions, intercultural business communication, perception, harmony

策略力量的转变与国际传播理论的本质

詹姆斯·W. 契斯卜若(James W. Chesebro)[①],
金廷奎(Jung Kyu Kim),李东杰(Donggeol Lee)
美国波尔州立大学

[摘 要]本文对"策略力量正在全球范围内发生大规模的转变"这一提法进行了探讨。这场转变会对跨文化/国际传播理论的本质与发展方向产生影响。文章分为五个部分:第一部分论述了多元文化主义被视为传播学学科的一种正在出现的哲学和主导视角。这一视角让传播学学科中跨文化传播理论的本质和价值导向有了新的解读。第二部分是文献研究,发现以往的跨文化传播理论虽与文化相联,却忽视了亚洲传播的独特性与重要性。第三部分认为传播学学科一直以占主导地位的民族国家所使用的传播模式来定义传播的有效性。第四部分指出,如果传播学学科的历史模式继续存在下去的话,将会越来越多地视中国为国际传播活动有效性标准的来源或模式。在第五部分中,我们以朝鲜核试验"危机"作为研究案例,说明中美两国所使用国际传播策略在过程和结果中是如何迥异。总之,随着中国在国际关系中的力量越来越强,世界范围内

---

① [作者简介] 本文第一作者詹姆斯·W. 契斯卜若(James W. Chesebro)系明尼苏达大学博士,美国波尔州立大学(Ball State University)教授。前美国国家传播协会(National Communication Association, NCA)主席、东方传播协会(Eastern Communication Association)主席。曾担任多种重要传媒学术期刊的主编。著述丰厚,拥有"杰出教授"称号。

传播策略的基本性质也可能会发生转变。

[关键词]跨文化传播理论,多元文化主义,世界主导模式,亚洲传播,中国,美国,朝鲜,策略

本文的原意是扩展延伸詹姆斯・W. 契斯卜若(James W. Chesebro)的"在多样中统一:多元文化主义,负罪/受难与一种新的学术导向"一文。该文是他在 1996 年美国全国传播学会(NCA)上所做的主席发言。其时,契斯卜若即认为美国全国传播学会必须"认识到文化多样性的出现",并以之作为其任务与计划的"中心";认为美国全国传播学会必须将多元文化主义视为一种可以"激励"并"联合""学者群"的体系,让学者们"采取一致行动"(p. 10)。在此基础上,契斯卜若还在发言中概述了多元文化主义对于美国全国传播学会的价值;提出了由七部分构成的"潜景",以使美国全国传播学会去促进"多元文化背景下的传播研究"(p. 13)。

在本文中,这样的观点得以延伸。本文还提供这一发言的最新版本,更多地以国际听众为导向。当这样一种国际视角被采用——本文即沿其主要发展阶段加以展开——我们认为,一种有力的跨文化视角的核心已经显现,它在评估国际传播活动时特别合适和有用。长期以来,一种实用主义的偏见影响着传播学理论,而这一新视角则可以让我们自觉地意识到这种偏见,并最终为我们对用于解决国际冲突的西方/东方策略加以认识、归纳特点及有所区别提供一个基础。在我们看来,朝核"危机"为我们提供了一个现成而又生动的例子;通过它,我们可以看到中美两国各自使用何种方式来应对重大的国际问题。全文引导我们得出这样的结论:中国所采用的国际传播策略更能维持良好的国际关系。我们将以多元文化主义作为本文的开头。我们认为,无论是从国内还是国际的角度对传播活动的特性加以归纳,多元文化主义都是基本而必不可少的研究框架。

作为起点的多元文化主义

早在 1996 年,契斯卜若就认为作为经常性的指导和控制传播研究方向的学术机构的美国全国传播学会(NCA),需要对其哲学导向及其发起的实践活动有所调整。契斯卜若认为 NCA 应该认识到,多元文化主义对于传播学这一学科是有益的。在 NCA 这样的机构中,多元文化主义可以在很多地方发

挥价值：一开始，我们可以让多元文化背景的人们参与到我们的研究计划中，然后就这样的多元文化基础对所归纳理论的可靠性和有效性加以测试；接着在传播学的学科内借助多元文化主义对问题加以认识与评定，将多元文化主义作为从国际视角看待传播问题的根本；最后，将多元文化主义作为"对我们的传播道德系统进行重新审视"的基础(p.10)。

基于这些益处，契斯卜若认为"随着我们进入 21 世纪"，我们应实现"七种转变"(pp.13－14)。首先，作为对"如何开展传播学研究"这一问题的有益补充，"多元文化主义应被视为一种学术的和理论的问题，而不是政治问题"。第二，认识到世界上存在许多种对现实的不同看法，其相互之间有时候是矛盾的；"应将多元文化主义理解为对现有现实概念的一种挑战，它带来了另一种更有活力的现实观。"第三，在对"反犹太主义、种族主义、性别主义、同性恋及年龄歧视"等问题有所警觉的基础上，NCA 应对"不同形式的歧视和偏见"——它们可能会对任何组织都造成影响——加以注意并想办法避免。第四，"作为专业人士，我们需要保护所有的学者免受言辞不当之害——言辞不当往往是多元文化冲突的源头。"第五，NCA 应"将核心成员组（传统上是代表着不同文化的系统）整合进入其管理阶层。"第六，认识到我们每个人都有着"多元的、相互之间会有冲突的自我定义"，"我们每个人都代表着多元文化体系、是其中一员，并且从多元文化体系的角度说话"，"每个人都应该理解自己多元文化的身份。"第七，我们都"应该就这些问题进入一番新的对话，而不仅仅是那些自认为是少数族群的人才需要这样做"。

对于本文，《中国传媒研究》的编辑们特别鼓励我们对契斯卜若的主席发言提出"最新的版本"，"更多地以国际听众为导向"。

一开始我们预计对国际听众的迎合不会让契斯卜若演讲的中心原则发生根本性的变化。我们认为，也许可以对以上七条跨文化/国际传播研究原则有所延伸。但是随着分析的深入，尤其是当我们研究了一些当代案例后，我们清楚地认识到：已有的对当前的跨文化/国际传播状况描述是不恰当、不准确的；如果不对这一情况加以表达，那么对契斯卜若七条原则的延伸就会是不全面的。

我们现在认为，对跨文化/国际传播进行更为深刻的再认识是很有必要的，因为1996年以来发生了许多重大的、具有转折意义的事件。这些事件让我们理解跨文化/国际传播的方式发生了很大的变化。2001年的"9·11"事件和美国随后发动的伊拉克战争对我们的影响尤为明显。我们认为，对于美国的这次出击,国际上的看法和理解特别重要。鉴于以上这些观察,我们这篇文章的目的在于能够最终起到启发的作用(如果不是被视作挑衅的话),因为我们最终希望我们在本文中的主要观点可以对其他人形成挑战,鼓励他们对我们的想法做出回应,但最主要的还是希望:在此新世纪之始,我们的言论可以抛砖引玉,激起大家对传播学这一学科的本质及发展方向的讨论。

文章主题

在我们看来,政治环境的重新定义对控制和指导跨文化/国际传播的理论本质、研究方法和应用问题都产生了直接的影响。国际政治/力量关系将要经历一场意义深远的转变,我们正处在其开端。这场转变已经开始直接而深刻地改变跨文化/国际传播的本质,而我们用以衡量和评价跨文化/国际传播有效程度的标准也同样重要。这就是本文的主题思想。在这一点上,将我们的主题思想看作一种预言、一种理念也不为过。但是我们也相信,这一预言的意义在如今已经非常明显,是不可置疑和意义重大的。

鉴于本文的主题思想,我们在此发展出了五条主要观点。第一,对国际/跨文化传播进行一次有目的的、有选择性的调查,结果表明:一场即便称不上非凡也是强大的国际/跨文化传播的革命与转变正在发生。第二,从历史的角度进行分析,结果表明:传播学学科理论一直以来被政治、军事、经济及社会力量等因素所左右。确实,当我们认识到诸如科技这样的变化因素可以对传播学的理论构架产生巨大的影响时,我们就越来越相信传播理论是源于权力的、由最强大的民族国家所决定。第三,我们认为一场力量上的新转变正在世界范围内发生,一次从西方主导向东方视角转变的过程。第四,这种力量上的转变表明,国际/跨文化传播的操作与分析已经出现了多种不同的方式。为了说明这种转变的本质,我们以 2006 年朝鲜宣布其核试验政策后中美两国的反应处理方式为例加以研究。在我们看来,为了处理这一"国际危机",产生了两种不同的传播策略。第五,也是最后一点,已经有人认识到了这场转变的理论意义。经过这样的概览,我们先来看一些传播学学科内已经发表的文章,它们为以上思路提供了基础。

文献研究

作为开始,我们想先来评论一系列最近的文章,本文所采用的视角与导向便是源于这些文章所提供的学科背景。这里,我们看六篇文章。我们的思路曾被某些说法所强烈扰乱过,虽然我们得承认那些说法非常有力。大多数情况下,考虑到传播学学科正在经历的变化,我们选取那些我们认为具有革命性和创新性的文章。

让我们的分析从 Chung、Jeong、Chung 和 Park 的大作(2005)开始。他们为此做出的巨大贡献为人所公认。他们使用元分析(meta-analysis)[①]的方法对出版于 2002 至 2004 年间的 782 本书(其中 413 本来自美国,369 本来自韩国)进行了内容分析。虽然这两个国家的研究兴趣被基本上相同的种类与主题占据了,但 Chung、Jeong、Chung 和 Park 还是发现了大众传播主题在阶层顺序上的差别。此外,就他们对"美韩两国网上传播研究状况"的特别关注来看,在考察到的阶段中研究方式几乎没有什么不同。就像作者所言,"这种模式在不同国家间没有明显的差异"(p. 45)。说得更概括些,"这两个国家在网络研究领域没有什么明显的差异"(p. 46)。而我们会想,这两种迥然不同的文化可能会产生明显不同的研究进程,而不同的进程又反映了不同文化的文化导向,可实际上研究人员并没有发现什么不同。为什么会这样? Chung、Jeong、Chung 和 Park(2005,p. 46)试着给出了一些解释:(1)调查所用的韩国书中,91%的作者在美国获得博士学位;(2)约有 1/4 的韩国书是以英语在美国出版再翻译成韩语的;(3)互联网已经"极大地"减小了不同国家间的知识与信息差距。不过,Chung、Jeong、Chung 和 Park 还给出第四条理由,谈及美韩两国在传播研究方面的共性,我们觉得这条理由在本文中尤其具有说服力。他们认为"在韩国的传播学领域缺乏理论特色和独特的研究进程"(p. 46)。

从我们赋予跨文化传播的力量来看,我们会预计韩国可以也应该发展出自己的理论特色和研究进程,与其独特的历史、独特的文化、独特的语言、独

---

① 译者注:meta-analysis,原分析,变化分析:将研究结果统合起来的过程或方法,使用各种统计方法来检索、筛选、合并本来分散零碎但相关性的研究。(The process or technique of synthesizing research results by using various statistical methods to retrieve, select, and combine results from previous separate but related studies.)

特的地理特征及独特的传播技术使用方式相配。但是在对韩国的理论特色和研究进程进行归纳时,这些独特的跨文化变量并没有凸显出来。Jandt(2004,p. 7)曾说,"一个团体或一个种群(应该)足够大从而可以自我维持"并能够"不依赖外来者来衍生后代"。我们赞同。Jandt(2004,p. 7)还说跨文化研究的"最终目的"是为了理解各个独特的文化系统,"而不是强行认为西方文化"是理解每一个具体的非西方文化时的背景。这样的想法与本文更为切近,尽管该想法"发展缓慢"。总之,当我们高度评价 Chung、Jeong、Chung 和 Park 的发现与分析时,我们同样要注意到,他们的分析可能表明美国已经对非西方文化的特性、知识和发展施加了过多的影响力。

在这里,我们发现 Ono 和 Nakayama(2004)对 William Gudykunst(2001)的《亚裔美国人的种族特性与传播》一书所进行的评价很有意思。Ono 和 Nakayama 非常谨慎地指出,对亚裔美国人传播情况的关注"源于在更大的美国和世界现实的语境下""对亚裔美国人的社会关注"(p. 88)。同时,Ono 和 Nakayama 认为这样的视角"狭隘地聚焦于高语境/低语境文化,将之作为关键的比较变量"(p. 89)而忽视了"中国人与华裔美国人之间的比较,选择了拿中国人与(白种)美国人进行比较,这就忽视了无数发生在中国人与华裔美国人之间的传播活动,而且忘记了华裔美国人也是美国人"(p. 90)。此外,Ono 和 Nakayama 认为 William Gudykunst"倾向于青睐西方的表达方式",未能对"美国跨文化传播研究中'同化范式'的价值做一次透彻而具批判性的评价"(p. 90)。该书还有一些不足也被明确指出。我们对 Ono 和 Nakayama 的以下观察印象尤其深刻:"(该书)也缺乏对亚洲历史的关注。比如日本对韩国、菲律宾的殖民统治也许是解读日、韩、菲几国的传播、文化、身份等既定特征的关键。"(p. 91)总之,Ono 和 Nakayama 认为 William Gudykunst 书中"强调了朝向美国文化的濡化(acculturation)现象",他们也极具说服力地指出 William Gudykunst 的分析"忽视了亚裔美国人的身份在政治上的出现"(p. 93)。在我们看来,Ono 和 Nakayama 的分析为我们提供了"如何对国际/跨文化传播领域发生的转变加以考察"的基础。我们不要将种族特性作为同化和濡化的功能职守来处理,我们的分析必须明确认识到并关注于文化特征的政治含义。

同时,我们认识到"政治这一有力因素将往何处发展"也需要进行重新认识。在这一点上,我们发现 Chang、Holt 和 Luo 的分析很有说服力。

Chang、Holt 和 Luo(2006,p. 312)认为这一问题如今无论基于"理论和实践的原因"都"非常重要"。他们非常有说服力地阐述道:"以欧洲中心主义导向作为跨文化研究的范式"已经最终"限制"了我们对亚洲传播的理解。他们特别指出"跨文化传播教材"一直在检视东亚文化(如中国、日本和韩国)与西方(如美国)"所一一相对的地方";这样做最多只能对这些文化进行"特质性的(idiosyncratic)"解读(p. 313)。就此,Chang、Holt 和 Luo 提出了三个问题。

首先,他们认为以东方对比西方的二分对立的做法"在一个动态变化的全球化世界中不起太大作用",二分思维也不能提供一种办法来超越这样的二分做法(p. 319)。

其次,考虑到任何分析都必须反映出一定的价值判断,Chang、Holt 和 Luo 认为跨文化传播教材一直"将美国惯例视为标准而其他的则需要被评价"(p. 320),认为现在是时候"对这种认识上的不平衡加以纠正了"(p. 321)。

最后,Chang、Holt 和 Luo 认为对于任何平衡的跨文化分析来说,其必要条件都会要求我们在对文化进行描述、解说和评价时不再使用"主导范式",而更明确直接地考虑使用"具体的背景和社会环境";以使更恰当地"控制"那种将任何具体文化都在历史与政治上加以概化的现象(p. 325)。

Chang、Holt 和 Luo 认识到"究竟什么可成为亚洲传播范式还将继续争论和受到挑战",他们认为"我们对亚洲传播的理解"应最终是"批评性的、自我反省的"并且"被视为涓涓语流中的某一刻,此时具有挑战性的想法与视角可以被激发出来,随着言论的延伸,供不同的读者们(无论是否为亚洲人)咀嚼、讨论或采纳"(p. 326)。

我们认识到任何有关亚洲传播的特征都有引起争论的可能——Chang、Holt 和 Luo 非常简明地证明了这一点。Chen(2006)试着对那些天生自我矛盾但同时又具有超越性的亚洲传播特征加以分析,这给我们留下了很深的印象。在我们看来,Chen 将我们的注意力集中到了这种最基础和最深刻的相对张力(tension)上,而这种张力体现和渗透在亚洲传播所有的各种形式、过程和结果中。

在这篇文章中,Chen 认为人类传播活动的结果或目的不是为了转化和改变他人。Chen 认为"亚洲传播的精髓"(p. 296)始于这样的认识:最主要的"人类传播活动道德准则"是传播双方"通过真诚地表达出相互之间全心全意的关切之情,来明确各自在合作关系中的责任,而不是用言语或行为策略来压倒对方"(p. 298)。

"所有的事物都只能在与他者的联系中才能变得有意义、才能被理解"

(p. 298)，认识到了这一点，和谐的，或者说相互联结的状态才能达成。从这方面说，每一样事物"都可能拥有不同的、多元的甚至是相反的特质，但是通过交流互动相互联结之后就可以找到将相反的特质综合起来或将不同的特质加以统一的方法"(p. 299)。通过利用诸如"阴"与"阳"这样的深层隐喻进行动态交流活动，从而表现出这一过程，我们就有可能观察到众多特别的传播方法——比如否认、自我矛盾及类比/隐喻——组成了亚洲传播"高度逻辑和理性的实践过程"(p. 304)。当有关亚洲传播的某种描述被视为主导性特征时，其最多应被看作一种暂时性的现象，随时可能发生变化。

同时——尤其是鉴于下文中我们将对中美两国就朝鲜威胁进行核武器试验一事所采取的策略加以分析，我们要强调一下 Chen 在其文章篇末给予"亚洲传播研究之道"的关注。Chen 认为冲突无所不在并将继续存在，但冲突本身也可以给同一提供基础。就如 Chen 所言(2006, p. 305)：

> 对"阴"与"阳"的认识与解读加以关注，是解开"道"之谜的关键。"道"不仅仅是一个二元合一或对立调和的概念，它还意示多元中之同一、各部分之整体。它代表了一个极大融合的境界("大同")，从所有的争执与冲突中解放出来。这是亚洲传播研究的终极目标。

> 作为亚洲传播研究的终极目标，"道"或者说极大融合的状态并不能摒除阴阳在现象世界中的互动交流，比如说植根于东西差异中二分法之间的矛盾斗争。但是，它要求学者们有一种求同的态度，在研究亚洲传播的过程中以超越的精神调解并整合东西方学者之间的差异。

在文献调查这一章节的最后，我们想将注意力集中到 Miike(2006)的一篇很有力的文章上来，此文生动地阐释了对亚洲传播的独特性和重要性加以认识的价值与意义。Miike 的观点非常鲜明："据说传播学科的源头和内容都有很重的欧洲中心主义色彩，并且在知识的欧洲中心主义本质方面保持不自省的状态……因此，在传播研究中对欧洲中心主义加以批判并对非欧洲中心主义的传播研究方法加以倡导就显得格外重要。"(p. 5)这一基本目标促使 Miike 提出"一个针对亚洲传播研究的亚洲中心研究计划，要从五个方面加以实施，其中第一个为后四个奠定了基础。整个计划都以亚洲中心为指导思想"(p. 13)。Miike 的亚洲中心研究计划包括以下五条：

1. 从亚洲文化中获取理论见解；

2. 扩大研究的地理关注范围；

3. 将不同的亚洲文化进行比较和对比；

4. 使理论的视域多元化、历史化；

5. 正视元理论问题和方法论问题。（pp. 13—22）

考虑到我们在下一个章节中要谈到公众演说和传播理论的历史，可能会对西方概念有所偏重，所以我们要重点强调 Miike2006 年这篇文章的"尾声"：

从大体上说，由于西方人在语言上的傲慢与无知，他们作为世界公民比非西方人要信息闭塞得多。他们仍然没有意识到，他们可以从世界的其他地方学到很多很多东西。西方人应该了解非西方人在语言上的谦逊。这回轮到这些西方人抛弃他们一贯的好为人师的姿态，虚心地向非西方学习。既然西方人旧有的居高临下和对抗式的做事方法已经不能给地球村带来和谐与和平，那么他们就应该停下来好好想想该如何与非西方人交流。（p. 23）

我们从这一阶段的文献研究中获得了以下几条结论：第一，在传播学学科领域，主导性的理论范式已越来越多地被视为与文化关系密切、服务于特定的文化体系。第二，亚洲传播的主导性概念被忽视，不过很多文章现在已经开始认识这些被遗忘的概念。第三，从西方中心向东方中心的转变已经得以阐明，并且看起来有越来越多的人认为这是有道理的。

一个有关公众演说史的批评和文化分析

我们想说，从历史的角度看，传播理论的本质及其衡量有效程度的标准数千年来一直在经历重要而显著的变化。有些人可以成功地控制和操纵他人；服从于权力、基于那些成功者的意愿来制定传播的理论和有效性的标准，这在我们看来就是传播学科的规范。从这一意义上说，出现在传播学学科中的传播效果理论都是派生出来的、循着权力的流向与路径发展，而并不是被抽象地建立起来或是以先验的传播效果概念为基础。

来自于 20 世纪中叶至 20 世纪末的传播学学科历史概念可以说明问题。我们有意识地选择了以下例子，其发表时间间隔 20 年。这些例子包括：

（1）Lester Thonssen 和 A. Craig Baird 所著的《话语批评：修辞评价标准

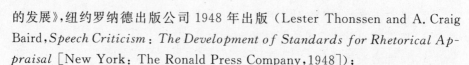

的发展》,纽约罗纳德出版公司 1948 年出版（Lester Thonssen and A. Craig Baird, *Speech Criticism*: *The Development of Standards for Rhetorical Appraisal*［New York：The Ronald Press Company, 1948]）；

（2）Donald G. Douglas 编著的《修辞哲学家：传统与新兴的观点》,伊利诺伊州斯构基国家教材公司 1973 年出版（Donald G. Douglas（Ed.）, *Philosophers on Rhetoric*: *Traditional and Emerging Views*（Skokie, IL：National Textbook Company, 1973）；

（3）Patricia Bizzell 和 Bruce Herzberg 编著的《修辞传统：从经典时代至当代的读物》,马萨诸塞州波士顿圣马丁出版社 1990 所出版的贝德福德系列书之一。（Patricia Bizzell and Bruce Herzberg（Eds.）, *The Rhetorical Tradition*: *Readings from Classical times to the Present*（Boston, MA：Bedford Books of St. Martin's Press, 1990.）

对于许多人来说,Thonssen 和 Baird 1948 年的《演讲批评》奠定了传播学学科的基础。他们所认定的传统是"极度深入过去"的,"书写传统"提供了"一份不曾断绝的智慧记录,可以一直深入到古代文明活动中"。确实,在 Thonssen 和 Baird 看来,这一"传统"的"力量"将"一代又一代的思想世界"连结了起来（p. 27）。

但是当我们现在回顾这一"传统"时,它显出了惊人的选择性,最终只反映出一种有关传播学科"智慧"基础的西方源头。在这一点上,Thonssen 和 Baird 认为"在诸文明中,古希腊人是最早给演讲表达以特殊待遇的"（p. 29）。古希腊人的特点及其概念体系可以在亚里士多德的著作中找到最好的表述。亚里士多德的一系列著作最终成为"联系希腊和罗马思想的纽带"（p. 77）。希腊—罗马传播引导 Thonssen 和 Baird 看向公元 5 世纪圣奥古斯丁的著作（pp. 110—114）。Thonssen 和 Baird 认为,圣奥古斯丁的著作指向了"第一部英语修辞作品"——这是由 Leonard Cox 于公元 16 世纪早期写成的"第一部较为完整的修辞作品"（p. 114）。以英语写作修辞著作的这一转变让 Thonssen 和 Baird 总结出很大一批写作于英国的现代修辞著作。现在看来,这样的总结显得很不全面,仅以此来代表"古代修辞艺术",忽视了世界上的大多数文化。

1972 年,Donald Douglas 对修辞哲学家们"传统与新兴的观点"进行了分析。书中的前两篇文章,对修辞哲学家们"传统"与"新兴"观点的意义进行了定义。比如说,在 Craig R. Smith 和 Donald G. Douglas 的文章《修辞学传统与新兴观点中的哲学原则》中(pp.15－22),几乎每一条注释都来自于西欧国家或美国,宗于希腊—罗马的修辞学家或哲学家。其余的历史部分涉及文艺复兴、启蒙运动、功利主义哲学时期,以及更近一些的由维特根斯坦、约翰·兰索·奥斯丁和伯特兰·罗素倡导的语言哲学时期。所有这些不同的历史时期及不同时期的代表人物全部来自西方国家,没有例外。

最后,Bizzell 和 Herzberg 在 1990 年编著的《修辞传统:从经典时代到当代的读物》,洋洋洒洒,有 1282 页之多。这本"大部头的文集""再一次介绍了修辞的丰富理论资源",并且"从年代和学科两个方面拓宽了我们事业的范围"(p.v)。对于 Bizzell 和 Herzberg 来说,"修辞的起源"可以直追公元前 5 世纪,"形成于希腊遗嘱检验法庭之上,繁荣于希腊民主制度之中"(p.2)。咬文嚼字地说,修辞学的存在、成长和发展在世界其他地区并不存在。这本书的"第一部分"就将"经典修辞"仅归于希腊—罗马时代。此后是"中世纪修辞时期"、"文艺复兴修辞时期"、"启蒙运动修辞时期"和"20 世纪修辞时期",所有的时期都有来自欧洲和美国的代表性学者。从概念体系和世界观的角度说,修辞传统的主流明显地局限于西方。

在所有这些著作中,亚洲传播及代表亚洲传播特点的各种概念和理论几乎完全缺席。总之,在这些著作中,西方文化被认定为有关传播标准、惯例和成就的模式及规范的唯一来源。这种视角在历史学家那里就会被特别地认定为"西方式"。在这一点上,Osborne(2006)已经进行了一次新的历史分析,题目叫做《文明:西方世界的新历史》。令人感兴趣的是,他所提出的西方文明发展的历史线条,实际上与那些修辞历史学家提出的历史发展情况一样。如 Osborne 所说,"我们乐于相信,西方文明是我们从古希腊、罗马及基督教那里通过文艺复兴、科学革命和启蒙运动而继承得来的"(p.2)。而 Osborne 也将他的研究目标直接地仅定位于西方:"下面的诸个章节将对西方文明作一研究调查"(p.2)。

事实上,几乎所有这些历史的发展都追随权力与金钱的方向,这一事实也同样重要。换句话说,当民族国家成为主导世界的力量时,他们所用的修辞就会被定为传播有效性的指标。从某种意义上来说,我们不会对这样的结果表示意外。从一开始,传播学学科就在其导向上极度讲究实用价值,最主要受到这样一条标准的指引:在一个传播环境中,怎么做才能产生效果,或者说怎么做才能达成一个特定的目标。但是,在认识西方传播规范的源头时,权力本身很少作为一种评判的标准被明确地提出来。许多著作指出,如何有技巧地遣辞造句就是决定修辞效果的主要标准。而如果/当一个国家被视为传播效果（标准）之源时，民族国家的权力本身很少被认定为是具有决定意义的变数。这些著作没有提及选择特定的民族/国家作为修辞传统的主要来源的标准是什么。

至此，两个暂定的结论已经显而易见了：第一，过去的 2500 年的传播理论史是极为偏狭的，它仅仅关注西方国家的发展情况。第二，西方修辞的历史模式以实用主义哲学为主导，暗中认定应在操作上将当权者的语言/非语言行为作为评判传播效果的标准。

如果暂定的这两条结论是正确的，我们希望在未来的 25 年中传播学学科会在思路上发生转变。如果修辞学者的实用主义导向继续下去的话，他们还会追随金钱与权力，而中国的传播理念会成为传播效果的学习榜样和标准来源。不过到目前为上，修辞历史仅以西方民族国家为宗。在未来 25 年中，我们认为这两种传统有可能发生碰撞。一开始，我们希望文明继续以西方传统来加以定义。在这一阶段中，如果中国的力量会因其"在国际市场和国际政坛中日益重要"而得以重新定义，我们是不会感到意外的。不过，传播学科要想生存，它就必须对在过去一百年中一直占指导地位的实用主义导向力量加以认识、加以改变。

就此而言，对中国成为一股世界力量的实现程度及中国在国际环境中的发展进行认真的思考，将是非常正确之举。

从 20 世纪到 21 世纪：国际力量的转变

随着世界从 20 世纪进入 21 世纪，我们认为国际力量的一场大规模转变已经拉开序幕。我们希望能在未来的 30 到 50 年中看到这场转变的深刻意义。我们尤其想说，在宽泛的层面上，我们将在这场转变中看到：美国所运用的力量与策略将被逐渐发展的中国及东亚地区的力量与策略所取代。随着时间的推移，我们相信我们的说法会越来越可信。

中国的经济改革打开了国际经济发展的新篇章，掀起了全球经济转变的巨大浪潮。中国在国际支付平衡中越来越多地发挥着主导与控制作用。中国与跨国公司之间的各种合作现在也是司空见惯了。

通过回顾我们发现，中国的力量不断增强。在经济方面，"十·五"期间（2001－2005）中国的国内生产总值（GDP）平均以 10.3％的速度增长。2007

年第一季度,中国经济"继续以惊人的步伐加速发展,与 2006 年相比,同比增长 11.1%"(Barboza,2007)。这种"高速发展的势头,位于本年代之前列。连续四年的经济增长速度都在百分之十以上,其中去年增长 10.7%,为本年代之首"(Barboza,2007)。国家统计局新闻发言人郑京平(2005)预计,在未来的 5 到 10 年中,中国经济将保持每年 8%~9% 的增长速度。国务院发展研究中心对外经济研究部部长张小济(2005)认为"到 2020 年,国家的 GDP 将达到 4.7 万亿美元,或人均 3200 美元"(Xu,2005)。总之,中国已经成为世界第四大重要的经济力量,并有望在短期内成为第三大重要的经济大国。

中国自 1978 年开始经济改革,最初的进步速度并不快;但在最近十年中,中国在世界经济和政治舞台上日益扮演着越来越重要的角色。比如说,中国于 2001 年加入世界贸易组织(WTO);中国与外国公司的交流合作已使中国超过日本而成为世界上最大的外汇储备国;中国现在已成为仅次于美国和德国的世界第三大贸易国。这些成就是中国经济改革的结果,而这一改革与西方国家的改革有着截然不同的政治与历史背景(Yong,2006)。

1978 年经济改革的背景理论在邓小平的"猫论"中得以解释。根据邓小平理论,中国转向了以经济建设为中心发展思路。政府鼓励许多中国经济实体积极参与到经济发展中去。中国市场向外国投资开放,中外合作显著增加。

当中国经济力量逐渐增强时,中国强烈地感觉到与其他国家建立并保持跨文化传播的需要。相应地,在我们看来,通过实行国际合作的政策,中国获得了巨大的经济增长。我们可以预料,只要中国还坚持最优先发展经济,这样的国际合作策略就会继续下去。

东西方的传播策略:以朝鲜核问题为例

从占主导地位的国际策略的角度考虑,以及最终从跨文化/国际传播理论本身的角度考虑,政治力量从美国向中国及东亚地区的转移将会对传播研究特别重要。在这一点上,我们认为美国——正处于国际关系的关键时刻——以"对抗"作为主要策略;而中国——截至目前——在处理国际争端时显示出这样的趋势:短期使用"寻求共识"和"折衷"的态度、长期使用"合作"的方法作为其主要策略。这些策略上的差异在国际上已经比较明显了。朝核问题是对这些策略差异进行认识和评价的极好案例。

首先,国际/跨文化传播可以施用的策略很多,认识到这一点很重要。契斯卜若将其中的一些策略纳入一个"冲突模型"（见表1），列出了八条主要的传播策略——竞争、寻求共识/折衷、自卫/辩解、让步、对抗、逃避/保持沉默、合作以及迁就，并对每一条策略的形式及本质特点进行了归纳。这一包含了八种传播策略的模型是用于冲突管理的；从人际传播到国际传播，可应用于几乎传播过程的所有层面。比如说在竞技比赛中，失败方的发言就能反映出对一种普通策略的运用——从这八条传播策略的角度考虑，契斯卜若将之视为一种"让步"。从这一点上说，每一种策略都可以因其独特的特征而加以区分；这些形式与本质上的特征包括九个方面：自信程度、合作程度、对自我的关注程度、对他人的关注程度、完成任务的意愿、遵循社会道德的程度、使用策略者的表面情绪状态、冲突类型和在策略使用中所明确或含蓄地体现出来的处理对待社会体系的复杂方式。从国际关系的角度说，这一模型的形式和本质特点为评价传播策略提供了一种行之有效的办法。不仅如此，从使用的角度说，这一冲突模型让我们不仅可以对恰当的传播策略加以定义，还可以选择一定的策略与其他策略进行比较。

表1　冲突管理的八种传播策略——策略形式*

形式和本质特征	竞争[i]	寻求共识/折衷[ii]	自卫/辩解[iii]	让步[iv]	对抗[v]	逃避/保持沉默[vi]	合作[vii]	迁就[viii]
例子	两个人同时竞争同一份工作	与竞争者达成协议分享所得	在形象受到攻击时加以反击	竞技比赛输了之后的发言	对在国际范围内共同发挥作用的合作权进行挑战	拒绝与他人对话、给予回应或加以认识	寻找共同的目标和策略以共同协作	仅仅由于对方身体残疾而让对方在争论中取胜
自信程度	高	中	高	中	高	低	高	低

＊　For one of the most complete and clearest summaries of all of these strategic forms, see: (1) J. Dan Rothwell, In the Company of Others: An Introduction to Communication (Mountain View, CA: Mayfield Publishing Company, 2000), pp. 246－274, esp. pp. 253－257; and/or (2) Thomas E. Harris and John C. Sherblom, Small Group and Team Communication (3rd ed.) (Boston, MA: Pearson Education, Inc. /Allyn and Bacon, 2005), pp. 248－255.

关于这些策略形式，最为完整和清晰的总结可参见：(1) J. Dan Rothwell, In the Company of Others: An Introduction to Communication (Mountain View, CA: Mayfield Publishing Company, 2000), pp. 246－274, esp. pp. 253－257; (2) Thomas E. Harris and John C. Sherblom, Small Group and Team Communication (3rd ed.) (Boston, MA: Pearson Education, Inc. /Allyn and Bacon, 2005), pp. 248－255.

续表

形式和本质特征	竞争 [i]	寻求共识/折衷 [ii]	自卫/辩解 [iii]	让步 [iv]	对抗 [v]	逃避/保持沉默 [vi]	合作 [vii]	迁就 [viii]
合作程度	低	中	低	高	低	低	高	高
对自我的关注程度	高	中	高	中	高	高	高	低
对他人的关注程度	低	中	低	中	低	低	高	高
完成任务的愿望	高	中	高	高	高	低	高	低
遵循社会道德的程度	低	中	低	低	高	低	高	高
表面情绪状态	强烈	理性、讨价还价	防御、自我保护	认输,但很坚定	气愤	冷淡	投身	顺从
处理社会体系的方式	确定方式和目标	确定方式和目标	防御可能存在	规则允许将来取胜	体系已经腐化毁坏	从体系中撤出	将体系的力量最大化	规则存在例外

i   Assuming that a zero-sum situation exists in which it is determined that only one of all opponents can win, conflict is resolved when a set of strategies is designed to gain what others seek to gain at the same time and usually under fair or equitable rules and circumstances. Under such circumstances, one "winner" is generally designated, because one set of strategies did, in fact, achieve what others sought following the same procedures.

　　零和(zero-sum)的情形存在于所有的竞争者中肯定只有一方能够获胜的情境之中,若是在公平的竞争规则和环境下,一方获得了其余方也想要获得的东西,冲突就解决了。在这样的情况下,一个"获胜者"通常就被确定了下来。因为竞争所设定的规则环境确实是相同的,获胜者事实上得到了其他人在同样的进程中也想获取的东西。

　　ii   Presuming that differences are a matter of opinion rather than ideological, a consensus seeks to resolve conflict by creating an identification or merger of common and shared interests and identities between/among opponents; see: Howard H. Martin and C. William Colburn, Communication and Consensus: An Introduction to Rhetorical Discourse (New York: Harcourt Brace Jovanovich, 1972).

　　"寻求共识/折衷"策略认为差异只是看法上的问题,而不是意识形态上的问题,它通过在对手间寻求共同的兴趣和特点来化解冲突。参见:Howard H. Martin and C. William Colburn, Communication and Consensus: An Introduction to Rhetorical Discourse (New York: Harcourt Brace Jovanovich, 1972).

　　iii   By employing techniques such as shifting responsibility, denying accusations, and attacking the opponent, when employing an apologia or self-defense strategy, an advocate attempts to justify what others have perceived as wrongdoing and thereby deny the validity of the conflict; see: Lawrence W. Rosenfield, "A Case Study in Speech Criticism: The Nixon-Truman Analog," Speech Monographs, 35 (November 1968), 435—450. Also, see: David A. Ling, "A Pentadic Analysis of Senator Edward Kennedy's Address to the People of Massachusetts, July 25, 1969, Central States Speech Journal, 21 (Summer 1970), 81—86.

使用"辩解/自卫"的策略是通过转移责任、拒绝指责和攻击对手等方法,来证明对方做错了,从而否认冲突的有效性。参见:Lawrence W. Rosenfield, "A Case Study in Speech Criticism: The Nixon-Truman Analog," Speech Monographs, 35 (November 1968), 435—450. Also, see: David A. Ling, "A Pentadic Analysis of Senator Edward Kennedy's Address to the People of Massachusetts, July 25, 1969, Central States Speech Journal, 21 (Summer 1970), 81—86.

ⅳ Chesebro and Hamsher (p. 39) have defined a concession as "a formal conceding or yielding in a conflict after the issues have been resolved in face"; see: James W. Chesebro and Caroline D. Hamsher, "The Concession Speech: The MacArthur-Agnew Analog," Speaker and Gavel, 11 (January 1974), pp. 39—54.

Chesebro 和 Hamsher(p. 39)将"让步"定义为"表面上问题已被解决后的一种正式的退让和屈从"。参见:James W. Chesebro and Caroline D. Hamsher, "The Concession Speech: The MacArthur-Agnew Analog," Speaker and Gavel, 11 (January 1974), pp. 39—54.

Lacking a common decision-making structure and ideological base that would allow consensus to occur, confrontations are designed to eliminate conflict by symbolically or actually destroying the institutions, agents, sources, or symbols of power of adversaries; see: Herbert W. Simons, "Persuasion in Social Conflicts: A Critique of Prevailing Conceptions and a Framework for Future Research," Speech Monographs, 39 (November 1972), 227—247. Also, see: Robert L. Scott and Donald K. Smith, "The Rhetoric of Confrontation," Quarterly Journal of Speech, 55 (February 1969), 1—8. For a more fundamental perspective, see: Richard Conniff, "Rethinking Primate Aggression," Smithsonian, 34 (August 2003), Number 5, pp. 60—67.

使用"对抗"策略的双方缺乏可以达成共识的共同的决策机制和认识基础。此策略通过象征性地或是实质性地摧毁对手力量的组织、机构、源头或符号来消解冲突。可参见:Herbert W. Simons, "Persuasion in Social Conflicts: A Critique of Prevailing Conceptions and a Framework for Future Research," Speech Monographs, 39 (November 1972), 227—247. Also, see: Robert L. Scott and Donald K. Smith, "The Rhetoric of Confrontation," Quarterly Journal of Speech, 55 (February 1969), 1—8. 若想考察更为基础的视角,请参见:Richard Conniff, "Rethinking Primate Aggression," Smithsonian, 34 (August 2003), Number 5, pp. 60—67.

ⅴ While it can convey a wide range of messages because of its ambiguous nature both verbally and nonverbally, avoidance or silence seeks to resolve a conflict by refusing to recognize the conflict, address the issues involved in the conflict, and/or participating in techniques that directly resolve the conflict; see: Robert L. Scott, "Rhetoric and Silence," Western Speech, 36 (Summer 1972), 146—158; also, see: Cheryl Glenn, Unspoken: A Rhetoric of Silence (Carbondale, IL: Southern Illinois University Press, 2004). At the same time, it must be recognized that this strategy can sustain a conflict because it fails to address the conflict directly.

由于"逃避/保持沉默"策略在语言和非语言方面的不确定性,因此可以传递出很多信息。逃避/保持沉默是通过拒绝对冲突加以认识、拒绝对冲突的问题加以说明,以及/或者使用一定的方法直接解决冲突的方式来解决冲突。参见 Robert L. Scott, "Rhetoric and Silence," Western Speech, 36 (Summer 1972),146−158; also, see; Cheryl Glenn, Unspoken; A Rhetoric of Silence (Carbondale, IL; Southern Illinois University Press,2004)。同时,这种策略还可以被视为一种维持冲突的方式,因为它不能直接处理冲突。

ⅵ Collaboration is a form of conflict resolution in which it is believed that agreement can be reached if "both sides" of a conflict are "fully articulated and address" with an "open-minded attitude," honest and sincere "effort," and with "effective communication"; see; Deborah Borisoff and David A. Victor, Conflict Management; A Communication Skills Approach, 2nd edition (Boston, MA; Allyn and Bacon,1998),p. 39.

"合作"策略是这样一种冲突解决方式:若冲突"双方"能够"以开明的态度"、真诚的"努力"和"有效的交流"把问题"充分地说清楚",冲突就能得以解决。参见;Deborah Borisoff and David A. Victor, Conflict Management; A Communication Skills Approach, 2nd edition (Boston, MA; Allyn and Bacon, 1998),p. 39.

ⅶ Accommodation is an adjustment or harmonizing conflict-resolution strategy that seeks to create agreement or concord by changing the habits or customs that create a conflict, supplying something that is convenient, being helpful or useful to others, or by furnishing something others desire or need.

ⅷ 迁就是一种寻求调整/协调的冲突解决策略,通过改变造成冲突的做法或习惯、给对方提供方便/帮助、或者满足对方的愿望/需要来达成一致/和谐。

在这一点上,用于冲突管理的八条传播策略对于理解朝核问题上中美两国的不同政治策略非常有用。中国在外交上一直采取低调姿态,一贯坚持不干涉他国内政的原则(Yuan,2006)。因此,在处理朝鲜问题上,中国采取了近期使用寻求共识/折衷的策略而长远采用合作的策略。与此相对的是,美国在朝鲜问题上,短期内主要使用竞争策略,而长远使用对抗策略。

2006 年 10 月 3 日,朝鲜外务省发表声明,"朝鲜民主主义共和国科研领域将于未来进行核试验,试验的安全性会得到确切保证"。消息一出,几乎世界各国都要求对朝鲜实施严厉制裁。但是中国常驻联合国代表王光亚表示"通过外交途径解决问题的可能性仍然存在"。中国的外交家们希望找到一种更为理性并能使双方都受益的解决方法——这是寻求共识/折衷策略的特点。不过,2006 年 10 月 9 日,朝鲜中央通讯社报道说:"朝鲜在安全条件下成功地进行了一次地下核试验。"这次核试验不仅激起国际社会的谴责,联合国安理会还通过了第 1718 号决议,对朝鲜进行严厉的贸易和经济制裁。

中国虽然对此决议投了赞成票,但仍继续使用寻求共识/折衷策略,这与其他大多数国家——包括美国在内——所采用的传播策略是不同的。中国外交部长李肇星指出"中方希望各方保持冷静,以慎重、负责的态度,坚持对话,和平解决朝鲜半岛核问题"。胡锦涛向美俄两国派出特使,并向朝鲜派遣了由国务委员唐家璇带领的代表团。唐家璇访朝两天后,朝鲜领导人金正日表示同意重返六方会谈。最终,六方会谈于2007年2月13日通过共同文件,朝鲜同意放弃核武器。中国所使用的折衷与合作的传播策略显得比美国和世界其他国家所用的竞争与对抗策略更成功。

美国对外政策的总体目的,是要维护美国式的生活方式(Lind,2006,p. 22)。与此相应,美国的国际传播策略是要通过竞争与对抗的政策对威胁美国生活方式的东西加以挑战并最终消灭之。用于冲突管理的八条传播策略将竞争与对抗策略定义为:对他人的关注水平较低,而对自身的关注水平及自信专断的水平较高。结果这些策略会在无意识间激起不与他人合作的倾向,阻碍了外交上的理解。比如说,美国在处理国际争端时——比如在对伊拉克和阿富汗的战争中——主要使用对抗策略。在这些冲突中,自信专断的水平高,合作的意愿低(我们不谈恐怖主义的问题),自我关注的程度高,关注他人的程度低(这一点明显地体现于战后缺乏重建计划),完成任务的愿望高,遵守社会道德的程度高,表面情绪状况为愤怒,冲突类型是在道德上愤怒,处理对待社会体系的方式是现有的体系已经腐化了,得将它摧毁。

在处理朝核问题上,美国一直使用竞争和对抗策略,我们也没有发现明显的例外情况。从朝鲜宣布进行第一次核试验到重回六方会谈,美国政府的各种声明从头到尾都符合竞争与对抗的传播策略。比如说,在一次正式的国际讲话中,美国总统布什说:"美国谴责这一挑衅行为"。他保证会继续对联合国安理会施加压力,从而对朝鲜加以"强烈回应"。不仅如此,美国助理国务卿克里斯·希尔宣布核试验是一个"非常非常昂贵的错误。金正日一定会为他做出这个决定而后悔"。通过进攻性的传播活动,美国政府在短期内使用竞争策略以应对这一冲突;而至于长期策略,美国则使用对抗策略。比如说,在金正日通过中国代表表示放弃核试验后,美国国务卿赖斯对报道持怀疑态度,说平壤方面意欲扩大危机。她说,只有平壤方面无条件重回谈判桌,美国才会通过六方会谈给协商解决此事留一线希望。她在讲话的最后说道:"我相信我们会达成一个很好的解决方案,它会向朝鲜证明,国际社会在谴责数日前进行的核试验方面非常团结。"赖斯的讲话很典型地体现了对抗策略,因为她挑战了合作关系在国际间发挥作用的权力。

不过,布什政府最终似乎部分采用了中国的寻求共识与折衷模式。赖斯最后说,朝鲜可以重回六方会谈,而不用事先答应什么条件。几日后,希尔也承诺将在 30 日内终止对朝鲜的经济制裁。于是在 2007 年 2 月 13 日,第五轮六方会谈第三阶段会议通过了共同文件,宣布朝鲜放弃核试验。在和谈的最后,美国对其策略进行了"调整",而这种"调整"据说在美国国务院和总统内阁中还是有分歧的。

从这一延伸案例中可以得出很多结论,有一点很清楚:中国一直以来使用"折衷"作为短期传播策略,使用"合作"作为长期传播策略;这切中了朝核问题的核心。在这一特定的国际政策危机中,从结果的角度考虑,源于关注他人的传播策略在国际/跨文化传播环境中显得更为成功。在这一点上,我们还要指出,朝核危机中中国采用的策略绝佳地印证了 Chen(2006,p. 296 和 p. 298)的看法:"亚洲传播的精髓"在于传播活动双方面向合作、展示出"真诚"而"全心全意的相互关切之情",同时把差异与不同看作"互动联结"的组成部分。

提出一些新的理论解释

作为全文的总结部分,我们想在国际力量与国际策略发生转变之际对一些理论意义加以鉴别认识。我们知道自己所知有限,谨愿我们的理论建议能起一定的启发和理论作用。在本文中出现了以下一些概念:

全球

既然世界已经发生了显著的变化,我们已强烈地感受到,需要将我们的视角从民族国家转向全球。就像我们前面所说,我们相信传播理论是源于权力、由权力赋形、以权力为导向。随着中国的发展,国际/跨文化传播语境中的转变还将继续。因此,当冲突被理解为是与互联互动的背景并存,而且受到合作愿望的激励时——在这样的全球环境中,我们能预计到,单一民族国家的视角肯定会带来大问题。

策略转换

即使两个民族国家之间的军事与经济力量并不平衡,解决冲突的最佳策略也是将注意力从统治与控制转移到通过和谈解决问题上来。大家很容易这样想：寻求共识、折衷和合作是解决国际争端最有用的几条策略；也很容易这样想：寻求共识、折衷和合作是亚洲传播体系运作时使用的策略。然而我们也应该马上认识到这些想法的局限性。对于中国来说，寻求共识、折衷和合作策略是在一个极为特殊的环境下——包括面对一个特殊的问题和两个特别的国家——发挥了作用。类似地，亚洲传播体系也不是普遍地一直使用寻求共识、折衷和合作策略。

这里所要认识的策略转变是从单一的民族国家视角（一个国家独立自主地对其各种决定与政策加以控制［西方导向］）向另一种框架（冲突被视为相联国家间的互动，不同国家间使用各自清楚的语言/非语言符号［亚洲导向］）的转变。照此形式，从西方传播视角向亚洲传播视角的策略转变就会强调传播活动的暂时性、发展性及变化性特点。在这点上，将二分法——如"个人"与"集体"——作为跨文化传播的固定思维，会在应对一直处于动态变化之中的国际活动与国际冲突方面显得不妥当、不得力。

对传播学主要理论来源的重新定义

一直以来，跨文化/国际传播理论暗自认定，对于评判传播的过程和结果是否恰当、是否成功，美国和西方的文化系统是一个合适的基础。我们预测，随着跨文化/国际传播的主要理论来源转向中国，或者从长远来看更笼统地说转向东亚各国——比如日本、韩国、朝鲜、泰国、印尼等，评定传播过程和结果是否恰当、是否成功的标准将发生巨大的转变。

（本译文英文原载 *China Media Research*, September 2007/Vol. 3/No. 3）

References

Barboza, D., & Altman, D. (2005, December 21). That blur? It's China moving up in the pack. *The New York Times*, pp. C1 and C2.

Barboza, D. & Barbaro, M. (2006, October 17). Wal-Mart said to be acquiring chain in China. *The New York Times*, p. A1, C9.

Barboza, D. (2007, April 20). Chinese growth shows little restrain, rising 11.1% in quarter. *The New York Times*, p. C3.

Bizzell, P., & Herzberg, B. (Eds.), *The Rhetorical Tradition: Readings from Classical times to the Present* (Boston, MA: Bedford Books of St. Martin's Press, 1990).

Chesebro, J. W. (1996, December). Unity in diversity: Multiculturalism, guilt/victimage, and a new scholarly orientation. *Spectra*, 32, 10—14.

Chang, H. C. , Holt, R. , & Luo, L. (2006, October). Representing East Asians in intercultural communication textbooks: A select review. *Review of Communication*, 6, 312—328.

Chen, G. M. (2006, October). Asian communication studies: What and where to now. *Review of Communication*, 6, 295—311.

Chung, W. , Jeong, J. , Chung, W. , & Park, N. (2005, January). Comparison of current communication research status in the United States and Korea. *Review of Communication*, 5, 36—48.

Chrysler in Deal With Chinese Automaker. (2006, December 30). [Electronic Version]. *The New York Times*. Retrieved March 15, 2007, from, http://select. nytimes. com/search/restricted/article? res = F40F1FFE3D540C738FDDAB0994DE404482.

Douglas, D. G. (Ed.), *Philosophers on Rhetoric: Traditional and Emerging Views* (Skokie, IL: National Textbook Company, 1973).

Elliot, M. (2007, January 22). The Chinese century: Already a commercial giant, China is aiming to be the world's next great power. Will the lead to a confrontation with the U. S? *Time*, pp. 32—42.

Hudson, V. M. , & DenBoer, A. (2005). *Bare branches: The security implications of Asia's surplus male population*. Cambridge, MA: The MIT Press.

Jandt, F. E. (2004). *An introduction to intercultural communication: Identities in a global community* (4th ed.). Thousand Oaks, CA: Sage Publications.

Kahn, J. (2007, March 17). Despite buildup, China insists its goals are domestic. *The New York Times*, p. C1.

Kapp, Robert A. (1998, January 7). The Legacy of Deng Xiaoping, *The China Business Review*. Retrieved.

March 26, 2007, from http://www. chinabusinessreview. com/public/

9703/kapp. html.

Khan, J. (2006, December 9). China shows signs of shedding modesty. *The New York Times*, pp. A1, A6.

Lind, M. (2006). *The American Way of Strategy*. New York: Oxford University Press.

Miike, Y.. (2006, January-April). Non-Western theory in Western research? An Asiacentric agenda for Asian communication studies. *Review of Communication*, 6, 4—31.

Ono, K. A., & Nakayama. T. K. (2004, January-April). The emergence of Asian American communication studies. *Review of Communication*, 4, 88 —93.

Osborne, R. (2006). *Civilization: A New History of the Western World*. New York: Pegasus Books.

Rai, S.. (2006, November 22). India and China work on building trust. *The New York Times*, p. C2.

Sakai, T. (2005, November 29). Greater China: Playing with protests. *Asia Times*. Retrieved March 24, 2007, from http://www. atimes. com/ atimes/China/ GK29Ad02. html.

Say adieu to the Black Cat theory. (2006, December 27). *China Knowledge*. Retrieved March 14, 2007, from http://www. chinaknowledge. com/ commentary-analysis/article. aspx? id=156.

Shah, A. (2007, February 25). World Military Spending: Arms Trade-a major cause of suffering. *Global Issues*. Retrieved March 23, 2007, from http://www. globalissues. org/Geopolitics/ArmsTrade/Spending. asp.

Shanger, T., & Sanger, D. E.. (2005, July 20). China Is focusing on a modern military, report says. *The New York Times*, p. A3.

Sun, S. (2007, March 23). China, US militaries step up exchanges. *China Daily*. Retrieved March 23, from http://chinadaily. com. cn/china/2007-03/ 23/content 834600. htm.

Statistical survey report on the internet development in China [18th]. (2006, July). China Internet Network Information Center. Yin, J. (2006, January-April). China's second long march: A review of Chinese media discourse on globalization. *Review of Communication*, 6, 32—51.

Thonssen, L. & Baird, A. C. *Speech Criticism: The Development of Standards for Rhetorical Appraisal* (NewYork: The Ronald Press Company, 1948).

Yong, W. (2006, September & October). China in the WTO: A Chinese View. *The China Business Review*. Retrieved March 23, 2007, from http://www.chinabusinessreview.com/public/0609/yong.html.

Yuan, J. (2006, November 14). China's new North Korea diplomacy, *the Asian Times online column*, from http://www.atimes.com/atimes/China/HK14Ad02.html.

Xu, D. . (2005, March 21). China's economy to grow 8% annually from 2006 to *China Daily*. Retrieved March 23, 2007, from http://www.chinadaily.com.cn/ english/doc/2005-03/21/content 426718.htm.

Strategic Transformations in Power and the Nature of International Communication Theory

James W. Chesebro, Jung Kyu Kim, Donggeol Lee

Ball State University

Abstract: This essay explores the proposition that a massive transformation in strategic power is underway in the world. This transformation is likely to affect the nature and direction of cross-cultural and international communication theory. This essay proceeds in five parts. In part one, multiculturalism is identified as an emerging philosophy and controlling vision for the discipline of communication, a perspective that opens the discipline to new interpretations of the nature and value orientation of intercultural communication theory. In part two, a survey of literature is provided, suggesting that intercultural communication theory has been culture-bound in ways that deny the uniqueness and significance of Asian communication. Part three suggests that the discipline of communication has consistently patterned its definition of communicative effectiveness after the models of communication used by dominant nation-states. Part four suggests if the historical pattern of the discipline of communication continues—increasingly identify China as a source or model for international communicative effectiveness. Using North Korea's nuclear testing "crisis" as a case study, part five suggests how the international communication strategies of the United States and China differ remarkably in process and outcome. In all, insofar as China continues to emerge as a dominant force in international relations, it is expected that the basic nature of communication strategies in the world will also undergo a transformation.

Keywords: cross-cultural communication theory, multiculturalism, patterns of world domination, Asian communication, China, United States, North Korea, strategy

《欧美传播与非欧美传播中心的建立》
编译后记

　　本学期我除了 *China Media Research* 和 *China Media Report Overseas* 的正常编辑和运转事务外,还有很重的双语教学任务,所以完稿时间稍推延了些。虽说现学期已结束,明天就要起程返美国了,但美国那边还会有堆积如山的案头工作等待着我,所以不敢稍松弛偷闲,也不敢应旧友约去鸟巢拍些照片带回去,而是在这里将前言和后记赶出来。因本书与《传播理论的亚洲视维》收入的是同一丛书——"求是书系",体例也基本相同,为便利读者,特说明如下:

　　1.每位作者(若属合作,择第一作者)我都作了简介,附在每篇论文第一页的页下注中;

　　2.所有论文的行文出处文内注,均按国际传播论文 APA 风格,保留英文在跟随的括号内,以便读者与参考文献参照查阅原文;

　　3.汉语英语外的专用名词和书名按照国际惯例用斜体(*Italic*);

　　4.人名翻译,主要学者、国内已经有译名的或已经约定俗成为人所知的,翻译成中文,并一般在首次文中出现时将英文原名放在括号中;个别作者不愿意自己名字翻译成中文音译的,保持英文;

　　5.参考文献按国际惯例保持英文,每篇论文的中文摘要和关键词放在前面,英文摘要和关键词放在文后;

　　此外还有重要的一点需要说明的是:全书原计划以及与作者们往返联系时选译的论文是 23 篇,但在编辑过程中,由于篇幅等关系而不是选录篇目本身的学术水准和学术价值的原因删除了 3 篇,故现成书仅收录论文 20 篇。对未能包含在此书中的 3 个优秀篇目的作者,我除了再次感谢你们当初对我选集的支持外,特在此表示诚挚的歉意。

　　春去秋来,家中庭园里的似锦繁花已化为了厚重的落叶,美国社区规定和邻里习惯是不能让自家庭园及周边马路落叶堆积的。故我感叹的不仅仅是自己因忙碌辜负了密西根秋叶的斑斓缤纷,更是因为我远在中国,所有杂事的料理现在都落在了对我们东方文化满怀敬意但却不擅家务的先生身上。所以在这里我必须一如既往地感谢一下我的先生:完成此书,幸得你对我支持的一如既往!

赵晶晶(J. Z. 爱门森 J. Z. Edmondson)

2008 年 11 月于北京太阳宫金星园

图书在版编目(CIP)数据

欧美传播与非欧美传播中心的建立 / 赵晶晶编译. —杭
州:浙江大学出版社,2009.3
ISBN 978-7-308-06562-7

Ⅰ.欧… Ⅱ.赵… Ⅲ.传播学—研究 Ⅳ.G206

中国版本图书馆 CIP 数据核字(2009)第 017129 号

欧美传播与非欧美传播中心的建立

赵晶晶(J.Z.爱门森) 编译

丛书策划	李海燕	
责任编辑	胡志远	
封面设计	俞亚彤	
出版发行	浙江大学出版社	
	(杭州天目山路 148 号 邮政编码 310028)	
	(E-mail:zupress@mail.hz.zj.cn)	
	(网址:http://www.zjupress.com	
	http://www.press.zju.edu.cn)	
	电话:0571—88925592,88273066(传真)	
排 版	杭州中大图文设计有限公司	
印 刷	杭州杭新印务有限公司	
开 本	787mm×960mm 1/16	
印 张	25	
字 数	430 千字	
版印次	2009 年 3 月第 1 版 2009 年 3 月第 1 次印刷	
书 号	ISBN 978-7-308-06562-7	
定 价	45.00 元	